KB043534

스트로베리 키스

strawberry kiss

한하연 장편소설

Straw berry kiss

스트로베리 키스

스토로베리 키스

가하)

스트로베리 키스

지은이 한하연
펴낸이 이형기
펴낸곳 도서출판 가하

초판인쇄 2017년 4월 12일
초판발행 2017년 4월 19일
출판등록 2008년 10월 15일 제 318-2008-00100호

주소 서울 영등포구 양평로 67, 1209 (당산동5가, 한강포스빌)
전화 02-2631-2846 **팩스** 02-2631-1846

www.ixbook.co.kr

ISBN 979-11-300-1668-9 03810

값 12,000원

copyright ⓒ 한하연, 2017

이 책은 저작권법의 보호를 받는 저작물입니다.
무단전재와 무단복제를 금합니다.
잘못된 책은 구입하신 곳에서 바꾸어 드립니다.

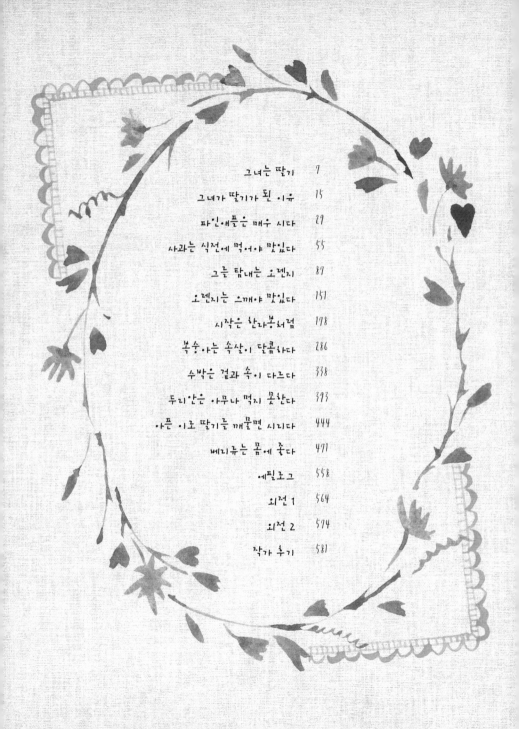

그녀는 딸기

봄은 향긋하고 날씨가 좋지만, 변덕스러움을 동반한다. 밖은 하나둘 가로수의 꽃들이 만발할 준비를 하고 있었다. 그래서인지 요즘 들어 더 바람 잘 날이 없는 것 같다.

오늘도 또 시작이다. 가인은 아무 일도 없는 듯 평정을 유지하며 사장실 문을 바라보았다. 그녀가 이 세진그룹의 사장 비서실에 근무한 지도 어언 2년이 다 되어간다. 처음 사장님 비서로 근무했을 때는 눈앞에 펼쳐지는 전개에 얼마나 당혹스러웠는지 모른다.

"안에 있는 거 다 알고 있대도!"

짜랑짜랑한 여자 목소리가 사장실 바로 앞에서 울리고 있었다.

"약속되지 않은 분은 사장님과 만나실 수 없습니다."

"나, 한라건설의 셋째 딸 박나희야. 너희들이 이렇게 함부로 대할 사람이 아니라고!"

"그 사실은 알고 있지만, 그렇다고 해서 이렇게 막무가내로 들어오실 곳이 아닙니다."

한눈에 봐도 실랑이를 벌이는 여자 열 명쯤은 너끈히 들어 밖으로 보내버릴 수 있을 것 같은 덩치의 사내들과 머리끝부터 발끝까지 명품으로 치장한 호리호리한 여자가 끝없이 말싸움을 벌이고 있었다.

가인은 그런 상황을 냉정히 바라보며 오전에 있을 회의에 낼 다과와 차 목록을 다시 한 번 머릿속으로 정리하고 있었다.

다행이기도 하고 당연하기도 하게 저런 일은 자신이 처리하지 않아도 돼 감사할 뿐이다. 신체적인 힘이야 같은 여자니 이길 수 있을지 모른다고 해도—하긴, 저렇게 악에 받쳐 있는 상대한테는 좀 자신이 없지만— 사회적인 힘으로는 누가 봐도 자신이 약자다.

여길 이렇게 찾아오는 여자들이 자신에게 '사장 비서니까 당장 사장님을 만나게 해줘!'라고 윽박지르지 않는 건 그녀를 존중해서가 아니라, 그녀를 이 상황에서 아무런 영향력을 발휘할 수 없는 미미한 존재라고 인식하기 때문이다.

"저번부터 너희 사장하고 여러 번 만났어! 이런 식으로 취급하면 후회하게 될 거야!"

아, 글쎄, 여러 번 만났다는 그 사장님이 당신을 안 만나겠다고 하는 거라고. 분명히 딱 세 번 만났을 거다.

국내에서 열 손가락 안에 꼽힌다는 세진그룹. 계열사만 해도 스무 개가 넘고 자산만 해도 헤아리기 어려울 정도다.

바로 이 세진그룹의 사장인 정도진에게는 희한한 버릇이 있었다. 여자관계가 복잡하다거나, 남자를 좋아한다거나 하는 유의 문제는 아니었다.

그 버릇이란 건, 여자를 자주 만나는 건 아니었지만 가끔 여자를 만나게 되면 딱 세 번만 만난다는 사실이었다.

세 번 만나는 동안은 지극정성을 다해 상대로 하여금 다른 여자는 절대 못 해냈지만 자신만은 이 남자의 마음을 휘어잡았다는 착각을 하게 만들어 바로 지금 같은 사태가 벌어지게끔 한다는 치명적인 부작용이 수반된다는 게 문제였지만.

정도진 사장이 업무 중에 사적인 전화를 받는 경우는 거의 없었지만, 두 번 정도 어쩔 수 없이 통화 내용을 들은 적이 있었다.

매력적인 저음의 목소리는 친절함과 힘이 느껴져 옆에서 듣고 있노라면 무척 신뢰가 갔다. 여자들은 청각에 민감하기 때문에, 그런 목소

리

리로 호감을 표한다면 뿌리치기 힘들 거라는 생각도 들었다.

가인은 사회생활을 하면서 일처리를 하는 걸 보면 그 사람의 성격이 드러난다는 걸 알고 있었다. 도진은 업무를 할 때면 일의 순서를 잘 지키고 합리적으로 처리하는 사람이었다.

융통성도 있는 편인 데다 리더십이 필요할 때는 리더십을 보였다. 사람을 대할 때는 상대를 매우 존중한다는 느낌이 들었다. 전체적으로 봤을 때 성격도 꽤 좋은 편이다.

성격 좋고, 잘생긴 데다 재력까지 있다. 그런 남자가 자신에게 애프터 신청을 한다. 아마 꽤 뿌리치기 어려운 유혹일 거다. 다만, 그 만남은 늘 세 번을 넘기지 못했다. 딱 세 번. 그 정도만 만나면 아주 정중하고 깔끔하게 작별을 고한다.

당연히 대부분의 여자들은 납득하지 못했다. 특히 허영심이 많거나 제 욕구에 충실한 경우, 이렇게 사장실 앞에서 농성 아닌 농성을 해대기도 했다.

세 번 이상 만나지 않는다는 철칙이라……. 무엇이 그런 결과를 만드는지는 알 수 없었다. 시간이 아까워서? 그 정도만 만나도 사람을 알 것 같아서? 세 번 정도 만나면 자기와 걸맞은 여자인지 어느 정도 파악할 수 있어서?

결혼할 여자하고도 그러려나. 충분히 그러고도 남을 것 같기도 하다. 그저 재벌가 자제의 특이한 습관이려니 하기에는 이해하기 어려웠다.

가인은 익숙한 소음에도 아랑곳하지 않고 문서파일을 정리하며 생각했다. 정도진 사장의 개인사는 개인사고 자신의 일은 자신의 일이었으므로, 가인은 꼼꼼히 정도진 사장의 일주일 스케줄을 체크하기 시작했다.

정도진 사장은 일처리는 능숙하나 자잘한 일들은 잊어버리는 경우가 종종 있었으므로 그날의 일과를 정리해서 알려주는 건 사장의 비서인 가인의 몫이었다.

가인은 정리된 목록을 다 살펴본 후 여전히 고함을 지르며 난동을 부리는 여자는 신경조차 쓰지 않은 채 자신의 자리 바로 뒤에 있는 문을 열고 들어갔다. 자료실이라는 문패가 달려 있었지만 실은 사장실로 통하는 문이다.

아마 저 여성분이 그 사실을 알았다면 여기부터 치고 들어왔을 텐데. 사람들은 흔히 겉으로 보이는 것에 속으니까. 조금 안타까운 마음을 금치 못하며 가인은 안으로 들어갔다. 사실 이런 사달을 만드는 사장이 한 번쯤은 여자한테 멱살 좀 잡혀봐야 한다고 가인은 생각하고 있었다.

사실 자료실이라는 것도 완전히 거짓말은 아니다. 문을 열고 들어선 곳은 조그마한 공간인데, 실제로 그 안에는 그동안의 스케줄과 관련된 서류로 빽빽하게 들어차 있기 때문이다. 그리고 벽 한쪽에는 도어 록이 달린 또 다른 문이 있었다.

안에서만 들리는 벨을 길게 누르자, 문이 삑 소리를 내며 열렸다. 안에 있는 사람이 리모컨으로 문의 개폐를 조종할 수 있게끔 되어 있다.

가인은 서류철을 들고 안으로 들어갔다. 열린 내부는 매우 크고 널찍했다. 긴 강화유리가 벽의 반 정도를 덮은 채 빙 둘러져 있어 채광도 상당히 좋았다. 바닥에는 푹신푹신한 카펫 재질의 천이 깔려 있어 구두 소리는 전혀 나지 않았다.

그리고 깔끔하고 커다란 책상 앞에는, 바로 문제의 원흉인 사장 정도진이 태연한 얼굴로 앉아 있었다.

185센티미터의 훤칠한 키를 가진 개성 있는 미남이 거기에 있었다. 까무잡잡한 피부에 서늘한 눈빛이 인상적이었다. 손질이 잘된 새카만 머리카락이 이마를 유려하게 덮고 있었다.

길게 내리뻗는 눈길은 시원하게 뻗어 이성적으로 보이는 동시에 절제된 야성미가 담겨 있었다. 적당히 볼륨감 있게 뻗은 코는 남성적이었고, 그 밑에 모양새 좋게 닫혀 있는 입술에선 힘과 절제가 느껴졌다.

서른셋이었지만 이십 대라 해도 아무렇지 않을 만큼 꾸준히 관리한 탄탄한 몸에는 딱 들어맞는 와이셔츠와 회색조끼가 입혀져 있었다. 정장 바지에 감싸여 길게 뻗은 다리도 비율이 잘 잡혀 있었다.

가인이 본 중 누구보다도 슈트가 어울리는 남자였다. 매번 볼 때마다 느끼는 거지만 참 잘났다. 그러나 아무리 비싼 음식도 매일 먹으면 그냥 그렇듯이 잘생긴 미남도 매일 보면 내성이 생긴다.

가인은 반듯이 걸어가 사장 옆에 서서 서류철을 펼치며 말했다.

"오늘 스케줄입니다."

정도진 사장이 컴퓨터 모니터에서 시선을 떼며 그녀를 향해 살짝 고개를 끄덕였다. 계속 이야기하라는 뜻이다. 언제나 그렇지만 별 뜻 없이 보내는 시선도 별 뜻 있게 해석 가능하도록 만드는 얼굴이다.

"오전 10시부터 중역들과 대회의실에서 회의가 있으십니다. 안건은 홍콩과 싱가포르에서 추진 중인 호텔 건설의 제반비용에 관한 겁니다. 12시 30분에는 가호기업 홍상덕 이사님과 쉐르 레스토랑에서 식사 예약이 잡혀 있습니다. 오후 3시에는 문화부에서 주최하는 새뜰 종합관 발족식이 있어 참석하시게 될 겁니다."

가인이 깔끔하게 정리된 다른 서류를 책상에 놓으며 말을 이었다.

"회의실에 가져가실 자료는 여기 준비되어 있습니다. 홍상덕 이사님을 만날 때 가져가실 선물은 그분이 선호하시는 와인으로 준비했습니다. 발족식에 가실 차량은 저번 차량이 마음에 안 드신다고 해서 다른 차량과 운전기사로 준비했습니다. 발족식에는 저번에 말씀하신대로 후원금으로 이천만 원을 송금한 상태입니다."

"발족식에 연예인도 오나?"

뜬금없는 질문이었지만 가인은 침착하게 답변했다. 이런 일은 종종 있는 일이어서 그리 놀랍지 않았다.

"행사가 있기 때문에 연예인도 옵니다."

"가수 나미나는?"

"옵니다."

"최대한 안 마주치면 좋겠군."

"네. 어차피 서로 대기하는 부스가 다르기 때문에 마주칠 일은 없습니다."

나미나. 삼십 대지만 상당한 동안에 엄청난 가창력을 가진 실력파 가수. 팬덤도 두텁고 가수 중 거의 톱급이라고 할 만했다.

그리고 가인은 정도진 사장이 왜 나미나라는 가수를 만나고 싶어 하지 않는지 알고 있었다. 작년에 무슨 바람이 불었는지 사장은 연예인을 한 명 소개받아 만났었는데, 그 사람이 바로 나미나였다.

그리고 역시 세 번의 만남 이후 사장은 나미나와 깔끔하게 정리했다. 다만 나미나는 그 이후에 마치 스토커처럼 달라붙어 여자에게 싸대기를 얻어맞아도 이성적으로 대해줄 수 있는 정도진 사장마저 혀를 내두르게 했다는 사실만 빼면.

결국 나미나는 더 집요하게 굴면 연예계에서 매장당할지도 모른다는 진지한 경고를 듣고 나서야 그 행보를 멈췄다. 하지만 정도진 사장에게도 그리 유쾌하지 않은 경험임은 분명했다.

"밖의 소란은 가라앉았나?"

역시, 알고 있었군. 가인은 가볍게 고개를 가로저으며 답했다.

"제가 이 방에 들어올 때까지 사장님과의 면담을 청하고 계셨습니다. 지금은 모르겠습니다."

발을 구르며 만나게 해달라고 소리지르던 여자의 모습을 최대한 단정하게 묘사하며 가인이 답했다.

"그렇군. 서가인 씨는 이 사태를 어떻게 생각하지?"

"음. 솔직한 답변을 원하십니까?"

"언제나 내가 바라는 건 솔직한 답변이지."

"언제 이 미친 짓이 끝나나 생각했습니다."

가인이 표정의 변화 하나 없이 단정하게 답하자, 정도진이 가볍게 웃음 지었다.

"풋. 역시 서가인 씨답군."

"이제는 적당히 한 사람에게 정착할 때도 되셨다고 생각합니다만. 사장님 정도면 만나보겠다는 분들이 줄을 서 있는데요."

"그렇게 줄 서 있는 사람 중에 적당히 골라서 같이 살기엔 인생이 너무 길지 않나."

"……."

그런 분이 사람을 딱 세 번 만나고 접습니까. 이 말이 목구멍까지 나왔지만 가인은 속마음을 삼켰다.

"이번 분은 아니셨나 보지요."

"포도 같은 여자였어."

정도진 사장에게는 버릇이 하나 있었는데, 사람, 특히 여자에 대한 평가를 물으면 꼭 과일에 비유를 한다는 점이었다.

포도 같은 여자? 탱글탱글한 겉껍질 밑으로 물기 많고 끈적이는 동그란 과육이 있는. 나쁘지 않은 평가인데? 그런 가인의 의아함을 풀어주려는 듯, 도진이 덧붙였다.

"신 포도 같은."

아아, 겉보기에는 익어 있는 듯하지만 속은 아직 덜 익어서 풋내나는. 하긴, 성숙한 여자라면 딱 세 번 만난 남자가 일하는 곳에 찾아와서 저 깽판은 안 치겠지. 가인은 속으로 납득하고 단정히 머리를 숙여 나갈 준비를 했다.

"그럼, 오늘 오전에 있을 회의 준비를 위해서 이만 나가보도록 하겠습니다."

"아, 잠깐."

깔끔하게 돌아서려는 가인을 도진이 불렀다. 가인이 의아한 얼굴로 돌아보자, 도진이 가인에게 작은 쇼핑백을 건넸다.

"저번에 출장 갔다가 어울릴 것 같아서 사왔어."

"감사합니다."

상사가 비서에게 과하지 않은 선물을 주는 건 종종 있는 일이기에 가인은 쇼핑백을 받아들었다. 적당한 가격에 맞춰서 샀을 터였다.

다만, 다른 여자들에게는 멋지고 세련된 선물을 주로 하는 사장이 그녀에게 가끔 주는 선물은 참 일관성 없게 촌스럽다는 점만 빼면. 선물의 질이나 디자인이 촌스러운 게 아니었다. 촌스러움은 무늬에 있었다.

사실, 그 무늬가 꼭 촌스럽다고 볼 수는 없었다. 다만, 가인의 연령에 걸맞지 않았을 뿐이다. 그러나 가인은 유능한 비서답게 얼굴에 그런 내색은 조금도 비치지 않은 채 선물을 들고 제 자리로 돌아왔다.

바깥의 여자는 그사이 어떻게 정리가 되었는지 이미 조용하였다. 부스럭, 가인은 포장지를 열어보았다. 작은 파우치. 그리고 그 위에 커다랗게 박혀 있는 딸기 무늬 하나.

그래도 이번에는 그럭저럭 가지고 다닐 만했다. 저번에 받은 선물처럼 온통 딸기로 뒤덮여 있지는 않았기 때문이다.

그랬다. 정도진 사장은 가인에게 선물을 줄 때면 언제나 꼭 딸기 무늬가 들어간 걸로 주고는 했다.

그녀가 딸기가 된 이유

세진그룹의 비서라는 자리는 어느 곳에 배치되어 있든 간에 다른 기업 비서직보다는 훨씬 경쟁률이 높았다. 왜냐하면 다른 곳에서는 나이가 들면서 자연스럽게 도태되기 마련이었지만 세진그룹은 거의 정년까지 비서직이 보장되기 때문이었다.

정규직에 꼬박꼬박 연봉이 올라가는 데다가 여성뿐만 아니라 남성들의 육아휴직까지 보장해주니, 몰리지 않을 수 없었다.

서가인은 착실히 준비해서 세진그룹에 입사했다. 비서를 희망한 건 아니었지만 비서실로 발령이 났을 때도 일할 수 있는 장래가 보장되어 있었기 때문에 큰 걱정은 없었다. 사장실 비서까지 하게 될 줄은 몰랐지만.

가인은 선물 받은 파우치를 얼른 서랍에 넣어놓고, 탕비실로 갔다. 시간은 9시 15분경으로 대회의실에 기본적인 세팅은 해놓았기 때문에 급할 건 없었다.

"가인 선배님, 오셨어요?"

가인이 들어가자마자 동글동글하게 파마를 한 이십 대 초반의 여자가 말을 걸었다. 들어온 지 한 달 된 차세희였다.

"세희 씨, 말한 건 다 준비되었나요?"

"네, 차 종류도 다 완비했고, 다과는 어제 주문해놓은 수제 쿠키와 딸기로 준비했습니다."

"아, 딸기."

"왜요?"

가인이 뭔가 생각난 듯 내뱉자 세희가 물었다. 그러자 옆에 있던 긴 생머리에 날렵하게 생긴 뿔테안경을 낀 지적인 인상의 여자가 입을 열었다. 김호섭 상무의 비서로 일하고 있는 이소라였다. 비서실 내에서는 꽤 오래 근무했다.

"왜긴, 가인 씨, 사장님이 또 출장 갔다 오면서 딸기 무늬 선물 줬구나?"

"네."

"딸기 무늬요?"

세희가 영문을 알 수 없다는 듯 되묻자, 소라가 답해주었다.

"그러게. 정도진 사장님은 좀 특이하다니까. 하다못해 우리 상무님도 출장 갔다 오면 제법 그럴듯한 선물을 주시는데."

"물건의 질은 좋아요."

"그런데 왜 딸기야? 초등학생도 아니고. 일부러 그런 무늬를 구하기도 쉽지 않겠어. 뭐, 본인이 구하시는 건 아니고 어차피 수행원을 시키는 거겠지만."

"그건 저도 모르겠네요."

가인은 잘 모르겠다는 듯 고개를 휘저었다. 하지만 그 이유는 가인이 가장 잘 알고 있었다.

보통 사내 부서이동은 인사팀에서 발령공고를 내면 끝이지만, 부서이동하기 전에 정도진 사장이 새로 바뀔 비서를 한번 보고 싶다는 말에 인사이동 전에 한번 만났다. 흔한 일은 아니었지만 있을 수 있는 일이었다. 일의 합을 맞출 비서였으니, 사장된 입장에서 자기한테 맞는지 안 맞는지 알고 싶었을 것이다. 혹시 마음에 안 들면 다른 자리로 교체될 수도 있는 자리였다. 인사를 하고 돌아서려는 가인에게 도진은 이렇게 말했다.

「딸기로군.」
「네? 그게 무슨 말씀이신지…….」

　침착한 그녀였지만 되묻지 않을 수 없었다. 자로 잰 듯 관련업무와
시사, 기본 상식과 관련된 질문만 하다 마지막에 뜬금없이 딸기라는
말을 내뱉다니. 정도진 사장은 대수롭지 않다는 듯 대답해주었다.

「작고, 앙증맞고, 귀엽지만 촘촘히 박힌 씨처럼 빈틈없어 뵈고, 그
렇지만 막상 속은 말랑말랑할 거 같으니까.」
「…….」

　그때 가인은 속으로 '저런 사차원이.' 이렇게 생각했었다. 사람을 과
일에 비유하다니. 아니, 실제로 비유한다고 해도 속으로 생각하거나
친한 사람한테나 말하지 당사자를 앞에 두고 저렇게 말하나.
　인격 모독이라 말하기엔 내용이 너무 말랑했고 그냥 별거 아니라
무시해버리기에는 엉뚱하기 그지없었다. 그리고 그 다음 날 가인이
받은 건 사장실 비서라는 직함이었다.
　하지만 굳이 그날의 일을 이야기할 필요는 없을 듯했다. 어차피 일
때문에 마주치는 사람일 뿐이고 정도진 사장은 그런 점들만 빼면 꽤
괜찮은 상사였다. 굳이 사적인 평가를 이야기해서 쓸데없는 구설수에
오를 필요는 없었다. 소라가 재밌다는 듯 물었다.
　"저번에는 왜 딸기 무늬 치마였잖아. 이번에는 뭐였어?"
　"딸기 무늬가 박힌 파우치요."
　"참 재밌는 분인 거 같아, 정도진 사장은. 왜, 뭐랄까. 마성의 남자
라고 해야 하나? 여자들이 엄청 목맨다며?"
　"돈도 있고 인물도 괜찮고 능력도 있으니까요. 성격은…….

흠……."

가인이 뜸을 들이자 세희가 물었다.

"왜요, 성격에 문제가 있어요?"

"아니, 그런 건 아닌데 성격은 어차피 누구한테는 맞고, 누구한테는 안 맞을 수 있는 문제라서."

"그래도 대체로 괜찮잖아요?"

"일적으로는 괜찮은 분이야. 나머지는 겪어보지 않아서 잘 모르겠네."

"와, 역시 가인 선배. 공사 구분이 확실하네요."

"그런가. 그냥 다들 그렇잖아."

"아뇨, 가인 선배는 그런 면으로 상당히 선을 잘 그으세요. 아, 칭찬입니다. 오해하지 말아주세요."

"오해 안 해. 뭘, 그런 걸 가지고."

대화를 하면서도 다과를 접시에 정돈하느라 세 사람의 손은 분주했다. 비서실에는 더 많은 인원이 있었으나 오늘 회의실 준비는 세 사람이 맡기로 되어 있어서 탕비실에는 딱 이들 셋밖에 없었다.

달칵. 문 열리는 소리와 함께 중년의 여성이 들어왔다.

"준비는 잘되어가고 있나요?"

"아, 실장님."

흰 머리가 조금씩 나기 시작한 머리를 단정히 빗어 올려 위로 동그랗게 말아 고정시키고, 매무새는 흐트러짐 없이 단아하다.

얼굴에는 세월의 흔적이 고스란히 남아 있었지만 그만큼의 지혜와 경험이 느껴졌다. 마흔 후반에 들어서는 조금 통통한 몸집의 여성은, 비서실의 책임자인 김미희 실장이다.

"이제 준비한 걸 나르기만 하면 됩니다. 브리핑 자료는 가인 씨와 세희 씨가 다 준비해두었고요."

셋 중 회사에 가장 오래 있었던 사람답게 소라가 대표로 답했다. 미희는 인자하게 웃었다.

"그렇군요. 세 사람 다 자기 일에 열심인 사람들이니 잘 준비했으리라 생각해요. 이번 회의는 중요하니 각별히 신경 써주세요."

"네."

소라의 대답을 들은 미희는 가볍게 고개를 끄덕이더니 만족스러운 얼굴로 탕비실을 나갔다. 소라가 너스레를 떨며 말했다.

"으아. 별거 아닌 질문인데 괜히 신경 쓰이네. 가인 씨도 알지? 김미희 실장님이 회장님 비서만 20년을 했잖아. 어지간한 상무보다도 실세라던데. 실장님이 말 한마디 하면 그 다음 날 좌천대상자가 바뀐다는 소문까지 있어."

"그거 진짜예요? 그냥 인자해 보이시는데."

세희가 눈을 동그랗게 뜨고 물었다. 가인이 웃으며 말했다.

"그래도 일처리 깔끔하시고 잘 챙겨주시잖아요. 딱히 권위적이지도 않으시고 필요할 때는 잘 막아주시고. 난 우리 실장님 좋던데요, 뭘."

"나도 좋아는 하지. 그렇지만 조심하게 된다는 말이야."

"그건 그렇죠. 아무래도 상사이신 데다 그런 소문까지 있으면."

"그렇구나. 저, 조심해야겠어요. 어제도 그분 앞에서 실수 여러 번 했는데."

세희가 울상이 된 얼굴로 말하자 가인이 말했다.

"괜찮아요. 아직 신입이라 그런 거잖아요. 그런 걸로 트집 잡지는 않으실 거예요. 단, 한번 한 실수는 꼭 기억했다가 다시 안 할 것."

"알겠습니다, 선배님."

"그럼 세희 씨, 이제 나르죠."

"그래, 나르자. 내가 이거랑 이거 들게. 가인 씨는 저것하고 요거.

세희 씨는 나머지 들어줘."

"넵, 알겠습니다!"

사회초년생답게 세희가 경쾌하게 외치자, 가인과 소라는 동시에 웃었다. 그들이 막 문을 열고 회의실로 가던 중이었다.

"가인 씨."

"아, 영화 씨."

같은 비서실에서 근무하는 장영화였다. 손톱은 색색의 네일아트를 하고 조금 진한 색의 립스틱을 바르고 있었지만 천박하다기보다는 조금 세 보이는 인상의 화사한 미인이라는 느낌이 강했다. 푸른빛 도는 마스카라를 바른 속눈썹을 팔락이며 영화가 가인에게 말을 붙였다.

"오늘 브리핑 자료 나눠주는 역할 가인 씨가 맡았죠? 나 오늘 상무님이 출장 가서서 한가한데 내가 대신 해줄게요."

"괜찮아요. 제 일인걸요."

가인이 가볍게 거절하자, 영화는 오히려 가인의 곁에 바짝 붙어서 가인의 손에 있는 자료들을 냉큼 집어 들었다.

"서로 돕고 사는 사이에 뭘 그래요? 다음에 나 한번 도와주면 되지."

가인이 난감해하며 뭐라 말하려 하기 전에, 소라가 언짢은 기색으로 영화의 손에 들려 있는 자료를 낚아챘다.

"영화 씨, 그냥 하던 일 해요. 가인 씨가 싫다잖아."

"소라 선배, 그냥 도와주려고 하는 건데 뭘 그렇게 까칠하게 받아쳐요?"

남자에게라면 먹힐 법한 애교를 부리며 영화가 대꾸했지만, 소라는 그저 안경을 침착하게 올렸을 뿐이었다. 그러더니 딱딱한 목소리로 핀잔을 줬다.

"아니면, 정도진 사장님한테 관심이 있어서 자꾸 가인 씨한테 무리

한 부탁을 하는 게 아니고?"

영화가 얼굴이 확 빨개지며 급하게 대꾸했다. 입이 불룩 나왔다.

"회의실에서 브리핑 자료 나눠주는 게 어떻게 그렇게 연결이 돼 요?"

"그것 말고도 여럿 있는 거 알아. 저번에도 복도에서 가인 씨 잡고 늘어지던데. 그렇게 한가하면 내 일 좀 도와주든가."

"가면 될 거 아니에요, 가면."

영화가 고개를 휘젓더니 또각또각 걸어 나갔다. 뒷모습에 짜증이 확 배어 있는 것 같다고 가인은 속으로 생각했다. 부딪히고 싶지 않은 데. 일하고 관련된 것도 아니고 이런 어이없는 일로.

소라가 가인 쪽을 바라보며 말했다.

"참 알기 쉬운 성격이야. 그래서 피곤하기도 하고."

"그렇죠."

"가인 씨도 싫으면 싫다, 좋으면 좋다 확실하게 말을 해. 똑 부러지 게 말 안 하니까 저렇게 남의 영역을 막 넘나드는 거 아냐."

"알겠어요."

똑 부러지게라……. 나름 분명하게 이야기했다고 생각했는데 상대 방은 아닌 모양이었다. 하지만 어쩌겠는가. 사회생활을 하다 보면 가 끔은 적당한 선에서 넘어가줘야 할 때가 있다.

모든 사람하고 친하게 지낼 수는 없지만, 척을 지고 싶지는 않다. 누구에게나 좋은 사람이고 싶은 욕심이 아니라 피곤하기 때문이다. 가인은 속으로 내뱉지 않은 한숨을 삼키고 회의실 안으로 들어갔다.

U자형으로 늘어선 두툼한 원목 탁자에다 딸그락딸그락 딸기와 과 자를 담은 접시를 자리마다 배치한다. 찻잔은 들어오시는 순서대로 하나씩 준비해서 놓아드린다. 너무 미리 따라놓아 차가 식으면 맛이 없으니까. 브리핑 자료는 빔 프로젝터로 영상이 쏘아지기 전에 나눠

드릴 시간이 있을 테고.

오픈된 공간이 아니라 날씨 영향은 받을 리 없으니 그건 신경 안 써도 되고.

설무진 이사님은 허리가 불편하니 의자에 더 신경을 써야 하고, 강필구 상무님은 회의실 우측에 앉는 걸 묘하게 싫어한다. 하만득 이사님은 눈이 나쁜 편이어서 앞자리로 앉으시게 하는 게 좋다.

가인은 그 외 잡다한 것들을 하나씩 생각하며 손을 놀렸다.

"오늘도 많이 남겠네요, 가인 선배님. 특별히 딸기는 선배님 몰아드릴게요."

세희의 말에 가인은 그저 웃음으로 답했다. 어차피 이사나 상무진들이 회의를 하러 오면 음료와는 다르게 놓인 간식거리에 손을 대는 경우는 많지 않았다. 드신다 해도 극소수. 결국 남는 간식거리는 그걸 치우는 비서실의 몫이 되곤 했다.

"그렇게는 못 먹어요. 딸기는 사장님이 주는 선물로도 충분히 보고 있으니까 같이 나눠 먹죠."

"딸기, 싫어하세요?"

"싫어하지도 좋아하지도 않는데. 어릴 때는 잘 안 먹었지만."

"왜요? 맛있는데."

"날 임신했을 때 어머니가 딸기잼을 만드셨는데 생각보다 너무 많이 만드셨대요. 하루 종일 그거 휘젓느라 나중에는 딸기 냄새만 맡아도 토할 것 같으셨다고 하더라고요. 아마 그때 영향인가 봐요."

"쯧쯧. 우리 사장님은 그것도 모르고 선배님한테 딸기를 들이미네요."

그러자 통, 하고 세희의 머리를 소라가 말아놓은 서류뭉치로 살짝 때리며 말했다.

"남의 딸기에 신경 쓰지 말고 업무에 집중하도록 해, 세희 씨."

"네네. 소라 선배님."

"홍콩 쪽 호텔은 쇼핑과 관련된 테마로 꾸밀 예정입니다. 참조된 그 래프를 보시면……."

회의는 순조로웠다. 건설비용과 부지, 테마와 타깃 대상들에 관해 최종적으로 올라온 몇 가지 사안을 상정하는 것이었기 때문에 어렵지 않았다. 이미 어떤 걸 선택할지 예상하고 있었기에 논의는 길지 않았 다.

예상대로 딸기와 과자는 비서실 몫이 되었다. 점심 먹은 후 후식으 로 다들 맛있게 먹고 가인이 사장실로 돌아가는 길이었다. 아까 가인 의 일을 뺏으려다 만 영화는 점심 약속이 있다고 나갔기 때문에 후식 을 먹는 자리에는 없었다.

가인은 속으로 다행이라고 생각했다. 며칠 정도 지나면 잊어버리겠 지. 또다시 같은 일이 반복될 수도 있겠지만. 기분이 나쁘지 않게 적 당히 거절하는 일이란 참 피곤하다.

호랑이도 제 말 하면 온다고, 반대편에서 영화가 바짝 굳은 얼굴로 가인에게 다가왔다. 영화의 근무처는 이쪽을 지나갈 일이 거의 없다. 반대로, 가인은 이 복도를 자주 지나다닌다. 한마디로 영화가 굳이 마 음먹고 오지 않으면 마주치기 쉽지 않다는 뜻.

아까 일로 트집 잡으러 온 건가. 귀찮은 일에 휘말리고 싶은 생각은 없었기 때문에, 가인은 '눈치는 챘지만 눈치 없어 보이는 스킬'을 쓰기 로 했다.

즉, 상대가 무슨 말을 할지 알지만 그 점에 대해서는 절대 먼저 입 밖에 내지 않은 채 자연스럽게 인사하고 넘어가려고 노력해보기로 한 것이다.

"식사 맛있게 했어요, 영화 씨? 비서실에 영화 씨 몫으로 딸기랑 과자 남겨놨어요. 가서 먹어요."

방긋, 가인이 웃으며 먼저 말을 걸었다. 지나가면서 가벼운 인사로 할 만한 말들이었다. 그리고 자연스럽게 사장실 쪽으로 가인은 걸음을 옮겼다. 그러나 영화는 가인을 그렇게 쉽게 보내줄 생각이 없었다.

"이봐요, 가인 씨."

가인의 인사는 씹은 채 영화가 뒤에서 가인의 어깨를 잡아챘다. 지나가는 사람은 아무도 없었다. 가인은 속으로 이럴 때 누가 지나가기라도 했으면 하고 바랐다. 남직원이면 더 좋고.

남자 앞에서는 눈에 뜨이게 요조숙녀인 척 하는 영화이기 때문에 저렇게 앙칼진 반응은 나타내지 못할 터였다. 영화가 눈을 치뜨며 톡 쏘았다.

"가인 씨, 그렇게 안 봤는데 치사하네. 그걸 고새 소라 씨한테 일렀어요?"

아, 역시 아까의 연장선상이다. 며칠 지나면 잊어버리겠거니 했더니 별렀던 모양이다. 가인은 웃음기를 거두고 간략하게 답했다.

"이른 적 없어요."

"그런데 소라 씨가 어떻게 알아요?"

"아까 본인 입으로 말했잖아요. 봤다고."

"그러니까 그걸 어떻게 봤냐고요?"

방귀 뀐 놈이 성낸다더니, 딱 그 짝이다. 그렇다고 네가 잘못했는데 나한테 왜 이렇게 일방적으로 시비냐, 이렇게 말하면 분명 영화 성격에 더 길길이 뛸 터다. 할 말이 없는 건 아니지만 원만한 사회생활을 위해선 한번 꾹 참고 침착하게 대할 필요가 있다.

"훤한 대낮에 누구나 드나들 수 있는 복도에서 절 붙잡고 그러니까 그러죠. 그런 거 일일이 다른 사람한테 말할 만한 열정 없는 사람이에요, 저."

침착한 답변이 먹혔는지, 영화의 표정이 단번에 바뀌었다. 아무래도 고자질을 했네 마네 하는 것보다 자기한테 유리한 다른 방향이 생각난 듯싶었다. 영화가 요구하듯 바짝 가인에게 몸을 붙였다.

"그럼 도와줄 거예요?"

"뭘요?"

가인이 건조하게 되묻자, 영화가 당당히 답했다.

"정도진 사장의 마음 훔치는 거."

"영화 씨."

이 여자, 미쳤구나. 드라마를 너무 봤거나.

비서와 사장의 로맨스는 픽션에서나 가능하다. 실제로 상류층에 속하는 그들이 자기가 부리는 사람들에게 연정을 품는 일 같은 건 매우 드물다. 게다가 아내나 결혼을 전제로 한 애인 같은 합법적인 위치는 더더욱 어렵다.

"난 여기 일하러 왔어요. 그리고 내 일은 정도진 사장님의 비서예요. 영화 씨가 말한 개인적인 일에 협조하다가 본업을 제대로 해내지 못하게 돼서 상사한테 깨지고 내 위치가 흔들리다 실직하면 영화 씨가 책임져줄 거예요?

"어머, 일을 너무 확대해석 한다, 가인 씨."

가인이 정색을 하고 또박또박 되묻자 영화는 지나치게 피곤하게 군다는 얼굴로 답했다. 피곤한 유형이다. 자기가 편하기 위해선 남이 불편해도 괜찮지만 자기가 불편해지면 영 싫은 거다.

기분 나쁘게 생각한다고 해도 짚을 건 짚어주는 게 좋다. 물론, 짚는다고 해도 자기가 잘났고 자기 일이 제일 중요하고 남의 노력은 아무것도 아니라고 판단한다면야 먹히지 않겠지만. 그리고 실제로 그런 사람은 자주 있었다.

"그럼 영화 씨가 책임질 수 있어요? 나한테 불이익이 돌아와도?"

"그, 그건, 내가 사장 사모가 되면 다 보상해줄 수 있는 문제 아니에요?"

사장 사모가 벼슬이긴 하다. 회사의 실질적인 경영을 하는 사람의 옆에서 필요한 걸 속살댈 수 있고 실제로 경영에 관여하는 경우도 없지 않다. 하지만 그건 잘되었을 때 이야기. 참 큰 꿈을 꾸신다.

"만약 못 되면요? 그리고 나는 그런 사적인 일에 공적인 상황을 이용하고 싶지 않아요. 영화 씨가 그렇게 되고 싶다면 말리지는 않겠지만, 나는 도움이 되기엔 간이 너무 작고 심약해서요."

"무슨 말을 그렇게 딱딱하게 해. 남들이 들으면 회사 기밀이라도 빼돌려달라고 부탁하는 줄 알겠다? 내가 뭘 그렇게 어려운 부탁을 했다고 정색을 하고 사람을 몰아붙여? 지금 보니까 가인 씨 되게 깐깐하고 이기적이네.

그냥 가끔 사장님 옆에 갈 수 있게 가인 씨 일을 조금만 나에게 달라는 거잖아. 가인 씨도 일 줄어들고, 나도 사장 사모 될 기회 얻을 수 있고, 서로 좋은 건데 지금 자기한테 피해 조금이라도 갈까 봐 몸 사리는 거 맞죠? 와, 가인 씨 진짜 건조하고 이기적이네요."

이런 사람들의 특징. 자기가 이기적인 건 생각 안 하고 타인에 대해서는 잘도 비판한다. 그래서 가급적이면 얽히고 싶지 않았는데.

뭔 이야기를 한들 사장 사모가 되겠다는 꿈에 부풀어 있는 저 귀에 들어갈까 싶어졌지만 가만히 있을 수는 없었기에 가인이 다시 한 번 제대로 이해시키려고 하던 찰나였다.

"서 비서."

가인을 부르는 중저음의 목소리에, 영화가 따따따 쏟아붓던 걸 합, 하고 멈추고 순간적으로 뒤를 돌아보았다. 자세를 어떻게 하지도 못

하고 엉거주춤한 게 제법 놀란 모양이다. 하긴 놀랄 수밖에. 검은빛이
도는 슈트에 밝은 분홍색 넥타이. 흰 와이셔츠. 정도진 사장이다.

"네, 사장님."

가인은 놀람을 가라앉히고 차분히 답했다. 영화도 서둘러 고개를
숙였다.

"사장님, 안녕하십니까."

그러나 영화의 목소리는 조금 떨리고 있었다. 손을 자꾸 매만지는
모양이, 사장 사모 어쩌고 한 걸 들었을까 걱정하는 듯했다. 그리고
정도진 사장은 영화의 인사말은 못 들은 듯 가인에게 말했다.

"오후 3시 발족식에 같이 참석하지, 서가인 씨."

"네, 알겠습니다."

"참, 점심 때 홍상덕 이사가 서 비서가 준비해준 와인 마음에 들어
했어. 언제나 제대로 된 선물을 준다고 하더군. 언제나 일을 깔끔하게
해줘서 참 좋아. 그리고 지금 당장 준비할 게 있으니 사장실로 같이
가지."

"알겠습니다, 사장님."

정도진 사장이 앞장서서 걷자 또각또각, 가인이 그 뒤를 따랐다. 그
러자 장영화가 긴장되었던 숨을 몰아쉬며 안도했다. 다행히 정도진
사장은 제가 한 말을 못 들은 모양이다. 사장님의 마음을 훔치고 위로
올라가고 싶은 건 사실이지만, 그걸 당사자한테 이런 형태로 들켜서
야 승산이 없다.

서가인. 그냥 순순히 도와주면 될 걸 왜 이렇게 큰소리를 나게 해서
는. 영화는 제 잘못은 생각도 않은 채 오롯이 불쾌함만 느끼고 있었
다. 어쩔 수 없지. 이렇게 된 이상 다른 방향으로 전환해서 노려보는
게…….

"참, 장영화 씨."

"네, 네?"

일이 일단락되었다고 안심하며 돌아서려던 영화는, 사장의 부름에 화들짝 놀라며 답했다. 그러자 정도진 사장이 가던 길을 멈추고 묘한 웃음을 머금은 채 말했다.

"내 스케줄을 조정하는 건 비서가 하는 일이 맞지만, 앞으로 날 노리고 싶거든 그런 건 비서가 관리 안 하니 직접 말하도록."

그리고 놀라서 입이 딱 벌어진 영화를 뒤로하고, 정도진 사장은 그대로 가인을 데리고 사라졌다. 그들이 시야에 안 보이게 되고 나서야, 영화는 저도 모르게 "망했다." 하고 중얼거렸다.

파인애플은 매우 시다

차 안에서 가인은 별다른 말을 하지 않았다. 사실, 이런 상황에서 감사인사를 할 것도 아니고, 오히려 그런 장면을 들킨 건 일하는 데 불편을 초래할 뿐이다.

비서실 사람들의 대부분은 자기 일에 충실하고 자부심까지 느끼고 있는데, 그럴 리야 없겠지만 다들 윗자리에 앉아 있는 사람을 꿰차겠다는 야심을 가지고 있다고 생각하면 곤란했다.

일찍 출발하기는 했지만 길이 상당히 막혔다. 서울의 교통체증은 알아줘야 한다. 대학은 서울에서 다녔지만 원래는 지방 출신인 가인에게 서울의 이런 면은 영 적응이 되지 않았다. 빨리 도착해서 이 어색한 분위기에서 벗어나고 싶었다.

"서 비서."

"네, 사장님."

올 게 왔다. 뭐든 이야기하려나 보다. 가인은 제가 잘못한 것도 아닌데 마음속으로 조금 긴장하며 겉으로는 태연히 대답했다.

"이런 일이 자주 있나?"

"아니요."

가인은 즉답했다. 마치 기다렸다는 듯이 너무 빨리 답이 나갔다 싶기는 했지만 사장님이 제 밑에 있는, 게다가 같은 부서 사람들인 비서실 사람들을 영화 같은 수준으로 평가하게 되는 건 싫기 때문이다.

"흔하지 않는 일이죠. 그래서 저도 약간 당황했습니다."

"그렇군."

정도진 사장은 그렇게 말하더니 곧 입을 다물었다. 정도진 사장은 말수가 많은 편은 아니다. 게다가 어떨 때는 과정보다는 결론을 먼저 말해서, 과정을 차근차근 설명해줬으면 할 때가 왕왕 있었다.

그러나 가인은 같이 지내면서 한 가지 깨달은 게 있었는데, 모르면 물어보면 된다는 점이었다. 일부러 그러는 것이 아니기 때문에 자기가 의문 나는 것이나 혼자 오해할 만한 상황이 생기면, 가인은 곧바로 물어보곤 했다.

그러면 정도진 사장은 바로 대답해줬고. 어떨 때는 제가 그의 뜻을 잘못 해석했었다는 걸 가인은 깨닫곤 했다.

"미안하게 생각해, 서 비서."

"네?"

이번도 역시나, 결론부터다. 이번 일이 미안하다는 건지 아니면 다른 일로 미안하다는 건지 약간 긴가민가하다.

정도진 사장은 가끔 머릿속으로 이것저것 골똘히 생각하다ー주로 사업과 관련된 생각이 많았다ー 현재 나누고 있는 대화와 전혀 상관없는 걸 물어보거나 이야기하기도 했기 때문이다.

가인은 그냥 이대로 괜찮습니다, 라고 해야 하나 아니면 물어봐야 하나 잠시 갈등하다 묻기로 결심했다. 말이란 건 대화하지 않으면 언제나 오해의 여지가 있다.

"뭐가 미안하다는 말씀이신가요, 사장님?"

"매번 여자들한테 시달리게 해서."

그런 미안함이었구나. 흠, 하긴 다른 사장실에 비해서 대놓고 찾아오는 여자들의 빈도수가 높기는 하다.

그건 정도진 사장이 만만해서가 아니라, 그만큼 여자들에게 친절하기 때문에 찾아오는 여자들이 이 정도 앙탈ー물론 당하는 사람 입장에서는 큰 민폐다─은 받아줄 거라고 착각하곤 했기 때문이다.

"괜찮습니다."

결국, 처음의 선택지와 같은 답변을 하긴 했지만 그래도 뭐가 미안하다는 건지는 알았으니 되었다. 일처리 외의 것들이 쌓이고 쌓이면 나름의 스트레스가 되지만, 아직 이 정도는 견딜 만했다. 자신에게 너무 직접적으로만 오지 않으면 된다.

사장님의 사생활은, 적당한 거리에서, 그렇게 남 일처럼 바라 보고 있으면 장영화 씨처럼 공사 구분 못 하고 덤비는 것 정도는 아무렇지 않을 수 있었다.

"서 비서는 늘 빈틈이 없군. 연애는 하나?"

"아, 연애요."

연애라. 물론 가인도 누군가를 좋아한 경험이 있고, 누군가가 가인을 좋아한 경험도 있었다. 그게 잘 맞물리고 서로의 마음이 통해야 교제라는 게 성립되는 건데, 묘하게도 그게 맞아떨어진 적은 별로 없었다.

가인 쪽에서 마음이 있으면 상대는 다른 쪽을 쳐다봤고, 상대편에서 가인에게 마음이 있으면 가인은 그리 끌리지 않았다. 대학에 다닐 때도 동기든 후배든 선배든 남자들과 편하게 대화는 나눴으나 학교 밖에서 자주 연락을 해본 적은 거의 없었다.

「넌 늘 빈틈이 없어. 그래서 연애를 못 하는 거야.」

친한 친구 하나는 자신을 두고 이렇게 평했는데, 가인은 실수하는 모습을 굳이 보이고 싶지 않은 것뿐이었다. 가인은 자신이 약삭빠르거나 재치 있는 유형의 사람이 아니라는 걸 아주 잘 알고 있었고, 자신의 장점인 성실함을 생활에 적용하고 있었다.

게다가 연애란 친하지 않은 상태에서 서로의 속내를 조금씩 드러내 보이며 친해지는 과정인데, 묘하게 여자들한테는 어렵지 않은 그것이 남자들에게는 그리 쉽지 않았다.

가족구성원 중 남자가 없는 것도 아니었지만, 아무래도 장녀라는 입장이 영향을 준 것 같았다.

"해야죠."

적어도 대답이 '하고 있습니다' 정도면 좋을 텐데 '해야죠'라니. 조금 한심해 보이려나. 나이는 적잖이 찼는데 모태 솔로라니.

연애는 경험이니까 적당히 자기 좋다는 사람하고 해도 좋겠지만, 그렇게 '적당히 어떻게'보다는 설령 나중에 깨지더라도 좀 더 진중하게 같은 방향을 보고 걸어갈 사람을 만나고 싶다는 욕심이 요즘 같은 세태에는 좀 우습게 보이려나.

그렇지만 구구절절 설명하지 않으면 일개 비서의 사생활 따위는 모를 테니 그저 짧게 답하는 게 낫겠다고 가인은 생각했다. 그리고 아마 정도진 사장은 굳이 설명을 요하지는 않을 터였다.

"그렇군. 서 비서 성격 좋은데 의외인데. 남자친구가 있어도 벌써 있을 거라고 생각했거든."

"그러셨군요."

그러자 정도진 사장이 잠시 그녀를 찬찬히 바라보았다. 그러나 시선은 사심이 담겨 있다기보다는 뭔가 관찰하는 듯 골똘해서 가인은 기분이 묘했다. 아마 저런 눈빛으로 자신을 바라보면 오해할 여자들이 종종 출몰할 듯했다.

쓸데없이 잘생겼다. 아니, 그저 잘생기기만 한 사람은 흔하다. 하지만 정도진 사장은 미남인 얼굴 아래 여자를 끌리게 하는 자신감과 기획력 같은 게 있어서, 더한 매력을 발산하고 있었다. 하지만 그뿐. 상사는 상사일 뿐. 가인의 생각은 거기서 멈췄다.

그런 가인의 생각은 전혀 알지 못하는 정도진 사장이 운을 뗐다.

"생각 있으면 내 친구 중 괜찮은 친구가 있는데 소개시켜줄까?"

"마음은 감사하지만 사양하겠습니다. 제가 너무 부족할 것 같네요."

가인은 거의 반사적으로 상투적인 미소를 얼굴에 가득 띠었다. 이런 건 얼른 거절해야 편하다. 상사의 친구와 연애를 하다니. 잘되면 그만한 빽도 없겠지만 잘못 굴러가면 그만한 지뢰도 없는 거다.

"그렇군."

정도진 사장은 더는 권하지 않았다. 그러더니 느긋하게 차 시트에 몸을 파묻고 바깥 풍경을 바라보기 시작했다. 바깥 풍경이래 봤자 정체된 차량들과 높다란 빌딩 숲들이었지만 느낌이나 자세만큼은 여느 화보에서 나왔다 해도 믿을 만한 분위기였다.

가인은 묵묵히 앉아 있으려다 정리하려던 자료가 떠올라 메모를 위해 핸드백 안 수첩을 찾았다. 스마트폰이나 아이패드도 있었지만 가인은 가끔 그런 것들을 손에 들고 움직이기엔 너무 무겁다는 기분이 들어서 작은 수첩에다 이런저런 것들을 정리하곤 했었다.

"안 쓰는군."

"네?"

언제 시선을 두었는지, 정도진 사장이 가인에게 말을 걸었다. 주어 목적어 다 생략한 말에 되물은 가인은 정도진 사장의 시선이 자신의 핸드백에 닿아 있음을 깨달았다.

핸드백.

안 쓴다니.

설마.

작년 홍콩 출장 때 출장선물이라며 안긴 핸드백 얘기는 아니겠지?

명칭은 핸드백이었지만 모양은 참, 이런 특이한 걸 어떻게 찾았나 싶을 정도여서 가인도 혀를 내두를 수밖에 없었다. 빨간색 바탕에 점점이 까만 비즈가 씨처럼 박혀 있고, 핸드백 뚜껑은 마치 딸기 꼭지처럼 초록색이었다.

게다가 똑딱 소리를 내며 열어지는 핸드백 고리에는 커다란 딸기 모양이 입체감 있게 드러나 있었다. 아무리 봐도 성인 여성이 쓰기는 무리인 디자인이라, 친한 언니의 어린 딸이 엄청나게 탐내기에 선물로 줘버렸다.

그걸 말하는 건 아니겠지?

가인은 새삼 정도진 사장을 다시 보았다. 막 화보에서 튀어나온 듯한 세련된 정장에 완벽한 비주얼. 그런 극악인 물건을 안길 만한 사람으로는 전혀 보이지 않는다.

가인은 근무하는 동안 정도진 사장의 옷차림이 엉망이었던 적은 한 번도 본 적이 없었다. 오히려 커프스단추나 가끔 쓰는 도수 없는 안경테마저도 멋들어진 물건을 잘도 골라 써서 이 사람은 참 감각 있구나, 생각하곤 했었다.

"전에 선물 주셨던 핸드백 말씀하시는 건가요?"

"맞아."

왜 뜬금없이 지금……. 지금 자기가 선물한 걸 하나도 쓰지 않는다는 걸 새삼 발견한 건가. 아니 쓸 수 있는 걸 선물해주시지도 않으셨잖아요, 사장님. 그러나 가인은 유능한 직장인이 그렇듯 상사를 향한 능숙한 웃음을 띠고 답했다.

"죄송합니다. 친한 언니가 딸하고 놀러 왔는데 그 아이가 핸드백을 꼭 쥐고 대성통곡하면서 놓지 않아서. 줄 수밖에 없었어요."

"그랬나? 아쉽군."

집에 있다는 거짓말을 할 수도 있었지만 거짓말은 체질에 안 맞는데다, 혹시라도 다음 날 가지고 오라는 거절할 수 없는 부탁 같은 걸 받게 되면, 벌칙 게임이라도 하듯 줬던 핸드백을 빌려서라도 들고 와야 했다.

그 극악한 비주얼도 비주얼이지만, 거기로 간 물건이 제대로 멀쩡히 있으리라는 보장도 없었다.

"친한 언니 딸이라면, 몇 살이지?"

"일곱 살입니다."

방긋, 가인이 다시 웃으며 답했다. 네, 사장님. 사장님이 선물하시는 건 일곱 살짜리 애가 참 좋아할 만한 물건이 더 많답니다. 출장선물은 제발 좀 평범한 걸로 주시면 안 될까요?

그러나 가인은 아직 월급을 타며 직장을 더 다니고 싶었기 때문에 속마음을 웃음 속에 눌러 감췄다.

"귀엽겠군."

"매우 귀여워요. 물론 키우는 건 별개겠지만 그래도 아이들은 무척 귀엽지요."

가인이 만면에 진심으로 사랑스러워하는 표정을 담고 다시 핸드백 속으로 손을 집어넣었다. 육아는 옆에서 지켜보는 것만으로도 전쟁이지만, 그래도 그 작은 얼굴과 작은 몸과 작은 손발을 바라보고 있으면 그런 힘겨움도 잊을 수 있을 것 같았다.

"아이들을 좋아하나 보군, 서 비서."

"네, 좋아합니다. 사장님."

"그렇군."

가인은 말을 하면서 재빨리 수첩을 꺼냈다. 펜을 잡고 정리를 하려는데, 갑자기 불쑥, 가인 앞에 붉은색 계열의 펜이 튀어나왔다.

"쓰지."

"……."

"마음에 안 드나?"

“······쓰겠습니다.”

가인은 제 손에 놓인 아직 포장도 뜯기지 않은 펜을 보았다. 고급스러워 보이는 투명 케이스에 들어 있는 펜은, 전체적으로 봤을 때 그리 싼 가격대는 아닐 것 같았다.

이거 맞춤 아닌가 싶을 정도의 퀄리티인데, 여지없이 입체감 있게 크게 튀어나와 있는 딸기 무늬는 손에 잡고 쓰기 부담스러울 정도다.

역시 사장님의 선물. 기대를 실망시키지 않는구나. 아무래도 날 잡아서 은근슬쩍 딸기 무늬 말고 다른 무늬로 선물 주실 의향이 없냐고 말을 해야 할까.

그러다 수박 무늬나 참외 무늬 혹은 바나나 키위, 이런 걸로 바뀌어버리면 곤란하다. 가인은 체념한 채 케이스를 열어 펜을 잡았다.

strawberry kiss

나미나는 간이부스 안에서 바깥에 모여 있는 사람들을 뚫어져라 바라보고 있었다.

그녀는 가창력이 좋아 제법 대우를 받는 급으로 행사 막바지에나 노래를 부르게 되어 있어 이렇게 일찍 올 필요가 없었다. 게다가 최근에 발표한 '눈물비'와 'Chicken party'는 연달아 음악차트의 1위를 꿰차는 바람에 인기로는 남부럽지 않았다.

그런 그녀가 초조한 듯 밖을 연신 바라보았다. 오늘을 위해서 모든 일정을 취소했다. 몇천만 원짜리 행사까지 고사하자 매니저는 노발대발하다가 나중에는 애원까지 했지만 나미나는 고집을 꺾지 않았다. 오늘은 꼭 봐야 했다.

나미나는 빨간색으로 웨이브 진 머리를 손가락 끝으로 계속 만지작거리며 생각을 곱씹었다. 무대의상으로 몸에 붙어 있는 반짝이는 금빛 스팽글이 영 못마땅했다. 이런 행사복장으로 다시 보고 싶지는 않았는데. 하지만 어쩔 수 없는 일이었다.

1년 전에 만난 그 남자는, 평생 자신이 꿈꾸던 이상적인 남자였다. 세진그룹의 정도진 사장.

나미나는 사실 그리 머리가 좋은 편은 못 되었다. 학교에 다닐 때도 친구들에게서 '미나한테는 세 번 이상 설명해줘야 해.'라는 우스갯소리를 듣고는 했었다.

그렇지만 그런 만큼 뚝심이 있어서 한번 몰두한 건 집요하게 파고들곤 했었다. 미나 자신은 그걸 성실함이라고 생각하지만, 안 좋은 방향으로 흐르면 다른 이들은 지나친 고집이라고 하기도 했다.

하지만 바로 그 점이 현재의 나미나를 만들었다고 그녀는 생각했다. 그녀는 자신이 타고난 보물 몇 가지를 가지고 있다고 생각했다.

그건 바로 지금의 그녀를 만들어준 놀랄 만한 가창력과 제법 반반한 외모, 그리고 끈기였다. 그녀는 자신이 자랑하는 그 성실함으로 우직하게 밀어붙였고, 긴 무명생활에도 굴하지 않고 지금 이렇게 빛을 발하는 것이다.

그래서 그녀는 무엇이든 끝까지 노력하면 원하는 걸 얻을 수 있다는 믿음을 가지고 있었다. 그건 틀린 말은 아니었지만 모든 상황에 적용되는 말은 아니었다. 하지만 미나는 그걸 납득하지 못했다.

이성과의 관계도 그녀는 늘 그 기준을 적용시키곤 했다. 다행히, 많은 남자들은 머리보다는 외모를 먼저 보는 생물이어서 그녀가 원하는 남자는 거의 다 만날 수 있었다.

그녀 자체가 우직하리만큼 만나는 사람에게 성실하게 잘해주고 충실했기 때문에 그간 이성과 헤어질 때는 남자 쪽에서가 아닌 언제나 그녀가 마음이 식어서 헤어지자고 했었다.

한 번도 차여본 적이 없다. 오히려 왜 헤어지려 하느냐고 매달리는 남자들은 있었다. 언제나 그런 관계였기 때문에 그녀는 자신이 차일 수 있는 가능성은 전혀 생각해본 적이 없었다. 그런데 차였다. 바로 작년에. 자신의 완벽한 왕자님에게. 믿을 수 없었다.

정도진 사장은 그녀가 항상 꿈꾸던 사람이었다. 비록 세 번밖에 만나지 않았지만, 그녀는 첫 만남에서부터 그가 자신의 운명임을 절절히 깨달았다.

가끔 전에 만났던 남자들이 농 삼아 웃곤 했던 그녀의 무식함도 그의 앞에선 사랑스러운 실수가 되는 듯했다. 두 번째 만났을 때는 첫 번째보다 더 소중히 여김을 받으면 받았지, 못한 것 같지 않았다.

게다가 그는 실제로 왕자님이라는 말이 어울리는 기업의 후계자감이었다. 그가 세진그룹의 직계 중 하나라는 건 신문이나 뉴스만 조금 봐도 알 수 있다.

어째서 그런 사람이 자신을 만나는지는 알 수 없었으나, 아마 주변의 딱딱한 여자들에게 질린 탓에 자신같이 분방한 사람을 원하게 되었나 보다고 미나는 혼자 그렇게 납득했다.

자신은 신데렐라가 되는 거다. 수많은 여자 중에서 유리 구두로 선택받은, 그런 신데렐라.

그녀는 꿈에 부풀어 잠자리에서 그렇게 되뇌곤 했다. 신문이나 뉴스, 인터넷에선 최고의 가수와 최고의 경영인의 만남이라며 결혼에 대해 내리 발표하겠지. 어떤 의상을 입고 어떻게 웃어야 하나. 그런 것 하나는 수십 번 연습했으니 잘할 수 있다.

그런데 세 번째 만남에서 모든 게 틀어져버렸다. 뭐가 문제였는지, 아직도 그녀는 알 수 없었다. 분위기 좋은 바에서 적당히 취했었고, 그는 처음처럼 친절하고 사려 깊었다.

그래서 그녀는 그의 목덜미를 끌어안고 여느 연인이 그러하듯 달콤하게 입 맞추려 했다. 그러자 그가 거절하듯 그녀를 조심히 밀어내었다.

「많이 취한 것 같군요.」
「취하지 않았어요.」
「오늘은 그만 보는 게 좋겠습니다.」
「……나는 싫은데.」
「미안하지만, 나는 이 이상 관계를 진행시킬 생각이 없습니다. 깊이
생각해봤는데, 아무래도 우린 맞지 않습니다.」

그녀는 취기가 도는 머리로 그가 무슨 말을 하는 건지 이해하려고
해봤다. 지금 무슨 말을 하는 거지?
그 이후로 그가 뭐라고 친절하게 말을 더 했으나 마치 귀에 뭔가 덮
인 듯 전혀 알아들을 수 없었다. 그가 멍하니 서 있는 그녀를 집으로

바래다주라고 운전기사에게 지시한 후 어디론가 가버리자, 그제야 제
가 그에게 거절당했음을 깨달았다.
말도 안 돼.
실수는 하지 않았다고 생각한다. 그는 그녀를 부드럽게 대했으며
말도 안 되는 소리에도 그저 유쾌하게 웃곤 했었다. 그도 자신에게 마
음이 있다고 확신했는데.
도무지 받아들일 수 없었다. 그래서 그녀는 그녀를 최고의 스타로
올려놓은 그 성실함을 그에게도 적용시키면 그의 마음을 다시금 되찾
을 거라 생각했었다. 그러나 돌아온 건 스토커라는 오욕뿐.
그래서 나미나는 그나마 있는 자신의 자리를 지키기 위해 눈물을
머금고 그를 놓아주어야만 했다. 하지만 마음 한편으로는 뭔가 오해
가 있으리라는 생각이 뱅뱅 맴돌아 언제고 다시 그를 만나고야 말겠
다고 생각하고 있었다.

미나가 그런 생각으로 바깥을 주시한 보람이 있었는지, 다른 부스에서 대기하고 있던 정재계 인사들이 준비된 상석으로 앉기 시작했다. 그리고 그녀는 드디어 원하던 남자를 보았다.

1년이나 지났는데도 여전한 얼굴. 깔끔한 슈트. 반듯한 자세. 어지간한 연예인은 뺨칠 만한 홀릴 듯한 미남.

어떻게든 짬을 만들어서 말을 걸어봐야 하는데. 왜 내가 아니냐고, 정말 마음이 변한 거냐고, 내가 노력하면 안 되는 거냐고.

"뭘 그렇게 보고 있으세요, 선배님?"

너무 정신없이 도진을 바라보는 바람에 누군가 가까이 다가오는 것도 느끼지 못했던 미나가 화들짝 놀라 상대를 쳐다봤다가, 자신이 아는 사람임을 알고 바로 경계를 풀었다.

"아, 권이니? 일찍 왔구나."

"네, 오늘 드라마 촬영이 무산되는 바람에 그냥 행사장에 일찍 왔어요."

차권.

연한 갈색 머리카락. 지적이고 부드러운 느낌의 얼핏 보면 모범생 같은 이미지지만 연기를 할 때는 팔색조 같은 매력을 가진 가수 겸 연기자였다. 현재 일본과 중국, 동남아에서 선풍적인 인기를 끌고 있어 그가 한번 움직이면 어지간한 중소기업 저리 가라 싶게 돈을 번다고 한다.

게다가 집안도 상당한 명문가. 차권은 특이하게 연예계로 들어왔지만 집안 대대로 법조계 출신으로 유명했다. 차권 본인도 상당한 인기에도 불구하고 선후배나 스태프들을 두루두루 잘 챙기는 편이라 인망도 좋다고 소문나 있었다.

그래서인지 팬클럽도 어디가나 상당히 모범적인 데다가 우리 오빠를 대신해 좋은 일을 한다고 봉사활동도 제법 많이 하고 있었다. 팬클럽 이름은 '두 마리 토끼를 다 잡은 남자' 줄여서 '두토남'이라고 불리고는 했다.

남자치고는 특이하게 왼쪽 눈 밑에 눈물점이 있어서, 요즘 그의 팬들이 문신으로 눈물점을 새기는 게 유행이라는 말도 돌고 있었다.

"오늘 행사 굉장히 크다고 하더니, 정재계 유명한 인사는 다 모였나 봐요. 선배님이 보고 있던 사람은 정도진 사장인가요? 눈에 확 띄죠, 저 사람. 전에 연예인들하고 같이 사진 찍을 일이 있었는데 연예인 옆에서 외모가 꿀리지 않더라니까요."

"으응, 그래. 너무 잘생겨서 한번 쳐다봤어."

다행히 미나가 정도진 사장과 만난 적이 있다는 사실을 알고 있는 사람은 매우 적었다. 차권도 그냥 잘생겨서 쳐다본다고 생각하는 것 같았다.

"옆에 앉아 있는 여자는 비서인가? 오, 제 스타일인데요."

그제야 미나는 정도진 사장 옆에 단정히 앉아 있는 여자에게 시선을 돌렸다. 정도진 사장을 바라보느라 다른 사람은 신경 쓸 겨를이 없었던 것이다.

염색기 하나 없는 검은 머리. 하얀 피부에 쌍꺼풀 없는 큰 눈. 전체적으로 오목조목하게 생긴 나름 예쁘장한 얼굴.

청바지에 흰 티를 입혀놓으면 대학 새내기 같은 느낌도 들 것 같았지만 옆에서 비서로 수행할 정도면 그래도 나이가 좀 있을 터였다.

화려하지는 않았지만 그렇다고 수수한 느낌도 아니었다. 정장을 입고 앉아 있는 분위기는 지적이었고 차분했으며 설핏 기품마저 느껴졌다.

뭐, 그래 봤자 비서지만. 제대로 일만 진행되었으면 저 옆자리에는 내가 아내로 참석했을지도 모르는데.

그런 생각을 하자 미나는 조금 우울해졌다. 하지만 바로 정도진 사장과 만날 틈을 노리며 우울을 금세 떨쳐버렸다.

가인은 반듯한 자세로 자리에 앉아 있었다. 예상대로 발족식은 매우 지루했으며 행사를 보러 온 대부분의 사람들은 정재계 인사들의 상장 수여나 인사보다는 그 뒤에 나올 가수들의 무대를 기다리고 있었다.

감정을 알 수 없는 표정으로 앉아 있던 정도진 사장이 수여식과 인사말이 끝나자 가인에게 말했다.

"가지."

"지금 자리를 뜨시겠다는 말씀이십니까?"

"맞아. 어차피 내가 해야 하는 차례는 다 끝났고, 살펴보고 싶은 서류가 있으니 먼저 일어선다 해도 무리는 없을 거야. 원래 내가 올 필요까지는 없었는데 오늘은 만나야 할 분이 있어서 온 것뿐이니."

"알겠습니다."

겉으로는 완벽하게 사장의 명을 수행하는 비서의 얼굴로 일어서며 가인은 속으로 다행이라 생각했다. 사실 가인도 슬슬 이 행사가 지루해지고 있었던 것이다.

물론 뒤이어 있을 가수들의 무대를 보면서 스트레스를 해소시켜도 되지만, 아무리 좋은 자리라고 해도 팬클럽들이 앞자리를 지키고 서서 큰 소리로 자기 언니 오빠 누나 형을 외치는 자리를 흥겹게 즐기기엔 상황이 너무 공적이었다.

팬클럽들은 여러 군데서 왔는데, 그중에서 나미나의 팬클럽과 차권의 팬클럽이 숫자로나 위세로 압도적이었다.

다만 나미나의 팬클럽은, 통일성 있는 옷차림을 하는 일반적인 팬클럽답지 않게 자유분방한 복장과 분위기를 지니고 있었으며, 차권의 팬클럽은 무려 앞장서서 질서를 지키자 외치며 자원봉사를 하고 있었다.

극에서 극을 달리는 팬클럽 분위기에 팬클럽도 가수를 따라가는 건가 보다고 가인은 가볍게 납득했다.

삑.

특별히 외진 곳에 주차해둔 차문이 열리는 소리가 아직 거리가 있는데도 들렸다. 운전기사가 발 빠르게 문을 먼저 열고 나와 기다린 것이었다. 운전기사가 정도진 사장을 위해 뒷문을 열려는 찰나였다.

"도진 씨!"

높다란 음성에, 가인은 내색은 안 했지만 익숙한 풍경이 또다시 펼쳐지리라는 걸 알았다. 하지만 상대는 그저 웃어넘기기에는 조금 어려웠는데, 바로 가수 나미나였기 때문이다.

나미나를 피하기 위해 나미나가 있는 부스에서 가장 먼 곳에 일부러 주차시켰다. 행사장까지 거리가 꽤 됨에도 일부러 그걸 고수했던 건, 불필요한 문제에 휘말리고 싶지 않았음이리라. 물론, 일은 뜻대로 되는 게 아니지만.

그리고 가인은 처음으로 여자를 향해 인상을 구기는 정도진 사장을 봤다. 낯선 모습이다.

정도진 사장은 상당히 매너 있는 사람이어서, 실제로 회사 앞에서 기다렸다가 정도진 사장을 향해 손찌검까지 하던 모 회사 이사 딸에게조차 순순히 맞아주며 그 얼토당토않은 이야기를 다 들어주고 달래서 이별을 납득시킨 전적도 있었기 때문이다.

나미나의 빨간색 머리카락 밑으로 앞트임과 옆트임까지 분명히 한 큰 눈에 눈물방울이 그렁그렁 매달려 있었다.

"도진 씨, 이렇게 갑자기 나타나서 미안해요. 우리 사이에 오해가 있는 것 같은데 당신은 도통 만나주지 않으니까, 이렇게라도 하는 수밖에 없었어요."

비장미마저 느껴질 만한 심각한 얼굴이었지만, 의상은 그녀의 요즘 대표곡인 'Chicken party'의 콘셉트를 그대로 반영한 것이라 상황에 전혀 맞지 않았다. 상당한 크기의 가슴 부근에 금빛 스팽글로 커다란 치킨 다리를 형상화한 딱 달라붙은 짧은 빨간 원피스는 한 편의 희극 같았다.

다행히 눈물비도 같이 부를 예정인지 그 위에 원피스를 충분히 가릴 수 있을 만한 검은색 재킷을 입고 있었지만, 그래도 웃긴 건 웃긴 거였다. 치킨 다리와 눈물의 고백. 오해. 스토커. 묘한 조합이라고 가인은 생각했다.

"난 이해할 만큼 충분히 설명했다고 생각하니 돌아가십시오, 나미나 씨."

"도진 씨! 우리 좋았잖아요! 뭐가 문제예요? 내가 연예인이라서? 그만두라면 그만둘게요! 내가 학벌이 짧아서? 대학 다시 가서 공부라도 할게요! 원하는 게 있으면 바꿀게요. 그러니까 제발……."

"개념부터 배우고, 싫다는 사람을 붙들고 늘어지지 않기를 바랍니다."

얼음같이 딱딱한 얼굴로 도진이 대꾸하자, 미나가 울부짖듯이 외쳤다.

"난 안 끝났어요!"

"끝났습니다."

"저, 어. 저, 도진 씨, 내가 방배동 오피스텔에 당신 몰래 들어가려고 했던 것 때문에 그렇다면 그건 내가 사과를 할 테니……."

방배동 오피스텔?

그건 가인도 모르는 이야기다. 세진그룹의 본가는 평창동에 있다.

물론 정도진 사장이 어디서 먹고 자는지는 잘 모르지만 가인은 정도진 사장이 당연히 평창동에서 출퇴근을 한다고 생각하고 있었다.

그러고 보니, 작년쯤에 사장님 지시로 급매물로 방배동의 오피스텔 하나를 판 것도 같다. 그러나 그것 말고도 부동산 처리를 몇 개 더 해서, 그런 일이 걸려 있으리라고는 가인은 생각도 못 했다. 도진이 질린다는 얼굴로 대꾸했다.

"더는 할 말 없습니다. 서 비서, 출발하지."

"안 돼! 못 가!"

그러나 미나의 울부짖음과는 달리 이미 정도진 사장은 차에 탔다. 가인도 재빨리 차에 오르려던 순간이었다.

와락!

미나가 가인의 허리춤을 놀랄 만한 힘으로 잡아채더니 차에 탄 정도진 사장에게 외쳤다.

"당신 비서 잡고 있으니까 어서 내려서 이야기해요!"

난감해진 가인이 미나를 밀어내려고 애썼으나 악에 받친 여자의 힘은 대단했다. 맙소사. 저 남자에게 마성의 매력이라도 있단 말인가? 사실 나미나 정도면 돈도 있고 인기도 있고 외모도 그럭저럭 예쁘지 않은가.

저 남자가 마음을 돌려 이야기를 들어준다고 해도, 벼락 맞을 확률로 다시 사귄다고 해도 한번 저런 마음을 먹은 사람이 다시 상냥해지리라는 착각은 어디서 나오는 걸까. 게다가 이쪽에서 이렇게 구는 데 질린 사람인데, 똑같은 방식으로 접근해서 어쩌자는 걸까.

그 이전에, 나 들어가서 일해야 하는데.

스윽. 굳게 닫혀 있던 차문에서 선팅한 유리창이 내려갔다. 정도진 사장이 선심이라도 쓰는 듯 가인에게 말했다.

"서 비서, 오늘은 이른 퇴근을 허용하지. 회사엔 내가 말해놓을 테니까 걱정 말고. 오늘 이런 일에 휘말리게 해서 미안하니 내일은 연가 사용 없이 내가 특별휴가를 주지. 그럼 수고하게."

그리고 다시 스르륵, 유리창이 올라가고 차는 미련 없이 사라졌다. 가인은 허리춤에 매달린 미나와 함께 망연히 차 뒤꽁무니만 바라보았다.

사장님, 이렇게 가버리시면 어떻게 해요?

비극 중에 다행인 건 지갑과 휴대전화가 든 핸드백이 손 안에 있다는 것. 그러나 가인은 그보다 더 곤란한 상황에 직면해야 했다.

"으흐흐……."

미나가 가인의 허리를 잡은 그대로 몸을 떨기 시작했기 때문이다. 가인은 그 소리가 더 큰 울음을 위한 준비임을 깨달았다.

"으아아아앙!"

그리고 미나는 마치 어린애처럼 엉엉 울음을 터트렸다. 가인은 난 감해졌다.

strawberry kiss

"자아, 쉬이. 쉬이. 괜찮아요. 이제 그만 울어요."

"으, 흑흑, 으흑, 으흑흑."

한번 터진 울음은 서러움을 담았는지 쉬이 멈추지 않았다. 저쪽에선 와아, 와아, 가수가 바뀔 때마다 함성이 요란했다. 가인은 차분히 미나를 다독이며 흘끔흘끔 저 멀리 있는 무대 쪽을 바라봤다.

'아직 여유는 있어 보이는데 나미나 차례는 언제지? 거의 톱급이니까 행사 끝부분이 출연 순서일 텐데 그 전에 정돈시켜서 무대로 보내지 않으면…….'

이젠 하다 하다 사장님의 스토커 상대의 스케줄까지 챙기게 되다니, 이건 분명 직업병이다. 하지만 이대로 무대가 펑크나버리면 진짜 곤란해지지 않을까. 나미나 본인을 비롯해서 나미나를 기다리는 많은 사람들이. 그러나 막상 나미나 본인은 정신을 못 차리고 있었다.

"도진 씨는, 흑, 끅, 지금, 사귀는 사람, 흑, 끅, 있어요?"

"사장님의 사생활은 저도 모릅니다."

예의 바른 미소를 띠며 가인이 답했다. 물론 지금은 사귀는 사람은 없다. 하지만 당장 오늘 밤에라도 누군가에게 소개를 받아 상황이 바뀐다 해도 가인은 알 수 없다.

게다가 정확하지 않은 정보를, 설령 정확한 정보라 해도 상사의 정보를 타인에게 말한다니 비서로서 있을 수 없는 일이다.

"나, 정말, 가망, 흑, 흑, 흑, 없는, 거, 흑, 끅, 예, 요?"

"그건 저도 모르지만……."

가인이 말을 흐리자 미나가 마스카라가 잔뜩 번진 커다란 눈에 그렁그렁 눈물을 매달고선 가인을 바라보았다. 일견 처량해 보이기도 한 눈빛을 받자, 가인은 적당히 거절하던 대화법을 조금 바꿨다.

"……아마 가망 없지 않을까요."

"으, 아. 진짜, 비서님은, 흑, 끅, 흑, 흑흑, 냉정해!"

아니. 이런 원망을 듣고 있을 사람은 내가 아닌데. 가인이 다시 미나를 다독이며 무대를 바라보았다. 나미나의 매니저는 뭐 하고 있는 걸까? 여기저기 찾고 있나? 어서 빨리 인계해서 화장을 고치고 진정을 시켜서 무대로 올려 보내야…….

"도진 씨는 왕자님 같은 사람이었어요. 나, 신데렐라가 된 기분이었다고요. 나는 사실 노래 말고는 잘하는 게 별로 없어요. 얼굴도 제법 예쁘장하긴 하지만 성형도 많이 했고……. 사실 얼굴 고치고 싶지 않았는데 소속사에서 고치자고 했어요. 대중한테 좀 더 먹히는 얼굴이 있다고. 그래서……."

이제 미나는 자기 이야기를 풀어내고 있었다. 여기서 인생극장을 찍는 게 나쁜 건 아니지만 시기가 좋지 않다. 이야기를 못 들어줄 것도 아니지만 당신은 곧바로 가서 팬들을 위해 노래를 불러야 하는데. 가인은 조심스럽게 이야기의 맥을 끊어보았다.

"저기, 그런 얘기는 좀 조심하는 게 어떨까요? 제가 말하지 않아도 누군가 듣고 기사화한다거나 하면 서로 곤란할 텐데."

그러나 미나는 자신의 인생 역정을 멈출 생각이 조금도 없었다. 미나는 가인이 자신의 이야기를 잘 들어주자 오히려 열을 올렸다.

"괜찮아요. 나 성형한 거 아는 사람 다 아는데요. 뭐. 인터넷에 보면 예전 사진 떠다녀요. 으, 그것도 제일 못 나온 사진만 골라서. 라면 먹고 부은 다음에 찍은 사진이라든지. 예전의 나도 그렇게까지 못생기지는 않았는데 말이죠. 게다가 도진 씨 정도면 기사화되기 전에 그쪽 회사에서 막을걸요. 이미지 실추 어쩌고 하면서 말이에요."

"그것까지 아는 사람이 왜 그랬어요?"

가인이 되묻자, 미나가 마스카라가 검게 번진 얼굴로 가인을 바라봤다.

"가인 씨는, 누구한테 열렬하게 매달려본 적 없죠?"

사람한테 열렬하게. 서로가 서로에게 열렬하다면 상관없지만, 한쪽만 불붙으면 그 관계가 사람을 얼마나 압박하는지 가인은 잘 알고 있었다. 그런 독점욕 같은 건 사춘기에 진즉 끝냈다. 정말 소중하다면, 그 사람의 생활과 감정을 존중해줘야 하는 거 아닌가.

"……네."

"그게, 멈춰야 한다는 건 아는데 멈출 수 없는 거예요. 내리막길을 롤러스케이트 타고 미끄러져 내려가는 기분 같은 거예요. 어디 부딪혀서 깨지고 구를 거 같은데 포기가 안 되는 거.

처음에 만나지 말자는 말을 들었을 때 솔직히 나 똑똑하지 못해서 잘 이해 못 했어요. 그래서 이해하고 싶어서 그 사람이 자주 가는 식당이나 술집을 조사해서 계속 맴돌았어요.

그때마다 그 사람, 너무 친절하게 대해줘서 나는 이 사람 마음이 완전히 식지는 않은 것 같다고 생각했어요. 그런데 상대는 안 해줘요. 그래서 사람 많은 장소에서는 힘든 건가 해서 그 사람 오피스텔을 들어가려고 했었어요. 본가는 평창동에 있어서 보안이 철저하지만 방배동에 그 사람 소유로 된 오피스텔은 안 그렇거든요."

"사장님 따라서 그 오피스텔 가본 적 있어요?"

가인의 질문에 미나가 매우 해맑게 답했다.

"아뇨. 사람 시켜서 조사했는데요."

"그거…… 범죄인 거 알아요?"

맙소사. 이래서 그렇게 치를 떠는구나. 그런데 막상 당사자는 마치 떼를 쓰는 어린애 같아서, 일반적인 스토커와는 조금 다른 느낌이 들기도 한다. 그래도 문제가 있다는 점은 부인할 수 없다.

"그런데 그 사람이 사람을 시켜서 끌어냈어요. 다음에 또 이러면 가만있지 않겠다면서. 다음 날 소속사에서는 난리가 났어요. 세진그룹에서 직접 움직여서 압박이 들어왔으니, 주가는 떨어지지 소속사 사장님은 날 붙들고 죽네 사네 하고 있지……. 우리 소속사에서 내가 제일 잘나가서 나 함부로 못 쫓아내거든요. 아직 계약기간도 남아 있고. 그래서 그러지 않기로 했어요."

"왜 그런 미친 짓을 해요? 아니, 그거 미친 짓인지는 알아요?"

"……지금은 조금 과했다고 생각하고 있어요. 하지만 연인끼리 집을 오가는 건 흔히 있는 일이잖아요?"

"끝난 연인이잖아요. 게다가 어쨌든 동의 없이 남의 집에 들어가는 건 범죄자나 하는 짓이에요."

가인이 단호하게 말하자 미나가 조금 시무룩하게 대답했다. 그 모습은 철없는 어린애와 비슷했다.

"반성하고 있어요. 하지만, 나, 그 사람 진짜 좋아했고, 그 사람도 나 진짜 좋아했는데, 이해할 수 없어서……."

"사장님이 설명하셨을 것 같은데요."

"몇 번이고 몇 번이고 설명하더니, 오피스텔에 들어가려던 내가 끌려가는 앞에서 설명조차 포기한 얼굴로 혼자 중얼거렸어요."

"뭐라고요?"

"파인애플이 매우 시다고요. 너무 이상한 말이라서 그 말만 똑똑히 기억나요. 파인애플은 새콤달콤하잖아요. 시기만 한 게 아니라고요. 게다가 그 상황에 갑자기 혼잣말로 과일 이야기라니."

파인애플.

아, 나미나는 파인애플이었구나. 파인애플은 맛있지만 그 신맛 때문에 신 걸 잘 못 먹는 사람들은 어려워하는 과일이기도 하다. 강렬한 열정과 집착이 나미나를 단맛은 없는 파인애플로 만든 거다.

"그러고 보니, 예전에 도진 씨가 그런 말 한 적 있어요. 왜 가끔 음식에 파인애플 같은 게 같이 나올 때 있잖아요. 샤브샤브 같은 걸 싸 먹을 때도 그렇고. 왜 나오는지 아느냐고."

파인애플이 음식에 나오는 이유. 아마도 기억이 맞는다면, 단백질을 분해하는 효소가 있어서 소화에 도움이 되라고 먹는다고 알고 있다.

그렇지만 파인애플이 매우 시다고 표현하고, 그걸 굳이 미나에게 짚어 말했다는 건. 맞는지는 모르겠지만 단백질을 분해할 만큼 너무 강한 면이 있어서, 감당하기 힘들다는 뜻이었겠지. 하지만 흑흑대는 얼굴을 보자 그 생각을 있는 그대로 옮길 마음은 조금도 들지 않았다.

"음. 파인애플이 그만큼 맛있다는 뜻일 거예요. 음식하고 같이 먹을 만큼. 하지만 파인애플은 외국에서 들어온 과일이잖아요? 사장님은 미나 씨의 표현법이 외국인이 외국말로 이야기하는 것처럼 이해하기 어렵다고 생각한 거 같아요. 그래서 파인애플이라는 말을 썼을지도 요."

"그, 그럼, 내 말을 이해만 시키면 어떻게든 된다는 거예요?"

이럴 때는 유리한 쪽으로만 이해가 빠르구나. 가인은 싱긋 웃었다. 부드럽지만 단호한 웃음이었다.

"아니요. 사장님은 이해할 수 없는 외국말을 배울 생각은 없으신 것 같네요. 배울 생각이 있으셨으면 이렇게 떠나시진 않았겠죠."

"으, 아……. 흑, 으, 흑흑. 나, 그렇게 매력이 없나……."

"아니에요. 매력이 왜 없어요? 저쪽을 봐요."

가인이 무대 쪽을 가리켰다. 휘황찬란한 빛과 온갖 소리로 가득 차 있었다.

"지금 미나 씨를 기다리는 수많은 사람들의 안목이 떨어진다고 할 셈이에요? 자, 이제 눈물을 닦고 무대로 올라가요."

미나가 그제야 정신을 차린 듯 무대를 바라보더니 허둥대기 시작했다.

"시간이 벌써 이렇게 되었네! 빨리 가야겠다!"

목적을 달성했다. 가인은 일을 완수했을 때 밀려드는 피로감과 함께 작은 성취감을 맛보았다. 그 순간이었다.

탁탁탁.

가벼운 뜀박질 소리와 함께, 부드러운 외모의 사내가 미나를 향해 뛰어왔다. 멋스럽게 차려입은 흰색 니트가 매우 잘 어울렸다.

"미나 선배님!"

"차권, 네가 어떻게 여기?"

"선배님 매니저가 거의 반실성해서 찾아다니고 있어요. 아직 시간이 있어서 저도 도와주기로 했죠."

권이 달려오더니 눈물범벅인 미나를 보고 놀란 것 같았지만 이내 모르는 척해주는 센스를 발휘했다. 그러더니 미나의 어깨를 잡고 말했다.

"선배님, 저보다 먼저시죠? 행사 진행자한테 이야기해서 제 뒤로 순서 옮기세요. 메이크업 새로 할 시간은 충분할 거예요. 아, 그리고 옆에 계신 분은……."

"응, 그게……."

미나가 어물어물 답했다. 왜냐하면 미나도 가인이 서 비서라고만 알았지 이름조차 몰랐던 것이다.

"서가인입니다."

당황한 미나의 시선을 느낀 가인이 가타부타 설명 없이 간결하게 답했다. 권은 눈치 빠르게 더 묻지는 않았다.

"초면에 죄송하지만, 휴대전화 있으세요? 미나 선배 매니저한테 연락을 바로 해야 해서."

경황이 없어서 놓고 온 모양이라는 생각에 가인은 핸드백에서 휴대전화를 꺼내 권에게 건넸다. 권은 휴대전화를 받자마자 바로 번호를 눌렀다.

"어, 준혁이 형. 나야, 차권. 미나 선배 찾았으니까 걱정하지 말고. 아, 번호가 왜 다르냐고? 지금 내 걸로 전화 걸기 어려워서 옆의 분 걸 빌렸어.

행사 관계자한테 이야기해서 내 순서랑 미나 선배 순서랑 바꾸면 안 돼? 미나 선배 메이크업 다시 받아야 할 것 같아서. 자세한 건 이따 보고서 얘기하고 바로 미나 선배 보낸다."

권이 통화를 끝내고 미나에게 말했다.

"선배님, 빨리 준비하세요."

"고마워, 권. 이번 건 톡톡히 갚을게!"

"천만에요."

권이 멀어지는 미나를 바라보더니, 가인의 휴대전화를 되돌려주지 않고 톡톡 번호를 찍었다. 그리고 통화 버튼을 누르자, 그의 바지 뒷주머니에서 휴대전화 벨소리가 울려 퍼졌다.

울리는 노랫소리는 Love bubble. 차권의 1집에 수록된 곡으로, 타이틀곡은 아니었지만 뒤늦게 알려져 2집이 나왔을 때 이 노래로 1위를 하는 기염을 토하기도 했었다. 가인도 상당히 좋아하는 노래였기 때문에 음을 듣는 순간 바로 알 수 있었다.

Love bubble. Love bubble.
그대를 처음 본 순간 내 심장으로 그대가 날아와
사랑스럽게 터져버렸네.
Love bubble. Love bubble.
터져버린 그대는
내 안에 그대로 녹아들어가
Love bubble. Love bubble.
나는 이제부터 당신의 남자.
당신의 Man.

휴대전화 가지고 있었어?

황당한 표정의 가인에게 가인의 휴대전화를 쥐여주며 권이 나직하게 속삭였다. 많은 여성들이 귓가에 들으면 쓰러질 만한 감미로운 미성이었다.

"지금 저장된 게 내 번호예요. 오늘 일 감사하고 싶으니까 꼭 연락해요."

가인은 어이가 없어서 권에게 되물었다.

"만약 내가 당신 팬한테 이 번호 넘겨버리면 어쩌려고 그래요?"

"당신은 그럴 사람 아니라고 믿어요. 그럼 시간이 없어서 이만. 다음에 꼭 봐요."

능청스럽게 권이 되받아치더니 미나가 사라진 방향으로 사라졌다. 살다 살다 연예인하고까지 얽히다니, 사장님 이건 특별휴가로도 해결이 안 돼요. 가인은 황망하게 최신번호 목록 가장 꼭대기에 뚜렷이 박혀 있는 전화번호를 바라보았다.

사과는 식전에 먹어야 맛있다

가인이 하루를 푹 쉬고 돌아온 회사는 평소와 다를 바 없었다. 쉬는 동안에 정도진 사장한테서 특별한 연락은 전혀 없었는데, 저한테 나미나를 맡기고도 자신의 능력을 믿어서 저러나 싶어 가인은 어이없는 실소만 조금 나왔다.

다행인지 불행인지 사장님은 아침부터 출장이라 나미나 이야기는 할 틈이 없었다.

사실, 시간이 있었던들 딱히 할 말이 없었다. 사장님의 애인이라고 부르기도 애매한, 몇 번 만난 연예인을 잘 설득해서 무대로 돌려보낸 것뿐이었다. 그 이후로 나미나와 연결이 될 이유도 없었고 그래서 걱정할 일도 없었다.

걱정할 일이라고는 차권이 뜬금없이 던져놓고 간 전화번호였는데, 한번 당해보라는 기분으로 친구 중 차권의 광팬인 친구한테 번호를 던져줄까 했다가 가인은 마음을 착하게 쓰기로 했다. 그러고는 과감히 차권의 번호를 지웠다.

애초에 저장하라고 전화만 걸어놓았을 뿐 다행히 저장은 안 해놓아서—저장시켜놓으면 번호는 지워도 카톡 친구는 떠버리는 불상사가 일어날 수도 있다. 차단시키면 그만이지만, 불필요한 연결은 이쪽에서 사절이다.— 그냥 최근번호를 지워버리기만 하면 끝이었다. 연예인 번호인데 아쉬운 감은 솔직히 조금 있긴 했지만, 그래도 그뿐이었다.

사실 연예인에 대해 꿈과 희망과 동경을 갖기엔 가인은 이제 성인이었다. 그리고 가인이 원하는 것은 평범하고 진솔한 만남이었지 화려한 스포트라이트를 받는 사람과 스릴 넘치는 만남은 아니었다.

"가인 씨, 영화 씨랑 해결 잘했나 보네? 평소 같았으면 쪼르르 달려와서 그리 힘들지 않고 눈에 확 띄는 일은 뺏으려고 안달이었을 텐데."

사내식당에서 다소 직설적인 성격답게 소라가 가인에게 속삭였다. 영화는 저쪽에서 새침한 표정으로 자기가 친한 동료와 함께 식사를 하고 있었다. 전 같았으면 가인에게 한번 오고도 남았을 시간이었지만 마치 그런 적이 없었던 양 지금은 평범하게 식사에 열중하고 있다.

어차피 회사에서 좋게 좋게 지낸다 해도, 모든 사람과 다 잘 지낼 수 없다. 서로 안 맞으면 적당한 거리를 지키면서 예의를 차리고 서로 얽히지 않게 조심하는 게 가장 좋다. 가인은 반찬을 입에 넣으며 답했다.

"이제 정신 차렸나 보죠."

"어차피 저럴 거 진작 그랬으면 좋아? 내가 알기론 양다리를 떠나서 문어다리의 귀재인데 저런 애들이 꼭 시집은 좋은 데로 가려고 난리예요."

"그렇게 사귀는 사람이 많아요? 몰랐네."

"본인 말로는 썸 타는 거니까 신경 끄라는데 누가 썸 타는 애랑 1박으로 주말여행 다니고 기념일 챙겨? 어장 관리하는 거지. 낚싯줄 드리워놓고 날름날름 날로 먹어요."

"능력이 대단하네요. 저 같은 사람은 하나도 제대로 못 건졌는데."

"예쁘게 포장하면 그렇지. 저러다 언제 칼부림나지 싶다. 받는 건 또 고가 아니면 안 받아요. 웃으면서 이런다니까. 난 루이ㅇㅇ보다 프라ㅇ가 좋아요. 호호호."

어머, 구ㅇ는 좀 촌스러운 기분이 들어서. 아, 참 난 파란색이 좋더라. 요즘 프라ㅇ에서 파란색 예쁜 백을 봤는데, 그거 메고 자기랑 놀러 가면 얼마나 좋을까? 무박으로.

그런 통화 라이브로 듣고 있으면 피곤한 기분이야."

"어떻게 그렇게 잘 알아요?"

"영화 씨 상사가 출장 자주 가잖아. 그러면 자기 휴대전화에 착신 걸어놓고 꼭 내 쪽으로 온다니까. 프린터 용지가 떨어졌어요, 스테이플러 심이 없어요.

내가 한 달에 한 번 사무용품 결제내릴 때 뭐 하고 자꾸 이러냐 그러니까 내 상사 쪽 바이어들이 꽃미남들이 많다나 뭐라나. 우연한 만남이 여러 번이 되면 필연이라나. 참, 창피해서 정말. 일 잘하는 사람 욕먹인다니까."

"뭐, 가끔 모든 여자들이 다 그러는 줄 아는 사람도 있죠. 남자들도 좋은 남자, 나쁜 남자, 괜찮은 남자, 별로인 남자 있을 텐데."

"내 말이. 참, 가인 씨 이번에 단체미팅 안 할래?"

"어디랑요?"

소라가 씩, 하고 웃었다.

"H그룹 총무부. 나 아는 후배가 거기 있거든. 5대 5 미팅."

드르륵. 속삭이는 소라 옆으로 안경을 쓴 젊은 남자 하나가 앉았다. 같은 비서실에 소속되어 있는 한중현이다.

"소라 선배, 다 들었어요, 저."

"뭘?"

소라가 시치미를 뚝 떼자, 중현이 소라와 가인에게만 들리게 말했다.

"미. 팅. 요. 그것도 H그룹 총무부랑."

소라가 퉁명스레 답했다.

"그래서 뭐?"

"음. 거기 되게 예쁜 아가씨 있던데, 나도 끼워줘요. 그럼 비밀 지킬게."

중현은 소라의 퉁명스러운 태도에도 전혀 기죽지 않고 남자치고는 애교를 섞어 유들유들 말했다. 소라가 딱 잘라 거절했다.

"여기는 여자만 나가기로 하고 거기는 남자만 나오기로 했단 말이야. 안 돼."

"에이. 그럼 재미없잖아요. 나 말고 신연우 씨도 같이 껴서 좀 섞어요."

신연우. 인사부에서 촉망받는 남자 직원으로, 외모는 평범한데 노래 실력이 아주 좋아 노래방만 같이 갔다 하면 여직원들이 필이 꽂혀오는 것으로 유명했다.

"아, 진짜. 귀는 밝아가지고. 신연우 씨는 비서실에서도 노리는 애들이 많단 말이야. 잘못하면 사랑의 작대기가 이쪽으로 꽂힐 수도 있어."

"그것도 괜찮죠. 사내연애, 나쁘지 않잖아요?"

"그건 중현 씨 생각이고."

"어허. 나 그럼 저어쪽 가서 영화 씨한테 불어버린다. H그룹 총무부랑 미팅 잡혔다고."

"중현 씨 미쳤어, 영화 씨한테 그 얘길 하게? 판 깰 일 있어? 나 재작년에 영화 씨 소개팅 시켜줬다가 아주 스테레오로 욕먹은 거 몰라?"

"그랬어요?"

"그랬어. 다시는 추억하고 싶지 않은 기억이야. 그러니까 알아서……."

"그럼 더더욱 말해야겠네. 어이, 저기요."

중현이 장난스럽게 일어나자, 소라는 머리를 잡았고 영화와 영화 주변의 사람들이 모두 중현을 바라보았다. 소라가 안 보이게 중현의 바짓단을 잡으며 말했다.

"알았어. 알았다고. 조정할게. 조정하면 되잖아."

소라의 말이 끝나자마자, 중현이 머쓱하게 자기 머리를 쓰다듬으며 말했다.

"어이쿠, 죄송합니다. 제가 지금 착각을 해서요. 식사들 하세요."

"뭐예요. 밥 먹는데 신경 쓰이게."

영화가 새침하게 말하고 다시 식사에 열중했다. 소라는 한숨을 쉬었고, 가인은 그저 웃었으며 중현은 승리의 브이를 해 보였다.

"그런데 가인 씨 미팅 나가게요? 회사에서도 가인 씨 노리는 남자 직원이 한둘이 아닌데 울겠네, 울겠어."

"설마요. 저 남자한테 인기 있는 스타일이 아니에요."

가인이 조용히 손을 휘젓자, 중현이 도리질을 하며 답했다.

"어디서 거짓말을. 망언이네, 망언이야. 정상급 연예인이 나는 별로 잘생기지 않았다, 할 때랑 비슷한 망언."

"좋게 봐줘서 고맙기는 한데, 진짜 나 인기는 없어요."

"그렇죠. 뭔가 다가가기 어려운 분위기니까. 근데 그게 남자들 정복욕 더 자극하는 거 몰라요?"

"……그랬나요?"

그랬었나. 하긴 그런 말은 가끔 듣기는 했었다. 누가 자기한테 마음이 있었다더라는. 그렇지만 마음이 있는 것과 다가와 자신을 보여주는 것의 차이는 언제나 극명했다.

다가오지 않는 이유는 가지각색이었는데, 그중 하나는 외모가 괜찮으니 분명히 애인이 있으리라는 확신도 있었다. 사귀는 사람 있냐고 묻지도 않고 그런 착각을. 아무튼, 빛 좋은 개살구라는 이야기다. 다들 관심은 있지만 쉽게 다가오진 않으니까.

"아무튼, 미인은 자기 가치를 더 몰라요, 그렇죠, 소라 선배?"

"뻘소리 그만하고 식사나 하시지요, 한중현 씨."

"네네, 제 운명의 여인을 찾아줄 분에게 실례를 범하면 안 되겠죠. 알겠습니다."

어쩌다 보니, 식사를 마친 이후에도 그렇게 셋이서 걸어가게 되었다. 중현은 밝고 명랑했으며 누구와도 잘 어울리는 성향이어서 같이 있기에 괜찮았다.

"우린 탕비실에서 차 한잔할 생각인데 중현 씨도 갈 거야?"

소라가 묻자, 중현은 손사래를 치며 답했다.

"오늘은 업무가 많이 밀려서요. 식사하면서 한 건 건진 것만 해도 다행이죠. 그럼 미팅 시간하고 장소는 어디예요?"

"내일모레 8시. 장소는 XX거리 앙투아네트."

"이름 절대 안 잊히겠는데요. 혹시 내부가 모두 로코코 양식으로 꾸며져 있는 거 아니에요?"

"맞아. 그런데 파는 음식은 인도식 음식이라는 게 함정이야. 그리고 좀 조용히 해. 사람들 다 듣겠다."

"네? 하하하. 알겠어요. 그럼 미팅 기대할게요. H그룹 총무부라…… 진짜 기대되는데요. 내일모레 8시에는 무슨 일이 있어도 칼퇴근하겠습니다. 이제 철벽녀 가인 씨도 제대로 짝을 만나는 건가요?"

중현이 이야기를 하느라 뒷걸음질을 치다가, 누군가와 부딪혔다. 뒤를 돌아본 그는 당황하며 꾸벅 인사를 했다.

"으아, 죄송합니다. 사장님."

"한중현 씨, 대화에 열심인 건 좋은데 뒷사람도 생각해줘야지."

슈트 차림이 완벽한 정도진 사장이 빙그레 미소를 띤 채 답했다. 소라와 가인도 황급히 인사했다. 애초에 이 복도는 사내식당 쪽에 가까워서, 외부 약속이 많아 거의 밖에서 식사를 하는 사장이나 상무와는 마주치긴 어려운 곳이었다.

"사장님, 어쩐 일로 여기까지 오셨습니까? 혹시 급하게 처리할 업무라도…….."

"아, 가인 씨. 그런 게 아니야. 엊그제 내가 과외로 힘든 업무를 시켰는데, 훌륭하게 처리해줘서 클라이언트 쪽에서 이제 이 문제를 가지고 더는 힘들게 하지 않겠다는 확언을 받았어. 그래서 고마운 마음에 비서실 전체 회식을 시켜주겠다는 말을 하러 왔지."

"아, 네. 감사합니다."

클라이언트라. 아주 머리 아픈 클라이언트긴 했다. 조금 귀엽기도 했고. 가인은 미나 생각에 후후 웃었다.

다행히 완벽하게 똘아이인 스토커라기보단 그저 개념이 좀 엇박이었을 뿐으로, 만약 진짜 스토커였다면 자신은 이 자리에 서 있기 힘들었을 수도 있었다. 아마 정도진 사장도 그 사실은 알고 있었을 거고, 그래서 자신에게 맡기고 떠났는지도 모른다.

"좀 더 자세한 건 김미희 실장을 통해 전달하겠네. 그리고 회식 시간은…….."

정도진 사장이 아주 친절하고 상냥한 미소를 띠며 가인을 바라보았다.

"내일모레 8시쯤이 좋겠군."

"네?"

그 말에 대답한 건 가인도 아니고 소라도 아닌 중현이었다.

"왜 그러지, 한중현 씨? 내 결정에 의의가 있나?"

"아, 그게, 음. 아닙니다, 사장님. 단지 너무 갑작스레 회식을 잡으면 원래 약속이 있었던 사람들이 당황하지 않을까, 이런 생각을 했습니다.”

“배려심이 많군. 하지만 나도 참석 예정이라, 그때 아니면 시간이 나질 않아서.”

“아, 네. 사장님이 오신다면 당연히, 그렇, 게 하셔야죠.”

“그럼 그렇게 결정된 줄 알고 나는 가보겠네. 참 한중현 씨, 비서실만 회식을 하면 좀 아쉽지 않을까 싶어서 기획실도 같이할까 하는데 어떤가?”

그러자 중현의 얼굴이 확 밝아졌다. 가인은 전에 중현이 기획실에 마음에 든다고 했던 여직원이 있었다는 사실을 깨달았다. 물론 중현은 같은 회사에서 서로 불편해지는 게 싫다면서 대시는 안 했지만, 실은 거절당할까 염려하는 마음도 꽤 컸음을 가인은 알고 있었다.

“아주 좋은 생각이십니다. 다른 부서와의 친목 도모, 아주 좋습니다!”

중현이 태도를 완벽하게 바꿔 쩌렁쩌렁하게 답하자, 도진도 가볍게
웃음으로 답했다.

“그렇군. 그러면 그렇게 하는 걸로 알고, 가인 씨. 아직 점심시간 끝나지 않았는데 미안하지만 전달할 사항이 있으니 지금 나와 같이 가면 좋겠군.”

가인이 소라에게 눈짓으로 혼자 차 마시게 해서 미안하다는 표를 내자, 소라도 말없이 이해한다는 눈짓을 보냈다. 가인이 도진에게 답했다.

“알겠습니다, 사장님.”

가인이 정도진 사장 옆으로 가자, 소라와 중현이 누가 먼저랄 것도 없이 인사했다.

“그럼 저희는 가보겠습니다, 사장님.”

“그러지.”

도진의 인사와 함께, 소라와 중현이 제 갈 길을 가고, 길고 긴 복도에는 도진과 가인만이 남았다. 도진이 먼저 발걸음을 사장실 쪽으로 옮기자, 가인도 말없이 그의 옆에서 따라갔다.

　"가인 씨."

　"네."

　"나는 말이지. 가인 씨가 재능이 아주 많은 사람이라고 생각해."

　"감사합니다."

　"그래서, 굳이 인위적으로 누군가를 만나지 않아도, 좋은 사람이 나타나지 않을까 생각하고 있어."

　"아, 네."

　뜬금없는 이야기였지만, 가인은 이미 그런 유의 이야기에는 통달해 있었기 때문에 적당한 추임새를 넣어주었다. 하지만 가인의 개인적인 생활까지 언급한 건 처음이라서, 조금 의아한 느낌도 들었다.

　가인이 적당히 답변하자, 정도진 사장이 그녀를 보고 다시 미소 지었다. 다른 사람을 대할 때와는 매우 다른, 매우 사적이고 날카로운 미소였다.

　"그런 의미에서, 나는 가인 씨가 굳이 미팅에는 안 나갔으면 하는 바람이 있어."

　가인은 도진의 말에 잠시 멈칫했다. 사실 이렇게까지 행동하는 건 충분히 오해할 수 있는 여지가 있었다. 정도진 사장은 젊고 잘생긴 데다가 능력까지 있었기 때문에 해석하기 따라서 요즘 사람들이 흔히 말하는 썸 타는 상황인가 하는 기대까지 불러일으킬 수도 있었다.

　하지만 만약 정도진 사장이 애가 둘 딸리고 배 나온 중년의 사장님이었다면? 그랬다면 아마 한국 사회 특유의 오지랖 넓은 상사라고 볼 수도 있겠다.

　가인은 주제파악을 아주 잘하고 있었으며 자신이 그의 비서라는 사

실도 매우 잘 알고 있었다. 이런 상황에서 진위 여부를 알기 위해서
요리조리 돌려 말하고 궁금해하는 건 그녀의 성미에 전혀 맞지 않았
다. 결국, 선택한 건 무난한 답이다.

"높게 평가해주신 것 감사하게 생각합니다."

별다른 표정 변화 없이 가인이 답하자, 도진은 잠시간 말이 없었다.
그러더니 다시 물었다.

"그래서, 미팅에 간다는 이야기인가, 안 간다는 이야기인가?"

확인인가. 가인은 담백하게 답했다.

"예정된 날짜는 취소되었으니, 조만간에 아마 다시 예정이 잡히지
않을까 합니다."

답을 들은 도진이 잠시 한숨을 내쉬더니, 조그맣게 중얼거렸다.

"가인 씨는 이성적이고 정확한 게 가끔은 흠이야."

"일할 때는 그게 좋을 거 같습니다만…… . 참 시키시려는 일은 뭔가
요?"

"가면 이야기하지."

부르르. 가인의 휴대전화가 작게 소리를 냈다. 도진이 말했다.

"전화 오는 거면 받지."

"아닙니다. 메시지예요. 방해 안 되게 진동으로 해놔서."

가인은 휴대전화 바탕화면을 밀고 카톡 메시지를 보았다. 누군지
알 수 없는 사람이 어느새 친구 추가가 되어 있었고, 인물 표시란에는
푸른빛의 커다란 하트 모양 풍선 사진이 걸려 있었다.

[그날 집에는 잘 들어갔어요? 일 때문에 바래다주지 못해서 마음에
걸렸는데. 연락 기다렸는데, 연락 안 하는 거예요? 아니면 내가 먼저
연락하길 기다린 건가요?]

이건 또 무슨 헛소리래. 아무래도 카톡 메시지를 잘못 보낸 것 같아 가인은 답을 해야 되나 말아야 하나 잠시 망설였다. 잠깐의 망설임은 끝나고, 그냥 답을 안 하는 게 더 낫겠다는 판단을 재빨리 한 가인이 휴대전화를 다시 집어넣으려던 찰나였다.

부르르. 새로운 메시지.

[설마 내가 누군지 모르는 건?]

아. 정곡을 찔린 기분이라 휴대전화 액정을 바라보고 있는데, 연이 어서 메시지가 왔다.

[저장도 안 해놓은 건?]

어쩐지 상대는 확실히 자신을 아는 사람인 것 같았다. 가인은 도진 과 나란히 걸으며 휴대전화 메시지를 바라보았다. 얼핏 자신을 주목 하고 있는 도진이 느껴졌으나 도진은 말이 없었다. 아마 메시지가 연 이어서 오는 탓이겠지. 가인은 그리 생각했다.

또 다른 메시지가 떴다.

[서가인 씨. 이러지 맙시다.]

확실히, 자신을 아는 사람. 무시하기 곤란하다. 혹시……. 떠오르는 사람이 있었지만 설마 하는 기분으로 그녀가 카톡 메시지를 보냈다.

[죄송합니다만, 누구신지 모르겠습니다.]

그 이상은 적기도 애매해서 가인은 그대로 두었다. 이렇게 보내놓으면 상대방은 자신의 정체를 밝히기 마련이다.

부르르. 부르르. 부르르.

휴대전화 진동이 울려댔다. 알 수 없는 번호로 전화가 걸려오고 있었다. 무시할 수도 없어 가인은 통화 버튼을 손가락으로 밀었다. 어느새 그들은 사장실에 다다라가고 있었다.

"여보세요."

가인이 간결하게 전화를 받자, 반대편에서는 혹시나 하고 생각했던 목소리가 밝게 튀어나왔다.

- 서가인 씨, 섭섭하네요. 그날 제가 일방적으로 번호를 찍기는 했지만, 이렇게 안면몰수당할 줄은 몰랐습니다.

차권이었다. 연예인인데 바쁘지 않나. 아니, 오히려 연예인이기에 직장인보다 낮 시간에서 더 자유로울 때도 있나. 사장실에 도착한 정도진 사장이 사장실 문 앞에서 그녀를 빤히 쳐다보고 있었다. 같이 들어오라는 표시다.

"아, 네. 죄송합니다만, 제가 일하는 중이라서 길게 통화는 힘들 것 같습니다."

- 그럼 짧게 통화는 되는 겁니까?

"지금 끊어야 합니다."

- 그럼, 일 끝나는 시간이 언제죠? 끝나는 시간에 맞춰 데리러 갈게요. 저번에 미나 누나가 신세 진 것 같고 싶네요. 웬만큼 맛있는 식당은 다 알고 있으니까 원하는 메뉴, 말만 해봐요.

연예인, 그것도 A급을 넘어선 S급 연예인이 회사로 온다면 회사 앞은 순식간에 일대 마비가 일어날지도 모른다. 물론 진짜 온다는 건지 아니면 그냥 하는 말인지는 알 수 없지만 어느 쪽이든 곤란하다. 가인은 딱 잘라 말했다.

"……끊겠습니다."

─ 서가인 씨, 저…….

뚝. 미련 하나 없이 전화를 끊은 후 다시 걸려오는 전화를 가인은 무음 처리했다. 그리고 도진을 바라보며 반듯하게 말했다.

"기다리게 해서 죄송합니다, 사장님. 점심시간이라 사적인 전화가 오네요."

"……남자친구가 있는 줄은 몰랐는데."

어째선지 한 템포 늦게 도진이 가인에게 말했다. 궁금한 표정에는 약간의 의아함이 묻어 있었다. 통화음을 크게 해놨었나. 상대방이 남자인 건 어떻게 안 거지. 가인이 웃으며 가볍게 넘겼다.

"그럴 리가요. 남자친구가 있으면 미팅에 안 나갑니다, 사장님."

"그럼 남자친구가 되고 싶은 친구인가?"

그러자 씩, 도진이 다시 여유 있는 표정으로 돌아와 물었다.

"아닙니다, 사장님. 저한테 신세 진 걸 갚고 싶다고 저녁을 한번 사겠다는 권유였습니다만, 사실 잘 알지 못한 채 안면만 있는 사이고 지금은 일을 해야 하니 거절했습니다."

"거절이 상당히 매몰차던데. 전화를 제대로 끊을 때까지 기다려줄 참이었는데 말이지. 어쨌든 서 비서의 점심시간을 뺏은 건 사실이니까."

"괜찮습니다."

"……서 비서가 왜 아직까지 솔로인지 알게 해주는 전화통화였어."

"네?"

"혼잣말이야."

"혼잣말을 그렇게 크게 하는 경우는 없습니다."

달칵, 사장실 문을 열고 들어가며 도진이 답했다.

"그럼, 이번 경우로 가인 씨가 처음 겪었다고 생각하도록 하지."

"아아, 네."

반쯤은 영혼 없는 대답을 하며 가인이 도진의 뒤를 따랐다. 저렇게 뜬금없는 소리를 하는 경우가 많았기 때문에 가인은 이번도 그렇겠거니 하고 말았다.

도진이 사장실 의자에 앉으며 커져 있던 컴퓨터로 기안 창을 몇 개 띄우며 말했다.

"그나저나 오늘 저녁 약속을 거절한 건 현명한 선택이었어, 가인 씨."

"그렇습니까."

가인이 회사생활 하면서 터득한 비법 중에 하나는, 상사가 이야기할 때 긍정은 하되 질문도, 부연되는 말도 덧붙이지 않는 것이다.

질문이나 부연설명을 하기 시작하면 이야기가 길어지고, 그러다 보면 자신의 이야기가 불편하리만큼 상사 앞에서 만천하에 까발려지기 십상이었기 때문이다. 다른 건 몰라도 그런 피곤한 일만큼은 겪고 싶지 않았다.

"이럴 때는 어째서냐고 물어봐줘야 하는 거 아닌가, 가인 씨?"

"어째서입니까, 사장님?"

"또 시킨다고 그대로 하는 것도 매력 없어, 가인 씨."

그래서 어쩌라고. 북 치고 장구 치고 혼자 하게 두면 같이 치자고 하고, 시키는 대로 같이 치면 독창적으로 치란다. 그럼 어떻게 할까요, 사장님. 매우 간절한 눈빛으로 사장님을 바라보며 물어봐드릴까요. 아니면 가무라도 곁들여야 하나요.

머릿속에 맴도는 질문은 꿀꺽 삼킨 채 가인은 묵묵히 도진을 바라보았다.

여자들을 꽤 만나본 매너남인 데다가 성격도 굉장히 잘 맞춰주면서 자기한테만 왜 이러는지 가인은 도무지 알 수 없었다.

이게 바로 갑과 을의 관계요, 사장과 비서의 관계요, 상사와 부하직원의 관계라면 그나마 납득이 갔기에, 가인은 그냥 그렇게 생각하고 있었다. 가인을 가만히 보던 도진이 매우 재미나다는 표정을 하고 말했다.

"솔직하게 말해도 뭐라고 하지 않을 테니 지금 떠오른 생각을 이야기해봐."

"……특별한 생각, 하지 않았습니다."

"불만 있을 때 가인 씨는 아랫입술을 살짝 물었다 놓는 버릇이 있어."

"그런가요?"

자신도 몰랐던 버릇을 도진이 알고 있다니 의외였다. 가만 보면 관찰력은 발군인데 어째서 자신이 딸기 무늬를 난감해하고 있다는 사실은 깨닫지 못할까. 가인은 불쑥 드는 생각에 자신이 또다시 아랫입술을 물었나 신경을 쓰며 입술에 힘을 줬다. 도진이 쿡쿡 웃더니 말했다.

"지금 기안 몇 개를 메일로 보낼 테니 연도별로 요약 정리해서 다시 나한테 보내도록. 3시까지는 마쳐줬으면 좋겠어. 그리고 3시에 나갔다가 6시에 돌아올 텐데, 그 이후 시간은 나에게 비워줬으면 좋겠네."

"그때는 퇴근시간입니다만."

저번에도 그렇게 나미나를 맡기고 물먹이고 가셨지요. 가인은 조용히 속으로 뇌까렸다.

"이번엔 골치 아픈 연예인을 맡기려는 게 아니야. 아주 맛있는 걸 먹여주도록 하지."

"저녁 사주시려고 하시는 겁니까?"

도진이 고개를 끄덕이며 긍정했다. 그러나 뒤에 들려오는 말은 가인이 전혀 예상치 못한 내용이었다.

"8시에 P호텔에서 대기업 임원들의 사교행사가 있어. 거기에 파트너로 참석해줬으면 하네. 거기 호텔 식사는 맛있기로 유명하지."

가인은 이번엔 저도 모르게 살짝 얼굴을 찌푸렸다. 거기서 먹다가는 불편해서 체해버릴 거다. 게다가, 그런 모임에 파트너로 가기엔 자기는 뭔가 좀 애매하다.

"비서가 동행하는 자리는 아니라고 생각됩니다만."

그러나 가인의 표정을 봤는지 안 봤는지 도진은 빙글빙글 웃기만 했다.

"사실 그렇게 중요한 자리는 아니야. 가도 그만, 안 가도 그만인 자리지만 가인 씨한테 신세도 졌으니 맛있는 걸 먹여주고 싶어서. 동행은 하되 식사만 하고 나와도 돼. 개인적으로 식사 대접을 하면 불편해할 거 같아서 그래."

"호의는 감사하지만 중요한 자리가 아니라면 거절해도 괜찮을까요?"

"안 괜찮아."

"……알겠습니다."

결국 저렇게 말할 거면서, 왜 선택의 여지는 있는 척했담. 하지만 회사에서 상사는 갑이요. 자신은 을이니 수긍할 수밖에. 게다가 P호텔은 음식이 맛있기로 유명하다. 가인도 잘 알고 있었다.

다행히 딱히 약속도 없고, 사장님은 없는 사람이라고 생각하고 밥이나 맛있게 먹고 오자.

가인은 단순하게 생각을 정리했다. 어떤 상황이든 긍정적으로 보면 속이 편한 법이다.

strawberry kiss

도진은 6시에 온다는 말과 다르게 한 시간이나 일찍 돌아왔다. 그리고 오자마자 한 일이 가인이 제자리에 있는지 확인하는 것이었다.

가인은 좀 엉뚱하다고 생각했지만, 정도진 사장의 특이한 면은 아주 잘 알고 있었고 그런 점들만 빼면 좋은 상사 쪽에 속했기 때문에 신경을 끄기로 했다. 하지만.

"서 비서, 홍차 한 잔만."

"서 비서, 갑자기 눈이 침침해서 그러는데 이 문서 좀 읽어주면 안 될까?"

"서 비서, 책상 제법 오래 쓰지 않았나? 사장실로 들어오기 전에 가장 먼저 눈에 띄는 곳인데, 여기 책상 카탈로그 좀 보고 내 방으로 와서 정해주지."

과하다 싶을 정도로 자신을 많이 찾는다. 퇴근시간 땡 하면 도망갈 것도 아닌데, 마치 도망칠까 봐 붙들어놓는 사람처럼. 어차피 퇴근 후에도 같이 P호텔로 가기로 했던 거 아닌가?

결국, 거래처 사장 꼬꼬마 아들 선물까지 인터넷으로 보면서 같이 골라달라는 말에, 가인은 한마디 할 수밖에 없었다.

"사장님, 평소에는 백화점 VVIP이시니 그쪽에서 샘플을 먼저 보내오지 않습니까?"

굳이 인터넷을 이용하지 않아도 적당한 선물은 고를 수 있다. 그리고 굳이 자신을 부르지 않아도 되는 일이다. 그렇지만 도진은 굴하지 않았다. 여느 여자라면 혹 넘어갈 근사한 미소를 띠며 가인에게 말했다.

"그래도 인터넷으로 미리 대충은 볼 수 있으니까. 여자가 고르는 게 더 섬세하더라고."

"그러면 제 자리에서 제가 몇 개 골라서 한눈에 보실 수 있게끔 간단한 시안으로 올리겠습니다."

그렇게 말하고 가인이 미련 하나 없이 빙글 몸을 돌렸다. 그러나 가인은 원하던 대로 사장실을 벗어날 수 없었다.

꽉.

도진이 그녀의 손목을 잡았기 때문이다.

"기다리고 싶지 않아. 눈앞에서 보고 싶군."

"시안을 말씀이십니까? 가급적 빨리 만들어드리겠습니다."

"아니. 아니, 이렇게 하지."

도진이 가인의 손목을 잡은 그대로 몸을 일으켜 가인의 어깨를 잡아챈 후, 자기 자리에 가인을 앉혔다. 그러고는 자신은 책상에 비스듬히 몸을 기댔다.

"서 비서가 검색을 하면, 내가 옆에서 보는 걸로."

"······."

잠시 어이가 없어져서, 가인은 말을 골랐다. 성추행으로 몰고 가기엔 평소 도진의 행동이 워낙 신사다워서. 아니, 다른 의미로는 그렇지는 않은데. 신경 쓰기 싫은 일은 자신한테 떠밀지 않았다. 그렇지만 가인은 신사답다고 정의 내려주기로 했다. 자신은 비서니까, 사장님의 일을 보좌하는 건 맞는 일이다.

가인은 몸을 일으키며 단정히 말했다.

"직장상사가 너무 가까이에서 일하는 걸 지켜보면 긴장해서 업무 능률이 떨어집니다. 만약 농땡이를 부릴까 봐 걱정돼서 그러시는 거면, 제 자리에서 사장님 방으로 통하는 자료실 문을 열어놓겠습니다. 지금 시간이면 방문객도 없으니 사장님의 프라이버시는 지켜질 겁니다. 그러면 충분히 보이시지 않을까요?"

가인의 말에 도진이 약하게 한숨을 쉬며 대꾸했다.

"가인 씨, 가끔 너무 FM이라는 소리 듣지 않아?"

"칭찬으로 생각하고 있습니다. 그럼 허락하신 걸로 알고 제 자리로 돌아가겠습니다."

가인이 가볍게 목례하고 자료실로 통하는 문을 열고 밖으로 나갔다. 물론, 문을 닫지 않는 건 잊지 않았다. 도진이 그녀의 뒷모습을 보며 혼잣말했다.

"가인 씨는 일할 때 옆모습이 예쁜데 말이야……."

그러나 다행히도 가인은 그 말을 듣지 못했다. 도진은 사장실 의자에 몸을 파묻고 턱을 괸 채 인터넷 검색에 열을 올리며 빠른 속도로 문서를 작성하는 가인의 뒷모습을 보았다. 거리가 상당히 있고 자료실을 끼고 있어, 가인의 머리 부분과 등 조금 외엔 거의 보이지 않았다.

"여기 있습니다."

가인이 상당히 빠르게 시안을 작성해서 도진에게 내밀었다. 그러나 막상 도진은 덤덤했다.

"고맙군."

그러더니 받은 자료를 펼쳐보지도 않은 채 책상에 올려놓았다. 하지만 가인은 신경 쓰지 않았다. 아주 급한 사항 외엔 결재가 나지 않을 때도 있다. 하물며 지금 당장 해주려는 것도 아니고 참고하려는 선물 목록이야, 충분히 그럴 수 있다.

"그럼 가지."

"네? 아, 네. P호텔 말씀이시죠. 아직 퇴근시간 전인데요, 사장님."

퇴근시간까지는 아직도 삼십 분이나 남았다. 가인은 시계를 보며 답했다.

"오늘은 좀 일찍 나가는 걸로 하지. 퇴근시간에는 회사에서 나가는 사람들도 많고 말이야. 번잡한 게 싫으니. 그럼 사복으로 갈아입고 내 전용주차장에서 보는 걸로 하지."

"알겠습니다."

퇴근을 일찍 시켜준다면, 나쁠 게 없다. 가인은 간단하게 자리를 정돈한 후, 옷을 갈아입으러 탈의실로 들어갔다.

정도진 사장의 전용주차장은 따로 공간이 마련되어 있어, 다른 직원이나 임원들과 마주칠 일이 없게끔 되어 있었다. 회장의 직계로 상당히 촉망받는 입지라는 건 불 보듯 자명했다.

차 근처로 가니, 이미 도진은 뒷자리에 앉아 있었다. 가인이 뒷문을 열고 옆에 앉자, 말수 적은 운전수가 조용히 차를 몰았다.

부우웅.

도진도 가인도 별말이 없었다. 차창 밖으로는 번잡스러운 도심의 풍경이 그대로 담겨 있었다. 그러다 가인은, 뭔가 이상함을 깨달았다.

"사장님, 이쪽은 P호텔 방향이 아닌데요. 혹시 들르실 곳이 있습니까?"

그 말에 도진이 기분 좋게 미소 지었다.

"한 군데 들렀다 갈 거야."

"알겠습니다."

어차피 시간적 여유는 충분했다. 도진은 붐비는 서울 시내 상공에 헬기를 띄워서라도 시간 엄수를 할 타입이어서, 아마 들를 곳은 가까운 데라 가인은 예상했다.

하지만, 도착한 곳에서는 전혀 예상치 못한 상황이 가인을 기다리고 있었다.

"정도진 사장님, 오늘은 무슨 일로 오셨나요?"

우아하게 차려입은 사십 대 여성이 도진에게 말을 붙였다. 모던하고 품위 있는 드레스 숍이었다. 도진이 익숙한 듯 답했다.

"이 여성분에게 어울리는 옷을 하나 골라주면 좋겠는데."

"어떤 종류의 모임이신지?"

"오늘 P호텔에서 있을 간단한 사교모임이야."

"아, 거기요. 알겠습니다."

이미 정보를 알고 있는지, 여성이 주변에 있는 직원에게 손짓하자, 직원들이 일사불란하게 움직이기 시작했다. 여성이 가인의 등에다 가볍고 조심스럽게 손을 대며 말했다.

"이쪽으로 오세요."

그러나 가인은 이번에야말로 당황해서 도진을 바라보았다. 이런 전개는 좀 당혹스럽다. 이쯤 되면 도진이 가인에게 옷을 사주는 분위기다. 아무리 업무라 해도, 사적으로 고가의 옷까지 받기는 당혹스럽다.

"사장님, 죄송합니다만 제가 옷을 받을 이유가 없는데요."

"빌리는 거야."

"네?"

가인의 착각을 정정하며 도진이 말했다.

"사는 게 아니라 빌리는 거니까, 부담 갖지 말고 입어보도록. 작은 사교모임이어도 내 파트너니, 그 정도는 업무라고 생각하고 해주면 좋겠는데. 나중에 옷은 돌려줄 거고 일의 연장이니 비용은 당연히 회사 측에서 내는 거고."

"……."

뭔가 묘하게 논리에 안 맞는 듯 맞아떨어지는 이야기에 가인은 결국 대꾸할 수 없었다. 도진과 가인의 실랑이를 모르는 척 가만히 기다리던 여성이 대화가 끝난 듯싶자 아무 일도 없었던 것처럼 눈치 빠르게 가인을 드레스 룸으로 데리고 들어갔다. 그리고 그리 오래 걸리지 않아, 가인이 나왔다.

깔끔하지만 고급스러운 검은 투피스. 목에 걸린 은색의 목걸이와 걸을 때마다 얼핏 얼핏 보이는 등의 절개선이 포인트였다. 옷은 가인에게 맞춘 듯 딱 맞았고 아주 잘 어울렸다.

이런 상황이라면 어색해서 쭈뼛거릴 만도 한데, 가인은 이것도 일의 일종이라고 생각했는지 걸어 나오는 태도에는 전혀 어색함이 없었다. 또각또각, 목걸이에 맞춰 신은 은색의 높은 힐에도 자세에는 흔들림 하나 없었다.

"잘 어울리는군."

도진은 흡족하게 짧게 평했다. 태도는 대단히 만족스러웠지만 지나치지 않아 치근댄다는 느낌은 전혀 없었다. 도진의 표정에 옷을 입혀준 여성은 눈치 빠르게 목례를 하고 사라졌다.

"그럼, 사장님. 늦지 않게 가시죠."

"그럼, 가지."

다소 사무적인 말투로 도진이 답했다. 둘이 별다른 군더더기 없는 깔끔한 행동으로 차에 타자, 차는 목적지인 P호텔을 향해 매끄럽게 빠져나갔다.

P호텔에 도착하자, 운전수가 차문을 열었다. 도진이 먼저 자연스럽게 빠져나가고, 가인이 차에서 내렸을 때였다. 슥, 가인의 앞으로 도진의 구부린 팔이 내밀어졌다. 가인이 물었다.

"팔짱, 끼라는 뜻이십니까?"

"알면서 묻는 것도 재주군."

가인이 그런 도진을 한번 바라보았다가, 순순히 팔짱을 꼈다. 일의 일환이다. 파트너끼리 팔짱을 끼고 들어가는 일은 흔히 있는 일이다.

"아참, 이걸 잊었군."

도진의 또 다른 손이 가인의 머리 근처로 향했다. 반짝, 뭔가가 빛났다고 가인이 생각했을 때, 머리에 뭔가가 꽂혔다.

"다 됐군."

흡족한 미소. 도진의 표정을 본 순간, 가인은 불길한 예감에 휩싸였다. 도진이 흐뭇한 말투로 가인에게 말했다.

"오늘 시간 외로 따라 와준 것에 대한 감사한 마음이야."

딸기다. 딸기야. 머리에 꽂은 게 뭐든, 딸기 모양이다.

가인은 확신했다.

이런 드레스에 딸기 모양이라니, 사장님은 도대체 무슨 생각이신 거지?

극악의 패션센스다. 이런 모던한 차림새에 초딩들이나 좋아할 법한 귀여운 딸기라니. 이런 모양으로는 절대 저 자리에 들어가고 싶지 않다. 가인이 고개를 들어 거절의 말을 내뱉기 전에, 도진이 재빠르게 먼저 말했다.

"거절의 말은 사양이야. 액세서리지만 비싸지 않은 물건이니까 꼭 받아주길 바라네, 가인 씨."

어째서 저 사람은 이럴 때만 눈치가 빠른 걸까. 가인은 절망하며, 호텔 로비에 비치는 자신의 모습을 바라보았다. 역시, 머리에는 귀여운 딸기 모양의 붉은 보석이 박힌 핀이 반짝이고 있었다.

불행 중 다행인 건, 핀이 작아 얼핏 봐선 그냥 붉은 보석이 박힌 핀처럼 보인다는 사실이었다. 비싸지 않은 거라고 했으니 붉은 큐빅일 터였다. 가인은 도진의 에스코트를 받으며 보일락 말락 약하게 한숨을 쉬었다.

strawberry kiss

연회장의 크기는 그렇게 크지도 그렇다고 그렇게 작지도 않았다. 너무 격식 있는 자리도 아니고 그렇다고 너무 편안한 자리도 아닌 자리를 위한, 딱 그만한 형태. 가인은 그렇게 생각했다.

몇 번의 가벼운 인사가 끝나고, 본격적인 사업 이야기를 할 참인지 도진이 가인에게 양해를 구했다.

"잠시 저쪽에 다녀올 테니, 식사를 하고 있도록 해. 이곳 음식은 상당히 맛이 좋으니까."

"감사합니다, 사장님."

정말 감사한 일이었다. 일로 오기는 했지만 단둘이 식사하는 자리도 아니었고, 게다가 비즈니스를 논하는 자리에 옆에 있다간 비서로서의 책임감이 발동해 머릿속으로 이야기를 요점 정리하며 꼼꼼히 일정 체크를 하기 시작했을 터다.

부드럽고 잔잔한 음악. 따끈하고 맛있는 음식들. 여기 사람들과는 그다지 연이 없으니 얼마든지 편하게 먹을 수 있는 환경까지. 가인은 마치 솔로들을 위한 뷔페에 온 사람처럼 기분 좋게 접시를 들고 음식을 향해 걸어갔다.

"서가인 씨."

감미로운 미성. 아마 뭇 여성들이라면 그 목소리를 듣는 순간 브라운관에서 듣던 낯익은 음성이라며 겉으로 내색은 못 할지언정 속으로라도 감탄사를 내뱉었을 테지만, 가인에게는 결코 반갑지 않은 것이었다.

"와, 우리 정말 인연은 인연인가 봐요. 이렇게 보게 되네요. 억지로 끌려온 보람이 있었어."

가인은 어떻게 할까 망설이다, 여기는 아직 일의 연장선이라는 걸 깨닫고 입술 끝을 부드럽게 올려붙였다. 그러나 그 미소는 완벽하게 그려진 듯한 것이라 오히려 빈틈이 보이지 않았다.

"그러네요, 저도 이렇게 유명하신 분을 여기서 만날 줄은 몰랐어요."

체크 턱시도가 저렇게 잘 어울리다니, 연예인은 연예인이다. 가까이서 보니, 정말 광채가 난다. 미나 때는 경황이 없어서 유심히 보지 못했지만, 지금은 또 다르니까. 사장님의 외모로 잘생긴 남자에 대해 면역이 없었다면 가인도 그를 보고 상당히 두근거렸을지도 몰랐다. 가인이 말을 이었다.

"오늘 저녁식사를 하자고 말씀하시던 분이 또 다른 약속이 있어서 이 자리로 왔는데 이렇게 우연히 보게 될 줄은, 저도 꿈에도 몰랐네요, 차권 씨."

가인의 직설적인 말에, 차권이 쿡쿡 웃으며 답했다.

"와, 돌직구. 아까 전화 때도 느꼈지만 정말 빈틈이 없으시네요. 가인 씨한테 퇴짜 맞고 울상 짓고 있는데, 형한테 모임에서 얼굴마담 좀 해달라면서 끌려왔어요. 그런데 가인 씨……."

권이 가인의 앞으로 한 발짝 다가오자, 가인이 반사적으로 한 발짝 뒷걸음질 쳤다. 그러나 그런 가인을 본척만척 권은 능청스럽게 웃으며 말을 이었다.

"바쁜 척 안 듣는 척하면서 다 듣고 있었네? 관심 좀 가져달라고 그렇게 애원했던 게 통했나 봐요."

"전화 한 번 하셨을 뿐인데요. 애원까지는 아니었어요."

차분하지만 그 이상도 이하도 아닌 말투에, 권이 난감한 듯 웃었다. 그러더니 이내 깍듯이 고개를 잠시 숙이며 말했다.

"미안해요."

"……에?"

난데없는 사과에, 가인이 권을 놀라서 바라보았다. 고개를 든 권이 소년 같은 표정으로 답했다.

"그러니까, 갑자기 그렇게 몰아붙여서 가인 씨를 당황하게 한 거, 미안하다고요. 내 딴엔 호의로 그런 건데, 부담되었었죠? 아까 통화 끝나고 곰곰이 생각해봤는데, 가인 씨한테는 그렇게 돌려 말할 게 아니더라고요. 사실 미나 누나 이야긴 핑계 맞아요. 그렇게 말하면서 근무시간에 전화 건 거, 미안해요."

솔직하고 담백한 사과에 가인은 아까 가졌던 불편감이 누그러졌다. 권의 태도에는 어떤 이해득실도 느낄 수 없었다. 차권이면 굉장히 유명한 연예인이다. 나름 특권의식에 젖어 있을 수도 있는데 권의 말투는 그런 게 전혀 없이 진솔했다.

어쩌면 자신이 좀 심했는지도 모른다. 이야기를 좀 더 들어줬어도 되는 거였는데, 너무 원리원칙만 따지다 상대방의 감정까지 신경 써주질 못했다. 가인이 한결 경계가 풀어진 얼굴로 답했다.

"금방 끊었으니까, 특별히 문제 될 건 없었어요. 그렇게 바쁜 시간도 아니었고요. 괜찮았어요. 그렇게까지 사과 안 하셔도 돼요."

그러자 권이 활짝 웃으며 밝게 말했다.

"그럼 사과 받아줬으니까, 본심을 말할게요. 아직 밥 먹기 전이죠? 나, 가인 씨랑 둘이 만나서 밥 먹고 싶어요."

"저희는 그럴 만한 친분이 없는데요."

"그럴 만한 친분이 없어서 밥이라도 먹어서 만들고 싶어요. 나, 가인 씨한테 이성으로 관심 있거든요. 어때요, 꼭 오늘이 아니더라도, 다음이라도?"

"아, 네……."

가인이 당황해서 답지 않게 말을 늘였다. 이성으로서 관심이 있다. 단도직입적인 말은 가인에게 확실하게 입력이 되었다. 즉, 이성으로서 호감을 갖고 알아보고 싶다는 뜻이다.

권이 싫은 건 아니다. 하지만 유명 연예인이 자기한테 이런 제안을 하다니, 가인은 기분이 좋기 이전에 당황스러웠다. 여러 가지 현실적인 문제나 제한들이 머릿속을 오가면서 동시에 고백 받은 사람 특유의 감정의 동요가 넘실거렸다.

이 사람이 날 좋아한다는 뜻인가?

소개팅이나 미팅은 몇 차례 나간 적이 있지만 실질적으로 연애로 이어진 적은 거의 없었다. 하는 일도 만족스러웠고 어울릴 친구들도 있었기에, 아직 제짝을 만나지 못했나 보다 하고 태평하게 지내왔었다.

이런 직설적인 고백, 받아본 적 있었던가? 없었다. 처음이었다. 그렇게 결론에 이르자, 갑자기 가인의 얼굴이 뜨거워졌다. 목덜미까지 빨개지고 있다는 기분에 가인이 얼굴을 숙이는데, 든든한 남자의 손이 어깨에 얹혀졌다. 그리고 이어지는 냉정하게 떨어지는 한마디.

"이 숙녀분은 내 파트너인데, 무슨 볼일이 있으십니까?"

붉어진 얼굴을 한 가인이 고개를 들자, 그녀의 바로 뒤에는 도진이 방금 내뱉은 날 선 목소리와는 대조되는 유려한 모습으로 서 있었다.

가인은 어쩐지 자신의 어깨를 잡은 도진의 손에 힘이 들어갔다고 생각했다. 가인이 눈을 들어올리자, 도진의 자신만만하고 평온해 보이는 얼굴이 들어왔다.

완벽한, 대외용 얼굴. 가인은 그 얼굴이, 어려운 계약을 성사시킬 때의 표정과 매우 유사함을 깨달았다. 빈틈을 보이지 않는다. 이쪽도 긴장하고 있지만, 절대 티 내지 않는다.

상대에 대한 예의를 잊지는 않지만, 상대로 하여금 이쪽이 절대로 우위임을 주지시킨다. 어떻게 해서든, 이쪽으로 유리한 방향으로 계약을 성사시킨다.

어째서 저런 표정까지 짓는 거지? 가인은 의아하게 생각했다. 자신의 파트너가 다른 남자와 있다는 사실이 자신의 격이 떨어진다고 생각하는 건가. 어차피 공적인 관계였다.

아, 어쩌면 공적이 상황이라 더 기분이 나쁠 수도. 이건 세진그룹 정도진 사장으로서의 입지와 관련된 일이니까. 가인은 그렇게 간결하게 이해했다.

그러자 권이 매우 능청스럽고 호감이 가는 미소를 띠며 도진에게 인사했다.

"아, 사장님의 파트너셨군요. 안녕하십니까, YJ그룹 안정민 상무의 동생인 안하민입니다. 특별한 무례를 범하고 있던 건 아닙니다. 알던 사이라서, 이런 곳에서 만났다는 사실에 신기해하고 있었을 뿐입니다."

차권이 본명이 아니었구나. 연예계에 관심이 없었던 가인은 차권의 본명이 안하민이라는 사실을 처음 알았다. 하지만 현재 중요한 건 그게 아니다.

"이해합니다. 하지만 이 여성분은 내 파트너이니, 볼일이 끝났으면 가주시면 감사하겠군요."

얼굴엔 참으로 온화하고 이해심 많은 듯한 미소를 띠고 있지만, 아까와 주장이 조금도 다르지 않다. 가인은 저럴 때의 도진이 절대 자기 주장을 꺾지 않는다는 걸 아주 잘 알고 있었다. 그러나 차권은 순순히 물러설 생각이 없었다.

"파트너로 같이 오신 건 알겠지만, 이 자리는 그렇게 딱딱하지 않은 자리로 알고 있습니다. 파트너가 꼭 옆에 있어야 하는 자리도 아니고요. 잠깐의 사담은 다른 이들이 볼 때도 괜찮을 듯합니다, 정도진 사장님."

"미안하지만, 멀리서 봐도 알 정도로 내 파트너가 곤란해하는 것 같아서. 나는 누가 내 사람에게 손대는 걸 좋아하지 않습니다."

도진이 유려하게 답했다. 어느새 가인과 권은 제법 멀어져 있었다. 도진이 아주 자연스럽게 가인을 제 근처로 끌어온 탓이다.

늑대와 너구리. 혹은 너구리와 늑대.

마주 서선 한쪽은 빙글빙글 다른 한쪽은 차갑게 웃으면서 신경을 팽팽히 세우고 있는 두 사람을 보며 가인은 생각했다.

권은 도진이 나타나자 겉으로 보기엔 한 발 물러선 듯했지만 은근슬쩍 제 할 말을 또박또박 다 하고 있었고, 도진은 매우 이성적으로 말하는 듯했지만 실은 제 몫의 사람을 한 조각도 뺏기기 싫다는 독점욕을 보이고 있었다.

그러자 권이 아주 순진무구하게 가인에게 물었다.

"가인 씨, 저 때문에 곤란한가요?"

"네?"

저렇게 직설적으로 묻다니. 그렇지만 권의 질문은 그 어떠한 사심도 없이 순수한 궁금증으로 인한 것 같았다. 그리고 가인은 어떠한 의도도 없는 그런 면에 약했다. 그러나 가인이 답하기도 전에, 도진이 먼저 치고 나왔다.

"서 비서, 얼굴이 빨개질 정도로 당황하는 모습은 처음 봤어. 곤란하면 말하게."

"네?"

이번에도 가인이 뭐라 제대로 답하기도 전에, 권이 재빠르게 도진에게 요청했다.

"당황시키고 있던 건 아닙니다. 간단한 답변만 들으면 되니, 오 분정도의 대화 정도는 허락해주시죠."

그러면서 슥, 권이 가인을 향해 한 발자국 다가왔다. 그러나 도진이 가인을 더 제 쪽으로 잡아당겼다. 결국, 세 사람의 거리는 원점이 되었다. 도진이 조금의 양보도 없이 대꾸했다.

"그럼 내 눈앞에서 답변을 듣도록 하시지요. 서 비서, 답하게."

이게 도대체 무슨 해괴한 상황이란 말인가. 맛있는 밥 한번 먹으려다가 먹기도 전에 체해버릴 지경이다.

피곤하다.

가인은 진심으로 그렇게 생각했다. 가인이 도진의 손을 슬며시 민 후에, 도진과 권 사이로 걸어 들어가서 뚜렷하게 말했다.

"그만들 하세요. 두 분 다 꼭 딱지치기를 하다가 딱지가 넘어갔네, 안 넘어갔네 하면서 싸우는 애들 같으시네요."

순간, 두 남자 모두 아무런 말없이 그녀를 바라보았다. 어지간한 연예인 기죽일 만한 외모와 카리스마를 지닌 도진과 누구나 한 번쯤 뒤돌아볼 만한 인기와 매력을 가진 한류스타인 권을 앞에 두고도, 그녀는 눈 하나 깜빡 않은 채 제가 하고 싶은 말을 뱉어냈다.

"사장님, 비서로서 파트너 업무를 수행 중이었는데 사적인 대화를 하게 되어 죄송합니다. 프로답지 못했어요. 하지만 그렇다고 해서 제 개인적인 이야기를 들으실 수 있는 권한은 없으시죠. 어쨌든, 지금은 제 업무시간 외 일이니까요.

차권 씨. 당신의 이야기는 호의적으로 잘 들었어요. 상황이 이러니 제가 나중에 연락하겠습니다. 답변은 그때 드릴게요. 그럼 이만 우리 모두 파하기로 하죠."

그리고 가인이 결정적인 한마디를 던졌다.

"저, 정말로 배고프거든요."

가인이 아직도 채워지지 못한 빈 접시를 들고 어깨를 으쓱하자, 결국 먼저 백기를 든 사람은 권이었다.

"미안해요, 가인 씨. 그 생각을 못 하고. 그럼 오늘은 이만 가기로 하겠습니다. 꼭 연락줘요."

그리고 권은 도진에게도 가볍게 목례를 한 후 돌아섰다. 도진도 가볍게 그에게 목례했다. 사실 기분이 나쁠 수도 있는 상황이었음에도, 권은 예의를 잊지 않았다. 역시 그 험난한 연예계에서 좋은 평판을 얻는 사람다웠다.

"한번 한 약속은 지키니 걱정 마세요. 그럼 좋은 저녁 시간 되시길 바라겠습니다."

가인도 그에게 단정히 인사했다. 그런 그녀 옆에서, 도진이 갑자기 웃음을 터트렸다. 사람들을 의식한 듯 소리는 크지 않았지만, 도진은 분명 웃고 있었다.

"하. 하하……."

"사장님?"

가인이 저도 모르게 도진을 놀란 얼굴로 바라보았다. 조금 독특한 면은 있지만 자기 관리가 분명한 사람이었다. 이런 자리에서 저런 얼굴로 웃지 않는다. 저런 얼굴로…….

긴장이 풀린 얼굴은 느슨하게 부드러워져, 일견 선량해 보이면서도 묘하게 사람을 유혹하는 듯한 눈웃음이 있다. 무표정으로 있으면 냉미남 같은데, 저렇게 웃으니 완전히 사람이 달라 보인다.

도진이 웃음을 눌러 참으며 잠시 그에게서 시선을 떼지 못하고 있는 가인에게 말했다.

"아니, 서 비서. 언제나 날 실망시키지 않아."

가인이 도진의 말에 얼른 정신을 차리고 다시 냉철한 비서로 돌아왔다.

"……이런 상황에서는 실망해야 하는 것 아닐까요? 사장님은 지금 제가 비서로서 업무 수행을 잘하지 못했다고……."

"아니, 그런 게 아니야."

가인의 말을 자연스럽게 잘라먹으며, 도진이 가인의 귓가로 고개를 숙여 심장까지 닿을 듯한 저음의 근사한 목소리로 속삭였다.

"가인 씨, 나는 매번 고맙게 생각하고 있어. 내 약간은 제멋대로인 패턴도 잘 맞춰주는 것도 그렇고. 힘들게 하는 점이 있다면 오히려 미안해."

이름만 불렀을 뿐인데, 가인은 처음으로 등줄기로부터 소름 돋듯

오싹오싹한 느낌을 받았다. 그 감각은 가인으로서는 처음 느껴보는 것이었는데, 간질간질한 동시에 심장이 옥죄이는 듯도 한, 이상한 감각이었다.

"접시 좀."

도진이 가인의 접시를 슬며시 빼앗더니, 접시 위에 낯익은 빨간 물체 두 개를 얹어놓았다. 딸기였다.

"선물이야. 나 없는 동안 이것저것 많이 먹도록 해, 귀여운 딸기 비서님. 같이 있어주고 싶지만 사업상으로 할 이야기가 좀 많아서."

그렇게 도진이 딸기가 얹어진 접시를 다시 가인에게 돌려주고 자기를 기다리고 있는 사람들에게 돌아갔다. 가인은 그제야 도진이 하던 이야기도 멈추고 자기한테 왔다 갔음을 깨달았다.

뭐지, 이 생경한 감각은.

가인은 새콤한 딸기 냄새를 맡으며 의문에 휩싸였다. 예상치 못한 도진의 사과와 감사 표시는 딸기처럼 새콤하게 가슴을 간질였다.

그를 탐내는 오렌지

도진은 정말이지 진지하게 어떤 '물건'을 바라보고 있었다. 그는 진심으로 저걸 가지고 싶다고 생각했지만, 그는 그 욕구를 익숙하게 억눌렀다. 그러나 눈을 뗄 타이밍을 놓친 건지, 매장 직원이 능숙하게 응대할 준비를 마치고서 그의 곁으로 다가왔다.

"꺼내서 보여드릴까요?"

도진은 순간적으로 그 말에 긍정의 답을 할 뻔했지만, 이성의 힘으로 가벼운 거절의 답을 내놓았다.

"아니요, 괜찮습니다."

그러자 직원이 매끄럽게 말을 이었다.

"선물하고 싶은 아이가 있으신가 봐요. 요즘 아이들 선물로 매우 잘 나가는 상품입니다. 시즌 한정판이에요. 한번 보시겠어요?"

"그렇군요. 안 그래도 선물하고 싶은 조카가 있어서 잠시 바라봤는데, 저것 말고 다른 걸로 사줘야겠어요."

"네, 알겠습니다. 그럼 혹시 원하시는 상품이라도?"

"지금은 그냥 둘러보러 온 것뿐입니다."

단순한 말이었지만 외모에서 풍기는 근사함은 어쩔 수 없어, 도진이 돌아서자마자 매장 직원은 속으로 조용히 탄식 비슷한 감탄을 내뱉었다.

가끔 들르는 VVIP손님이었는데, 어찌나 매력적이고 멋있는지 그를 보면 저도 모르게 신데렐라 로맨스 같은 망상을 꿈꾸게 되곤 하였다.

"자상하기까지."

VVIP 정도면 사람을 시켜서 물건을 사러 와도 되건만, 가끔 저렇게 직접 보러 온다.

조카가 여자 조카와 남자 조카가 있는 모양으로, 지금 보고 간 상품은 남자아이용이지만 주로 사는 건 여자아이들이 좋아할 법한 물건이다. 게다가 가끔 사가는 여아용 물건은 일부러 주문해서 만들기까지 한다.

"여자아이는 딸기를 무척 좋아하나 보지."

사가는 물건은 상당한 고가면서도 거의 딸기랑 관련된 물건이다. 아주 정상적인 물건이어도 구석에라도 꼭 딸기가 있어야 하는 걸 보면, 뭔가 의미가 있나 보다. 직원은 멋진 VVIP손님이 쳐다보던 물건을 물끄러미 바라보며 그렇게 생각했다.

사파이어가 박힌 커프스 단추였는데, 모양은 요즘 유행하는 모 자동차 캐릭터 비슷하게 생겼다. 그래서 덕분에 사교계 데뷔용 정장에 맞춰서 아이들이 곧잘 하는 것이었다.

"아무래도 삼촌이라, 여자아이가 더 예쁜 모양이야. 남자아이 건 보고만 간다니까."

직원은 그렇게 중얼거리며 그 멋진 손님이 자기 근무 때 또다시 방문해주기를 고대했다.

strawberry kiss

"오셨습니까?"

"음, 가지."

도진이 차에 타자, 운전수가 시동을 걸었다. 차창을 보며, 도진은 혼자 조용히 생각했다.

'이번엔 정말 위험했어.'

저도 모르게 살 뻔했다. 도진은, 제 눈에는 썩 마음에 드는 물건들이 다른 사람들 관점에서는 매우 이상해 보인다는 사실을 머리로는 이해해도 가슴으로는 받아들이기 힘들었다. 사람마다 취향이 있는 건데, 그 취향을 이렇게 드러내지 못한다는 것도.

「넌 앞으로 내가 골라주거나 직원이 코디해주는 그대로 사렴.」

선상파티를 위한 정장을 도진이 직접 골라왔을 때, 그의 어머니가 했던 당부이자 훈계였다. 어렸던 도진은 자신의 미적감각이 왜 엉망인지 잘 이해하지 못했다.

그러나 자기가 골라온 옷을 모두 도리질하는 것을 보고, 그제야 직원이 코디해준 은색 재킷에 검은색 정장 바지를 뿌루퉁한 표정으로 입었다.

짙은 보라색 체크무늬 상의와 검은색 바탕에 흰색 도트무늬가 들어간 바지가 어때서. 거기에 은색 와이셔츠에 새빨간 보타이와 상의와 똑같은 보라색 체크무늬 양말까지 골라왔을 때의 경악에 가까운 어머니의 표정이란.

그래서 도진은 그때부터 모든 액세서리와 옷과 구두는 전문가의 도움을 받고 있었다. 심지어는 다른 사람들에게 선물하는 일체의 것까지. 하지만 가끔은 남에게도 진심이 담긴 선물 하나쯤은 해주고 싶은 법이다.

'그런 의미에서 서가인 씨는 참 좋지.'

스트레스가 너무 쌓인 날이나 서 비서의 똑 부러지는 일처리가 고마운 날, 진심을 담아 선물을 고른다. 가인은 모르겠지만 가끔 직접 주문해서 상당한 고가로 만들기도 한다. 하지만 너무 비싸다는 티를 내면 안 받을 게 분명하기 때문에 일부러 중저가 브랜드 쇼핑백에 넣어서 건네주곤 했다.

자신이 고르지 않은 선물을 받으면 기뻐한다. 하지만 자신이 고른 선물을 안기면, 눈에 띌 만큼 비웃거나 혹은 실망한다. 여태 만났던 여자들 모두 그랬다. 딱 한 사람만 빼고.

「진짜 취향 한번! 어휴, 나니까 걸친다. 나니까.」

진한 핑크색에 사방에 흰 솜뭉치 같은 장식들이 달려 있던 목도리를 투덜대면서 칭칭 감았지만, 얼굴은 환하게 웃고 있었다.

그랬지. 이제는 만날 수 없지만.

가인도 그랬다. 처음 제 손으로 고른 선물을 건넸을 때, 사실 도진은 별로 기대하지 않았다.

「서 비서를 생각해서 직접 고른 거야. 일을 잘해줘서 아주 고마워.」
「직접…… 고르신 겁니까?」

그러더니 얕은 한숨. 그러나 비웃음이나 무시의 기색은 없었다. 어이는 좀 없는 것 같았지만, 특유의 사무적인 표정을 지었을 뿐이다.

「너무 고가면 받기 그렇습니다만.」
「서 비서 말고 비서팀 전체 모두 같은 물건이야. 디자인은 다르지만. 서 비서가 가져다주도록.」

출장 갔다 오면서 비서팀 전체에 남자는 넥타이핀, 여자는 귀걸이를 준비했다. 가인만 자신이 고른 물건을 준 건, 제 사람이라는 믿음 때문이었다. 이번에 너무 싫어한다면 다음엔 그러지 않겠다는 생각을 하며.

「알겠습니다.」

그러면서 바로 그 자리에서 귀에 꽂은 귀걸이를 빼고 자신이 사준 딸기 귀걸이를 했다. 그러더니 자기가 건넨 선물을 일사불란하게 정리하더니 꾸벅 인사했다.

「그럼 비서팀에 잠시 다녀오겠습니다.」

그리고 모두 그럴듯한 액세서리를 받았는데, 가인만 그러지 못해 그날 하루 종일 반장난으로 딸기아가씨라는 놀림을 받았다는 걸 도진은 뒤늦게야 알았다. 그러나 가인은 꿈쩍도 않고서 한마디만 했다고 들었다.

「선물의 형태가 어떻든 마음은 감사한 거니까.」

참, 괜찮은 아가씨. 물론 그 이후로 그 딸기 귀걸이는 두 번 다시 하지 않았지만, 자신을 배려해서 그 자리에서 해준 것만으로도 도진에게는 특별하게 다가왔다.

한 번을 보니 두 번 보게 되고, 두 번을 보니 세 번 보게 된다. 도진은, 이제는 곁에 없는 상대를 향해 속으로 혼잣말했다.

'이상하지. 너 이후로는 그럴 일 없을 거라고, 그렇게 생각했었는데.'

여자들을 만나보아도, 그 어떤 끌림도 없었는데.

도진은 빙그레 미소 지었다. 그게 바로 도진이 줄기차게 가인에게 딸기 모양 선물을 하는 이유였다. 그도 이 감정에 대해, 이제는 조금 더 알고 싶어졌다.

strawberry kiss

점심시간, 사내식당에서 가인은 식사를 하며 생각에 잠겨 있었다. 굳이 생각을 하지 않으려 해도 밥을 보고 있으면 생각이 날 수밖에 없었다. 그녀가 하는 고민은, 바로 식사와 관련된 거니까. 바로 차권과 해야 하는 식사 때문이다.

가인은 약속대로 그에게 연락을 했다. 연예인이라는 특성상 언제 어떻게 일하고 있을지 도통 알 수 없어서 메시지를 먼저 보냈는데, 한 십여 분 있다가 온 건 답장 메시지가 아니라 전화였다.

「여보세요.」

— 와, 가인 씨. 이렇게 빨리 받아주다니, 감격인데요.

「연락드린다고 했으니까요. 다행히 바쁜 시간이 아니었나 보네요.」

— 이번 달은 들어갔던 드라마도 끝나서 잠시 휴식기예요. 그렇다고 일정이 아예 없는 건 아니지만, 평소에 비하면 거의 논다고 볼 수 있지요. 이렇게 길게 말하는 이유, 알겠어요?

「아뇨. 모르겠는데요.」

— 가인 씨가 연락하면 언제든 받을 수 있다고 알려주는 거잖아요. 남자가 이렇게 시시콜콜 자기 일정 보고하는 경우는 드물어요, 가인 씨.

「말 많은 남자들은 가끔 그러던데요.」

— 하하. 한 방 먹었네요. 그럼 반대로 그 남자들이 다 가인 씨한테 일정을 알려주고 연락하고 싶을 만큼 가인 씨한테 마음이 있었나 보죠.

「그렇게는 생각해본 적이 없어서요. 색다른 시각이네요.」

— 가인 씨, 자기가 얼마나 괜찮은지 정말 모르나 보다. 오히려 다행이네요. 가인 씨 괜찮은 여잔 거, 나만 알면 되니까.

「차권 씨가 남자치고는 흔하지 않은 입담의 소유자인 건 알겠어요.」

— ……도대체 가인 씨의 철벽을 이기려면 어떻게 해야 하는 걸까요. 음, 그럼 본론으로 들어가서, 먹고 싶은 메뉴 있나요? 한식, 중식, 양식, 뭐든 말만 해요.

「……생각이 필요하겠는데요.」

— 음. 이건 좀 의외네요. 가인 씨 분명한 데가 있어서, 이런 건 답이 금방 나올 줄 알았거든요. 비싼 데도 상관없으니까, 마음 편히 골라요.

「네, 그럼 생각해보고 답 드리겠습니다.」

— 통화가 끝나는 분위기인 건 아쉽지만, 만나서 더 이야기하기로 하죠. 그럼 연락 줘요.

「네. 그럼 들어가세요.」

권은, 가인의 생각보다 끈덕지게 굴지는 않았다. 통화를 자꾸 붙들고 늘어졌으면 불편했을 텐데, 이런저런 이야기는 해도 생각보다 깔끔한 마무리에, 가인은 권이 나쁘지 않게 생각되었다.

이성으로 호감은 아직 모르겠지만, 적어도 인간으로서의 호감은 느껴졌다. 사실, 저렇게나 유명한 연예인이 자신한테 관심을 가진다는 사실이 별로 현실감이 없기도 했다.

그런데 메뉴는 뭘 선택하지?

가인은 반찬을 하나 집어 먹으며 진지하게 고민했다. 일반인이라면 그 자리에서 딱 원하는 메뉴를 말해도 되겠지만, 상대는 연예인. 사람들의 이목을 끄는 장소라면 안 될 텐데, 사실 식당 자체가 만인에게 오픈되어 있는 장소가 아닌가.

사실 그쪽에서 먼저 먹자고 했으니 그냥 그쪽에 모든 걸 일임해버리면 되는 문제일지도 모른다. 하지만 직업병인지 가인은 혹시나 모를 기자들과 그로 인한 불편함과 오해들을 생각하지 않을 수 없었다.

만에 하나 사진이라도 잘못 찍혀서 엉뚱하게 신상 털리기라도 당하면 곤란한 건 그쪽보다 사실 이쪽이기도 했다.

"가인 씨 뭘 그렇게 생각해?"

결국, 옆자리에 앉은 소라가 가인에게 입을 우물거리며 가인에게 물었다. 가인이 답했다.

"아, 식사 약속을 해야 하는데 뭘 먹을까 하고요."

"가인 씨 이것저것 가리지 않고 잘 먹잖아? 하긴 그래서 더 고민되나? 그냥 딱 필 꽂히는 거 먹어."

"그럴까요."

아무렇지도 않은 듯 진미채 볶음을 입에 넣으며 소라가 말하자, 언제나처럼 그 대범함이 마음에 들어 가인은 살짝 웃었다. 그러자 근처에서 밥을 먹던 인사팀의 신연우가 소라에게 말을 붙였다. 노래를 아주 잘 부르고 매너가 좋아 여직원들에게 인기 있는 사람답게, 목소리가 아주 근사했다.

"참, 소라 씨 그 뉴스 들었어요? 방금 전 해외 항공사 소속 비행기 한 대가 대서양에서 추락했잖아요. 거기 한국인 별로 없다고 인터넷 뉴스에 떴었는데, 거기 퍼스트 클래스에 MA&M 그룹 둘째 아들이랑 셋째 아들이 부인하고 자녀 동반해서 전부 타고 있었답니다.

그래서 지금 포털 사이트에서 난리예요. 지금 기체 찾고 있다는데 생존가능성이 희박해서 경제, 사회란 온통 떠들썩합니다."

"진짜요? MA&M 그룹이면 우리 그룹하고 거의 쌍벽을 이루는 곳이잖아요. 그럼 거기 후계구도가 완전히 바뀌겠네요. 아들이 셋이라고 들었는데, 큰아들은 활동하는 걸 못 본 것 같네요. 그럼 큰아들한테 전부 가나요?"

"그게 아니에요. 그래서 더 떠들썩한 거예요."

"어머, 연우 씨, 왜요?"

이야기가 들렸는지 갑자기 장영화가 연우에게 살짝 눈웃음을 치며 여우같이 물었다. 여자들이 보기엔 한눈에 봐도 잘 보이려고 애교 피우는 거라, 소라가 밥을 먹다 말고 가볍게 혀를 쯧쯧 찼다.

연우는 소라에게 이야기하다 갑자기 끼어든 영화에게 약간 당황한 듯했으나 내색하지 않고 친절하게 답했다.

"옛날 일이라 모르는 사람들이 많은데 거기 큰아들이 유명한 로맨스의 주인공입니다. 가문에서 반대한 사랑을 선택하고 호적에서 완전히 파였다죠.

그 여자랑 결혼할 거면 호적에서 나가고 개명하라고 그래서 진짜 그렇게 했대요. 아예 집안과 강제절연된 거죠. 지금은 어렵지만 옛날에는 그게 가능했으니까. 그래서 지금은 어디서 뭘 하고 사는지도 잘 모른다고 하더라고요."

그러자 소라가 뿔테안경을 밀어올리며 지적인 느낌 그대로 깔끔하게 말했다.

"얼른 식사하고 필요한 자료 이것저것 검색하고 찾아놔야겠네요. 거래처에도 변동 있을 수도 있고, 이쪽으로 물량 들어오는 게 있을 수도 있으니까요."

"어머, 소라 씨 딱딱하게. 밥 먹을 때 일 이야기하는 게 어디 있어요? 그렇죠, 연우 씨이."

영화가 거의 콧소리를 내다시피 하며 연우에게 말하자, 연우가 예의 친절한 미소를 띠며 답했다.

"그래도 전 자기 일에 저렇게 열심인 여성이 멋있는데요."

"어머, 연우 씨. 뭘 모르는구나. 직접 사귀어보면 저런 타입은⋯⋯."

"이런 타입은 뭐 어떤데 그래, 영화 씨?"

영화가 생각 없이 말을 내뱉다가 아차 싶어서 입을 다물자 소라 씨가 빙긋 웃으며 대꾸했다.

"나에 대해 아주 잘 아나 봐, 영화 씨."

"오, 호호. 소라 씨도 차암, 장난친 걸 가지고⋯⋯."

"그렇지. 장난. 장난이니까 웃지."

분위기가 점점 묘하게 돌아가는 걸 느낀 가인이, 얼른 원래의 화제로 돌렸다.

"그러면 MA&M 그룹은 어떻게 되는 거예요?"

그러자 연우가 얼른 말을 받았다.

"주변 친척들만 신났죠. 계열사 사장들도 비상처럼 갑자기 다 소집되고, 거기 회장님은 병원에 입원하고 난리도 아니라고 하더라고요. 워낙 튼튼한 기업이라 주가에는 크게 변동 없지만 한두 명도 아니고 가족들을 그렇게 갑자기 보냈는데 정신이 있겠어요?"

"그렇죠. 참 슬프고 안타까운 일이네요."

가인이 그렇게 짧게 평하자, 앞에 앉아 있던 비서팀 막내 세희가 소녀처럼 말했다.

"그런데 그 큰아들 말이에요. 참 로맨틱하네요. 그런 사랑이라니, 부러워요."

그러자 영화가 또다시 얼른 대화 속으로 끼어들었다.

"멋있지. 그런 대기업 아들하고. 그러니까 우리 같은 사람들도 잘난 남자 만나는 게 꿈은 아니라니까?"

그 말을 듣고 소라가 마지막 한 숟갈을 먹으며 냉정하게 평해줬다.

"영화 씨, 대신에 그 남자는 돈도 명예도 가문도 없는 평범한 남자가 되었는데, 영화 씨는 그래도 괜찮아? 영화 씨만 사랑하면?"

"아, 그건 좀……."

갑작스러운 깨달음에 영화가 탄식 비슷한 감탄사를 내뱉더니, 말을 이었다.

"하지만 뭐, 음. 다 그렇잖아요. 남자 경제력은 필수 아닌가요?"

"그 남자 배경만 잃었지, 처자식을 먹여살리지 못하진 않을 거 아냐. 그 정도면 난 된다고 보는데."

"소라 씨, '소년이여, 야망을 가져라' 이 말 몰라요? 기왕이면 다홍치마라고 이왕이면 더 높은 스펙이 낫죠."

"응, 그래. 잘 알았어, 영화 씨. 난 영화 씨보다 좀 소박한 사람이라. 그 꿈, 잘 이뤄보길 바랄게."

"음흠흠. 아, 네. 뭐."

그러더니 영화가 조용해졌다. 마침 소라와 가인도 식사가 끝나서 자리에서 일어나 대화는 그렇게 마무리되고 말았다. 그리고 소라가 그렇게 떠난 후에 뒤에 남은 연우가 아주 짧게 한숨을 쉰 건, 연우 외에는 아무도 몰랐다.

"쟤는 참 뇌가 청순해."

소라가 가인하고 같이 걸어가며 감탄 비슷한 평을 내놓자, 가인이 웃으며 답했다.

"그래도 영화 씨 토익 토플 텝스 점수도 높았고, 대학도 괜찮은 데 나왔고, 학점도 좋았고, 집도 제법 사는 것 같던데요. 외모도 저 정도면 괜찮고요. 뇌가 청순하다기엔 스펙이 너무 좋아요."

"아, 정정. 쟤는 개념이 안드로메다에 가 있어."

"그렇군요."

그러자 소라가 가인의 등을 가볍게 두드리며 말했다.

"가인 씨도 참 다 알면서 시침 떼기는."

"개성이라고 생각하려고 애쓰지만 영화 씨가 좀 피곤한 사람이기는 하죠. 그런데 저하고는 저번 일 이후로 거의 말도 안 섞는데 소라 선배한테는 늘 말을 붙이네요. 제법 구박당하는 것 같은데."

"저번에 내가 말했잖아, 우리 상무님 바이어들이 미남에 조건 좋은 사람이 많다고. 나랑 껄끄러우면 우리 사무실에 들락날락할 수 있겠어? 울며 겨자 먹기로 내 비위 맞춰주는 거지."

"그런 의미에서는 참 대단한 사람이네요. 목적을 위해선 감정도 조절할 수 있다니."

"저런 사람들이 오히려 회사에서 가장 끝까지 남는다니까. 두고봐. 아마 끝까지 다닐 거야."

"아, 네. 하하."

"웃을 일이 아니야, 웃을 일이. 저런 사람이 상사가 된다면 돌아버릴 거라고."

"하긴 회사에는 별 사람들이 다 있으니까요. 나도 누군가한테는 그런 돌아버리는 사람이 될 수도 있다는 게, 참 두렵기도 하고 염려가 되기도 하고 그러네요."

하긴, 회사생활이 그렇다. 언제나 보고 싶은 사람만 볼 수 없고, 자기랑 맞는 사람보다 안 맞는 사람들이 더 부지기수.

나한테 좋은 사람이 누군가에게는 안 좋은 사람일 수도 있고, 나한테 불편한 사람이 누군가에게는 예쁨 받는 사람일 수도 있다. 가끔은, 어제의 적이 오늘의 동지가 될 수도 있고, 한때의 동지가 오늘 칼을 꽂을 수도 있다.

참 피곤하고 잔인하지만 그렇다고 포기할 수 없는 세계. 가인은 짧게 결론 맺었다. 소라가 그런 가인의 말을 가볍게 받아쳤다.

"사서 고민한다. 어차피 세상 모든 사람이 다 날 좋아할 순 없어요. 그래도 가인 씨는 개념이 박혔잖아. 저 정도는 안 될 거야. 걱정하지 마. 될 거 같으면 내가 이야기해줄게."

"아, 네. 하하하. 감사합니다."

"그게 감사할 일이니. 앞으로 갈군다는데. 성격 무르긴."

위잉, 가볍게 진동이 울렸다. 가인의 휴대전화였다. 가인이 재빠르게 받았다.

"어, 엄마. 웬일이세요?"

그러자 소라가 통화에 방해가 안 되도록 조그맣게 되물었다.

"어머니?"

가인이 가볍게 고개를 끄덕이자, 소라가 편하게 전화 잘 받으라는 제스처를 취한 후 먼저 걸어갔다. 가인이 홀로 복도를 천천히 걸어가며 어머니와 통화를 시작했다.

"응, 엄마. 나야 잘 있죠. 어제도 통화했었잖아요. 티브이 뉴스 보다가 갑자기 생각나서 전화하셨다고요? 티브이에 도대체 뭐가 나왔기에? 별건 아니에요? 아아. 아버지는요? 아, 그래요. 주식 아무나 하는 거 아니랬는데, 아버지는 진짜 주식시장 잘 읽으신다니까.

선호는 어때요? 거기는 내신은 잘 나오니까, 수능만 잘 보면 인서울 가능할 거 같은데. 부모님 부담될까 봐 걱정된대? 엄마아들 다 컸네. 어차피 집은 내가 지내는 아파트에서 같이 지내면 되니까 괜찮을 거고, 학비 때문에 그러나 보네. 좀 보태줄까? 으응. 그 정도는 괜찮아요?"

"서가인 씨."

가인이 통화를 하다 말고, 저를 부르는 소리에 돌아보았다. 손질이 잘된 실크 블라우스에 단정한 H라인의 스커트를 입은 중년의 여성이 그녀에게 다가오고 있었다. 비서실의 실장인 김미희였다. 미희가 부드러운 미소를 띠고 가인에게 말했다.

"통화 중인가 보네요."

"아, 엄마, 내가 이따 전화할게요. 끊어요."

가인이 서둘러 전화를 끊자, 김미희 실장이 천천히 가인 옆으로 와 보폭을 맞췄다.

"전화 끊지 않아도 괜찮았는데. 일 때문에 부른 게 아니었거든요."

미희가 아주 편안하면서도 부드럽게 말했는데도, 오래 책임자로 일해온 덕인지 알게 모르게 사람을 주목시키는 힘이 있었다. 아무래도 상사이다 보니 많은 사람들이 부담스럽게 여기기는 해도, 가인은 일적으로 성실하고 자기 사람도 잘 챙길 줄 아는 그녀를 존경하는 쪽이었다. 가인도 부드럽게 답했다.

"아닙니다. 급한 전화는 아니어서, 나중에 다시 해도 괜찮습니다."

미희가 가인과 나란히 걸으며 자연스럽게 물었다.

"예전에 입사할 때 이력서에 남동생 있었던 거 같은데, 맞나요?"

"아, 네. 이번에 고등학교 2학년이 되는 동생이 있어요. 남자애치곤 사근사근하고 붙임성이 좋아요. 오히려 저보다 애교가 더 많아서 반대로 태어난 것 같다고 하곤 했었죠."

"그렇군요. 저번에 이야기할 때 들으니까 부모님은 타지에 계신가 보네요."

"네, 강원도에서 조그마한 펜션을 하고 계세요."

"아버님이 원래 강원도 출신이에요?"

"아니에요. 원래 서울 태생이세요. 저 어느 정도 큰 이후에 강원도로 가셨어요."

사적인 이야기를 많이 물어보고 있었지만, 가인은 미희가 이렇게 대화하면서 자기 아랫사람들의 사정을 잘 파악해서 필요할 때 잘 도와주는 걸 알고 있었다.

원리원칙에는 엄격했지만 얼마 전 비서실 홍민아의 아버지가 급환으로 쓰러졌을 때 제일 먼저 연가처리를 해주고 빈자리를 다른 인원으로 메워준 후 병문안까지 가준 이는 바로 김미희 실장이었다.

이용하기 위한 관심이 아니라, 배려해주기 위한 관심이다. 그걸 아니, 편하게 답할 수 있었다. 미희가 웃으며 다시 말했다.

"너무 꼬치꼬치 물어봐서 그렇죠? 나이 먹으면 젊은 사람 편하게 해줘야 하는데. 사실 가인 씨 아버지가 예전에 내가 알던 오빠랑 많이 비슷해서, 혹시나 싶어서요."

"아, 네. 그러세요."

생각지 못한 전개였다. 아버지와 아는 분일 수 있다는 생각은 못 했었는데. 연배도 비슷한 데다 아버지가 서울 출신이고 대학도 여기서 나오긴 했으니 충분히 가능한 이야기였다.

"아버님 성함이 어떻게 되시죠?"

"재자, 혁자 되십니다."

그러자 미희의 얼굴엔 눈에 띄게 실망하는 기색이 역력했다.

"이런, 아니네요. 가인 씨 모습이나 일처리 하는 스타일이나 성격이 정말 비슷해서 나는 혹시나 했었지."

"많이 친하셨나 봐요?"

"친하다기보다는 짝사랑."

"실장님이요?"

"덕분에 눈만 높아져서 이렇게 독신을 고수하고 있지 뭐예요? 가인 씨도 너무 멋진 사람 좋아하면 안 돼요. 기준이 거기에 맞춰져버리거든."

"굉장히 괜찮은 분이셨나 보네요."

"괜찮았지. 미남에, 훤칠한 키, 완벽한 배경, 깔끔한 일처리, 그러면서 주변에 여자 하나 두지 않는 철저한 사생활까지, 요즘 말로 말하면 냉미남 스타일이라고 해야 하나요?"

"고백은 해보셨어요?"

"하기도 전에 차였어요. 대학 다닐 때부터 좋아하던 여자랑 대학 졸업하자마자 결혼해버렸거든요."

"그러셨군요. 안타깝네요. 저희 부모님도 폭풍 같은 연애를 하셨대요. 아버지가 대학 가실 때는 부모님이 살아 계셔서 제법 유복했었나봐요. 원하는 곳 어디든 유학까지 가실 수 있었는데, 한눈에 반한 어머니 따라 국내 Y대로 학교까지 바꿀 정도였으니까요."

"조부모님이 일찍 돌아가셨나 봐요?"

"아, 네. 대학 졸업할 때쯤 돼서 갑자기 헤어지게 되셨다고 그러셨어요. 그래서 결혼도 갑작스레 하셨다고 하시더라고요. 가정을 일찍 꾸리고 싶으셨대요."

"그렇군요. 가인 씨, 상당히 미인이니까 부모님도 상당히 미남 미녀시겠는데요."

"과찬이세요."

어느덧, 두 사람은 사장실 근처까지 와 있었다. 미희가 미안한 듯 가인에게 말했다.

"쉬는 시간을 너무 뺏은 건 아닌지 모르겠어요."

"괜찮습니다."

가인이 살짝 웃으며 답하자, 미희도 웃으며 인사했다. 저리로 걸어가는 미희의 뒷모습을 보며, 가인은 생각했다.

젊은 날의 짝사랑이라. 호호백발 할아버지도, 배불뚝이 아저씨도, 아이 두셋인 아줌마도, 모두 누군가의 첫사랑이자 누군가의 잊지 못할 사람일 수 있다. 어쩐지 아릿한 기분.

그렇게 마음에 담은 사랑은, 어떤 느낌일까.

가인은 사장실 앞 제 자리로 돌아가며 그리 생각했다.

strawberry kiss

점심시간이 끝난 후, 여느 때와 같은 일과였다. 다만 외부로 나간 사장님이 생각보다 회사 복귀가 늦어지고 있어, 가인이 시계를 보며 스케줄을 한 번 더 검토하고 있을 때였다.

진주장식이 있는 여성스러운 느낌의 하얀 블라우스, 고급스러워 보이는 재질의 진남색의 슬랙스, 새카만 높은 힐, 팔목에는 금과 색실로 된 팔찌, 하얀색 커다란 백, 긴 파마머리에 고양이 같은 인상의 미녀.

제법 잘 어울리는 진한 핑크빛으로 칠한 입술이 인상적이었다. 한눈에 봐도 세련된 느낌의 여성.

여자는 자신만만한 걸음걸이로 걸어 들어오더니, 가인을 향해 또렷한 목소리로 정체를 밝혔다.

"3시에 약속한 MA&M 기획실장 서신영이에요. 생각보다 일찍 도착했는데, 정도진 사장님을 뵐 수 있을까요?"

MA&M. 오늘 큰 사고가 났다는 그룹이 아니던가. 분명 약속은 잡혀 있었지만, 기획실장 정도의 위치라면 오늘 약속은 못 오지 않을까 생각하고 있었다.

MA&M 기획실장인 서신영은 실제로 본 적은 없었지만, 상당한 재원인 데다 미인이기까지 해서 호사가들의 입방아에 자주 오르내리고 있다는 소리를 들은 적이 있었다. MA&M 회장의 직계는 아니어도 가까운 친척이었기 때문에 며느릿감으로 눈독 들이는 이들도 많다고 들었다.

그렇다면 오늘 사고당한 사람들과 혈연관계라는 건데, 얼굴에는 어두운 기색이나 침통한 기색이 전혀 없었다.

게다가 복장도 화려한 편이어서, 가인은 좀 의아했지만 일하는 중이니 사적인 감정은 배제했을 수도 있고 옷이야 못 갈아입을 수도 있는 것이라, 지나치게 예민하게 판단하지 않기로 했다.

가인은 예의 정중한 미소를 띠며 답했다.

"죄송합니다만, 아직 약속시간이 되지 않아서 사장님은 외부에서 돌아오시지 않았습니다. 이곳에서 기다리시겠습니까, 아니면 시간이 되시면 다시 오시겠습니까?"

그러자 신영이 매혹적인 미소로 화답했다.

"여기서 기다리겠어요."

"그럼 저쪽 자리로 안내하겠습니다."

가인이 몸을 틀어 손님들이 미리 올 경우 안내하는 대기실로 향하려 하자, 신영이 가볍게 거절했다.

"어차피 시간 다 됐는데, 사장실에서 기다리면 안 될까요? 왔다 갔다 하는 게 더 비효율적일 것 같은데."

언뜻 들으면 그럴듯하지만, 절대 말도 안 되는 소리였다. 상사와 어떤 사이든, 상사가 출타한 사이 상사의 집무실을 타인에게 내어주는 경우는 없다.

저런 요구를 태연히 한다는 게 비상식적으로 보일 수 있었지만, 신영에게는 묘하게 그런 느낌을 주지 않는 설득력이 있었다. 하지만 가인에게 먹히지 않았다.

"죄송합니다만, 회사의 원칙상 허용하지 않고 있습니다. 이해해주시길 바랍니다."

"아참, 그럴 수 있겠네요. 미안해요. 좋은 의도였는데 힘들게 해서."

"괜찮습니다."

신영이 가인을 순순히 따라나서서 대기실 소파에 앉았다. 대기실이라 해도 사장님을 만나러 오는 사람들은 대체로 고위직이었기 때문에 굉장히 안락하게 꾸며져 있었다.

"원하는 음료가 있으십니까?"

가인이 묻자, 신영이 아주 익숙하게 답했다.

"얼그레이 있나요?"

"네. 있습니다. 그걸로 타드릴까요?"

"그럼, 그걸로 주세요. 혹시 잎차인가요?"

"아뇨. 티백입니다."

"그러면 그냥 됐어요. 생각해보니까 여기서 맛있게 우리기는 힘들 것 같네요. 그냥 주스 한 잔 주세요."

"주스 종류는 원하시는 게 있나요?"

"오렌지 주스요."

"네, 알겠습니다."

가인이 대기실 문을 나오며 주스의 메이커나 성분을 따지지 않아서 다행이라고 생각했다. 대화 패턴으로 봐서 자기 취향에 있어서 까다로운 편으로 추측되었기 때문이었다.

가인이 막 주스를 준비하러 가려는 순간, 도진이 들어왔다. 아무런 흔적도 없었는데, 도진은 달라진 분위기를 읽었는지 가인에게 바로 물었다.

"누가 왔나?"

"네. 3시에 약속하신 MA&M 서신영 기획실장이 와 있습니다."

"알겠어. 십 분 후에 만나기로 하지."

그리고 도진이 사장실로 들어가려고 몸을 틀다가, 다시 가인 쪽을 보며 약간 심각한 얼굴로 다가왔다. 가인은 순간 반사적으로 긴장했다.

업무 관련으로 뭔가 복잡한 일이 생겼나? 외근시 만났던 거래처들하고 뭔가 트러블이 있었나? 그러나 도진의 입에서 나온 말은 뜻밖의 말이었다.

"머리핀은 흔히 하는 아이템이 아닌가?"

앞뒤 다 자르고 본론뿐이었지만, 이런 일에 이미 익숙한 가인은 금세 눈치채고 되물었다.

"아, 선물하신 머리핀 말씀이십니까?"

저번에 호텔 파티에 갔을 때 선물 받았던, 붉은빛이 영롱한 딸기 모양의 핀을 말하는 모양이다. 그 정도는 수용할 수 있는 범위여서 가인은 그 물건은 다른 사람에게 주거나 하진 않았다.

"맞아. 그런데 그 이후로 한 번도 하는 걸 못 봤군. 마음에 들지 않았나?"

귀여운 여자아이나, 혹은 성인이어도 귀여운 여성이 하면 꽤나 잘 어울릴 핀이었고 전에 했던 선물에 비하면 상당히 일취월장한 편이라 가인은 별로였다는 표현은 하지 않은 채 사실만 짚어냈다.

"회사에서 하긴 너무 캐주얼하다고 판단해서 하지 않았습니다만, 복장 규정에 맞는지 한번 살펴보고 하겠습니다."

"지금 가지고 있나?"

"네."

그러자 도진이 간략하게 명했다.

"그럼 하게. 김미희 실장한테는 내가 말해놓지."

"하지만 특혜는……."

그러나 도진은 가인의 반대를 단칼에 잘랐다.

"그 정도가 특혜면, 비서팀 이소라 씨는 금요일마다 영어학원 때문에 두 시간 일찍 퇴근하고 있고, 장영화 씨는 시장조사를 핑계로 늘 한 시간 정도 쇼핑을 더 하고 오는 것 같더군.

그 외에도 더 알고 있지만 나는 그 정도도 허용된다면 이 정도도 충분히 허용될 수 있다고 생각해. 눈에 크게 띄지 않는 간단한 헤어핀에 불과해."

그렇죠. 간단한 헤어핀. 딸기 모양이라는 것만 빼면. 하지만 도진의 말대로 사이즈가 그리 크지 않아서 유심히 보지 않으면 딸기인지 모를 가능성도 있다. 가인은 수긍했다.

"알겠습니다."

그러자 도진이 심각한 얼굴을 누그러뜨리고, 빙긋이 웃었다. 심각할 때의 카리스마 있는 얼굴이 부드럽게 풀려, 상당히 밝고 말랑말랑한 인상을 주었다.

"내가 선물해준 건, 소중히 해주면 좋겠군."

그러더니 도진이 한 손을 들어 어떤 행동을 취하려던 때였다.

"정도진 사장님."

여성스럽고 달콤한 목소리. 어느새 대기실에서 나온 신영이 매혹적인 자태를 뽐내며 도진에게 다가왔다.

"대기실에서 기다리는 게 순서인 것 같은데, 목소리가 밖에서 들리니 기다리기 어려워서요."

"지금 막 들어왔으니, 준비가 되면 불러드리겠습니다."

가인에게 순간적으로 보였던 말랑한 모습은 순식간에 사라지고, 도진이 친절하지만 사무적인 태도로 간결하게 답했다. 그 태도에는 사적인 관심을 끊어내는 그런 힘이 있었다.

"알겠습니다."

그러자 신영이 순순히 돌아서서 대기실로 걸어갔다. 그러나 돌아서기 전 사장실로 들어가는 도진과 자신의 일에 몰두하는 가인을 바라보는 신영의 눈빛이 묘했다.

"그래서, 우리 쪽에서 제시하는 조건은 이러합니다. 이상 설명이 되셨는지요."

"이해했습니다."

일에 관련된 대화가 끝나고, 도진이 잠시 말없이 신영을 바라보았다. 그러자 신영이 생긋, 적당히 눈웃음 지으며 말을 붙였다.

"그렇게 바라보니까 설레는데요. 왜 그렇게 바라보세요?"

그러나 뭇 남성이라면 설렐 만한 신영의 애교에도, 도진은 특별한 태도의 변화가 없었다.

"지금, MA&M 쪽은 장례 준비로 정신없는 걸로 아는데 이 정도 사안은 굳이 서신영 실장님이 가져오지 않아도 되는 게 아닌가 싶어서 그렇습니다."

그러자 신영이 기안을 설명하던 태블릿 PC를 집어넣으려다, 다시 다잡으며 도진 쪽을 향해 도발적인 눈빛으로 말했다.

"역시 정도진 사장님, 눈치가 있으시군요."

"조금만 생각하면 알 수 있는 일입니다. 굳이 물어보고 물어보지 않고의 차이겠지요. 나도 오늘 일정을 취소하고 조문을 가기로 되어 있습니다만, 가까운 친척인 서신영 실장이 이러고 있다는 게 조금 의아하군요."

다소 딱딱하기까지 한 도진의 답에도 신영은 전혀 주눅들지 않았다. 아니, 오히려 저런 반응을 기다렸다. 신영은 은밀하고 달콤하지만 지나치게 교태스럽지 않은 능숙한 태도와 어투로 도진에게 재차 말을 붙였다.

"그렇게 경계하지 마세요. 사실, 사장님께 나쁘지 않은 제안을 하러 온 거니까요."

"무슨 뜻인가요?"

"사장님이 오케이만 하시면, 사장님은 가만히 앉아서 득 보시는 제안이죠."

"세상에 대가 없는 이득은 없습니다, 서신영 실장."

도진이 깔끔하게 딱 잘라 말하자, 이번만큼은 신영도 표정이 조금 흔들렸다. 그러나 다시 허리를 꼿꼿이 세우고 자신만만한 느낌으로 도진에게 제안했다.

"단도직입적으로 말하겠어요. 정도진 사장님. 저와 결혼을 전제로 만나지 않으시겠어요?"

"어째서 내가 그렇게 해야 합니까?"

그러자 신영이 도진 쪽으로 좀 더 가까이 다가가며 낮게 속삭였다.

"이런, 모르는 척하지 마세요."

"무슨 소리인지 도통 모르겠군요."

그러나 도진은 꿈쩍도 하지 않았다. 어투는 냉정하지 않았으나 태도는 지극히 사무적이라, 결국 애가 탄 쪽은 신영이었다.

오늘을 위해 얼마나 기다리고 준비했던가. 처음 본 순간부터 탐나던 저 남자를 얻기 위해, 그간 얼마나 때를 노렸던가.

마침 이렇게 속내를 보이며 비집고 들어갈 기회가 생겼으니, 신영 입장에서는 재빨리 잡아채야만 했다. 그렇지 않으면, 분명 그녀 말고 다른 누군가가 이 기회를 이용할지도 몰랐다.

"으흠. 아쉬운 쪽이 먼저 속을 보여야겠지요. 우리 MA&M 가족관계는 대충 아시지요? 큰할아버지 댁에서 그런 일이 일어나서 저도 굉장히 안타깝게 생각하고 있답니다. 하지만 슬픔은 슬픔이고, 감정만으로 회사가 움직이지는 않지요. 그건 사장님도 익히 알고 계시는 바일 거예요."

"계속하십시오."

태연히 신영의 뒷말을 기다리는 도진을 보며, 신영은 먼저 패를 내보이는 쪽이 지는 게임이라는 걸 알면서도 계속할 수밖에 없었다.

"정말, 속내를 잘 안 보이시는 분. 큰할아버지는 손녀가 없으셨기 때문에 저를 마치 손녀처럼 아끼셨어요. 지금 큰집에 그런 슬픈 일이 일어났으니 장기적으로 봤을 때 저에게도 계승권이 넘어올 가능성이 상당히 크답니다. 자, 이제 사장님이 저와 손을 잡을 충분한 이유가 되셨지요?"

괜찮은 조건.

사람이 사망한 사건. 그것도 여러 명이 사망한 일에 대해선 그녀도 애통하다. 하지만 산 사람은 살아야 하지 않겠는가. 그 전까지 자신의 입지는 적당한 계열사 사장 라인 정도에서 탐내는 정도였다면, 지금 이 사건으로 인해 좀 더 높은 곳을 충분히 바라볼 수 있게 되었다.

직계가족이 사라진 지금, 회장님은 분명 평소 각별했던 작은집에 의지할 것이다. 바로 우리 쪽에. 그리고 셈이 빠른 도진이라면 그것으로 인해 충분히 그녀의 값어치가 올라갔다는 사실 정도는 인지할 터였다.

그러나 도진은, 신영이 원하는 반응을 보이지 않았다. 그저 간결하게 상황을 정리했을 뿐이었다.

"그리고 당신 또한 세진그룹 차기 후계자로 지목받는 사람 중 하나인 나와 손을 잡음으로써, MA&M에서 자신의 입지를 높이고 싶은 것 아닙니까?"

"하하하. 정말. 역시 호락호락하지 않으시네요."

신영은 초조한 마음을 감추며 아무렇지도 않다는 듯 웃음 지었다. 도진이 답했다.

"누구나 나처럼 말할 겁니다. 이런 상황이라면."

도진의 다소 무뚝뚝한 말에, 신영은 남자들에게 자주 먹히곤 하던 매끄러운 미소를 재차 지어 보였다.

"답하시기 쉽지 않으시겠지요. 하지만 제가 전부터 사장님한테 호감이 있었다면요?"

　그 말은 사실이었다. 물론 여러 가지 이점이 있어서 그를 잡고 싶기는 했지만, 개인적으로 그에게 상당한 호감이 있었다.

　대기업 후계자이면서도 교만하지 않고, 여러 여성을 만나보기는 했지만 한 번에 여러 사람을 만나지는 않으니 여성편력도 심한 편은 아니고, 머리도 제법 있어 일처리 능력도 좋으며 외모도 근사하다.

　평소 허점을 쉽게 보이지 않은 걸로 봐서는 자기 관리까지 잘하는 듯한데, 과연 어떤 여자가 저 남자에게 마음을 뺏기지 않을까. 저런 남자를 독점하면 어떨까.

　그 남자 옆에서 그가 가진 것들을 내 것처럼 휘두르는 기분은 어떨까. 신영은 그간 억누르던 욕구가 분출됨을 느꼈다.

　남들보다 더 가지고 싶고, 남들보다 더 잘나가고 싶다. 남들 위에서 호령하며, 제멋대로 살고 싶다.

　신영은 도진을 똑바로 바라보았다. 탄탄한 가슴, 든든한 팔뚝. 저 남자 품에 안기는 여자는, 어떤 기분이 들까. 안겨서, 확인하고 싶다. 그 기분.

　도진도 그런 신영을 말끄러미 바라보았다. 표정의 변화가 거의 없어서, 무슨 생각을 하는지 한 번에 파악되지 않았다. 신영이 아는 도진은 대체로 여자한테는 친절한 편이어서, 이 순간은 더더욱 그의 진위를 알 수 없었다.

　도진이 입을 열었다.

　"그 정도로는 나에게 그리 유리한 느낌은 안 듭니다. 서신영 실장과 지금 상무로 있는 당신 아버지가 전보다는 좀 더 많은 걸 누릴 수는 있겠지만, 당신들 말고도 지금 MA&M 실세들은 많이 있어요. 당신도 그렇기 때문에 이렇게 지금 나한테 달려온 것 아닙니까? 세진그룹 내에서 확실한 권력을 가진 사람과 손을 잡기 위해."

그러더니 이번에는 좀 더 차게, 뒷말을 덧붙였다.

"가까운 친척의 부고에 애도를 표하기도 전에, 당신을 친손녀처럼 아낀다는 큰할아버지의 슬픔을 가까운 데서 덜어주기도 전에."

그것, 때문인가. 신영은 도진에게 바로 변명했다.

"말씀이 과하시네요. 마침 제가 소식을 들었을 때는 밤이었고, 지금 같은 차림으로 가기는 애매한 데다 여기 일을 마무리짓고 가야겠다고 생각했을 뿐이에요."

"서신영 실장이 그렇다면 그런 거겠지요."

도진이 신영의 말에 그 정도만 반응하자, 신영이 다시 한 번 물었다.

"제 제안은 어떻게 생각하시나요?"

도진이 부드럽게 웃었다. 그러나 답은, 웃음과는 다르게 완연히 확고했다.

"거절합니다."

"이런, 두 번 생각도 없으신 건가요?"

"리스크가 메리트에 비해서 크다고 생각하니까요. 현재 세진 쪽에서의 일만으로도 나한테는 충분합니다."

"야망이 있으신 분인 줄 알았는데."

"야망과 과욕은 별개죠."

"좋아요."

신영이 태블릿 PC를 다시 켰다. 그리고 커서를 클릭해서 파일 하나를 열어 도진에게 건넸다.

"결혼까지 가지 않더라도, 공개적인 교제를 통해 제 입지에 도움을 주신다면, 현재 MA&M에서 보유하고 있는 이 부지와 관련된 시설 제반을 세진에 유리한 방향으로 내어줄게요. 멀티플렉스 및 백화점, 유아 관련 시설까지 굉장히 큰 규모의 종합 파크를 계획하고 있어요."

도진이 냉정한 눈빛으로 파일에 저장된 이미지들을 넘겨보며 물었다.

"나중에 파혼하더라도 말입니까?"

"네, 대신 1년 이상은 유지하는 조건으로. 교제기간 동안 세진에 무리가 가지 않는 범위에서 제가 도움을 요청하면 즉각적으로 도와주는 것까지 포함해서."

그러나 돌아온 답은 확고했다.

"거절합니다."

그리고 도진은 태블릿 PC를 신영에게 건넸다. 신영이 태블릿 PC를 가방에 넣을 생각도 하지 못한 채, 당황한 어투로 말을 이었다.

"어째서, 사장님, 이 이상의 조건은…….."

"이 부지, 당신 소유가 아니지 않습니까?"

그녀의 말을 딱 끊으며 도진이 말하자, 신영은 아무 말도 하지 못했다. 도진이 냉정히 평가했다.

"가지고 있지 않은 걸로 거래를 하려 하다니, 이런 식의 사업 계획은 무의미합니다."

"하지만 당신이 도와준다면, 충분히 제가 이 용도로 이 부지를 사용할 수 있을 거예요. 회장님의 신뢰를 얻어서, 지금 놀고 있는 땅을 좀 더 효율적으로 이용하는 방안을 검토하도록 할 수 있어요. 제가 그만한 능력이 안 된다고 생각하시나요?"

그러자 도진이 되물었다.

"이 부지, 이렇게나 넓은 노른자 땅을 왜 그냥 버려두는지 압니까?"

"……."

신영이 말을 하지 않은 채 시선을 바닥으로 떨어뜨리자, 도진이 신영 대신 답했다.

"알고 있군요. 이 부지는 MA&M 회장님이 큰아들 결혼선물로 준비해둔 곳이죠. 큰아들이 가문에서 나가면서 모든 게 무산되었지만, 회장님에게는 상당한 아픔과 의미가 있는 곳입니다. 쉽게 양도받을 수 있을 리 없어요.

게다가 이번 일로 가족을 크게 잃었습니다. 전보다 더 어렵다고 하면 어려울 수 있는 조건이죠. 그런데도 그걸 해낼 수 있다고 생각하다니, 대단한 자신감입니다."

신영이 도진을 도전적으로 보며 대꾸했다.

"회장님은 큰아드님은 잊은 지 오래세요. 만약 미련이 있으셨다면 벌써 찾으셨겠죠. 그리고 소문에 의하면 이미 이 세상 사람이 아니라는 이야기도 있고요. 맞지 않는 생활과 스트레스로, 결혼 초반에 세상을 떴다고. 그래서 더 자기 아들을 꼬드긴 여자를 용서 못 한다는 이야기도 있죠."

"소문은 소문일 뿐입니다. 확인되지 않는 낭설은 신용하지 않는 주의입니다. 이만 가보십시오. 나도 조문을 가야 하니, 거기서 다시 뵐 수도 있겠군요."

더는 대화하지 않겠다는 도진의 태도에, 신영이 몸을 일으키며 중얼거렸다.

"변했군요. 내가 알던 정도진은, 이런 사람이 아니었는데."

그러자 도진이 이번만큼은 넘어가지 않겠다는 듯 엄격하게 신영에게 말했다.

"지금 뭔가 착각하고 있는 것 아닙니까? MA&M에서는 사람을 이렇게 보냅니까? 직분에 상관없이 거래처 윗사람을 이름으로 막 부르라고?"

도진의 말에는 상당한 카리스마가 있어서, 신영이 아차 싶었는지 급히 사과했다.

"……죄송합니다. 하지만 저는 사장님이 좀 더 현명하게 비즈니스를 하시는 분인 줄 알았습니다. 과거, 제 큰아버지와는 달리 가문에서 반대하는 여자를 단칼에 정리하신 분이지 않습니까?"

그러나 하고픈 말은 다하는 신영에게, 도진은 정말 화가 난 듯 굳은 얼굴로 대꾸했다.

"서신영 실장, 이 이상 무례를 범하면, MA&M에 정식으로 공문을 넣겠습니다."

"……알겠습니다. 죄송하게 생각합니다. 하지만 한 번 더 제 제안에 대해 생각해주세요. 사장님에게 최대한 유리한 방향으로 맞춰드리겠습니다."

"그 이야기는 더 듣지 않겠습니다. 그럼 이만."

삐익, 도진이 인터폰을 누르며 날카롭게 말했다.

"서 비서, 손님 나가시니 문을 열어드리도록."

– 알겠습니다, 사장님.

결국, 신영은 반쯤은 내쫓기듯 그곳에서 나오고 말았다. 그녀는 가방을 움켜쥐며, 속으로 중얼거렸다.

정도진, 이번에는 내가 물러나지만, 다음에는 내 앞에서 날 선택하도록 만들어주겠어.

그에 대한 호감만큼 거절당해 잔뜩 상해버린 자존심에, 그녀는 속으로 날카롭게 이를 갈았다.

strawberry kiss

가인은 도진의 호출을 받고 의아해하며 자리에서 일어났다. 도진은 추진력은 있지만 성격이 급한 편이 아니었다. 어지간한 일이 아니곤, 이렇게 일부러 호출을 하면서까지 가인을 불러내지 않는다.

가인이 사장실 문을 열었을 때는, 신영이 이미 문 근처로 다 와 있을 때였다. 도진은 신영 쪽을 바라보지도 않은 채 벌써 서류를 읽고 있었고, 신영은 그야말로 무시무시한 기세로 가인 쪽으로 다가오고 있었다.

그러나 가인은 그저 빙긋이 미소 지으며 나가는 신영이 더 수월하게 나갈 수 있도록 사장실 문을 활짝 열었을 뿐이었다. 그리고 신영이 나오자 문을 신속히 닫고, 몸가짐을 바로 한 후 신영에게 인사를 건넸다.

"방문해주셔서 감사합니다. 가시는 길도 평안하시기를 바랍니다."

그러자 신영이, 가인 쪽을 홱, 돌아보았다.

화났네.

가인은 그렇게 잠시 몸을 숙인 채 기다렸다. 이럴 때는 직접적으로 화를 내뿜거나, 내색하지 않은 채 후일을 기약하거나, 거의 그랬다. 전자일지 후자일지는 알 수 없었다. 신영은 가인이 사장실 비서직을 맡은 후 거의 처음 방문하는 거나 마찬가지였기 때문이었다.

"……서 비서도 평안히 근무하기를 바라겠어요."

수그린 몸을 일으켰을 때 들은 말은, 예상외였다. 차분하고 낮은 어조로, 분을 한껏 감추고 지적인 이미지 그대로 신영이 가인에게 답한 후, 순순히 돌아섰다. 그러나 어쩐지 말에 뼈가 있어 가인은 그녀가 오히려 화를 터트리는 게 더 나았으리라고 생각했다.

하지만 사장실에서 무슨 일이 있었든, 가인 본인과는 직접적인 관련은 없었기 때문에 그녀로서는 딱히 어찌할 수는 없는 노릇이었다.

신영이 가고 잠시 후, 도진이 가인을 불렀다.

"가인 씨, 차 좀 한 잔 가져다줘."

"종류는 어떤 걸로 할까요?"

"가인 씨 마음에 드는 걸로 아무거나."

"네, 알겠습니다."

사람들하고 있을 때는 주로 서 비서라고 부르지만, 업무에 치이거나 간혹 사적인 대화를 할 때는 가인 씨라고 부른다. 지금은 스트레스를 받았나 싶어져서, 가인은 향긋한 국화차로 준비했다.

가인이 차를 가지고 들어갔을 때, 도진은 머리가 아픈지 잠시 관자놀이를 누르고 있었는데 인상이 약간 찌푸려져 있었다. 가인은 도진이 자기 관리가 뛰어난 편이기 때문에 다른 사람 앞에서는 저런 모습을 거의 보이지 않는다는 사실을 알고 있었다. 가인이 소리도 없이 조용히 도진 앞에 차와 간단한 다과를 내려놓자, 도진이 짧게 말했다.

"피곤하군."

"그러신 것 같네요."

가인이 별다른 말도 하지 않았는데, 도진이 찌푸린 얼굴을 펴고 가인을 바라보며 시원하게 웃었다. 뭔지는 모르겠지만 스트레스를 털어버리기로 한 모양이었다. 그러더니 도진이 바로 가인에게 질문했다.

"가인 씨, 가인 씨가 보기에는 아까 나간 서신영 실장은 어떻다고 생각하나?"

도진은 가끔 이렇게 사장실에 들어왔다 나온 사람들에 대해 묻고는 했다. 대체로 그렇게 이야기 속에 등장하는 사람들은 일과 관련해서 좋은 사람이라기보다는 얽히면 피곤한 경우가 많았지만, 속단은 금물이다. 가인은 신중하게 대답했다.

"글쎄요. 제가 뭐라 평하기에는 아는 점이 너무 없습니다만."

그러자 도진이 질문을 바꿨다.

"그러면 가인 씨가 보기에는 서신영 실장이 스스로를 어떻게 생각하고 있는 것 같나?"

"과일로 말씀이십니까?"

"그래. 과일로. 그게 말하기 편하겠군."

톡톡, 책상을 손가락 끝으로 가볍게 두드리며 도진이 답했다. 일거리가 많이 밀려 있거나 생각할 거리가 있을 때 흔히 하는 버릇이었다.

서신영 실장이라.

미모에 학벌에 배경까지 있어서, 스스로에 대한 자부심이 굉장히 강한 타입인 것 같았다. 아까 차 주문을 할 때 보니 자기 스타일이 굉장히 분명해서, 어지간해선 타협할 것 같지도 않았고, 좀 더 덧붙이자면 밑의 사람이라고 생각한 사람을 부리는 데도 상당히 익숙해져 있었다.

"흠. 아마도 스스로를 용과 정도로 생각하고 있지 않은가 싶습니다."

"몇 번 본 적이 없는 사람한테 이런 평가를 듣다니, 서신영 실장도 자기 프라이드를 어지간히 내세우는 모양이군."

별다른 말도 하지 않았는데, 도진은 가인의 속내를 단번에 건져냈다. 가인이 도진에게 설명이 길지 않은 이유 중 하나는 길게 이야기하지 않아도 의외로 말 몇 마디로 서로 수월하게 이해한다는 데 있었다.

상사와 부하, 남자와 여자로 만나지 않았다면 아마 말이 잘 통하는 친구가 되었을지도 모른다고 가인은 생각했다.

"사장님은 어떻게 생각하십니까?"

"난 가인 씨의 이런 점이 좋아. 늘 남의 의견을 먼저 물어보거든."

"그건 사장님도 크게 다를 바 없으십니다."

"칭찬인가. 고맙군."

가인은 가만히 기다렸다. 도진은 말을 좀 더 하고 싶어 하고 있었다. 역시 예상대로, 도진이 신영을 평했다.

"그녀는 말이야. 오렌지야. 특상품의 오렌지."

특상품의 오렌지라. 달콤한 과즙을 가득 머금은, 탐스러운 오렌지. 한 번에 떠오르는 이미지는 그런 거였다. 가인이 짧게 되물었다.

"그럼 좋은 쪽인가요?"

"아니. 싫어."

꼭 어린아이처럼 단칼에 말하는데, 가인은 그러면 안 되는 걸 알면서도 약간 웃음이 나왔다. 도진도 굳이 지적하지 않았다. 외려 가인의 웃음에 얼굴이 좀 더 편안해졌다.

저럴 때의 사장님은 상당히 귀엽다. 남자들은, 나이를 얼마나 먹든 가끔 어린아이 같은 면이 있는데, 그게 나쁘다기보다는 의외의 면이라 가끔 새롭다. 가인이 웃음기를 머금은 채로 물었다.

"특상품이라고 하지 않으셨습니까?"

"포장이 너무 많이 들어가는 데다가, 결정적으로 내 정서와 맞지 않아."

정서가 맞지 않는다. 그 말이 하고 싶었던 거구나. 가인은 가볍게 고개를 끄덕였다.

"아, 네. 확실히 오렌지는 다른 나라 과일이니까요. 정서가 다른 건 어쩔 수 없는 거지요."

찰랑, 그 말에 수긍하듯 도진도 고개를 끄덕이고 조용히 차를 몇 모금 마셨다. 가인이 적당히 상황을 봐서 나가려는데, 도진이 그녀를 다시 불렀다.

"가인 씨."

"네."

"십 분쯤 있다가 준비하게. 나랑 같이 외근 갈 거야. 그리고 현장에서 바로 퇴근하도록 해."

갑작스러운 외근 지시에 가인이 물었다.

"어떤 업무인지 물어봐도 되겠습니까?"

그러자 도진이 답했다.

"조문이야. 지금 뉴스에서 크게 떠들고 있는 MA&M. ○○병원에 빈소가 마련되었다더군."

도진의 대답과 함께 국화꽃잎이 찻잔에서 출렁였다. 국화향이 사장실 안에 가득 퍼져 있었다.

strawberry kiss

나가기까지의 시간을 그리 오래 걸리지 않았다. 업무 정리를 간단히 하고, 김미희 실장으로부터 상관과 그 자리에서 퇴근해도 좋다는 허락이 담긴 내선 전화까지 받고 나서 가인은 도진이 실장님에게는 미리 이야기했음을 알았다.

다행히 가인이 입은 옷은 진회색의 차분한 정장이어서, 조문에도 특별히 문제 될 게 없었다.

○○병원 근처는 일대의 취재진으로 대소동이었다. 안 그래도 번화가에 있는 병원인지라 평소에도 혼잡한데 많은 인파가 순식간에 몰려 그 번잡함이 극에 달했다. 환자와 유족들의 정신적 안정을 이유로 ○○병원이 모든 취재진의 출입을 금했기 때문이었다.

"많이 밀려 심란하군."

도진이 짧게 평하자, 가인도 동의했다.

"그러네요."

도진은 무광택의 심플한 검은 정장을 입고 있었다. 넥타이까지 완벽했는데, 그에 반해 약간의 색이 군데군데 들어가 있는 아가일 무늬 머플러가 의외였다. 전체적으로 봤을 때 조화는 완벽했지만, 조문에 두르고 갈 성질의 것은 아니었기 때문이다.

'내리시기 전에 벗으려나? 혹시 잊어버리면 벗으시라고 말씀을 꼭 드려야겠군.'

가인은 도진의 스타일리스트는 아니었지만, 그래도 수행하는 비서였기에 신경이 쓰였다. 그사이, 도진이 기사를 향해 말했다.

"너무 막히는군. 잠깐 내리지. 서가인 씨, 따라와요."

"아, 네."

도진의 명에 따라 차가 인도 근처에 순식간에 멈추자, 가인과 도진은 인도에 내렸다. 그리 멀지 않은 곳에, 뉴스 보도를 하는 취재진들이 마이크를 들고 기자 특유의 목소리로 뉴스를 내보내고 있었다. 도진이 그 모습을 가라앉은 눈으로 쳐다보더니, 가인에게 말했다.

"날씨가 쌀쌀해졌군. 떠나기엔 쓸쓸한 날이야."

"네……."

죽음을 누구도 모르는 삶도 서글프지만, 저렇게 모든 사람이 알게 되는 삶도 그리 편할 것 같지는 않았다. 가인은 어쩐지 도진이 입 밖으로 소리 내어 말하진 않았지만 심정을 알 것도 같았다. 도진이 가인의 목 언저리를 보더니 덧붙였다.

"가인 씨 목도 썰렁해 보이는군."

"일기예보를 보고 나왔는데 생각보다 쌀쌀하네요."

겨울이 지나 초봄이 왔지만, 그래도 날씨는 아직 변덕스러움을 버리지 않았다. 봄이 오기는 아직 이르다고 넘실거리는 찬바람에 가인이 도진의 시선에 허전한 목덜미를 매만졌다.

그러자 도진이 자신의 목에 걸린 머플러를 가볍게 풀어 가인의 목에 둘러주었다. 방금 전까지 머무르고 있던 사람의 따스한 체온과 체취가 가인에게로 그대로 흘러들어왔다.

"하도록."

"괜찮습니다."

가인이 당황하며 머플러를 풀려고 하자, 도진이 가인의 손을 잡아 가볍게 제지했다.

"받아. 비싼 건 아니니까."

가인은 이번엔 정말 당황했다. 도진은 다소 직설적이고 약간 사차원스러운 행동양상을 빼면 상당히 예의 바른 편이어서 불필요한 접촉은 거의 한 적이 없었기 때문이다. 잡힌 손이 뜨겁게 느껴졌다. 긴장과 함께 알 수 없는 두근거림이 심장 언저리에서 맴돌았다.

바람이 차서 그래. 게다가 이런 명품 브랜드 머플러라니, 너무 비싸. 받을 수 없어.

"돌려드리겠습니다."

도진이 정색한 가인과 반대로, 가인을 향해 살짝 웃었다. 그가 가인의 머리 윗부분을 가만히 쓰다듬으며 말했다.

"가인 씨 땡땡이 시킨 대가를 지불했다고 생각해. 그리고 가인 씨는 이만 돌아가. 조문은 나 혼자 할 테니. 누군가의 죽음을 위로하기 위해 방문하는 건, 늘 안타까운 일이니 그 마음은 나 혼자 감당하도록 하지."

"네?"

잡힌 손, 쓰다듬어진 머리. 당황해서 제대로 나오지 않는 말. 목에 둘러진 머플러. 그리고 제 것이 아닌 양 두근대는 가슴.

"회사에는 말하지 말고 편히 쉬어."

"사장님, 그게 무슨……."

가인이 상황파악을 하기도 전에 도진이 성큼성큼 걸어서 차를 타버린 후 도로 위 차들 속으로 사라졌다. 가인은 인도 위에 멍하니 서서 머플러를 그저 만지고 있을 수밖에 없었다. 따라갈 수가 없었다.

평소 같았으면 얼른 따라붙어 잘못된 상황을 바로잡았을 텐데, 감정이 이성보다 먼저 움직여서 몸이 굳어버렸다.

하, 한심하다…….

가인은 난데없이 주어진 자유시간에 주변을 둘러봤다. 집으로 돌아가도 되고, 다른 곳으로 가도 된다. 번화가니 대중교통은 잘되어 있어, 어디로든 갈 수 있었다.

최근에는 이런 일이 잦네. 그래, 저번에도 분명히 행사장에서 이렇게 혼자 덩그러니 남았었지. 아니, 그때는 혼자가 아니었다. 허리춤에 매달리던 그…….

"어머, 가인 씨. 반가워요!"

그래, 이 목소리의 주인공. 우연이 겹치면 필연이 된다고 하던가. 가인은 웃는 것도 우는 것도 아닌 얼굴로 왜 이런 훤한 대낮 번화가 한복판에서 당당하게 자신을 부르는 연예인을 만나야 하는지 생각했다. 반쯤 포기한 목소리로, 가인이 답했다.

"미나 씨, 이렇게 만날 줄은 몰랐네요."

"그러게요. 오늘 내가 한턱 쏠 일이 있어서 일부러 친한 동생을 데리고 나왔거든요. 친한 동생이랑 나랑 같은 매니지먼트여서 가끔 일이 겹치면 회사에서 보기도 하고 그래요.

회사 근처 맛집으로 원래 차를 타고 가려고 했는데, 보다시피 병원 일대가 혼잡하기 그지없어서 내려서 좀 걷자고 했어요. 아마 가인 씨 만나려고 일이 그렇게 풀렸나 보다."

미나의 뒤에는 아마도 미나가 한턱 쏘기로 한 사람인 듯한 권이 서 있었다.

두 사람 다 모자도 선글라스도 없이 백주대낮을 활보하고 있었다. 미나는 외려 눈에 확 띄는 빨간 립스틱까지 바르고 있었는데, 천박해 보인다기보다는 아주 잘 어울려 지나가는 남자들이 흘끔흘끔 쳐다볼 정도였다.

권의 차림은 좀 더 평범한 캐주얼이었는데 비주얼만큼은 꿀리지 않아 광채가 나는 듯해 이래서 같은 옷 다른 느낌이 나오는구나 하고 가인이 납득할 정도였다.

사람들은 두 사람을 보며 뭐라고 숙덕대고는 했는데, 가인 앞에 그들이 멈춰 서자 자신들이 제대로 본 건지 아닌지 긴가민가하는 눈치였다.

권이 솜사탕 같이 달콤한 미소를 머금은 채 물었다. 눈웃음이 아주 제대로여서, 그런 쪽으로는 전혀 모르는 가인마저 감탄해서 쳐다보게 했다.

"이 시간에 이런 곳에 웬일이에요? 우리야 먹으러 나왔다 치지만."

"그게, 갑자기 조퇴 비슷하게 되어버려서요."

가인이 답하자, 그때 일은 까맣게 잊었는지 미나가 친하게 가인의 팔을 딱 끼며 물었다.

"와, 잘됐네요. 그럼 우리 맛있는 거 먹으러 가요. 권, 괜찮지?"

"저야 두 팔 벌려 환영이죠."

"오, 권. 작업 들어가는 거야?"

"미나 누나, 눈치 빠른데요. 맞아요, 작업."

"야, 작업 들어가려면 나 모르게 몰래 전화를 하든 메시지를 보내든 해서 둘만 만나야지. 됐다. 됐어."

그런 유의 작업, 이미 권이 했는데. 하지만 가인은 굳이 그 사실을 입 밖으로 끄집어내어 말하지 않았다. 권이 가인에게 물었다.

"다른 일 있어요? 같이 가도 괜찮아요."

"아뇨. 그렇지는 않아요."

"그럼 같이 가요, 가인 씨. 걷기에는 거리가 좀 있지만, 맛은 보장할 게요."

어차피 권이 밥을 한번 같이 먹자고 했었다. 같이 가면 따로 약속을 잡지 않아도 되고, 미나까지 끼어 있으니 불편하지도 않을 것 같았다. 가인은 고개를 끄덕이며 답했다.

"알겠어요."

"영광입니다. 그러면 두 분께 제가 한턱낼게요."

"아냐, 권. 내가 내게 해줘. 저번에 가인 씨한테 신세 진짜 많이 졌거든. 고마워요, 가인 씨! 권이랑 둘만 있으면 파파라치한테 찍히기 딱 좋지만 가인 씨가 끼면 그렇게 안 보이니 일석이조! 자, 그럼 같이 가는 겁니다!"

미나가 신나게 외치며 가인을 가운데로 이끌었다. 권이 은근슬쩍 가인의 어깨에 손을 얹으려 하자, 미나가 장난스럽게 그의 손등을 치며 "요, 장난꾸러기!" 하고 외치는 바람에 무산되었다.

그리고 가인은, 그 모든 상황을 지켜보던 누군가가 있으리라고는 꿈에도 알지 못했다.

strawberry kiss

신영은 주먹을 꼭 쥐고 이를 잠깐 까득, 물었다. 하지만 곧, 치아를 그렇게 물면 턱 모양에 영향을 줄 수도 있다는 생각에 얼른 이를 풀었다.

그러나 화끈하게 오른 열은 쉬이 가라앉지 않았다. 빈소로 가던 중이라 새카맣게 차려입은 옷 안쪽으로 심장이 새빨갛게 달아오른 듯했다.

하지만 신영은 제가 할 일을 잊지 않았다. 잠시 멈춰져 있던 차 안에서, 신영은 기사에게 간단하게 명했다.

"가세요."

부웅, 차가 가벼운 소리를 내며 도로로 다시 진입했다. 방금 본 장면 때문인지 신영의 마음만큼이나 차들이 소란스럽게 느껴졌다.

그녀는 아직도 자신이 친척들의 장례식장으로 가는 현실이 믿기지 않았다.

차라리 오랫동안 병환으로 누워 있었다거나 교통사고같이 상황을 볼 수 있고 시신을 확인할 수 있는 경우라면 이 비극이 더 가슴으로 와 닿았을 터였다. 그러나 마치 한순간에 증발이라도 한 것처럼 큰집 식구 모두가 사망했다는 소식은 꼭 거짓말 같았다.

그래서 자신이 이리도 냉정한지도 모르겠다. 딱 한 사람만 빼고 저를 누이동생처럼 예뻐했던 육촌들은 단지 여행지에서 돌아오지 않은 것 같았다.

「저 녀석들을 이용해먹는 것도 적당히 해. 모두들 네 애교와 상냥함이 진짜라고 생각하는 것 같지만, 반쯤은 계산속이잖아.」

큰집 큰아버지의 유일한 자식이던 육촌오빠인 재민은, 큰집 작은아버지의 육촌들처럼 자기를 예뻐해주지 않았다. 오히려, 독설을 했다면 모를까.

언제나 거의 반쯤은 냉정한 표정으로 침착하게 말하는 그 입을 언젠가는 한 대 때려주고 싶다고 그렇게 생각하고 있었는데, 이상하게도 사고 소식을 들었을 때 제일 먼저 생각난 사람은 그 재민 오빠였다. 어쩐지 그 오빠라면 살아 있으리라는 말도 안 되는 확신마저 들었다.

그런 사람이 그렇게 일찍 죽을 리 없어. 해저 한복판에서라도 나올 거야.

제가 생각해도 말도 안 되는 이야기라는 걸 알면서도, 신영은 그리 생각되었다. 그래서 그녀는 큰집 식구들의 믿기지 않은 죽음보다는, 그들의 부재에 따른 제 이득이 먼저 떠올랐다. 뼛속까지 사업가 기질이라 그런 걸 수도 있다.

이제 큰할아버지의 손자들은 아무도 없다. 자기 동생의 손주까지 능력만 있다면 잘 챙겨주던 큰할아버지다. 평소 손녀처럼 예뻐했던 자신이라면 지금보다 더 높은 곳으로 단박에 뛰어오를 수 있었다. 잘

하면, 후계자 자리까지도 노릴 수 있을지 모른다.

그녀는 그길로 도진을 찾아갔다. 결과는 생각보다 신통치 않았지만, 도진에 대해 세간에 떠도는 평판을 아주 잘 알고 있던 그녀는 포기할 생각이 조금도 없었다.

도진은 과거에 집안의 반대를 무릅쓰고 열렬히 사귀던 여자와 결별한 후, 어떤 여자건 그리 마음에 차 하지 않는다. 세 번 이상 만나지 않는 것만 봐도 그렇다. 아마 후에 적당히 눈높이에 맞는 여자와 결혼할 터였다.

그래서 그 자리에 자기가 들어갈 수 있다고 생각했는데, 생각보다 문은 높았다. 그래서 외려 드러내지 않으려 애쓰던 갈망은 더 커졌다. 어떻게든 손에 넣고 싶다. 크고 탐나는 걸수록 더더욱.

그런데 제가 본 광경은 뭐였지. 자기가 정도진 사장을 발견하고 내리기도 전, 차창 밖으로 믿지 못할 광경이 펼쳐졌다. 정도진 사장이 일개 비서에게 자기 목에 하고 있던 머플러를 풀어 직접 매줬다. 게다가, 그 사람이…… 웃었다.

저런 웃음, 신영은 일 관계로 그와 몇 번을 만났어도 단 한 번도 본적이 없었다. 편안하고 여유로운 듯하면서도 뭔가 만족스러운, 그러니까 마음에 드는 사람 앞에서만 짓는 웃음.

물론 사람을 만날 때 웃음을 머금기는 하지만 저런 유의 웃음과는 영 다르다. 정도진 사장은 친절하기는 해도 절대 공사의 구분이 흐린 사람이 아니었다.

저렇듯 일부러 차를 세워놓고 일부러 머플러까지 풀어주며 배웅할 리 없었다. 얼핏 보면 그저 친절을 베푼 듯하지만 절대 아니다.

신영은 내리려던 계획을 변경하고 차 안에서 그들을 가만히 주시했다. 일부러 눈에 뜨일 필요는 없었다. 풀어준 머플러는 무늬가 있는 것으로, 문상을 위해 온통 검은색으로 차비한 도진에게는 불필요한 아이템이었다.

저 여자한테 주려고 일부러 했는지도 몰라. 아주 자연스럽게.

신영은 새삼 도진의 비서를 눈여겨봤다. 서가인이라고 했었나. 그래, 저 정도면 단아한 미인이지. 몸매도 좋고. 세진그룹 비서 정도면 학벌도 웬만할 거야. 그렇지만 그 정도는 세고 셌잖아. 게다가 사는 세상이 달라.

잠깐 유흥에 놓고 그치는 거라면 모를까, 평생 데리고 살 여자로는 아니잖아. 다른 누구도 아닌 과거 '그토록 사랑했던 여자'마저 정리했던 정도진이라면.

도진이 가인을 거리에 두고 떠나자, 가인은 곧 눈에 확 띄는 미남 미녀인 두 사람을 만나서 어디론가 사라졌다. 신영은 여자는 알아보지 못했지만, 남자는 단박에 알 수 있었다.

YJ그룹 안정민 상무의 동생인 안하민. 법조계로 유명한 집안의 상당한 수재였던 그가 연예계로 빠져서 집안이 발칵 뒤집혔었다고 들었다. 연예인으로서도 굉장한 성공을 거둬 벌어들이는 수입이 걸어다니는 중소기업 수준이라던.

한 번에 양다리인 건가. 아니면 누가 나은지 재고 있는 중?

신영은 입술을 비틀며 비웃었다. 업무 외에는 아무것도 모른다는 얼굴을 하고 있으면서, 결국 반반한 얼굴로 신분상승을 꾀하는 그런 부류의 여자였나. 그렇다면 이야기는 어렵지 않을지도 모른다. 현실만 깨닫게 해주면 되니까.

신영의 얼굴에선 비릿한 비웃음이 떠나지 않았다. 빈소로 향하는 머릿속에는 온갖 계산들이 복잡하게 얽혔다 풀렸다. 그러나 차가 도착하자마자, 그녀는 울음부터 터트리며 큰할아버지를 향해 달려갔다.

"문 닫았네. 오늘 원래 쉬는 날이 아닌데."

미나가 자신만만하게 데리고 온 가게는 독특한 인테리어를 한 문 앞에 '개인 사정으로 오늘 쉽니다.'라는 명패만 달랑거리며 달려 있었다. 미나가 울상이 되어 가인에게 말했다.

"가인 씨, 어쩌죠. 한참 걸어서 다리 아프죠? 아, 진짜 맛있는 거 먹여주고 싶었는데 어쩔 수 없이 그냥 대충 아무 데나 갈까요?"

그러자 권이 구원투수처럼 미나에게 말을 걸었다.

"미나 누나, 이 근방이면 제가 진짜 괜찮은 곳 하나 아는데, 그리로 갈래요?"

"아, 진짜? 권, 널 끌고 온 보람이 있었어. 가인 씨, 괜찮아요?"

미나가 활짝 웃으면서 가인에게 물었다. 그 모습이 어린애 같아서, 가인도 같이 웃음을 머금고 대답했다.

"네. 어차피 다른 곳을 찾아야 하니까요."

미나가 손뼉을 짝짝 치며 가인에게 친근하게 말했다.

"와, 다행이다. 난 가인 씨라면 어쩐지 자기가 검색을 하든 지인한테 전화를 하든 해서 맛집 알아보려고 할까 걱정했거든요. 아, 까칠하다든가 그런 게 아니라 왜 비서로서 책임감이 굉장히 투철한 거 같아서요."

"……."

가인이 잠시 말이 없자, 권이 가인에게 살짝 몸을 수그려 눈높이를 맞추며 물었다.

"진짜 그러려고 했어요?"

"네."

가인의 쌈박한 대답에, 권의 눈매가 초승달처럼 모양 좋게 휘었다.

"야, 멋지네요."

그러더니 권이 가인에게만 들릴 조그만 목소리로 덧붙였다.

"역시 내가 반한 여자는 뭐가 달라도 다르네요."

그런 둘의 분위기를 전혀 눈치채지 못한 미나가 권을 독촉했다.

"빨리 앞장서, 권."

"잠깐만요. 미리 전화 좀 해놓고요. 아, 형, 저예요. 지금 갑자기 그 쪽으로 가려고 하는데 괜찮겠어요? 일행은 둘이요. 네, 그럼 조금 이따 볼게요."

그러더니 권이 시원한 웃음을 지으며 길을 안내했다.

"자, 그럼 가실까요, 레이디들."

strawberry kiss

권이 안내한 곳은 3층짜리 유럽풍 건물이었다. 하얀색 질감의 벽면에 파란 돔 지붕이 있는 겉의 외관만 봐도 참 예쁘다는 느낌이 들었는데, 가벼운 예쁨이 아니라 적당한 무게감이 있는 예쁨이라 느낌이 더 좋았다. 1, 2층은 식당이고, 3층은 가정집인 것 같았다.

그런데 권이 한눈에 봐도 입구인 앞쪽을 두고 건물의 뒤편으로 가기 시작했다. 이상한 느낌에 가인이 권에게 물어보려는 찰나, 역시 성격 급한 미나가 먼저 말을 붙였다.

"권, 앞으로 안 가고 왜 그쪽으로 가?"

그러자 권이 알듯 말 듯한 비밀스러운 웃음을 지으며 답했다.

"잠시만 기다려보세요. 누님."

그러더니 2층으로 올라가는 장식용 계단 벽 뒤로 그들을 이끌었다. 그 뒤에는 현대식 도어 록이 달린 작은 문 하나가 있었다.

띠띠띠, 띠띠띠띠.

한두 번 해본 게 아닌 듯 권이 아주 자연스럽게 문을 열자, 그 뒤편에는 아늑한 작은 홀 하나가 나왔다.

정중앙에서 약간 비스듬히 치우친 메인테이블에는 모양 좋은 의자가 대여섯 개 놓여 있었고 천장에 매달려 있는 분위기 있는 샹들리에가 햇살에 반짝였다.

특이한 형태의 파티션을 기준으로 한쪽으로는 온돌 형식의 방까지 있었다. 화장실까지 따로 있었는데, 마치 작은 원룸에 들어온 것 같았다.

그때, 가게 쪽을 향한 문이 열리며 인심 좋게 생긴 중년의 남자가 들어왔다. 문 안쪽으로 주방도구들이 언뜻 보이는 걸로 봐선 가게 주방하고 바로 연결되어 있는 듯했다. 남자는 권을 보며 환하게 웃었다.

"하하하. 하민이 왔니?"

권의 본명인 하민을 말하는 걸 보면 상당히 친한 사이인 것 같았다. 권이 미안한 얼굴로 답했다.

"네. 갑자기 찾아와서 죄송해요. 늘 미리 말씀드리고 오는데 오늘은 그러지 못했네요."

그러자 중년 남자가 호방하게 웃으며 말했다.

"괜찮아. 괜찮아. 너라면 가게를 통째로 비워도 상관없어."

"에이, 그러시면 안 되죠. 가게 장사 안 되면 아영이랑 아인이가 엉엉 울어요."

권의 너스레에 중년 남자가 하민의 머리를 거칠게 헝클었다.

"우리 딸내미들 걱정까지 해주다니, 요놈 사회생활하더니 별 걸 다 생각하네."

"가장이시니까요. 아, 여기는 일행이에요. 한 명은 나미나 씨. 티브이에서 자주 보시죠, 가수고요. 이쪽은 서가인 씨, 오늘 동행이에요."

"안녕하세요."

미나와 가인이 거의 동시에 인사하자, 중년 남자가 푸근하게 인사를 받았다.

"격식 차릴 거 없어요. 앉고, 테이블에 메뉴판 있으니 뭐 먹고 싶은지 봐요."

"네."

그러자 권이 솜씨 좋게 의자 두 개를 앉기 좋게 뒤로 당겨놓았다. 미나는 익숙하게 앉았고 가인은 말은 하지 않았지만 조금 어색해했다. 그리고 권도 자리에 앉으려는 순간, 휴대전화가 울렸다.

"아, 저 전화 좀 잠깐 받고 올게요. 안 받으면 안 되는 전화라."

그러더니 권은 중요한 이야기라 조용히 통화하고 싶었는지 화장실로 들어갔다. 자리에는 가게 주인인 중년 남자와 미나, 가인만이 남았다. 권이 시야에서 사라지자, 남자가 두 사람을 보고 약간 짓궂게 웃으며 물었다.

"으흠. 그런데 둘 중 누가 우리 하민이 애인인가?"

"애인이요?"

반응은 미나가 더 빨랐다. 가인은 묵묵히 듣고 있었다.

"하민이 얼마 전에 그랬거든. 맘에 드는 여자가 있는데 같이 한번 오고 싶다고 말이야. 아참, 권이라고 해야 하나. 난 원래 이름이 입에 붙어서."

그랬구나. 계속 밥 먹자고 한 게, 사실 자신이 원하는 메뉴를 딱히 말하지 않으면 이 집에 데려오려고 했던 걸지도 모른다. 이런 코스라면 사람들 눈에 띄지 않게 편하게 식사할 수 있으니까. 그런데 맘에 드는 여자라니…… 단순한 화법이지만 어쩐지 볼이 붉어질 만한 솔직함이다.

"괜찮습니다."

가인이 중년 남자의 말에 그렇게 말하자, 미나도 동의한다는 듯 대답했다.

"에이, 사장님. 저희 둘 다 아니에요. 저는 그냥 선배고, 이쪽은 오늘 우연히 합류했는걸요."

그러자 중년 남자가 입맛을 쩝 다시며 묻지도 않은 이야기를 줄줄 풀어내기 시작했다.

"그래? 아쉽네. 아쉬워. 사실 여기 하민이의 비밀 아지트 같은 곳이라, 남자 친구들 외에는 데려온 적이 없었거든. 오늘은 웬일로 여자랑 같이 왔기에 혹시, 했지. 우리 하민이가 얼마나 좋은 애인데. 다들 알지? 하민이 꽤 좋은 집안 아이거든.

그런 집에서 태어났으면 흥청망청도 할 법한데, 대학시절에도 제가 필요한 건 알바해서 얻고는 했지. 내가 일하던 식당에서 알바하다가 알았는데, 젊은 친구가 워낙에 싹싹하고 괜찮지 않나. 명문대를 다니던 녀석인데도 똑똑한 척 굴지도 않고 늘 겸손했지."

"아, 그렇게 아신 거구나."

이런 유의 상황에는 익숙한지 미나가 감탄사를 내뱉으며 응수했다. 그러자 중년 남자는 추억에 젖은 듯 천장을 올려다보며 혼자 중얼거렸다.

"게다가 이 건물……. 이 건물도 하민이한테 신세 많이 졌지."

"건물 사실 때 도움을 많이 받으셨나 봐요."

이번에는 가인이 응대해주었다. 그러자 중년 남자는 쑥스러운 듯 허허 웃으며 말을 이었다.

"내가 혼자 독립해서 가게 내겠다고 할 때 목 좋은 곳이 싸게 나와서 있는 돈 없는 돈 다 대출받아서 계약했었거든. 그런데 사기를 제대로 맞았어. 경찰서에서도 전문적으로 하는 놈들이라 잡아도 돈은 돌려받기 힘들 거라고 하더군.

하늘이 노래지는 기분이었는데, 하민이가 그때 자기 건물을 떡하니 내 명의로 돌려놓고 말하는 거야. 여기에서 평생 아저씨 음식이 먹고 싶다고 말이야. 그게 바로 이 건물이야. 그래서 내가 그 신세 갚을 겸 이 뒤에 공간을 하나 만들어서 하민이가 기자들 몰래 식사하고 싶어 할 때마다 올 수 있게 해줬지."

남자의 말에 미나가 동그래진 눈동자로 짝짝 박수를 치며 물었다.

"올, 역시 권, 대단하네. 근데 만약 아저씨가 건물만 먹고 튀……. 아니 건물만 받아놓고 나 몰라라 하면 어쩌려고 그랬대요?"

그러자 중년 남자가 씩 웃었다.

"하민이가 그러던데. 그러면 아저씨랑 나는 그 정도 사이인 거죠. 이 건물 값만큼의 돈으로 끝나는 사이. 그럼 제가 사람을 잘못 본 거니까, 그 대가로 생각하죠, 라고 말이야. 배포가 보통 대단한 놈이 아니야, 저놈."

좋은 사람을 대할 때는 늘 진심으로. 중년 남자의 말을 듣고 나서 가인의 머릿속에 스치고 지나간 말이었다. 아마도 권은, 그렇게 사람을 대하는 사람인가 보다.

중년 남자가 뭐라고 더 하려는데, 화장실 쪽에서 덜그럭거리는 소리가 들렸다. 중년 남자는 그대로 입을 다물었다. 권이 미안한 기색으로 미나와 가인을 보며 말했다.

"아, 미안해요. 통화가 길어져서요. 이번에 새로 일 시작하는 게 있는데, 서로 말이 안 맞아서 이야기가 길어졌어요. 그런데 나 갔다 온 사이에 분위기가 왜 이렇게 초연해졌죠? 형, 무슨 말 했어요?"

"아니. 말은 무슨 말, 너 아주 잘난 놈이니까 둘 중 누구든 마음이 있으면 꽉 잡으라고 했지."

"그런 걱정까지 안 해주셔도 괜찮습니다아. 자, 그럼 뭐 먹을래요? 메뉴판 보고 골라났어요?"

"아직이야, 권. 조금 시간이 걸릴 거 같은데. 가인 씨도 봐봐요."

미나가 그렇게 말하자, 중년 남자가 때는 이때다 라고 생각했는지 권의 수상쩍은 시선을 피해 얼른 줄행랑쳤다.

"그럼 내가 이따 올 테니 천천히 고르고 있어요. 최고로 맛있게 해줄 테니까."

남자가 나가자, 슥, 권이 자연스럽게 미나보다는 가인에게 더 가깝게 자리를 잡았다. 그러나 그저 우연히 그렇게 된 것 같아 전혀 의도적으로 보이지 않았다. 가인이 물었다.

"드라마 새로 시작해요?"

"어, 가인 씨 촉 되게 좋네요. 맞아요, 드라마. 나는 하고 싶은데 이미지가 너무 안 맞는다고 매니저랑 소속사에서 선뜻 건드리기 그런가봐요."

"어떤 역인데요?"

그러자 권이 가인을 뚜렷하게 바라보며 한 자 한 자 또박또박 말했다.

"자기가 사랑하는 여자를 얻기 위해서 차갑고 매섭게 변해가는 남자."

"확실히 권 씨 분위기와는 매우 다르기는 하네요. 뭐랄까, 좀 더 다정한 이미지잖아요. 하지만 해내면 그만큼 연기력의 폭이 넓어지겠어요."

"그래요. 그래서 고민하고 있어요. 가인 씨, 어떡할까? 할까요, 말까요?"

가인을 바라보는 권의 눈빛이 은근했다. 촉촉하고 감미로운데 전혀 느끼하지 않은, 어떻게 사람이 저런 표정을 지을까 싶은 느낌이었다. 가인이 답을 하기도 전에, 권이 가인의 머플러를 잡았다.

"안은 따뜻한데 아직 하고 있네요. 벗어요, 가인 씨. 벗는 거 도와줄까요?"

"혼자 할 수 있어요."

가인이 머플러를 벗어 단정히 옷걸이에 걸어놓자, 권이 혼잣말처럼 중얼거렸다.

"한정판인데 어떻게 구했나. 만만치 않네요."

"지금 뭐라고 하셨어요?"

권의 혼잣말에 가인이 묻자, 권이 능청스럽게 답했다.

"별말 아니에요. 머플러가 참 잘 어울린다고요."

"아, 네."

둘이 무슨 이야기를 나누던지 신경도 안 쓰고 메뉴를 보던 미나가 마치 금맥이라도 발견한 듯 갑자기 외쳤다.

"나, 나, 나. 이거! 매운 등갈비에 계란 프라이를 얹은……. 아, 여기 뭐라고 쓰여 있지? 오늘 렌즈를 안 꼈더니."

"제가 볼게요. 매운 등갈비에 계란 프라이를 얹은 '오늘도 앗 뜨거'. 사장님 작명센스 참 대단하네요. 그럼 전 이걸로 하죠. '여자에겐 달콤함이 필요하다'."

"그리고 이거랑 이거, 음……. 이것도 맛있을 것 같고……. 에잇, 다 시켜버리자. 사장님!"

미나가 인상을 찌푸리며 고민하다 호탕하게 외쳤다. 곧 가게 주인이 들어오고, 주문이 시작되었다.

strawberry kiss

시킨 음식이 차례로 나오고, 분위기는 참 좋았다. 권은 미나가 있는 탓인지 가인에게 친절은 했지만 그 이상의 선은 넘지 않았고, 미나는 이런 편안한 분위기가 오랜만인지 들떠서 이런저런 이야기를 하며 술을 들이켜고 있었다.

결국, 상당히 취해버린 미나가 가인을 붙들고 또다시 넋두리를 시작했다.

"그래서, 꼭. 내가 말이죠. 내가, 가인 씨이. 아니, 가인아. 말 놓자, 우리. 나한테도 미나, 아니 언니라고 불러! 그러니까, 가인아, 내가, 알았단 말이야. 그 사람이야말로 이번에 진짜라고, 진짜! 내 소울메이트! 원래 소중한 사람은 가까이에 두고 모른다더니! 진짜!"

가인이 미나의 하소연을 들으며 권에게 조그맣게 속삭였다.

"누군데요?"

그러자 권이 살짝 웃음을 머금고 가인의 귓가에 속삭였다.

"미나 선배 매니저요."

"아."

저번 행사 때 미나가 사라져서 숨이 넘어간다던 그 매니저. 가인이 다시 물었다.

"언제부터 이래요?"

"좀 됐어요. 미나 선배 매니저, 선배 데뷔 때부터 가장 가까운 팬이 자 지지자거든요. 그 고마움을 이제야 알았대요."

말이 길어지자, 권의 숨결이 귓가에 닿았다 사라졌다를 반복했다. 청사과 향. 상큼하고 달콤하면서 시원한, 그러면서 묵직한 느낌이 나는 남자의 향이 코끝을 스쳤다. 두 잔 정도 마신 술이 약간의 고양감까지 줘 기분이 묘했다.

너무 가까웠나. 가인은 권에게서 떨어지려고 했지만, 미나가 워낙 밀어붙이는 통에 오히려 점점 더 몸이 의자와 함께 권의 근처로 가고 있었다.

이러다가는 미나를 안은 채 권의 품 안으로 들어가는 모양새가 될지도 몰라, 가인은 내색하지 않으려 애쓰며 온몸으로 하소연하며 밀어붙이는 미나를 두 다리에 힘을 팍 주며 버티고 있었다.

때마침, 다행히 구원투수가 나타났다. 문이 열리고 가게 사장님이 등장했던 것이다.

"미나 씨, 미안한데 내 딸들이 미나 씨 팬인데 사인 좀 부탁해요."

1집부터 중간에 나온 미니앨범을 포함한 현재 나온 5집까지, 빼곡한 CD를 가게 사장님이 내밀자, 미나가 마치 용수철 튕기듯 벌떡 자리에서 일어났다.

"어머, 세상에. 이런 감격스러운 일이!"

그러더니 술을 꽤 마셨음에도 미나가 정확한 필체로 사인을 시작하며 기쁜 어조로 외쳤다.

"다음에 앨범 나오면 제가 직접 사인해서 갖다드릴게요."

"허허허! 고마워. 딸들이 아주 좋아할 거야."

"그 정도는 해줘야죠! 우리 착한 권이랑 친하신데! 자, 그런 의미에서 'Chicken party' 나갑니다!"

미나가 갑자기 기분이 확 좋아졌는지 구둣발째 의자로 올라갔다. 걱정이 된 가인이 잡아주려 했으나 다행히 넘어지는 일은 없었다. 그리고 한 발은 탁자에 올린 채, 열창을 시작했다.

헤이, 미스터. 오늘도 뭘 고민하고 있어?

헤이, 예쁜걸. 오늘도 뭘 고민하고 있어?

뜨거운 한밤의 야식은 밤쌈 오, 뭔가 부족해.

뜨거운 한밤의 야식은 떡볶이 오, 뭔가 부족해.

뜨거운 한밤의 야식은 치킨. 오, 치킨. 지금 당장 나를 불러. 내가 달려갈게.

RUN CHICKEN. RUN CHICKEN. RUN RUN RUN CHICKEN CHICKEN.

바삭한 겉모습에 놀라 외면하지 말도록 해. 한 입만 베어 물면 놀랄 만한 속살이. 그 촉촉함에 반하게 될걸. 넌 나를 보게 될걸.

RUN CHICKEN. RUN CHICKEN. RUN RUN RUN CHICKEN CHICKEN.

넌 외치게 될걸. 넌 빠져들게 될걸.

반반 무 많이. 신선한 파는 듬뿍. 맛있는 소스까지는 서비스.

기름에 튀기거나 굽거나 그래도 치킨은 치킨.

넌 바라게 될걸. 넌 외치게 될걸.

RUN CHICKEN. RUN CHICKEN. RUN RUN RUN CHICKEN CHICKEN.

뜨거운 닭다리. 매끄러운 날개. 포동한 가슴살. 그 어느 것 하나 버릴 수 없어.

RUN CHICKEN. RUN CHICKEN. RUN RUN RUN CHICKEN CHICKEN.

오늘 밤은 뜨거운 밤. 치킨을 뜯는 달콤한 밤.

RUN CHICKEN. RUN CHICKEN. RUN RUN RUN CHICKEN CHICKEN.

그렇게나 술을 마셨음에도 음정에는 하나 흔들림이 없었다. 또렷하고 맑은 미나의 목소리는 그녀가 왜 톱가수인지 알게 해주었다. 목소리가 나쁘진 않았지만 노래엔 소질이 별로 없는 가인으로서는 꽤나 감탄할 만한 일이었다.

"미나 누님, 취했어요. 다쳐요. 내려와요."

권이 미나를 달래며 손을 내밀자, 미나가 과감히 손을 흔들며 팍 의자에서 뛰어내려 바닥에 착지했다. 조금 비틀거리긴 했지만, 반사신경이 꽤 좋았다. 그러더니 밑도 끝도 없이 가인에게 말을 붙였다.

"가인아, 이거 작사가가 나한테 가사 주면서, 치킨 CF는 따놓은 당상이라고 했다? 그런데 아직도 못 해봤어."

"왜? 치킨 CF 많이 들어올 거 같은데."

어쩐지 친밀해져서, 가인도 말을 놓았다. 미나가 머리를 도리도리 흔들며 말했다.

"많이야 들어오지. 소속사에서 뭘 해야 가장 좋을지 머리에 쥐나는 거지, 뭐. 치킨 브랜드가 좀 많아야지."

"아하하. 그럴 수도 있겠구나."

약간 유쾌한 기분. 가인도 미소 지었다. 미나가 갑자기 가인에게 다가와 가인을 폭 끌어안았다. 화장품 냄새와 향수 냄새, 그리고 진동하는 술 냄새가 섞여 있었다.

"가인."

"응?"

"내 고민 들어줬으니까, 너도 연애하다가 잘 안 풀리면 나한테 연락해. 내가 도와줄 수 있는 거면 다 도와줄게. 안 되면 내 팬클럽을 동원해서라도!"

"팬클럽을 그런 데 동원하면 안 되지."

"그렇다는 거지! 그렇다는 거! 아, 진짜 이 원칙주의자! 넌 융통성이 필요해! 매니저 오빠한테 융통성을 가져다달라고 할 거야! 매니저! 내 매니저는 왜 안 오는 거야! 우욱……."

미나가 갑자기 오바이트를 할 것처럼 헛구역질을 시작하자, 권이 마치 흑기사처럼 달려와 가인에게서 미나를 떼어낸 후 비닐봉지를 입에다 대주었다.

그러자 미나가 몇 번의 구역질과 함께 토사물을 뱉어내었다. 가인은 등을 두드려주었다. 권이 부드럽지만 난감한 미소를 띠고 가인에게 부탁했다.

"아무래도 미나 선배를 집에 데려다줘야 할 것 같네요. 내가 가기는 좀 그렇고, 가인 씨, 택시로 같이 부탁 좀 해도 될까요? 택시비는 내가 낼게요. 미안해요. 불러놓고 뒤치다꺼리를 하게 해서."

"아니에요. 이해해요. 어차피 늦은 시간도 아니고, 미나 씨 집이 먼가요?"

"제가 택시기사한테 주소 적어줄 테니 미나 선배 집에 내려주고 그 택시 다시 타고 가인 씨도 집으로 가세요."

옆에 있던 가게 사장님이 재빠르게 말했다.

"그럼 내가 밖에 나가서 콜택시 부르마."

"부탁할게요, 형."

가게 사장님이 문밖으로 사라지고 난 후에도 미나가 입가를 닦으며 고개를 빳빳이 들었다.

"나, 괜찮다니까! 더 마실 수 있어. 노래도 더 부를 수 있고, 더 잘할 수 있어. 괜찮아. 괜찮아. 아직 시작도 안 했는데, 이렇게 끝내면…… 아쉽잖아. 우리 가인이도 있는데. 딸꾹."

언제부터 우리 가인이었는지는 몰라도 갑자기 더 친근해진 호칭에 가인이 옅게 웃으며 미나를 다독였다.

"다음에 기분 좋게 더 마시자고요. 오늘은 너무 급하게 마신 것 같아요."

"존댓말, 아 쫌. 언니라고, 언니. 반말 팍팍 쓰면서, 안 되겠니?"

"네, 아니. 응, 언니."

"그래. 그래. 이쁘다. 하하하."

미나가 호방하게 웃는 사이, 문이 열리고 가게 사장님이 권에게 눈짓하며 말했다.

"오 분 정도 있다 바로 뒷문 앞으로 온댄다. 부축해서 천천히 나가. 다음에 또 오고."

"형, 신경 쓰이게 해서 미안해요."

"괜찮아. 뭐, 이 정도야 귀엽지. 가인 씨도 다음에 또 와요."

"네. 다음에 또 뵐게요."

가인과 권이 같이 미나를 부축했다. 다행히 미나는 늘어져서 못 걸을 정도까진 아니고 스스로 운신할 수 있는 상태라 그리 어렵지는 않았다. 흥얼흥얼 자기 말에 빠져 있는 미나의 뒤로, 가인이 권에게 조그맣게 물었다.

"원래 이렇게 술이 약해요?"

"아뇨. 직설적인 성격인데 막상 매니저한테 자기 마음을 이야기하려니 영 쉽지 않았나 봐요. 왜 그런 거 있잖아요. 너무 편한 사이라 오히려 고백하기 더 쉽지 않은 거. 그래서 오늘 너무 급하게 마신 것 같아요. 아무튼 미안해요. 제대로 대접하고 싶었는데."

"아니에요. 충분히 즐거웠어요."

그러자 권이 문밖으로 나서기 전, 미나의 뒤에서 한 손으로 가인의 머리를 부드럽게 넘겨주며 뚜렷이 말했다.

"고마워요. 가인 씨가 이렇게나 따뜻한 사람이라."

그러더니 가인의 답을 듣기도 전에 문을 벌컥 열었다. 문 앞에는 벌써 택시가 서 있었다. 가인과 권은 미나를 부축해서 뒷자리에 앉힌 후, 그 옆에 가인이 탔다.

권은 아주 신사적인 모습 그 이상도 이하도 아닌 태도로 택시기사에게 미나네 집주소를 알려주고, 그 이후에 가인을 데려다줄 것을 부탁하며 상당한 액수의 돈을 건넸다. 그리고 다소 사무적인 태도로 가인을 향해 말했다.

"가인 씨, 조심해서 가요. 잘 부탁할게요."

"네."

뒤에서 권이 택시 넘버를 보는 모습이 보였다. 꼼꼼하고 자상한 성격 같았다.

미나가 사는 곳은 연예인들이 모여 산다는 유명한 동네였다. 다행히 택시기사는 그렇게 시끄러운 사람이 아니어서, 가인과 미나를 흘끔 보더니 그저 묵묵히 제 갈 길을 갔다.

미나는 어느새 가인의 어깨에 기대어 반쯤 풀린 목소리로 노래를 흥얼거리고 있었다.

위잉. 가인의 휴대전화가 울렸다. 권의 메시지였다.

[사실은 바래다주고 싶었어요. 좀 더 이야기하고 싶었어요. 밤거리를 걸어갈 때 혼자가 아니라고 생각하게 해주고 싶었어요.

그렇지만 지금 내색하면 가인 씨가 다칠까 봐요. 너무 딱딱하게 보내서 미안했어요. 마음은 함께 갔다는 거, 기억해줘요. 다음에는 꼭. 표 나지 않게 꼭. 다시 만나요.]

간지럽고도 달콤한 고백은, 진심을 담고 있어 전혀 유치하게 느껴지지 않았다.

유명인으로서의 삶은 힘든 거겠지. 좋아하는 사람한테도 반보 떨어져 있게 하고.

그럼에도 다가오려고 애쓰는 모습이 진솔해서, 가인은 진지하게 권에게 보낼 메시지를 생각하게 되었다. 그래서 오히려 바로 답을 할 수 없었다.

strawberry kiss

왁자한 하루의 끝에는 다음 날의 출근이 있다. 조금 피로했지만, 아침에 문을 나서며 갈 곳이 있다는 사실은 피로함과 함께 안정감을 주어 묘한 충만감을 주곤 한다. 가인은 그 사실을 아주 잘 알고 있었다.

가인은 집에 가서 제대로 훑어본 뒤에야 그녀가 도진에게 받은 머플러가 상당한 고가의 브랜드였음을 알았다. 하긴, 사장님이 코디하고 있었던 물건이니 당연히 비싼 거였겠지만.

돌려주려고 잘 개켜서 가져왔지만 도진은 아침 일찍부터 갑작스레 잡힌 출장에 아예 출근하지 않았다. 갑작스러운 일정 변경이었지만 흔하지 않은 일도 아니었으므로 가인은 머플러를 자기 책상 맨 밑 서랍에 넣고 잘 잠가두었다.

머플러를 돌려주어서 기분이 상해할 걸 대비하기 위해, 머리에 저번에 말한 딸기 무늬 핀도 꽂고 왔는데, 괜한 수고였다는 생각이 들었다. 하지만 큰 사이즈가 아니라 크게 표가 나지 않아 가인은 굳이 그걸 뽑지는 않았다.

아침부터 권을 통해 알았는지 미나로부터 미안하다는 문자만 열 번 넘게 온 것 같았다. 재차 괜찮다는 답을 듣고 나서야, 메시지는 멈췄다. 가인이 답을 보내지 않아서인지 권에게서는 아직 이렇다 할 연락은 없었다. 부담 주고 싶지 않은 듯했다.

사장님이 안 계신 덕에 특별히 바쁠 것도 없는 하루가 끝나는 퇴근길이었다. 동료들과 인사하고 지하철역을 향해 익숙하게 걸어가는데, 여자 목소리가 그녀의 발목을 잡아챘다.

"서가인 씨."

가인이 고개를 돌리자, 그곳에서는 머리끝부터 발끝까지 완벽하게 미용실에서 세팅을 받고 온 듯한 서신영이 자신만만한 미소를 띠며 서 있었다.

어쩐지 자신이 혼자가 되기를 기다린 듯한 느낌이라 가인은 기분이 그리 좋지는 않았다. 그러더니 신영이 매우 당연하다는 말투로 뒷말을 덧붙였다.

"저 좀 잠깐 보죠."

말투는 존칭이었지만 느낌은 밑의 사람을 부르는 듯해서, 가인은 잠시 그녀를 바라보았다. 종종 저런 경우가 있다. 사장의 밑에서 일하는 비서로서 손님들을 깍듯이 대하다 보면, 그 손님들이 흔히 자기들이 비서의 윗사람인 양 착각하는 경우가.

하지만 자신은 세진그룹에서 근무하는 종사자이지, 저 여자가 근무하는 MA&M과는 아무런 연관이 없다. 예의를 지키면 될 뿐으로, 퇴근 후까지 좌지우지당할 필요는 눈곱만큼도 없는 것이다. 가인이 허리를 쭉 펴며 별반 감정을 알 수 없는 무표정으로 응대했다.

"죄송합니다만, 그럴 까닭이 없습니다. 사장님과 관련된 일정을 잡고 싶으시다면 업무시간에 정식으로 요청해주시면 미팅약속을 잡아드리겠습니다. 퇴근 후 시간에 따로 뵙기에는 부담스럽네요, 그럼 이만."

가인이 칼같이 말하고 걸어가자, 신영은 살짝 충격을 받은 얼굴로 잠시 멍하니 있다가 그 뒤를 재빠르게 바짝 뒤따라 가인의 팔을 잡았다. 가인이 제 팔을 잡은 신영의 손을 바라보며 간략히 한마디 했다.

"놓으시죠."

그 말에 신영이 가인의 심기를 건드려서는 될 일도 안 되겠다 싶었는지 얼른 손을 놓았다. 그리고 아까보다는 좀 더 유순해진 말투로 말을 재차 걸었다.

"회사일 때문에 그런 거 아니에요, 가인 씨. 가인 씨랑 둘이서만 꼭 하고 싶은 이야기가 있어서요."

"죄송합니다만, 저희가 그렇게 사적인 대화를 할 정도의 친분이 있었는지는 잘 모르겠습니다."

"가인 씨, 뭔가 심기가 불편했어요? 딱딱하게 굴 게 뭐람. 같은 여자끼리. 그냥 사적인 부탁이에요. 가인 씨한테 피해는 없어요. 근처 커피숍이라도 들어가죠."

가인은 한 번 더 거절을 할까 하다가 그래도 거래처 사람이라는 생각이 들어 재차 스스로를 붙들었다.

"그냥 간단하게 이 자리에서 하시죠."

"어머, 가인 씨. 뭔가 오해했나 본데, 회사 기밀 같은 걸 요구하는 게 아니에요. 그러니까 잠깐, 응?"

존칭과 애교가 섞인 대화법에 가인은 아까보다는 풀어진 얼굴로 가볍게 고개를 끄덕이며 답했다.

"알겠습니다."

그러자 신영이 밝아진 얼굴로 활짝 웃으며 가인을 근처 커피숍으로 끌었다. 커피숍 안의 사람은 많지도 않고 적지도 않은, 평일 저녁 커피숍 인원 그대로였다. 자로 잰 듯 평이한 하루에 전혀 평이하지 않은 사람이 불쑥 끼어드니 의아하기 그지없었다.

'저번에 기분 나쁘게 나간 일 때문인가?'

가인은 신영이 자신을 만나자고 할 까닭이 딱히 없었기 때문에, 그 정도로 생각하고 있었다.

"뭐 마실래요?"

"재스민 차요."

가인은 메뉴판을 제대로 보지도 않고 즉각 대답했다. 허브차 중 가장 흔한 메뉴 중 하나니 분명 여기도 있을 터였다. 이 일에 길게 시간을 할애하고 싶지 않았다.

"알겠어요."

그러더니 신영이 불려온 종업원에게 자기가 마시고 싶은 차와 가인이 청한 재스민차를 주문했다. 저번에 차로 까다롭게 구는 걸 보아서는 아무 데서나 마실 성격도 아닌 것 같은데, 이렇게까지 해서 저를 봐야 하는 이유를 가인은 도통 알 수 없었다.

주변의 왁자함과는 다르게 누구 하나 입을 열지 않아 고요함이 흐르는 가운데, 침묵을 깬 사람은 신영이었다.

"그 핀, 어디서 났어요?"

신영이 시선이 어느새 날카롭게 가인의 딸기 모양 핀으로 가 있었다. 가인이 짧게 답했다.

"선물 받았는데요."

그러자 신영의 입에서 예상치 못한 인물이 톡, 튀어나왔다.

"도진 씨로부터요?"

어째서 저렇게 생각할 수 있지? 물론 사장님으로부터 받은 선물은 맞다. 하지만 일반적으로 선물 받았다고 하면 친한 지인한테 받았다고 생각하지 않나? 가인이 대꾸했다.

"신영 씨의 모든 관심사는 정도진 사장님인 것 같군요."

"아, 그거 루비 선명도가 굉장해서요. 피죤 블러드인 것 같은데, 얼마 전 도진 씨가 세공을 직접 맡겼다는 이야기를 들었어요."

이쪽도 전의 여자들처럼 사장님의 일거수일투족에 깊은 관심이 있나 보다. 자신은 사장님이 보석 세공을 맡기든, 차 튜닝을 맡기든 자기에게 부탁해서 업무처리로 해달라는 일 외에는 잘 알지 못한다.

게다가 이쪽에서 먼저 말하지도 않은 데다 그렇게까지 친밀한 사이도 아닌데 저렇게까지 사생활을 파헤치면 솔직히 질릴 것 같다.

그리고 사실 가인은 보석에 관해 그리 박식하지는 못해서, 루비까지는 알아듣지만 피죤 블러드니 뭐니 상세한 구분은 어떤 등급을 말하는지 정확히 알지 못했다.

굳이 알고 싶지도 않았고. 그러나 그런 가인의 생각과는 전혀 관계치 않고 신영이 재차 자기가 하고 싶은 말을 늘어놓았다.

"하지만 설마 도진 씨가 피죤 블러드로 딸기 모양을 만들 리가 없죠. 그게 얼마나 비싼 건데. 굉장히 상질의 스피넬인가 봐요? 색상이 상당히 예쁘네요. 그렇지만 선물해준 분 취향이 참……."

아깐 사장님이냐고 떠보더니, 이젠 선물한 사람 취향이 별로란다. 자기가 아는 사람도 아닌 상대의 호의를 저런 식으로 깎아내리다니, 이쪽도 첫 대면부터 지나치게 솔직하거나 성격이 그리 좋은 사람은 아닌 듯하다는 생각이 들었다.

만약, 처음부터 사장님이 준 선물이었다고 말했다면 또 다른 말을 했겠지. 선입견이란 그런 거니까. 가인은 평소의 그녀답지 않게, 조금 퉁명스레 답했다.

"사장님인데요."

"네?"

신영의 짧은 놀람에, 가인이 또박또박 설명했다.

"사장님이라고요. 이게 피죤 블러드인지 뭔지는 모르겠지만, 사장님이 선물해주신 것 맞아요. 하지만 특별한 의미는 없는 일상적인 출장선물입니다. 루비는 아닐 거예요. 저한테만 별도로 선물 주신 적은 거의 없고, 다른 사람들과 항상 같이 줬으니까요. 그런 비싼 물건을 받을 만한 사이도 아니고요."

"……"

"저도 딸기 모양을 좋아하는 건 아니지만, 선물해준 사람 성의가 있는데 격하하는 건 좀 아닌 것 같네요. 물론 고의로 그러신 건 아니겠지만."

신영이 가인이 답에 멋쩍게 웃었다. 얼굴엔 제 실수를 부끄러워하는 듯 가면 같은 표정이 그려졌다. 그러더니 마치 혼잣말처럼 중국어를 중얼거렸다.

"长得还可以, 但也没什么了不起的. (얼굴은 반반하지만 별건 아니네.)"

순간, 가인은 제 귀를 의심했다. 이 여자, 지금 사람을 앞에 두고 다른 나라 말로 비하하는 건가? 내가 못 알아듣는다고 생각해서? 가인이 차게 대꾸했다.

"很抱歉, 我确实没什么了不起的. (별거 아니라서 죄송합니다.)"

신영이 가인의 정확한 중국말을 듣자, 소스라치게 놀랐다. 전혀 예상치 못했다는 반응에 가인은 헛웃음을 지었다. 가인은 아주 능숙하게는 아니었지만 기본 회화 정도는 할 수 있었다.

"你, 难道会说汉语？ (당신 중국어 할 줄 알았어?)"

"조금요."

군이 한국말로 해도 되는데 중국말로 하는 촌극은 벌이기 싫어서

가인이 한국말로 다시 답했다. 그러자 갑자기 신영이 이번엔 영어로
질문을 시작했다. 네이티브라고 믿을 만큼 발음이 유창했다.

"Where did you learn Chinese? (중국어는 어디서 배웠어요?)"

면접 보는 학생도 아니고, 이게 무슨 상황인가 싶었지만 가인은 그
냥 대답해주었다.

"I learned it from a friend from college who came from China as an
exchange student. (대학 다닐 때 교환학생으로 온 중국인 친구한테 배웠어요.)"

"You also speak English quite well? (영어도 꽤 하네요?)"

"I sometime have to talk to clients on behalf of my CEO. (가끔 사장
님 관련 바이어들과 통화할 일이 있어서요.)"

가인은 거기까지 대답을 하고 한숨을 내쉬었다. 이 무슨 애들 장난
도 아니고. 그리고 신영을 똑바로 쳐다보며 간결하게 말했다.

"이제 외국어는 그만하고 본론만 말씀해주시죠."

"아, 미안해요. 생각 외라서."

"생각 외라서 미안하네요."

가시 돋친 대답에 신영은 잠시 말이 없었다. 사실 신영이 뭐라 할 수
없었던 건 먼저 중국어로 가인을 무시하는 말을 내뱉은 게 자신이기
때문이다.

신영은 가끔 중국어를 할 수 없는 사람들을 만나면 혼잣말을 내뱉
는 습관이 있었는데, 그건 상대방 면전에서 욕을 해도 무방해서 기분
좋은 작은 우월감이 들곤 했기 때문이다.

그러나 가인이 생각보다 외국어에 능통해 되레 부끄러운 상황에 처
하게 됐지만, 신영은 이 상황을 금방 상쇄할 수 있다고 생각하며 애써
부끄러움을 지우려 했다.

"본론이라……. 기분 나쁘지 않게 들었으면 좋겠지만 이미 기분이
상했겠죠. 하지만 제 제안을 듣고 나면 마음이 달라질 거예요."

"무슨 제안인가요?"

그러자 신영이 백에서 봉투 하나를 꺼내더니 가인 앞으로 슥, 밀었다.

"그냥 작은 부탁 하나예요. 섭섭지 않게 넣었어요."

덧붙이는 말은 황당하기 그지없었는데도, 신영의 태도에는 묘한 확신과 자신감이 묻어 있었다.

"일, 그만둬줘요."

오렌지는 으깨야 맛있다

신영은 돈 봉투를 건네면서 확신했다. 가인이 그만둘 거라고. 물론, 세진그룹은 여러모로 조건이 좋은 기업이긴 했지만 그곳에 들어갈 스펙이라면 다른 곳도 들어갈 수 있을 터였다. 신영은 한마디 덧붙이는 걸 잊지 않았다.

"취업은 걱정 말아요. 내가 아는 곳 몇 군데에 부탁해놓을게요. 아니면 우리 MA&M에 들어오는 것도 괜찮고요. 내 보증이면 가인 씨한테도 나쁘지 않은 제안일 거예요."

실직 후 취업이 보장된다면 그건 실직이 아니라 이직이라 볼 만했다. 게다가 경력직이니 월급도 조율해줄 수 있었다. 한 번에 목돈을 쥐고 다른 곳으로 직장을 옮기는 것뿐이다. 가인에게는 손해라기보다는 득에 가까운 일이라고 신영은 판단했다.

신영이 이렇게까지 하는 이유는 간단했다. 도진과 가인이 지금은 특별한 사이가 아니라고 해도, 이대로 함께 있는 시간이 길어진다면 어떤 모양새로든 변화가 생길 터였다.

가인은 어떨지 몰라도 도진은 확실히 가인에게 특별한 감정을 품고 있었다. 그렇다면 아직은 아무 감정이 없어 보이는 가인을 설득하는 게 합리적이었다. 신영은 도진 옆의 위험요소는 일찌감치 제거해버리고 싶었다.

가인은 신영의 말을 들으며 묵묵히 앉아 있었다. 표정은 속을 전혀 알 수 없었는데, 신영은 그래서 조금 조바심이 났다.

"물론 내 제안이 황당하게 느껴지는 건 알아요. 하지만……."

그러나 신영이 말을 끝내기도 전에 가인이 돈 봉투로 손을 뻗더니 그 안을 열고 수표를 꺼내 정확한 손놀림으로 액수를 확인했다.

그 모습이 너무 신속하고 자연스러워, 마음에 없는 거절이라는 약간의 내숭은 떨 거라고 생각했던 신영은 의외의 전개에 눈을 크게 떴다. 가인은 신영의 표정이 변하건 말건 신경도 쓰지 않고 다시 단정히 수표를 봉투에 넣어 신영 쪽으로 밀었다.

'역시, 예의 거절인가. 액수를 보고도 새침 떨다니 생각을 바꿔야겠어. 보통은 아닌 계집애야.'

신영이 재차 설득의 말을 준비하려는데, 가인의 말이 더 빨랐다.

"적네요."

"네?"

"액수가 너무 적어요."

생각지 못한 말에 신영이 당황을 감추기 위해 얼른 말을 받아쳤다.

"가인 씨, 그 안에는 오억이 들어 있어요. 적다고 말하기에는 많은 액수지 않아요?"

너 같은 서민이 단박에 오억을 만져볼 일이 뭐가 있겠어. 신영은 뒷말은 삼키며 억지로 미소를 지어 보였다. 그러나 가인은 눈 하나 깜빡하지 않은 채 신영을 똑바로 바라보며 또박또박 따지기 시작했다.

"제가 지금 회사에서 정년까지 일한다고 계산했을 때 연봉과 보너스, 수당을 다 합친다면 지금 신영 씨가 건네는 액수보다 훨씬 많아요. 그렇다면 제가 왜 굳이 잘 다니는 회사를 그만두면서 신영 씨 제안을 따라야 하죠?"

"그래서 다른 일자리를 알아봐주겠다고 했잖아요. 그러면 충분히 보상이 될 텐데요."

"구하는 걸 도와준다는 거지, 구해진 건 아니잖아요? 게다가 직원

복지나 월급이 지금 회사만큼일지도 알 수 없고요. 한 사람의 경력을 단절시키고 앞으로의 미래까지 담보 잡기에는 오억은 너무 적네요. 신영 씨가 말하는 보상까지 생각한다면 적어도 이십억은 줘야 되지 않겠어요?"

"이십억이요?"

신영이 황당해서 되묻자, 가인이 태연히 덧붙였다.

"그리고 이왕 줄 거면 현금으로 주세요. 수표나 어음같이 흔적이 남는 건 싫네요. 그리고 마음이 바뀌면 회수당할 염려도 있고. 가급적이면 일련번호가 같지 않은 돈으로요. 오만 원권 쓰면 부피도 생각보다 크지 않을 거예요."

포커페이스를 유지하려던 신영의 표정이 완전히 변했다. 아무리 자기라고 해도 갑자기 현금으로 이십억을 준비하는 건 무리다.

게다가 자기 딴에는 보고 놀라라고 제법 인심 쓰듯 오억을 넣었던 거라, 외려 더 큰 액수를 부르는 가인이 밉살스러웠다. 신영이 떫은 감을 씹어 내뱉듯 말을 내뱉었다.

"안 받는단 말은 안 하네요?"

빈정거림이 담겨 있는 말에, 가인이 여유 있게 빙그레 웃었다.

"왜 안 받아요? 현금으로 이십억이면 세금도 없는 순수 이득인데. 게다가 신영 씨가 내건 조건에는 회사에 손해는 없고 나만 손해 보는 거니까 문제 될 것도 없고요. 어떻게 할래요? 난 이십억 이하로는 일 그만 못 두겠는데."

가인의 입은 호선을 그리고 있었지만, 눈은 전혀 웃고 있지 않았다. 오히려 냉정하게 빛나며 신영을 바라보고 있었다. 신영은 이를 악물었다 놓으며 답했다.

"……현금으로 이십억은 무리예요."

"그럼 아쉽지만 이야기는 여기서 끝이네요."

가인은 몸을 일으키며 대꾸했다. 주문한 차는 아직 나오지도 않은 상태였다. 신영이 매서워진 말투로 가인에게 쏘아붙였다.

"가인 씨, 생각보다 너무 많은 걸 바라는 거 아니에요? 이 정도면 이쪽에선 충분히 성의를 보였는데요."

그러다 몸을 돌리려던 가인이 신영을 보며 못을 박았다.

"성의요? 제가 매달리며 돈 달라는 것도 아니고, 돈 주면서까지 절 그만두게 하고 싶은 사람은 신영 씨 아니었나요? 세상에 공짜는 없어요, 신영 씨. 뭘 바라는지는 명확히 모르겠지만 이쯤에서 끝내죠."

그리고 가인은 뒤도 돌아보지 않고 자리를 떴다. 혼자 남겨진 신영은 돈 봉투를 잡으며 뿌드득, 이를 갈았다.

"저, 주문하신 차 나왔습니다."

신영이 카페 직원을 향해 매섭게 외쳤다.

"그 차 다 쓰레기통에 갖다 부어요!"

"네?"

"돈 줄 테니까 갖다 버리라고!"

"네? 네? 네……."

신영의 기세에 밀린 직원이 주춤주춤 쟁반을 들고 뒤로 물러서자, 신영이 열받은 기세로 봉투를 잔뜩 구겨 잡은 채 일어섰다. 그나마 다행인 건 가인이 오늘의 촌극을 도진에게 말하지는 않을 거란 사실이었다.

어떤 직원이 큰돈 받고 일 그만두란 제의를 받았다고 자기 상사에게 이야기할까.

하지만 신영은 어떤 식으로든, 분수도 모르고 제게 이런 모욕을 준 가인을 꼭 제 발밑에 누르고 싶었다.

strawberry kiss

가인은 기분이 좋지 않았다. 아니, 좋지 않다는 말로 포장될 수 있는 정도가 아니라 아주 불쾌했다. 가인은 자신의 일에 자부심을 가지고 있었다. 물론 다달이 나오는 월급도 사랑스러웠지만, 그건 자신이 노력한 대가이기에 더 만족스러운 것이었다.

그런데 신영은 그런 자신을 무시했다. 돈은 필요하다. 많으면 유용하다. 하지만 그렇다고 해서 그 돈으로 남의 인생까지 사려 하다니, 어떻게 되어먹은 인간인지 알 수가 없었다.

신영은 다른 사람과 스스로가 다르다는 선민의식이라도 가지고 있는 듯했다. 얼굴은 웃고 있지만 돈을 건네는 눈빛에서 가인은 확실히 알 수 있었다. 마치 자기 하녀에게 선심이라도 쓰는 듯한 눈빛.

적당히 응수하고 헤어질 생각이었지만, 생각보다 과하게 응대하고 말았다. 하지만 그 상황이라면 누구라도 열받았을 게 뻔하다. 가인은 회사 엘리베이터를 기다리며 한숨을 쉬었다.

"가인 씨, 출근길부터 웬 한숨이야? 왜, 이번엔 사장님이 기획안에 딸기 무늬라도 박으래?"

옆에 있던 소라가 가인의 한숨을 듣더니 물었다. 가인이 피곤한 얼굴로 대답했다.

"차라리 그런 거면 낫게요? 어제 어떤 정신 나간 여자를 만나서요."

그러자 소라가 가인에게만 들리게 조그맣게 이야기했다.

"오호, 장영화 같은 애가 또 있나 보지."

"하하. 선배는 모든 재수 없는 비교급이 그 한 사람을 넘지를 못하네요."

"너는 안 그래?"

"뭐, 그렇죠."

소라가 그러자 의외라는 듯 흘끔 가인을 보았다.

"오늘따라 진짜 솔직하네. 좀 중립적인 성격이었잖아. 어제 누군지 몰라도 엄청 데였나 보네. 그래서 어떻게 했어. 똥이 무서워서 피하냐 더러워서 피하지, 하고 피했어?"

대답을 하려고 하는데 띵, 엘리베이터가 열렸다. 가인이 말없이 소라와 사람들 틈으로 들어갔다. 목적한 층에 엘리베이터 문이 열리고, 가인과 소라가 나란히 내렸다. 각자 자기 부서로 돌아가고 둘만 나란히 남았을 때, 가인이 싱긋 웃으며 답해주었다.

"어떻게 했냐고요? 이 구역의 더 미친년이 누군지 확실히 보여줬죠."

소라가 깜짝 놀란 얼굴을 하며 대꾸했다.

"와, 가인 씨. 그런 말도 할 줄 알았어? 그 여자가 누군지는 몰라도 어지간히 열받았나 봐."

가인이 약간 과장되게 어깨를 으쓱했다.

"뭐, 미친개한테 물렸다 생각해야죠. 그럼 이따 점심시간에 뵈어요."

"어, 그래. 가인 씨도 수고해."

가인은 사장실 쪽으로 발걸음을 돌렸다. 라커룸은 공용도 있었지만 대부분 비서 자리 옆에 있는 조그마한 개인 라커룸을 선호하는 편이었다. 가인은 자기 자리 옆 라커룸에서 사원복으로 갈아입고 자리에 앉았다. 사장님이 오시기까진 아직 시간이 있다.

도진은 출근시간이 일정한 편이었다. 전날 매우 늦게 끝나는 파티나 출장이 잡혀 있지 않은 이상 언제나 그랬다. 혹시나 늦게 되면, 전화든 메시지든 가인에게 알려주어 일정에 차질이 없게끔 했다. 일처리를 할 때 보면 깔끔하고 배려가 많은 편이다.

하지만 사장 정도진이 아닌 사람 정도진은? 사실, 상사에게 사적인 감정을 갖고 일하면 피곤해진다. 그래서 가인은 늘 최대한 거리를 두며 객관적으로 보려고 노력해왔다.

여자의 성향을 과일로 비유하는 거나 세 번 이상 만남을 지속하지 않고 관계를 끊는 건 그냥 특이한 성정이라 치부하곤 했었다. 어차피 그게 일에 크게 지장을 주진 않으니까.

그리고 사실 회사생활을 하다 보면 그보다 더 이상하고 괴상한 상사나 동료들도 꽤 있곤 했다. 불륜이나 변태 같은 부류가 아니라면 그 정도는 묵과할 수 있었다. 물론, '비서' 서가인으로서.

하지만, 자신을 딸기에 비유하는 건 확실히 문제가 있다. 그동안 무시하려고 애썼지만, 근래 들어 자꾸 사장님과 관련된 인간들이 꼬이다 보니 생각하지 않을 수 없었다.

도진은, 자신에게 사적인 관계에 있거나 감정이 있는 여자에게만 과일로 비유한다. 그러니, 반대로 말하면 도진이 가인을 딸기에 비한다는 건, 사적인 감정이 있다는 뜻도 되었다.

'설마, 나한테 관심이 있나?'

부정확한 생각들이 그런 결론을 도출해내자, 짜르르 긴장이 손끝에서부터 심장으로 밀려왔다. 합리적인 듯 터무니없는 추론에 정체를 알 수 없는 설레는 감정이 마치 화창한 봄에 꽃샘추위처럼 밀어닥쳤다.

저도 모르게 얼굴 표정이 무너졌다. 웃는 것도 우는 것도 아닌, 당황과 설렘과 부끄러움이 밀물처럼 덮쳐서 감정을 잠식했다. 출렁출렁, 감정이 잔에 가득 담긴 물처럼 흔들렸다.

나쁘지 않은 기분.

오히려, 좋은 기분.

뭐지, 내가? 나도 어쩌면…….

툭. 떼구르르.

대리석으로 깔린 바닥에 뭔가 떨어져 구르는 소리에, 가인은 정신이 번쩍 났다. 전에 도진이 선물했던 화려한 장식의 딸기 펜이었다.

비현실적이리만큼 알록달록한 딸기 펜을 보자, 가인은 새삼 현실을 자각하게 됐다.

설령 자신이 그에게 호감이 있다 한들, 그는 이 회사의 사장님이고, 자신은 일개 비서다. 사랑은 국경도 나이도 초월한다지만, 안타깝게도 실제로 그 장벽을 넘기에는 가인은 너무 현실을 잘 알았다.

돈 있는 사람들은 자신들과 비슷한 부류의 사람들을 만난다. 신데렐라나 바보 온달은 과거에나 존재하는 이야기일 뿐이다. 도진의 집안은 재력이 적당히 많은 정도가 아니라 한국에서 손꼽히는 재벌가이다. 그런 곳에, 자신이 들어갈 수 있을 리 없다.

차라리 도진이 같은 회사의 평범한 동료거나, 혹은 상사여도 적당한 위치의 남자라면 외려 나을 수도 있었다. 하지만 이건 아예 꿈도 꾸지 않는 편이 현명하다. 게임으로 따지면 게임을 시작하자마자 최종보스를 만난 격이다.

같이 일하면서, 끌리지 않았다면 거짓말. 잘생긴 외모나 배경보다는 그냥 그 사람이라서 시선을 끄는 뭔가가 도진에게는 있었다.

하지만 자신은 현실을 알고 있기에, 처음부터 거리를 두었다. 노력해서 그 이상은 생각하지 않으려 했다. 게다가 이 모든 생각은 추론일 뿐, 도진이 직접 가인에게 좋아한다고 말한 것도 아니었다.

'나도 장영화 씨처럼 망상에 빠져드나.'

가인은 그렇게 생각하며 쓰게 웃었다. 그 순간, 사장실 전용 엘리베이터가 움직이는 소리가 났다. 가인은 반사적으로 몸을 일으켰다.

땡. 가벼운 울림과 함께 도진이 엘리베이터에서 내렸다. 연회색의 가벼운 슈트는 도진에게 근사하게 어울렸다.

"좋은 아침이군, 가인 씨."

서 비서라고 칭하지 않고 가인 씨라고 칭한 걸 봐서는 기분이 꽤나 좋은 모양이었다. 한 손에는 출장선물인지 작은 봉투 하나가 들려 있었다. 도진의 시선이 가인의 머리에 닿았다 떨어졌다.

"내가 준 선물을 잘 써줘서 고마워. 가인 씨는 언제나 일을 잘 처리해서 내가 움직이기가 아주 편해."

그러더니 도진이 성큼성큼 가인에게 가까이 다가섰다. 가인이 고개를 들면 얼굴이 서로 닿을 정도로 가까이. 그러나 전혀 끈적끈적하지 않은, 깔끔한 태도로 도진이 덧붙였다.

"언제든 나한테 도움을 청할 일이 있으면 말하도록."

"그러면 지금 말씀드려도 되겠습니까?"

가인의 즉각적인 도움 요청에, 도진은 약간 놀란 듯했지만, 금세 평소의 태도를 찾았다. 가인이 사무적인 태도로 간결하게 자기 요청을 정리했다.

"외부 미팅 전에 간단히 말씀드리겠습니다. 일정에 차질이 없도록……."

"아니, 조금쯤은 차질이 있어도 괜찮아. 그럼 잠시 사장실로 들어오도록 해, 가인 씨."

마치 그 이상 중요한 일은 없다는 것처럼 도진이 가인의 말을 딱 자르며 말했다. 가인은 조용히 그 뒤를 따라 들어갔다.

strawberry kiss

사장실에서 가인은 신영과의 일을 최대한 감정을 배제하고 사실만 간결하게 정리해서 말해주었다. 도진은 출근 때보다는 진지해진 얼굴로 이야기를 듣고 있었다.

"제가 이 일을 말씀드리는 이유는, 그럴 리야 없겠지만 혹시라도 누군가가 그 장면을 봐서 엉뚱한 소문이 돌 수도 있기 때문입니다. 그리고 소문이 돌지 않는다 하더라도 서신영 씨는 저희와 일로 연관되어 있으니, 사장님도 알고 계셔야 한다고 생각합니다. 그리고."

가인은 숨을 한번 들이마셨다. 직접적인 이야기니, 여차하면 도진이 기분 나쁠 수도 있었다. 하지만 이야기를 하긴 해야 했다.

"저는 사장님의 비서이긴 하지만, 사장님과 관련된 여자들이 자꾸 저와 사적으로 얽히는 것이 불편합니다."

화를 낼지도 몰라. 누구라도 자기의 치부를 건드리는 건 싫어하니까.

가인이 아는 도진은 대체로 객관적인 편이었지만, 그래도 대놓고 네 행동거지에 문제가 있어서 내가 불편하다는 말을 부하에게 듣는다면 기분이 좋을 리 없었다. 그러나 도진은 전혀 화를 내지 않고, 오히려 가인을 이해한다는 듯 고개를 끄덕였다.

"그렇군. 누구라도 그럴 만하지. 그간 내 '전' 여자친구나 들이대는 여자들 때문에 피곤했을 거야. 좀 한심한 기분이군."

"아니, 업무시간에 일어나는 일들은 일이라고 생각해서 못 견딜 정도는 아니었습니다만."

도진이 정말 한심하단 표정을 짓자, 가인은 반사적으로 대꾸했다. 사실 도진은 한심한 사람이 아니다. 오히려 타고난 배경에 가려지지 않는 능력이 있는 편이다. 그러자 도진이 쓰고도 감미로운 미소를 지으며 되물었다.

"일이라……. 가인 씨는 나와의 이런 일들이 단순히 일이라고 생각하나?"

"네?"

그러자 도진이 자신의 자리에서 몸을 일으키며 말했다.

"난 단순하게 '일'이라고 규정하고 싶진 않군. 이제는 말이지. 서 비서로서의 고충과 가인 씨의 고충도 다 알았으니, 좀 움직일 때가 된 거 같아. 그러니 이젠 내 말대로 하지, 가인 씨."

"지시하실 게 있으십니까?"

"있어. 우선 내 오후 일정을 다 취소해. 급한 일이나 회의는 없으니 스케줄 비는 날에다 다 끼워 맞춰주고."

도진이 가인에게 한 발짝씩 다가가며 낮지만 분명한 목소리로 말했다. 목소리에 힘은 있는데 위압감이 있다기보다는 오히려 다정한 당부 같았다. 어쩐지 심장을 간질이는 목소리.

"오후에 내가 가인 씨를 부를 텐데, 무슨 일이 있어도 아무 말 하지 않고 내 말을 들을 것. 지시가 아니라 부탁이라고 하면, 좀 느슨하려나? 명령이라고 생각하면 좀 엄하게 들을 것 같긴 하지만 그렇게 하긴 싫고. 어떻게 하면 좋을까?"

도진의 얼굴에는 알쏭달쏭한 미소가 확 퍼져 있었다. 그 표정은 초등학교 때 좋아하던 여자아이를 짓궂게 골리는 사내아이의 그것 같기도 했고, 혹은 자신이 보호해줘야 하는 작고 소중한 존재를 보는 눈빛과 유사하기도 했다.

"손 좀 내밀어줘."

"네? 네."

이런 독특한 행동에 이골이 나 있으면서도 오늘은 묘하게 도진의 목소리가 자꾸 심장을 두드렸다. 그 목소리에 홀리지 않으려고 정신을 바짝 차리며 가인이 오른손을 내밀자, 도진이 가인의 새끼손가락에 냉큼 자신의 손가락을 걸었다.

"그럼 약속. 도장도 찍을까? 복사랑 코팅도 있던데, 나는 이게 더 마음에 들던데."

그러더니 도진이 서로의 손을 반쪽씩 하트 모양이 되게 만든 후 맞 댔다 떼어냈다. 그리고 짓궂게 말했다.

"의미는 오후 일정 취소하면서 천천히 생각해봤으면 좋겠군. 미리 준비했던 선물은 나중에 주지. 좋은 출장선물이 되었으면 해."

닿았던 손끝이 잔망스레 간지럽다. 행동 하나하나를 따지면 유치하기만 한데, 왜 이렇게 형용할 수 없는 기분이 드는지 모르겠다. 설렌다고 해야 할지, 떨린다고 해야 할지, 겁난다고 해야 할지, 흥분된다고 해야 할지, 가인은 적절한 어휘를 찾을 수 없었다.

덕분에 오후 일정을 취소하려고 전화를 걸려다 전화번호를 두 번이나 틀리고 말았다. 이런 식으로 다른 일도 자꾸 허둥대게 되어, 가인은 결국 그녀답지 않게 잠시 업무를 손에서 놓고 멍하니 허공을 바라보며 한숨을 쉬어야 했다.

그나마 다행인 건, 당일 해야 하는 일이 많지 않다는 사실과 도진이 사장실에서 한 발자국도 움직이지 않았다는 사실이다.

도진의 얼굴을 보면, 당황함이 그대로 드러날 것만 같았다. 도진의 본가에서 집사 하나가 조용히 작은 서류가방을 들고 찾아왔다 갔다. 그러나 이런 일은 왕왕 있는 일이었기에 가인은 신경 쓰지 않았다. 아니, 정확히는 신경 쓸 정신이 없었다.

의미라니. 약속이라니. 그 하트 모양은 뭐고. 이 남자. 정말 자신한테 마음이 있었나. 자신의 의중을 알아달라는 뜻인가? 아니면 그냥 골림 당하는 건가.

연애에 면역이 너무 없어서 그런가, 알듯 말 듯한 기분에 가인은 정신이 산란할 지경이었다. 복잡한 심경과 함께 점심시간이 순식간에 지나가고, 어느덧 오후가 되었다. 그리고…….

또각또각또각.

높은 힐이 바닥에 부딪혀 내는 소리가 저 멀리서부터 울려 퍼졌다. 가인은 자신만만한 태도로 들어오는 이제는 제법 익숙한 방문객을 바라보았다. 서신영이었다.

방금 미용실을 다녀온 게 분명한 세팅된 머리에 몸은 온통 명품으로 휘감았다. 저번에 왔을 때보다는 확실히 신경 써서 재력을 과시하고 있었다.

그렇지만, 오후 일정은 모두 취소했고 방문객 명단에 서신영은 없었다. 가인은 치솟는 감정을 억누르고, 사무적인 얼굴로 신영을 향해 인사했다.

"어떻게 오셨습니까?"

"정도진 사장님을 만나러 왔어요."

그러면서 슬쩍 머리를 넘기는 손가락에는, 일부러 낀 듯 굵은 루비 반지가 붉게 빛나고 있었다. 그러더니 흘끔, 가인의 머리에 꽂혀 있는 핀을 보고 명백하게 우월한 눈빛으로 빙긋이 웃었다. 가인은 불쾌함은 전혀 내색하지 않은 채, 침착하고 친절하게 답했다.

"죄송합니다만, 예약명단에 들어 있지 않으십니다. 제가 사장님께 한번 확인을 하고……."

그러자 신영이 말을 딱 끊으며 마치 부잣집 사모님 같은 태도로 여유 있게 대꾸했다.

"됐어요. 확인은 안 해도 돼요. 도진 씨가, 저한테 개인적으로 '직접' 전화를 줬거든요. 사장실 직통번호로 직접 걸어서 아마 서 비서는 모를 거라고 했어요."

어느새 사장님에서 도진 씨로 바뀐 칭호에, 가인은 심장에 타다닥 불이 붙은 느낌이 들었다. 가인의 얼굴에는 사무적인 미소가 가득 떠올라 있었지만, 눈은 웃고 있지 않았다.

신영 또한 가식적인 미소를 띠고 있었지만, 눈은 매우 매섭게 가인을 노려보고 있었다.

말없는 잠깐의 신경전을 먼저 끝낸 쪽은 신영이었다. 신영이 휴대전화를 명품 핸드백에서 우아하게 꺼내, 가인이 보는 앞에서 전화를 걸었다.

"네, 사장님. 저예요, 서신영. 사장실 앞인데 우리 약속을 몰라서 비서가 자꾸 길을 막네요. 지금 사장실로 들어가도 될까요?"

– 들어와도 됩니다.

일부러 통화음을 크게 한 듯한 휴대전화에서는, 익숙한 도진의 목소리가 흘러나왔다. 신영이 약간 과장되게 통화를 끝낸 후 약 올리듯 빙글빙글 웃으며 가인에게 말했다.

"어머, 서 비서가 모를 수도 있죠. 아무리 사장이라지만 누가 개인적인 만남을 일일이 회사 비서에게 보고하고 싶겠어요? 이해하죠, 서비서? 그러니 혹시라도 앞으로 이렇게 내가 방문하게 돼도 놀라지 말고 들여보내줘요. 그럼 들어갈게요."

"……알겠습니다."

가인이 잠깐의 침묵 후 답했다. 그래도 신영이 방문 손님이어서 형식적이나마 안내를 하려는데, 신영이 짧게 거절했다.

"그냥 내가 직접 갈게요. 자리에 있도록 해요, 서 비서."

일부러 또박또박 하는 비서 발음이 귀에 묘하게 거슬렸다. 자신은 비서고, 그렇게 불리는 게 맞지만 기분 나쁜 까닭은 단 한 가지였다. 신영이 자신을 제 비서 부리듯 하고 있었기 때문이다.

다른 방문객은 가인을 어떻게 부르든 일단 '도진의 비서'로 대해주었다. 그렇기 때문에 이보다 더 심한 상황이 되었다 한들 이 정도로 기분 나쁘진 않았다.

자기가 뭔데.

저도 모르게 새어나온 마음의 소리는, 직장인이라는 굴레에 갇혀 차마 나오지 못하고 가인의 화만 부채질하고 있었다. 신영은 유쾌하게 사장실 방문 손잡이를 잡더니, 한마디 덧붙였다.

"이따 차 내올 때, 내 건 허브차 계열로 주고 제대로 우려와요. 난

맛없는 건 못 먹으니까."

그 말을 끝으로 쿵, 가볍게 사장실 문이 닫혔다. 가인은 이를 악물었다. 정말, 남의 돈 받으면서 일하기 더럽게 힘든 날이다.

그리고 설렜던 마음만큼 저런 여자를 사적으로 전화해서까지 불러들인 도진이 오늘만큼은 정말로 미웠다. 머리는 이성적인 생각을 요구하는데 가슴이 그러길 거부하고 있었다.

부른 까닭이 따로 있을 거라고 생각하려 해도, 그걸 자신을 통하지 않고 굳이 사적으로 공적인 업무시간에 부를 필요가 있나 싶어졌고, 자신이 한 이야기 때문에 불렀다면 도진의 태도가 그리 좋지는 않았을 것 같아서 신영이 기고만장할 까닭도 없을 텐데 하는 생각이 들었다.

도진이 신영에게도 저렇게 굴 만한 빌미를 준 게 아닐까. 아무 여자한테나 추파를 던지는 남자라고 생각해본 적은 없었는데, 자기 사람 보는 눈이 잘못되었나.

설렜던 나는 뭐야. 내 마음을 뭐라고 생각하는 거야. 나쁜 사람이야. 정말, 나쁜 사람.

차를 내갈 준비를 하려고 일어서며 가인은 속으로 도진을 향해 어린아이처럼 원망을 늘어놓았다.

띠띠띠.

그 순간, 사장실에서 호출 벨이 울렸다. 가인은 반사적으로 전화를 받았다.

"네, 사장님."

- 가인 씨, 사장실로 바로 들어와요. 오전에 한 지시 기억하죠? 그대로 해주었으면 해요.

"네."

전화를 끊고, 가인은 평소처럼 자료실을 통해 사장실로 들어갈까

하다가 마음을 바꿨다. 외부 손님이 들어왔을 때는 잘 사용하지 않는 문이기도 했고, 그 문을 사용하면 신영이 정말 자신을 제 사용인처럼 볼 것 같은 기분이 들었다.

가인은 허리를 쭉 펴고 사장실 문을 열었다. 표정은 평소 사무적인 웃음 한 조각 없이 진지했다.

들어서자마자 보인 건, 접대용 소파에 마주 앉아 있는 두 사람의 모습이었다. 신영은 몸을 살짝 틀고 별 얘기도 아닌 것 같은데 도진을 향해 눈웃음치며 흥겹게 웃고 있었다.

도진은 속을 알 수 없는 미소를 띠며 신영의 말을 받아주고 있었는데, 가인은 그 모습이 참 꼴 보기 싫었다.

왜 이렇게 속이 타지?

다른 상사라면 이러지 않을 것 같은데.

왜 평온했던 내 삶을 자꾸 흔들어. 어째서 당신이.

가인이 들어온 걸 알았을 텐데도 신영은 가인이 마치 없는 사람처럼 눈곱만큼도 시선을 두지 않았다. 다만 도진만 가인을 짧게 쳐다보았는데, 뚫어져라 바라본 눈빛은 한순간이지만 강렬했다. 도진이 가인에게 말했다.

"가인 씨, 이리로 와서 앉지."

도진이 툭툭 바로 제 옆자리를 치며 가인을 향해 말했다. 그 말에 신영이 그제야 가인의 존재를 눈치챈 양 바라보았는데, 여유를 가장한 웃음을 짓고 있어도 도진이 가인을 부른 상황이 썩 유쾌하지는 않은 듯했다.

그러나 도진이 손으로 친 곳을 보고 신영의 표정이 풀렸는데, 도진 바로 옆자리에는 꽤나 두툼한 서류파일들이 몇 개 쌓여 있었기 때문이었다. 신영은 가인을 일 때문에 불렀다고 생각하며 다시 도진에게 곱살스럽게 웃음 지었다.

기죽지 말자, 절대로.

도진이 설령 저 여자한테 마음이 기울어서 자기 여자를 깎아내린 날 망신 주려고 부른 거라고 해도, 난 잘못하지 않았어. 당당해.

가인이 그 어느 때보다 단정하고 당당한 걸음으로 도진의 옆으로 갔다. 그리고 도진 바로 옆에 있는 서류파일을 보고 도진에게서 좀 떨어져 앉으려는데, 도진이 그녀의 팔목을 잡아끌었다.

"거기가 아니고, 여기 앉도록 해."

그러면서 도진이 권한 곳은, 바로 서류파일 위였다. 황당하고 엉뚱한 요구에 가인은 도진의 의향을 알 수 없어 도진을 똑바로 바라보았다. 도진이 그런 가인을 보고, 살짝 웃었다. 마치, 봄바람에 꽃잎 날리듯 간지럽고 상냥한 웃음.

그동안 봐왔던 자신을 믿어보라는 뜻 같아, 가인은 자신도 모르게 진지한 얼굴을 풀고 덩달아 웃어버리고 말았다. 그렇게 몸의 긴장이 풀린 순간, 도진이 그녀를 확 끌어당겨 자기 바로 옆 서류파일 위로 그녀를 앉히고 그녀의 어깨에 팔을 둘러버렸다.

머스크 향 섞인 산뜻한 비누 냄새가 훅 가인에게 닿았다. 당황한 가인만큼 신영도 도진의 갑작스러운 행동에 당황한 듯 내내 내비치던 내숭 섞인 웃음이 뚝 얼굴에서 떨어져 나왔다.

"서신영 실장, 앞으로는 내 사람한테 함부로 대하지 말아주면 좋겠습니다."

"네? 그게 무슨 말씀……이세요?"

신영이 당황과 질투가 섞인 목소리로 도진에게 되물었다. 도진이 가인의 어깨를 다정하게 감싼 손과는 다르게 차디찬 목소리로 신영에게 답했다.

"한국말 못 알아듣습니까? 내 여자한테 이래라저래라 명령하지 않았으면 좋겠다는 뜻입니다. 난 이 여자 없이는 하루도 못 사니까, 내

strawberry kiss

167

옆에서 떠나라 마라 건들지 말란 뜻입니다."

도진의 말에 신영의 얼굴빛이 확 변했다. 도진에게 잘 보이고자 말아올렸던 입꼬리가 묘하게 비틀어지며 신영의 시선이 바르르 흔들렸다. 도진의 말과 행동에 놀란 사람은 신영만이 아니었다. 바로 가인이 가장 크게 놀랐다.

'이게 도대체 무슨 상황이지?'

생각을 해보려 하는데 생각이 되질 않았다. 도진의 품은 크고 따스했는데 남자의 품에 거의 처음으로 안겨보다시피 한 가인은 알 수 없는 떨림에 정신이 하나도 없을 정도였다. 어깨 위의 도진의 팔은 보호막처럼 든든하게 둘러져 있었다.

「약속.」

머릿속에 울리는 말은 단 한마디. 그리고 그 부끄럽던 하트. 뭐라 묻고 싶은데, 가인은 도진이 했던 절대 아무 말 말고 자기가 하자는 대로 가만히 있어달라는 부탁이 떠올라 애써 평정심을 유지해보았다.

'사장님이……. 아니, 이 사람이……. 아니, 이 남자가 나를…….'

신영의 앞인데도 가인의 얼굴이 갑자기 확 달아올랐다. 귀 끝까지 빨개지는 게 느껴질 정도로 화끈거리는 얼굴을 어쩔 수 없어 얼굴로 한 손을 올리는데, 자존심에 상처를 가득 입은 신영의 불꽃 튀는 눈빛이 시선에 걸렸다.

그 눈빛에 가인이 숙이려던 고개를 다시 빳빳이 들었다. 신영에게는 자부심 있고 당당한 모습을 보이고 싶었다. 여기서 고개를 숙인 채 부끄러워만 한다면 신영은 또다시 자신을 우습게 볼 게 분명했다.

도진이 하는 말은 아직 진실이 아니었지만, 그렇다고 명확하게 거짓이라고 짚어낼 수도 없는 표현이었다. 적어도 도진은 가인을 곤란하게 만들 의도로 그런 말을 하진 않았을 거다.

그렇다면, 자신도 당황한 채 고개를 숙이고 있는 게 아니라 도진에게 부끄럽지 않게, 자신에게 부끄럽지 않게 고개를 들어야 했다.

그런 가인의 태도에 도진이 흡족하게 웃었다. 그러나 곧바로 신영을 향한 얼굴은 냉철 그 자체였다. 그러더니 무심히 신영 쪽으로 툭툭 말을 던지기 시작했다.

"예전에 취미로 구입했던 청담동 단독주택. 제주도에 있는 내 명의로 되어 있는 호텔 겸 리조트. 홍콩 번화가 쪽에 구입해두었던 빌딩 두 채."

사실관계를 보고하는 도진의 건조한 말이 신영과 가인 사이를 가르며 울렸다. 무슨 말을 하는 건지 도무지 이해할 수가 없어서 신영과 가인 모두 도진을 쳐다보았다.

두 여자의 시선은 아랑곳하지도 않고, 도진이 계속 제 하고 싶은 말을 읊조렸다.

"이 정도면 시가가 얼마나 될까요, 서신영 씨?"

"청담동 단독주택은 평형과 위치, 그리고 건물 용도를 정확히 알 수 없으니 뭐라 답하기는 어렵습니다만, 기본 몇십억 정도는 하겠지요. 그리고 제주도 호텔 겸 리조트와 홍콩 쪽 빌딩은 전문가에게 재산조사를 명확히 해야 정확한 시가가 나올 것 같네요. 이번에 개발하려는 프로젝트와 관련이 있는 건가요, 정도진…… 사장님?"

갑작스러운 질문에 신영이 평정을 유지하려 애썼지만, 대답이 자꾸 더듬거려지는 건 어쩔 수 없었다. 그러나 그런 성의는 눈에 보이지도 않는 듯, 도진이 딱 잘라 대답했다.

"아닙니다."

"그럼 어째서 뜬금없이 시세를 저에게 물으셨나요?"

"지금 내 여자가 바로 이 모든 건물 소유권 관련 문서 위에 앉아 있으니까요."

그 말에 가인이 놀라 비서로서의 본능으로 일어나려 했으나, 도진이 얼굴에 미소 하나 풀지 않고 어깨를 눌러 계속 앉혀 놓았다. 도진이 비릿하게 웃음기가 묻은 얼굴로 신영에게 되물었다.

"고작 오억에 내 여자, 살 수 있다고 믿었습니까? 그것보다 더한 돈도 쉽게 깔고 앉는 여자인데요."

신영의 얼굴이 빨개지다 못해 하얗게 질렸다.

"그런…… 사적인…… 이야기까지 나누는 사이신 줄은, 정말, 몰랐습니다."

도진이 당연하다는 듯한 태도를 보이며 신영을 도발했다.

"연인끼리 사적인 이야기를 나누는 게 당연한 게 아닙니까?"

신영이 자기도 의식하지 못한 채 제 옷자락을 꽉 붙들며 대꾸했다.

"공과 사는 구분하시는 분인 줄 알았는데요."

"서신영 실장에게 들을 만한 충고는 아니군요. 공과 사를 구분 못하고 내 여자한테 고작 오억에 내 옆에서 꺼지라고 충고했던 사람이 누구였습니까?"

"……."

신영은 아무 대답을 하지 않았다. 아니, 할 수 없었다. 답을 굳이 필요로 하지 않았다는 듯, 도진이 사무적으로 신영을 불렀다.

"오늘 내가 부른 이유를 알겠지요, 서신영 실장."

"네."

"두 번 다시 내 일에, 내 사람한테 관여하지 마십시오. 그때는 내가 가진 모든 걸 동원해서 후회라는 게 뭔지 확실히 느끼게 해줄 테니까."

결국, 참지 못한 신영이 도진에게 되물었다.

"집안에서도…… 아십니까?"

도진이 기가 차다는 표정으로 신영을 바라보며 대꾸했다.

"그건 내 문제입니다, 서신영 실장. 아까부터 정말 공과 사를 구분 못 하는 사람이 누구인지 확실히 알려주는군요. 앞으로 이런 일로 서로 얼굴 마주치는 일은 두 번 다시 없었으면 합니다."

"……실례했습니다."

신영이 처음의 위풍당당했던 것과는 다르게 몹시 위축된 모습으로 몸을 일으켰다. 가인은 그 모습이 안쓰럽단 생각이 설핏 들었지만, 지금 상황에서 자신이 어떤 행동을 취하든 그건 전혀 어울리지 않는 위로가 될 게 뻔했다.

신영이 나가다가, 흘낏 가인을 바라보았다. 그 눈빛이 순간 매우 날카로웠지만, 가인은 시선을 피하지 않고 받아쳐주었다. 이미 돌이킬 수 없는 상황이었다.

신영이 사라진 사장실 안엔 순간 정적이 감돌았다. 가인은 모든 상황이 너무 갑작스러워 도진에게 무슨 말을 해야 할지 처음으로 말을 오랫동안 골랐다.

물론 어깨 위의 손은 최대한 예의 바르게 떼어냈다. 그렇게 감싸인 채로 있다간 아마 이성이 마비되어서 도진이 해가 파랗다고 해도 믿을 지경까지 갈 것 같았다.

도진도 그런 가인의 혼란을 이해했는지 신영이 있을 때와는 다르게 순순히 가인에게서 떨어져주었다. 그렇게 한참을 걸쳐 입 밖으로 나온 말은 가인 스스로도 방금 전까지 생각지 못한 의문이었다.

"어째서 서신영 씨와 사귀지 않으셨나요, 사장님?"

도진이 허를 찔린 표정으로 가인을 보며 빙긋 웃었다. 열이면 열, 여자들이 돌아볼 만큼 매혹적인 미소였다.

"응? 하하, 가인 씨. 그게 이 상황을 타개해준 사람한테 할 말이야? 나는 좀 더 다른 말을 기대했는데 말이지, 고맙다든지, 아니면……."

그러나 가인은 그런 미소에도 아랑곳하지 않고 반듯한 자세로 도진에게 끝까지 하고 싶은 이야기를 했다.

"문밖에서 들어올 때까지만 해도, 사장님이 신영 씨랑 사귀게 되어서 제가 아침에 한 이야기에 대해 제 오해라고 기분 풀라는 적당한 이야기를 듣게 되리라고 생각했어요."

"어째서 그렇게 생각했지?"

"사장님은……."

가인이 잠시 뜸을 들였다가 입을 뗐다. 여태 언급하지 않은 불문율을 깨는 것처럼.

"그동안 저런 성격의 여자들 위주로 사귀셨잖아요. 마치 일부러 그러는 것처럼."

그랬다. 그래서 가인은 가인의 입장에서 도진이 갑작스레 자신에게 접근을 해도 순수하게 바라보기가 어려웠다. 자신이 사람에 대해 다 알 수는 없지만, 대체로 사람들은 연인을 택할 때 비슷비슷한 성향을 가진 사람을 저도 모르게 고른다.

매우 순종적인 여자를 만났다가 매우 드센 여자를 만나는 등 취향이 갑자기 변하는 사람은 흔하지 않다. 가인은 자신이 그동안 도진이 만나던 여자들과 성향이 매우 다르다는 사실을 누구보다도 잘 알고 있었다.

그 말에 정곡을 찔렸는지, 도진이 가만히 가인을 바라보았다. 가인의 눈동자는 맑고 투명했다. 거짓은 용납하지 않겠다는 듯이. 도진이 숨을 크게 내쉬고 어깨의 힘을 빼더니 좀 더 편안하게 답했다.

"그래. 맞아. 거의 저런 부류의 사람들이 대시를 하거나 그런 성격들을 소개해주더군. 거절하지 않고 사귄 게 맞으니 내 의지도 들어가 있지."

"그런데 어째서 절 선택하신 거죠?"

"현명한 질문이야."

도진이 진중하게 가인을 바라보며 뚜렷한 음성으로 말했다.

"그래서 선택한 거야. 이제는 금방 헤어지고 싶지 않거든. 난 지금 매우 진지하고, 가인 씨한테 아까 했던 말 모두 서신영을 떨어트리기 위한 연극이 아닌 진심이었어."

결국, 재차 혼란에 빠진 사람은 가인이었다. 감정은 눈에 보이지 않고 업무와는 매우 달라서 이렇게 많은 것들이 얽혀 있을 때는 막연한 말들로는 어렵기만 했다.

"사장님 의도를 명확히 모르겠어요. 저를 도와주신 건 감사하지만, 지금 장난을 치고 싶으신 거라면……."

"장난이 아니야, 가인 씨. 아무래도 가인 씨한테는 대놓고 이야기하는 게 좋겠군. 그래야 믿어줄 것 같으니까."

어느새 가인과 도진의 거리는 바짝 붙어 있었다. 가인은 그제야 자신이 소파에서 상당히 구석으로 몰려 있다는 사실을 깨달았다. 다시 가까워진 거리와 함께, 자신의 것이 아닌 것처럼 뛰는 심장 위에 초콜릿 시럽처럼 도진의 말이 녹아들었다.

"나랑 연애해, 가인 씨."

strawberry kiss

신영의 완패였다. 신영은 누구보다도 그 사실을 아주 잘 알았다. 굴욕감이 신영의 가슴 한복판을 관통했다. 분명 자존심이 눈에 보인다면 분명 피를 왈칵왈칵 쏟아내고 있을 터였다. 신영은 분을 못 이겨 들고 있던 명품 백을 잡고 거칠게 차 시트를 팡팡 쳤다.

고작 저런 버러지 같은 여자 때문에! 내가 이런 굴욕을 당하다니!

신영은 어릴 때부터 자기가 예쁘다는 사실을 알고 있었다. 그녀는 영리하다는 표현보다는 영악하다는 표현이 더 어울리는 사람이었다. 언제나 자신이 가진 것보다 더 많은 걸 원했다.

적당한 가정 형편에 충분히 좋은 대학에, 좋은 직장을 다니면서도 자기보다 더 처지가 좋은 친척들을 부러워하고 뺏고 싶어 했다.

그렇지만 그런 욕망을 표현하는 게 그들의 적대감을 불러일으킬 수 있다는 걸 아주 잘 알아서, 그들 앞에서는 애교 많은 친척 여동생을 연기하곤 했다. 그렇게 한다면, 좀 더 많은 콩고물이 떨어질 수 있다는 걸 신영은 아주 잘 알고 있었다.

그러다 그 모든 걸 상속받을 사람들이 사라졌다. 하지만 그렇다고 해서, 신영은 자신이 그들 대신 그 자리에 얼른 비집고 들어갈 만큼의 역량은 되지 않는다는 걸 알고 있었다.

MA&M 그룹의 서영로 회장은 노쇠했지만 아직 건재했고 후계자감들을 한순간에 잃었다 해서 제가 마음에 드는 사람 아무에게나 덥석 그 자리를 쥐어줄 만큼 호락호락한 사람이 아니었다.

그렇다면 제가 선택할 수 있는 건 차선책이었다. 그러다 평소 늘 탐은 나지만 가질 만큼의 배경을 마련할 수 없어 다가가지 못했던 정도진이 떠올랐고, 세진그룹에서 후계감으로 손꼽히는 자질과 능력을 가지고 있다는 것도 떠올랐다.

그 자리에 오를 수 없다면, 그 자리에 오를 남자를 가지면 된다. 그리고 자신 정도면, 충분히 그 옆자리에서 빛날 수 있었다. 그래서 신영은 이용할 수 있는 모든 수를 준비해서, 도진의 옆자리에 서기 위해 밑작업을 시작했다.

그러나 시작도 하기 전에 서가인이라는, 외모 말고는 볼 것 하나 없는 여자한테 밀려 이렇게 튕겨져 나와버렸다. 상처 난 자존심과 어긋난 욕망은 걷잡을 수 없는 분노와 집요한 집념으로 바뀌었다.

일이 이렇게 되자, 마치 사막에서 물을 갈구하는 이처럼 포기할 수 없었다. 갖고 싶은 건 꼭 가져야 했다. 무슨 짓을 저질러서든.

그러나 분명하게 보이는 걸림돌이 있었다. 서가인. 겉으로야 우아하고 청순한 척하고 있어도, 그 속에는 셈이 열댓은 들었을 거다. 신영은 자신이 그러니 당연히 가인도 그러리라고 생각했다.

분명 차권이라는 예명으로 활동하는 그 영화배우랑도 뭔가 밀당을 하는 눈치였는데, 단박에 도진 쪽으로 지조도 없이 몸을 돌린 걸 보면 돈에 눈멀어서 그를 택한 게 분명했다.

그런 애들, 흔했다. 흔해빠진 미모와 천박한 애교로 남자들을 홀려 신분상승을 하려는 것들. 영악한 꽃뱀들. 도진은 속고 있는 거다.

신영은 초조하게 손톱 끝을 물어뜯었다. 네일아트로 예쁘게 아롱진 손톱 모양이 삐뚤어져버렸으나, 그런 걸 신경 쓸 여유는 없었다.

어떻게 해야 하지. 어떻게…….

도진의 집에 알린다는 건, 스스로 불을 짊어지고 화약고로 뛰어 들어가는 격이다. 원래 반대하면 더 격렬해진다 하지 않았나. 게다가 자신은 도진의 집안과 실제적인 연고는 아무것도 없다.

도진의 본가 사람과 말을 걸기 위해 나서는 것 자체가 이상해 보일 것이고, 만에 하나 도진의 본가 쪽에서 자신의 말을 수용해 둘을 떼어 놓는 데 성공한다 할지라도 가십에 민감한 명문가에서 그런 이야기를 가장 먼저 꺼낸 자신을 곱게 봐줄 리 없었다.

도진, 그 남자를 손에 넣으려면 어떻게 해야 하지. 역시, 그 방법뿐인가.

신영은 휴대전화를 들어 단축키를 눌렀다. 신호음과 함께, 신영에게는 매우 중요한 사람에게 전화가 연결되기 시작했다.

— 무슨 일이냐?

힘든 일을 겪어 예전보다는 목소리에 힘이 많이 빠졌으나, 그래도 그 카랑카랑한 목소리에는 카리스마가 있었다. 신영은 심호흡을 한 후, 마음의 준비를 했다.

"큰할아버지……."

다행히 아까 당한 무시에 목이 멨다. 억지로 눈물을 쥐어짜며 말하는 것보단 이런 쪽이 더 효과적이다.

– 무슨 일이 있는 게냐?

"긴히…… 상의 드리고 싶은 일이 있어요. 오늘 뵐 수 있을까요. 여러 가지로 힘드신 걸 알고 있어요. 만약 힘드시면 다음에 뵈어도 괜찮아요."

최대한 예의를 갖추며 상처 입은 목소리를 어필했다. 그러자 언제나처럼 강철 같은 이성을 가진 큰할아버지의 목소리가 들렸다.

– 무엇 때문에 그러는지, 조금이라도 이야기해줄 수는 없는 거냐?

"……옆에 서고 싶은 남자가 있어요. 그런데 그 남자한테 다가가기에는…… 제가 너무…… 보잘것없어서……."

– 어떤 사람이기에 그런 생각까지 했지?

"지금 다 말씀드리기는 어려워요……. 원래 이런 사적인 걸로 전화 드리면 안 되는데, 마음이 힘드니까 생각나는 사람이 큰할아버지밖에 없어서요……. 아시죠? 제가 친할아버지처럼 생각한다는 거……."

휴대전화 너머로 잠시의 침묵이 흘렀다. 늘 이성적인 회장님이지만, 지금은 많은 가족을 잃고 마음이 허전할 터였다. 그 와중에 흘리는 '가족'이라는 감상적인 단어는 마음을 움직일 수 있다는 사실을 신영은 누구보다도 잘 알고 있었다. 그리고 신영의 예상대로 간결한 허락의 말이 떨어졌다.

– 한남동으로 오거라. 지금 바로 와도 괜찮다.

"할아버지……."

아주 적절하게 울음이 터졌다. 분함과 성취의 눈물이었다. 한남동으로 빠르게 접어드는 차 안에서, 신영은 눈이 부을 정도로 충분히 울

수 있었다. 큰할아버지한테 보이기는 매우 적절한 얼굴이었다.

시작은 한라봉처럼

가인에게는 요즘 너무 많은 일들이 터지고 있었다. 얼떨떨한 기분에 잘 유지되고 있는 페이스를 모조리 잃어버릴 법한 그런 일들이. 그래서 그녀는 이성을 찾기로 했다.

연애든 사랑이든, 감정이 주로 소모되고 그래서 삶이 흔들린다. 게다가 그녀는 멀찍이 있는 사람은 냉정히 판단할 수 있었지만 제 사람이라고 생각하는 이에게는 꽤 약해지는 면이 있었다.

그래서 누군가가 선을 넘기 전에 언제나 적당히 조절해왔다. 특히 남자들에게 그러했는데, 가끔 누가 철벽녀니 뭐니 하곤 했지만 그녀는 신중하고 싶었을 뿐이다.

연애를 할 생각도 있다. 사랑을 할 생각도 있다. 결혼을 할 생각도 있다. 하지만 그냥 가볍게 날 좋다고 하는 누구에게나 그렇게 하고 싶지는 않았다. 부모님처럼 처음을 평생 안고 가는 진지하고 따뜻한 연애를 하고 싶었다. 평범하고 아름답게.

「나랑 연애해, 가인 씨.」
「싫습니다.」

그래서 그렇게 단박에 답이 나왔는지 모르겠다. 감정은 마치 둑 터진 강처럼 제멋대로 심장을 두드려댔지만, 그녀는 최대한 자신을 붙들었다. 그간 보아왔던 사장님은 일적으로는 모르겠지만 연애 문제에 있어선 그렇게 신뢰할 수 있는 상대는 아니었다.

「어째서지? 가인 씨에게만 충실하겠다고 이야기하고 있는 거야, 나
는 지금.」
「사장님하고 연애하면 제가 너무 힘들어질 것 같습니다. 솔직히 사
장님 집안에서는 비슷한 집안에서 신붓감을 얻고 싶어 하실 것 같고,
그러면 그냥 잠깐의 즐거움이 되고 말 연애인데 끝이 뻔히 보이는 일
은 시작하고 싶지 않습니다.」
「쉽게 연애하자는 게 아니야.」
「저는 결혼까지 바라볼 사람과 연애하고 싶습니다, 사장님. 만나다
가 아님 말고 하는 연애 말고요. 사장님도 그렇게까지 저와의 관계를
진척시키기엔 리스크가 크지 않습니까?」

　저쪽은 사업가다. 자신도 아는데, 그런 계산도 안 해봤을 리 없다.
게다가 좋은 감정으로 연애하다 깨지면 압도적으로 불리한 입장에 놓
이는 건 부하직원이자 여자인 자신이다. 상대적으로 저쪽에선 잃을
게 별로 없다. 도진은 그냥 헤어지고 만 거지만, 자신은 다르다.
　거기까지 설명을 해야 하나 하고 가인이 도진을 바라보는데, 도진
이 묵묵히 있다 한마디만 내뱉었다.

「알겠어, 서 비서.」

　가인 씨, 라고 부르는 호칭이 서 비서로 바뀌었다. 가인은 어쩐지
가슴이 욱신거리는 기분이었지만, 자신의 선택이 틀리지 않았다고 믿
었다. 그리고 서먹한 가운데 가인이 몸을 일으켜 나가기 전, 자신이
깔고 앉아 있던 서류뭉치를 단정히 잡으며 물었다.

「이 서류, 정리해서 다시 드릴까요?」

　그러자 가인의 말을 담담히 듣는 동안 표정변화 하나 없던 도진의 표정에 균열이 일어났다.

「정말…… 대단한 여자야, 서 비서. 내 고백을 방금 거절해놓고 바로 일 이야기를 하다니.」
「그래도 제가 해야 할 일이라고 판단되어서…….」
「정리해. 어차피 내 개인 자산 관리도 서 비서가 슬슬 해야 하니까. 그만 나가줘.」
「알겠습니다.」

　그 대화를 끝으로, 둘은 두 번 다시 그 일을 언급하지 않았다. 도진도 완벽하게 전처럼 돌아갔고, 가인도 전처럼 일에 열중했다. 그리고 가인은 권도 마무리했다.

「죄송해요. 아무래도, 너무 유명인이시고 그래서 부담이 됩니다. 저보다 훨씬 좋은 사람과 만나시기를 바랍니다. 전화로 말씀드리는 건 정말 예의가 아닌데, 차권 씨가 아무래도 연예인시다 보니, 눈에 뜨여 곤란하게 해드릴까 쉽게 만나자는 말이 나오질 않았습니다.」

　통화기 너머의 침묵이 무거웠다. 가인은 권의 다정함을 알고 있었기에 진심으로 미안해져서, 고개를 숙였다. 그러자 마치 그런 그녀를 보고 있기라도 한 듯 다정한 권의 목소리가 이어졌다.

　— 너무 미안해하지 않아도 돼요, 가인 씨. 내 마음이 앞서서 가인

씨를 잘 배려하지 못했나 봐요. 앞으로 시간을 더 달라고 말하고 싶지만, 우선은 가인 씨 뜻을 존중하겠어요.

「감사해요.」

― 그래도 내 번호, 막 지우지 마요. 가인 씨 인연 끊어지면 단박에 번호 지울 것 같아서요. 그러지 말고 남겨둬요, 1년만. 그러고 나서 완전히 연락 끊어지면 그때 지워줘요. 그리고 언제든 힘든 일 있거나 말하고 싶은 게 있으면 편하게 전화해요. 친구로 들어줄게요.

「알겠어요.」

그렇게 모든 관계가 정리되었다. 후련해야 하는데, 가인은 뭔가가 불편했다. 하지만 모든 건 시간이 답이다. 가인이 그렇게 생각하며 비품실에서 나와 사장실로 가고 있을 때였다.

"서가인 씨!"

총무부의 유인석이었다. 훤칠하게 큰 키에 운동애호가답게 몸이 좋아서 멀리서도 눈에 확 띄는 편이었다.

"아, 안녕하세요."

가인이 재빠르게 인사했다. 그러자 유인석이 약간 어색한 투로 말을 이었다.

"어, 이번 주말에 약속 있으세요?"

"아뇨. 없는데요."

"아, 그러셨구나. 잘됐네요."

유인석이 갑자기 열띤 목소리로 제스처를 크게 하며 안주머니에서 뭔가를 꺼냈다.

"제 친구가 글쎄 영화를 보려고 표를 미리 끊었는데 못 가게 생겼다고 하지 뭐예요. 그. 게. 요즘. 유. 행. 하. 는. 그. 로맨스 영화. 왜 여자들이 보고 싶은 영화 1위로 뽑힌. 그. 거 있죠. '사랑 위의 사랑'."

"아, 네. 잘 알고 있어요."

인석이 갑자기 스타카토 화법으로 이야기하자 가인은 좀 놀랐지만 겉으로는 전혀 내색하지 않은 채 부드럽게 웃어주었다. 그러자 인석의 목소리가 더 커졌다.

"그러면 같. 이. 가. 주실 거죠!"

"죄송해요. 저 그 영화 봤어요, 그저께 친구랑. 죄송한데 다른 분하고 가셔야겠다. 생각해주셔서 정말 고마워요."

"그, 저, 그게……."

"아, 세희 씨!"

가인이 인석이 뭐라 말을 잇기도 전에, 소라와 같이 걸어오는 세희를 불렀다.

"세희 씨, 왜 그 '사랑 위의 사랑'이라는 영화 보고 싶다고 어제 안 그랬어요? 나 보고 왔다니까 보고 싶다고 했잖아요. 인석 씨가 공짜 표가 있대요. 이번 주말에 시간 괜찮아요?"

"네. 시간은 괜찮은데……."

"잘됐네요. 인석 씨랑 같이 보러 가면 어때요?"

그러자 갑자기 표를 들고 있던 인석의 손이 벌벌 떨렸다. 가인이 놀라서 쳐다보자, 소라가 성큼성큼 오더니 인석의 손에 들린 표를 낚아챘다.

"아, 우리 사려 깊으신 인석 씨. 가인 씨한테 말 걸었다가 영화 봤다는 이야기 들었구나. 쯧쯧. 세희 씨랑 둘이 가는 것보단 나한테 양보해요. 내가 세희랑 둘이 볼게요."

"그, 그러세요……."

"언제 내가 사람들 불러줄게. 술 한잔하고 기운 내요."

"네……."

그러더니 인석이 눈에 띌 만큼 풀 죽어 걸어갔다. 소라가 혀를 쯧쯧

차며 가인을 바라보았다.

"가인 씨, 내가 목격한 것만 해도 일곱 번째다. 행운의 숫자도 좋지만 이젠 적당히 하라고."

"네, 뭘요?"

"아휴. 이건 알면서 그러면 내숭이다, 하지. 인석 씨가 데이트 신청한 거잖아. 방금 그걸 가인 씨가 화려하게 찼고."

"어머나. 그냥 그 영화 봤던 거라 안 본 사람들끼리 보는 게 좋을 것 같아서 그랬는데, 그게 그런 뜻이었어요?"

"하아. 진짜 가인 씨는 어디서부터 말해야 할지. 저번에는 뭐였지? 운동 좋아하세요, 저 아는 형이 헬스클럽 하는데 한 명 같이 데려오면 무료라는데 가볼래요, 그거였나. 참 남자들이 하도 거절당하니까 별 이상한 걸 다 갖다 붙이더라. 그래, 그건 거절할 수 있다 쳐. 그런데 저저번에 주말에 뭐 하냐니까 약속 있다고 한 건 완벽한 거절이지."

"진짜 약속 있었는데요."

"다음 약속도 잡자니까 애매한 건 싫다며, 확실해지면 말하자고 그랬지?"

"사실이니까요."

"집에 강아지 키우니까 보러 가자는 말에 뭐라고 했지?"

"귀엽긴 한데 털 날리면 재채기 난다고……."

"남자들도 바보야. 그냥 데이트하자고 하지. 그러면 우리 가인이가 알아들을 텐데……. 대놓고 물어보고 차이면 자존심에 스크래치 가서 싫은가 봐. 세상은 참 공평도 하지. 가인 씨에겐 미모를 주셨으나 철벽도 같이 주었으니."

소라의 한탄에 세희가 선망의 눈길로 가인을 쳐다보았다.

"와, 가인 선배, 철벽녀라니 뭔가 멋져요."

"철벽이라뇨. 저도 연애하고 싶은걸요. 다만 아직 좋은 남자라고 생각할 만큼 깊게 알아본 사람도 없고, 경험도 없어서 그러는걸요. 대부분 남자들은 대화하다가 안 될 상황이 되면 더는 접근을 안 하던데요. 가끔 지저분하게 끈덕진 사람들도 있지만 그런 사람들은 아예 상종을 안 하니까요."

"성격도 있는 것 같아. 내가 보기엔 가인 씨는, 우선 처음 대면하는 사람한테는 꽤 무심하고 이성적이거든. 근데 연애는 감성으로 하는 거니까."

"그런가요?"

가인은 곰곰이 생각해봤다. 하긴, 그런 면도 분명 있는 것 같다. 고등학교 다닐 때는 대학에 들어가면 연애를 하겠다고 생각했다. 게다가 여중, 여고를 다녀 남학생들과 얽힐 일도 별로 없었다.

버스 등하굣길에 가방에 좋다는 러브레터가 가끔 꽂혀 있거나 친구의 남자친구의 친구라며 연락이 오는 경우도 있었지만, 학생의 본분은 우선 공부라고 생각했다.

대학도 들어가 보니, 해나가야 할 일이 많았다. 동아리 같은 활동을 하기보다는 친한 사람들 몇하고 어울리는 걸 더 좋아하는 성미여서 그런 식으로 얽힐 일도 없었고, 대학 신입생 MT 때 술을 끊임없이 권하는 선배들을 모두 술로 이기고 고주망태가 된 사람들을 정리하자 더는 술로 그녀에게 수작 부리려는 사람들도 없었다.

오히려 나중에는 여자 흑기사가 되어 여자 신입생들의 떠오르는 별이 되는 웃기는 일도 있었다.

게다가 가인은 차근차근한 성격이어서 1학년 때는 놀고 학점관리는 나중에나 하자는 주의도 아니었다. 대학은 고등학교와는 다른 방향으로 치열해서, 그녀는 성격대로 성실히 노력했고, 장학금을 놓치는 일도 별로 없었다.

대학 4년 졸업을 앞두고 대학원을 갈까 취업을 할까 하다 세진그룹에 합격했고, 비서과로 발령받았다. 입사해서 처음은 뒤처지지 않으려고 열심히 따라갔다.

게다가 정도진 사장과 일하기 전 맨 처음 같이 일했던 이혜연 전무는 배울 점이 많았지만 그만큼 일에서는 깐깐한 사람이어서 남자나 연애에 눈을 돌릴 틈이 전혀 없었다.

사람들과 만나지 않는 건 아니었지만 어울리는 사람들은 거의 직장 여자 동료들이나 혹은 친한 친구들 몇이었고 어느새 연애는 저 멀리 하늘에 떠 있는 별 같은 낯선 종류가 되어버리고 말았다.

가인은 외모를 보는 성미는 아니었지만, 정도진 사장님처럼 너무 잘생긴 사람이 옆에 있어서 눈만 높아진 건 아닐까 하는 의심도 들었다.

「나랑 연애해.」

쿵쿵, 갑자기 가까이서 들리던 저음의 목소리가 떠올라 심장이 빠르게 뛰었다. 이 느낌은 뭘까. 너무 남자나 연애에 면역이 없어서 그런 걸까?

가인의 본능은 그녀가 그에게 자꾸 끌리고 있다고 외치고 있었다. 그러나 가인의 무심한 이성이 그 본능을 외면하게 했다. 소라가 손을 휘저으며 답이 없다는 듯 대꾸했다.

"그러면 소개팅이라도 나가야지."

"그냥. 그렇게 대놓고 만나는 게 좀 쑥스러워서……."

"이해가 가면서도 막 마음이 복잡하고 그러네."

그때였다. 건너편에서 영화가 가인과의 일은 새카맣게 잊은 얼굴로 휴대전화를 들고 뛰어오더니 주변 사람은 신경도 안 쓴 채 가인 옆에 딱 붙어서 휴대전화 액정을 들이밀었다.

거기에는 블로그 하나가 떠 있었는데 사진에는 산과 계곡 풍경과 멋들어진 펜션 사진들로 가득했다. 영화가 호들갑스럽게 말을 붙였다.

"가인 씨이. 여기 나와 있는 펜션, 가인 씨 부모님이 하는 펜션 맞죠?"

그러더니 영화가 다다다 떠들어대기 시작했다.

"전에 부모님이 강원도에서 펜션 하신다고 했잖아요? 이 펜션 완전 대박이던데, 100프로 예약제에 잡지 인터뷰 절대 안 하고 블로거 사이에서 완전 유명 펜션. 사장님, 사모님이 미남미녀고 고등학교 다니는 아들은 훈내가 철철!

매우 친절하지만 사진을 찍는다거나 본인들의 사적인 프로필이 나가는 걸 원하시지 않는다! 이유는 부끄러움이 많으시기 때문에 어딘가에 노출되는 게 싫은 성격.

사장님은 강원도 분이라는 게 믿기지 않을 정도로 핸섬하시고 사모님은 음식 솜씨가 대박. 아들의 에스프레소 솜씨는 환상적. 주변 경관과 깔끔하고 독특한 콘셉트의 펜션, 그리고 주변 경관을 이용하여 꾸민 정원과 수영장은 마치 강원도 내에서 판타지 세계로 여행 온 듯한 감각을 선사한다! 강원도에서 휴가를 원한다면 강원도 두드림(Do dream)펜션 강추! 여기죠, 여기, 맞죠?"

소라가 황당한 얼굴로 영화를 바라보더니 약간 쌀쌀맞게 반론했다.

"아니, 영화 씨. 강원도에 펜션이 몇 개인데 그렇게 확신을 해?"

그러자 영화가 새침하게 톡 대답했다.

"사장님 성씨가 서씨라고 하잖아요."

영화가 어이가 없어서 영화에게 대꾸했다.

"고작 그걸로? 세상에 서씨 많아요, 장영화 씨."

그러나 영화는 소라는 더 이상 상대하지 않고 가인을 붙들고 집요하게 물었다.

"그래서, 아니에요, 맞아요?"

"맞아요."

가인이 순순히 대답했다. 그냥 길게 대꾸하는 것도 피곤하게 느껴졌다. 마침 영화가 찍은 펜션이 부모님이 하는 펜션이라니 우연도 이런 기막힌 우연이 없었다. 부모님이 하는 펜션이 제법 유명세를 타고 있다는 건 알고 있었지만 이런 식으로 엮일 줄 몰랐다.

"와, 그럼 나 이번에 휴가가 가는데 방 하나만 잡아줘요. 26일에서 29일까지. 내가 거기 펜션 꼭 잡을 수 있다고 큰소리쳐놨단 말이야."

"전화번호 인터넷 홈피에 나와 있는데 비어 있는지 먼저 확인해보 았어요?"

"아니. 전화해주면 안 될까? 그래도 펜션 사장님 딸인데 할인도 좀 해주고. 내가 저번에 서운하게는 했는데, 이제 잘해줄게요. 일부러 그런 것도 아니고 같이 일하는 사이에, 안 될까요?"

"그러면……."

가인이 간결하게 정리했다.

"우선은 물어는 볼게요. 대신 예약하신 분이 있으면 저도 불가능합니다. 지인 할인은 비수기 50프로 성수기 30프로, 그 이상은 안 돼요. 원하는 방은 어디인가요?"

"'이상한 나라의 앨리스'나 '오즈의 마법사'. 만약 둘 다 없으면 그냥 다른 방도 괜찮아요. 예약 잡을 수 있다면야."

"그럼 확인하고, 오후 3시까지 전화 줄게요."

"정말, 고마워요, 역시, 가인 씨. 천사야."

"다른 부가시설은 부모님한테 물어보고 가능하다고 하면 무료나 저렴하게 이용하게 해줄게요."

"가인 씨, 내가 이 은혜는 잊지 않을게요, 그럼, 아디오스."

영화가 제 목적을 달성하자 뒤도 안 돌아보고 떠났다. 소라가 옆에서 역겹다는 듯 주먹을 꼭 쥐었다.

"아오, 저게 진짜. 내 동생이었으면 그냥 한 대 확."

"뭐, 저 정도는 괜찮아요. 소라 선배나 세희 씨도 펜션 혹시 이용할 일 있으면 미리 말씀 주세요. 말 잘 해놓을게요."

"저건 주변 사람들 등골 빼먹는 게 일인 애야."

가인이 소라를 도닥이면서 말했다.

"그 정도 할인은 괜찮아요. 어차피 펜션 수입이 전부 다는 아니고, 아버지가 주식을 좀 하시거든요."

"주식? 그거 하기 힘들던데. 오래 하셨나 봐?"

가인이 수줍게 웃으며 답했다.

"제 아버지라 이렇게 말씀드리면 좀 그렇지만 전문가 뺨치게 분석 잘하세요. 사실 대놓고 말씀하시면 반도 못 알아듣겠어요, 저."

"와, 가인 선배 아버님 대단하신가 봐요."

가인이 실수했다는 듯 손을 저으며 말했다.

"그런 건 아니고 본인 말로는 운이 좋으셨대요. 저야 아버지니까 더 대단하게 보이는 거고요. 사실은 그렇게 큰돈은 못 버는 것 같아요. 그러니까 두 분 다 어디 가서 소문내지는 마세요. 사람들 오해해요."

"알았어, 알았어. 그럼 수고해. 너무 오래 이야기했네."

"그러게요. 그럼 수고하세요."

두 사람과 인사를 하고 사장실로 들어가 가인이 서류철을 만들고 있는데, 도진이 사장실에서 나와 그녀 앞에 섰다.

"아, 사장님. 뭔가 필요하신 게 있으십니까?"

도진이 그런 그녀를 가만히 바라보았다. 그러더니 전과 같이 사무적인 톤으로 그녀에게 명했다.

"서 비서, 출장 준비하지. 내일부터 6박 7일 제주도로 나와 같이 동행하도록."

제주도?

게다가 6박 7일?

출장이 길게 잡히는 경우도 있고, 해외로 같이 동행하는 경우도 있지만 이렇게 전날에 갑작스럽게 통보하는 경우는 없었다. 게다가 일정 조정은 특별한 일이 없으면 모두 가인이 맡는다. 가인은 정색을 하며 대답했다.

"갑자기 그렇게 출장을 잡으시면 다른 스케줄에 차질이 발생합니다. 급한 일이십니까?"

"내일 주주총회는 다음 주 금요일로 연기되었어. 그 외의 것들도 다 정리했어."

자신을 거치지 않고 모든 일정을 조정했다. 단 한 번도 이런 적이 없었다. 이건 무슨 의미지? 가인이 굳은 얼굴로 대꾸했다.

"저는 연락 받은 바가 없습니다."

삐리리. 그 순간 가인의 휴대전화가 울렸다.

"네, 비서실 서가인입니다. 네. 알겠습니다. 네. 네. 네, 그렇게 조정해놓도록 하겠습니다."

가인이 고개를 들자, 그 앞에서는 어쩐지 의기양양한 표정으로 도진이 되물었다.

"내 말이 맞지?"

"사장님."

가인이 도진을 가만히 불렀다. 이 문제는 단순해 보였지만, 가인의 입장에서는 매우 심각했다.

"일정을 조정하시는 것도 좋지만, 그렇게 임의로 손대시기 시작하면 끝도 없습니다. 그리고 그렇게 되면 제가 있는 의미가 없습니다. 혹시……."

저와 일하시기 불편하십니까? 아니면 제 일처리가 만족스럽지 않으십니까? 그 두 가지 질문 중 하나가 튀어나오려는데, 도진이 선수를 쳤다.

"이번 주 외에는 이런 일은 없을 거야. 장담하지. 서 비서 자존심에 상처 주려던 건 아니었어. 저번 고백에 대한 거절 때문에 그런 건 더더욱 아니고. 일에 사적인 감정을 집어넣지는 않아. 그렇게까지 촌스럽진 않은 사람이야, 나."

다행이었다. 연인으로서의 자신이 아닌 비서로서의 자신은 필요 없다고 내쳐진 기분이라, 가인은 사실은 속으로 매우 안절부절못하고 있었다. 그러나 답은 다행히 침착하게 나왔다.

"알고 있습니다."

"안다, 라……."

도진은 의외의 말에서 말꼬리를 흐리더니, 다시 되물었다.

"서 비서, 정말 날 잘 안다고 생각해?"

오히려 가인이 눈을 동그랗게 뜨고 물었다.

"업무와 관련된 모습은 대략적으로 파악이 끝났다고 생각하고 있습니다만, 부족한 점이 있으십니까?"

도진이 그 모습을 보더니 헛웃음을 흘리곤, 인자한 미소를 짓더니 전처럼 말해주었다.

"아니, 그쪽으론 부족한 게 없어. 걱정하지 마. 내일 아침 11시에 집 앞으로 차를 보낼 테니 그걸 타도록 해. 그럼 하던 일 마저 하도록."

도진은 그가 들어가기까지 반듯한 자세로 서 있는 가인을 일별하고는 자신의 방으로 들어갔다. 탕, 문을 닫고 서서 도진은 혼자 중얼거렸다.

"업무에 사적인 감정을 집어넣지는 않지만, 주어진 기회를 활용해서 사적인 시간을 만들어낼 수는 있지, 가인. 난 그렇게 쉽게 포기하지 않거든."

출발은 늦지도 빠르지도 않은 시간이었다. 제주도로 가는 거라면, 김포공항일 터였다. 공항으로 직접 가겠다는 가인을 도진은 말리고는 일정보다 이른 아침 9시에 픽업하러 간다고까지 결정지어버렸다. 항변할까 하다, 가인은 말았다.

어차피 사장님의 비서로 동행하는 일은 처음이 아니었고, 일의 연장이라고 본다면 그런 걸로 지적하는 것 자체가 의미가 없었기 때문이다.

가인은 자취하는 곳 앞에서 예정보다 이십 분 일찍 나와 있었다. 주택가가 아닌 소형 아파트였는데 아무래도 아파트 쪽이 치안이 좋다는 이유로 부모님이 강권하셨기 때문이다.

아파트 정문 앞에서 느긋이 서 있다 보니, 어쩐지 출근하는 기분이 아니라 여행 가는 기분이 들기까지 하였다.

옷차림은 활동성을 생각해서 이번에는 진한 색상의 바지 정장을 입었다. 캐리어는 원래 여행 갈 때 가지고 다니는 아기자기한 모양이 아닌 오렌지색의 단순한 디자인이었다.

6박 7일이다 보니 최소한으로 챙긴다고 해도 짐이 상당히 많았다. 옷을 최대한 줄이고 싶었지만 사장님의 옆에서 보좌하려면 너무 같은 옷만 입어도 무리가 있다.

스르륵, 경적도 없이 차가 미끄러지며 가인 앞에 섰다. 평소에 사장님이 타던 차도 비싼 축에 속하는 차였지만, 이번에는 확연히 느낌이 달랐다. 차에 대해 잘 모르는 가인마저도 매우 고급스럽다고 생각할 정도였다. 운전석 창문이 내려왔다.

"타지."

가인이 놀라서 평소보다 높은 톤의 목소리로 물었다.

"사장님이 직접 몰고 오셨어요? 운전기사는 어떻게 하고요?"

운전석에는 매우 자연스러운 포즈로 도진이 앉아 있었다. 본인 차라는 생각이 들었다.

"가끔은 나도 운전하고 싶을 때가 있어."

"업무로 출장 중에는 체력의 효율적 안배를 위해 현명한 결정은 아니라고 생각합니다만."

"그래서, 안 탈 건가?"

도진이 여유롭게 웃었다.

"출장 가야지, 서 비서."

어쩐지 장난치는 듯한 기분도 들어 가인은 기분이 묘했다. 자신은 교제 신청을 분명하게 거절했고, 도진도 받아들였다. 시작도 하지 않은 채 두근거리던 심장에 못을 박은 건 확실히 자신이었다. 그러나 저런 웃음이 저만을 위한 것이라 생각되자, 슬쩍 심장 언저리가 근지러웠다.

그러나 가인은 내색을 전혀 하지 않은 채 제 짐을 트렁크에 넣고 도진의 옆자리에 탔다. 평소라면 도진과 같이 뒷자리일 텐데, 나란히 앞에 앉아 있으니 생경한 느낌이 들었다.

도진이 가인 쪽으로 몸을 기울였다. 안전벨트를 매줄 것 같은 포즈라, 가인은 재빨리 안전벨트를 맸다. 속도가 어찌나 빨랐던지 도진마저 멈칫할 정도였다. 가인이 유능한 비서의 웃음을 띤 채 도진에게 말했다.

"출발하셔도 됩니다, 사장님."

도진이 허탈하게 웃으며 운전대를 잡았다. 기분은 그리 나빠 보이지 않았다. 그러더니 손가락으로 슥 가인의 어깨 부근을 가리켰다.

"거기, 벌레."

"으히힉."

가인이 기이한 소리를 짧게 내비치며 몸을 움츠렸다. 손은 제 앞에 있는 도진의 팔을 거의 잡을 뻔한 자세였다. 그녀는 평소에 상당한 평정심을 자랑했지만, 그 평정심이 무너지는 경우가 종종 있었는데, 바로 그중 하나는 곤충이었다.

어릴 때 그녀를 좋아하던 남자애가 아이들이 방학숙제로 낸 곤충 표본 중 가장 큰 매미를 그녀의 책상에다 던진 결과였다. 바짝 마른 매미는 기이한 모습으로 그녀의 공책 위를 점령했고 결국 그녀는 울음을 터트렸었다.

"농담이야."

도진이 가인의 반응을 보며 실쭉 웃으며 말했다. 가인은 순간 그의 등짝을 한번 거세게 후려치고 싶은 충동을 억누르며 억지로 얼굴에 태연을 가장했다.

"아, 네."

도진이 차를 출발시키며 가인에게 말을 걸었다. 엔진 소리조차 들리지 않을 정도로 차의 움직임은 부드러웠다.

"서 비서, 다음에는 그럴 때 남자 팔이라도 잡도록 해. 연애를 못 해 본 티를 내는군."

"사장님과 할 건 아니니 신경 끄시죠."

그러자 도진이 그녀를 흘끔 보더니 볼륨을 올렸다. 구성진 트로트 가락이 스피커에서 새어나왔다. 트로트를 딱히 싫어하는 건 아니었지만 의외의 선곡이라 가인은 운전하는 도진을 바라보았다. 언제보든 화보에서 튀어나올 법한 조각 같은 외모였다.

그런데 그 외모로 트로트 가락에 운전대를 손가락으로 튕기며 박자를 맞추고 있었다. 가인은 결국 가볍게 웃음을 터트렸다. 도진도 그런 그녀를 흘끔 보더니 잠시 웃음 지었다.

strawberry kiss

가인은 운전자의 옆자리에 앉게 되면, 되도록 운전하는 사람에게 운전에 대해선 아무런 말도 하지 않는 편이었다. 좀 돌아가게 된다고 하더라도 특별히 급한 일이 없는 한 그 사람의 취향을 존중해준다. 하지만 이번은 정말 아닌 것 같아서, 가인은 결국 말을 꺼냈다.

"이쪽은 김포 가는 방향이 아닌 것 같습니다, 사장님."

서울에서 제주도를 가는 가장 빠른 방법은 김포로 가서 비행기를 타는 것이다. 그런데 지금 차는 고속도로를 타고 점점 아래지방 쪽으로 향하고 있었다. 도진이 여유롭게 답했다.

"서 비서 말이 맞아."

"제주도 가는 것 아니었습니까?"

"제주도 가는 것 맞아."

"그런데 어째서 이 방향으로 가시는 겁니까."

도진이 마치 오늘 아침은 밥 대신 빵을 먹을 거야, 같은 태연한 어투로 답했다.

"청주공항으로 갈 거야. 어차피 정확한 일정은 오늘 저녁부터 시작이니, 청주에서 비행기를 타도 충분해.

"청주까지 이렇게 가는 건 비효율적이라는 생각이 듭니다만."

도진이 운전하며 흘끔 가인을 바라보았다.

"가끔은 이렇게 아무 생각 없이 드라이브하고 싶을 때가 있어. 스트레스 해소는 일의 능률을 올려주지. 일의 능률은 일에 투자하는 시간만큼 올라가는 게 아니니까. 게다가 차에는 청주 지사에 전할 서류도 있으니 아주 쓸모없는 일은 아니지."

하나하나 뜯어보면 다 맞는 말이지만, 일반적으로 사람들은 김포에서 비행기를 타도 되는데 굳이 청주까지 직접 차를 몰고 가는 일을 감행하는 일은 드물다. 게다가 직책이 사장이니 서류 전달 같은 건 아랫사람에게 시켜도 충분하다.

단지 드라이브라는 수단을 이용하기 위해 이유를 만든 듯한 느낌이 들었지만, 가인은 굳이 지적하지 않았다. 다만 그녀가 생각하지 못하는 방향이 있었는데, 그건 바로 도진이 그녀와 함께하고 싶어서 이렇게 행동한다는 것이었다.

"서 비서는 드라이브하고 싶을 때가 없나?"

도진의 질문에 가인이 정중히 답했다. 저번의 고백 이후 그녀는 전보다 더 그를 정중하게 대하고 있었다.

"아뇨. 저도 꽤 좋아합니다. 고속도로를 타면, 빌딩이 아니라 산과 나무가 나오니까요. 자연의 색은 보기만 해도 정화되는 기분이라서요. 가을철에는 색도 아름답지요."

그러자, 도진이 운전을 하며 빙그레 웃었다.

"좋아할 거라고 생각했어."

그 웃음은 마치 좋아하는 소녀가 별 뜻 없이 한 긍정에도 기뻐하는 소년 같은 뿌듯함이 담겨 있어 묘하게 시선을 끌었다. 대부분 운전기사와 동행해 간 게 전부라, 도진의 운전하는 모습은 섹시하기까지 했다.

머리끝부터 어깨를 이어 손끝까지 오는 선은 남자다운 선과 적당히 차려입은 와이셔츠의 단정함이 어우러져 새로운 느낌을 주었다. 도진이 가인의 시선을 느낀 듯 음악을 바꿨다.

적절히 빠른 비트의 최신 가요였다. 도무지 취향이 어느 쪽인지 모르겠다고 가인은 생각하며 도진을 은연중에 신경 쓰고 있었다.

　한참을 매끄럽게 달리던 차는 휴게소로 그 미끈한 몸을 스르륵 옮겼다. 휴게소에 주차를 하고 있는데, 차창 밖으로 차를 바라보는 시선이 꽤 많이 느껴졌다.

　특히 남자들은 마치 예쁜 여자라도 본 듯 차를 바라보고 있었는데, 제 옆에 있는 남자들과 뭐라 뭐라 하는 모습인 걸 봐서는 남자들 사이에서 꽤나 선망 받고 있는 차인 듯했다.

　"내리지."

　도진의 권유에, 가인은 두말 않고 자리에서 일어났다. 사실 한자리에 계속 앉아 있다 보니 몸이 좀 찌뿌드드해서 휴게소에 들렀으면 했던 차였다.

　그러나 일이었기 때문에 굳이 도진에게 말하지 않았는데, 도진이 어떤 필요에서건 차를 세워줘서 고맙게 생각하고 있었다. 도진은 사람을 재촉하는 편은 아니었지만, 시간 분배를 효율적으로 하는 걸 선호하는 편이었기 때문이었다.

　가인은 시계를 봤다. 비행기 이륙까지 상당한 여유가 있었다. 그래서인지 도진의 말대로 정말 여행이라도 떠나는 기분이 들었다.

　"사장님, 화장실 좀 다녀올게요."

　도진이 가볍게 고개를 끄덕였다. 휴게소의 수많은 사람들을 오징어로 만들 수 있을 정도로 단연 눈에 띄는 외모라 금세 찾을 수 있을 것 같았다.

　가인이 화장실에서 밖으로 나오니, 도진은 매우 심각한 얼굴로 휴게소 노점 앞에 서 있었다. 장소만 생각하지 않고 보면 영화 포스터 속 배우 같은데, 그 앞에 놓인 물건들은 전혀 그렇지 않았다.

　거기에는 요란한 음악에 맞춰 춤을 추는 동물 인형들과 저절로 통통 튀는 공들, 그리고 부딪히면 번쩍이는 빛이 나는 조그마한 얌체공 등이 있었다.

가인이 도진을 바로 부르려 했지만, 도진이 그 움직임들을 너무 뚫 어져라 바라봐서 쉽게 부를 수 없었다. 마치 심각한 사업상 결정을 내 릴 때처럼 몰두한 모습을 보자, 의외의 모습에 웃음이 나왔다. 다행히 시선을 먼저 느낀 쪽은 도진이었다.

"왔군."

그러면서 조잡해 보이기까지 하는 장난감들에 눈을 떼지 못하는 도 진에게, 가인이 매우 조심스럽게 물었다.

"저, 사장님…… 하나 사드릴까요?"

가인의 말에, 도진의 얼굴에는 숨길 수 없는 기쁨과 관심이 순간 드 러났다. 하지만 순식간에 아무렇지도 않은 듯 표정을 갈무리하더니 다소 근엄하게 답했다.

"아니, 그냥 저렇게 저렴한 가격으로 저런 동작들이 다 가능하다는 게 신기해서. 출장 온 기념으로 내가 하나 사주지. 원하는 게 있나?"

가인은 이 사람이 농담하는 건가, 하고 바라봤지만 도진은 진지했 다. 그동안 출장선물로 안겨준 특이한 것들이 어쩌면 직접 고른 걸지 도 모른다는 생각을 하며, 가인은 말을 얼버무렸다.

"아, 네……."

흔히 사무적으로 사다줘야 하는 관계 말고는, 사람들은 대체로 관 심이 있는 사람에게 자신이 받아서 기쁠 만한 물건을 선물하곤 한다. 도진의 지시로 비서들이 준비해 건넸던 공적인 선물들은 매우 정상적 이었다.

늘 화보 속 모델처럼 옷을 세련되게 입고 다른 사람들에겐 센스 넘 치는 선물을 하는 이 남자의 본모습은, 어쩌면 이게 진짜일지도 모른 다. 가인은 도진이 실망할까 봐 얼른 하나 골랐다. 안에 건전지가 들어서 부딪힐 때마다 여러 가지 빛이 나는 얌체공이었다.

"그럼 전 이걸로 할게요. 부딪힐 때마다 반짝반짝하는 게 예쁘네요."

사실 음악에 춤추는 강아지인형이나 관광버스에서 울려나올 것 같은 뽕짝리듬에 맞춰 움직이는 공이 자신에게 필요할 리 만무했다. 그렇지만 얌체공은 안에 들어 있는 물고기 모양이나 산호들도 예쁘장했고 크기도 작아 보관도 용이했다.

"삼천 원입니다."

가격을 듣더니 도진이 한 번 더 놀란 듯하다, 지갑에서 만 원짜리를 꺼내 주인에게 건넸다. 태도 자체가 잔돈을 받을 생각이 없어 보여서, 가인은 직감적으로 그 금액 전부로 얌체공을 모두 사줄 심산이라는 걸 깨닫고 재빨리 말했다.

"사장님, 하나면 돼요, 하나면. 원래 같은 게 여러 개 있으면 쉽게 질리는 법이니까요."

그리고 가인이 얼른 잔돈을 받아 도진의 손에 쥐여주었다. 일처리에는 매사 철저한 남자가 이런 쪽으로는 영 숙맥이라, 귀엽다는 생각이 얼핏 들었다.

손과 손이 닿자, 처음 있는 일이 아님에도 조금 설레는 기분이 다시 들어, 가인은 얼른 잔돈만 쥐여주고 손을 뗐다. 도진은 신대륙이나 발견한 듯 감탄한 내색으로 가인에게 말했다.

"삼천 원이면 서 비서를 만족시킬 수 있다니, 굉장히 놀랍군."

"마음이 중요한 거니까요. 그리고 반짝반짝하고 예쁘네요."

작은 손가방에 공을 집어넣으며 가인이 답했다. 도진은 그거로는 부족하다는 생각이 들었는지 휴게소를 둘러보며 말했다.

"간식거리 좀 먹을 텐가, 서 비서?"

"네."

휴게소에 즐비하게 늘어선 가게들 앞으로 가며, 가인이 물었다.

"휴게소에 이렇게 들르신 건, 처음이시죠?"

반쯤은 확신이었다. 그렇지 않고서는 휴게소의 흔한 광경에 저렇게 신기해하지는 않을 테니 말이다. 도진이 고개를 끄덕였다.

"이렇게 지방까지 내려올 일이 흔하진 않으니까. 가급적이면 시간 절약을 위해 비행기를 이용하고 그 이후에 차를 이용하거든."

"이번은 평소와 다르게 움직이시네요."

"서 비서와 동행하니까 서 비서의 동선에도 맞춰줘야 한다고 생각했어."

사귀자고 말한 특별함이 사라지지 않은 말이라 가인은 신경이 쓰였지만, 굳이 내색하지 않기로 했다. 직장생활을 할 때 모든 걸 다 내색하면서 지낼 수는 없는 법이다.

"감사합니다, 사장님."

'다음번에는 이러지 않으셔도 됩니다.'라든지 기타 미사여구는 붙이지 않았다. 그런 말들이 오히려 더 긴 대화를 유발한다는 걸 가인은 아주 잘 알고 있었다.

사적인 관계를 이어나가지 않기로 했다면 그 관계를 적절히 끊어주는 게 오히려 배려일 수 있다고 가인은 생각하고 있었다. 도진도 더 말하지 않았다. 휴게소에 딸린 작은 프랜차이즈 카페 앞에서 도진이 가인에게 물었다.

"서 비서는 뭘 먹을 건가?"

"저는 자몽에이드요."

"에스프레소 하나, 자몽에이드 한 잔 주세요."

"알겠습니다."

속도가 생명인 듯 음료가 금세 포장되어 나왔다. 건네주는 음료를 받고 주전부리가 있는 쪽을 도진이 돌아보며 가인에게 다시 물었다.

"먹고 싶은 게 뭐지?"

그 잘생긴 얼굴로 재빠르게 음식 메뉴들을 훑는 폼이 어째 아까처럼 들떠 보여, 가인이 저도 모르게 빙그레 웃었다.

"음. 이번엔 사장님이 드시고 싶은 음식을 골라보는 건 어떨까요?"

"그런가."

그러자 도진의 얼굴엔 소풍 가기 전날 초등학생 같은 설렘이 떠올랐다. 묘하게 소박하다고 해야 할까, 마음만 먹으면 여기 있는 휴게소쯤은 통째로 사버릴 수 있는 재력가가 휴게소의 소소한 구경거리들에 일희일비한다는 게 더할 나위 없이 귀여웠다.

"그러면 여기 앉아서 기다리지, 내가 다녀올 테니."

간단한 간이의자에 가인을 앉히더니 도진이 직접 움직였다. 원래대로라면 비서가 해야 할 일이지만, 아무도 보지 않는 곳에서 자유로워 보여 가인은 그대로 두었다.

사실, 도진의 성향이 호불호가 뚜렷해서 자기 멋대로 하는 듯 보이기도 하지만, 실제로 업무나 생활면에서는 굉장히 타이트하게 일하고 자기 관리가 철저한 편이었다.

가끔 이렇게, 작은 일탈 정도는 스트레스 해소에도 도움이 되겠지. 가인은 그리 생각하며 도진에게 덧붙였다.

"사장님, 너무 많이 사오진 마세요. 식사도 해야 하니까요."

도진이 가인의 말에 가볍게 끄덕였다. 주전부리를 사러 돌아서서 가는 뒤태가 아주 예술로 멋있어서, 가인은 연예인을 보는 기분으로 즐겁게 감상했다. 서울에서 벗어나 조금 자유로운 시간을 가진 것뿐인데, 전보다 느슨해진 기분이었다.

잠시 후 도진이 매우 깔끔하게 감자버터구이, 핫바, 호두과자, 오징어구이 등등을 들고 왔다.

저 남자 손이 참 크구나.

저렇게 많이 들고도 참 가지런히도 가져왔다고 생각하며 가인이 얼른 일어나 간식거리들을 받았다. 양이 상당히 많았다. 들뜬 기분에 이 거저거 사놓고 나서야 가인의 당부가 떠올랐는지, 도진은 짧게 말했다.

"너무 많은가."

"아뇨, 괜찮아요. 열심히 먹어보죠, 뭐. 그리고 제주도 가서 열심히 일하면 빠질 거예요. 아마도."

즐거워하는 기분을 망치고 싶지 않아, 가인은 적당히 맞장구를 쳐주었다. 회사에서 언제나 일, 일, 일 하던 때와는 달리 야외에서 간식거리를 단둘이 먹고 있으니 기분이 묘했다. 그렇지만 가인은 적당한 거리감을 절대 잊지 않았다.

"조금 살쪄도 괜찮아, 서 비서는."

"곤란해요, 사장님. 방심하면 금방 찐다고요. 그리고 옷이 안 맞으면 다시 사야 하니 비경제적이고."

"그런가."

그러더니 도진의 시선이 휴게소 한편에 길게 가판을 세워놓은 옷들에게로 향했다. 가인은 그가 정확히 뭘 바라보고 있는지 눈치챘다. 바로, 몸뻬 스타일의 꽃무늬 바지였다. 가인이 주전부리를 하나 집어 들며 은근히 말했다.

"옷을 고르다 보면 여러 무늬가 있는데, 저는 꽃무늬는 잘 안 어울리는 편인 거 같아요."

약간 앞뒤 안 맞는 생뚱맞은 말이긴 했지만, 도진이 달려가서 꽃무늬 몸뻬를 해맑게 사오는 일만큼은 막고 싶었다. 그리고 분명 선물해주면서 언젠가 회사로 입고 출근하려는 벌칙 아닌 벌칙 같은 청을 할 가능성도 충분히 있었다.

"그렇군."

얼굴에 아쉬운 기색이 스친 도진은 통감자구이를 하나 집어 들었다. 자신의 불길했던 예감이 맞았음을 확신하며, 가인은 꽃무늬 몸뻬에서 벗어난 걸 속으로 안도했다. 도진이 무심히 말했다.

"가끔 가인 씨는 내 마음을 읽는 것 같아."

서 비서라고 계속 부르던 호칭에서 순간 가인 씨로 호칭이 되돌아왔다. 그때 거절 이후로 도진은 한 번도 가인의 이름을 부르지 않았었다.

그러나 가인은 은근히 되돌아온 가인이라는 호칭이 어쩐지 기뻤다. 그런 가인의 마음은 모르는 채, 도진이 통감자 구이를 한입 베어 물더니 눈을 스르륵 감으며 음미했다.

"설탕과 소금의 조화로 설탕의 단맛을 극대화하다니, 이건 또 다른 세계군. 단맛과 짠맛은 원래 같이 쓰면 효과가 좋다는 건 알고 있었지만. 나중에 우리 집 요리사에게도 해달라고 해야겠어."

고급 레스토랑에서나 내뱉을 감탄사를 내뱉은 도진에게, 가인이 물었다.

"휴게소 음식은 처음이시겠군요?"

"맞아. 이렇게 돌아다니면서 먹을 일이 없어서. 여행은 국내보다는 해외로 많이 가고, 국내를 간다고 해도 어머니는 집밥이 좋다고 생각하시는 주의라 사 먹는 음식을 싫어하셔서서."

엄청난 액수의 큰 거래를 태연하게 성사시키면서, 몇천 원짜리 통감자 구이에 감동을 한다. 그런 언밸런스한 모습이 나쁘지 않았다. 가인이 즐겁게 답했다.

"그렇군요. 그러면 이번 일로 사장님은 소소한 즐거움을 하나 배우셨네요."

"서 비서, 그건 서 비서가 틀렸군."

그게 무슨 말이냐는 표정의 가인에게 도진이 빙긋이 웃으며 말했다.

"이건 소소하지 않아. 큰 즐거움이지. 마음이 맞는 사람과 맛있는 음식을 잠시나마 즐길 수 있다니 큰 즐거움을 배웠어, 덕분에."

그렇게 말하는 도진의 얼굴이 매우 순수해서, 가인은 그를 물끄러미 바라보았다. 알면 알수록 모르겠는 게 사람이라고 하더니 도진이 딱 그 짝이었다. 철두철미한 사업가 같은 모습 뒤로 저렇게 순진한 모습이 있다니, 그 괴리가 참으로 묘하게 매력적이었다.

이제 출발하자고 도진이 말할 때까지, 가인은 도진이 사준 간식거리들을 천천히 음미했다. 평소보다 좀 더 맛있는 것 같았다.

strawberry kiss

도착한 청주공항은 낮은 2층짜리 건물이었다. 청주에 올 일이 거의 없어서 이용한 적 없는 공항이 가인에게는 꽤 생경하였다.

도진이 전해준다는 문서는 청주공항으로 나와 있는 직원에게 건네졌는데, 어쩐지 그리 급한 서류 같지는 않아서 가인은 도진을 미심쩍은 심정으로 바라보았다.

처음부터 예상은 하고 있었지만 도진이 그냥 드라이브를 하고 싶었던 것 같았다. 제주도에 가야 한다는 목적과 비행기를 타러 청주까지 온다는 수단이 서로 제 위치를 바뀐 듯도 싶었지만 그래도 결과적으로는 다를 바가 없었다.

도진과 가인이 짐을 수하물 맡기는 곳에 맡기고 탑승권을 받으려는데, 소소한 다툼이 있었던 것 말고는 아직까지 큰 문제는 없었다.

"사장님, 제가 여성이기는 해도 수하물 처리는 제가 하는 게 맞는 것 같습니다."

"난 여태 동행한 여자에게 짐을 들게 한 적이 없어."

"동행한 여자이기 전에 비서입니다만."

"그러면 질문 하나 하지. 여기 일이 하나 있어. A는 이 일을 처리하려면 10의 힘이 들지. B는 1의 힘만 들면 돼. 여기서 질문. 그러면 그 일은 누가 하는 게 더 효율적일까?"

"B입니다."

"그래. 짐을 들어서 수하물 처리를 하는 힘은 남자인 내가 하는 게 더 효율적이야. 거기에 앉아 있도록."

공항 내 카트가 있어서 여자인 저도 충분히 할 수 있습니다, 란 말이 목까지 차올랐으나 가인은 더 토를 달지 않았다. 어쨌든 도진은 상사였고, 일을 배분할 권리가 있었다. 가인은 그저 짧게 답했다.

"감사합니다."

그러자 도진이 흡족한 미소를 띠며 능숙하게 수하물을 등록하고 탑승권까지 받아왔다. 별거 아닌 일인데 의기양양한 모습에 가인은 그저 실없이 웃고 말았다.

우여곡절 끝에 탑승권을 받고 탑승을 위해 2층 에스컬레이터를 나란히 타고 올라갔다. 짧은 거리가 끝나고 탑승을 위해 움직이는데, 도진이 에스컬레이터 바로 옆에 붙어 있는 화장실 근처로 가더니 뭔가 유심히 보기 시작했다.

가만히 있는 걸로 보아 화장실이 목적이 아닌 듯했다. 타일에 반사되는 푸른빛 강렬한 조명을 받으며 도진은 남자와 여자 화장실 사이에 번쩍이는 빛들이 모이는 인공수조관 모형을 뚫어져라 바라보고 있었다. 눈에는 감탄하는 빛이 어려 있었다.

불길한 예감. 불길한 예감.

도진이 획 뒤를 돌아보며 회사에서는 흔히 볼 수 없는 환한 미소를 지으며 말했다.

"가인 씨, 사장실로 들어오는 입구를 이렇게 장식해놓으면 어떨까?

타일도 수족관도 전체적인 분위기도 마음에 드는데. 들어오는 방문객들도 기뻐할 거야."

화장실 인테리어야, 타일이 기본으로 깔리고 그에 따라 취향으로 호불호가 갈리니 뭐라 할 말이 없다. 하지만 사장실까지 가는 입구를 화장실 가는 입구와 유사하게 만들고 싶다는 건 그리 현명한 생각은 아닌 듯했다.

"타일 공사를 하시려고요?"

"시간이 좀 걸리겠지만, 그때까지 임시로 다른 곳을 사장실로 쓰고, 일주일 이내면 작업이 가능할 것 같은데. 수족관은 좀 더 크게 만들고 빛은 좀 더 번쩍여서 타일이 온통 반사하게 하면 정말 멋질 거야."

가인은 심각한 얼굴로 물었다. 물으면서도 가인은 진심으로 도진이 농을 치고 있기를 바랐다.

"진담……이신 거죠?"

'설마, 내가 화장실에 어울리는 인테리어를 사장실에 하겠다고 하겠나? 그냥 가인 씨가 심각해서 놀려본 거야.'라는 답은 역시나 들리지 않았다.

"진담이야."

그 모습은 거짓 하나 없이 해맑았다. 가인은 한숨을 저도 모르게 내쉬고, 조심스럽게 되물었다.

"저어, 사장님, 질문 하나 드려도 되겠습니까?"

"그렇게 하도록 해."

가인이 왜 그리 심각한지 도진은 전혀 알 수 없다는 표정으로 태연히 답했다. 가인은 본격적으로 질문을 시작했다. 심증을 확증으로 바꾸기 위한 과정이었다.

"사장님 옷 코디는 직접 하십니까?"

"아니. 전문 코디네이터의 도움을 받거나 매장에 가서 아예 세팅된 그대로 사는 편이야."

"평소 각계 인사들에게 하시는 선물은 직접 고르십니까?"

"어떤 선물이든 내가 직접 고르지 않아. 전문가의 의견을 참조하지. 그리고 직원들 선물도 그러는 편이고. 아, 가인 씨 선물은 직접 고르니 서운하게 생각하지 않았으면 해."

그게 서운합니다, 사장님. 그냥 전문가의 의견에 맡기는 게 낫겠어요. 그러나 가인의 마음의 소리는 본인 외에는 절대 들을 수 없었다. 가인은 이제야 납득했다는 어투로 낮게 중얼거렸다.

"제 선물…… 직접 고르시는 거였군요."

"그래."

도진은 이제야 제 정성을 눈치챘냐는 듯 뿌듯한 얼굴이었다. 어디서부터 잘못되었는지 차마 지적할 수 없는 웃는 얼굴이라, 가인은 침착하게 마지막 질문을 던졌다.

"그러면 마지막으로 간단한 질문으로 마무리하겠습니다. 저기 승객들 중, 가장 멋있고 세련되었다고 느껴지는 옷차림은 어느 것이신가요?"

"꼭 심리테스트 같군."

그러면서 도진은 저한테 보이는 가인의 관심이 기쁜 듯 평소의 냉철한 모습과 다르게 싱글벙글하며 사람 하나를 짚었다.

"저 옷차림이 가장 마음에 드는군. 아름다워. 가인 씨도 하나 사줄까?"

도진이 가리킨 방향으로는, 한 아줌마가 커다란 해바라기가 온통 프린트된 티를 입고 있었다. 그 밑에는 기괴한 색상의 녹색 바탕에 빨강도 자주도 아닌 칙칙한 붉은 공인지 꽃인지 모를 프린팅이 들어간 어중간한 길이의 치마가 매치되어 있었다.

그 치마가 끝이면 좋으련만, 나름 레이어드 한다고 그 밑에 기괴한 노란 프릴이 달린 다른 치맛단이 삐쭉빼쭉 보였다. 그 패션의 끔찍함은, 탑승객 중 단연 으뜸이었다. 가인은 도진이 고른 옷이 주는 파괴력을 실감하며, 정중하게 손을 내저었다.

"아닙니다, 사장님. 마음만 감사히 받겠습니다."

"그렇군."

그러자 도진이 매우 아쉽다는 얼굴로 그 옷을 몇 차례나 훑어보았다. 할 수만 있다면, 그 아주머니에게서 돈을 지불하고서라도 가인에게 그 옷을 가져다주고 싶은 표정이었다.

가인은 이제야 아주 확실히 알 수 있었다. 이 남자, 엄청난 패션 테러리스트다. 그것도 자신이 패션 테러리스트인지 자각도 못 하는.

가인은 그제야 모든 퍼즐이 맞춰지는 듯했다. 자신한테만 주어지던 끔찍한 취향의 선물들은, 모두 도진의 진심과 정성이 담긴 그가 직접 고른 물건이었던 것이다.

시중에서 흔히 볼 수 없는 디자인이 많았기 때문에 어쩌면 특별제작 했는지도 모르겠다는 슬픈 생각까지 하며 가인은 탑승을 위해 도진과 나란히 줄을 서서 들어갔다.

도진은 비행기를 타러 가면서도 가인이 갑자기 풀이 죽은 이유를 알 수 없다는 표정으로 흘끔흘끔 쳐다보았지만, 이번만큼은 포커페이스인 가인도 문화 충격에 버금가는 상당한 충격을 받았다.

자리에 앉고 나서야, 가인은 제정신을 차렸다. 그래. 사장님이 패션 테러리스트건, 패션을 새로 창조하건, 어쨌든 업무에는 큰 지장이 없다. 게다가 여태 아무도 눈치채지 못할 정도로 요령 좋게 숨기기까지 하지 않았는가.

가인은 도진이 숨기려는 의도 없이 아주 자연스럽게 숨길 수 있다니, 그것도 재주라고 생각하는 긍정적인 마인드로 다시 재무장했다. 도진은 좌석이 불편해서 그런가 조금 신경 쓰는 얼굴로 가인에게 말을 붙였다.

"청주공항에서 타는 국내선은 모두 이코노미라 좌석이 편하지는 않아."

"비즈니스석보다는 이코노미석에 익숙합니다. 오히려 사장님이 더 불편하시겠지요."

"그렇다면 다행이고."

끝끝내 도진은 가인이 갑자기 잠잠해진 이유를 알아내지 못한 채 비행기가 이륙했다. 승무원들의 안전 교육까지 끝나자, 뒷자리 어디선가 아기가 울기 시작했다. 도진이 심각한 얼굴로 말했다.

"아기가 우는군. 어디 불편한가?"

가인이 살짝 뒤를 바라보더니 도진에게 대답했다.

"고도가 올라가서 싫은가 봅니다. 귀가 먹먹한 느낌을 싫어하는 아기들이 있어서 그럴 때 많이 운다고 하더라고요."

도진이 의외라는 표정으로 가인을 바라보았다.

"가인 씨는 아기를 좋아하나 보군. 잘 알고."

가인이 웃는 얼굴로 답했다. 어디선가 봤는데, 아기들의 생김은 사람으로 하여금 사랑을 불러일으키게끔 생겼다고 한다.

그래서 그 동그스름한 얼굴과 포동포동한 뺨, 맑은 눈망울과 올록볼록 살이 접히는 보들보들한 팔과 다리, 꼼지락거리는 자그마한 손가락, 벙긋거리는 입을 보고 있으면 절로 애정이 샘솟았다.

"일찍 결혼한 친구들도 있고, 아기는 작고 귀엽고 사랑스럽잖아요. 막상 친구들이 아기 키우는 모습을 보면 헉 소리가 절로 나오지만요. 뭘 하든 상상 이상이더라고요. 제 친구는 어릴 적에 자신이 순했다는 말만 듣고 당연히 자기 아기는 순할 줄 알았대요. 그런데 현실은 전혀 다르더라고요."

"그렇군. 난 딸이 좋아. 아들들은 너무 무뚝뚝해. 퇴근하고 아빠, 하고 안기면 하루의 피로가 싹 씻길 것 같군."

가인이 그 말에 도진을 바라보았다. 나름 속정이 있는 듯하지만 사근사근하거나 부드러운 타입은 아니었기 때문에, 분명 아들을 더 선호하리라는 생각을 지니고 있었기 때문이다.

이번 출장에서는 도진의 알지 못하던 모습이 속속 보이고 있었다. 어째서일까. 분명, 함께 일했던 시간은 전이 더 길었다. 하지만 지금은 어째서 이 사람의 모습이 더 잘 보이는 걸까.

"의외네요. 사장님은 어쩐지 아들을 선호할 것 같았거든요."

"그렇지 않아. 난 첫째는 꼭 딸을 낳고 싶어. 둘째도 딸이어도 좋고. 아들들은 크고 나면 다 시커매져서, 제 갈 길 가느라 바쁘거든. 그리고 딸들은 엄마 닮지 않나?"

"그런 경우도 있지만, 주변에 보니까 아빠를 많이 닮던데요?"

"이런."

도진이 알 수 없는 감탄사를 하나 내뱉더니 뭔가 억울하다는 듯 외쳤다.

"아들들도 아빠 닮는다고 하잖아? 왜 둘 다 아빠를 닮아?"

"아기 아빠니까 그렇지 않을까요? XY염색체의 힘이 대단한가 보죠."

가인이 도진의 약을 올리는 듯 어깨를 살짝 으쓱했다. 사무실이라는 공간을 벗어나 휴게소까지의 여정이, 그녀의 경계를 약간 풀어놓았다. 가인이 평소 말투보다 약간 놀리듯 도진에게 이어 말했다.

"흠. 지금부터라도 좋은 딸과 아들을 낳으시려면 좋은 습관을 기르셔야겠어요. 후후."

도진이 지푸라기라도 잡는 표정으로 가인에게 급히 물었다.

"둘 다 엄마를 닮는 경우는 없나?"

그런 도진의 모습이 재미있어, 가인은 조금 짓궂게 답했다.

"없어요."

사실 아이가 누구를 닮느냐는 나오기 전에는 아무도 알 수 없다. 외향은 아빠를 닮았는데 성격은 엄마를 닮을 수도 있고, 외향은 엄마를 닮았는데 성격은 아빠 판박이일 수도 있다.

어느 한쪽으로 유독 편중되어 닮을 수도 있고, 반반 섞여 닮을 수도 있고, 엄마 아빠 둘 다 묘하게 안 닮은 채 할머니나 할아버지 심지어는 고모나 이모를 더 많이 닮는 경우도 있다.

그리고 물려받은 유전 외에도, 아기가 스스로 타고나는 자신만의 고유의 성질도 있다. 아무도 그 결과를 모르게 더 기대하고 신기해하고 두근거리며 성장을 바라보게 된다.

그러나 도진은 가인의 답을 듣더니 침중하게 머리를 짚으며 중얼거렸다. 모르는 회사 직원이 보면, 몇십억짜리 공사라도 날린 듯한 표정이었다.

"곤란하군. 나는 아내 쪽을 닮는 게 더 좋은데."

"자기 닮은 분신 같아서 좋으실 수도 있어요, 사장님."

그러자 도진이 아주 당연하다는 것처럼 가인에게 말했다.

"아내를 닮으면 내가 사랑하는 사람이 둘이 되는 거잖아. 더 많이 사랑할 수 있을 것 같은데."

생각지 못한 대답에, 가인이 그를 말끄러미 쳐다보았다. 깎아지른 듯 말끔한 옆얼굴은, 그 말과 동시에 더 멋있어 보였다.

"의외로 로맨티스트시네요. 여태까지……."

여태까지의 모습을 보면 전혀 그렇게 생각되지 않는데, 라고 말하려다가, 가인은 침묵했다. 거기까지 침범하는 건 지나쳤다. 가인은 그제야 지금 자신이 너무 들떠 있음을 깨달았다. 이건 여행이 아니라 출장이다. 정신 차려야 한다.

가인의 침묵을 도진이 물끄러미 보더니, 간단히 정의 내렸다. 가인이 하지 않은 뒷말이 뭔지 확연히 안 듯했다.

"비서는 나쁜 거야. 내 사생활도 일정 부분 알게 되니까. 하지만 가인 씨, 하나 간과한 게 있어."

"뭔데요?"

도진이 가인을 놀리듯 나쁜 남자 같은 미소를 띠며 대꾸했다.

"가인 씨가 본 내 모습은 단편적이라는 거."

가인은 비행기를 타기 전 본 패션 파괴자의 모습을 생각하며, 도진의 말에 이번에야말로 세차게 고개를 끄덕일 수밖에 없었다.

"네, 사장님 말씀이 아주 정확하신 것 같습니다."

아부성 발언이 전혀 아닌 데다 진심까지 담겨 있어, 도진은 뭔가 자기 의도대로 흘러간 듯 흘러가지 않는 대답에 결국 흠, 하고 헛기침하는 수밖에 없었다. 비행기 창밖에선 구름뭉치들이, 그들 모습처럼 몽실몽실 즐겁게 엉켜 지나갔다.

strawberry kiss

제주도 국제공항은 당연히 청주공항보다 더 크고 넓었다. 수하물을 모두 찾고, 가인은 당연한 듯 공항 어디에 차가 대기하고 있는지 알아보려 했다. 이번 일정은 하나부터 열까지 도진이 모두 주도해서, 가인은 비서임에도 오히려 그에게 모두 물어야 했다.

그러나 가인이 도진에게 차의 위치를 묻기도 전에, 도진이 먼저 캐리어를 끌고 움직이기 시작했다. 가인이 도진의 캐리어를 어떻게든 받으려는데 도진이 캐리어를 반대방향으로 획 돌렸다. 결국, 가인이 도진에게 물을 수밖에 없었다.

"어디 가시는 건가요?"

"렌트한 차를 받으러."

"직접 차를 렌트하셨다고요?"

출장이었기 때문에, 이미 제주도 측 회사 사람과 이야기가 다 되어 있으리라 생각했던 가인이 믿기지 않는다는 듯 되물었다. 만약 여타한 사정으로 차를 준비 못 했다고 해도, 렌트는 도진이 직접 하는 게 아니라 그쪽에서 하는 게 맞았다.

"맞아, 내가 직접 렌트했어. 내 취향으로."

도진이 콧노래까지 부르며 그리 답하자, 가인은 이번에야말로 약이 올랐다. 도대체, 뭐 하나 출장 같은 구석이 없다. 도진이 가인의 그런 모습이 재밌는 듯 바라보더니 덧붙였다.

"아, 이번 출장의 목적을 내가 깜빡하고 이야기 안 했나 보군."

아까 가인처럼 똑같이 짓궂은 표정을 짓는 도진을 보며, 가인은 아까의 복수가 시작되었음을 직감했다. 이 사람, 깜빡한 게 아니라 일부러 제주도에 와서 이야기한 거다.

"6박 7일 일정 동안, 우리 회사 리조트에서 일반 관광객으로 위장해서 머무르면서, 서비스 평가를 할 거야. 이번 일정에는 서류도 회의도 없어. 리조트에 숙박하면서 관광코스를 돌 거니까. 그러면서 리조트 외 우리 쪽 관광산업이 어디까지 진척되었는지 살펴보고."

가인이 가장 중요한 질문을 하나 했다.

"사장님인 걸 들키지 않을까요, 사장님?"

아무리 관광객인 척 굴어도, 사장인 걸 들키는 이상 리조트에서도 특별대우 해줄 게 틀림없었다. 그렇다면 서비스 평가는커녕 그저 휴가로 전락해버린다. 나쁘진 않지만 일에는 지장이 있을 게 분명했다.

"그럴 일 없도록 처리해놨어. 그리고 제주도 리조트에 근무하는 사람들이 본사 사장 얼굴까지 모조리 다 알고 있다고 착각하는 건 아니겠지?"

"아, 네. 아닙니다."

"그럼 차를 렌트하러 가지. 아, 참. 하나 잊었군."

가인이 무슨 말이 더 남았나 도진을 올려다보자, 도진이 스타카토로 똑똑 말을 끊으며 강조했다.

"날 절. 대. 사. 장. 님. 이라고 부르지 말 것."

그럼 뭐라고 부르라고, 대꾸 없이 난감한 표정의 가인에게 도진이 다시 한 번 쐐기를 박았다.

"도진 씨라고 불러. 오빠도 괜찮고. 그것도 힘들면 선배라고 부르든지. 어쨌든 내가 가인 씨보다는 회사 선배니까. 이거저거 다 싫다고 야, 라고만 부르지 마. 난 여자가 그렇게 부르면 무시당하는 것 같아서 싫어."

어쩐지 이게 끝이 아닌 것 같았지만 도진의 표정이 너무 사심 하나 없이 태연해, 가인은 말할 타이밍을 놓친 채 애꿎은 캐리어만 돌돌돌 끌기 시작했다.

그러나 곧, 여행 온 사람들답게 남자인 자신이 끌어야 한다며 본인의 캐리어와 가인의 캐리어까지 모두 도진이 끌어가고 말았다.

도진은 능숙하게 렌트할 차를 찾고 캐리어들을 넣은 후 옆자리 차문을 열어주기까지 했다. 가인은 뭐라 반박하고 싶었지만, 여행객 노릇을 하는 게 이번 '일'이라는 자각이 그녀를 막았다.

차는 깨끗한 신차였는데, 외제차가 아닌 국산 중형차였다. 알면 알수록 도진은 소박한 데가 있는 사람이었다.

공항 근처 번잡한 도심을 지나 숙소로 가는 길은 아름다웠다. 외국 같은 이국적인 분위기에 한국적인 친숙함이 합쳐져 마음이 넘실거렸다.

가인은 도진이 옆에 있다는 걸 잊어버릴 정도로 경치에 매혹되었다. 제주도가 처음은 아니었지만, 갑작스러운 여행이 주는 짜릿함과 여유가 가인에게 절로 스며들었다.

세진그룹 소속 리조트 겸 호텔은 중문 관광단지 쪽에 있었다. 바다를 인접하고 예술가의 마을처럼 꾸며놓았는데, 특이한 외관 때문에 관광객들이 많이 찾는 곳이었다.

도진은 제주공항에서 남쪽으로 쭉 이어지는 큰길이 아닌, 조금 더 경치가 좋은 외진 길로 가고 있었다.

하지만 가인은 굳이 그 점을 지적하지 않았다. 운전대를 잡은 사람한테 이러쿵저러쿵 하는 것만으로도 짜증이 날 수 있다는 걸 알고 있었고, 게다가 조금 빙 돌아간다고 해도 기분이 좋을 만큼 경치에 흠뻑 빠졌기 때문이었다. 도진이 기분 좋은 음색으로 말을 붙였다.

"오랜만에 이런 곳에 오니 기분이 좋군."

"네, 정말 그렇습니다."

가인이 조금 들뜬 목소리로 답했다.

바다, 나무, 돌. 아름다운 여유. 푸른색으로 점철된, 청명한 공간. 가인은 정말 여행객이라도 된 기분이었다. 도진이 그런 가인을 보고 빙그레 웃었다. 말이 많지 않아도 함께 여행하는 동질감이 느껴졌다.

외진 길로 왔음에도 불구하고 생각보다 오래 걸리지 않았다. 어쩌면 기분이 좋기 때문에 더 그렇게 느꼈는지도 몰랐다. 제주도 전통 가옥 스타일에 예술가들의 미적감각이 더해진 독특한 프런트에서 도진이 능숙하게 체크인을 시작했다. 일을 처리하던 직원이 둘을 보고 미소 지었다.

"두 분 정말 잘 어울리시네요. 애정도 넘치시고. 숙박하실 곳은 '돌코롬 호다'입니다. 현관 키는 이걸 쓰시면 됩니다."

가인은 카드를 건네받는 모습을 가만히 바라보고 있었다. 호텔 겸 리조트인 이곳은 호텔식으로 쭉 건물을 올린 게 아니라 하나의 마을 같아서, 숙소가 모두 별개의 동으로 되어 있었다.

그중에서 가정집처럼 큰 구조를 가지고 있는 건물들이 몇 채 있었는데, 제주방언으로 명칭을 지어서 '가베또롱 호다(가뿐하다)'라든지 '간드랑 호다(시원하다)', '멘도롱 호다(따뜻하다)'로 불렸다. 가인과 도진이 묵을 건물은 '돌코롬 호다'는 달콤하다는 뜻으로, 주로 신혼여행을 온 부부들이 묵는 곳이다.

농담처럼 던진 도진의 말은 진담이었다. 물론 가정집 구조니, 방도 여러 개고, 당연히 각방을 쓸 거지만, 이건 정말 아니다 싶은 기분이 들었다. 하지만 친절도 시찰을 위한 일이다.

가인이 난감한 내색을 보이지 않으려 애쓰는 동안, 그들의 짐은 직원에 의해 실려 가고 프런트 직원은 그들이 받게 될 패키지를 설명하고 있었다. 가인의 제 귀를 의심하며 직원에게 되물었다.

"저, 죄송한데 저희가 계약한 패키지 명이 뭐라고 하셨나요?"

"네, 신혼여행 오신 분 한정 스페셜 패키지인 '호나'입니다."

제주도 방언으로 '하나'라는 뜻이다. 결혼해서 하나로 묶인 남녀가 제주도에서 두 번째가 없을 첫 번째 감동을 겪고 돌아가라는 뜻으로 만들어졌다는.

가인은 포기한 듯 힘없이 웃었다. 도진이 어깨를 부드럽게 감싸며 직원에게 가인을 위한 변명을 했다.

"결혼식 때 절 위해 강남스타일을 춤추며 열창하더니 피곤한가 봅니다."

이 사람이!

가인이 저도 모르게 포커페이스가 깨지며 눈을 흘겼다. 그러나 도진은 꿋꿋하게 누구나 홀릴 만한 신사다운 웃음을 날리며 뒷말을 이었다.

"축가 중에 갑자기 선글라스를 쓰더니 웨딩드레스를 걷어 올리고 춤을 췄답니다. 보셨어야 할 텐데."

"아, 네. 호호호. 신부님이 재밌으시네요."

가인은 자상하고 멋진 남편을 둔 부러움 반과 분명 결혼식장 춤을 상상하며 재미 반이 섞인 직원의 시선을 고스란히 받았다. 도진이 참으로 능청스럽게 받아쳤다.

"그럼요. 세상 누구와도 바꾸지 않을 생각입니다."

"정말 부러워요. 호호호. 신부님."

가인이 결국 시크한 미소를 얼굴에 걸치고 입을 열었다. 이대로 당하고 있을 순 없었다.

"어머, 그럼 직원님께 바꿔드릴까요? 이 사람, 실은 결벽증이 있거든요. 호텔 냉장고 비치품은 라벨이 다 제대로 보이게 앞으로 가지런히 나와 있어야 하고, 손이 닿지도 않는 방 구석구석을 어떻게든 손끝으로 쓸어서 먼지 한 톨이라도 나오면 바로 본사로 컴플레인 걸어서요. 그래도 이번은 신혼여행이니까 제가 잘 말릴게요."

"어머, 그러셨어요. 위생에 신경 많이 쓰시는구나. 제가 꼭 말씀드려놓을게요."

아마 저 직원 머릿속으로는 진상 출현, 정도진 이름 위에 빨간 별 열 개 정도는 그려놓았겠지, 라고 생각하니 가인은 그제야 유쾌해졌다. 도진이 가인의 뺨을 어쩐지 좀 힘주어 잡아당겼다.

"하, 하하. 우리 가인이는 농담도 잘한다니까."

가인도 지지 않고 도진의 옆구리를 찌르며 대꾸했다.

"호, 호호. 우리 도진 씨만 하겠어요. 어쩜 그리 없던 일도 잘 지어내는지."

분위기가 묘하게 흘러가자, 프런트 직원이 결국 어색한 접대용 미소를 지으며 둘에게 말했다.

"이번에 오신 분들은 차암 사이가 좋으시네요. 피곤하실 테니 제가 숙소까지 안내해드릴게요."

또각또각 걷는 직원의 발소리를 들으며, 가인이 지지 않았다는 작은 승리감에 도취되어 있을 때였다. 부웅, 하더니, 갑자기 가인의 몸이 들렸다. 도진이 공주님 안기를 시전한 것이다!

"이, 게 무슨 짓이세요, 사, 아니, 도진 오, 빠."

가인이 이를 악물며 일부러 오빠 소리를 하자, 달콤하다기보다는 개구진 소리가 나왔다. 도진이 능청스럽게 답했다.

"우리 깜찍이. 신혼여행인데 이 정도는 당연하지, 안 그래?"

"그 말, 몇 걸음만 걸으면 후회하게 될 텐데요. 도진 오, 빠."

"그럼 우리 애기애기가 앞으로 살 좀 빼면 되겠네. 옆구리가 아주 튼실해."

그러면서 장난스럽게 옆구리를 꽉 잡았다 놓았다. 가인은 발로 도진을 차버릴까 하다가, 직원의 시선을 느끼고 사이좋은 부부인 양 도진의 목을 양손으로 꽉 잡으며 이를 악물고 다정한 양 속삭였다.

"아이 참, 우리 오빠는 너무 장난꾸러기라니까. 목을 이대로 꽉 잡고 놓고 싶지 않을 정도야."

"그걸 이제 알았어? 우리 가인인 오빨 너무 띄엄띄엄 안다."

"호, 호호. 앞으로 찬찬히 알아가면 되지. 뭐. 각오해."

이번은 가인의 패배였다. 앞으로를 다짐하다, 도진과의 기 싸움에 너무 열 올리다 보니, 직원 생각을 미처 못 했다. 앞서 가는 직원이 똘아이 부부가 왔다고 생각할 게 뻔했다.

회사에 있을 때 이런 손님들이 사장 만나겠다고 오면 '진상' 하고 머릿속으로 빨간 줄긋고는 했는데, 자신이 진상 손님이 되어보니 아주 묘했다. 예상치 못한 여행은, 평소 가인의 반듯한 이미지를 아주 박살내고 있었다.

가인이 자포자기한 심정으로 도진에게 매달려 가는데, 의외로 도진은 운동깨나 한 듯 그녀를 안고 걸으면서도 힘겨워하지 않았다.

오히려 그의 품에 안겨 움직일 때마다 그의 탄탄한 근육에 부딪히고 그의 체취에 휩싸인 건 자신 쪽이었다. 이성에게 그렇게나 밀착한 건 처음이어서, 심장이 술렁거렸다.

세진그룹 리조트 겸 호텔은 부지가 꽤 넓었다. 중문 관광단지 끝자락에서 바다를 끌어안고 있는 마을 형태여서 잘 꾸며진 넓은 정원 외에도 정원 끝까지 걸어 나가면 바다도 볼 수 있었다.

중앙에는 바다를 잘 볼 수 있는 전망대도 놓여 있었다. 솟구치는 물고기 모양의 전망대는 바깥이 색색의 유리가 박혀 있어 밤이 되면 스테인드글라스처럼 조명에 빛이 났다.

도진과 가인이 묵을 숙소는 바다에 인접하고 있었다. 제주도 전통 가옥 모양의 둥근 지붕과 돌담이 토대를 이루는 집은 연못이 있는 마당까지 갖추고 있어 숙박하러 온 것이 아니라 이사를 온 듯한 기분에 휩싸이게 했다.

도진은 마당에 들어서서도 가인을 내려놓지 않은 채 고집을 부려 결국 실내까지 안고 들어갔다. 실내에 들어와서야 가인은 발을 바닥에 댈 수 있었다. '돌코롬 호다'는 방 세 칸에 욕실 두 개였는데, 욕실 중 하나에는 대형 월풀 욕조가 설치되어 있었다.

카드 키를 대고 직원이 간략한 설명을 한 후 돌아가자, 가인이 정색을 하며 여유롭게 소파에 자리 잡은 도진에게 또박또박 물었다.

"어째서 그런 행동을 하신 거죠, 사장님?"

평정심, 평정심, 평정심. 속으로 계속 평정심을 되뇌다 보니 가인은 평소와 같은 얼굴 표정을 찾을 수 있었다. 도진이 빙그레 웃었다.

"벽에도 듣는 귀가 있어, 가인. 똑바로 불러야지?"

결국, 아쉬운 쪽은 이쪽이요, 열받는 쪽도 이쪽이다. 한편으로 가인은 도진에게 화가 난다기보다는 깔끔하게 공과 사를 구분했다 생각했는데 설레는 마음이 자꾸 드는 자신에게 더 화가 나려 하고 있었다.

"어째서 그런 철. 딱. 서. 니. 없. 는. 행동을 한 거죠, 우리 아주 잘.

난. 오. 빠?"

가인이 빈정거림을 한껏 섞어 오빠라고 부르자, 도진이 아무렇지도 않게 가인의 머리를 쓱 하고 쓰다듬었다.

"옳지, 잘했다."

그러나 가인은 그런 얼렁뚱땅에 넘어가줄 생각은 없었다. 제 머리를 쓰다듬는 손을 내린 가인이 도진을 똑바로 바라보며 정색했다.

"말씀하세요."

가인이 정말 화난 듯 정색하자, 도진도 장난스런 표정을 지우고 진지하게 응대했다.

"소기의 목적을 자꾸 잊어버리는군. 우리는 이용객의 편의와 고객에 대한 응대 정도를 보러 온 거야. 일반고객에게 친절하기는 쉽지. 하지만 진상고객, 그것도 우리 같은 귀여운 진상고객에게 어떻게 행동하는지 보려면 우리가 진상고객이 돼야 하지 않겠나?"

너무 일리에 맞는 말이라 가인은 순간 흥분이 가라앉았다. 그래도 나름 출장이고 일인데 오히려 흥분한 자신이 부끄러울 정도로 침착해진 도진에게, 가인은 아무런 말도 할 수 없었다. 그 여세를 몰아 도진이 확실하게 못을 박았다.

"앞으로도 이런 상황 많을 거야. 일일이 복수하려고 하지 말라고, 가인. 이건 일이니까 말이야."

예전 고백에 너무 얽매여 있는 쪽은 자신일지도 몰랐다. 가인은 반성했다. 원래 좀 특이한 데가 있는 사람이었다.

게다가, 패션 테러리스트라는 새로운 직함까지 새로이 달게 된 지금은 도진이 더더욱 범상치 않으리라는 것조차 알 수 있었다. 그러니 이런 기이한 이벤트를 벌이며 리조트 측의 평소 응대를 확인하고 싶을 수도 있었다.

"신중하겠습니다. 제가 너무 경솔했군요."

가인은 단정하고 차분한 비서로 돌아와 답했다. 자신의 몫은 도진의 보조자지 주도자가 아니었다.

스케줄에서 지나치게 벗어나거나 잘못된 선택을 하려 할 때 조언해줄 수는 있었지만 자신이 그 선택을 대신해줄 수는 없었다. 요령 있게 일처리를 하고 있다고 생각했는데, 자신은 아직 먼 모양이었다.

"운전을 길게 했더니 피곤하군. 내가 먼저 씻어도 되겠지. 잠시 앉아서 티브이라도 봐. 음. 우리 가인이한테 딱 맞는 프로를 틀어주고 갈게."

그러더니 도진이 TV를 켜서 어린이 프로를 정확하게 선택했다. TV 속에서는 어린이들의 대통령이 막 친구들과 사이좋게 노는 법을 터득해가고 있는 중이었다.

'역시, 이럴 줄 알았어.'

내색하지 못하는 좌절을 속으로 삼키는 가인의 어깨를 상냥하게 톡톡 쳐주곤 도진이 멋있게 몸을 돌려 욕실로 향했다. 가인은 도진의 이런 면은 포기하는 게 낫겠다고 생각하며 자연스럽게 TV 리모컨을 잡아 도진이 욕실 문을 닫는 소리에 맞추어 정확하게 채널을 바꿨다.

도진이 나오면 다시 채널을 어린이 프로로 돌려줄 생각이었다. 다행스럽게도 어린이 프로에 나오는 내용은 얼마 전 친구네 집에 갔다가 친구네 아이와 같이 봤기 때문에, 도진이 물어본다 해도 본 것처럼 자연스럽게 감상을 답해줄 수 있었다.

가인은 TV에서 눈을 떼고 거실을 훑어보았다. 숙박하기 전 콘셉트를 몇 개 고를 수 있었는데, 도진이 고른 건 '꽃과 함께'였던 모양이다.

거실 곳곳이 생화와 파스텔 톤의 리본으로 아름답게 장식되어 있었다. 탁자 위에는 커다란 꽃바구니와 함께 선물들이 멋스럽게 놓여 있었다.

서로의 이니셜이 적힌 순금 한 돈 프레스바. 세진그룹에서 한정판으로 만들어내는 특별한 향수 'Sea'. 올레 길을 함께 걸으라고 커플 운동화. 그리고…… 커플 티.

곱게 접혀 있는 커플 티를 본 순간, 가인은 또 한 번 불길한 예감에 강렬하게 휩싸였다. 전이었다면 신경 쓰지 않고 도진의 안목을 믿었겠지만, 이번만큼은 아니었다. 가인의 머릿속으로 오기 전에 훑어봤던 내용 중 커플 티 항목이 촤라락 펼쳐졌다.

디자인은 총 일곱 가지였는데, 대체로 모두 예쁘고 무난했다. 그래도 도진이라면 스페셜 항목이라며 특이한 디자인을 요구했을지도 모른다. 지나가던 개도 안 입을 디자인을.

가인은 채널을 재빨리 어린이 채널로 돌려놓고 탁자로 향했다. 물소리가 잦아드는 걸 보니 도진이 나올 때가 다 된 듯싶었다. 도진이 나와서 같이 보기 전에 미리 봐놓아서 충격의 여파를 좀 줄이고 싶었다. 제주도에 와서 유독 감정적이 된 것이 가인은 마음에 들지 않았다.

일은 일로, 감정을 섞지 않고.

가인은 그렇게 속으로 중얼거리며 티를 펼쳐보았다. 티에는 다행히 별다른 문양은 없고 'I love 제주'라고 로고만 크게 박혀 있었다. 역시 도진은 기대를 저버리지 않고 일곱 개의 디자인 중 가장 촌스러운 걸 용케도 골랐다. 그래도 이 정도면 무난했다. 다행이었다.

"미리 볼 정도로 궁금했었나?"

귓가에 낮게 흐르는 달콤한 중저음의 목소리. 어느새 가인의 바로 뒤로 도진이 와서 서 있었다. 가인은 놀랐지만, 내색하지 않은 채 몸을 돌려 재빠르게 답했다.

"네. 진상고객일 때 어떤 디자인을 고르셨는지 미리 살펴보고 싶었습니다."

솔직하긴 하지만 완벽하게 업무용 대답에 도진이 약간 실망한 듯했다. 샤워가운 사이로 탄탄한 뼈대와 근육이 엿보였다. 물기에 젖은 남자는, 물기에 젖은 여자만큼이나 섹시했다.

하지만 가인은 시선을 돌리지 않았다. 다만 속으로 계속 되뇌었다.

'저건 그냥 화보 같은 거야. 바라볼 수는 있지만 단지 그것뿐인 거. 나랑 상관없는 거.'

도진이 아쉬운 듯 얕게 혀를 차며 답했다.

"솔직해서 좋긴 한데, 놀라는 맛이 없군. 그 디자인 좀 아쉽지? 실은 특별히 고안한 디자인이 있었는데 일정이 너무 빡빡해서 미리 주문할 수 없었어. 특별 디자인은 적어도 한 달 전에는 호텔 측에 알려 줘야 한다고 하더군."

"노란 유채꽃이 실사처럼 티셔츠 반절에 인쇄되어 있고 반절은 파란 하늘이 있는 데다 새빨간 글씨체로 나는 오늘 제주에 왔다, 이런 느낌만 아니면 됩니다."

가인은 80년대 달력에나 나올 법한 사진을 찍어 바른 듯한 느낌을 연상하며 답했다. 가인이 보기엔 도진은 그 위에다 눈에 뜨이기 위해 촌스러운 보색으로 꼭 포인트를 주고 말 사람이었다. 가인의 말에 도진이 놀란 듯 눈을 동그랗게 떴다가 감탄했다.

"대단해, 가인 씨. 나도 거기까진 생각을 못 했는데 말이야."

그런 칭찬을 듣고 싶은 게 절대 아니었다. 가인이 안도의 한숨을 내쉬며 답했다.

"그렇죠. 아무리 사장님이라도 설마 그런 디자인을……."

그러나 도진은 다른 의미로 흥분해 있었다. 표정은 마치 기대했던 선물을 받은 사람의 그것과 같았다.

"완벽해. 내가 생각한 것 이상으로 말이야. 마치 내 머릿속에 들어갔다 나온 사람 같군, 가인 씨. 서울로 올라가면 그 디자인을 꼭 넣으라고 지시해야겠어."

맙소사. 가인이 그런 디자인을 디자인실에 넣으면 아마 디자이너들이 울면서 항의할 거라는 말을 하려는데, 도진이 생긋 웃으며 가인을 향해 웃었다.

"상을 줘야겠군."

풀썩.

몸이 기울어진다고 느꼈을 때 가인은 이미 침대에 누워 있었다. 아니, 정확히는 눕혀졌다는 게 맞았다. 바로 위에, 도진이 능구렁이 같은 표정으로 가인이 일어나지 못하게 하고 있었다.

톡, 하고 물방울 하나가 그녀의 얼굴 위로 떨어졌다.

"역시, 신혼부부는 이런 맛이지."

"사장님, 장난은 그만치시죠."

가인이 정색을 하며 대꾸했다. 이 정도면, 직장 내 성희롱으로 노동부에 신고해도 도진은 할 말이 없다. 그러나 도진은 미동조차 하지 않고 안타깝다는 듯 고개를 도리도리 흔들었다.

"사장님이라니. 프로의식이 부족하군. 자, 천천히 따라 해봐. 자. 기. 야."

도진의 표정은 어린이 프로의 용자들처럼 천연덕스럽고 집요했다. 그러나 특정 신체부위를 누른 게 아니라 그저 몸을 못 움직이게만 했기 때문에 가인이 힘차게 몸을 비틀어 빼내려 했다. 하지만 도진은 그리 호락호락하지 않았다.

"말해줄 때까지 못 일어나."

가인은 도진이 그렇게 악랄한 웃음을 지을 수 있다는 걸 처음 알았다. 도진이 자세와는 다르게 냉정한 사업가의 얼굴을 하고 또박또박 지적했다.

"우리는 신혼부부로 와 있어. 좀 진상스럽기는 하지만 상큼하고 귀여우며 서로 죽고 못 사는 사이지. 그런데 지금 이 정도도 해내지 못

하면 호텔 직원들이 의심할 테고, 그렇다면 이번 출장은 돈만 날린 결과를 산출하게 돼.

난 그렇게 되기를 원하지 않아. 그리고 가인 씨는 프로의식이 남다른 사람이라는 것도 알지. 그래서 더 신뢰하고. 난 믿고 있어."

도진이 진지하게 덧붙였다.

"가인 씨는 날 향해 분명 자. 기. 야. 라고 진심을 다해 말할 수 있는 사람이라는 걸."

도진이 그렇게까지 말하자, 가인은 뭐라 말할 수 없었다. 우선 자세가 너무 민망해서 합리적인 생각을 하기 어려웠고, 머릿속엔 어서 이 자리를 모면해야겠다는 생각뿐이었다. 자기야 한마디로 벗어날 수 있다면 싼 대가라는 생각에 결론이 미치자 가인은 굳은 결심을 하고 입을 열었다.

"자, 자……. 자……."

하지만 생각과는 달리 '자기'라는 호칭이 쉽게 나오지 않았다. 가인은 오빠도 없었고 남동생만 있는 데다가 연애라고는 단 한 번도 해보지 않았다. 게다가 연애를 한다 해도 그리 쉽게 자기야라는 호칭이 나올 것 같지도 않았다.

그래. 이건 사람이 아니야. 도자기야. 잘생겼잖아? 그러니까 잘 만들어진 도자기라고 생각하자. 패션 테러리스트에 약간 사차원 끼가 있지만 평소에는 정상이니까 그러니까 도자기.

난 도자기에서 도만 빼고 부르는 거라고. 도만. 가인이 머릿속으로 생각을 너무 한 나머지, 입 밖으로 생각이 여과 없이 흘러나오고 말았다.

"도자기야!"

힘껏 부른 외침이 미묘했다는 걸 깨닫는 순간, 가인은 몸의 자유를 얻을 수 있었다. 도진이 언제 가인을 냉큼 밀쳤냐는 듯 아주 신사답게 그녀를 일으켜주며 부드럽게 속삭였다.

"그래. 내 이름은 도진이니까. 도를 따서 자기랑 붙이면 도자기라고 부를 수도 있겠어. 그럼 내 애칭은 도자기가 되는 건가?"

심장이 쿵쿵대고 있었다. 그러나 가인은 프로의식을 발휘해서 굳은 얼굴로 답했다.

"굉장히 긍정적이시네요."

"칭찬으로 듣지."

가인이 이런 일은 두 번 다시 없었으면 좋겠다고 말하려는데, 도진이 먼저 제 생각을 말했다.

"그럼 가인 씨는, 가인하고 어감이 같으니, 절세미인으로 불러주지."

"사장님, 정말 촌스럽습니다."

"도자기는 괜찮고?"

"……."

가인이 답을 안 하자, 도진이 고개를 끄덕거리며 답했다.

"그래, 그래. 이해심 많은 내가 양보해서 그럼 우리 예쁜이. 어때?"

"……."

점점 촌스러움의 극치를 달리는 애칭에 가인은 아예 답을 않았다. 하긴, 연애를 하면 유치한 애칭들을 많이 붙이기는 하던데, 가인도 도진도 그런 쪽으로는 영 소질이 없는 모양이었다. 아니, 그 이전에 그들은 연인이 아니었으니 애초에 성립될 수 없는 이야기이기도 했다.

"흠, 너무 심심한가. 그럼 우리 뿐이로 하지."

"……네."

가인은 대충 타협했다. 출장 동안만 참으면 되겠지. 가인은 도진의 이야기가 끝나자 진지하게 말했다.

"사장님, 아까 같은 상황이 또다시 연출될 경우, 저는 직장 내 성희롱으로 진지하게 고려해볼 겁니다. 주의해주세요."

"그럼 동의하에는 괜찮은 건가? 우리는 신혼부부이니 직원들 앞에서 이런 모습을 자주 보여야 할 텐데."

"동의하에는 괜찮습니다. 하지만 최대한 자제해주십시오. 어차피 콘셉트는 진상이니 좀 특이한 신혼부부라 해도 이해하겠지요."

"알겠어. 그렇게 하도록 하지."

가인의 딱 부러진 말에, 도진이 빙긋이 웃으며 흔쾌히 답했다. 내가 언제 그랬느냐며 열 올리는 개념 없는 사람과 다르게 도진은 가인이 진지하게 문제를 제기하면 저렇게 긍정의 표시를 하곤 했다. 쓸데없는 자존심을 내세우지 않는 게 도진의 장점 중 하나다.

만약 연인 사이였다면, 저런 상황에서 둘 중 하나다. 열이 확 식어서 분쟁거리 자체가 생기지 않든가, 아니면 내 말 무시하느냐며 따져 물어서 논쟁이 심화되든가.

하지만 가인도 실리를 추구하는 성격으로 상대방과 원활히 합의가 된다고 느끼면 더는 문제 삼지 않는 성격이었기 때문에, 둘이 연인 사이였다면 전자가 될 가능성이 높았다.

연인 사이라니. 아니, 연인을 건너뛰고 부부 행세를 하고 있지 않나.

가인은 제 생각의 어이없음에 헛헛해졌다. 도진이 가인에게 부드럽게 권했다.

"그럼 우리 쁜이, 샤워하지 그래? 씻고 나면 피로가 풀려서 기분이 좋아질 거야."

"……아, 네."

합의 본 사항은 바로 실행에 옮긴다. 평소에도 행동력이 있다고 생각했지만, 즉각 적용하는 도진을 보며 가인은 도진이 쓴 욕실 말고 다른 욕실로 향했다. 일견 느끼할 수도 있는 '쁜이'라는 말이 도진의 목소리를 타고 흐르니 이루 말할 수 없이 매혹적이었다.

어쨌든 명목상의 부부에 불과했으니 숙소 안에서까지 휘둘리고 싶지 않았다. 그러나 아까 침대 위에서의 긴장감이 뒤늦게야 효력을 발휘한 듯, 심장이 두근댔다.

씻고 적당히 캐주얼한 옷으로 갈아입고 나오자, 이미 외출 차비를 끝낸 도진이 커다란 상자 하나를 건넸다. 한눈에 봐도 옷상자여서 가인은 긴장했다.

"이게 뭔가요, 사장님?"

가인의 말에 도진이 가볍게 도리질하며 안타까운 표정을 지었다.

"하아. 우리 쁜이는 참으로 이 오빨 서운하게 하지. 둘이 있을 때도 익숙해져야 남들 앞에서도 잘 해낼 것 아닌가."

"그렇게 하지 않아도 남들 앞에서 잘 해낼 것 같은데요."

"가인 씨, 사람들이 괜히 연습이란 걸 하는 게 아니야. 배우들이 대본 연습을 하지 않고 현장에 바로 참여하면 어떻게 될까? 아무리 천재라도 그건 좀 힘들 거야. 게다가 우리는 평범한 사람들이니 자연스럽게 되기 위해서는 꾸준히 애칭을 쓸 필요가 있어."

"아, 네. 알겠습니다. 도자기 오빠."

가인이 매우 딱딱하게 부르자, 도진이 웃음을 터트리며 상자를 열었다.

"선물이야."

상자에는 의외로 아주 평범하고 멀쩡한 흰 원피스가 들어 있었다. 도진이 또 다른 동그란 상자도 열었는데, 그 안에는 넓게 챙이 달린 여성스러운 모자가 들어 있었다.

"지금 입은 옷도 잘 어울리지만, 이 옷을 입고 같이 식사를 하러 가지. 오늘 오느라 피곤했을 테니 저녁은 호텔 내에서 먹기로 하지."

세진그룹 호텔 겸 리조트에는 식당이 세 가지 종류 정도 있었다. 야외에서 바비큐를 해주며 뷔페식으로 골라 먹을 수 있는 곳과 중식당과 한식당이 있었다. 그 안에 편의점이나 기념품 가게, 키즈 카페, 아로마 테라피를 하는 곳까지 있었다. 가인이 옷을 받아 펼쳐보았다.

"사장……. 아니, 오……. 아니, 선배……. 취향하고는 매우 다르네요."

사장님이라고 부르려다가 오빠로 돌리려니 또 기분이 요상해서 선배라는 애매한 호칭으로 부르며 가인이 말했다. 옷은 심플하지만 풍성한 치맛단으로 사랑스럽고 여성스러운 느낌이 배어 있었다. 도진이 준 선물 중에 최초로 가인의 마음에 쏙 들었다.

"음. 물론 난 화려한 컬러를 좋아하기는 하지만, 이런 로망 하나쯤은 있거든. 신혼여행 때는 꼭 한번 실현시켜보고 싶었어."

"로망이요?"

"왜, 흰 원피스를 입고 챙이 넓은 모자를 쓰고 머리를 흩날리며 바닷가를 걷은 내 여자. 가인 씨 잘 어울릴 거야."

"아, 네……."

"그럴 때는 흰 원피스만 한 게 없는 것 같더라고."

그동안 만난 여자들에게 흰 원피스를 입혀보시지 그러셨어요, 라는 말이 목 끝까지 올라왔으나 가인은 프로의식으로 삼켰다. 지난 여자들에 대해 생각하자, 전과는 달리 모래알이 까끌거리듯 심장 부근이 묘하게 근질거렸다.

단 세 번, 그것도 거의 정중하게 끝나는 만남이라는 걸 누구보다도 가인이 잘 알면서도, 다른 여자에게 친절한 모습을 상상하니 묘하게 불쾌했다. 도진이 원피스를 든 채 가만히 보고 있는 가인에게 속마음을 읽은 듯 말을 던졌다.

"내가 직접 여자 옷을 골라본 건 처음이야. 매장 직원하고 내가 원하는 바를 서로 맞추느라 힘들었어. 알다시피 선물은 거의 추천해준거나 매장 하나를 지정해주고 직접 가서 고르라고 하는 편이었거든."

특별한 건 좋다. 하지만 비교급으로 특별한 건 싫었다. 가인이 전과는 달리 어쩐지 심통이 났지만, 내색하지 않으려 노력하며 답했다.

"이거, 안 입는다고 하면 어떻게 하실 겁니까?"

도진이 그런 말은 예상했던 듯 자연스레 답했다.

"업무를 위한 거니 입어줬으면 좋겠어. 명령은 하고 싶지 않으니까 부탁. 신혼여행 온 첫날은 아무리 피곤해도 나갈 땐 예쁜 옷들로 갈아입던데, 가인 씨는 그러고 싶지 않나."

가인이 순순히 답했다.

"알겠습니다."

"옷값은 출장경비에 포함되는 거니 걱정하지 말고."

"나중에 감사에 걸리지 않을까요?"

"감사에 걸리지 않아."

"……걸리면 모두 사장님, 아니, 도자기 오빠 탓으로 돌리겠습니다. 가능한 모든 수단을 동원해서요."

"그렇게 하도록 해. 날 의지하겠다니 기쁘군."

이왕 이렇게 된 거 프로의식을 발휘해서 오빠란 말을 완벽하게 소화하겠다고 결심하자, 망설이던 호칭이 거침없이 나왔다. 기분이야 어찌되었건, 하려던 말은 해야겠다고 가인이 결심했다.

"오빠."

낯간지러운 호칭. 물론 동갑이나 연하보다는 연상이 더 좋지만, 그래도 이렇게 먼저 부르게 될 줄은 몰랐던 호칭. 생각보다 입에 착 감겨, 가인 스스로도 놀랐다. 가인이 부드럽게 웃었다.

strawberry kiss

229

"옷, 예쁘네요. 감사합니다. 그럼 갈아입으러 갈게요."

가인이 그렇게 등을 돌리자, 도진이 잠시 멍한 표정이 되었다. 그의 시선은 방금 지나간 미소의 궤적을 좇고 있었다.

strawberry kiss

도진과 가인이 밖으로 나왔다. 제법 어둑해지는 하늘은, 멀리 바다를 수놓아 운치 있었다. 도진이 선물한 원피스는 가인에게 딱 맞는 데다 아주 잘 어울렸다. 바람에 한들한들 하얀 치맛자락이 날리는 걸 눈으로 좇으며, 가인은 여행의 평화로움에 조금씩 젖어들고 있었다.

둘은 매우 지척에서 걸어가고 있어, 도진의 손가락 마디와 가인의 손가락 마디가 자꾸만 움직임에 닿았다 떨어졌다를 반복했다. 도진이 뭔가를 결심한 듯 손을 내밀려는데, 뒤에서 갑자기 누군가 가인을 불렀다.

"가인 씨!"

낯익은 목소리. 이곳에 있으리라고는 전혀 생각지 못한 사람의 목소리에 가인이 조금 놀라 뒤를 돌아보았다. 연한 갈색 머리카락을 나풀거리며 잘생긴 남자 하나가 그녀를 향해 뛰어왔다.

차권이었다. 얼굴에는 기막힌 우연에 대한 감탄이 서려 있었다. 권이 해맑게 웃으며 가인을 향해 반갑게 말을 걸었다.

"제주도에 출장 왔어요? 이곳에서 볼 줄 몰랐는데 이렇게 만나다니, 우리는 정말 운명인가 보네요. 오늘 정말 예뻐요."

가인의 성격을 아주 잘 알기에 권이 도진과 같이 있는 가인에게 그리 말하자, 한 걸음 물러나 있던 도진이 가인 대신 냉소적으로 대꾸했다.

"차권 씨가 운명이라면, 24시간 붙어 있는 가인 씨와 나는 운명을 넘어선 필연 중의 필연인 모양입니다."

그러자 권이 도진의 쌀쌀한 말에도 환한 웃음을 띠며 답했다.

"24시간이 아니라, 근무시간에만 해당되는 이야기일 텐데요."

"한마디도 지지 않는군요."

그러더니 도진이 말 대신 가인의 어깨를 은근슬쩍 손으로 감싸며 가인을 제 쪽으로 끌었다. 권의 눈빛이 묘해졌다. 분명 불필요한 접촉은 말자고 했는데 어김없이 제 뜻을 어기는 도진에게 가인이 일침하려는 순간, 뒤에서 상냥한 목소리가 들려왔다.

"오늘 도착하신 신혼부부시네요. 식사하러 가시는 길인가 봐요."

모두의 시선이 그쪽으로 쏠렸다. 아까 안내해주던 여직원이었다. 항의하려던 가인은 '거봐, 나는 지금 연기 중이라고.' 하는 뻔뻔한 표정을 짓는 도진에게 가볍게 눈살을 찌푸리는 정도로 끝낼 수밖에 없었다.

"신혼여행이라고요?"

권이 마치 시어빠진 딸기를 잘못 집어 먹은 표정으로 직원에게 되물었다. 그러자 여직원의 얼굴에 화색이 돌며 발랄한 답변이 돌아왔다.

"어머, 차권 씨로군요. 화보 촬영을 위해서 스케줄 조정을 갑자기 하셨다고 들었어요. 우리 리조트에서도 무척 기쁘게 생각하고 있답니다. 안 그래도 저녁식사를 위해 모시러 가던 중이었어요. 이쪽은 오늘 막 도착하신 신혼부부세요. 이야기 중이신 것 같은데, 서로 아는 사이세요?"

직원의 말이 끝나자, 도진이 뭐라 하기도 전에 권이 선수를 쳤다. 얼굴은 태연함 그 자체였다.

"네, 맞아요. 아주 잘 아는 사이죠. 같이 식사하고 싶은데 자리를 마련해주지 않겠어요?"

그러자 직원이 친절하지만 난감한 미소를 띠고 대꾸했다.

"차권 씨는 원래 이번에 일정에 없는데 리조트 홍보 관련 화보를 위해 일부러 스케줄을 빼주셨다고, 특별히 저희 쪽에서 저녁을 따로 준비했습니다."

그러자 권이 정말 미안한 표정으로 친절하게 답했다.

"아, 곤란하게 만들려던 건 아니었어요. 제가 아는 분이니, 함께 식사하는 비용은 제 사비에서 지출하겠습니다. 특혜를 바라고 한 말은 아니었어요."

누가 봐도 권이 연예인임을 이용해 리조트 측에 특혜를 요구하려던 게 아니라, 지인을 우연히 만나 친절을 베풀고 싶었던 것이라는 게 절절히 드러났다. 그러자 오히려 직원이 더 미안해하기 시작했다.

"아뇨. 비용의 문제가 아니었습니다. 차권 씨가 아무래도 너무 인기인이시다 보니 식사를 편하게 하시라고 따로 자리를 마련했었습니다. 그렇게까지 말씀하시는 걸 보니 지인분들에게 맛있는 걸 대접하고 싶으셨나 봅니다. 그 마음 충분히 이해하고 제가 다시 알아보겠습니다."

"지인분들이 즐거운 여행을 하는 것 같아서, 좋은 뜻으로 한 이야기인데, 생각이 짧았네요. 곤란하게 만들 생각은 없으니 상황이 어려워질 것 같으면 그냥 없던 이야기로 하기로 하죠."

권이 남자가 봐도 혹할 것 같은 달콤한 미소로 응답하자, 대응하던 직원은 순간 얼이 빠져 잠시 멍하니 있었다. 도진이 그 모습을 보고 낮게 혀를 찼다. 그 소리에 직원이 정신이 든 듯 다시 얼른 접대용 미소를 걸치고 대응했다.

"아닙니다. 바로 알아봐드리겠습니다."

그러더니 직원이 잠시 뒤돌아 휴대전화로 바로 어디론가 연락을 해 이것저것 이야기하더니 곧 전화를 끊고 화색이 된 얼굴로 권과 도진, 가인을 바라보며 말했다.

"가능하시다고 하십니다. 하지만 여기 오신 손님들도 미리 예약하신 식사가 있어서, 손님들이 괜찮으시다면 오늘 식사는 환불해드리거나 차후에 오실 수 있도록 특별우대권을 드리겠다고 합니다. 괜찮으시겠습니까?"

권이 부드럽게 미소 지으며 답했다.

"그렇게까지 안 하셔도 되는데, 음. 그러면 환불 비용은 제가 대도록 하겠습니다. 그 정도는 하게 해주세요."

그러자 직원의 얼굴에는 역시 개념 있는 연예인은 다르다는 표정이 떠올랐다. 그녀의 머릿속에는 연예인이라는 위명 아래 특혜를 요구하던 사람 몇이 떠올랐는지도 몰랐다.

"알겠습니다. 그럼 세 사람분이 준비되는 대로 바로 안내해드리도록 하겠습니다. 여기 벤치에서 잠시 기다려주세요."

직원이 고개를 끄덕이고 자리를 떴다. 직원이 자리를 뜨자, 세 사람 사이에서는 기묘한 적막이 돌았다.

가인은 당황스럽게 흘러가는 상황을 우선 가만히 관찰했다. 사실 권은 가인과 아는 사이였고, 도진과는 접점이 거의 없다고 해도 무방했다.

얼마 전까지만 해도 애인이 없다는 걸 알고 있었는데 갑작스레 결혼해서 신혼부부로 왔다니, 그것도 세진그룹 사장인 정도진과 말이다. 권이 가인을 이상하게 생각해도 이해 못 할 바 아니었다.

그리고 도진은 분명 가인과 일주일 출장을 왔다고 생각했는데, 갑작스레 가인을 아는 척하며 끼어든 유명 연예인의 존재가 달가울 리 없었다. 정신없이 끌려와서 몰랐는데, 실상 신혼부부라는 콘셉트로 갑작스레 리조트 친절도를 파악하겠다는 도진의 명령은 비이성적인 걸 넘어서 기이한 면까지 있었다.

도진이 너무 상황을 자연스럽게 주도해서 이상하다는 것조차 몰랐던 가인은 권의 등장으로 깨달았다.

도진의 얼굴에는 별다른 감정변화가 없었다. 얼굴 표정은 딱, 바이어들을 상대할 때와 유사했다. 적당한 친절함은 있지만 물러서지 않는 기백과 우선권을 빼앗기지 않을 여유도 동시에 느껴졌다.

권 또한 만만치 않았다. 얼굴에는 누구든 호감을 느낄 만한 부드럽고 달콤한 미소를 띠고 있었는데, 여러 성격의 사람들을 상대한 유들유들함과 탄력성이 존재하고 있었다. 도진이 무게 있는 카리스마를 지니고 있다면, 권은 부드러운 카리스마를 지니고 있었다.

묘하게 팽팽한 상황과는 다르게, 넓게 펼쳐진 아름다운 풀밭과 그 위로 그려진 하늘, 멀리 보이는 바다를 배경으로 서 있는 두 남자는 기가 막히게 멋있었다. 그래서 가인은 외려 헛웃음이 나왔다.

"갈 거죠?"

권이 도진이 아닌 가인을 향해 부드럽게 물었다. 마치 '달걀 프라이에 소금을 칠 거죠?' 하고 묻는 투라 넋을 놓고 있으면 별생각 없이 고개를 끄덕이고 말 것 같았다.

그러나 도진은 그 유들유들함에 넘어가지 않았다.

"상대방 의견을 먼저 묻지 않고 은근히 제 뜻대로 하다니, 세간에 알려진 배려와 친절은 겉포장에 집중되어 있었나 봅니다."

한마디로 불편함을 딱 부러지게 도진이 표현하자, 권이 되물었다.

"그래서, 정도진 씨는 가고 싶지 않으십니까?"

그 말 뒤에는, 가고 싶지 않다면 가인과 둘이 가서 이 상황에 대한 정황을 듣겠다는 뜻도 내포되어 있었다. 한편으로는 도진이 어떤 거절을 하든 부드럽게 응대하며 제 의견을 관철시키겠다는 의지도 숨어 있었다.

그걸 도진이 모를 리 없었다. 두 남자 사이에서 보이지 않는 불꽃이 튀었다. 도진이 여유 있게 웃으며 답했다.

"그럴 리 있겠습니까. 호의는 호의로 보답하라고 배웠습니다."

그러더니 도진이 웃음을 거두고 냉정하게 덧붙였다.

"안하민 씨의 호의, 받아들이죠."

권의 본명을 언급하는 말에, 놀란 기색을 조금이라도 내비친 건 가인이었다. 유명 연예인의 본명이야 알 수도 있는 일이었지만, 일반 사람들은 대부분 연예인의 본명을 모르기 마련이었다. 그때 직원 하나가 다가와 도진을 불렀다.

"정도진 님, 잠시만 이쪽으로 와주실 수 있으십니까?"

"잠시만 다녀올게."

도진이 평소보다 배로 살갑게 가인에게 말하며 자리를 떴다. 도진이 자리를 뜨자마자, 권이 가인에게 다가와 급하게 물었다. 평소의 부드럽고 침착하게 움직이는 권답지 않았다.

"갑자기 신혼여행이라니, 무슨 일 있었어요, 가인 씨? 실제로 결혼한 것 같지는 않은데. 본인 의사와 관계없이 강제로 오게 되었거나, 혹시 그럴 리야 없겠지만 협박이라도……."

진심으로 걱정하는 표정으로 재빠르게 말을 쏟아내는 권의 모습에, 그제야 가인은 권이 도진의 의사는 무시한 채 자신들을 식사 일행으로 합류시킨 까닭을 알게 되었다.

혹시라도 가인이 도움을 청하기 곤란한 상황이라면, 어떻게 해서든 도와주고 싶은 것 같았다. 어쩐지 평소와는 많이 다르다 싶었다. 미안하기도 하고 허탈하기도 해서, 가인이 권을 안심시키기 위해 말을 꺼냈다.

"그런 건 아니에요. 단지…… 출장을 왔는데 업무가 리조트 친절도 조사였을 뿐이에요. 그래서 가상으로 진상 신혼부부 흉내를 내고 있고요"

막상 말을 꺼내고 보니, 새삼 이상한 출장이라는 걸 자각하게 되었다. 만약 권이 나타나지 않았다면, 이대로 분위기에 휩쓸려버렸을 터였다. 예전에 자신은 잠시나마 도진에게 흔들렸었고, 실상은 지금도 생각하면 심장이 간질대는 기분이다.

권이 가인에게 뭐라 하려는데, 도진이 휴대전화로 누군가와 통화를 하며 권과 가인 쪽으로 천천히 걸어오고 있었다.

누구에게 하는 통화인지는 알 수 없었지만, 눈이 마주치자 도진이 권을 향해 의미심장한 미소를 한번 날려주었다. 그러고는 가인에게 흔들림 없는 태도로 말했다.

"우리가 예약한 저녁식사를 못 하게 된 대신 어떤 종류의 서비스를 원하는지 묻더군."

그러더니 도진이 보란 듯이 가인에게 고개를 수그려 조그맣게 속삭였다.

"나중에 우리 쁜이가 원하는 걸 선택해."

목소리가 귓가를 맴돌다 허공으로 사라졌다. 별것 아닌 언사였는데, 잠깐의 스침으로도 묘하게 술렁였다. 자신도 모르게 얼굴에 흔들림이 찰나 스며들었다. 하지만 가인은 도진이 눈치채지 못하게 그 감정을 잘 갈무리했다. 그리고 그 표정을, 권은 놓치지 않고 보았다.

strawberry kiss

분위기 좋은 야외 테라스에 맛있는 음식이 멋들어지게 차려져 있었다. 테라스 사방은 통유리로 덮여 있어 혹시나 갑자기 불 수 있는 바닷바람을 잘 차단하게끔 되어 있었다.

은은한 향초 냄새가 코끝을 맴돌고, 우아한 느낌의 식탁은 마치 외국 고성에 온 느낌마저 주었다. 다만, 함께한 사람들이 문제였다.

가인이 아무리 연애경험이 없고 그런 방면으로 둔하다 한들, 각각 다른 방식으로 자신에게 고백한 남자 둘이 눈앞에 떡하니 앉아 있는데 아무렇지 않을 리 없었다.

어쩔 줄 몰라 안절부절못하는 성격은 아니었지만, 당혹스럽기 그지없었다. 하지만 성격과 직업의 특성상, 가인은 내색 하지 않고 침착함을 유지했다.

게다가 오늘 식사 때 둘 중 하나를 택한다고 한 것도 아닌데, 둘은 팽팽한 신경전을 벌이고 있었다.

"이쪽으로 앉지."

"이쪽으로 앉도록 해요."

둘은 마치 짠 듯이 동시에 의자를 빼주며 서로 예의를 과시하고 있었다. 직원은 참으로 센스 없게도 식탁에 의자를 네 개 준비했기 때문에 남자들은 제 자리를 하나씩 차지하고도 가인을 위한 의자를 하나씩 잡을 수 있었다.

가인은 한숨을 내쉬었다.

"둘 다 의자에서 손 떼어주세요."

그러나 두 남자는 마치 그녀의 선택이 식사의 행방을 결정하기라도 하는 듯 바로 손을 떼지 않았다. 가인이 천천히 두 사람의 손을 하나씩 의자에서 뜯어내었다. 그리고 두 남자에게서 적당한 위치에 의자 하나를 놓고 거기에 앉았다.

"우리 쁜이, 신랑 곁으로 와야 하는 거 아닌가? 직무유기야."

도진이 은근한 목소리로 가인에게 권했다. 그러자 권도 질세라 받아쳤다.

"이야기는 들었습니다. 신혼부부로 위장해서 출장을 오셨다고요. 이곳의 친절도를 비밀리에 조사하신단 말을 들었습니다. 그러니 어디에 앉든 가인 씨의 선택을 존중해주셔야 하는 것 아닐까요?"

그러자 도진이 여유 있는 웃음을 띠며 권에게 답했다.

"그렇게 친절하게 말하고 있지만, 사실 안하민 씨도 가인이 옆에 앉았으면 좋겠다는 생각을 하고 있는 것 같은데요. 배려심도 좋죠. 하지만 가끔은 분명하게 말해야 하는 때도 있는 법입니다."

하민도 만만치 않은 능청스러운 웃음으로 도진의 말을 받았다.

"직무유기를 은근슬쩍 들먹이시는 분이 하실 말씀은 아닌 것 같은데요."

이대로라면 식사는커녕 자리도 못 잡을 것 같아서, 가인이 딱 잘라 말했다.

"저는 지금 이 자리가 가장 마음에 듭니다."

그러자 두 남자 모두 군말 않고 자리에 앉았다. 가인은 태연히 앉아 컵을 들어 물 한 모금을 마셨다. 그런 가인의 접시 위로 싱싱한 새우와 전복 요리가 올랐다. 도진이었다.

"가인, 좋아하는 거잖아."

확실히 가인이 좋아하는 음식이기는 했다. 권이 말했다.

"취향을 아주 잘 아시는군요."

"같이 일한 시간이 꽤 되니 취향 정도야 잘 알고 있습니다. 확실히 함께하는 시간의 길이가 중요하긴 한 것 같습니다."

그러자 권이 웃었다.

"함께한 시간이 길다고 해서 꼭 연애의 설렘으로 발전하는 법은 없죠. 만약에 그렇다면 모두 어릴 때 소꿉친구와 연애하고 있겠지요."

가인은 그 사이에 뭐라 끼어들려다, 말없이 음식을 한입 물었다. 음식은 적당한 온도로 맛있게 익혀져 있었다. 남자들은 마치 기 싸움에서 이겨야만 가인을 차지할 수 있다고 생각하는 것 같았다. 남자들은 정말 알다가도 모를 생물이다.

"상황마다 다르겠지요. 제가 아는 부부는 어릴 때부터 소꿉친구로 지내다가 결혼까지 했습니다. 서로 잘 아는 만큼 지금은 누구보다도 편하다고 합니다."

도진이 권의 말을 받아치며 태연히 요리를 한입 베어 물었다. 가인
은 도진이 자신에게는 음식을 권했어도 권에게는 그렇게 하지 않았다
는 사실을 깨달았다.

어떻게 생각하면 권이 초대한 것이나 마찬가지인데도 아무런 응대
를 하지 않는 걸 보면 평소와 참 다르다 싶었다. 도진은 독특한 면은
있어도 예의 바른 사람이었기 때문이었다.

그러나 그건 권도 마찬가지였다. 가인에게만 친절하게 굴 뿐, 도진
에게는 웃는 낯으로 날을 세우고 있었다.

"아무리 일 관련 업무라지만, 미혼의 부하직원에게 신혼부부 역할
을 시키는 건 무리한 요구라고 생각됩니다."

권이 일견 타당한 이야기를 꺼내놓았다. 가인은 반쯤은 포기한 채
묵묵히 음식을 먹고 있었다. 사실 이렇게 두 남자가 팽팽하게 신경전
을 벌이고 있으면 입맛이 떨어질 만도 하건만, 음식 맛은 아주 좋았
다.

가인은 해물죽에 커다랗게 들어 있는 전복의 싱싱함에 감탄했다.
도진은 권의 말에도 흔들리지 않았다.

"불만이라면 안하민 씨에게 듣는 게 아니라 우리 가인이한테 듣고
싶은데요."

도진이 권을 도발하듯 일부러 따박따박 본명을 부르고 있었다. 가
인은 도진의 말에서 우리라는 호칭이 자연스럽게 따라붙는 걸 보며
한마디 할까 하다, 그러면 권이 자기편을 들어준다 싶어 또다시 싸움
에 불이 붙을 것 같아 침묵을 택했다.

싱싱한 야채와 잘 삶은 닭고기로 된 샐러드를 한입 먹으면서 가인
은 리조트에 직원가로 할인이 가능하면 가족들과 함께 한번 와야겠다
는 생각을 하고 있었다.

"저는 직장생활을 해본 적은 없지만, 일 때문에 이야기는 많이 듣고 있습니다. 한국 문화 특성상 직장상사한테 부하직원이 불만을 토로하기가 쉬우리라 생각되지 않습니다."

맞는 말이었다. 하지만 어디서 일을 하건, 일을 하면서 느끼는 고충은 크건 작건 다 있으리라는 것도 가인은 알았다. 아마 권도 스타이긴 하지만, 분명 그녀가 알지 못하는 고충이 있을 터였다.

한편으론 그런 고충까지 고려하다니 배려심이 넓긴 하구나, 하는 생각도 들었다. 그래서 팬층이 그렇게 두터운가 싶기도 했다.

권의 말에 도진이 재밌다는 듯 웃었다.

"우리 가인이를 너무 우습게 보고 있습니다. 그렇게 만만한 사람이 아닙니다, 우리 가인이."

"그런 식의 지칭도 넓게 보면 성희롱에 해당됩니다."

"본인이 동의한 호칭입니다. 우리 가인이. 우리 쁜이. 우리 자기 등등등."

"정말입니까?"

권이 가인을 향해 걱정 반, 불신 반을 섞어 질문을 던졌다. 가인이 잘 익은 고기 한 점을 먹다가 권의 말에 차분히 고기를 넘기고 고개를 끄덕였다.

"어찌되었든 지금 제 역할은 신혼부부니 역할에 충실하게 그 정도 호칭은 괜찮다고 했습니다."

물론 동의한 건 쁜이뿐이고 우리 자기 같은 호칭이 언제부터 허용되는 범위였는지는 알 수 없었지만, 여기서 길게 말을 늘이는 건 논쟁만 가열시킬 것 같아 가인은 그 정도 선에서 말을 끊었다.

"사장……. 아니, 음. 우리 도. 자. 기. 씨! 차권 씨 말도 일리가 있습니다. 좀 더 조심할 필요는 있습니다."

가인이 도자기라는 호칭에서 스타카토로 마치 로봇처럼 딱딱하게 발음했다. 도진이 큭큭댔다.

"도……자기라뇨?"

권이 설마 하는 표정으로 되물었다. 가인이 냅킨으로 입가를 한번 닦으며 태연히 답했다.

"제가 정한 애칭입니다."

여태까지의 웃는 낯이 깨지며, 권이 순간 놀란 듯 흠칫 몸을 떨었다. 일반인이었다면 굴욕적인 모습이었겠지만, 연예인이라 그런지 상당히 귀엽게까지 느껴졌다.

이래서 연예인 아무나 못 한다고 했구나. 순간이 화보네.

가인이 그렇게 생각하며 아마 권의 팬들이 봤으면 역사적인 짤방으로 인터넷에 돌아다녔으리라 생각했다. 이 순간을 혼자만 본 게 팬들에게 미안해졌다. 도진이 결국 참지 못한 웃음을 호쾌하게 터트리며 말했다.

"나는 예전에 역사서를 읽으면서 미인들한테 빠진 왕들이 왜 그녀들의 손아귀에서 못 벗어났는지 이해를 잘 못 했는데 말이야. 요즘 우리 가인이를 보면 알 것 같아."

가인이 식사 중 처음으로 미간을 살짝 찌푸렸다. 양귀비, 장녹수, 클레오파트라, 널리 알려진 세 사람만 봐도 그리 좋은 예는 아니다.

"역사적으로 안 좋은 실례가 많지 않나요? 비유가 그리 유쾌하지는 않습니다. 사……. 음, 흠. 우리 도. 자. 기. 남편 씨."

이번에도 아까만큼은 아니었지만 권이 매우 충격적인 걸 목도한 듯한 표정을 지어주었다. 도진이 유쾌하게 답했다.

"하하하. 우리 쁜이, 오해는 말아. 왕소군 같은 여자도 있어. 물론 정사보다는 야사 쪽에서 더 미인이지만. 얼굴뿐 아니라 내면의 덕도 상당하다고 알려진 인물이지."

왕소군.

중국 4대 미녀 중 하나로, 중국 황제의 후궁 중 하나였지만 황제의 명으로 흉노에게 시집간 여인.

야사에 따르면 후궁으로 들어갈 적 초상화를 그린 화공에게 뇌물을 주지 않아 흉하게 그려졌고, 그 초상화만 본 황제가 한 번도 찾지 않다가 흉노에게 보내기로 결정한 이후에야 그 진가를 알아봤다고 한다.

흉노족의 땅에 가서도 백성들을 자애롭게 돌보고 천 짜는 기술, 농업 하는 기술들을 알려줄 정도로 현명했다는 이야기가 있다. 그녀가 흉노족에 화친의 대상으로 시집간 이후 한나라와 흉노족 사이가 60년 이상 평화로웠다고도 한다.

권이 대화에 끼어들었다.

"왕소군이라. 제 기억이 맞는다면 화공의 그림만 믿고 황제가 왕소군은 신경도 쓰지 않은 걸로 알고 있습니다. 그리고 흉노족에게 화친의 대상으로 보낼 때가 되어야 왕소군의 진가를 깨닫죠. 바보 같은 남자가 곁에 늘 있던 현명하고 아름다운 여인을 어떻게 잃는지 잘 보여주는 사례라고 생각했었습니다만, 그 예를 드실 거라곤 생각도 못 했습니다."

차권은 부드럽게 말했지만, 내용에는 상당한 뼈가 있었다. 결국, 도진이 가인을 끝까지 붙들고 있지는 못하리란 말이었다. 뺏어가는 사람이 자신이 될지도 모른다는 속내까지 넌지시 비치는 말에, 도진이 권을 똑바로 바라보며 분명히 답했다.

"그렇습니다, 차권 씨. 그리고 난 절대 그 바보 같은 남자는 되지 않을 생각입니다. 이미 가인이 상큼하게 빛나는 딸기 같은 여자라는 걸 아주 잘 알고 있으니까요."

흔히 이럴 때 지칭하는 빛나는 보석 대신 딸기라고 지칭하는 걸 보고, 가인은 도진이 여전하다는 걸 깨달았다. 도진식 칭찬에 익숙하지 않은 권 또한 반문했다.

"딸기……라뇨?"

"딸기, 모르십니까? 겨울을 부드럽게 녹이는 봄에 나오죠. 봄은 아무리 추워도 제자리를 잘 찾아 굳건하게 나오는 단호함이 있어서 딸기와 아주 잘 어울린다고 생각합니다. 겉은 윤기 나게 빨갛고 속살은 보드랍습니다. 씨는 마치 보석처럼 박혀 있지요. 윗부분에는 한없이 사랑스러운 초록빛으로 물들어 있습니다.

한입 깨물면 새콤함과 달콤함이 공존해 많이 먹어도 질리지 않습니다. 잼 중에 가장 사랑받는 잼이 딸기 잼인 이유가 있지요. 게다가 레몬이나 오렌지보다도 비타민 C 함량이 높습니다. 철분이 있어 빈혈 예방 효과도 있고, 노화방지 효과까지 있답니다. 최근에는 암세포 생장 억제도 한다고 하더군요."

"아, 네."

다른 사람과는 급이 다른 칭찬에 이번만은 차권도 할 말을 찾지 못한 채 그저 짧게 답했다. 도진이 거기에 정점을 찍었다.

"더구나 딸기는 장미목 장미과입니다. 아주 중요하죠."

"뭐가 중요하단 말씀입니까?"

"아름답지 않습니까, 딸기는."

왕소군으로 시작해 딸기로 끝난 칭찬에, 가인이 고기를 썰던 나이프를 내려놓고 한숨을 잠시 내쉬곤 도진에게 대꾸했다. 자신이 끼어들지 않으면 끝나지 않을 것 같았다.

"말씀 중에 죄송합니다만, 도. 자. 기. 신랑님. 전 왕소군으로 평가받을 생각 없습니다."

가인의 딱 자른 한마디로, 도진의 물 흐르듯 흐르던 사차원 칭찬이 끝났다.

"내가 이래서 우리 쁜이를 좋아해. 대범하거든."

도진이 그렇게 가인을 한번 추켜세우더니, 권을 바라보았다.

"그런데, 안하민 씨가 우리 세진그룹 리조트 화보를 맡아주기로 한 지는 처음 알았습니다. 원래는 거절했던 일 아니었습니까?"

처음 듣는 소리에, 이번엔 가인이 조금 놀란 얼굴로 도진을 바라보았다. 권이 답했다.

"거절했었는데 가인 씨가 있는 회사 관련이니 한번 해볼 만하겠다는 생각이 들었습니다."

"흠. 일정까지 바꾸고 왔다고 들었습니다만, 어떻게 이렇게 우연히 우리 출장에 딱 맞게 일정을 잡으셨는지 아주 궁금해져서요."

그러면서 도진이 포크의 날을 날카롭게 세우고 음식을 쿡 찔렀다. 권이 한 치의 물러섬도 없이 답했다.

"불길한 예감이 들어서요."

권의 대답에 도진이 과장하듯 연극조로 말을 받았다.

"아, 그렇군요. 그렇죠. 불길한 예감은 틀리는 법이 없죠. 원하지 않은 일. 원하던 일. 모두. 그래서 전 불길한 예감 같은 걸 잘 생각하지 않습니다. 그렇지만 안하민 씨가 불길한 예감을 느끼셨다니, 참 유감입니다."

그리고 도진이 고개를 들어 권을 바라보며 씩, 웃었다.

"그런 예감대로의 일, 아주 잘 일어나거든요."

똑똑똑똑똑.

성미 급한 노크가 여러 번 들리더니, 문이 벌컥 열렸다. 안경을 낀 동그란 동안의 오십 대 중반 정도 된 중년 남자가 급하게 들어왔다. 그러더니 남자가 권에게 후다닥 달려와 용건을 재빠르게 털어놓기 시작했다.

"차권! 식사 중에 미안하네. 여기 있다고 들으니 마음이 조급해져서 나도 모르게 직원한테 부탁해서 들어왔지 뭔가."

"봉수찬 감독님, 어떻게 여길……."

권이 당황하며 몸을 일으켰다. 봉수찬. 어디선가 많이 들어본 이름이다. 가인은 영화는 가끔 보는 편이었지만 감독 이름까지는 알지 못했다.

그래도 인터넷 포털 사이트에 이름이 자주 오르내리는지 들어본 듯익숙했다. 갑자기 등장한 인물로 가인과 권이 당황한 사이, 도진이 예의 바르게 일어나 봉수찬 감독에게 말을 걸었다.

"급한 일 같으신데 저희는 신경 쓰지 마시고 볼일 보십시오. 원하시면 자리를 피해드릴까요?"

"아니, 아닙니다. 같이 일행이 있는 줄은 몰랐습니다. 차권 이 친구를 만나기 너무 어려워 결례를 저질렀지만, 좀 봐주십시오."

"아, 일 때문에 그러신데 당연히 원하시는 대로 하셔야죠."

도진이 마치 식탁의 주인이라도 된 양 승낙하자, 수찬이 이젠 도진과 가인의 눈치는 전혀 보지 않고 권에게 제 할 말을 쏟아붓고 있었다.

"차권, 자네가 내 영화 고사한 건 알고 있네. 이미지 변신이란 건 어렵지. 알고 있네. 하지만 한번 다시 생각해보면 안 되겠나? 이 역은 자네 말고는 생각할 수 없어!"

"감독님, 지금이 아니라 제가 다시 연락드리겠습니다. 감독님 같은 분이 이렇게 찾아오실 정도의 사람이 아닌데 일부러 제주도까지 오신 겁니까?"

"마침 나도 아내랑 제주도 여행을 왔거든! 근데 자네가 여기 있다고 하지 뭔가! 내 한번 부탁이라도 해보려고 온 걸세. 자네랑 꼭 같이 일해보고 싶어."

흔히 이런 식으로 감독이 배우에게 매달리는 경우는 없을 것 같은데, 권이 어지간히 탐나긴 했나 보다고 가인은 속으로 생각했다. 한편으론 그렇게까지 만드는 권의 능력이 대단하다는 생각도 들었다. 결국 권이 난감한 기색으로 자리에서 일어섰다.

"감독님, 여기서 이러지 마시고 밖에서 이야기하세요."

그런 후 권이 가인에게 양해를 구했다.

"가인 씨, 미안해요. 내가 다시 연락할게요."

"괜찮아요. 권 씨 식사를 거의 못 하셔서……."

"그건 괜찮으니 맛있게 먹고 가요."

그리고 봉수찬 감독이라는 남자와 권이 폭풍같이 사라졌다. 수찬이 일방적으로 떠드는 모양새였지만 권은 친절하게 뭐라 뭐라 하고 있었다. 가인이 중얼거렸다.

"누구신지는 모르겠지만 굉장히 차권 씨를 쓰고 싶었나 봐요……."

"영화계에서 알아주는 감독이야. 이름난 영화제에서 상도 여러 번 탔지. 성격이 급하고 괄괄하긴 하지만 성품 자체는 좋은 사람이라고 하더군."

가인이 도진을 바라보며 대꾸했다.

"잘 아시네요."

"일을 하다 보면 이런저런 사람들을 알게 되는 법이지."

도진이 가인을 바라보며 빙그레 웃었다. 지나가던 여자 열이면 열 다 뒤돌아볼 것 같은 미소였다.

"자, 이제 식사를 제대로 하자고, 우리 쁜이."

strawberry kiss

결국, 권은 식사가 끝날 때까지 돌아오지 못했다. 봉 감독이라는 사람이 답을 들을 때까지 끈덕지게 붙들고 있는 게 분명했다.

가인은 조금 신경 쓰였지만, 휴대전화에서 권의 전화번호도 지워서 없었고 아무리 우연히 그렇게 되었대도 일할 때 참견하는 건 좋지 않은 행동이었다.

도진은 권의 부재에도 아랑곳하지 않았다. 도진은 권이 있을 때 보여주던 조금 뻔뻔하다 싶을 정도의 능청스러운 태도를 버리고 친절한 모습을 보여주었다. 음식은 맛있었고 대화는 편안했다.

끊임없이 이야기가 이어진 건 아니었지만, 함께한 시간은 무시 못 하는지 침묵조차 익숙했다. 가인은 권이 던지고 간 이번 출장의 이상함이 떠올랐지만, 논리적으로 접근해서 이 분위기를 깨트리고 싶지 않았다. 뜨거운 설렘과 묘한 편안함이 공존하고 있었다.

"우연히…… 참 깜찍하기도 하지."

"무슨 말씀이십니까?"

도진이 가끔 뜬금없이 화두를 던지는 경우가 있었기 때문에, 가인은 놀라지 않고 대꾸했다. 도진이 빙그레 웃었다. 도진의 미소는 옆에 비서로 있으면서 종종 보곤 했는데, 저만을 위한 건 처음이라 기분이 울렁울렁했다.

"안하민 씨 말이야. 가인 씨와 우연히 만났다고 주장했잖아. 그거 거짓말이거든. 가인 씨가 나와 제주도로 출장 간 걸 알고 부랴부랴 리조트 화보 찍을 날짜를 수정해서 이쪽으로 온 거야. '우연'이라고 하면서 마주칠 틈을 노리고 말이야."

"우리가 이곳에 머무를 줄은 몰랐을 텐데요."

"그러니까 반쯤은 '우연'에 기댄 거지. 이곳에 없었으면 촬영 틈틈이 제주도 이곳저곳을 누볐을걸? 제주도는 섬인 데다 가는 코스들이 많이 정해져 있잖아? 엇갈릴 수도 있지만 마주칠 확률도 높지. 안하민 씨는 거기다 건 거야."

"논리적인 비약이 심하신 건 아닐까요."

애초에 부하직원에게 좋다고 한 남자에게 지나치게 신경 쓰고 계십니다만. 이 말이 바로 뒤에 이어나올 뻔했지만 가인은 현명하게 삼켰다. 애초에 도진은 권이 자신에게 고백한 사실도 알지 못했다. 일부러 그 사실을 도진에게 알려줄 필요는 없었다.

한편으로는, 저 모든 말에 전제에는 권이 가인을 좋아한다는 사실이 깔려 있기는 했지만 자신이 굳이 입 밖으로 내어 기정사실화 시킬 필요는 없었다. 그건 고백한 권에 대한 예의가 아니다.

"그렇지 않아. 모두 내가 총무실에 전화해서 확인한 내용이야. 안하민 씨가 리조트 화보 건 날짜를 조율하는 척하면서 은근히 가인 씨 안부를 물었다더군. 나와 출장이라고 하니까 적당한 화술로 의심사지 않게 장소와 시간을 물었어. 가인 씨, 잘 알아둬. 남자는 단순하지만 때론 치밀한 생물이야."

이럴 때 보면, 도진은 엉뚱한 듯해도 일에 관련해서는 치밀했다. 이번만은 특수하게 권에게 겉으로도 불편함을 내색했지만, 필요하다면 사업상 부딪히는 사람에게도 겉으로 전혀 표 내지 않은 채 웃을 수 있는 사람이었다. 가인이 도진의 말에 잠시 묵묵히 있다 되물었다.

"그럼 사……. 아니, 음. 우리 도자기 씨는요?"

아까보다는 자연스러워진 도자기라는 표현에, 도진이 귀엽다는 듯 잠시 웃었다. 오늘따라 유독 웃음이 많다고 가인은 생각했다.

그것은 평소 일할 때 짓는 비즈니스 웃음과는 달랐다. 좀 더 편안하고 다양한 느낌의 웃음이었다. 편한 사람에게만 보내주는 것 같은 모습이 설렜다.

"이거, 되레 역공 당했는데."

하지만 도진은 그에 대한 답을 하지 않았다. 가인도 더는 묻지 않았다.

strawberry kiss

식사를 마치고 둘은 천천히 해변을 걸었다. 세진그룹 호텔 겸 리조트는 널따란 부지에 해변까지 끼고 있어 휴식만을 원하는 사람이라면 이곳에서 벗어나지 않아도 제주도의 풍광은 충분히 즐길 수 있었다.

둥실둥실, 리조트 소속의 보트가 작은 선착장에 매인 채로 떠다니고 있었다. 마치 이번 출장과 관련된 제 마음 같아 가인은 애써 마음을 다잡았다.

일몰의 바다는 일출의 바다와는 달리 사람의 마음을 차분해지게 했다. 그와 동시에 바쁜 일상에서 잊고 지내던 감정이나 생각들이 물밀듯 흘러들어와 정리를 종용했다.

주변에는 가인과 같은 신혼부부로 보이는 사람들이나 연인, 혹은 가족 단위로 산책하고 있었다. 저 멀리서는 안전요원 하나가 높은 대 위에 홀로 앉아 있었다.

나란히 걷고 있으니 진짜 가족이 된 기분이었다. 출장이라는 틀에 억지로 묶인 사이가 아닌, 진짜 가족. 도진은 주위에 직원이 없어서인지 전과 같이 끈적끈적하게 달라붙지는 않았다. 근데 그게 또 묘하게 서운해서, 가인은 제 마음을 갈피 잡을 수 없었다.

도진은 그런 가인의 마음을 아는지 모르는지 그저 말없이 가인의 근처에서 천천히 걸었다. 바람이 남자의 잘생긴 얼굴을 흔들고 지나갔다. 그 바람이 저마저 흔드는 것 같아, 가인이 일부러 정색하고 도진에게 딱 부러지게 말을 시작했다.

"이 출장, 이상하다고 생각하고 있었습니다. 해명, 하셔야 하지 않겠습니까?"

도진이 가인을 바라보았다. 평화로운 얼굴에, 가인은 도진의 휴식을 깬 것 같아 외려 마음이 찔렸다. 가인은 그가 얼마나 바쁘게 살고 있는지 잘 알고 있었다.

도진은 가인이 길게 설명하지 않았는데도 의도를 알아챈 것 같았다. 사실 권이 불씨를 붙이고 간 것이나 마찬가지였다. 도진이 짧게 변명했다.

"친절도 조사가 필요한 건 맞아."

그리고 도진은 더는 말이 없었다. 사실 실제 투숙객을 대상으로 한 설문조사나 전화조사로 부족하다면 전문 연기자를 고용해 친절도를 직접 알아봐도 충분했다.

사장과 비서가 부부 연기를 하면서 굳이 제주도에 올 필요는 없었다. 일은 일이지만, 그들이 꼭 해야 할 일은 아니었던 것이다. 도진이 약간 쓰게 웃었다.

"그래도 조금 늦게 눈치채주길 바랐어. 아쉽군."

그 웃음에, 가인은 아무 잘못도 없는데 이상하게 잘못하는 것 같은 기분마저 들었다. 여자들이 고작 세 번 만나고 도진에게 목숨 거는 이유를 알 것 같았다.

별다른 말을 하지 않아도 상대방을 흔드는 매력과 카리스마가 도진에게는 분명히 존재했다. 도진이 가인의 얼굴로 조심스레 손을 올려 부드럽게 쓰다듬었다.

"조금만 날 믿고 기다려주면 안 되겠나? 대답 말이야, 우리 쁜이."

평소 같았으면 단박에 손을 쳐냈을 터였다. 하지만 바닷바람과 흔들리는 일몰과, 진심이 담긴 남자의 나지막한 목소리와 깊은 눈빛에 가인은 허용해버리고 말았다. 하지만 간신히 바로 단박에 대답하는 우를 범하지는 않았다.

흔들리면 안 된다. 흔들리면. 여기서 '네.'라고 대답하면 안 돼. 절대 안 돼.

하지만 가인은 정확히 왜 그렇게 대답하면 안 되는지 짚어낼 수 없었다. 도진은 상사였고, 그가 명령을 내리면 긍정의 사인은 곧잘 보내곤 했었다.

물론 이건 잘못된 명령이고, 뭔가 방향이 잘못되었을 때는 옆에서 시정 의사를 표현하는 것도 비서의 역할이기는 했다. 특히나 이렇게 공과 사가 얽히는 상황에서는 더더욱 중심을 잡지 않으면 곤란했다.

말하면 안 돼. 가인. 여기서 '네.'라고 답하면 안 돼.

하지만 집요하리만치 뚫어져라 바라보는 눈동자를 계속 바라보고 있노라니, 명치끝에서 간질간질한 뭔가가 올라오는 기분이었다. 박하사탕처럼 화해지는 가슴에 가인은 결국 저도 모르게 답하고 말았다.

"네. 알겠습니다."

"고마워."

도진이 만족한 듯 매혹적으로 웃었다. 가인은 얼굴에 감정을 표현하지 않으려 애썼지만, 속으로는 평소 침착한 모습과는 달리 내가 왜 이런 미친 짓을 했느냐며 엄청나게 한탄을 하고 있었다. 가인이 얼굴이 굳은 채로 뻣뻣하게 걸어가다, 결국 발을 헛디뎠다.

"앗."

어차피 모래사장이었고, 넘어져도 다치지 않을 상황이었다. 모래사장에서 모래에 발이 파묻혀 넘어지는 여자는 흔하니까. 그러나 휘청한 몸이 공중에 멈췄다. 도진이 날렵하게 가인을 잡았기 때문이다.

"괜찮아?"

바짝 닿은 몸에 심장이 미치도록 쿵쾅거렸다. 가인은 남자들에게 철벽은 잘 쳤지만, 실제로는 내성이 전혀 없는 상태나 마찬가지였다. 일할 때와는 달리 가인이 몹시 당황하며 손을 마구 휘저었다.

"네, 괜찮, 괜찮습니다. 놔주세요."

가인이 급하게 도진의 품에서 나오려 애쓰다, 결국 또다시 발을 헛디뎠다. 그러나 이번엔 도진이 일부러 양손을 옆으로 벌린 과장된 포즈를 하고 가인을 잡아주지 않았다. 엎어진 가인이 고개를 들어 도진을 바라보자, 도진이 능청스레 변명했다.

"왜? 잡아주지 말라며?"

"아무 말도 하지 않았습니다."

"쿡쿡. 표정이 말하고 있잖아, 표정이. 역시 안 되겠네. 이렇게 덜렁대서야."

덜렁대서 그런 게 아니라고 가인이 말하려는데, 도진이 그녀의 손을 잡았다. 쑥, 남자의 힘으로 가인이 순식간에 일으켜졌다. 그러더니 도진이 개구쟁이처럼 가인의 손을 꽉 잡으며 앞장서서 걷기 시작했다.

"놓으십시오, 사……. 아니, 음, 도자기 씨."

그 상황에서도 꿋꿋하게 제 역할을 하려고 도자기로 저를 불러대자 도진은 다시 키득거리며 한참을 웃었다. 그러나 손은 놓지 않았다.

"왜, 또 넘어지려고?"

"……."

"조용히 따라오시죠, 우리 쁜이 마나님."

가인의 얼굴이 새빨개졌다. 도진은 눈치 좋게 가인의 손을 꼭 잡은 채 그 얼굴을 못 본 척 태연히 걸었다.

strawberry kiss

숙소에 돌아와서는 별다른 일이 없었다. 다만 도진이 어떤 방을 쓸 거냐는 질문도 없이 잘 자라는 인사와 함께 물 한 병을 들고 욕실이 딸린 가장 큰 방으로 들어가버려 가인은 선택권 없이 작은방을 쓰게 되었다. 욕실은 어차피 두 개였기 때문에 자신은 거실 쪽에 딸린 방을 쓰면 되었다.

그간 도진이 한 짓궂은 행동들을 고려하면 매우 잠잠해서 이상했지만, 한참을 지나도 큰 방 쪽에서는 어떠한 미동도 없었다. 가인은 작은 방에 들어가는 대신, 통유리로 된 거실창에 비친 풍경을 바라보고 있었다.

군데군데 켜진 가로등 밑의 한국이되 이국적인 풍경은 불쑥 떠나온 여행 같은 느낌을 주었다.

바쁘게 지내면서 잃어버린 여유를 느끼는 와중에, 갑자기 휴대전화가 울렸다. 저장되지 않은 번호로 온 메시지였다.

[권이에요. 아직 내 번호 저장되어 있나요? 그런 달콤한 기대를 해 봤지만 혹시 모르니 이름을 알려요. 식사는 맛있게 잘했나요? 중간에 갑작스레 나오고 합류를 못 해서 미안해요.]

가인은 가만히 메시지를 바라보았다. 이미 지운 번호를 저장할 생각은 조금도 없었지만, 답은 해줘야 할 것 같았다.

[괜찮습니다. 식사를 제대로 못 하셔서 그게 걱정이네요.]

간결하게 보냈는데, 바로 답이 왔다.

[이렇게 걱정 받을 수 있다면 한두 끼 정도는 굶어도 괜찮겠는데요?]

그래. 이런 사람이었지. 가인이 옅게 웃었다. 바로 메시지 하나가 또 날아왔다.

[사장님이 불편하게는 하지 않으셨나요?]

흠. 가인이 작게 감탄사를 내뱉고 잠시 생각에 잠겼다. 소설이나 영화에서 보던 것처럼 두 남자가 자길 사이에 두고 팽팽하게 신경전을 벌이고 있지만, 제삼자의 눈으로 볼 때와는 달리 설레거나 두근거리진 않았다.

애정을 받는다는 사실이 그런 감정을 불러일으키긴 했으나 그런 감정보다는 불편함이 더 컸다.

자신은 하나밖에 없다. 둘 다 선택을 안 할 수도, 하나를 선택할 수도 있지만 어떤 선택을 하든 누군가는 상처받는다. 그렇게 하고 싶지 않았다.

하지만 이 상황은 자신이 원해서 만든 상황은 아니었다. 고의적으로 두 사람에게 추파를 던진 것도 아니었고, 두 사람을 재면서 은근히 경쟁을 부추기지도 않았다. 다만, 안타깝게도 동시에 두 사람이 자신을 좋아했을 뿐이다.

[걱정 안 하셔도 됩니다. 사장님은 그렇게 경우 없는 분은 아니]

톡톡, 거기까지 메시지를 적다 가인은 손을 뗐다. 이런 경우를 경우가 있다고 보기도 좀 그렇기는 하다. 출장을 빙자해서 자신을 제주도까지 데려와서 신혼부부 행세를 하고 있다. 게다가 중간에 자신을 채갈까 봐 경쟁자도 일찌감치 제거해버렸다.

이럴 때면 도진이 장난기가 있는 것과는 달리 철두철미하다는 생각이 들었다. 결국 가인은 쓰던 메시지를 지우고 간결한 답을 치기 시작했다.

[특별한 일은 없었습니다.]

그때 다시 메시지 하나가 도착했다. 권이 아니었다.

[걱정되면 문 잠그고 자도록. 푹 쉬어. 난 그렇게 경우 없는 사람이
아니란 걸 좀 믿어주고. 우리 쁜이. 잘 자.]

그냥 웃음이 나왔다. 권과 주고받는 메시지를 보고 있는 것도 아닐
텐데 이렇게 딱 맞춰 보내다니, 참 타이밍도 좋지.

도진이 가장 큰 방에 들어간 건, 외려 자신을 배려해서였나. 만약
도진이 작은 방을 썼다면 욕실을 이용하기 위해 거실로 나와야 했고,
가인은 거실로 나오기 쉽지 않았을 터였다. 그런 모든 걸 고려한 걸
까.

가인은 굳게 닫혀 열리지 않는 도진의 방문을 가만히 바라보았다.
자신답지 않게 불쑥 열고 들어가 왁 하고 놀라게 하고 싶은 생각이 들
었다. 하지만 뒷일은 감당할 수 없다는 이성이 그녀를 확실하게 붙들
었다.

뭔가 제 안에서 변하고 있었다. 뭔가 간질간질하다. 기분이 좋다.
이런 식의 관심, 계속 받고 싶다. 누군가 제 계획을 방해하면 기분 나
쁠 테지만, 이런 식의 참견은 계속 받고 싶다. 불편하다기보다는, 재
밌다. 즐겁고 유쾌하다.

그게 바로 사랑의 시작이라는 걸 가인은 바로 깨닫지 못했다. 호감
은 억누른다고 막아지는 것이 아니라는 사실도 연애 초보인 가인은
아직 알지 못했다.

strawberry kiss

도진은 욕실이 딸린 큰 방에 앉아 전망을 보고 있었다. 바깥은 이미

어둑했지만, 야외에 간간이 켜져 있는 가로등 덕에 오히려 운치 있게 이국적인 제주도 풍경을 즐길 수 있었다.

언제나 모든 일에는 시기라는 게 있었다. 물론 사업은 어떤 직감보다는 이론적인 수치나 정확한 자료를 토대로 성공할 사업인지 실패할 사업일지 정하는 게 더 맞았다.

하지만 사람과의 일은 그런 논리적인 분석만으로 끝나지 않는 감정이 얽혀 있었다. 그리고 그 감은, 지금 가인을 잡아야 한다고 말하고 있었다.

처음 보았을 때는 예쁘고 야무져 보인다고 생각했다. 표정변화는 많지 않았지만 일 하나하나에 담긴 무심한 배려는 눈길을 끌었다.

장미꽃 같은 화려함보다는 백합이나 수국 같은 은은함이 있는 여자였다. 그러면서도 가끔 똑 부러지게 제 할 말을 하는 걸 보면 제 주관도 분명히 있는 사람이었다.

사실 도진은 그동안 여자들을 만나오기는 했지만, 정말 마음이 닿았던 적은 딱 한 번뿐이었다. 그리고 그 한 번을 놓치고 나서, 도진에게 여자들과의 만남은 피상적인 습관 같은 거였다.

그저 지켜지는 약속 같은. 그래서 더더욱 마음을 줄 사람은 만나지 않았다. 조건이나 가볍게 헤어질 수 있는 사람을 은연중에 찾았다.

사랑했던 사람을 놓았던 흔적은, 서로 동의하에 헤어졌다 해도 길고 날카로웠다. 헤어지고 엉엉 울지도 않았고, 생활이 흔들리지도 않았다. 그렇게 상황을 만든 부모님을 탓하지도 않았고, 남들이 보면 냉정하다 싶을 정도로 태연했다. 아마도 그래서 더 오래 아팠는지도 몰랐다.

도진은 뒤늦게야 그 일들이 남긴 제 상처가 거죽만 딱지로 덮여진 채 오랜 세월 숨죽인 채 천천히 아물고 있었다는 걸 알았다. 그래서 가인을 보았을 때, 제가 그녀에게 관심이 간다는 걸 얼핏 알면서도 그대로 두었다.

그렇지만 이제는 관심이 가는 괜찮은 여자에서, 내 옆자리를 내어주고 내 마음을 보여주고 싶은 여자가 됐다. 2년 동안 가인은 그렇게 서서히 그녀라는 사람에게 도진을 이끌었다.

이십 대의 불타오르는 정열보다 더 계산적이 되어버렸지만, 그렇다해서 지금 타오르는 감정이 쉬이 사그라질 것 같지도 않았다. 아니, 시간이 지날수록, 가인이란 여자를 알아갈수록 그녀가 가까이 있을수록 더더욱 그녀를 제 사람으로 만들고 싶었다.

그리고 도진은, 지금 이 순간을 놓치면 가인을 잡기 어려우리라는 판단이 섰다. 사랑에도 적합한 타이밍이 있다. 움직여야 할 때는 움직여야 한다. 그 미묘한 오차를 놓치면, 영영 엇갈리게 되는 경우도 있다.

그러고 싶지 않다. 이제 놓치고 싶지 않다. 사랑이라는 이름으로 헤어지는 일은, 마음에 드는 사람을 사랑한다는 까닭으로 더 행복하라고 보내주는 일은 더는 하고 싶지 않았다.

아마 지금 놓치면, 차권이라는 친구가 가인을 어떻게든 낚아챌 터였다. 도진은 제 눈앞에서 제 맘에 두는 사람을 빼앗길 정도로 호락호락한 사람이 아니다. 일이 있어 본사로 전화를 했다가 차권의 이야기를 전해 들은 건 기회였다.

「리조트에서 사장님께서 혹시 만날 수도 있을 것 같아서 말씀드려요. 원래 겹치는 일정이 아닌데 차권 씨가 강력하게 희망해서 날짜를 정하셨거든요.」

그래서 도진도 그에 따른 대비책을 강구해놓았다. 여러 가지 방법이 있었는데, 그중 하나였던 제주도에 왔다던 봉수찬 감독의 전화번

호를 입수해 그에게 권의 소재를 알려준 사람이 바로 도진이었다. 더
는 가인과의 시간을 다른 이에 의해 방해받고 싶지 않았기 때문에.

　도진은 창밖을 한참 바라보며 생각을 정리하다, 휴대전화를 들어
가인에게 메시지를 하나 보냈다.

　[걱정되면 문 잠그고 자도록. 푹 쉬어. 난 그렇게 경우 없는 사람이
아니란 걸 좀 믿어주고. 우리 쁜이. 잘 자.]

　평소라면 절대 쓰지 않았을 낯간지러운 표현이 술술 나오는 걸 보
니, 헛웃음이 절로 나왔다. 하지만 그럴 때마다 보이는 반응이 지독히
도 귀여워, 저도 모르게 유치해지고는 했다. 도진은 새어나오는 바보
같은 미소를 함빡 머금었다.

strawberry kiss

　아침엔 평소보다 눈이 일찍 떠졌다. 잠자리는 편했지만 낯설기 때
문인 것 같았다. 어스름한 햇빛을 보며 시계로 눈을 돌리니 5시 57분
이었다.

　도진은 7시나 7시 반쯤 일어나는 걸로 알고 있었다. 도진보다 일찍
일어나 준비한다 해도 6시 반쯤이어도 충분했다. 가인은 화장에 굉장
히 공을 들이거나 진하게 하는 타입이 아니었기 때문에 화장에 들이
는 시간도 여자치고 짧은 편에 속했다.

　잠이 들어 헝클어진 머리를 쓸어올리며, 나중에 결혼하면 이런 모
습까지 다 보여줘야 하는 건가 하는 묘한 기분이 들었다. 신혼부부 콘
셉트라 그런지 평소에는 잊고 지내던 결혼에 대한 생각이 들었다.

　드라마나 영화에서 연한 화장까지 곱게 한 채 머리도 적당히 아름

답게 풀어헤쳐진 것과 실제 아침은 다르지 않나. 사랑하는 사람이 생기면 예쁜 모습만 보이고 싶을 텐데. 이래서 연애와 결혼은 다르다고 하나.

가인은 얼굴이 붓거나 침을 흘리거나 하지 않고 꽤 단정히 자는 편이었지만, 그래도 쑥스러울 것 같았다. 그 모든 것도 잊을 만큼 사랑하게 되면 결혼하는 건가 싶기도 했다.

도진이 아침에 일어난 모습은 어떨까. 햇살이 비춘 얼굴을 한번 바라보고 싶다. 내 옆에 누워 있다면……

거기까지 생각하고 가인은 부끄러운 기분이 들어 몸을 벌떡 일으켰다. 미쳤나 보다. 여행지의 기분이 평소 하지 않던 망상까지 하게 하고 있었다. 가인은 얼른 욕실로 향했다. 세수라도 해서 정신을 차려야겠다는 생각이 들었다.

7시쯤 되자 도진이 일어났는지 메시지가 와 있었다.

[오늘은 산책로니 편안한 복장으로 입도록 해. 우리 쁜이.]

점점 익숙해지는 '쁜이'라는 호칭에 가인이 가볍게 웃은 후, 정장 스타일의 옷을 집어넣고 티와 바지를 꺼내 입었다. 신발은 운동화로 정하고 준비를 다 하고 나서 거실에 앉아 간단한 책자를 보고 있는데, 도진이 문을 열고 나왔다. 가인은 순간 너무 놀라 표정관리를 할 수 없었다.

도진이 곰돌이가 프린트된 박스 티에 뭐라 정의 내릴 수 없는 무늬의 몸빼를 입고 있었기 때문이었다.

심지어 곰돌이는 갈색도 아닌 고추장 색과 유사한 기이한 빨간색이었고 눈이 짝짝이이기까지 했다. 게다가 발목까지 올라오는 양말을 신었는데 어디서 구했는지 선명한 진초록색 아라베스크 무늬였다.

도진 정도 되는 잘생긴 남자니 그나마 봐줄 만했지 보통의 남자가 입었다면 예능프로의 벌칙의상이라 믿어 의심치 않을 만했다. 가인이 기가 막혀 아무 말도 못 한 채 가만히 있자 도진이 매우 만족한 표정으로 가인 옆의 소파에 편안히 앉았다.

아까는 정신없어서 눈치채지 못한 캡 모자를 손으로 빙글빙글 돌리고 있었는데 송곳니가 날카로운 생쥐 그림이 박혀 있었다. 길게 늘어진 생쥐 귀는 두 짝이 색이 달랐는데 하나는 잿빛이었고 하나는 물 빠진 보라색이어서 10년은 묵은 것처럼 보였다.

도진이 굉장히 환한 미소를 띠며 가인에게 자랑스레 말을 걸었다.

"한 번쯤은 원하는 대로 입고 싶었어. 아주 어릴 때 이후로는 내 맘대로 입어본 적이 없거든. 어머니가 옷 문제는 엄하셔서 말이야."

"아니, 어머니가 엄하셨던 것 같지는 않습니다."

가인은 도진의 어머니를 몇 번 본 적 있었다. 인사 정도였지만, 대체적인 평판은 합리적인 분이라는 쪽이었다. 저런 옷이라니, 어떤 엄마든 아들에게 등짝 스매시를 선사할 만했다.

"우리 어머니가 가인 씨가 편들어준 걸 알면 좋아하시겠는데. 참하다고 하셨거든."

"누구나 저처럼 말할 겁니다. 참하고 안 참하고의 문제가 아니라고 생각합니다."

그러니 어서 그 옷을 갈아입으세요. 갈아입기 전에는 절대 같이 다니고 싶지 않습니다. 이 말을 막 하려는데, 초인종이 삐이 울렸다. 도진이 기다렸다는 듯이 문을 열었다.

밖에는 호텔 여직원이 서 있었는데, 도진의 옷을 보고 웃지도 울지도 못하는 기묘한 표정으로 일그러지려다 가까스로 직업의식을 발휘해 표정관리를 했다.

눈을 살짝 돌리는 걸로 봐선 옷차림을 보고 웃음이 터지는 걸 방지

하기 위함인 듯했다. 실없는 웃음이 나올까 걱정이 되었는지 친절하지만 경직된 목소리가 흘러나왔다.

"불편하신 점이 있다고 해서 왔습니다. 무슨 문제신가요?"

그러자 도진이 어제 호텔 측으로부터 받은 티셔츠 두 장을 꺼내 들었다. 그러더니 티셔츠 두 장을 든 채 다리를 꼬고 앉아 불퉁하게 대꾸했다.

"이 티셔츠 마음에 안 드는데, 반품하고 싶습니다. 다른 디자인으로 하고 싶습니다. 너무 미적감각이 없어요."

간만에 제대로 미친 소리를 들었는지 직원이 답을 바로 하지 않았다. 최악의 미적센스를 뽐내며 소파에 앉아 다리를 꼰 채 감히 멀쩡한 티셔츠의 디자인을 논하는 도진은 정말 진상 같았다.

다행히 직원은 정신을 혼미하게 하는 의상을 극복한 것 같았다. 어이없음을 잘 감추고 직원이 친절하게 답했다.

"하지만 고객님, 저희는 불량 외의 반품은 받지 않습니다. 저희는 이미지 외 샘플을 직접 입어보고 선택할 수 있게 해드리기 때문에, 실물이 사진과 다르다거나 사이즈가 맞지 않는다는 건 반품사유에 들어가지 않습니다. 게다가 뒤편에는 고객님의 이름이 박혀 있어서 다시 활용할 수도 없고요.

그래서 저희가 티셔츠 같은 경우는 구매하시기 전에 충분한 숙려기간을 두는 편입니다. 급하게 일정을 잡으신 경우는 직접 원하는 샘플을 시착하실 수 있게 한 후 택배로 보내드리는 정책을 쓰고 있고요. 특별한 디자인을 원하시는 경우에는 미리 선택할 수 있게 충분히 설명을 드렸습니다.

그리고 결정하신 후에 바꿀 수 있는 기회도 세 번 드리고요. 고객님이 처음부터 끝까지 이 디자인을 원하셨던 걸로 체크되어 있습니다."

직원의 말은 하나부터 열까지 매우 합리적이었다. 하지만 도진은 듣지 않았다.

"고객이 바꿔달라면 바꿔줘야 하는 거 아닙니까? 싫다잖아요. 다시 보니까 너무 촌스러운 티셔츠입니다."

백번 양보해도 도진의 손에 들려 있는 티셔츠가 훨씬 멀쩡하고 괜찮았다. 다리를 꼬고 앉아서 괴이한 복장을 하고 멀쩡한 디자인의 티셔츠를 흔드는 도진은 가인이 보기에도 정말 꼴 보기 싫었다.

그래도 이상한 옷을 입고 기가 막히는 행동을 하고 있음에도 잘생기긴 정말 잘생겼다는 생각이 들었다. 직원이 다시 침착하게 대응하기 시작했다.

"계약하신 내용의 설명서를 보면, 티셔츠 같은 경우는 고객 변심에 의해 환불 교환이 불가하니 신중히 선택해달라는 문구가 있습니다."

그러자 도진이 티셔츠를 바닥으로 내팽개치며 시원하게 외쳤다.

"뭐 이런 데가 다 있습니까? 인터넷 게시판에 올리겠습니다!"

상황이 이쯤 되자, 가인은 도진이 연기를 하고 있음을 깨달았다. 자신들은 진상 부부 콘셉트였다. 하지만 가인은 저 상황에서 도진 같은 맹렬한 연기를 펼칠 자신이 없었다.

다만, 직원이 어떻게든 말려달라는 안타까운 눈빛을 가인에게 보내자, 모르는 척 새침을 뗐을 뿐이었다.

똑같은 인간으로 싸잡아 보이겠지만, 그게 가인이 할 수 있는 최대한의 연기였다. 도진이 굳은 얼굴로 답하라는 듯 직원을 바라보자, 직원이 친절하지만 단호한 태도로 답했다.

"올리십시오."

"야, 이거 세진그룹에서 하는 호텔이라고 비싸게도 받더니 배짱장사네, 배짱장사야. 이름이 뭡니까? 오태희. 이름 똑똑히 기억했습니다. 오늘 일 하나부터 열까지 인터넷에 올리고 본사까지 컴플레인 걸 겁니다. 뭐, 이런 경우가 다 있어. 바꿔달라면 바꿔줘야지. 낸 돈이 얼마인데."

"죄송합니다, 고객님. 하지만 규정에 어긋나는 행동은 할 수 없습니다."

"스트레스 주지 말고 나가요!"

"알겠습니다. 혹시 다른 불편사항이나 문의사항 있으면 말씀해주십시오."

"지금 불편사항 해결 못 하잖아. 염장 질러요?"

"죄송합니다."

속이야 어쨌건, 직원이 단정히 인사하고 문밖을 나섰다. 직원이 나가자마자, 도진이 팽개쳤던 티셔츠를 잘 갈무리해서 탁자에 올려놓은 후 침착함을 되찾았다.

"훌륭하군."

가인이 응대했다.

"네, 존댓말을 쓰는 아주 훌륭한 진상짓이었습니다."

도진이 싱긋 웃었다. 싱그러운 웃음이었다.

"고마워. 내 연기력이 물올랐나 봐. 안하민 씨한테 한번 도전장을 내봐야겠어."

가인이 도진의 옆에 비서처럼 딱 섰다. 습관이었다.

"이 일, 어떻게 해결하실 겁니까? 혹시 저 직원에게 징계를 내리실 겁니까?"

가인은 비서로서의 모든 업무는 숙지하고 있었지만, 지금 묵고 있는 곳의 매뉴얼까지 알 정도는 아니었다. 직원의 태도는 나무랄 데 없이 훌륭했지만, 도진이 원하는 서비스 평가 기준은 전혀 알 수 없었다. 고객이 왕이라며 무조건 고객에게 맞추라는 방침이 있는 곳도 많았다. 도진이 답했다.

"징계라니. 상을 줘야지. 고객에게 훌륭한 서비스를 제공하는 건 맞지만, 불합리한 요구까지 모두 수용하라는 게 아니야. 고객이 소중하듯 직원도 소중한 거지. 훌륭한 대처였어."

"하지만 사…… 아니, 도자기 신랑님 같은 경우야 연기였지만 진짜이런 대책 없는 경우도 있지 않을까요?"

"어떤 서비스건 모두를 만족시킬 수 없어. 왜냐하면 이용자의 잘못이면서 운영자의 잘못이라고 우기는 경우가 있거든. 이런 경우까지 수용하지 않는 게 우리 방침이야. 내 회사에서 일하는 사람을 내가 지키지 못하면 누가 지키겠어?"

가인이 답이 없이 도진을 물끄러미 바라보자 도진이 되물었다.

"왜 그러지?"

"제가 모시는 상사가 생각했던 것보다 훨씬 멋지신 분이라는 걸 깨달았습니다."

그러자 도진이 가볍게 소리 내서 웃었다.

"나와 함께 일한 지 좀 됐는데 지금에야 인정받는 건가?"

"아니, 그 전에도 인정은 하고 있었습니다만, 오늘 일로 새삼 깨달은 거죠."

그러자 도진이 나갈 채비를 하며 대꾸했다.

"자, 가지. 이런 기분으로 제주도를 즐겨야 맛 아니겠어?"

도진이 자연스럽게 이끌자, 가인이 엉겁결에 나가려다 새삼 자각한 듯 멈칫하며 도진을 붙들었다.

"도자기 신랑님."

"왜 그러지?"

가인은 앞서 나가는 도진의 의상을 한 번 더 보았다. 끔찍하게 조악했다. 하지만 한층 좋은 기분을 망치고 싶진 않아, 가인이 도진이 탁자 위에 잘 놓은 커플 티셔츠를 들어 보였다.

"어쨌든 신혼부부 콘셉트이니, 오늘은 맞춰 입고 나가는 게 좋을 것

같습니다. 안타깝지만 바지도 제 컬러와 디자인 비슷하게 맞춰주시면
안 되겠습니까?"

양말과 모자도 어떻게 하고 싶었지만, 우선은 큰 것부터 좋은 말로
수정시키는 게 급선무였다. 티랑 바지만 멀쩡한 걸로 바뀌어도 어느
정도는 봐줄 만하겠지.

양말이야 운동화 안에 감춰질 테고 모자야 은근슬쩍 못 쓰게 하면
그만이고. 가인이 속내를 숨기려는 듯 씩 웃었다. 그러자 도진이 감탄
했다는 듯 내뱉었다.

"역시 우리 쁜이야. 옷 바꿔달라고 그렇게 난동 부리다 마음이 바뀌
어서 그 옷을 입고 둘이 나가면 정말 제대로 진상 같겠군. 그러함에도
우리에게 잘 대처하는지 어떤지 한번 보자고. 쁜이 말대로 바지도 갈
아입고 오지. 그래야 더 효과가 살 것 같으니까."

도진이 싱글벙글하면서 갈아입으려 방으로 들어갔다. 가인은 차마
생각하지 못했던 걸 도진이 집어내자 아차 싶었다. 누구나 다른 사람
한테 진상으로 보이고 싶은 사람은 없다. 하지만 이건 일이니 어쩔 수
없다고 가인은 스스로에게 위로했다.

조금의 시간이 지나고 도진이 티와 바지, 그리고 양말까지 갈아 신
고 왔다. 양말 색도 어느새 봤는지 가인과 같은 색이었다. 한결 멀쩡
해진 모습에 도진이 가인에게 칭찬을 바라는 듯 말했다.

"이왕 맞출 거 양말 색도 맞춰봤어. 어때?"

가인이 물개박수를 치며 답했다.

"아주 훌륭하십니다. 역시 우리 남편입니다."

그러자 도진이 운동화를 신으며 묘한 표정이 되었다.

"어쩐지 뭔가 이상한 기분인데……."

"기분 탓입니다."

가인의 뜻대로 입게끔 조종당했다는 걸 눈치 못 채게 하기 위해 가

인이 얼른 문밖을 나섰다. 차를 주차한 곳까지 가는데, 마침 아까 자신들을 담당했던 직원과 딱 마주쳤다. 직원이 둘이 나란히 입은 티를 보더니 표정이 미묘하게 바뀌었다. 직원의 손에는 여러 장의 티들이 들려 있었다.

"티셔츠…… 입으셨네요?"

"네, 하하. 입고 보니 좋더라고요."

도진이 아주 뻔뻔하게 대꾸하자, 직원은 잠시 말을 잃었다. 가인은 얼굴이 화끈거릴 지경이었지만 시선을 피하며 최대한 평정을 유지했다. 직원이 말을 이었다.

"아까 기분이 많이 상하신 것 같기에, 샘플 중 사이즈가 맞는 걸로 여유가 있는 걸 몇 벌 가져오던 중이었습니다. 혹시 마음에 드시는 게 있을까 해서……."

"괜찮습니다. 입어보니까 이것만 한 디자인이 없네요. 신경 써주셔서 감사합니다."

"아, 네……."

도진의 급변한 태도에 직원이 떨떠름하게 답했다. 그러나 본분을 잊지 않고 다시 친절하게 인사를 하고 몸을 돌렸다. 영 마음에 걸린 가인이 결국 직원에게 가서 조용히 속삭였다.

"결벽증에 더해서 기분 변동이 좀 심해요. 이해하세요."

가인의 속삭임에 직원이 알았다는 듯 고개를 끄덕였다. 눈빛에는, 잘생긴 남자를 얻었으나 덧붙여 괴팍한 성격까지 감당하는 가인에 대한 감탄과 안쓰러움이 옅게 깔려 있었다.

가인은 이 정도는 감내할 수 있다는 여유 있는 웃음으로 직원을 보내고, 아무것도 모른 채 자신을 기다리는 도진을 향해 걸어갔다.

가인은 속으로, 나중에 결혼하더라도 절대 이곳으로는 신혼여행을 오지 말아야겠다고 생각했다. 한편으론 도진이 사장이고 자신이 몰래

카메라처럼 시험 당했음을 알게 되면 직원 기분이 어떨까 하는 생각
도 들었다.

도진이 렌트한 차에 자연스레 운전석에 앉았다. 가인도 운전면허가
있기는 했지만 실랑이는 처음 차를 렌트할 때로도 족했다. 분명 가인
이 운전한다고 하면 도진은 '사장의 권한'을 이용해 말릴 터였다. 가인
은 불필요한 소모는 안 하는 타입이었다.

차창 밖으로 풍경이 흘렀다. 높게 솟은 건물 틈 사이 비좁은 시야에
서 탁 트인 하늘과 대지는 멋들어졌다. 지금 어디로 가는지 가인은 궁
금했지만, 그보다는 더 먼저 지적하고 싶은 사안이 있었다. 가인이 운
을 뗐다.

"뒷일은 생각 안 하세요? 아까 그 직원, 단단히 오해할 텐데요."

원래 도진은 저런 성격이 아니다. 때때로 뜬금없는 말을 던질 때는
있어도, 정도에 벗어난 행동은 절대 하지 않았다. 게다가 어릴 때부터
받은 가정교육 탓에 예의 있으며 반듯했다.

지금에야 그 뜬금없는 말들이 패션 테러리스트인 그의 특성과 맞물
려 묘하게 이해되고 있지만, 아무튼 도진은 비합리적인 사람이 아니
었다. 가인은 도진이 그런 오해를 받는 게 어쩐지 싫었다.

도진이 유려하게 운전하며 답했다.

"괜찮아. 뒷일 생각하고 지른 거니까. 게다가 우리가 이번 출장에서
주로 할 일이 그런 거란 거, 우리 쁜이도 알고 있잖아."

그 말을 듣자 가인이 이해했다는 듯 고개를 끄덕였다. 도진의 괜찮
다는 말은, 짧았지만 늘 안정감을 주곤 했다. 그는 괜찮다고 말하면
괜찮게 만드는 사람이었다. 그리고 '일'이라면 납득할 만했다.

그 일이 사장이 할 법한 일이 아니라 해도, 어쨌든 출장의 목적은 그 거였고 도진은 자신에게 주어진 책임은 성실히 이행하는 남자였다. 너무 성실해서 문제라고 느낀 적은 이번이 처음이었지만.

"우리, 어디로 가고 있나요?"

"굉장히 많은 해석을 하게 하는 질문인데."

"문장 그대로로 해석하시면 됩니다. 상징적인 의미를 담아주지 않 으셔도 돼요. 예를 들자면 '네 마음속'이라든지 혹은 '인생이란 그런 질문을 던지는 법이지.' 이런 답을 필요로 하는 게 아닌 실제적인 목적 지를 바라는 겁니다."

공격할 틈을 주지 않고 딱 부러지게 답하는 가인을 향해 도진이 질 문을 던졌다.

"우리 쁜이 수능 볼 때 언어 영역 몇 점이었어?"

예상치 못한 질문에 가인이 잠시 멈칫했다 답했다.

"……한 문항 틀렸습니다."

"역시, 내 생각이 맞네. 모의고사 때는 다 맞은 적도 있지?"

"네."

"말수가 적은 것치곤 논리적으로 말을 잘하거든. 언어 쪽으로 잘할 줄 알았어."

열어놓은 차창 사이로, 바람이 불었다. 쭉 뻗은 도로는 녹음이 점점 짙어지고 있었다.

"사려니 숲길로 갈 거야. 예전에 인터넷 검색하다 우연히 보고 가보 고 싶었거든. 난 생각이 많아지거나 결단을 내릴 일이 있으면 걷는 걸 좋아해. 가인 씨는 어떨지 모르겠군. 걷는 걸 싫어하면 중간에 벤치들 도 많으니 거기서 쉬어도 돼."

"저도 걷는 걸 좋아합니다. 산책하면서 생각이 정리되는 그 느낌이 좋아요."

"맞는 데가 있어서 기분이 좋네. 사실 이번은 어쩔 수 없었지만, 함께하는 거라면 상대방의 취향도 충분히 고려해서 움직이고 싶었거든."

"출장이니까요."

"그래서 안 물었어. 우리 쁜이 성격에 분명히 일이니 내 뜻대로 하자고 할 줄 알았거든."

사람은 적응하는 생물이다. 어느새 사라진 서 비서라는 호칭 대신 '우리 쁜이'가 그 자리를 차지하고 있었지만 전혀 어색하지 않았다. 이러다 갑자기 서 비서, 하고 부르면 오히려 어색할 것 같았다. 아무렇지도 않게 빈틈을 파고든다, 이 남자는.

인물 좋고, 배경 끝내주고, 실력 있고, 게다가 제 상사에 회사의 미래 주인이기까지. 거기까지 알았을 때는 오히려 경계할 수 있었다.

상대방이 무슨 말을 하든 일로 연관시키고 대책 없이 남자에게 빠져든 여자들을 보며 경계할 수 있었던, 좀 더 냉정하게 말하자면 그는 선 밖의 사람이었다. TV 드라마 속 남주를 연기하는 연예인을 보며 멋지구나, 라고 거리를 두고 상상할 수 있는 정도의 그런 사람.

그렇지만 거리를 좁혀오기 시작하자, 상황은 생각지 못한 방향으로 흘러갔다. 예상치 못한 소박함에, 개그맨도 안 입을 것 같은 망가진 의상을 좋아하고, 사귀자는 걸 거절했더니 이렇게 자신을 제주도로 데려다 놓았다.

일에 있어 지나치게 사적인 감정을 앞세우는 사람은 싫어하지만, 일에 있어 철두철미했던 사람이 오직 자신을 위해 이런 일탈을 감행했다는 것이 묘하게 마음에 와 닿았다. 가인은 확연히 흔들리고 있었다.

어느새 차가 목적지에 도착했다. 나무를 뚝 잘라 만든 사려니 숲길이라는 표지판을 보자 그 투박한 목재의 느낌이 정감이 들었다. 빽빽

한 나무들 사이로 길게 나 있는 산책로는, 누군가와 함께 손잡고 걸어보고 싶은 충동을 느끼게 했다.

그때였다. 도진이 가인에게 손을 내밀었다.

"가인아, 손잡자."

미사여구 하나 없는 말인데, 심장이 갑자기 세차게 뛰었다. 이름을 부를 만큼 친한 사이가 아니라고 말하며 거절해야 맞는 건데, 거절하고 싶지 않았다.

도진의 목소리로 들은 자신의 이름은, 달콤하고 상냥해서 미치도록 유혹적이었다. 가인이 자신에게 변명하듯 한마디 하며 손을 내밀었다.

"신혼부부니까요."

"그래."

도진이 가인의 손을 잡았다. 도진의 체온이 손끝부터 시작해서 손가락을 타고 손바닥 전체를 뒤덮자, 심장을 마구잡이로 폭행당한 듯 붕 뜬 느낌이 들었다. 도진이 차근차근 말을 이었다.

"이제부터 말 편하게 할 거니까, 가인도 그래도 돼. 정도진 이 자식아, 이 정도는 애교로 볼 수 있어."

"그럴 수는 없습니다."

가인이 단호하게 답했다. 실은, 제 심장의 발광을 들키고 싶지 않은 자존심이기도 했다. 그러자 도진이 가볍게 한숨을 내쉬었다.

"그럴 줄 알았어. 철벽이 장난이 아니라니까."

도진이 그렇게 말하더니 손을 좀 더 꼭 잡고 묵묵히 걸었다. 서로 색이 다른 초록들이 물들 듯이 스며들었다.

"가인, 이번 출장 이상하다고 했었지? 가인 말이 맞아. 사실, 들어갔어."

아까처럼 장난스럽게 쁜이라고 부르지도 않고, 격식을 차려 누구누구 씨라고 부르지도 않는다. 담백하게 이름만 부르며 손을 지긋이 잡고 가는데 기분이 어질어질했다.

풀 내음과 꽃 내음이 진하게 풍기는 탓이라고 가인은 스스로에게 변명하려 애썼다. 그러나 가인은 적어도 언행에서 흔들림은 없었다.

"감사팀에서 알면 불이익을 당할 겁니다. 사장님은 모르겠지만 저는 확실히요."

"글쎄. 내 선에서 잘 마무리할 수 있을 것 같은데. 그런 걱정은 안 해도 돼."

"특혜를 바라는 건 아닙니다."

"특혜가 아니지. 가인에게는 선택의 여지가 없었으니, 사실 모든 책임은 내 몫이야."

도진이 죄를 고백하듯 담담히 말을 이었다.

"여태 일하면서 한 번도 일을 사적인 용도로 이용해본 적이 없어. 그건 무책임하다고 생각했거든. 이번이 처음이자 마지막이 될 거야. 외국의 더 근사한 곳으로 갈까도 했었지만 가인에게 너무 부담이 클 것 같았어."

도진이 가인 쪽을 슬쩍 쳐다보더니 어투를 좀 더 가볍게 바꿨다. 부담스러워할까 싶은 배려인 듯했다.

"심각한 얼굴 하지 마. 가인 씨를 얻으려면 사이좋게 잘려야 한다면 그렇게 하지, 뭐. 원래 미인은 얻기 힘든 법이잖아. 겉과 속이 모두 아름다운 미인은 더더욱."

"지금 전 농담하고 있지 않습니다."

"나도 농담하는 거 아니야."

도진이 농담 투의 말을 버리고 진지하게 답했다. 저를 뚫어져라 바라보는 깊은 눈동자에 가인은 시선을 피하고 싶었다. 싫어서가 아니라 빠져들까 봐. 아니, 이미 빠져들고 있어서.

하지만 가인은 시선을 피하지 않았다. 그건 지금 도진에 대한 예의가 아니었다.

　"가인이 뭘 걱정하는지 알아. 단순히 내 여자관계만의 문제가 아니지? 나는 여러 여자와 만남을 가져보긴 했지만 길게 사귄 적도 없고 한 번에 여럿을 사귄 적도 없어. 경우에 어긋나는 짓을 한 적도 없고. 가인 씨도 그걸 잘 알아.

　하지만 걱정되는 게 따로 있겠지. 우리 집안은 재력이 있고, 그 재력으로 가인 씨를 충분히 힘들게 할 수 있어. 그리고 어쩌면 내가 가인 씨를 그저 유희상대로 보고 있다고 생각할 수도 있고. 나 같은 경우는, 결혼은 집안끼리 하는 경우가 많으니까. 하지만 그렇지 않아."

　"……."

　"그럼 뒤집어서 말해보지. 내가 만약 가인 씨를 선택해서 모든 걸 잃게 돼도, 가인 씨는 날 선택할 수 있어?"

　"아직 그런 말을 할 정도로 깊은 관계는 아니라고 생각합니다."

　"하지만 난 그런 고려를 하고 있어. 최악의 경우, 난 세진그룹에서 완전히 제외되겠지."

　"그렇게까지 할 만큼의 가치가……."

　"있어."

　도진이 단호하게 말했다.

　"내가 아는 서가인은, 그럴 만한 가치가 충분히 있어."

　일에 있어서 늘 서늘하기만 했던 눈빛에는, 누가 봐도 단번에 알아볼 수 있을 정도의 애정이 서려 있었다. 저 남자가 저런 표정도 지을 줄 알던가.

　풍경이 바뀌었다. 입구 초입과는 다른 종류의 나무들이 울창하게 그들을 반겼다. 묵묵히 잡은 손이 열 마디 말보다 더 많은 신뢰를 전해주었다.

자신이 그동안 알던 도진은 어떤 사람이었더라. 여자는 세 번만 만난다. 만나는 동안 최선을 다한다. 그래서 여자들이 자신들이 꿈꾸는 사람이라고 생각하며 매달리곤 했었다.

일로서는 언제나 최선의 수부터 최악의 수까지 모두 계산하는 사람이었다. 인간적인 배려나 인정도 있는 사람이었다.

처음 상사로 모시게 되었을 때, 이런 일이 있을 거라곤 꿈에도 생각한 적이 없었다. 아니, 생각하지 않으려 했다. 끌리면 빠지게 될 테고, 빠지면 나오고 싶지 않을 것 같았기에.

그런 그가 자신을 자꾸 보여주며 접근한다. 관심이 있다 말한다. 모든 걸 놓아도 널 잡고 싶다고 말한다. 누가 봐도 로맨틱한 상황이었다.

하지만 가인은, 현실적인 문제를 보지 못할 정도로 어리지 않았다. 그러면서도 면역 없는 그녀는 다가온 설레는 사랑에 아무 생각 없이 몸을 맡기고 싶기도 했다.

길게 뻗은 길 위로, 도진의 목소리가 코끝에 진하게 매달린 초목의 향과 함께 흘러들어왔다. 양옆으로 늘어선 나무들이 그들을 호위하듯 서 있었다.

"대학 때 만났던 여자가 있었어. 결혼까지 생각할 정도로 사랑했지. 난 당연히 그녀도 그럴 줄 알았어. 장애 같은 건, 넘치는 사랑으로 뛰어넘을 수 있다고 생각할 때니까."

처음 듣는 이야기. 재벌가인 만큼, 관련된 사람들이나 업계 사람들은 알 수도 있었겠지만, 찌라시로도 돌지 않던 이야기였다. 아마도 철저하게 입막음했으리라. 도진의 목소리도 깊은 숲처럼 계속해서 그녀를 끌어들였다.

"어느 날 어머니가 그녈 만나서 돈을 주고 헤어지라고 했다는 걸 들었어. 그녀가 어떻게 했을 것 같아?"

"모르겠습니다."

정말, 알 수 없었다. 둘이 사랑의 도피라도 했을까? 도진이 반항이라도 했을까? 처절한 반대에 여자가 무너졌을까? 확실한 건, 그 둘은 이제 연인이 아니라는 것. 헤어졌다는 것. 과정은 알 수 없었지만 그랬으리라는 것.

사랑했던 사람이 떠나는 기분은 어떠할까. 상상조차 할 수 없었다. 어떤 의미에선 가족보다 연인이 사람에게 있어 더 가까운 자리에 있는지도 모른다.

그 연인의 손을 잡고 가족을 떠나 새로운 가족을 만드는 게 사람이므로. 그런 사람이 떠났다니. 심장이 쪼개지다 못해 부서지는 기분일지 모른다.

가인의 답을 들은 도진이 빙그레 웃었다. 상처받은 얼굴은 아니었다. 오히려 충분히 이해한다는 표정이었다.

"그 돈을 받고 유학 갔어. 거절 한번 안 하고, 나와 헤어지는 대가로 얻을 수 있는 건 모두 얻었지."

"어떻게 그런…….."

이번만큼은 가인도 표정관리를 할 수 없었다. 심한 반대 끝에 버티고 버티다 너무 지쳤다며 포기했다면 그나마 인정하고 이해할 수 있었다. 하지만 단번에 마치 기다렸다는 듯이 사랑하는 이를 돌아섰다. 그것도 돈을 받고. 거절하는 시늉조차 하지 않은 채.

그것이 얼마만 한 상처일지, 가인은 가늠할 수도 없었다. 그리고 자신이 도진이 이런 이야기를 가장 처음 한 '여자'라는 사실도 직감할 수 있었다.

인생에 있어 가장 큰 울림인 사건을 직접 말할 때는, 결코 가볍지 않으리라는 사실도 충분히 알 수 있었다.

상처 없는 헤어짐은 아니지만, 그 방식을 택했을 때 이 남자가 어떤 기분일지, 조금은 생각해주지 그랬어. 이름도 모르는 여자한테 가인은 속으로 그리 중얼거렸다. 도진이 걸음을 멈추고 가인의 볼을 손가락으로 가볍게 잡아 표정을 피듯 한번 쓸었다.

"그런 표정 짓지 마. 돈을 노리고 날 택한 여자는 아니었어. 그녀가 말하더군. 우리는 너무 어리고, 너무 약하다고. 내가 모든 걸 버리고 자신을 택하고 나면 분명 나는 잃은 걸 후회하게 될 거라고, 불행해질 거라고. 날 그렇게 만들고 싶지 않다고 했어.

헤어져야 한다면, 자신도 유학을 가고 싶었고, 그 비용을 대준다는데 마다할 이유는 없다고 생각했다고. 자신도 취할 수 있는 건 다 취했으니 안타깝거나 미안하게 생각하지 말라고. 어머니, 원망하지 말라고."

도진의 눈빛에는 많은 감정이 담겨 있었다. 오래전 깨진 사랑을 이해하며 읊조리는, 쓸쓸한 느낌. 그러면서 그 사람을 원망하지 않고 충분히 이해하는 배려. 그리고 가인이 마음 쓸까 하는 애정 어린 시선까지.

"일어나지 않은 일에 대해서는 나도 알 수 없었어. 그녀는 이미 그렇게 결정했고, 알 수 없는 미래에 대해 확답하는 건 무의미했어. 그녀를 잡고 싶었어. 그렇지 않았다면 거짓말이야. 하지만 만약 사랑이라는 이름으로 그녀를 잡았는데 후에 내가 변해서 그녀가 예상한 대로 그녀를 원망하게 되면?

그만큼 비참한 일은 없겠지. 사랑은 변질되어 애증이 될 테니. 그렇게나 아끼는데, 내 손으로 망가트리게 될 거야. 아름다운 그녀를 미워하며 내 손으로 애정을 부정하게 될 거야. 그리고 싶지 않았어. 그녀가 그렇게 할 수밖에 없다는 사실을 인정해주고 싶었어."

도진이 잠시 먼 곳을 보았다. 지평선을 바라보는 시선의 끝엔, 마음에 묻은 과거가 아지랑이처럼 피어올랐다. 사람들이 스쳐 지나갔다.

"내가 왜 여자들을 세 번만 만나고 마는지 궁금해했지? 그녀가 떠나면서 말하더군. 나는 첫인상으로 사람을 오해하는 경향이 있으니, 어떤 사람이든 마음에 안 들어도 세 번은 만나라고. 그렇게 납득했어. 그녀가 그렇게 결정했다면, 따라주기로 했어.

하지만 시간이 흘러도 그 빈자리는 채워지지 않았어. 그래서 계속 다른 여자들을 만나보았지. 마음에 들지 않아도, 그녀가 세 번은 만나보라고 했으니까. 하지만 세 번 이상 만나고 싶은 여자는 없었어."

도진이 가인에게 시선을 돌렸다. 눈빛에는 망설임이 조금도 없다.

"어쩌면 일부러 그런 여자들만 골라서 만났는지 몰라. 나한테 바라는 게 많은 여자들, 자기만의 환상으로 날 보고 있는 여자들. 헤어지기 쉽게 말이지."

가인은 이제야 도진의 이상한 여성편력의 근거를 알 수 있었다. 한결같다고 해야 할지, 바보 같을 정도의 순애보라고 해야 할지. 이토록 그를 흔들었던 과거의 여자에게 질투가 나야 정상인데, 그보다는 말 없이 아팠을 그의 상처가 더 안쓰러웠다.

"그래서 알았어. 세상에 사랑이라는 건 그렇게 자주 오는 게 아니라는 걸. 나는 기회를 놓쳤던 거야. 사람이 사람으로 인해 행복해질 수 있는 기회. 함께하면서 인생을 서로 채워나갈 수 있는 기회. 그녀 말대로 부정적인 가능성도 있었지만, 반대로 긍정적인 가능성도 있었어. 그걸 놓쳤던 거야."

도진이 진중하게 내뱉었다.

"당신을 만난 후 그렇게 생각하게 되었어. 꽃을 안고 방에 들어오면 온 방 안이 꽃향기로 차듯이, 당신으로 인해 내 마음이 움직이면서부터 당신이 날 채웠어."

나이가 들면, 어릴 때의 결정들을 때때로 후회하게 될 때가 있다.

아주 많은 나이는 아니지만, 도진에게는 삼십 대의 활기와 성숙함이 있었다. 그런 그였기에 놓쳐버린 것의 중요성을 깨달은 것이다.

이 사람이 아니면 다른 사람이면 된다는 단순한 사고는 실상 진심으로 사랑할 이를 만나보지 못한 사람의 생각인지도 모른다.

도진이 부드럽게 웃었다. 바이어들을 상대할 때의 서늘한 눈빛을 지닌 이라고 믿을 수 없을 만큼 숲을 닮은 포근한 웃음이었다.

"그래서 가인한테는 그러고 싶지 않아. 후회하고 싶지 않아. 이번만큼은 절대로 놓치고 싶지 않아. 가인을 놓치면 난 분명 후회할 거야.

내가 정말 마음에 안 든다면 그건 어쩔 수 없는 일이지만, 내 조건, 내 환경, 혹은 가인의 조건, 가인의 환경 때문에 평생 서로를 채워줄 수 있는 이가 될 수 있는 사람을 놓치고 싶지 않아.

사랑하는 여자를 놓고 내가 가지고 있는 것들을 잡아봤었지. 후회했어. 그래서 생각했어. 이번에는 모든 걸 잃어버려도 좋으니, 이 여자 한번 잡아보고 싶다고.

쉬운 길은 아닐 거야. 많이 울게 될지도 몰라. 하지만 그 눈물, 혼자 흘리게 두지 않을게. 그러니 내 손, 잡아주면 좋겠어."

절절한 고백이었다. 여태 남자들이 접근한 적은 많았다. 어떨 때는 접근인지도 모르게 접근한 적도 있었다. 하지만 상대방이 나한테 호감이 있나 아닌가, 정도만 느낄 수 있는 피상적인 접근이었다.

하지만 이번은 달랐다. 저번에 서신영과 얽힌 일로 시작된 고백과도 달랐다. 진심이 느껴졌다. 한 남자의 진심이. 가인도 그를 바라보았다. 진심에는 진심으로. 가식 없이 솔직하게. 이번만큼은 마음이 가는 대로.

어떻게 하고 싶은지 그녀는 분명하게 알 수 있었다.

"알겠어요. 하지만 우선은 알아가는 걸로 시작해요. 모든 걸 놓을 정도의 여자일지 어떨지는,"

가인은 빙긋 웃었다.

"겪어보고 판단해요."

설렘이 있는 것도, 끌림이 있는 것도 맞다. 그래서 더 신중하고 싶었다. 순간의 감정이 아니라는 확신이 필요했다. 눈이 마주치자마자 불꽃이 튀는 격렬한 감정만이 아닌, 평생을 함께하고 싶은 따스함이길 원했다. 그래서 더 간절해졌다.

심각하게 자기 얘길 하던 도진이 가인의 답에 잠시 동작을 멈췄다. 고백을 할 동안의 우선권은 도진에게 있었지만, 답을 한 순간부터 우선권의 주인은 바뀌어 있었다.

가인이 도진을 물끄러미 올려다봤다. 가인은 도진이 가인의 답을 듣는 순간, 성취감과 동시에 다리가 풀릴 정도로 기뻤다는 사실을 알지 못했다.

도진에게 잡힌 채로, 가인의 손가락이 천천히 올려졌다. 손마디 위로, 도진의 입술이 살짝 닿았다 떨어졌다.

따스하고 촉촉한 감촉이 전해지면서, 이 모든 게 꿈이 아닌 현실임을 입증했다. 갑작스러운 행동에 가인의 얼굴이 발그레 물들었다. 도진이 여유 있는 척 미소 지었다.

"눈 감아봐."

가인이 순순히 눈을 감았다. 초목 사이로 비집고 들어온 햇살이 감은 눈가를 간질였다. 얼룩덜룩한 빛의 잔상이 자꾸만 마음을 들쑤셨다.

설마, 입맞춤?

벌써, 아니 그러지는 않을 거야. 너무 이르다고 눈을 떠야 하나? 그러고 싶지 않다. 그냥 이대로, 받고 싶기도 해.

온갖 추측이 엉키면서 가려진 시야만큼 흥분이 더했다. 빨라진 심장박동과 붉어진 얼굴을 느끼며 가인은 가만히 눈을 감고 서 있었다.

좌락.

목덜미에 차가운 감촉이 느껴졌다. 목 뒤로 걸쇠를 거는 손가락이 가볍게 움직였다. 슬쩍슬쩍 손가락이 스쳤다.

"이제 눈떠도 돼."

눈을 뜨고 목 부근을 보자, 아름답게 세공된 목걸이가 걸려 있었다. 언제나처럼 모든 게 훌륭했다. 다만, 펜던트가 문제였다.

"선물이야. 전부터 주고 싶었어."

전에 선물 받은 머리핀과 같은 문양으로, 좀 더 큼지막하게 새빨간 딸기가 목덜미에 걸려 있었다. 쓸데없는 디테일이라고 할 만큼 딸기 세공이 이루 말할 수 없이 정교했다. 심지어는 녹색 보석으로 딸기 꼭 지까지 제대로 재현하고 있었다.

도진이 행복한 듯 속삭였다.

"다음엔 반지도 세트로 해줄게. 정말 잘 어울려."

행복감과 고취감에 취해, 잠시 잊고 있었다. 이 남자는 패션 테러리 스트가 맞다. 가인은 자신을 바라보며 행복하게 웃는 남자를 향해 미 묘한 웃음으로 답할 수밖에 없었다.

strawberry kiss

가인은 설레는 기분으로 또다시 아침 일찍 눈을 떴다. 어제보다 익 숙해진 잠자리는 숙면을 취하기 좋았지만, 막 시작되는 연애는 그녀 를 꽤나 들뜨게 했다.

어제는 사려니 숲에서의 가벼운 산책을 끝내고, 가인과 도진은 제 주도의 여러 곳을 들르며 막 시작되는 연인으로서의 기쁨을 한껏 누 렸다. 계획되지 않은 장소를 편하게 돌아다닌다는 게 이렇게나 즐거 운 일인지 몰랐다. 별것 아닌 대화도 소소한 즐거움을 주었다. 회사로 돌아가면 공사를 구분하기 위해 다시 스스로에게 엄격해지겠지만, 그래도 지금 이 순간만큼은 즐기고 싶었다.

침대 위에서 이불을 돌돌 만 채 가인이 마치 어린아이처럼 어제 일을 되새김질하며 들떠 있었다.

다시 생각나는 쑥스러운 부끄러움에 이불을 향해 발길질을 하다가, 혼자 헤실헤실 웃기도 했다. 도진에게는 절대 보여주고 싶지 않은 광경이었다. 한참을 그러고 있다 가인이 씻기 위해 방 밖으로 나섰다.

거실로 나가자마자, 가인이 웃음을 터트렸다. 공중에 둥실둥실 떠오른 풍선들이 먼저 시선을 뺏었다. 하지만 메인은 그게 아니었다. 거실바닥에 백 개는 족히 넘을 것 같은 한라봉으로 커다란 하트가 그려져 있었다. 열을 맞춰 모양이 제대로 그려진 하트 안에는 한라봉으로 글자가 새겨져 있었다.

[함께하자. 계속.]

일에 있어 철두철미한 도진이 아닌, 새롭게 알기 시작한 도진의 엉뚱함과 너무도 닮아 있어서 가인이 미소 지었다. 연애하기 전이었다면 비효율적이고 유치하다고까지 생각할 만한 이벤트였다.

하지만 지금은 이루 말할 수 없이 기분이 좋았다. 가인이 몸을 수그려 키득대며 하트 안 문구를 가만히 읊조리는데, 위에서 목소리가 들렸다.

"모래사장에 할까 했는데, 그건 어디서나 할 수 있잖아. 하지만 이번 제주도는 특별하니까, 잊지 못할 기억을 주고 싶었어."

가인이 고개를 들며 답했다.

"잊으려야 잊을 수 없겠는데요. 아침 일찍 일어나 이걸 하고 모르는 척 방에 들어가 있었던 거예요?"

"응."

도진이 말 잘 듣는 아이처럼 고개를 끄덕였다. 자신밖에 모르는 그 모습이 너무 귀엽고 사랑스러워, 가인이 도진에게 손짓했다.

"이쪽으로 와보세요."

도진이 순순히 다가오자, 가인이 손을 들어 도진의 머리를 상냥하게 쓰다듬었다.

"와, 우리 도진이, 정말 잘했어요."

사랑의 시작이었다.

strawberry kiss

차권은 어느 사무실에서 누군가를 기다리고 있었다. 제주도에서 올라오자마자 잡힌 약속이었다.

결국 봉수찬 감독은 그 끈질김으로 영화에 참여하기로 권에게 약속을 받아갔다.

이중스파이 역을 해야 하는 남자 역으로, 한쪽에서는 부드럽고 사려 깊은 사람으로, 다른 한쪽으로는 냉정하고 비열한 면을 보여야 하는 이중적인 모습을 연기해야 했다. 쉽지 않은 배역이었다.

제주도까지 갔던 일은 제대로 된 성과가 없었다. 사실 세진그룹 쪽 화보 일은 급하지 않았다. 다만 가인이 그곳으로 갔다기에 업무가 끝난 후 잠시마나 함께할 시간이 있지 않을까 하는 기대감에 일부러 갔다.

하지만 외려 자신의 일정이 더 바빠 가인은 만날 겨를도 없었다. 봉수찬 감독은 오케이를 받을 때까지 끈질기게 쫓아다녔고, 권이 시간을 냈을 때는 가인이 리조트 내에 없을 때가 많았다. 자신이 통째로 일정을 비웠을 때는 이미 원래 계획된 출장 날짜보다 일찌감치 서울로 돌아가버리고 없었다.

권은 우연히 일어나는 일도 있지만, 때로는 부단히 노력해서 기회를 잡아야 하는 일도 있음을 아주 잘 알고 있었다. 권에게 있어 가인은 자신의 커리어를 걸어서라도 잡고 싶은 여자였다. 그렇지만 뜻대로 되지 않았다.

권은 가인의 곁에 서 있던, 훤칠한 외모의 남자를 떠올렸다. 일반인이라고 믿을 수 없을 정도의 외모에, 재력까지 갖췄다. 자신을 향했던 카리스마 넘치던 서늘한 눈빛도 떠올랐다. 그건, 연적을 향한 남자의 눈빛이었다.

그 순간, 권은 가인을 얻기 위해선 이 남자와 싸워야 함을 알았다. 그쪽도 분명히 그걸 느꼈을 터였다. 그건 남자로서의 직감이었다.

또각. 또각. 또각.

하이힐 소리가 커다랗게 울렸다. 늘씬한 체형의 여자에게선, 교묘하게 숨기려 노력하고 있었지만 오만함이 깊게 묻어나왔다. 긴 파마 머리를 보란 듯이 손으로 넘기는 동작을 보아, 자신이 매력적임을 아주 잘 알고 있었다. 세련된 느낌의 미인이었지만, 정이 가지 않았다.

"안녕하세요. MA&M의 서신영입니다."

기다리게 해서 죄송하다는 말은 전혀 없었다. 권은 신영이 이미 자신의 위치를 제멋대로 평가해, 마치 부하직원처럼 밑의 사람이라고 판단했음을 깨달았다.

권은 신분의 잣대로 사람을 재거나 자기보다 어리거나 직급이 낮다고 해서 예의를 갖추지 않아도 된다고 생각하는 사람을 혐오했다. 하지만 처음 만난 자리니, 오해가 있을 수 있었다. 권은 함부로 판단하지 않으려 노력했다.

"서로 시간이 많지 않은 사람이니 단도직입적으로 이야기하죠. 안하민 씨도 일이 바쁘고, 저도 알다시피 MA&M에서 일이 많아요. 서

가인 씨, 알고 있죠?"

신영이 호감을 주려는 듯 빙긋 웃었다. 하지만 권은 그 저변에 깔려 있는 무식하리만치 안하무인격인 언행을 단박에 파악했다.

"알고 있습니다."

딱히 부정할 일은 아니었다. 하지만 그걸 굳이 MA&M과 관련된 중요한 일인 양 소속사를 통해 연락해 따로 자리를 마련하면서까지 물어볼 일은 아니었다.

그건 권의 사적인 영역이었고, 권이 소속사 대표의 입장을 고려해 주지 않았다면 굳이 나올 필요도 없는 일이었다. 권은 이런 자리를 거절해도 될 만큼 입지를 쌓아놓았고, 평소에는 활용하지 않지만 필요하다면 집안 배경을 이용해서라도 빠져나올 수 있었다.

"나는 우리의 목표가 서로 같으리라고 생각해요, 안하민 씨."

두 번이 언급되는 본명에, 권은 그저 웃었다. 대체로 차권이라는 예명으로 부르지, 안하민이라는 본명으로 부르는 경우는 가족이나 매우 친한 친구 외에는 드물었다.

하지만 여타 상관관계가 없는 사람들이 흔히 알려지지 않은 본명으로 부른다는 건, 관계에서 우위를 점령하고 싶은 경우가 많았다. 오만한 느낌은 그저 착각이 아니었던 모양이었다.

게다가 초면일 때 흔히 지칭하는 '저'라는 표현 대신 당당히 '나'라고 한다는 건, 자의식이 굉장히 강하거나 혹은 자신이 신분상 위라고 생각할 때가 많았다.

"이렇게 공적인 일을 핑계대어 날 불러놓고, 사적인 이야기를 하시는 연유를 모르겠군요, 서신영 씨."

권도 '저'라는 호칭 대신 '나'라는 호칭을 일부러 사용했다. 서신영의 미간이 살짝 불쾌한 듯 움직였지만, 유심히 살펴보지 않으면 모를 정도였다. 하지만 일의 특성상 사람 얼굴을 마주 보며 연기할 일이 많은 권으로서는, 금세 알아차릴 변화였다.

"솔직히 말할게요. 난 세진그룹 정도진 사장에게 호감이 있어요. 관계를 발전시켜서, 결혼까지 갔으면 좋겠다고 생각해요. 하지만 그 옆에 미혼인 젊은 여자가 비서로 있는 거, 조금 신경 쓰이더군요.

그래서 난 서가인 씨 마음이 흔들리지 않게 꼭 붙들어줄 애인이 있었으면 했어요. 전에 우연히 안하민 씨하고 즐거운 시간을 보내는 서가인 씨를 봤어요. 아주 잘 어울리더군요."

권이 신영의 말에 단정하게 답했다.

"뭔가 오해가 있으신 모양인데, 가인 씨와 저는 아직 아무 관계도 아닙니다. 굳이 세간에 오르내리려서 가인 씨가 엉뚱한 피해를 받지는 않았으면 좋겠군요."

신영이 권의 말을 제멋대로 오해한 듯 너그러운 척 손사래를 쳤다.

"아아, 그렇게 정색하지 말아요. 스캔들거리로 만들 생각은 없어요. 안하민 씨가 인기로 먹고사는 사람인 거 모르는 것도 아니니까."

"그런 의미가 아닙니다만."

"그래요. 알았어요."

권은 신영이 자신이 말한 의미를 전혀 이해할 생각이 없음을 깨닫고 더 말하지 않았다. 권이 가인에게 호감이 있는 것 맞았지만, 아직 아무 관계도 아니었다.

권은 신문기사나 가십에 익숙한 사람이었지만 가인은 달랐다. 아직 정식으로 교제도 하지 않았는데 소문이 돌면 일상이 흔들리는 사람은 권보다는 가인이었다. 권은 그런 일을 방지하고 싶었지만, 신영은 인기가 떨어질까 봐 권이 안달하는 걸로 착각하고 있었다.

"안하민 씨에게 손해날 일을 제안하는 게 아니에요. 단지 나는 정도진 씨를 원하고, 하민 씨는 가인 씨를 원하니, 서로 마음에 드는 사람끼리 가까워지면 얼마나 기쁘겠어요."

신영이 제 딴에는 매혹적인 웃음을 만면에 그려내었다.

"그러니 우리, 손을 잡아요. 서로의 행복을 위해."

복수하는 속삭임 달콤하다

겨울의 입김을 머금었던 초입의 봄은 어느새 사라지고, 여기저기 만개한 꽃들이 여름을 향해 나아가고 있었다. 아직 더위는 찾아오지 않았지만 연두색 잎사귀들이 여름을 준비하기 위해 진해지고 있었다. 미세먼지로 뿌연 도심의 하늘이라도 가끔씩은 새파랗게 떠올라 설렘을 안겨주기도 했다.

사내식당은 점심시간이 약간 지난 시간이어서인지 평소보다 한산했다. 여느 때와 비슷하게 가인과 소라, 세희가 함께 식사를 하고 있었다.

세희의 건너편에 같은 비서실 식구인 연진이 앉아 있다는 차이밖에 없었다. 밝고 통통 튀는 매력을 지닌 세희와 달리, 연진은 대체로 차분하고 말수가 거의 없었다.

이런저런 이야기를 하며 식사를 끝내가고 있는데, 영화가 커피 한 잔을 뜬금없이 들고 불쑥 가인의 옆자리에 앉았다. 식사를 다 끝낸 것 같은데 굳이 식당에서 커피를 들고 옆에 앉는다는 건 뭔가 볼일이 있다는 표시였다.

"어머, 가인 씨. 저번에 가인 씨 덕분에 펜션 너무 잘 다녀왔잖아. 부모님 너무 괜찮으시더라. 미남에, 미녀에, 게다가 남동생은 진짜 시크한 매력이 있던데. 나이만 좀 더 많았어도 확 내가 가인 씨네 집에 들어가고 싶은 거 있지."

본인은 속내 따윈 없는 순수한 칭찬인 양 매우 자연스러웠다고 생

각하고 있었지만, 영화 빼고 다른 사람들은 영화가 가인에게 붙어서
뭔가 뜯어내고 싶어서 안달 났다고 이미 결론지었다. 소라가 영화의
말에 딱 부러지게 답했다.

"장영화 씨, 그거 범죄예요. 미성년 희롱하는 거. 다 큰 어른이 그게
할 소리야?"

영화가 뿌루퉁해져서 대꾸했다.

"소라 씨는 참 빡빡해요. 농담도 못 해요? 말이 그렇다는 거죠, 말
이. 사람 사이에 원래 그렇게 가벼운 소리하면서 친해지는 거예요."

"그거 참, 언제부터 그랬는지 알다가도 모르겠네."

"흠."

소라가 여지없이 받아치자, 발끈한 영화가 한마디 하려다 참았다.
자꾸 소라에게 얽혀 들어가다가는 하고 싶은 말을 전혀 할 수 없으리
라는 판단이 들어서였다.

영화가 소라에게는 대꾸조차 하지 않고 가인의 팔뚝에 손을 착 감
으며 달라붙었다. 얼마나 매달리는지 모르는 남들이 보면 아주 죽고
못 사는 사이인 줄 알겠다.

"그런데 말이야, 가인 씨 그때 지인 할인해준 거 있잖아. 또 해주면
안 될까? 가고 싶다는 사람이 있어서."

결국 본론은 그거였다. 소라는 대놓고 기가 차했고 세희는 자꾸 꼬
여가는 분위기에 어색하게 미소 짓고 있었다. 연진은 속으로야 무슨
생각을 하는지는 알 수 없었지만 적어도 겉으로는 신경 쓰지 않는 눈
치였다. 가인은 별로 놀랍지도 않아 덤덤히 답했다.

"가족분이신가요?"

영화가 반색을 하며 설명을 시작했다.

"아니, 그건 아니지만 뭐, 넓게 말하면 앞으로를 봐서 가족 같은 사
이랄까? 요즘 썸 타는 남자 있거든. 그 남자 여동생의 절친이 거길 꼭

가보고 싶다고 해서 말이야. 어떻게 안 될까?"

그러나 가인은 단호했다. 애초에 다 설명했던 사안이다. 소라나 세희같이 친한 사람들이 부탁한다면 융통성을 발휘할 수도 있었지만, 장영화 같은 부류는 한번 호구로 잡히면 나중에는 제가 해주는 척하며 이 사람 저 사람 다 갖다 붙일 사람이었다.

"처음에도 말씀드렸지만 제가 직접 아는 분 외에는 할인은 좀 힘들 것 같네요. 그렇게 하다 보면 제가 잘 모르는 분까지 부탁을 해서."

영화가 가인의 칼 같은 거절에 바로 반격했다.

"가인 씨, 알긴 아는데 좀 야박하다, 우리 사이에."

가인이 입을 열어 답하기도 전에, 참지 못한 소라가 끼어들었다.

"야박은 무슨 야박이야. 잘 들어보니까 사돈의 팔촌 같은 사이, 한마디로 장영화 씨도 잘 모르는 남인데 왜 가인 씨한테 부담을 줘? 누가 영화 씨한테 알지도 못하는 사돈의 팔촌 같은 사이 좀 챙겨주라고 하면 영화 씨는 기꺼이 해줄 거야? 본인이 하기 싫은 건 남한테 시키면 안 되지."

다른 사람은 모르겠지만 영화는 절대로 해주지 않을 사람이다. 하겠다고 답하며 위기를 타파했다가는 분명 소라가 지금의 대화를 빌미로 정말 그런 일을 시킬 수 있었으므로, 영화는 그렇게 답할 수 없다.

잔뜩 기분이 상한 영화가 새침하게 소라에게 되받아쳤다. 그나마 식당은 보는 사람이 많은 곳이라 본색을 다 드러내지는 않았다.

"소라 씨, 오늘 굉장히 예민하네요, 혹시 그날?"

소라가 여유 있게 웃었다.

"그렇게 따지면 영화 씨는 만날 그날인가 봐, 남 기분보다는 자기 기분에 집중하는 걸 보면."

결국 영화가 팩하고 일어났다.

"뭐예요, 진짜. 너무하네."

그러나 기분 상한 티를 내는 영화와 달리, 소라가 성인군자처럼 부드럽게 웃으며 대꾸했다.

"원래 쓴소리하는 사람이 더 위하는 사람인 법이야. 옆에서 달달한 소리만 늘어놓는 사람은 영양가 없어. 듣고 몸에 피가 되고 살이 되기를 바라고 있어, 영화 씨. 난 정말 진심으로 걱정하고 있거든."

웃는 얼굴에 침 못 뱉는다고, 소라가 쏘아붙이는 대신 나긋나긋하게 말하자 영화는 김빠진 콜라처럼 아무 말도 하지 못했다. 결국 영화가 손을 말아쥐며 속으로 삭히고, 가인에게 억지 호감을 보이기 시작했다.

"참 최근에 가인 씨 사장님하고 제주도 다녀왔죠? 좋았겠다. 나도 여행지로 출장 좀 가고 싶네. 코타키나발루 같은 데로. 우리 상무님은 너무 국내로만 다녀요. 그것도 건물 빡빡한 데로만."

가인이 웃으며 답했다.

"출장 다녀온 지 벌써 두 달도 넘었는데요. 업무 복귀한 지 한참 됐는데 아직도 출장 기분에 젖어 있으면 곤란하죠."

빌미를 잡을 수 없는 말에 결국 항복선언을 한 이는 영화였다.

"으흠, 으흠, 으흐흠. 그, 그런가요. 어머, 시간이 벌써 이렇게 됐네? 오늘 신상 뜬다고 했는데 체크하러 가야겠네요. 그럼 맛점이요. 다음에 봐요."

영화가 본전도 못 찾고 사라지는 모습을 보며 소라가 퉁명스레 내뱉었다.

"밥 먹다 국에 코 빠지는 소리 하고 있네. 무슨 코타키나발루야, 출장이 애들 장난이야? 쟤는 가서 명품 쇼핑하느라 비서 업무 팽개칠 애야."

가인이 조용히 달랬다.

"소라 씨, 오늘은 좀 세네요. 그래도 직장동료인데 부딪히면 나중에 피곤해질 수 있잖아요. 영화 씨 뒤끝 은근히 있던데."

"그래요, 소라 선배."

세희가 걱정되는지 거들었다. 하지만 소라는 절대 물러섬이 없었다.

"직장 짬밥을 먹어도 내가 더 먹었고, 호봉도 내가 훨씬 높아. 우리 사무실로 못 오면 아쉬운 건 쟤지, 내가 아니야. 저러고 나서도 오후쯤 슬슬 우리 사무실로 기어올걸.

아, 진짜 상사도 좋고 환경도 좋은데 쟤가 나서서 나에게 진상짓을 하네. 이제 우리도 슬슬 가자. 차라리 탕비실이라도 가서 따로 이야기해. 밥 먹다 보니 별일 다 생기네."

"기운 내요."

연진이 말없이 있다가 소라의 어깨에 가볍게 손을 올리고 토닥였다. 말이 별로 없기는 했지만 영화의 여우짓에 당한 사연이 있는 듯한 손짓이었다.

그렇게 넷이 나란히 복도를 걸어가고 있는데, 인사팀의 신연우가 소라를 보고 다가왔다. 소라 주변에 사람이 많아 좀 난감한 듯했지만 걸음에 망설임은 없었다.

"소라 씨, 부탁이 있는데."

"뭔데요?"

소라가 뿔테안경을 밀어올리며 물었다. 연우가 싱그럽게 웃었다.

"요즘 평가 때문에 인사팀 바쁜 거 알죠? 그래서 도와줄 일이 있는데."

"글쎄요. 도와드리면 우리 비서팀 인사고과에 도움이 되려나……. 뭔데요?"

"내가 그럴 만한 권한은 없고요. 사적인 이야기예요. 요즘 스트레스가 너무 쌓여서요. 나랑 같이 노래방 안 갈래요? 실컷 지르고 나면 기분 좋아질 거 같은데."

"모두 같이요?"

그러자 연우가 소라 주변의 여직원들에게 눈짓하며 대꾸했다.

"아뇨. 다들 다른 일정이 있을 텐데 모두 맞추라고 하면 곤란하죠."

소라가 눈을 반짝였다.

"그럼 둘만?"

"둘만."

저렇게까지 대놓고 이야기하는데 모를 수 없었다. 세희는 흥미진진한 얼굴로 바뀌었고 연진도 엷게 웃었다.

이런 거였구나. 가인은 새삼스러운 깨달음으로 둘의 모습을 매우 진지하게 바라보고 있었다. 이제는 정말 남의 일 같지 않았다.

"음. 대신 나도 조건이 있는데."

"뭔데요?"

소라가 싱긋 웃었다. 연우와 소라의 시선이 조금의 떨어짐도 없이 달라붙어 있었다.

"나 보고 싶은 영화 있거든요. '700만 개의 눈송이'."

그러자 연우가 큰 소리로 답했다. 목소리는 노래 잘 부르는 사람답게 여전히 근사했지만, 너무 목소리가 커 그가 내심 긴장하고 있음을 알 수 있었다.

"아, 700만 개의 눈송이. 그거 나도 보고 싶었는데. 그럼 그거 보고 노래방 갈까요?"

"좋죠. 그럼 날짜는……."

"재미있는 이야기 중인가 보군."

그러자 연우와 소라가 대화를 멈추고 소리의 근원지를 바라보았다. 도진이었다. 가인이 반사적으로 그를 보고 미소 지을 뻔하다 가까스로 입꼬리를 당겨 평정을 유지했다. 사람들이 인사하기 시작했다.

"사장님, 식사하셨습니까."

"맛있게 했어. 그런데 저기서 들으니 영화 이야기를 하더군. 700만 개의 눈송이라. 그럼 나도 영화 하나 추천해도 될까?"

"아, 네. 사장님. 그렇게 하십시오."

연우가 매우 깍듯하게 답했다. 그러자 도진이 흥미진진한 얼굴로 답했다.

"요즘 그 영화 재밌던데, 혹시 봤나?"

전 같았으면 끼어들지 않을 대화였지만, 그는 지금 영화와 데이트라는 주제만으로도 화제를 공유하고 싶었다. 하지만 가인 외의 아무도 그 사실을 눈치채지 못했다. 도진이 여전히 서늘한 인상이지만 눈만은 반짝거리며 말을 이었다.

"'안드로메다행 판타지 기차'. 주인공들이 갑자기 나타난 커다란 강아지에게 쫓기다 기차를 탔는데, 그 기차가 갑자기 눈으로 덮인 이세계로 빠져서 원래 세계로 돌아가려고 분투하다 사실은 자신들이 원래는 이세계의 주민이었음을 깨닫는 내용이지."

안드로메다행 판타지 기차. 제목부터가 내용의 모든 걸 말해주는 영화였다. 상당히 공들인 CG와 출연 배우들의 열연에도 불구하고 예상할 수 없는 스토리 전개에 현재 영화 개봉작 중 전문가, 관람객 모두에게 최악의 평점을 받은 영화였다.

베스트 리뷰 제목이 '영화 시작과 동시에, 제목과 함께 내 정신은 안드로메다로 갔다.'일 정도였다. 하지만 그렇기 때문에 소수의 마이너들에게는 100년 후에는 인정받을 거라며 극찬을 받는, 한마디로 독특한 소재의 영화였다.

이제 막 썸을 타려는 남녀가 보기에는 정말이지 적절치 않아 모두들 그 극악한 선택에 도리질하려는데, 가인이 부드럽게 웃으며 맞장

구쳤다.

"네. 저도 얼마 전에 봤는데 아주 재밌게 봤습니다."

획, 모두의 시선이 도진에게서 가인에게로 순식간에 쏠렸다. '가인 씨 점심 잘못 먹었어?'라는 표정으로 다들 가인을 쳐다보는데, 도진이 흡족하게 끄덕였다.

"역시, 내 비서답게 서 비서의 취향은 매우 고급스럽군. 그럼 난 이만 가볼 테니 다들 볼일 보도록 해요."

논란의 불씨만 던져놓고 도진이 사라지자, 막 데이트 약속을 잡던 소라와 연우마저 가인에게 집중했다. 소라가 의혹에 가득 찬 얼굴로 물었다.

"가인 씨, 사장님 말에 고분고분 따르는 성격은 아니라고 생각했는데, 이렇게 바뀐 걸 보니 혹시……."

가인이 뜨끔했지만 최대한 평정을 가장하며 되물었다.

"무슨 말씀이세요?"

소라가 아주 심각하게 결론지었다.

"가인 씨, 이제 출세로 방향을 바꾼 거야? 어떻게 그런 극악한 영화마저 재밌다고 맞장구를 칠 수 있어? 가인 씨 그런 사람 아니잖아. 그 영화가 재미있다니, 차라리 장영화가 갑자기 바뀌어서 상냥해졌다고 하는 말을 믿겠어!"

"맞아요, 가인 선배. 사장님이 요즘에 눈치 줘요? 왜 갑자기 예스맨, 아니 예스우먼이 되었어요!"

세희가 흥분해서 거들자, 연진마저 심각한 얼굴로 가인에게 물었다.

"혹시, 집에 무슨 일 있어? 월급이 좀 올랐으면 할 정도의 일이 있는 거야?"

평소 도진에게도 딱 부러지는 이미지였던 가인이 할 행동이 아니라고 생각했는지, 모두 난리였다. 소라에게 데이트 신청하느라 집중하던 연우도 걱정스런 얼굴로 자신을 바라보자, 가인이 당혹해하며 손사래를 쳤다.

"아니에요, 그런 거. 일요일에 영화를 봤는데, 저도 재밌게 봤거든요. 왜 안드로메다행 판타지 기차, 그거 말이에요. 처음부터 끝까지 아주 흥미진진했어요. 결말이 어떻게 될지 정말 궁금해서 저 팝콘도 안 먹으면서 열심히 봤는데…….'

가인이 그러면서 얼굴을 슬며시 붉히자, 소라가 얼른 미심쩍은 얼굴로 추궁을 시작했다.

"맙소사. 우리 가인이가 언제부터 그런 걸 보게 되었지? 이상한데. 수상해. 수상해. 혹시 영화가 아니라 같이 간 사람이 좋았던 거 아니야? 말해, 남자야?"

그러자 가인의 얼굴이 이젠 완연히 발그레해졌다. 가인이 말없이 고개를 끄덕이자, 모두 호들갑스럽게 물었다.

"세상에, 가인 씨! 애인 생겼어?"

가인이 부끄러운 표정이었지만 또렷하게 답했다.

"아직 애인 미만 남자친구 이상이지만요. 알아가는 단계예요. 그러니까 너무 오버하지 말아주세요."

"선배, 뭐 하는 사람이에요?"

"사업하는 사람이에요."

그러자 소라가 얼른 말을 받았다.

"사업가야? 역시 미인은 잘나가는 남자가 얻는다니까. 세상에, 세상에. 가인 씨한테 남자라니."

연우도 한마디 거들었다.

"이거 제 동기들도 다 쓰러지겠는데요. 애인 없는 녀석들이 가인 씨를 얼마나 노렸는데요. 이제 품절녀가 되었으니 다들 오늘 술 한잔씩

걸치겠네요."

"얼마나 만났어요?"

연진이 슬며시 묻자, 가인이 조용히 답했다.

"조금 되었어요. 한참 서로를 알아가는 중이라 말하기 조심스러워서 좀 더 확실해지면 말하려고 했었죠."

소라가 서운한 듯 외쳤다.

"이 얌체. 그러고 여태 언니한테 얘기도 안 하고 꾹 참고 있었단 말이야? 진중한 건 알았지만 좀 서운하다. 그래서 소개는 언제 해줄 거야?"

"아직은요. 조금 더 사귀어보고, 정말 이 사람이다 싶으면요. 그쪽도 너무 바빠서 시간 내기가 쉽지 않거든요."

"알았어. 뭐, 우리가 제일 처음 안 거지? 봐줬다. 근데 그 남자 취향 좀 문제 있다. 안드로메다행 판타지 기차라니. 그건 좀 알아가면서 고쳐봐. 그럼 좀 기다리면 가인 씨 남자친구한테 거하게 얻어먹을 수 있는 건가?"

가인이 웃으며 답했다.

"당연하죠. 안 되면 저라도 쏠게요."

"야, 가인 씨 푹 빠졌나 보네. 얼굴 표정 봐라. 나 입사하고 가인 씨 저런 표정 처음 본다."

"네, 저도요. 가인 선배 저런 모습 처음 봐요. 선배, 그래서 많이 좋아요?"

그러자 가인이 누구보다도 활짝 웃으며 답했다.

"네, 아주 많이 좋아요."

strawberry kiss

가인은 가벼운 트레이닝복을 입고 한강 둔치에 서 있었다. 챙 모자를 눌러쓰고 물병 하나를 든 가인은 하나둘 지나다니는 운동하는 사람들의 모습과 다를 바 없었다.

서로의 마음을 확인했던 가인과 도진의 제주도 출장은 생각보다 일찍 일정이 끝났다. 도진이 농담 반 진담 반으로 같은 공간에 있다 보면 자제하기 힘들 것 같다고 말했기 때문이다.

신혼부부 콘셉트라고 생각할 때는 괜찮았는데 막 서로의 마음을 확인하자 가인도 너무 떨려서 내심 빨리 끝난 일정에 안도하고 있었다.

둘은 회사에서는 철저하게 비밀로 하기로 했다. 둘 다 어린 나이가 아닌지라 소문의 파장이 얼마나 클지 알고 있기 때문이다. 소문이란 사람들 입을 통하는 동안 대부분 부풀려지고 부정적으로 흐르기 마련이었다.

그리고 가인도 아직은 도진의 밑에서 일하고 싶었기 때문에, 공과 사는 철저하게 나누자고 약속했다. 만약 그게 힘들게 되면 자리를 이동하기로 합의를 봤다.

그리고 둘만의 비밀 데이트는, 그렇게 시작이 되었다. 초반에는 별거 아닌 걸로도 길어지는 통화에 아침마다 졸린 눈을 부비고 인사하기도 했었다. 회사 사람들과 마주치지 않도록 조심하며 서울 이곳저곳을 다니는 것도 즐거웠다.

도진은 신중하고 보수적인 교육을 받은 사람이어서, 좋다는 마음을 확인했어도 급하게 스킨십을 하거나 하지 않았다. 하지만 다니면서 해주는 크고 작은 배려들은 가인으로 하여금 자신을 향한 도진의 마음을 충분히 느낄 수 있게 해주었다.

만남이 세 차례가 넘어가서야, 가인은 자신이 도진에게 특별하다는 걸 새삼 느낄 수 있었다. 그렇게 뜨문뜨문 이어진 만남은 함께하는 시간을 아름답게 물들여주었다.

가인은 한강을 지나가는 반짝이는 유람선을 바라보며 슬며시 미소
지었다. 작은 일상도 그 사람이 있음으로 달라진다는 사실이 묘하게
짜릿했다.

"일찍 왔네."

어깨를 살짝 잡는 손과 낯익은 저음의 목소리에, 가인이 회사에서
는 전혀 보이지 않는 부드러운 미소를 띠며 환하게 상대를 맞이했다.
도진도 그런 가인에게 빙그레 웃어 보였다. 훤칠한 키에 걸친 트레이
닝복은 별다른 무늬가 없는데도 매우 귀티 나 보였다.

"여전히 멋지네요."

"뭐라고? 잘 안 들리는데. 다시 한 번 말해줄래?"

"음. 내가 선심 한번 써서 다시 한 번 말해주죠."

그러더니 가인이 까치발을 들어 도진의 귓가에 속삭였다.

"정말 멋있다고요. 세상에서 내 남자가, 제일."

그 말을 듣자마자 도진이 못 당하겠다는 표정으로 가인에게 답했
다.

"새삼 느끼는데 매번 놀라게 하는 재주가 있어."

"그럴 리가요. 난 별로 애교가 없는걸요."

"아니야. 그건 가인이 자기 자신을 잘 모르는 것 같아. 참, 충고 하
나 하는데, 꼭 들어줘야 해."

"뭔데요?"

그러자 도진이 짓궂게 웃으며 가인의 귓가로 고개를 숙였다. 숨결
에 간지러워 가인이 몸을 움찔하자, 도진이 낮게 속삭였다.

"다른 남자한테는 그렇게 말하지 마. 챙겨주지도 마. 나한테만 하도
록 해."

가인이 장난스럽게 되물었다.

"아빠나 남동생한테도요?"

"흠. 그쪽은 조금만 해줘. 나머지는 나한테 다 해주고."

"와, 우리 도자기 씨 그렇게 안 봤는데 참……."

그러나 가인은 뒷말을 이을 수 없었다. 저 멀리서 낯익은 매우 간드러진 여자 목소리가 울려 퍼졌기 때문이었다.

"어머, 자기이이. 나 기다렸어요오오? 영화도 얼마나 자기가 보고 싶었는지 몰라요오오."

아무나 할 수 없는 꼬인 발음에 도진과 가인이 동시에 고개를 돌렸다. 저 멀리, 화려하게 차려입은 영화가 한 남자에게 낙지빨판처럼 매달리며 콧소리를 심하게 내고 있었다.

다행히 영화는 오로지 남자에게만 집중하느라 두 사람의 존재를 눈치채지 못한 듯했다. 도진과 가인이 서로 눈이 마주치자, 둘은 별다른 말이 없이도 손발이 척척 맞게 움직이기 시작했다. 자연스럽게 손을 잡고 여느 연인처럼 점점 걸어오는 영화로부터 멀어져갔다.

영화가 어느 시점에서 걷기를 멈추고 마치 팥 앙꼬가 팥빵 속으로 들어가듯이 남자의 품으로 쏙 들어가서 남자 입술에 입을 쪽 맞췄다. 남자는 얼굴은 우락부락했지만 키가 작고 왜소한 편에 속했다. 다만 차림새나 액세서리가 고급스러웠다. 단순히 썸 탄다고만 보기에는 과한 스킨십이었다.

가인은 소라가 문어다리 오징어다리 하면서 도리질하던 이유를 아주 잘 알 수 있었다. 도진이 재미있다는 듯 장영화 뒤편 눈에 잘 띄지 않는 으슥한 곳으로 가인을 이끌었다. 가인이 장난스럽게 도진에게 대꾸했다.

"와, 도자기 씨, 안 그런 줄 알았는데 이런 데로 갑자기 끌어들이고……. 기다려준다고 하더니 너무하네요."

"흠. 난 우리 쁜이가 그런 생각을 하는 줄 몰랐는데. 조금만 더 천천히 알아보자고 하더니 기다리고 있었나? 자, 오해는 말고 조용히 하고 잘 들어봐."

가인이 도진의 말대로 말을 멈추니, 아주 크게는 아니었지만 영화의 목소리가 또렷하게 들렸다. 게다가 영화가 평소보다 톤을 높게 하고 주변은 신경을 전혀 안 쓰고 있어서 더 잘 들렸다. 민망할 정도로 큰 쪽쪽 소리와 함께 영화가 말을 시작했다.

"자기, 역시 회사생활은 너무 힘든 거 같아. 열심히 하면 할수록 질투하는 사람들이 많단 말이야."

"누가 우리 꽃님이한테 나쁜 소리를 해? 이 오빠가 혼내줄까?"

우와, 꽃님이래. 이름에 '화'자가 들어간다고 꽃님이라고 부르나. 아마 소라 씨가 들으면 화병의 화자라고 하겠지. 촌스러운 작명센스에 속으로 가인이 도리질하다, 자신들의 애칭도 만만치 않게 촌스럽다는 사실을 새삼 깨달았다. 평소보다 한층 앵앵거리는 소리로 영화가 말을 이었다.

"그러게. 오빠가 확 혼내주라. 이소라라고, 입사 좀 일찍 했다고 얼마나 잔소리를 해대는지. 남친이 없어서 허전해서 더 히스테리인가, 나한테 얼마나 별거 아닌 거로 트집 잡는지 알아?

내가 매일매일 얼마나 일을 열심히 하는데. 내가 일도 잘하고 회사에서도 예쁘게 꾸미고 다니니까 아무래도 열등감 폭발한 거 같아.

일 때문에 자기 사무실 자주 갈 수도 있는 거 아냐? 상사가 상무고 전무고 이사지 자기도 같은 직함인 줄 알아. 막 면박을 주면서 볼일 다 봤으면 가야죠, A4용지는 비품이니까 그만 빌리러 오고 제때제때 신청하세요, 복사기는 우리 사무실보다 김철민 전무님 쪽이 더 가깝지 않나, 이런다니까.

그리고 저번에는 자기 자리에 좀 앉아 있어야 하지 않겠느냐고까지 하는 거야. 일은 언제 할 거냐면서. 아니, 당연히 갈 만하니까 내 일 처리하고 간 거 아니겠어?

strawberry kiss

299

그리고 일하다 보면 서로 상부상조하는 거지, 얼마나 구두쇠같이 떽떽거리는지 몰라. 하다못해 믹스커피 하나만 가져가도 눈을 부라린다니까. 사람이 융통성이 없어요, 융통성이.

같이 다니는 사람도 다 똑같아요. 왜, 사장님 비서인 서가인 씨라고 있거든? 내가 일이 많아 보여서 회의 때 브리핑 자료 나눠준다니까 자기 일이라고 쌩하고 가버려요. 끼리끼리 논다니까. 그렇게 딱딱하게 일하는 게 일 잘하는 줄 알지만, 사실 그때그때 융통성 있게 행동하는 게 비서로서 할 일 아닌가?

내가 우리 상무님 얼마나 생각하는 줄 알아? 점심식사 후에는 낮잠 좀 주무시라고 오후에는 어지간하면 상무님 방에는 얼씬도 안 한다고. 몸에 좋은 차도 잘 타드리고 말이야. 저번에는 좋은 여행지도 소개시켜드렸다니까.

기계처럼 스케줄 맞춰서 딱딱 해내야 비서로 잘한다고 생각하는 모양인데, 그게 아니지. 다들 기본 소양이 안 되는 거 같아. 그래서 참 피곤하다니까."

같은 상황이 저렇게도 해석이 된다는 게 참 신기했다. 자기가 한 일은 최대한 포장하고 남의 일은 최대한 깎아내리며 스스로를 칭찬하는 신기한 화법에 가인은 화를 낼 타이밍도 놓친 채 듣고 있었다. 옆에 있는 도진을 슬쩍 보니, 표정의 변화가 없어 무슨 생각인지 전혀 알 수 없었다.

"이야, 우리 꽃님이 같은 인재를 몰라보다니, 세진그룹도 다 됐네."

"그치, 자기? 하지만 뭐, 내가 참아야지. 똑같이 싸워봤자 똑같은 사람밖에 더 되겠어? 능력이 없으니까 만날 스케줄 타령하면서 자리나 지키고 있지. 나처럼 일 제때 해놓고 여유 있는 사람을 질투한다니까.

확 인터넷 게시판 같은 데 직장 고민이라고 올려서 속이라도 풀었으면 좋겠어. 사실 전에 한번 익명으로 올렸는데 호응이 완전 뜨겁더라고. 어디가나 직장에 진상은 있는 법이잖아. 공감을 얻은 거지."

가인은 그 진상이 바로 너라고 말해주고 싶어졌다. 어떻게 말을 꼬았는지는 몰라도 가해자와 피해자가 완벽히 바뀐 이야기에 기가 막히고 코가 막힐 지경이다. 원래 그런 사람인지는 알고 있었지만, 실제로 보고 듣는 건 기분의 정도가 상당히 달랐다.

장영화가 맡은 신세기 상무는 업무상 당일 국내 출장이 많은 편에 속했다. 성격도 소탈하고 시원시원해 자질구레한 것에는 신경 쓰지 않았고, 원칙상 영화가 따라가서 보조해줘야 하는 일도 자주 출장을 따라오면 힘들 게 많다며 빼주는 경우가 많았다. 비서실 쪽에서는 영화가 맡은 곳은 속된 말로 '꿀 빠는 곳'이라고 생각하곤 했다.

그만큼 상사는 자리를 많이 비웠고 비서로서 할 일이 적은 편이다. 실제 자리를 지키고 있다고 해도 신세기 상무 자체가 비서에게 요구도가 낮은 편이었다.

영화가 자리에서 인터넷 서핑을 하거나 혹은 출장을 핑계로 명품관 쇼핑까지 몰래 나갔다 오곤 하는 건 공공연하게 알려진 사실이었다. 실제로 김미희 실장에게 명품관 쇼핑을 한번 들킨 이후로, 시말서까지 쓰고 그 이후에는 자제하며 눈치를 봤다.

"참, 세진그룹 정도진 사장이 그렇게 잘생겼다는데 사실이야? 어지간한 배우나 모델 뺨치게 생겼다는데."

그러자 영화가 제가 한 짓은 생각도 안 하고 입술에 침 하나 바르지 않은 채 입에 발린 소리를 술술 내뱉었다.

"아잉, 그거야 자기를 만나고 눈에 차지도 않더라. 참, 아버님 사업은 요즘 어때? 필리핀 쪽이 요즘 경기가 안 좋다고 하던데."

"그래도 그럭저럭 괜찮아. 참 우리 꽃님이는 마음씨도 착해. 이렇게 신경도 많이 쓰고."

"우리 오빠 아버님이면, 내 아버님이기도 하지. 사실 우리 회사에서도 사장님을 어떻게 해보겠다고 하는 애들도 있었지만, 난 그런 거 참 부끄럽더라. 그리고 대기업이 괜히 대기업이야? 다들 끼리끼리 사귀겠지.

그렇게 생각하면 우리 오빠는 아버님이 제법 괜찮은 기업체를 가지고 있는데도 겉멋 들지 않고 이렇게 겸손하고, 나처럼 부족한 사람도 아껴줘서 얼마나 고마운지 몰라."

겉멋 들지 않았다라. 가인은 비서로 업무를 보면서 비싼 선물을 자주 고르곤 해서 고가의 메이커를 대충 알고 있었다. 남자가 찬 시계는 오천만 원을 호가했고 걸치고 있는 옷가지나 신발도 그에 못지않았다. 자신보다 명품에 빠삭한 영화가 그 사실을 모를 리 없었다.

영화가 말을 끝내더니 눈을 내리깔고 수줍게 얼굴을 붉혔다. 화려한 복장과 전혀 어울리지 않는 청초함을 연기하고 있었다. 그렇지만 상대 남자한테는 충분히 먹혔다.

"아니야. 내가 우리 꽃님이를 얼마나, 어흠. 어흠. 얼마나……."

남자의 말은 이어지지 못했다. 영화가 손가락을 들어 남자의 입을 막더니, 다시 남자의 입에다 뽀뽀를 퍼부었기 때문이다. 낯부끄러울 정도로 쪽쪽거리는 소리가 요란했다. 그러더니 영화가 요사스럽게 속삭였다.

"알잖아, 자기. 자기도 내 마음."

"우리 꽃님이, 내가 그래서 선물 하나 준비했어."

"어머, 자기. 우리 오빠. 나 그런 거 없어도 돼……."

"내 차로 가보자. 거기서 보여줄게."

두 사람이 여전한 애정행각을 벌이며 사라지자, 가인은 어이가 없어 한숨이 다 나왔다. 도진은 그런 둘을 의미심장한 눈빛으로 바라보고 있었다. 가인이 그런 도진의 옆구리를 툭툭 치며 말했다.

"설마 밖에서 사람들 험담 좀 한 걸로 불이익을 줄 생각은 아니죠, 도자기 씨?"

"그런 말을 듣고도 편들어주다니, 우리 쁜이는 착한 건지 무른 건지 알 수가 없어."

가인이 고개를 절레절레 흔들었다.

"저도 저런 말을 듣고 보니 기가 막히지만, 누구나 험담은 하고 살잖아요. 사적으로 들은 이야기로 회사 내 일이 결정되기보단, 영화 씨 업무평가 결과로 회사일이 돌아가면 좋겠네요."

가인도 영화가 딱히 마음에 드는 건 아니었다. 하지만 밖에서 이야기하다 보면 자기한테 유리한 쪽으로 말을 바꾸는 사람들이 종종 있었다. 그들이 잘한다는 건 아니었지만, 그게 다 인사고과에 영향을 끼친다면 지나치다는 생각이 들었다.

도진이 가인을 향해 씩 웃었다. 가인에게만 허락된 시원하고 싱그러운 웃음이었다.

"인사고과 점수는 건드릴 생각은 없어. 그렇다면 인사팀을 못 믿는 게 될 테니까. 우리 가인이는 공명정대한 면이 마음에 들어. 손해 보는 성격이기는 하지만.

다만 저렇게 스스로 일을 잘한다고 하니 이번에 인사조정 때 보직은 좀 바뀌는 게 낫겠군. 지금 자리에서는 역량 발휘를 못 하지 않겠나, 저런 인재가."

"아, 그런가요."

그 정도야, 그럴 수 있는 처사다. 이제 꿀 빠는 자리는 다른 누군가의 것이 될 것이다. 입 하나 잘못 놀려서. 하지만 영화는 신세기 상무의 비서직을 오래 수행한 편이라, 안 그래도 이번에 바뀔지 모른다고 다들 생각하고 있었다. 영화 본인만 혹시 바뀔까 싶어 김미희 실장 앞에서나 혹은 인사팀에게는 잘 보이려 애쓰는 중이다.

"그렇지. 그리고 저 남자, 건일물산의 장남이군. 필리핀 쪽과 무역을 하는 기업인데 제법 탄탄해. 막 커나가는 사업체라고 알고 있는데 어쩌다 보니 그쪽 부친과 안면 정도는 있지.

이제 맏아들이 슬슬 혼기가 차간다고 결혼정보업체에 등록을 하려는 모양이더군. 아들 몰래 자연스러운 만남을 해주려는 모양이었어. 내가 알기론 저 아들, 제법 효자야. 부모 말을 거역하는 법이 없다고 하더군. 굳이 내가 뭘 하지 않아도, 장영화 씨는 물주 하나는 놓칠 것 같아."

"물주가 아니라 남자친구일 수도 있잖아요."

"저번에 우연히 다른 남자랑 비슷한 애정행각을 벌이는 걸 봤어. 키도 크고 덩치도 좋던데. 모두 다 남자친구라고 생각한다면 어쩔 수 없는 거겠지만, 내가 보기엔 그저 물주처럼 잡고 있는 것처럼 보이는군."

"그렇군요."

가인이 후, 다시 가볍게 한숨을 내쉬었다. 그러자 도진이 가인의 코를 살짝 잡았다 놓으며 속삭였다.

"아가씨, 남 일로 그만 심란해하고 나한테 집중하죠. 그리고 난 가인의 물주가 되어도 좋아. 단, 나 말고 딴 놈은 안 돼."

"뭐예요. 그게."

그러더니 가인이 싱긋 웃었다.

"당연히 우리 도자기 씨밖에 없죠. 제주도까지 가서 한라봉에 새긴 약속인데."

"그럼 이제 남의 연애엔 신경 끄고 우리 연애를 해볼까? 운동할 시간 한참 지났군. 장영화 씨가 저쪽으로 갔으니 우린 반대편으로 가고."

"네."

그때, 슬며시 손이 잡혔다. 도진이 손을 잡고 가인을 이끌고 있었다. 그래, 우리는 지금 사귀고 있지. 사적인 시간을 같이 보내며, 다른 사람 이야기도 같이 하고, 작은 일에도 같이 일희일비하는.

가인이 빙긋이 웃었다. 사랑은 처음이어서, 더 간지럽고 더 설레고 더 좋았다.

strawberry kiss

며칠 후 출근길이었다. 회사에 도착해서 막 엘리베이터를 타려는데, 영화가 급하게 뛰어와서 닫히는 엘리베이터를 잡아챘다. 영화의 평소 출근시간보다 훨씬 이른 시간이어서 가인도 의아하게 바라보는데, 기획실 박철민 대리가 영화를 보고 아는 척했다.

"영화 씨, 맛있어 보이는 과자를 들고 있네? 좀 나눠주려고?"

철민의 말에 사람들의 시선이 영화가 들고 있는 꾸러미에 쏠렸다. 척 보기에도 고급스러운 포장지에 싸여 있는 게 비싸 보였다. 그러자 영화가 미간을 살짝 찌푸렸다.

영화가 보기에 박철민은 그다지 잘 보이지 않아도 되는 사람인 데다가 지금은 눈치마저 없었기 때문이다. 영화가 가볍게 헛기침을 하더니 이내 간드러지는 목소리로 답했다.

"마음 같아선 나눠드리고 싶지만 우리 상무님 드릴 거라 안 돼요. 한정판매라 얼마나 서둘러서 샀는데요. 우리 신세기 상무님, 오래오래 잘 모셔야죠."

영화가 일부러 들으란 듯 크게 답하자, 엘리베이터 안에서는 더는 영화의 선물꾸러미에 대해 말하는 사람이 없었다. 땡, 소리와 함께 사람들이 층마다 내렸다.

가인은 영화와 다른 층이었지만 아침에 들러야 할 부서가 있어서 같이 내렸다. 내리자마자, 마침 다른 엘리베이터를 타고 온 소라와 리스크 관리실의 혜진과 딱 마주쳤다. 소라가 인사했다.

"좋은 아침."

"좋은 아침이에요, 소라 씨."

가인이 입을 떼기도 전에 영화가 소라의 인사에 답하더니 총총총 사라졌다. 인사할 타이밍을 놓친 혜진이 멀어지는 영화를 바라보며 한마디 했다.

"영화 씨 또 가방 샀나 봐요? 저번 것도 명품 신상이던데, 이번에도 그러네. 저렇게 자주 바꾸면 월급 다 쏟아부어도 힘들 텐데."

"누가 사주나 보죠."

소라가 옆에서 시크하게 대꾸했다. 가인은 며칠 전 한강변에서 본 마지막 장면이 떠올라 저도 모르게 고개를 끄덕일 뻔했다.

"요즘 계속 간당간당하게 오더니 오늘은 무슨 바람이 불어서 저렇게 일찍 왔대? 게다가 손에 든 선물꾸러미는 뭐고? 가인 씨 알아?"

"다른 건 모르겠고 신세기 상무님이 좋아하시는 과자래요. 상무님 드리려고 일부러 사왔다는데요."

가인은 엘리베이터 안에서 보란 듯이 말했던 것까진 말하지 않았다. 혜진이 말을 받았다.

"영화 씨도 담당 바뀔까 봐 걱정인가 보네요. 비서실 쪽은 그게 안 좋겠어요. 익숙해질 만하면 한 번씩 자리 이동 있는 거."

"익숙해지면 괜찮아요. 게다가 자주 있는 게 아니라 적어도 몇 년은 같은 상사를 모시니까요. 합이 잘 맞으면 좋은 경우도 있지만, 안 그런 경우도 있으니 가끔은 변화를 주는 것도 괜찮아요."

소라가 웃으며 답했다. 혜진이 그럴 수도 있겠다는 표정으로 고개를 끄덕였다.

"생각해보니 그러네요. 가인 씨도 한 번 바뀌었었죠? 사장님 전에는 이혜연 전무님이었으니까. 그분, 사람은 좋으시지만 철두철미한 데가 있어서 힘들었을 텐데 잘 버텼어요."

"그래도 일을 막 시작할 때라 배울 게 참 많았어요."

"이혜연 전무님 가끔 뵈면 아직도 가인 씨 이야기를 하시더라고요. 굉장히 좋게 보셨나 봐요."

"감사한 일이죠."

가인이 빙그레 미소 지었다. 지금 이혜연 전무님 담당은 차세희였다. 이혜연 전무는 일처리가 꼼꼼하기로 정평이 나 있어 신참 비서가 들어오면 자주 배치되는 곳이기도 했다. 혜진이 인사했다.

"더 이야기하고 싶은데 아침부터 회의가 있어서 바쁘네요. 그럼 나중에 봐요."

"잘 가요."

"수고하세요."

간단하게 인사를 하고 소라와 가인은 이동했다. 가인은 소라 씨 근처 가져가야 할 서류가 있었기에 방향이 같았다. 소라가 말했다.

"영화 씨도 슬슬 걱정되나 보다. 뜬금없이 신세기 상무님을 챙기는 걸 보면. 하긴 저번 인사이동 때 다른 비서들은 다 자리 바뀌었는데 계속 신세기 상무님 비서로 있었잖아. 오래되긴 했어."

"그렇죠. 영화 씨, 입사 때부터 신세기 상무님이었잖아요."

"그렇지. 그때 유명했지. 어떻게 여우짓을 했는지 신세기 상무님이 자기는 그냥 익숙한 사람 쓰겠다고 건의하셔서 자리 지킬 수 있었잖아. 하지만 이번엔 영화라도 힘들걸? 신세기 상무님이 직접 비서 바꿔달라고 김미희 실장님한테 말씀하시는 걸 들었거든."

"그랬어요?"

"응. 영화 씨도 처세를 잘못한 게, 자길 편하게 해주는 상사면 업무를 더 잘 처리해주고 불편 없이 했어야 하는데 편하다고 오히려 막 나간 게 독이 된 거지. 저번에 한 건 크게 했잖아. 외국 바이어랑 중요한 미팅이었는데 장소를 잘못 알려줘서 발칵 뒤집어진 거 가인 씨도 기억나지?

전라남도 광주였는데 경기도 광주라고 체크해놓은 거지. 이미 경기도 광주에 도착해 있는데 전라남도 광주에서는 안 온다고 난리고, 거리상으로도 멀어서 어떻게 해볼 수 있는 거리도 아니어서 일정 그 다음 날로 사정해서 다시 잡고.

물론 우리 회사 파워가 있기는 하지만 그래도 그쪽 바이어도 꽤 중요한 바이어여서, 그때 굉장했지. 일정 다 뒤집어지고 계약 차질 생기고 난리도 아니었어.

그때 영화 씨가 신세기 상무님한테 눈물콧물 다 흘리며 빌었다는 소문까지 있었어. 본인은 부정하지만. 그때 가인 씨는 휴가여서 직접은 못 봤지?"

"네. 말로만 들었었는데 그 정도였어요? 그런데 지금도 저래요?"

"사람이 참 한결같은 거지. 자기 능력에 대해 자부심이 대단해서 초면인 사람한테 얼마나 포장을 잘하는데. 그래도 조금만 겪어보면 다 알게 되더라, 어떤 사람인지."

"영화 씨 어디로 갈지는 모르겠네요. 몇 명 바뀐다고는 들었는데."

소라가 가인을 향해 조그맣게 속삭였다.

"전두식 전무님 쪽으로 간다는 소문이 있어. 인사팀에서 그러는데 사장님이 장영화가 일 잘하는 줄 알고 그쪽으로 추천했대. 인재는 거기로 가야 한다고. 영화 씨 이번엔 제대로 물먹은 거지. 전두식 전무님이 얼마나 다혈질에 힘든 분인데."

가인은 한강변에서 목격한 일이 생각났다. 역시 도진은 그냥 넘기지 않았다.

가인으로서도 이번에는 영화가 자리가 바뀌는 게 공정하다고 생각

스트로베리 키스

은 하고 있었지만, 전두식 상무의 급한 일처리와 조금이라도 일정이 늦어지면 비서를 쥐 잡듯 하는 성격을 알고 있었기에 약간의 안쓰러움이 들었다.

"그러다 그만두는 거 아니에요?"

"글쎄. 내 경험상 저런 성격이 젤 오래 직장생활 하더라. 오히려 주변에서 힘들어서 그만두지. 우리가 각각 다른 사무실에서 일해서 그나마 이 정도지 장영화가 상사였으면 그만두는 애들 좀 있었을걸? 자기 실수는 별거 아니고 남의 실수는 두고두고 씹잖아."

"역시, 마음씨는 곱게 쓰는 게 좋겠어요. 결국은 돌아오니까요. 그런데 소라 씨, 연우 씨랑 데이트는 잘했나 보네요? 연우 씨 못쓰겠네. 이렇게 데이트 한번 했다고 인사팀 고급 정보도 막 주고……."

가인이 소라에게 장난을 걸자, 소라가 개구쟁이 얼굴로 대꾸했다.

"사돈 남 말 한다. 가인 씨야말로 요즘 얼굴에 광채가 나는데? 연애하더니 아주 좋은가 봐."

평소 같았으면 정색을 하고 제대로 철벽으로 받았을 텐데, 외려 가인이 손을 뺨에 대더니 능청스럽게 답했다.

"하하하. 그런가요. 그런 말 있잖아요. 사랑이 제일 좋은 화장품이라고. 소라 씨도 조만간에 피부미인 듣겠는데요?"

소라가 웃으며 고개를 절레절레 흔들었다.

"이야, 사랑이 무섭긴 무섭네. 우리 철벽녀 가인을 저렇게 바꾸다니. 사랑에는 힘이 있다는 말, 이제는 믿어야겠어."

"사랑은 좋은 거죠. 요즘 새삼 느껴요."

가인이 고개를 끄덕이며 답했다.

서류를 다 찾은 후 가인이 자리로 돌아와 사원복으로 갈아입었다. 자리에 앉아서 아직 도진이 도착하지 않은 사장실 문을 물끄러미 바라보는데, 모든 게 새삼스러웠다.

사장실 앞에서 여자들이 찾아와 깽판 놓던 걸 바라보던 게 엊그제 같은데, 사장인 도진과 사귀고 있다. 요즘은 거짓말 같을 정도로 그런 여자들이 사라졌다. 세 번의 벽을 뚫었다는 은근한 자부심마저 들었다. 뭐지, 이 남자가 뭐라고, 내가.

보고 싶네.

보고 있으면 웃음이 난다. 가슴 한복판에서 치밀어 오르는 간질간질한 느낌은 뭐라 말할 수 없는 고양감을 주었다. 어려운 시험에 통과했을 때의 성취감과도 달랐고 가족 간의 따뜻한 느낌과도 또 달랐다.

책에 보면 이 설레는 느낌에는 유통기한이 있다고 했다. 하지만 부모님을 보면 그 말은 틀린 듯했다. 처음만큼 두근거리지 않는다 해도, 그 사랑은 사라지는 게 아니라 다른 형태로 변화하여 서로를 푸근하고 따스하게 안아주며 단단해진다. 이 사람과 그런 사랑을 하고 싶다.

가인은 눈을 잠시 감고 빙긋 웃었다. 매일매일 보는데도 보고 싶다. 회사 내에서는 철저하게 사장님이자 상사로 모시기로 했기 때문에 솜사탕 같은 감정을 억누르곤 했다. 그래서 오히려 감정이 더 커지는 것 같은, 기묘한 기분을 느끼기도 했다.

"이제 눈을 좀 뜨죠, 잠자는 공주님."

지척에서 들린 소리에 가인이 퍼뜩 눈을 떴다. 반사적으로 시계를 보니 평소보다 출근시간이 일렀다. 엘리베이터 소리나 기척도 못 느낄 정도로 너무 감상에 빠져 있었던 모양이었다. 가인이 벌떡 일어나 정중하게 인사했다.

"어서 오십시오, 사장님."

"이럴 때 보면 정말 가인 씨는 철두철미한 거 같아. 업무시간엔 진짜 칼이라니까. 한 번쯤은 같이 드라마 좀 찍어봐도 되잖아. 사람들 오기 전에."

그러더니 도진이 슬그머니 가인 옆으로 다가와 가인의 손에 깍지를 꼈다. 도진이 은근히 몸을 숙이는데, 가인이 엄숙하게 대꾸했다.

"성희롱으로 고충처리부서에 신고할 겁니다."

"와, 진짜, 우리 쁜이는 자기 말을 너무 지켜. 일터라 안 된다 이거지? 애정이 식었나 보네."

도진이 과장되게 시무룩한 표정을 지었다. 결국, 가인이 한 발 물러서주었다.

"자, 우리 도자기 어린이, 퇴근 후에는 늘 즐거운 시간이 기다리고 있습니다. 쁜이 휴대전화도 늘 오픈 상태고요. 언제든 연락하세요."

가인이 어린이집 선생님 말투로 달래기 시작하자 도진이 큭큭 웃기 시작했다.

"가끔 가인 씨를 보면 우리 어머니가 생각나."

아직 결혼 이야기는 오가지 않았지만, 둘 다 가볍게 만나는 건 아니었기에 도진의 어머니 이야기에 가인은 절로 관심이 쏠렸다. 가인이 물었다.

"저랑 많이 닮으셨어요?"

도진이 가인을 부드러운 눈길로 바라보며 잠시 생각하더니 답했다.

"뭐랄까…… 분위기가?"

"어머니는 어떤 분이세요?"

도진이 질문에 망설임 하나 없이 답했다.

"우리 어머니는, 복숭아 같은 분이지."

역시 제대로 된 설명 이전에 과일 비유였다. 가인은 이제 놀랍지도 않았다. 뒷말을 더 들어봐야 정확한 성격을 알 수 있을 것 같아 물어보려는데, 전화벨이 갑자기 울렸다. 벨소리에 다시 비서 서가인으로 돌아간 가인이 침착하게 물었다.

"전화 받고 차 가져다드리겠습니다. 평소와 같은 걸로 드릴까요?"

"오늘은 녹즙으로 줬으면 좋겠어."

"알겠습니다."

어차피 저녁에 만나기로 약속이 되어 있던 터였다. 궁금한 건 그때 물어봐도 되었다. 일하는 데서 정신을 놓고 연애하고 싶지는 않았다. 심장의 두근거림은 둘만 있을 때만 터지면 좋으련만. 가인은 속으로 그렇게 중얼거리며 업무에 집중했다.

점심시간이 가까워올 무렵, 가인이 업무를 위해 사장실로 들어갔을 때였다.

"가인."

이름을 부른다는 건, 사적인 이야기를 할 생각이라는 뜻이었다. 가인이 조그맣게 답했다.

"네."

도진도 조그맣게 속삭였다. 사장실에 누가 들어올 사람도 없는데, 두 사람은 둘만의 비밀이야기를 하듯 속닥이고 있었다.

"오늘 저녁 약속은 지키기 어렵겠는데. 갑자기 본가에 들어가봐야 할 것 같아."

"괜찮아요. 나중에 보면 되죠."

회사 내에서는 일 이야기밖에 서로 안 하지만, 그래도 매일 얼굴을 볼 수 있다는 장점이 있었다. 서울 시내에서 먼 거리에 있는 서로 다른 직장이라면, 저녁에 얼굴 하나 보려고 중간지점에서 만나는 것만으로도 꽤 시간을 잡아먹는 일이라는 걸 가인은 아주 잘 알고 있었다.

일주일에 많아야 두세 번 만나는 편이라 이렇게 약속이 어그러지면 아쉬웠지만, 그래도 가인은 도진이 사귀기로 한 시점부터 늘 자신을 가장 우선시하려고 노력하고 있음을 아주 잘 알고 있었다.

그 마음이 예쁘고 고마워서, 가인은 갑작스러운 일이 터졌을 때 투정 부리는 법이 없었다. 그리고 반대로 뒤집어 이야기하자면, 가인 또한 만나기로 한 날 갑작스러운 일이 생기면 도진에게 충분히 이해받을 수 있었다.

도진이 아쉬운 듯 속삭였다.

"이해해줘서 고마워."

그러더니 도진이 기습적으로 가인의 뺨에 입 맞췄다. 회사에서는 스킨십은커녕 도진도 늘 거리를 지켜왔기에, 가인은 깜짝 놀랐다.

아침부터 손을 잡더니, 이번엔 뺨에 입맞춤. 이 사람은 내 심장을 터트리기로 작정했나 보다. 가인이 최대한 침착함을 유지하려 애쓰며 입을 여는데 뜻대로 되지 않았다.

"저야, 늘, 사장님, 의, 딸꾹, 딸꾹, 딸꾹, 아니, 우리 도자기 씨의, 딸꾹."

놀란 나머지 딸꾹질이 터져 나왔다. 도진이 등을 두드려주면서 웃었다.

"약점 하나 발견. 우리 쁜이 보고 싶어서 어쩌나. 귀여워 죽겠네. 어서 가서 물 마셔."

"정말, 병, 주고 딸꾹, 딸꾹, 약 주고, 딸꾹, 너무해, 딸꾹."

"이로써 오늘 하루 종일 내 생각 할 거 아냐."

초등학교 저학년처럼 개구진 표현에 가인은 멈추지 않는 딸꾹질로 입을 틀어막은 채 나가며 도진을 얄밉게 흘겨봤다. 도진은 이루 말할 수 없이 즐거운 표정이었다.

strawberry kiss

퇴근시간이 되어 가인이 옷을 갈아입고 있을 때였다. 도진은 평소보다 일찍 퇴근하고 없었다. 내일 일정과 주간 일정, 월간 일정까지 다시 한 번 체크하며 머릿속으로 정리하고 있는데, 갑자기 모르는 번호로 휴대전화가 울렸다.

"여보세요."

― 안녕하세요. 서가인 씨 휴대전화인가요?

우아한 톤의 여자 목소리. 중년 같기도 하고 젊은 여자 같기도 해서 연령을 가늠하기 어려웠다. 처음 듣는 목소리였다.

"네, 맞습니다. 누구신가요?"

― 정도진의 엄마 되는 한경애라고 합니다. 갑작스레 전화해서 미안해요. 오늘 특별한 일이 없다면, 잠시 볼 수 있을까요?

갑작스러운 전화는, 보자고 한 용무가 결코 좋은 일이 아니라는 직감을 주었다. 만약 도진이 알았다면 결코 이런 식으로 전화를 받게끔 하지 않았을 터였다. 이 전화는 도진은 모른 상태에서 걸려온 전화였다.

가인은 잠시 심호흡을 하고 다시 침착하게 전화를 받았다.

"네, 알겠습니다."

정상적인 만남은 아니었지만, 상대는 도진의 어머니였다. 자신이 좋아하는 상대의 어머니가 개인적으로 만나자고 할 때 거절할 수 있는 여자는 드물 터였다.

자신의 연락처나 자신이 도진과 만난다는 사실을 어떻게 알았는지는 가인도 잘 알 수 없었다. 도진이 가르쳐줬을 수도 있었지만, 도진 성격에 집에 이야기했다면 가인에게도 말해줬을 터다.

혹은 보이스피싱 같은 사기일지도 몰랐다. 세진그룹 사모님을 빙자해서 사기 치는 인간이 있다는 건 가능성이 매우 낮았지만, 요즘 같이 별의별 일이 다 일어나는 세상에서는 알 수 없었다. 가인은 혹시나 하는 마음에 휴대전화 녹음 버튼을 눌렀다.

– 갑작스러운 부탁에도 응해줘서 고마워요. 내가 있는 곳으로 찾아오려면 힘들 테니 차를 준비해두었어요. 은색에 번호는 ○○-○○○○이에요. 불안하면 친구나 가족에게 말하고 위치추적해도 괜찮아요.

차까지 준비해두었다는 건, 오늘의 약속을 미리 계획했다는 뜻이다. 오늘 도진이 본가로 간 것도 우연 같지 않았다. 만약 오늘 가인이 힘들 것 같다고 거절한다면 아마도 제2, 제3의 약속이 준비되어 있을 터였다.

위치추적 이야기까지 나오니 헛웃음이 나왔지만, 일하면서 별의별 상황을 다 겪어본지라 가인은 침착하게 응대했다.

"차까지는 좀 부담스럽습니다. 원하는 장소를 말씀해주시면 찾아가겠어요."

– 대중교통을 타고 오려면 시간이 많이 걸릴 거예요. 나 편하자고 하는 일이니 조금 이해해주면 고맙겠어요.

"알겠습니다. 지금 퇴근 준비 중이니 정리하고 삼십 분 이내에 가겠습니다."

– 고마워요. 이따 보기로 하죠.

뚝, 통화가 끊겼다. 요즘 같은 세상에 권하는 차를 덥석덥석 타는 건 위험한 일이기는 했지만, 상대측에서 위치추적까지 말한다는 건 위험하지 않다는 의미일 것이다. 하지만 그렇다고 해서 조심해서 나쁠 건 없었다.

가인은 휴대전화로 이메일을 들어가 메일 내게 쓰기를 누르고 통화 내역을 저장했다. 혹시라도 자신이 같이 사라져버리면 녹음한 휴대전화도 같이 사라지지만, 자신의 메일에다 저장시켜놓으면 혹시라도 무슨 일이 생겼을 때 기록이 남는다.

가인은 옷을 갈아입고 바로 친구에게 전화했다. 친구가 반갑게 받았다.

– 어, 가인. 퇴근하고 같이 만나자고 전화한 거야? 마침 나 저녁 안 먹기는 했는데.

"싸리 미안. 그게 아니고 우리 그때 장난으로 위치추적 어플 깔았잖아. 그거 지금부터 작동시켜주면 안 돼?"

고등학교 동창인 최싸리였다. 부모님이 싸리나무에서 프러포즈하고 태어났다고 이름이 싸리가 되었다고 늘 친구들이 '싸리, 쏴리(sorry).' 하면서 놀려대곤 했다. 전화기 건너편에서 웃음기가 사라지고 조그만 목소리가 속닥였다.

– 왜, 무슨 일이야? 너 누군가한테 납치되는데 조용히 전화한 거니? 내가 112에 신고해?

"그런 거 아니고, 누굴 만나러 가기로 했는데 영 찜찜해서."

– 야, 찜찜하면 나가지 마. 아님 내가 같이 가줄까? 요즘엔 정말 조심해야 해. 큰일 난다, 너.

결국 걱정 어린 목소리에 가인은 진실을 실토했다.

"그게, 남자친구 어머니가 보자고 전화가 왔는데, 차를 보내주셔서……."

가인의 말이 끝나기 무섭게 친구의 목소리가 가인의 귓전을 때렸다.

– 뭐야, 뭐야? 너 남자친구 생겼어? 차까지 보내줄 정도면 잘사는 집인가 보다? 위치추적 이야기까지 하니까 무슨 드라마 재벌가랑 연애라도 하는 줄 알겠다, 야. 뭐야, 남자친구 몰래 너 불러내는 거야? 영 느낌이 안 좋은데……

"응, 그래서 위치추적 켜달라고. 별일 없을 거 같은데, 혹시나 해서. 지금은 다 설명하기 어려우니까, 나중에 이야기해줄게."

– 알았어. 야, 너 완전 티브이 판 '미워도 다시 한 번' 찍는구나. 급하게 말하기 그러면 지금 말 안 해도 돼. 너 마음 내킬 때 이야기해. 지금 어플 켰다. 안심하고 다녀와. 너한테 물 뿌릴 거 같으면 너도 같이 뿌려. 그런 시댁이면 일찌감치 접어라.

'미워도 다시 한 번'은 이혼 위기에 놓인 부부가 4주간의 상담과 행동요법 등을 통해 이혼을 재고해보는 리얼리티 프로그램이다. 거기에 나온 사례들이 워낙 다양해서 싸리가 그런 말을 하는 것이다.

"알았어. 고마워. 하하."

가인이 가볍게 웃어넘겼다. 싸리는 입이 무거운 데다 가인의 부모님하고도 잘 알고 있었기 때문에 이런 일을 부탁할 만했다. 하지만 가벼운 대답과는 달리 마음은 무거웠다.

지하 3층에는 주차된 차량이 별로 없어 전화로 이야기했던 차는 금방 찾을 수 있었다. 가인이 3층으로 오자마자 차에서 과묵해 보이는 운전기사가 나와 굉장히 정중하게 인사했다.

마치 재벌가 사모님을 향한 듯한 인사가 영화에서나 볼 법한 장면이었다. 가인이 뒷자리에 타자, 차는 미끄럽게 주차장을 빠져나갔다. 다행히 아무도 그 장면을 보지 못했다.

strawberry kiss

운전기사는 말이 없었다. 대신 은은한 피아노곡을 틀었는데, 완벽한 정통 클래식은 아니고 세미클래식 쪽이었다. 가인의 나이 대를 고려한 듯싶었다. 차 안은 널찍했고 편안하게 꾸며져 있었다. 위압감보다는 배려가 더 느껴졌다.

하지만 가인은 긴장을 풀지 않았다. 제대로 된 만남이라면, 도진에게 전해 듣거나 혹은 도진이 이 자리에 같이 와야 했다.

차는 그들을 외곽의 작은 카페로 데려갔다. 가인은 처음 와보는 곳이었다. 특이하게도 붐빌 시간인데 주차장에는 차량이 하나도 보이지 않았다. 운전기사가 주차를 하자마자 가인이 문을 열고 내리기도 전에 얼른 문을 열어주었다.

운전기사가 카페 문까지 열어주고 정중히 뒤돌아섰다. 카페 내부에는 정말로 손님이 아무도 없었다. 인테리어나 외관상으로 장사가 안 될 집은 아니었다.

가인이 들어오자, 주인이 묵례하더니 아무런 말 없이 그녀를 창가 아늑한 자리로 안내하기 시작했다.

카페 하나를 통째로 빌렸다. 혹시라도 오늘 하는 이야기가 새어나가는 걸 원치 않아서. 카페 주인이 안내한 자리에는 단아한 부인이 앉아 있었다. 도진의 어머니인 한경애였다.

도진의 나이를 생각하면 상당한 연배일 텐데도 중년처럼 보이기도 했다. 우아하고 여성스러운 옷차림이었지만, 눈빛엔 강한 의지가 담겨 있었다. 가인이 정중하게 인사했다.

"처음 뵙겠습니다. 서가인이라고 합니다."

경애가 나이가 많다 해서 앉아 있지 않고 몸을 일으켜 인사했다.

"한경애예요. 오느라 고생했어요."

그리고 두 사람은 거의 동시에 자리에 앉았다. 경애의 자리 앞에는 물컵 하나만 놓여 있는 걸로 보아, 따로 차를 주문하지는 않은 듯했다. 카페 주인이 각각에게 주문을 받고 돌아간 후 두 사람 사이에서는 잠시 말이 없었다. 잔잔한 음악과 창밖의 풍경이 말없이 흘러갔다. 카페 주인이 둘이 주문한 차를 각각의 자리에 놓고 난 이후에야 경애가 먼저 입을 열었다.

"아마 오면서 많은 생각을 했을 거예요. 우연히 도진이와 가인 씨가 사귄다는 사실을 알게 되었어요. 원래 자식에 대해 모든 걸 알 수는 없는 법이지만, 아가씨는 여태 도진이 만남을 반복했던 사람들과는 다른 것 같더군요. 도진이는 가인 씨를 진지하게 만나는 것 같아요.

젊은 때는 여러 사람과 연애를 할 수도 있지만 결혼은 또 다른 문제예요. 도진이는 세진그룹 차기 후계자로 주목받고 있어요. 지금 시점에서 아가씨와의 일은 서로에게 득보다는 실이 많으리라는 거, 잘 알 거라고 생각해요."

우아한 말투로 짚어내는 현실은, 가인도 여러 차례 생각해본 적 있는 것이었다. 실제로 재벌가끼리가 아닌 자유연애로 결혼하는 경우도 왕왕 있었지만, 분명 순탄치 않을 터였다.

경애가 부드럽고 반듯한 눈빛으로 가인을 똑바로 바라보며 하고자 하는 말을 이었다.

"미안한 이야기지만 우리 도진이와 헤어져줘요, 서가인 씨."

가인은 상대를 차분히 바라보았다. 어느 정도 예상한 이야기였지만, 아니길 바라는 마음이 있었기 때문에 충격의 여파는 컸다.

서신영을 통해 본의 아니게 이와 비슷한 상황을 예행 연습해본 전적이 있었지만, 서신영과 정도진의 어머니 한경애는 가인에게 갖는 의미가 완연히 달랐다.

좋아하는 남자의 어머니가, 자신을 반대하고 있었다. 가인이 아무 말이 없자 경애가 말을 이었다.

"아가씨 개인에게 나쁜 감정이 있는 건 아니에요. 요즘 보기 드문 아가씨라고 김미희 실장에게 들었어요. 하지만 재벌가에서 버틴다는 건, 그저 사랑 하나로는 힘들어요. 난 두 사람 다 상처받는 걸 원하지 않아요."

그러더니 경애가 명함을 하나 꺼내 내밀었다. 장학재단 비서실장의 명함이었다. 가인은 경애가 재단장으로 있는 해길장학재단이라는 걸 직감으로 알았다.

"원하는 게 있으면 이 명함에 있는 김경훈 비서한테 말하면 잘해줄 거예요. 금전적인 보상이 편하진 않겠지만, 쉽지 않은 결정에 대한 보상이라고 생각해줘요.

혹시 유학자금이나 건물 같은 종류의 현물을 원하면, 그건 좀 조율을 해봐야겠고. 그래도 만난 기간이 길지 않은데 그 정도를 바라진 않을 거라고 생각해요. 평판이 좋은 아가씨고 배울 만큼 배웠으니 정도를 알겠죠."

가인은 제 앞에 또다시 내밀어진 명함을 물끄러미 바라보았다. 한경애 본인의 명함도 아니었다. 비서실장이라는 명칭을 지닌 대행하는 사람한테 도진과의 관계를 정리한 금전적 대가를 받는다. 화가 나거나 슬퍼야 하는데 너무 비현실적이라 그 어느 쪽도 느껴지지 않았다.

드라마에서나 볼 법한 상황. 가인은 드라마를 즐기는 편이 아니었다. 이런 날을 위해 드라마 여주들이 얼마나 드라마틱하게 거절을 내뱉는지를 봐뒀어야 하나 하는 자괴감까지 들었다. 가인의 입에서는 누구나 타당하게 느낄 만한 일반적인 답이 먼저 나왔다.

"잠깐의 교제로 보상이시라니, 너무 과하신 건 아닌지 모르겠습니다."

"이혼을 해도 위자료를 받고, 사실혼 관계여도 해당되는 비용을 받지요. 그러니 교제를 중단하면서 상심한 마음을 달래라고 보상을 받을 수도 있는 것 아닌가요?"

도진의 어머니 경애는 부드러운 인상이었지만, 결코 녹록한 인물이 아니었다. 업무상 다양한 사람을 상대해본 가인은 대번에 알 수 있었다. 가인이 답했다.

"저는 도진 씨와의 관계를 금전으로 대체할 수 있다고 생각하지 않습니다. 만약 헤어지게 된다 해도 마음의 상처에 대한 보상은 함께했던 좋았던 추억으로 충분합니다."

"그럼, 아무런 보상 없이 헤어지겠다는 뜻인가요?"

"아니요. 아무런 보상도 필요 없고, 도진 씨와 헤어지지도 않겠습니다."

가인이 예의 바르지만 단호하게 답했다. 그러자 경애가 가인을 뚫어져라 바라보았다. 도진과 많이 닮은 얼굴이었다. 특히 서늘한 눈빛이 매우.

그제야 뒤늦게 전기에 감전된 듯 찌르르 아픔이 밀려왔다. 하지만 가인은 내색하지 않았다. 이런 상황에서 제 상처에 빠져서 감정적으로 대처하는 것만큼 어리석은 일은 없었다.

두 사람 앞의 찻잔은, 누구도 들지 않은 채 그대로 식어가고 있었다. 경애가 갑자기 가인에게 권했다.

"들어요. 이 집 보기보다는 차맛이 괜찮으니."

그러더니 한숨 돌리듯 경애가 먼저 찻물을 입에 머금었다 삼켰다. 팽팽해지려는 공기를 순식간에 와해시키는 능력이었다. 그러면서 빼앗기려는 주도권을 놓치지 않으려고 일부러 휴식을 주었음을 가인은 깨달았다. 만만치 않은 분이다.

가인도 차를 한 모금 머금었다. 도진과 헤어지라는 억지만 아니라면, 다른 건 뜻을 거스르고 싶지 않았다. 향이 몹시 좋았지만, 무슨 맛인지 정확히 느껴지지 않을 정도로 속으로는 긴장하고 있었다.

달그락, 찻잔을 우아하게 내려놓은 경애가 날씨 이야기를 하듯 평탄하게 다시 말을 이었다.

"젊은 사람이 보기보다는 당돌한 데가 있네요."

그렇게 말하는 경애의 얼굴은 굳어 있었다. 짧은 평은, 짧은 만큼 전해지는 힘이 강했다. 하지만 가인은 물러서지 않았다. 어차피 지금 이 상황에서, 자신이 좋게 보이기는 어려웠다. 착한 사람인 척 울며불며 이 자리를 모면하고 싶지도 않았다.

어차피 좋게 보일 수 없다면 자신의 의사라도 분명히 밝히고 싶었다. 세진그룹의 사모님을 화나게 한다는 건, 자기에게 앞으로 어떤 불이익이 주어질지 알 수 없는 그런 일이었다.

한편으로는, 만난 지 얼마 안 되는 도진을 이렇게까지 지켜야 하나 생각이 들 수도 있었지만, 가인은 소중하다고 생각하는 것은 쉽게 놓쳐서는 안 된다는 사실을 아주 잘 알고 있었다. 가인이 조용히 답했다.

"이 정도는 당돌해야 어머니께서 말씀하시는 재벌가에서 살아남지 않을까요?"

가인의 답에, 경애가 가인을 똑바로 바라보았다. 시선을 피해야 할지, 아니면 마주 보아야 할지 판단내리기 어려웠으나, 가인은 경애를 바라보는 쪽을 택했다. 자기 자신을 완전히 내보여야 한다는 생각이 들었다.

"당돌함만으로는 부족하죠. 현실은 그렇지 않아요."

경애가 짧게 평하더니 차를 한 번 더 마셨다.

"막상 비집고 들어온다고 해도 아가씨가 버티기 힘들 거예요. 처음에야 신데렐라나 된 듯 화려하게 떠들어대겠지만, 시간이 흐르면 상황은 달라져요. 별다른 소문거리 없는 재벌가들의 결합과는 달리, 잊을 만하면 신문지상에서 불화설이나 별거설이 터져 나올 거예요. 집안 어른들도 은연중에 차별이 있을 수도 있고.

아가씨가 정말 도진이를 사랑하는지, 아니면 도진이의 배경을 사랑하는지는 판단할 수 없지만, 만약 배경을 사랑하는 거라면 도진이가 반대를 이기지 못하고 한 푼 없이 나와야 할 수도 있어요. 그러면 아무것도 없어진 도진이를 받아들이기 쉬울까요? 진심으로 사랑했다고 해도, 나로 인해 모든 걸 잃은 남자를 바라볼 수 있겠어요?

도진이는 남자예요. 남자들은 누구든 꼭대기에 앉고 싶어 하는 본능이 있어요. 세진그룹이라는 곳에서 늘 위를 향하던 남자가 거기서 배척당하고 새롭게 사업을 하거나 누구 밑에서 일하는 게 쉬울까요? 세진그룹과 척을 진 작은 업체가 살아남기는 쉽지 않을 테고, 어느 회사로 들어간들 과거 세진그룹 사장이었다는 타이틀에서 벗어날 수 있을까.

사람은 순식간에 밑바닥으로 떨어지기도 하는 법이에요. 그런 상황을 눈으로 보면서 서로 원망하지 않고 행복할 수 있을까요? 생활고는 말이죠, 사랑하던 사람도 갈라놓는 법이에요."

틀린 말은 아니다. 그 모든 건, 처음 도진과 교제를 시작할 때 충분히 숙고했고 지금도 고민하는 부면 중에 하나였다. 처음 도진이 고백할 때도 그런 이야기를 했었다.

그렇지만 가인은 도망가지 않는 쪽을 택했다. 이 남자가 그 모든 걸 걸고도 날 사랑한다면, 자신도 그렇게 사랑하겠노라고. 가인은 비현실적인 사람은 아니었다. 오히려 현실적인 사람이었다.

하지만 도진에 대한 마음은, 일어날 수 있는 슬픈 현실도 받아들이겠다고 결심하게 했다. 가인의 동의했다.

"일리 있는 말씀이세요. 극단적이지만, 충분히 있을 법한 일이죠. 하지만 아직 저희는 아직 서로를 알아보는 단계고, 서로에게 호감을 가지고 계속 손을 잡고 나아가고 싶어요. 이러다 헤어질지 끝까지 갈지는 아무도 모르는 일이고요. 하지만 지금 막 시작하는 감정을 아직 시작되지 않은 미래에게 저당잡혀 포기하고 싶진 않습니다."

경애가 옅게 웃었다.

"젊군요. 하지만 반대로 그렇기 때문에 지금 더 쉽게 포기할 수 있을 때 포기하라고 권하는 거예요. 감정이 더 깊어지면 헤어질 때 더 괴로울 뿐이에요."

일반론적인 관점에서, 경애의 말은 틀림이 없었다. 하지만 그 모든 이야기는 결국 비극적인 미래로만 향해 있었다. 가인은 현실적인 사

람이었지만, 행복할 수 있는 미래에도 초점을 맞추고 싶었다. 가인이
말을 다시 시작했다.

"과거에 도진 씨가 이런 비슷한 경험을 했다는 걸 알고 있습니다."

가인의 말에, 처음으로 경애가 잠깐 멈칫했다. 가인은 이야기를 멈
추지 않았다.

"그 일을, 도진 씨가 아직도 마음에 담아두고 있습니다. 후회가 되
지 않았다면 담아두고 있지 않았겠지요. 아마 어머니 말씀대로 그때
선택이 현명했던 거라면 절 또다시 선택하지 않았을 겁니다. 집안의
뜻대로 결혼했겠지요. 하지만 도진 씨는 그러지 않았습니다. 저는 그
선택을 존중하고 싶습니다."

경애는 말이 없었다. 표정은 여전히 우아하고 변함이 없어 읽기가
어려웠다. 가인이 이야기를 계속했다.

"만약 어머니 말씀대로 최악으로 떨어져 도진 씨가 세진그룹에서
모든 걸 놓고 나오고, 저 또한 그로 인해 많은 걸 잃을 수도 있겠지요.
하지만 설령 그렇게 된다 하더라도 둘을 하나로 만들어준 사랑이 행
복을 줄 거라고 생각합니다. 작은 월세방에서 노점상을 하게 된다 할
지라도 말이지요.

저는 도진 씨가 믿을 만한 사람이라고 생각하고 있고, 그의 결정을
존중하고 함께 걸어갈 생각입니다. 저희 부모님께서는 늘 그걸 중요
하게 생각하셨고, 지금도 행복하게 살고 계십니다. 저는 저도 그럴 수
있다고 생각합니다."

"……"

"말씀에 따르지 못하는 점, 죄송합니다. 하지만 저는 헤어질 수 없
습니다."

가인이 깊이 머리 숙였다. 사과만은 진심이었다. 경애의 오늘 행동
은 현명했다 할 수 없지만, 도진에 대한 애정으로 벌어진 일인 건 확

실했다.

"우선은 아가씨 뜻은 알겠어요. 오늘은 이만 헤어지기로 하지요. 하지만 내 생각은 바뀌지 않아요. 어른들이 괜히 나서는 게 아니에요. 경험이라는 건, 무시 못 하니까요."

평소 같았으면 어른과의 대화를 이쯤에서 접었을 터였다. 게다가 서로 의견이 합의된 경우도 아니고 그저 휴전같이 끝났으므로, 이후에도 또다시 이런 말을 듣게 될 수 있었다.

서로 더는 감정이 상하지 않게 이쯤에서 멈추는 게 맞았다. 하지만 경험, 그 말을 듣는 순간 가인은 평소와는 다르게 한마디를 더 덧붙였다.

"과거 MA&M에서도 이런 비슷한 일이 있었다고 알고 있습니다. 그분들은 어머님과 비슷한 연배일 테니, 저보다는 더 잘 아시겠지요. 아마 직접 보신 게 있으시니 걱정이 더 많으시리라 생각합니다. 혹시 그분들을 아신다면 떠나던 그분들이 불행해 보이셨나요?"

왜 그 이야기가 갑자기 떠올랐는지는 가인도 몰랐다. 하지만 어쩐지 이 순간 꼭 말해야겠다는 생각이 들었다. 경애가 허를 찔린 얼굴로 가인을 잠시 바라보았다. 그러더니 다시 침착함을 찾은 경애가 답했다.

"이만 가보도록 해요. 서로 의견이 다르니, 다음에 또 보도록 하지요. 오늘 일은 도진이에게 말해도 괜찮아요. 어차피 도진이 안다 해도 달라질 건 없으니까."

"알겠습니다. 그렇지 않아도 말할 생각이었습니다. 문제는 함께 해결해야 한다고 생각하니까요."

"알겠어요. 배웅은 않겠어요. 차는 아까 주차장에 기다리고 있을 테니, 회사 근처에서 내려주도록 하지요."

"네."

가인이 정중하게 인사를 하고 나왔다. 카페에서 나오자 바깥바람이 시원하게 느껴졌다. 얼마나 긴장했던지 바람에 부딪히는 몸이 무겁게 느껴졌다. 차에 타자마자, 도진의 전화가 울렸다.

– 우리 뿐이, 어디야?

아무것도 모르는 듯 애교까지 섞여 있는 어조에 가인은 그저 웃음 지었다. 방금 있었던 일은 이야기할 생각이 있었지만, 오늘 말하고 싶지는 않았다. 본가로 갔다는데, 분란 없이 잘 있다 돌아오길 바라는 마음이었다.

"비밀이에요."

– 나한테 비밀도 있다니 아쉽네. 휴대전화에 위치추적 앱이라도 깔아놔야겠어.

위치추적을 실제로 친구하고 하고 있는데 그 말을 하니 웃음이 났다. 오기 전에 했던 조치들이 조금 우스꽝스럽게 느껴지기도 했다. 하지만 다시 시간을 되돌린다 해도 성격상 안전장치 한둘 정도는 하고 움직이리라는 생각도 들었다. 가인이 웃으며 대꾸했다.

"와, 안 그래도 그거 내 친구가 지금 하고 있는데, 우리 도자기 씨도 하나 가입할래요?"

– 친구 누구?

"있어요. 쏴리, 라고. 따라 해봐요. 쏴리."

– 쏴리.

"와, 하란다고 또 한다. 이번은 사과했으니까, 한 번만 봐줄게요."

일부러 싸리를 쏴리로 꽈서 발음하며 가인이 장난스럽게 웃었다. 우려했던 물 싸대기는 맞지 않았지만, 온몸이 긴장 탓에 두드려 맞은 듯 얼얼했다. 이번만큼은 몇 배로 응석을 부려야겠다고 생각하며, 가인은 아까보다 익숙해진 차 시트에 몸을 깊이 묻었다. 피곤했다.

차는 신속하고 정확하게 회사 근처 지하철역에 도달해 가인을 내려
주었다. 가인은 말수 적은 운전기사에게 태워준 데에 대한 감사인사
를 정중히 한 후 차에서 내렸다.

익숙한 거리로 돌아오고 나니, 피곤한 몸을 이끌고 집까지 가는 일
이 번거롭게 느껴졌지만 경애 나름의 배려라는 생각이 들었다.

도진과 교제하는 걸 알아채고 차까지 보낼 정도라면, 자기가 지금
살고 있는 집을 알아내는 건 일도 아니었을 거다. 만약 차로 집까지
데려다주었다면 일거수일투족이 감시받는 기분이 들었을 터였다.

하지만 경애는 그렇게 하지 않았다. 도진과 닮은 듯하다는 생각도
들었다. 도진이 은연중에 배려가 몸에 배어 있는 건, 어머니의 영향일
수도 있었다. 오늘 만나본 도진의 어머니는 패션감각도 좋은 편이었
다.

도진의 패션감각은 현재 부회장으로 있는 도진의 아버지 쪽 영향일
까? 하지만 가인은 도진의 아버지인 정건명 부회장도 전공 자체가 남
자치고는 특이한 의류 디자인일 정도로 패션감각이 남다르다는 걸 알
고 있었다. 회사 사보나 잡지 쪽에서 자주 다뤄서 가인도 대충은 알고
있었다.

아들이 패션 테러리스트라는 걸 알았을 때 기분이 어땠을까? 시골
할머니나 입을 법한 꽃무늬 몸뻬 스타일과 죄 파먹은 것 같은 곰돌이
티셔츠 같은 걸 입고 나서려고 하는 어린 도진과 그 모습을 보는 한경
애의 모습을 상상해보자, 오늘의 우울함은 날려버릴 정도의 웃음이
나왔다.

"아가씨, 혼자 그렇게 예쁘게 웃으면 곤란해요."

지하철역 입구에서, 전혀 예상치 못한 인물이 서서 혀를 차며 충고

했다. 가벼운 캐주얼 복장의 상대를 본 가인이 이번만큼은 눈을 동그랗게 뜨고 물었다.

"왜 여기 이러고 있어요? 본가에 갔다고 했잖아요?"

"왜? 신출귀몰해서 다시 반했어?"

도진이 빙긋이 웃었다. 가인이 다시 물었다.

"내가 여기 있을 줄 어떻게 알고 서 있었어요? 벌써 밤인데."

"음……. 사랑의 텔레파시?"

"장난 그만 치고요. 정말 어떻게 알았어요?"

"아까 목소리가 영 좋지 않아서, 내가 쏴리의 파워로 위치추적 좀 했지."

"장난 그만하고요, 어, 어어어……."

팔이 당겨지면서, 가인이 폭, 도진의 품 안으로 말려들어갔다. 그렇게나 가까이 남자의 몸과 닿은 건 처음이었다. 언제나 도진은 가인에게 맨 처음이었다.

손을 잡은 것도, 안긴 것도, 마음을 연 것도. 처음이 주는 어감과 느낌은 언제나 순수했다. 그 처음이, 바로 이 남자였다.

"누가 보면 어쩌려고 그래요? 여기 회사 근처인데……."

가인이 놀란 마음을 감추려 황급히 핑계를 대며 도진을 손으로 밀어내었다. 하지만 도진은 개의치 않고 가인을 더 단단히 안았다.

"보라고 해. 책임지지 뭐."

"도진 씨도 그렇고 나도 그렇고, 천천히 가기로 했잖아요. 갑자기 왜 이렇게……."

"미안해."

숙인 고개에서 흘러나온 사과의 말은, 단조로웠지만 진중했다. 도진이 계속해서 말을 이었다.

"가인이는 정말 괜찮은 사람이고 매일 노력하는 사람이고, 훨씬 대우받아야 하는 사람인데, 날 만나게 돼서 그런 모든 것들이 부정당해서 미안해. 서로 천천히 알아갈 시간도 부족한데 힘든 일부터 겪게 해서, 정말 미안해."

도진은 가인이 오늘 자신의 어머니를 만났다는 사실을 알고 있는 것 같았다. 가인이 천천히 되물었다.

"……어떻게 알았어요?"

"느낌이 묘해서 따로 알아봤어."

"차 많이 밀려서 여기까지 달려오는 게 쉽지 않았을 텐데."

가인의 말에 도진이 약간 허탈하게 웃었다. 마음이 많이 쓰릴 텐데, 하는 게 제 걱정이라니. 차라리 어떻게 그러냐고 응석부리고 앙탈이라도 부렸으면 마음이 덜 아팠을 것 같다.

"집 근처에 내려줄 것 같지는 않아서, 혹시나 해서 달려왔어. 생각했던 장소라 다행이었지."

"우리 도자기 씨 정보력 무시 못 하겠는데요? 이제 나 뭐 하는지 다 주시당하는 건가?"

"그럴 일 없어. 오늘만 특별이야."

도진이 가인에게 진심을 담아 처음으로 뚜렷하게 말했다.

"사랑해. 무슨 일이 있든 혼자 짊어지려고 하지 마. 함께하려고 내가 있는 거니까."

솜털처럼 간지럽고, 나무처럼 든든한 말이었다. 가인이 조그맣게 속삭였다.

"혼자 짊어질 생각 없었어요. 이야기하려고 했어요. 오늘 아니라 내일."

"그럼 오늘은 혼자 짊어지게 되잖아. 그렇게 하고 싶지 않았어."

"와, 우리 도자기 씨 정말 감동이네."

현실적으로는 해결된 게 아무것도 없었다. 두 사람은 여전히 진행

형이었고, 도진 쪽 가족 모두인지 아닌지는 모르겠지만 어머니는 확실히 반대였다.

두 사람은 앞으로도 당분간은 비밀연애를 계속 할 거고, 앞으로 무슨 일이 있을지는 모르지만 기쁜 만큼 슬픈 일도 있을 터였다.

그래도 함께 있었다. 지금 이 순간.

도진이 장난처럼 속삭였다.

"만약 가인이냐 세진그룹이냐 선택해야 해서, 시장에서 호떡을 굽겠다면 허락해줄 거야?"

도진의 말에 가인이 가볍게 웃었다. 오늘의 괴로움은 오늘의 몫이었고, 그 몫을 기꺼이 나누기로 한 사람은 도진이었다.

"호떡 굽는 거 쉽게 생각하네요. 예전에 어린 적 동네에 호떡 굽는 분이 있었는데 그것도 노하우, 자리싸움, 기술 모두 치열해요. 노점이 쉽겠다 생각하지 마요. 음, 그래도 잘 해낼 수 있다면 괜찮죠, 뭐. 바로바로 현찰이 들어오는 직업이거든요. 멋지네요. 우리 도자기 씨. 호떡 굽는 모습도 근사할 거야."

"나한테 정말 홀딱 빠졌는데?"

"어머, 내 목소리 우울한 거 같다며 단박에 뛰어온 남자는 어디에 누구였더라?"

"세상에 쉬운 일은 없겠지만, 그래도 가인이 옆에 있어주면 덜 어려울 거야. 음, 우리 뿐이. 혹시나 해서 물어보는 건데, 우리 어머니가 막말했다고 어머니한테 물컵 세례를 하고 온 건 아니겠지?"

"우와, 도자기 씨 날 어떻게 보고요. 또박또박 대답만 친절하게 해드리고 왔습니다."

도진이 킥킥 웃으며 대답했다.

"우리 가인이를 아니까 그런 이야기를 하지. 그래서, 답은 뭐라고 했습니까, 아가씨?"

"뻔히 알면서도 나한테 꼭 묻고 싶어요?"

그러자 도진이 가인의 얼굴을 손으로 천천히 쓰다듬으며 감미롭게 속삭였다.

"응. 네 입으로 듣고 싶어."

가인이 졌다는 표정으로 답했다. 정말, 어쩔 수 없는 귀여운 남자다.

"아무리 반대해도 우리 도자기 씨, 평생 아끼고 사랑하겠습니다, 했어요. 됐어요?"

그러자 도진이 가인을 더 세게 안았다.

"응. 됐어."

"저, 숨막히는데 놓아주실 수 없을까요?"

"가인."

"네."

잠시의 침묵이 흘렀다. 가인은 도진의 품에서 가만히 있었다. 이렇게 힘든 하루였는데도, 이 남자가 사랑스럽고, 이 남자의 품이 이토록 설렌다는 사실은 지금은 말하지 말자.

"정말 괜찮겠어? 내 인생뿐만 아니라 가인의 인생도 예상치 못한 방향으로 흘러갈지도 몰라. 여태 쌓아온 모든 것들이, 날 선택함으로 인해 흔들릴지도 몰라. 그저 날 사랑한 것 때문에."

"아직 도자기 씨한테 제대로 사랑한다고 말한 적은 없는데요."

"그래? 우리 어머니한테 그렇게 말하고도 사랑하지 않는다고 말하려고?"

"으흠흠. 아무튼요."

가인이 도진의 품에서 손을 빼내어, 도진의 얼굴을 도진이 그러했듯 부드럽게 쓰다듬었다. 키 차이가 나서 올려다보고 있노라니, 마음이 뭐라 말할 수 없게 울려왔다.

"괜찮지는 않아요."

가인이 빙긋이 웃었다. 괜찮을 리 없다. 하지만 자신이 괜찮지 않다는 걸 알자, 달려온 남자가 있었다. 내 남자다. 가인이 도진에게 부드럽지만 단호하게 속삭였다.

"그러니까, 나한테 잘해요."

스쳐 지나가는 사람들과 빛나는 불빛 속에서, 도진이 누구보다도 뚜렷하고 아름답게 보였다. 가인은 인정했다. 자신은 사랑에 빠졌다.

strawberry kiss

경애는 가방과 액세서리들을 풀면서 한숨을 내쉬었다. 시답잖은 일로 도진을 본가로 불러내고, 자신만 조용히 만나서 해결하려고 했는데 뜻대로 되지 않았다. 일부러 끼고 갔던 휘황찬란한 보석들도 가인에게는 별다른 위압감을 준 것 같지 않았다.

조용하지만 대범하고 단호한 데가 있는 아가씨였다. 게다가 답변을 들어보니 제법 머리도 명석하고 현명했다. 도진이 제일 처음 소개시켰던 김소현도 그랬었다.

가인과는 성격이 달랐지만, 배포나 대범한 데가 닮았다. 제 아들인 도진은 다른 건 몰라도 사람 보는 눈은 있었다.

그리고 오늘 나가서 모진 말을 했음에도 이런 생각을 하는 건 우스웠지만, 경애도 가인을 꽤 괜찮게 보았다.

사람들은 '착하다'는 말을 잘도 오해해서 어른이나 다른 사람 말이면 제가 피 터지게 손해를 보아도 간이고 쓸개고 다 빼줘야 한다는 뜻으로 생각하곤 했다.

진짜 착한 사람은 상대의 입장을 배려하면서, 자기 신념이나 주관도 있어 제 의견을 말할 수 있는 사람이어야 했다.

그런 면에서라면 가인은 합격점이었다. 상황에 대한 판단도 빠르고 제 몫을 챙길 줄 알고, 그러면서 상대를 배려할 줄도 알았다. 이렇게 만나지 않았다면 제법 마음에 들었을 아가씨였다.

하지만 안타깝게도 현실은 달라질 수 없었다. 안 어울리게 악역을 하려고 하니 온몸이 피로로 삐걱대었다. 나이는 속이지 못하는 거라 생각하며 실내복으로 갈아입고 나오는데 전화가 걸려왔다. 경애는 바로 전화를 받았다.

– 언니, 오늘 일은 잘 해결됐어?

비서실 실장이자 남편 쪽 사촌동생인 김미희였다. 다른 사촌동생들과는 다르게 배다른 사촌동생이었기 때문에, 어머니 쪽 성을 따르고 호적상에 포함되어 있지 않아 세간에는 알려지지 않았다.

하지만 그녀는 자신의 처지를 비관하지 않고 제 능력으로 당당히 세진그룹에서 영향력 있는 자리를 꿰찼다. 입도 무겁고 일도 잘하는데다, 제 상황에 대해 뚜렷이 인지하면서도 절대 비관하지 않았다. 경애가 속을 터놓는 몇 안 되는 인물 중 하나였다.

"응."

– 목소리가 왜 그래? 전에 만났던 김소현인가 하는 그 아가씨하고는 또 다른가 보지?

"다른 듯 같아. 도진이는 어디서 그렇게 심지가 곧은 애들만 만나는지 모르겠어. 분위기는 완연히 다른데, 제 말은 똑 부러지게 하는 건 닮았더라. 예의도 바르고 잘 자란 아이 같았어."

– 김소현이랑 닮았으면 일이 원만하게 해결되었어야 하는 거 아니야?

김소현. 외국으로 나가기 전, 한국의 대학도 체험해보길 원하는 할아버지의 뜻에 따라 1년 정도 다니기로 하고 갔던 대학에서 도진이 만났던 여자아이. 도진을 향한 마음도 진심이었고 머리도 명석했다.

하지만 소현은 가인과 달랐다. 나이도 더 어렸고 아직 학업에 대한 열망도 있었다. 그리고 무엇보다도 둘 다 어린 나이였기에, 소현은 도진이 자신을 선택함으로 모든 것을 잃고 괴로워질지 모른다는 염려와 두려움이 있었다.

"그건 다르더라. 아무것도 없이 둘만 있어도 된대. 강단이 있는 건지, 세상을 모르는 건지는 모르겠지만 소현이 일도 알고 있었어. 도진이가 그 일로 계속 괴로워했었대. 그래서 자신은 똑같은 괴로움을 주고 싶지 않다고 하더라.

도진이도 이제 곧 이 일을 알게 될 거야. 도진이도 포기할 것 같지 않아. 참, 이걸 어쩌면 좋을지."

누구든 자식을 괴롭게 하고 싶지는 않다. 그 일이 있은 지는 벌써 10년이 넘었다. 하지만 도진은 계속 마음에 그 일을 담아두었던 것이다.

그간 여자들을 만나지 않았던 건 아니지만, 늘 짧은 만남이 다였다. 누구와도 길게 연애하지 못했다. 결혼은 더더욱 꿈꾸지 않는 듯 보였다.

그런 도진이 최근에는 좀 달라졌다. 언제나와 같은 일상이었지만, 그 미묘한 변화를 어머니인 자신이 눈치채지 못할 리 없었다.

– 언니, 그냥 받아줄 생각은 없어? 아직 집에서 알고 있는 사람은 언니밖에 없잖아.

"받아줄 수도 있지. 하지만 알잖아. 나 이 집에 와서 엄청나게 고생했던 거. 친정이 못사는 집도 아니고, 세진그룹하고 엮이기 전에는 아가씨 소리를 듣는 중소기업 사장 딸이었는데, 여기 며느리가 되고 나니 세상이 바뀌더라. 알잖아. 내가 얼마나 고생했는지."

도진의 아버지인 정건명이 선을 보기 위해 약속장소에 도착해서 예약된 방으로 가던 중, 역시나 똑같이 다른 사람과 선이 잡혀 있던 한 경애를 만났다. 별다를 것 없는 우연한 대화 후, 두 사람은 강렬한 호감을 느꼈다.

결국 그날 서로 선볼 상대를 바람맞히고 둘이 만났다. 세간에는 정략결혼으로 알려져 있었지만, 실상은 그렇지 않았다. 그래서 경애는 사랑으로 맺어졌지만 주변에 의해 얼마나 힘들 수 있는지 잘 알고 있었다.

시부모님은 그러지 않으셨지만 주변 친척들이나 회사 임원이나 관련 업계 사람들이, 친정을 동네 구멍가게 취급하며 마치 그녀를 돈을 보고 결혼한 듯한 시선으로 바라보았다.

도진이 몇 년 있다 태어나서 다행이었지, 허니문 베이비였으면 노리고 임신했었다는 말까지 들을 뻔했었다.

사랑에 빠져 결혼한 건데 마치 자신이 신분상승을 위해 죽자 사자 매달려 정략결혼을 한 것처럼 바라보는 시선은 끔찍했다. 사실 도진이 늦게 생긴 것도 그 스트레스 때문이기도 했다.

남편은 자신을 끔찍이 사랑했지만, 사랑만으로 다 해결되지 않는 어려움을 경애는 몸소 체험했었다.

그래서 아들이든 며느리든 그런 마음고생을 시키고 싶지 않았다. 그래서 이번에도 과거와 마찬가지로 자신이 악역을 맡기로 했던 것이다. 뜻대로 되진 않았지만.

― 더 뜯어놓을 생각은 없는 거야, 언니?

경애가 옅게 웃었다.

"뜯어놓아봤자, 지금 저렇게 좋다는데 상처밖에 더 남겠어? 예전 아가씨처럼 사회경험이 아예 없는 학생이어서 서로 상처 주는 미래가 될까 떠난다고 말할 분위기가 전혀 아닌걸. 게다가 미희 네 말로는 아주 야무지다며.

우선 지켜봐야지. 어차피 못된 시어머니 되었으니, 더 나빠질 것도 없잖아? 저러다 혹시 그만할 수도 있는 거고, 끝까지 간다면 그때는

strawberry kiss

335

정 못 이기는 척 내가 편이 되어주어야지.”

– 언니도 참. 사서 고생이야.

“참 그런데 그 아가씨, 어쩐지 분위기가 낯익던데……. 넌 안 그러디?”

– 나도 그래.

“너도? 희한하네. 그 애, 서씨였지?”

– 응.

경애는 전화기를 손에 든 채 잠시 생각에 잠겼다. 어느새 옆으로 집사가 조용히 다가와 “마실 걸 좀 드릴까요?” 하고 말을 걸 때까지, 그녀는 생각에 골똘히 잠겨 있었다.

strawberry kiss

집에 돌아온 가인은 휴대전화를 든 채 잠시 망설였다. 여태 단 한 번도 해보지 않은 소리를 부모님에게 하려는 것이었다. 어머니가 좋을까, 아버지가 좋을까 망설였는데, 이번에는 이상하게 어머니보다는 아버지 쪽에 마음이 쏠렸다.

부모님 두 분 다 언제나 가인의 이야기를 잘 들어주는 편이었다. 하지만 나름 큰일이라고 생각하고 나니 아버지한테 의지하고 싶은 마음이 들었다.

어머니는 다정한 분이긴 했지만 마음이 여린 편이었다. 듣고 나면 자신을 위로해주시겠지만 밤에 홀로 눈물지으실지 모르는 일이었다. 아직 아무 일도 일어나지 않았는데 벌써부터 아프게 하고 싶지 않았다.

부모님도 도진의 어머니처럼 헤어지라고 할 수도 있었다. 하지만 한편으로는, 자신의 부모님이라면 그런 이야기를 하지 않으리라는 확신도 있었다. 열렬하게 사랑해서 결혼한 두 분이다.

지금은 처음처럼 불타오르는 사랑은 아닐지라도 서로를 편안하게 감싸주는 부드러운 사랑이 남아 있었다. 그러니 그들의 사랑의 결정체인 자신이, 이런 사랑을 한다 할지라도 지지해주리라는 마음도 있었다.

도진과 교제한 시간이 길지는 않았지만, 이런 일까지 있고 나자 더더욱 부모님께 알려야 한다는 생각이 들었다.

마음을 먹고 나자, 긴장이 사라졌다. 신호가 몇 번 울리고, 익숙한 아버지의 목소리가 귓전에 울렸다. 기업에 맞서기에는 턱도 없는 일반 서민 가정인데도, 아버지의 목소리를 듣는 순간 턱 마음이 놓였다.

"아버지, 드릴 말씀이 있어요. 중요한 이야기예요."

제 스스로 그렇게 생각하긴 부끄럽지만, 여태 한 번도 부모님의 속을 썩여본 적 없는 딸이었다. 이번이 처음이자 마지막으로 부모님의 마음을 아프게 하는 거였으면 좋겠다고 가인은 생각했다.

가인의 이야기가 계속해서 이어졌다. 아버지는 휴대전화 너머에서 계속 듣고 계셨다.

수박은 겉과 속이 다르다

신영은 고풍스럽고 단아한 응접실에서 초조하게 앉아 있었다. 큰집은 종종 오기는 했었지만, 요즘 들어 여기를 드나들 때면 애가 바짝바짝 탔다. 오래된 내숭 덕에 겉으로 그 초조함을 보이는 초보 짓은 안 했지만, 속은 긴장이 극에 달해 있었다.

큰할아버지. 큰댁의 할아버지인 서영로는 어릴 적부터 신영에게 친절은 했지만 절대 만만한 분이 아니었다. 큰 사업을 일구어 여러 친척들도 혜택을 보았지만, 그만큼 범접할 수 없는 카리스마가 있는 데다 도리를 따지는 분이었다.

실상, 지금은 의절해 생사도 알 수 없는 큰아들이 데려온 여자를 반대한 건 오래전부터 친한 친구와 약속해온 며느릿감이 있어서였다는 이야기도 있었다.

그만큼 약속을 중시하는 분이었다. 그래서 신영은 큰할아버지를 뵐때면 특별한 사유가 있지 않은 한 약속시각에 늦지 않았다. 보자고 하면 웬만한 일 외에는 열일을 제치고 왔는데, 큰할아버지한테는 그만한 가치가 있었기 때문이었다.

큰할아버지는 손녀가 없었기 때문에, 촌수로는 꽤 먼 편에 속한 신영은 손녀처럼 예쁨 받을 수 있었다.

하지만 신영은 영로가 전보다 많이 노쇠했고 자식과 손자들의 죽음으로 큰 충격을 받았다는 걸 알고 있었다. 회사는 전문경영인들도 있었지만 사망한 자식들에게 상당한 직함이 있어 그 빈자리가 꽤 컸다.

그 빈자리에 자신이 들어갈 자신이 있었다. 가능성도 충분했다.

영로는 경우 있지만 직설적인 어투와 깔끔한 일처리로 예전부터 유명했다. 신영은 자기를 포장하기 위해 돌려 말하는 게 익숙한 사람으로, 영로와는 잘 맞지 않는 성격이었지만 그 앞에서는 최대한 자신을 숨기고 그의 뜻에 맞추려 노력하곤 했다.

약속시간까지는 십여 분 정도 남았다. 영로는 출타 중이었다. 영로는 약속시각보다 늘 일찍 오는 편이어서, 지금쯤 나타날 때가 되었다. 신영은 불안을 감추지 못하고 핸드백 밑으로 손을 감춘 채 손톱을 맞부딪혔다.

저번에 울면서 뛰어 들어갔을 때, 영로는 그녀를 따스하게 보듬어 주었다. 가족을 잃은 슬픔을 공유하며, 손녀딸뻘인 자신을 평소보다 더 살뜰히 받아들여준다는 느낌을 받았다.

몇 시간에 걸친 대화 끝 무렵, 신영은 때를 보아 도진을 향한 애틋한 마음을 고백했다. 영로는 말없이 다 들어주었다. 영로는 그녀를 위로하며 사람의 마음은 쉬이 잡히지 않는다 했었다. 그러니 혹여 상대가 마음이 없다면 억지로 잡으려 하지 말라고 했다

그래서 신영은, 도진은 일에 신경 쓰느라 아직 마음에 둔 상대가 전혀 없음을 강조하고 자신과 매우 잘 맞지만 도진보다 가진 게 너무 없어 물러서야 하는 쓰라린 속내를 영로에게 슬프게 읊조렸다.

영로는 눈치가 없는 사람이 아니니, 연정을 품은 이를 잡기 위해 자신이 영로에게 무엇을 바라는지 알 법했다. 영로는 작은집인 자신들에게 신경을 써주긴 했지만, 능력이 되지 않는 사람을 높은 자리에 붙들어놓지는 않았다.

친자식들도 실력이 없으면 경영이 아닌 다른 길로 가라고 했던 사람이었다. 신영은 MA&M에서 꼭대기까지 가기는 어렵다는 생각이 들었다. 만약 갈 수 있다 해도 너무 긴 시간이 필요했다.

신영은 지금 바로 윗자리에 올라가고 싶었다. MA&M의 기획실장은 그 나이대 여성치고는 꽤 성공한 삶이었지만 그녀는 그보다 훨씬 더 높은 자리를 원했다.

MA&M에서 얻을 수 없다면, 세진그룹에서 얻고 싶었다. 도진은 그런 관점에서 무엇보다도 훌륭한 배우자였다.

촉망받는 후계자였고, 세진그룹 내에서도 크게 인정받는 능력이 있었다. 거기다 덧붙여 잘생기고 매너도 좋았다. 놓치고 싶지 않았다. 서가인인가 하는 그 여우 같은 계집이 붙어 있다 해도 절대로.

영로가 제 뒤에 있다는 것을 확실히 보여주면, 세진그룹에서도 자신을 함부로 대할 수 없을 것이다. 신영이 바라는 바는 바로 그거였다. 하지만 영로는 곧바로 움직여주지 않았다.

영로가 자신의 손을 들어줘야 했다. 그녀의 뒤에서 그녀가 원하면 언제든 지원을 아끼지 않는다는 걸 보일 필요가 있었다. 그게 되지 않는다면, MA&M에서 자신의 입지가 크다는 걸 세진 쪽에 보여야만 했다. 결혼시장에서 제대로 된 조건을 보이지 않는다면, 세진그룹 쪽에서 자신을 붙들 리 없다.

신영이 한참 생각에 잠겨 있는데, 가사도우미가 다가와 채 먹지도 않은 식은 차를 교체해주었다. 신영은 다시 적당한 온도로 모락모락 김이 올라오는 차를 바라보았다.

커다란 저택. 많은 수의 고용인들. 일일이 다 말하지 않아도 알아서 비위를 맞춰준다. 이런 것이 자신이 꿈꾸던 삶이었다. 신영도 세련된 집에서 가족과 같이 두 명의 가사도우미를 두고 살았다. 하지만 신영은 그걸로 만족할 수 없었다.

이윽고 응접실 문이 열리고 영로가 나타났다. 상당한 나이임에도 허리는 꼿꼿하고 단정한 인상이었다. 그 연배치고는 훌쩍 큰 키에 눈빛이 인자했다. 신영이 벌떡 일어나서 인사했다.

아까의 초조함은 이미 완전히 감추고, 온몸에는 꾸며낸 반가움이 가득 담겨 있었다. 신영의 살가운 태도에 영로가 입가에 약한 미소를 머금고 물었다.

"오늘 보자고 한 연유가 무엇이냐?"

신영이 영로에게 착 달라붙다시피 해서 영로가 자리에 편안히 앉을 수 있도록 옆에서 부축했다. 영로는 부축이 필요한 건강상태는 아니었지만 신영의 손길을 굳이 뿌리치지 않았다.

"할아버지께서 전에 제 괴로운 이야기를 들어주시고 위로가 되어주셔서 저도 할아버지에게 조금이나마 힘이 되어드리고 싶어서 찾아왔어요."

신영은 겉치레 같은 칭찬을 수도 없이 늘어놓을 수 있었지만, 이 정도로 그쳤다. 영로는 말을 지나치게 뱅뱅 돌려 하면 딱 잘라서 요점만 묻는 사람이었다.

"그래, 그랬지."

어느새 먼 곳을 향한 영로의 시선 끝엔 깊은 슬픔이 자리 잡고 있었다. 신영은 그가 사망한 아들과 며느리, 손자들을 생각하고 있음을 단박에 깨달았다. 신영이 영로의 손등에 부드럽게 손을 올리며 애교 섞인 목소리로 말했다.

"할아버지, 절 봐주세요. 이렇게 옆에서 할아버지를 보러 왔잖아요."

"요즘 별일은 없니?"

"네. 부모님도 아주 잘 계시고, 새로 시작한 프로젝트도 아주 원활해요. 대규모 테마파크 건은 아무래도 당장 실행되기는 어려울 듯하고, 장기 프로젝트로 넘어갈 것 같아요. 관련 부서가 따로 있기는 하지만, 아무래도 서울 시내에서 가격 대비 괜찮은 부지 선정이 어려우니까요."

영로가 맏아들 몫으로 떼어놓았던 부지 이야기가 목 끝까지 올라왔으나, 신영은 당연히 참았다. 지금은 때가 아니었다. 자칫 잘못했다간 역린을 건드린 꼴이 될 수도 있었고, 영로에게 지금껏 찾지 않은 맏아들 가족을 뜬금없이 찾을 생각을 하게 할 수도 있었다.

그건 내가, 진짜 세진그룹의 사모님이 되었을 때를 위해서 남겨두자. 그 정도가 될 정도로 큰할아버지가 지지를 해주면, 그때쯤이면 자신의 말은 무엇이든 귀담아들어줄 것이다.

"참, 이번에 미진이가 딸을 낳았다고 들었는데, 아이는 가서 봤느냐?"

"네. 가서 봤어요. 엄마 닮아서 아주 귀엽던걸요."

촌수도 정확히 기억나지 않는, 친척 여동생 중 하나였다. 평범한 남자를 만나 아이를 낳은, 그런 평범한 아이였다. 신영은 이름조차 가물가물한데, 영로는 정확히 이름을 알고 있었다.

신영이 알기는 영로는 사람의 얼굴과 이름을 아주 잘 기억하는 사람이었다. 미진이 낳은 딸에게 보내는 선물 이야기와 다른 시답잖은 이야기를 한참 한 후였다. 영로가 미소를 지으며 신영을 지그시 바라보며 물었다.

"찾아온 까닭이 있지 않느냐?"

신영은 영로를 최대한 공손히 바라보았다. 신영이 영로에게 가진 존경심은 반쯤은 꾸며낸 것일지라도 반쯤은 진짜였다. 정신력과 의지가 강한 사람이다. 자신과는 성향이 다를지라도, 그것 하나만은 정말 존경할 만했다. 신영은 머뭇거리지 않고 바로 답했다.

"할아버지께 건의 드리고 싶은 내용이 있어서요."

"회사일과 관련된 거라면 회사에서 듣겠다고 말했을 텐데."

"하지만 들어주실 걸 알아요. 전, 저만이 아니라 할아버지를 위해서도 드리고 싶은 말씀이거든요. 회사는 눈도 많고 귀도 많아요. 전 조용한 곳에서 말씀드리고 싶었어요."

"그렇구나."

영로는 언변이 좋은 편이었지만, 사업상 공격적으로 나서야 할 때를 제외하고는 제 말을 먼저 하지 않았다. 늘 상대의 이야기를 들었다. 예리해진 영로의 눈빛에, 신영이 반사적으로 침을 꿀꺽 삼키고 제가 하고 싶은 말을 꺼냈다.

"대명건설 사장 자리를, 저에게 맡겨주세요."

대명건설은 MA&M에 속해 있는 작은 계열사였다. 내실은 좋은 편이었으나 요즘 계속 되는 불경기로 적자가 지속되고 있었다. 하지만 아무리 적자를 보는 작은 계열사라도, 사장이란 위치는 결코 녹록한 자리는 아니었다.

신영이 기 싸움에서 밀리지 않으려 어깨를 반듯이 펴고 영로의 눈에서 시선을 떼지 않았다. 신영이 본 이래 영로는 언성 한번 올린 적 없었지만, 그 단호한 느낌은 결코 쉬운 사람이 아님을 알려주었다.

"오해는 마셨으면 해요. 특혜를 원하는 건 아니니까요. 대명건설이 계속 적자라는 걸 알고 있어요. 제가 사장으로 취임해서 흑자를 내 보이겠어요. 그리고 흑자가 되면 사장 자리에서 물러나겠어요."

영로가 잠시 생각에 잠겼다가 신영을 보고 물었다.

"이러는 취지가 무엇이지?"

"할아버지께 제가 진심으로 회사와 할아버지를 생각하고 있다는 걸 보여드리고 싶어요. 전 정말로 할아버지께 힘이 되고 싶어요."

"바라는 것 없이?"

"네. 하지만……."

신영이 노리고 고개를 떨어뜨렸다. 화려하게 꾸민 외모와 붙인 속눈썹이 그녀를 인형처럼 보이게 했지만, 그래서 인간미가 더 없어 보였다. 붙인 속눈썹에 눈물이 동그랗게 고였다.

"조금만, 제가 도진 씨에게 다가갈 수 있도록 힘이 되어주세요. 철없어 보일 수도 있다는 거 알아요. 하지만 정말 전, 세진그룹과 별개로 도진 씨에게 반했어요. 어떻게든 절 봐줬으면 좋겠어요. 사랑하는 사람과 함께하고 싶은 마음은, 아마 연륜 깊으신 할아버지라면 잘 아실 거예요."

신영은 고개를 숙인 채 손수건을 찾는 듯 핸드백을 뒤지며 코를 훌쩍였다. 겉으로만 보면 영락없이 사랑에 눈물짓는 여인이었다.

신영이 핸드백에서 손수건을 꺼내기도 전에, 영로의 손짓에 집사 하나가 고급 손수건을 쟁반에 담아 들고 와 신영에게 건넸다. 신영이 쓰는 손수건보다도 훨씬 좋아 보였다.

그래, 내가 가지고 싶은 게 바로 이런 거야. 지금 것보다 훨씬 좋은 거. 훨씬 멋진 거. 난 그런 게 더 잘 어울리거든.

신영이 손수건으로 눈물을 훔쳤다. 이건 도박이었다. 회사 간의 이득을 강조하지 않고 사람간의 애정을 강조한 거. 영로는 일과 관련되면 냉철했지만, 얼마 전 일로 매우 감정적이 되어 있으리라는 판단.

사랑에 빠진 맏아들을 완전히 절연한 걸 후회하고 계실까? 만약 그렇다 해도, 지금 와서 찾기는 쉽지 않겠지. 만약에 맏아들이 잘 살아 있었다면, 신문이며 뉴스며 그렇게 떠들었는데 한 번쯤은 연락하거나 찾아오지 않았을까?

분명, 살아 있지 않거나 한국에 없다. 만약 어디 있는지 안다 해도, 큰할아버지가 손을 내밀기 쉽지 않을 거다. 그렇다면 너무 커져버린 빈자리를 대체할 자신 같은 사람이 있다면? 제 핏줄처럼 살갑게 느껴지다, 언젠가는 제 친손녀처럼 생각할 수도 있다. 그게 신영의 목표였다.

신영이 눈물을 훔치고 있는데, 영로의 답이 떨어졌다.

"좋다. 네가 그렇게까지 말한다면 그 기회라는 거, 내가 도와주도록 하지."

대답이 떨어지자마자, 신영은 눈물을 닦던 수건으로 입을 가리고 조용히 혼자 웃었다. 몇 날 며칠을 자연스럽게 울기 위해 연습한 보람이 있었다.

strawberry kiss

도진의 어머니와 만나고 온 후, 놀랍도록 아무 일 없이 시간이 흘렀다. 그 이후로도 벌써 몇 개월이 지났다.

도진과의 관계는 너무 좋았다. 작은 일에도 순수하게 얼굴을 붉히고 기뻐했다. 이제는 손을 잡고 걸어가는 산책길이 자연스러웠다. 앞날을 꿈꾸며 함께하는 시간이 늘 짧았고, 헤어지는 시간이 아쉬웠다.

도진은 어머니와 대화를 많이 나눈 모양이었다. 도진의 어머니인 경애는 우선 지켜보겠다고 한 모양이었다. 하지만 그건 역시 허락이 아니었고, 일종의 묵인이었을 뿐이었다. 언제 터질지 모르는 시한폭탄 같은 느낌이었지만 그래도 도진이 옆에 있을 수 있다면 감수할 만했다.

가인의 아버지는 가인의 이야기를 듣고 지금 당장 개입해주기를 바라는 거냐고 물었다. 하지만 우선은 아무 일도 없었기에, 가인은 상황보고를 하는 것뿐이라고 했다. 결혼까지 생각할 만한 사람이냐고도 물었다. 가인은 그렇다고 답했다.

가인의 아버지인 재혁은, 언제 도진과 술 한잔 마시고 싶다고 했다. 그래서 가인은 언제 휴가를 잡아, 도진과 강원도 펜션으로 갈 계획을 세웠다. 처음으로 남자친구를 소개한다.

내 애인. 내 남자.

소유격 하나만 붙었을 뿐인데, 사람을 이토록 설레게 한다. 사랑은 사람을 바보로 만든다.

　회사일은 여전히 바빴고, 사람들도 비슷했다. 다만 달라진 게 하나
있다면, 바로 영화였다.

　"아아아악!"

　요즘 들어 하루에 두 차례 이상은 들리는 히스테릭한 외침에 소라
가 입술 화장을 고치며 대꾸했다.

　"쟤는 왜 꼭 다른 데 내버려두고 여기 화장실에서 저런다니."

　소라가 한숨 섞인 한탄을 내뱉었다. 하지만 영화를 싫어하는 것과
는 별개로 영화에게 밀어닥치는 일거리는 조금 안쓰러운지 전보다는
곱게 표현을 썼다.

　영화는 결국 신세기 상무의 비서 자리에서 전두식 전무 비서 자리
로 인사이동이 되었다. 가인은 여태 영화를 본 이래 처음으로 영화가
야근을 하는 걸 봤다.

　게다가 언제나 완벽하게 세팅된 모습으로 나타나곤 했는데, 몇 번
아슬아슬하게 와서 전두식 전무에게 치도곤을 당하더니 아침이면 하
나둘은 꼭 빼먹은 모습으로 엘리베이터로 뛰어들곤 했다.

　"여기가 제일 외진 화장실이래요."

　세희가 하이에나처럼 울부짖는 소리가 들리는 화장실 칸을 바라보
며 대답했다. 갑자기 화장실 문이 벌컥 열리더니, 안에서 머리를 휘
저으며 소리를 질렀는지 머리가 죄 헝클어진 영화가 공격적으로 외쳤
다.

　"소라 씨, 아무래도 안 되겠어요, 가인 씨 어디 있어요?"

　"가인 씨는 찾아서 뭐 하게?"

　"방향을 바꿔야죠. 정도진 사장이라도 다시 공략해야겠어요. 아니,
어디 괜찮은 남자 없어요? 결혼 퇴직이라도 해야겠어!"

"그래도 잘 버티고 있네."

"잘이라뇨, 잘! 하루에도 기획서 고쳐 쓰라는 건 열두 번도 더 듣는 것 같아요. 나보고 국민학교도 못 나왔냐고 그래요! 이거 인신공격 아니에요? 그리고 국민학교라니, 그게 도대체 언제적 이야기예요? 초등학교라고 고쳐드렸더니 글쎄 나보고 잘난 척한다는 거예요!

그리고 스케줄은 나 혼자 짜나요? 바뀐 스케줄을 몰랐다고 한 시간도 넘게 소리를 질렀다고요! 이게 바로 갑질이죠, 다른 게 갑질이 아니라! 괜찮은 남자가 필요해! 소라 씨, 어디 없어요?"

"없는데. 그리고 있어도 있으면 내가 먼저 사귀지 않을까? 썸 타는 남자들 많았잖아?"

"왜 이래요. 인사팀 연우 씨가 소라 씨한테 폭 빠졌다고 소문 다 났던데. 있는 사람들이 더하다니까. 그게, 썸 타던 남자 하나랑 가고 있는데 명동 한복판에서 다른 남자랑 딱 마주쳤지 뭐예요.

아니, 명동 그 넓은 데서, 그 사람 많은 데서, 왜 하필 그날 만나냐고요. 분명히 지방 간다고 했었는데. 그래서 한바탕 난리가 났었어요. 그리고 썸은 썸이지, 그게 서로 책임질 일은 아니잖아요?"

"화장실에서 떠들지 말고 밖으로 가지 그래, 영화 씨."

이미 세희는 조용히 제 자리로 돌아가고 없었다. 소라의 말에 영화가 진정을 좀 하더니 밖으로 나왔다.

소라가 적당히 봐서 영화를 떼어내고 일하러 가려는데, 마침 안내 데스크에서 일하는 강승현이 영화를 보고 밝게 인사했다.

"영화 씨, 이렇게 보니 반갑네요."

그러자 영화가 고개를 획 돌리더니 차갑게 대꾸했다.

"아, 네. 반갑네요."

표정은 하나도 안 반가워 보이며 형식상으로 하는 인사였는데, 승현은 영화에게 찰거머리같이 달라붙었다. 소라가 기회는 이때다 싶어 영화를 승현에게 떠어놓다시피 하고 인사했다.

"나 급하게 처리할 일이 있어서 이만."

"나도 바빠요!"

"에이, 왜 그래요, 영화 씨. 저번에 내가 말한 건 생각해봤어요? 나 근사한 레스토랑을 알고 있는데……."

"그 근사한 데 혼자 가세요!"

영화가 기겁하는 소리가 등 뒤로 울렸다. 안내데스크에서는 몇 명이 일했는데, 그중 강승현은 좀 산다 싶은 여자들에게 집적거리기로 유명했다.

대놓고 자신은 처가 덕을 보고 싶다고 말하고 다니는 인사였다. 소라는 역시 유유상종이라고 생각하며 고개를 흔들다 서류 문제로 사장실로 올라가기 시작했다.

strawberry kiss

가인은 평소와 마찬가지로 일정 보고를 하고 있었다. 마음에 걸리는 일정이 있었지만, 어쨌든 회사일이었고 자신이 거기에 사적인 감정을 실어서는 안 되었다.

"오늘 대명건설 서신영 사장의 취임식과 주요 안건을 논의하기 위한 이사들의 월례총회가 같은 시간에 있습니다. 특이점은 대명건설 사장 취임식은 편안한 분위기에서 진행될 거라는 점을 강조하고 있다는 사실입니다. 부담 없이 참석해달라는 뜻이겠죠. 이쪽 업계와 관련 없는 사적인 지인들도 몇 명 초대한 듯한데, 개중 톱스타급 연예인도 있다는 소문입니다.

대명건설 쪽은 사장 취임식이기는 해도 인지도가 낮은 회사이기 때문에 대리를 보내셔도 될 것 같다 말씀하시며 어제 일정을 오늘 아침에 확실히 정하시기로 했는데, 결정하셨습니까?"

서신영 기획실장이 대명건설 사장으로 취임을 했다. 작은 계열사라 해도, 어쨌든 실장에서 사장으로의 고속승진은 아주 탁월한 능력이 있거나 뒷배가 없는 한 불가능한 일이다.

저번에 했던 행동을 생각해볼 때, 권한을 더 가지면 불편할 만한 일이 일어날 가능성이 충분히 있었다.

도진이 생각에 잠긴 얼굴로 덤덤히 답했다.

"원래는 월례총회를 가려고 했었는데."

"네."

"대명건설 사장 취임식에 가야 할 것 같아. 서신영 사장이 특이하게도 가인 씨에게도 초대장을 보냈더군. 그리고 꼭 가야 하는 상황이 생겼어. 오늘 아침 일찍 MA&M의 서영로 회장님에게 전화를 받았어."

도진은 사적으로 만날 때는 사려 깊고 다감했지만, 공적인 자리에서는 그런 표현을 일절 하지 않으려 하곤 했다. 그건 일에 대한 열정이 있는 가인에 대한 배려였다. 일과 관련되어서는 확실하게 상황판단이 되기 전까지 제 속내나 감정을 섣불리 내비치는 사람이 아니었다. 그러나 이번만큼은 도진도 심란해 보였다.

도진의 말이 이어졌다.

"자신도 올 생각이니 대명건설 사장 취임식에 꼭 참석해줬으면 한다더군. 한 기업 총수가 직접 전화를 해서 초대를 한다는 건, 어지간한 상황이 아니면 거절하지 않는 게 좋아."

MA&M의 서영로 회장. 가인도 매체를 통해 그 얼굴을 접해봤지, 직접 본 적은 없었다. 그가 움직일 정도면 상당한 영향력이 있다. MA&M에서 사안을 건 대형 프로젝트도 아니고 일개 계열사 사장 취임식에 그가 온다. 그 말은, 서신영에게 거는 기대가 그만큼 크다는 뜻이다.

그리고 그만큼 서신영의 주가도 올라간다. 가인이 조사한 바에 따르면 대명건설은 현재 흡수통합을 논의할 정도로 회사 사정이 좋지 않았다. 그런 곳에 취임하는 사장을 지지한다는 뜻은, 내일 당장 주식 시장에 영향을 미칠 정도의 영향력이 있었다.

도진이 몸을 일으켰다.

"어쩐지 감이 안 좋아, 가인."

서 비서도 가인 씨도 아닌 가인. 사적인 부름에 가인이 비서의 표정을 풀고 그를 바라보았다. 가인은 눈으로 도진의 얼굴을 한번 훑었다. 서늘한 눈매, 분명하고 우뚝한 코, 잘 다물린 입술과 남자다운 턱선까지 손을 들어 하나하나 만져보고 싶어졌다. 하지만 여기는 직장이었다. 가인은 그 사실을 아주 잘 알고 있었다.

"잠시만."

도진이 가인의 등 뒤로 팔을 둘러, 그녀를 가볍게 당겼다. 단단하고 빈틈없이 묶인 실타래에서 삐져나온 실 한 가닥을 당기면 스르륵 풀리듯, 가인의 팽팽한 긴장이 풀어졌다. 일할 때의 서가인이 아닌, 정도진의 연인인 서가인이 그곳에 있었다.

이제는 익숙해져가는 도진의 품에 안기면서 이러면 안 된다는 이성적인 생각이 무너졌다. 품은 따스하고 익숙한 동시에 미친 듯할 설렘과 두근거림을 주어 벗어나고 싶지 않았다. 사랑이라는 테두리가 그려내는 행복한 고양감은 겪어보지 않은 이는 모를 터였다.

이대로 계속 그에게 안겨 있고 싶었다. 하지만 가인은 그럴 수 없었다. 반사적으로 시간을 본 후 가인은 도진을 달래듯 속삭였다.

"나가봐야 해요. 소라 씨가 매출 관련 자료 때문에 잠시 올라온다고 했었어요."

"이대로 안고 있으면 안 되나?"

"도진 씨……!"

도진이 그윽한 눈빛으로 가인을 바라보며 속삭였다.

"아냐. 요즘엔 정말 들키고 싶어. 서가인이 내 여자니까 누구도 건들지 말라고 말하고 싶어. 누군가 사내에 소문이라도 진하게 내줘서, 우리 뻔이가 더 단단하게 내 곁에 있었으면 좋겠어."

연애가 한참 무르익어갈 무렵이라 진정으로 솔깃한 제안이었다. 하지만 가인은 공개를 했을 때 득과 실을 확실히 계산할 수 있었다. 자신뿐만 아니라 도진에게 미칠 영향까지. 이 사람이라면 끝까지 손을 붙들고 갈 수 있을 것 같았다. 하지만 지금 이렇게는 아니었다. 가인이 차분히 도진을 말렸다.

"위험한 느낌이에요, 지금."

"원래 연애하는 남자는 늘 위험해. 그리고 언젠가는 내 품 안에 누워 있는 여자를 상상하지."

"너무 솔직한데요."

"남자는 다 늑대야. 네 옆의 남자도 늑대지. 다만, 내 여자를 사랑하니까 참는 거지."

"알아요. 하지만 지금 이 순간은 그러면 안 될 것 같네요. 정말 나가봐야 해요. 알잖아요, 우리 도자기 씨. 지금은 아닌 거."

"알아."

"서신영 씨 일 때문에 심란한가요?"

도진이 신영의 이야기가 나오자 눈빛이 서늘해졌다. 하지만 감정에 휩쓸렸다기보다는 침착하고 카리스마 있었다.

"서영로 회장님이 얽혔어. 서신영은 자기가 원하는 걸 위해선 눈 하나 깜짝 안 하고 순진한 척 연기하며 모조리 낚아챌 여자야. 나는 괜찮아. 하지만 내가 걱정하는 건 가인이야."

가인이 심각한 도진의 긴장을 풀어주려 장난스럽게 대꾸했다.

"어머, 그 괜찮다는 남자 낚아챈 여자가 바로 저인걸요? 무슨 일 있으면 바로 말할게요. 그리고 도자기 씨도, 바로 말하기."

"당연하지."

그러면서 둘이 눈이 마주쳤다. 젊은 남녀가 있다 보면, 몸이 뜨거워지는 순간이 있다. 가인은 직감적으로 느꼈다. 가까이 다가오려는 입술을 눈치 못 챈 척 밀치며 가인이 대꾸했다.

"정말 나가봐야 할 것 같아요. 도자기 씨."

도진이 아쉬운 표정으로 순순히 가인을 놓아주었다. 하지만 눈빛은 계속 그녀를 잡고 있었다. 가인이 문을 닫고 나오며 도진을 향해 재치 있게 대화를 마무리지었다.

"첫 키스가 사장실이라니, 너무 진부하잖아요."

여유 있는 척했지만, 사장실을 나오자 심장이 두근거려 견딜 수 없었다. 자신의 자리와 사장실 사이에 있는 자료실에서 한숨 돌리고 문을 열자, 소라가 서 있었다. 온 지 좀 된 것 같았다.

"표정이 왜 그래, 가인 씨?"

"아, 일과 관련해서 실수할 뻔해서요."

"실수면 실수지 실수할 뻔은 뭐야, 가인 씨. 하긴 그런 날이 있지. 가인 씨답지 않네. 요즘 연애해서 그런 거 아니야. 연애하다 보면 고양감에 일이 잘될 때도 있지만 너무 흥분해서 자잘한 실수도 한다니까. 정신 차리자고, 나도 가인 씨도."

가인이 공감한다는 듯 고개를 끄덕였다.

"연우 씨랑 아주 잘되나 봐요?"

"가인 씨랑 비슷하지."

"멋지네요. 일에도 성공하고 연애에도 성공하고. 여기 말했던 자료요."

적당한 선에서 대화를 마치며 가인이 미리 준비해둔 자료를 서랍에서 꺼내 소라에게 건넸다. 소라는 전혀 이상함을 느끼지 못하고 있었다.

제가 붕 떠 있다는 걸 알고 있다는 사람은 가인 혼자였다. 아슬아슬하고 위험했다. 하지만 그걸 내비칠 사회초년생이 아니어서, 가인은 그저 소라에게 연하게 웃어 보였다. 평소와 똑같은 차분한 미소였다. 하지만 속으로는 심각한 생각을 하고 있었다.

사장 정도진의 비서인 서가인. 이 위치, 이제는 옮겨야 할지도 모른다. 가인은 이제 슬슬 냉정해지기 어려워지는 게 아닐까 생각하고 있었다.

연애를 하면서 같은 장소에서 일도 병행한다는 건 생각보다 어려웠다. 시간이 흐르면 흐를수록 업무의 자잘한 실수가 늘어날 거고, 도진과의 개인 시간을 바라게 될 터였다.

때가 되면, 다른 이가 이 사실을 눈치채기 전에 자기 입으로 인사이동을 부탁할 생각이었다. 그게 바로 가인의 자존심이었고 자부심이었다. 맡겨진 일은 성실히 최선을 다해 당당하게 하는 것.

가인은 자신의 이런 결정을 도진도 충분히 이해하리라는 걸 알았다. 지금 당장은 아닐지라도, 인사이동 건은 조속히 해결해야겠다고 가인은 생각했다.

strawberry kiss

대부분 사장 취임식은 차분하고 정중한 분위기에서 치러지기 마련이었다. 게다가 신영이 사장으로 취임하는 대명건설은 최근 적자를 면치 못해 정리해고 이야기까지 나오면서 사내 분위기가 무겁게 가라앉아 있었다. 고위 간부들은 그나마 사정이 나았지만 밑에서 월급을 받고 생활하는 사람들은 그야말로 생계가 달려 있었기 때문이다.

사실 신영의 전공은 건설과는 거리가 멀었다. 하지만 가장 위에서 진두지휘하는 사람은 밑의 사람이 가장 효율적으로 일하게끔 움직이는 역할이었기에, 때로는 그런 것들이 중요하지 않은 경우도 있었다.

하지만 대체로 여론은 신영이 사장에 걸맞지 않다는 부정적인 이야기가 많았다. 그런 말들을 가라앉힌 건, 뒷배로 서영로 회장이 있다는 소문이다.

이번 사장 취임은 회장이 준비해준 것이며, 자신의 소중한 가족들을 잃은 회장이 친척 중 후계자감에 가장 가까운 신영의 손을 들어줬다는 의견까지 있었다.

업계에 알음알음 퍼지는 소문들을, 가인도 아주 잘 알고 있었다. 비서 역할을 하다 보면 누구보다도 발 빠르게 그런 유의 이야기를 들을 수 있었다. 그런 소문들의 진위를 파악하는 것도 꽤 중요한 업무 중 하나였다.

그런 의미에서 이번 사장 취임식은 신영에게 중요했다. 자신의 역량을 과시할 수 있는 좋은 기회였고, 그건 한편으로 주가나 앞으로의 계약 성사에 영향을 미칠 수 있었다.

경영에 원활하지는 않은 회사이니만큼 소박하고 단정한 분위기를 유지하며 사원들이나 사람들에게 현재 어려움을 타개하기 위해 쓸데없는 허례를 버리고 스스로 절치부심하는 모습을 보일 것인지, 아니면 그런 어려움을 이겨낼 만큼의 강단이 있다는 걸 보여주기 위해 화려하게 치장할 것인지는 알 수 없었다.

만약 자신이 그런 상황이었다면 재무상황부터 빨리 파악하고, 가장 손실이 큰 프로젝트를 훑어보고, 사장 취임식에 돈을 지나치게 쓰느니 그 돈을 가지고 새로운 사업을 발굴하든가, 아니면 직원 사기를 위해 성과가 높은 직원에게 보너스를 지급하는 방식을 생각하겠지만, 신영은 자신이 아니었다.

가인은 별생각 없이 따라가곤 했던 모임과는 달리 이번만큼은 쓸데

없는 잔 생각이 많다는 사실을 인정해야만 했다. 신영이 신경 쓰이지 않는다면 거짓말이었다.

우선 모임 장소부터가 최고급으로 소문난 곳이었다. 신영은 확실히 가인과는 반대 유형의 사람임이 분명했다. 그렇게 사장 취임식에 쏟아부을 돈이 서영로 회장에게서 나온 거라면 그나마 낫지만, 만약 안 그래도 자금 사정이 좋지 않은 회사 돈이라면 그리 현명한 판단은 아닌 듯싶었다. 자기 혼자 철저하게 해먹고 버릴 회사가 아니라면.

기사가 운전하는 차가 미끄러지듯 해당 장소에 도착했다. 일반사람들은 잘 모르지만, 회원제로 유명한 클럽이었다. 애당초 이런 곳을 사장 취임식 장소로 정한 신영의 사고방식을 가인은 도통 이해할 수 없었다.

도진과 차에서 내린 후 줄줄이 들어가는 차들이 보였다. 아마 대부분 서영로 회장의 초대를 받고 온 사람들일 터였다. 무슨 생각일까.

도진은 평소처럼 고급 슈트 차림이었고, 가인도 깔끔한 정장을 입었다. 특별하게 옷을 안 갈아입은 까닭은 둘 다 이번 초대를 일의 연장으로 보고 있었기 때문이었다. 저번 모임 때는 드레스를 대여하게 했던 도진도 이번에는 가인의 옷차림에 전혀 간섭하지 않았다.

입구까지는 과하다 싶을 정도로 많은 기자들과 레드카펫이 깔려 있었다. 편하게 오라는 뜻이 이런 뜻이었다면 신영은 어휘 선택을 잘못해도 한참 잘못한 듯싶었다. 그녀의 편안함이 이런 식의 주목과 관련이 있다면 신영은 어지간히 화려한 걸 좋아하는 여자일 듯싶었다. 하긴, 그간의 행적을 봐도 조금쯤은 예상되는 부면이었다.

도진이 들어서자 셔터 소리가 몇 군데서 터져 나왔지만, 기자들 모두 알아서 조심하고 있었다. 어차피 초상권 문제가 있었기 때문에 이쪽 허락 없이는 기사를 실을 수 없다. 가인이 빠르게 기자들을 훑었다. 이상하게도, 경제 관련 기자들 외에도 사회나 연예 쪽 기자들까지

와 있었다.

사회면까지야 이해한다 쳐도, 연예 쪽은 이상하다 싶었다. 신영의 지인으로 톱스타급 연예인이 올 수도 있다고 해서 그런가 싶기도 했지만, 그래도 유의할 일이었다.

가인은 내일 일정에 복귀하는 대로 관련부서에 이야기를 전달해놓아야겠다고 생각했다.

영화제나 패션쇼도 아니고, 이게 뭔가 싶을 정도였다. 도진은 놀란 표정조차 없었다. 가인은 그가 지금 이 일을 일 그 이상도 그 이하도 아니게 받아들이고 있음을 알았다.

"와주셔서 반가워요."

레드카펫의 끝에는, 신영이 화사하게 웃고 있었다. 헤어스타일과 화장이 완벽했다. 다만 눈에 거슬리는 게 있다면 의상이었다.

신영은 목깃 부근에 아방가르드한 무늬가 있는 새빨간 드레스를 입고 있었다. 목걸이와 팔찌에 박혀 있는 자잘한 다이아가 조명에 반짝거렸다. 한눈에 봐도 명품 드레스였다.

다만 굽이 높은 검은 리본이 달린 핑크색 구두는 누가 봐도 에러였다. 어디 피로연이나 시상식이라면 손색이 없었겠지만 사장 취임식에는 절대 맞지 않는 차림새다.

신영의 뒤로는 '혁신, 그 새로운 도약'이라는 플래카드가 커다랗게 걸려 있었다. 가인은 의상으로 혁신을 표현하려 한 것이었다면 지나치게 갔으니 정신 차리라고 말해주고 싶은 심정이었다.

하지만 이곳은 일터였고, 자신은 손님이었으며 이 자리의 주인공은 신영이었다. 사장으로 취임을 하는 게 신영이니만큼 호랑이 털옷으로 차려입고 나섰다 해도 그건 신영의 권한이었다.

신영의 말에 도진이 화답했다.

"대명건설 사장으로 취임하게 된 걸 축하합니다."

미사여구 없는 간단한 축하인사였다. 이 자리의 주인이 자신임을 강하게 어필하며 은근히 우위를 점하려는 느낌이 드는 신영에게 한 점도 물러서지 않는 태도였다. 신영이 MA&M계열사의 사장이 되었다면, 도진은 MA&M과 필적할 만한 세진그룹의 사장이었다. 그리고 도진은 그 점을 누구보다도 잘 알고 있었다.

결국, 먼저 꼬리를 내리고 다가서는 쪽은 신영이었다. 신영이 가인과 도진의 사이로 은근히 비집고 들어오며 도진에게 착 달라붙었다.

"다른 누구보다도 정도진 사장님이 오시기를 고대하고 있었답니다."

"서영로 회장님께서 친히 부르셨으니 한 번은 들러야 한다고 생각했습니다."

도진의 말에 신영이 아무것도 몰랐다는 듯 대꾸했다.

"어머, 회장님이 직접 말씀하셨어요?"

"그렇습니다."

"저희 큰할아버지가 그렇게나 배려심이 많으세요. 저는 전혀 몰랐네요. 정말이지 살뜰하게 챙겨주시죠."

신영은 서영로에게 내세웠던 조건들은 일절 없었던 일인 양 나긋나긋 대답했다. 그러나 그 말의 저변에는 자신이 나서지 않아도 서영로 회장이 알아서 챙겨줄 정도로 자신을 생각한다는 의미가 담겨 있었다. 도진도 가인도 충분히 눈치챘으나, 굳이 그 점에 대해 같이 호들갑 떨어줄 생각은 추호도 없었다.

"그렇군요."

도진이 깔끔하게 답했다. 상대의 말에는 긍정하지만 더는 이야기가 진행될 빌미를 주지 않는 화법이었다. 신영이 가인은 마치 없는 사람처럼 쳐다보지도 않은 채 도진에게 집중하며 뭐라 말을 더 걸려 하자, 도진이 간결하게 잘랐다.

"지금은 먼저 자리를 좀 잡고 싶군요. 대화는 이따 취임식 끝나고 하는 게 좋겠습니다. 서신영 사장은 저 말고도 맞을 분이 많으실 테니까요."

깔끔한 거절에 신영이 해사한 미소를 지우지 않고 답했다.

"제 입장도 배려해주시니 참 기쁩니다. 그럼 이따 뵙겠습니다."

신영이 도진에게는 우아한 인사를 건네고 마치 가인은 없는 사람처럼 지나쳤다. 도진이 가인에게 조그맣게 속삭였다.

"다른 건 몰라도 오늘 서신영 사장 구두는 조금 마음에 드는군. 아주 완벽하진 않지만, 저 여자가 신었던 구두 중 가장 예뻐."

도진의 눈에 예쁘다는 건, 오늘 서신영 사장 패션에는 확실히 문제가 있다는 뜻이다. 가인이 웃으며 답했다.

"저 핑크색 구두 뒤에 걸을 때마다 빛이 번쩍거리는 아이템이라도 하나 장착하면 아주 잘 어울릴 것 같지 않으세요?"

그러자 도진이 경탄에 가까운 눈길로 가인을 바라봤다. 아마 아무도 없었으면 부둥켜안았을 그런 느낌이었다.

"역시 내 여자야. 감각 있어."

"나중에 서신영 사장에게 그 패션 좀 추천 좀 해주세요. 절대 거절하기 어렵게, 아주 진지하게."

가인이 시원하게 웃으며 대꾸했다. 그때 뒤쪽에서 웅성거리는 소리가 커졌다. 소리의 중심에는 차에서 내리는 두 사람이 있었다. YJ그룹 안정민 상무와 그의 동생 차권이었다. 플래시가 정신없이 터졌다. 차권이 연예계에서 가지는 영향력은 막강했기 때문이었다. 권이 웃으며 기자들을 향해 말했다.

"적당히 찍어주세요. 오늘은 제 일로만 온 게 아니니까요. 지인분의 초대로 왔는데 이렇게 저만 주목 하시면 취임식에 폐가 될 수 있으니까요."

차권이 정중하게 부탁하자 취재진들이 웅성거리다 적당히 길을 터 주었다. 역시 평소 이미지답게 배려 넘치는 모습이었다.

제법 거리가 있었지만 서로를 못 알아볼 정도는 아니었기에 가인은 차권과 시선이 마주쳤다. 차권이 처음 만났을 때처럼 상큼하게 웃음을 터트렸다. 몇 번 만나지는 않았지만 진솔한 느낌의 사람이었는데, 오늘은 신영의 지인일지 모른다는 사실 하나로 묘하게 께적지근했다.

옆에 형인 안정민 상무가 있는 걸로 봐서는 저번처럼 이번에도 얼굴마담일 수도 있었으나, 신영이 사람들에게 제 취임식에 톱스타가 온다는 식으로 뿌려놓은 정보가 영 마음에 걸렸다.

가인이 슬쩍 도진을 보았다. 도진은 속을 전혀 알 수 없는 매끄러운 표정이었다. 비즈니스와 관련된 행사에서 도진은 늘 그랬기 때문에, 가인은 크게 신경 쓰진 않았다. 자신도 혹여나 감정이 드러났을까 잠깐 염려했을 뿐이었다.

시원시원한 미소를 띤 안정민 상무가 도진을 향해 다가오며 악수를 청했다.

"평소에도 뵙고 싶은데, 이렇게 일정이라도 잡혀야 뵙는군요."

도진이 악수를 받으며 흔쾌히 인사했다.

"이렇게라도 뵐 수 있으니 좋은 일이지요."

안정민 상무는 전형적인 말끔한 간부진 느낌이었다. 일반 사람들과 비교했을 때 그럭저럭 썩 괜찮다고 볼 수 있는 외모를 가지고 있었으나, 차권하고 나란히 서 있으니 잘생긴 유전자가 차권 한쪽으로 몰린 듯한 인상을 지울 수 없었다.

가인도 몇 번 연락을 주고받을 일이 있었는데, 일처리가 확실하고 배포가 큰 성격이라 같이 일하는 사람을 편하게 해주는 사람이다. 차권의 배려 많은 성격은 가족 내에서 형성된 게 확실해 보였다. 안정민 상무가 차권을 가리키며 도진에게 말을 이었다.

"이쪽은 제 동생인 안하민입니다. 차권이라는 이름으로 연예계 생활을 하고 있죠."

도진이 여유 있는 웃음을 띠며 답했다.

"저번에 제주도에서 우연히 만나 인사했습니다. 매우 인상적인 친구더군요. 역시 연예인이라 다른가 봅니다."

어떻게 듣느냐에 따라 여러 가지 의미로 해석될 수 있는 말이었지만, 속에 담긴 뼈는 감춘 채 도진이 능구렁이처럼 슬쩍 말을 넘겼다. 안정민 상무는 그 속뜻을 다 헤아리지 못하고 답했다.

"초면이 아니셨군요. 제 동생이라 이런 말 하기는 그렇지만, 제법 머리가 좋은 편이라 아버지가 기대가 꽤 컸습니다. 판검사는 능히 될 거라고 생각하고 있었죠. 집안 쪽으로 로펌도 있으니 안 되면 그쪽에서라도 일할 거라고요.

그런데 얼굴값 한다고, 연예계 쪽으로 빠질 줄은 아무도 몰랐습니다. 하긴, 이 녀석 얼굴이 보통 얼굴이야 말이죠. 하하하. 하지만 정도진 사장님도 우리 하민이와 비교해서 절대 빠지시는 얼굴이 아닙니다."

"하하. 형. 적당히 해요. 가족 자랑은 팔불출이니까요."

그러면서 권이 슬쩍 가인에게 눈길을 줬다. 시선이 남들에게보다 조금 더 오래 머물렀지만, 단지 그뿐이었다. 차권은 형과 도진과 주로 이야기하고, 당연하게도 비서인 가인과는 의례적인 인사 정도로 끝냈다.

가인은 차권이 자신에게도 아는 척할지도 모른다는 걱정은 기우였다는 걸 금세 깨달았다. 이런 곳에서 아는 척을 하면 서로 곤란해질 뿐이었다. 차권도 프로인 거다. 분야는 다르지만, 이런 종류의 세계에서 몇 번이고 이런 상황을 마주한 적 있는.

한편으론, 그래서 제주도에서 차권이 그런 의례적인 것들을 모두 던져버리고 자신에게 돌진할 만큼 절박했다는 것도 깨달았다.

아마 그에게 시간이 더 있었다면 또다시 자신에게 고백을 했을지도 모르고, 자신은 도진과 그의 고백을 동시에 받고 난감한 고민에 빠져 도진의 고백에 그때만큼 바로 응답하지는 못했을지도 몰랐다. 사랑은 타이밍이라는 말이 딱 들어맞았다.

사소한 대화 몇 마디를 끝으로, 그들은 각자의 자리로 향했다. 초대받은 사람들이 뒤이어 들어오고 있었다. 회장은 금세 사람들로 꽉 차고, 취임사를 시작할 시간이 되었다. 취임사가 있기 바로 직전, 휘장 뒤에서 누군가가 천천히 나와 연단 위 귀빈석에 떡하니 앉았다. 사람들이 술렁였다.

MA&M 그룹의 서영로 회장이었다. 경제 쪽 기사에서 봤을 때보다 안광이 더 형형하고 기세가 날카로운 사람이었다. 염색하지 않은 채 둔 하얗게 센 백발은 오히려 카리스마를 더해주었다.

서영로 회장이 좌중을 한번 훑어보자, 사람들이 절로 긴장하는 게 느껴졌다. 그러다 가인과 시선이 마주쳤다. 어른인 데다가 높은 직분의 사람이 자신을 쳐다보니 시선을 내려야 하는 게 맞았지만, 가인은 뭐에 홀린 듯 잠시간 마주 보았다. 처음 뵙는 분인데도 이상하게 낯설지 않은 느낌이었다.

사진으로 많이 봐서 그런가?

그때 사회자의 우렁찬 음성이 생각을 갈랐다.

"대명건설 서신영 사장님의 취임사가 있겠습니다! 큰 박수로 맞아주시기를 바랍니다!"

휘장 뒤에서 신영이 걸어 나왔다. 늘씬한 자태에 힐까지 신어 안 그래도 눈에 확 띄는데, 무엇보다 새빨간 드레스가 그녀를 월등히 빛나게 했다. 그리고 그런 그녀를 지지하듯, 서영로 회장이 그녀의 뒤에 앉은 채 강렬한 존재감을 발산하고 있었다. 신영이 조금 들뜬 듯한 낭랑한 목소리로 말문을 열었다.

"먼저 축하해주시기 위해 먼 길을 오신 분들께 진심으로 감사인사를 드립니다. 이렇게 단상 위에 있으니 서로 헤맬 일 없이 단번에 절 알아보실 수 있으시겠지요?"

말이 끝나기 무섭게 미리 언질을 받은 듯한 사람 몇 명이 박수를 쳤다. 그러자 다른 이들도 자연스럽게 박수를 쳤다. 소란스런 박수가 끝나자, 신영이 입가를 매끄럽게 올려 미소를 지었다.

"오늘 제 복장으로 놀라신 분이 많으리라 생각합니다. 많이들 놀라셨지요? 하지만 저는 사장 자리를 가볍게 생각해서 이런 차림을 한 건 아닙니다. 현재 대명건설은, 기로에 서 있습니다. 저도 아주 잘 알고 있습니다."

신영이 당당한 어조로 질문을 던졌다.

"그렇다며 제가 어째서 이런 복장을 했을까요?"

그러면서 신영이 좌중을 훑었다. 신영의 당당함과 기지는 제 능력으로 그 자리까지 올라온 사람의 자신감이라기보다는, 확실하게 유리한 편에 붙어 서 있는 자의 여유에 더 가까웠다.

하지만 그 근원이 어찌되었든 신영은 위에 서 있었고, 그 위치를 십분 활용할 수 있는 여자였다. 질문을 통해 호기심과 주목을 불러일으킨 신영은 곧바로 답을 내어놓았다.

"저는 하루에도 수만 가지 새로운 신상품들이 나오는 곳에서 살아남기 위해서는, '특화'된 무언가가 필요하다고 생각합니다. 건설업계도 마찬가지입니다. 요즘에는 예전에 먹고살기 급급했을 때처럼 그저 살기 위한, 일하기 위한 건물이 아닌 고객의 니즈(needs)와 개성을 강조하는 분위기입니다.

제가 오늘 이렇게 눈에 확 띄는 옷차림을 한 것은, 대명건설을 다시 '주목'받게 하겠다는 의지입니다! 그리고 그런 의지를 여러분께 다짐

받고자 이렇게 귀한 시간을 빌려 모셨습니다. 여러분, 대명건설의 새로운 시작을 축하해주십시오!"

짝짝짝. 다시금 박수가 터져 나왔다. 유려한 연설이었다. 신영의 도발적인 복장에 속으로 눈살을 찌푸리고 있던 사람들도 납득이 가게끔 만드는 말솜씨였다. 적어도 포부 하나만은 당차 보였다. 가인은 그것만은 인정했다.

그 이후에 신영은 대명건설이 나아갈 방향과 새로운 프로젝트들을 발표했다.

사실 나아갈 방향은 애매했고 프로젝트는 기존 잘나가는 건설업계의 내용을 답습한 것에 불과했으나 서론의 강렬함과 서영로 회장의 존재감으로 연설은 매우 효과적으로 보였다. 꼼꼼히 살펴보면 그 허점을 느낄 수 있었지만 그 허점을 교묘하게 덮어 그럴싸하게 포장하는 게 재주라면 재주였다.

신영은 옆의 도진을 슬며시 바라보았다. 자신이 느낀 걸 도진이라고 느끼지 못할 리 없었다.

도진은 신영의 그럴싸한 표현이 탐탁지 않은 듯했다. 포장만 화려하고 실속 없는 운영은 회사에 실적부진으로 나타난다. 하지만 냉정히 말해서 남의 회사였고 세진 그룹에서 MA&M이라면 모를까, 일개 계열사 중의 하나인 대명건설에 아쉬운 소리를 하거나 손을 잡는 일은 딱히 없을 터였다. 도진은 냉정히 판단하며 문자 그대로 자리를 빛내주고 있을 뿐이었다.

취임사가 끝나자, 신영이 뒤돌아서서 서영로 회장을 향해 밝게 웃었다. 서영로 회장도 희미하게 웃음으로 답례하더니, 옆에 대기하고 있던 이들과 함께 무대 뒤편으로 사라졌다. 의례적인 꽃다발을 받아들고 신영이 사람들에게 인사하려 내려왔다.

신영이 이곳저곳을 다니며 인사를 하러 다니고, 의례적인 인사가 끝나며 분위기는 파장에 가까웠다. 도진도 다가온 신영에게 적당한 축하인사를 다시 건넸다. 신영도 이목을 생각해서인지 아까보다는 덜 들러붙었는데, 그래도 눈빛에 들쩍지근하게 달라붙어 있는 미련과 집착은 여전했다.

이 여자는 도진을 뭐로 보는 걸까? 한눈에 반해 사랑을 운운하기엔 서신영은 너무 계산적이었다. 사랑이라기보다는 그녀에게 있어 도진은 애타게 갖고 싶은 트로피 같은 느낌이었다. 옆에 두고 제 성취를 자랑할 수 있는. 그러나 당사자는 전혀 모르는 것 같았다. 자각하지 못하는 욕구와 집착만큼 무서운 게 없었다.

신영을 향해 느껴지는 무례함과 경계의 출처는 아마도 이런 판단 때문이리라 가인은 생각했다. 세상 어떤 여자가 제 남자를 어떻게 해서든 잡아먹으려는 여자에게 정이 가겠는가. 우아한 허례와 가식으로 싸인 욕심은 감춰지지 않았다. 가인은 저번에 신영이 자신에게 행한 일로 제 생각을 더 확신할 수 있었다.

도진이 정확하게 할 도리를 한 후, 가인에게 말했다.

"그럼 가도록 하지."

"네, 사장님."

남아 있는 사람도 있었지만, 도진은 특별히 시간낭비를 하지 않는 쪽을 택했다. 다행히 레드카펫이 깔린 출구로 다시 나올 때까지도, 아무런 일이 없었다. 염려했던 것보다 아무 일 없이 나올 수 있음에 다행이라고 생각하고 있던 때였다.

뒤에서 신영의 목소리가 들렸다.

"가시는 길은 배웅하는 게 맞을 것 같아서 나왔어요."

꾸민 듯 착착 감기는 목소리가 거슬렸다. 도진과 가인이 거의 동시에 신영을 바라보았다. 바깥은 아직 채 가지 않은 기자들로 인해 여전히 불빛이 반짝이고 있었다. 신영이 웃고 있었다. 뭔가 속셈이 있어

보였다.

그때였다.

"가인 씨."

어느새 차권이 근처에 다가와 있었다. 그러더니 자연스레 손을 내밀었다.

"조심해요. 위태하게 서 있네요. 계단에서 헛디디겠어요."

그 말투가 너무 진실을 말하는 듯 당연해서, 가인이 저도 모르게 멈칫하며 차권이 내민 손을 잡았다. 가인의 몸이 차권 쪽으로 기울고, 차권이 드라마 속 여자 주인공을 받아주듯이 그녀를 지탱해주었다.

펑! 펑! 퍼펑!

갑자기 화려하게 플래시들이 터졌다. 무슨 일이 일어난 건지 순간적으로 빨리 파악이 되지 않았다. 찰나가 지난 후, 가인은 기자들이 자신을 잡아주는 차권을 찍어댔다는 사실을 깨달았다. 아니, 정확히는 친밀한 듯 차권의 손을 자연스럽게 잡는 자신과 차권을.

신영의 목소리가 뒤에서 울렸다.

"어머나, 정말 잘 어울리는 한 쌍이네요. 두 분, 원래 아시는 사이로 아는데, 제가 아는 것보다 더 친하신가 봐요? 걱정하는 모습이 예사롭지 않은데요."

아무것도 모르는 척 내뱉으며 신영은 즐겁게 웃고 있었다. 기자들이 갑자기 몰려들었다. 늘 침착한 가인이었지만, 이 순간만큼은 심히 당황했다.

"아니에요. 그냥 제가 헛디딜 뻔한 걸 잡아준 것뿐……."

실제로 헛디디지도 않았지만, 자연스레 연출된 상황에 넘어간 거라고 절대 말할 수 없는 분위기였다. 그것마저 이 자리를 모면하기 위한 거짓말처럼 포장될 것 같은 열렬함이 기자들에게 있었다.

"두 분, 마치 선남선녀처럼 잘 어울립니다! 알던 사이라고 아까 서

신영 사장님이 그러셨는데, 언제부터 만남을 가졌는지 알 수 있습니까?"

"차권 씨는 여태 스캔들 하나 없는 연예인으로 유명했는데, 최근 짝사랑하는 여성분이 있다고 들었습니다. 지금 이분이십니까?"

"진정해주세요. 저는 괜찮지만 이분은 연예계와는 아무 상관없는 분입니다. 일방적으로 몰아붙이지 말아주세요."

차권이 몰려드는 기자들을 정돈시켰다. 그러나 신영이 그들을 부추겼다.

"전에 밖에서 두 분이 같이 계시는 걸 본 적이 있어서 혹시나 했는데, 어머, 이렇게 커플 탄생인가요?"

기가 막히다 못해 코가 막힐 소리였다. 신영의 말장난에 기자들이 다시 벌떼처럼 따라붙었다. 특종 냄새를 맡은 듯했다.

"차권 씨, 벌써부터 편들어주시는 겁니까?"

"아까 분위기 심상치 않았습니다. 그냥 넘어가시면 안 됩니다."

기자들의 말을 따라갈 수가 없었다. 가인은 적잖이 당황해서 평소처럼 재빨리 답변할 말을 찾아낼 수 없었다. 게다가 뭐라고 입을 뗄수 있는 분위기가 전혀 아니었다. 여러 명이 속사포로 질문을 쏟아내고 있었기 때문이다.

게다가 '오해하고 계세요. 지금 저는 연애하고 있는 다른 사람이 있습니다.'라고 말한다면, '그럼 삼각관계입니까?'라는 질문이 튀어나올 판이다.

여기서 해명을 잘한다 해도, 개중에 하나라도 기사가 나면, 그리고 그 기사 속 사람이 자신으로 연루된다면, 자신은 후에 도진과 사귄다는 말 자체를 꺼내지 못하게 된다. 지금 자신이 실제로 연애하는 사람이 도진이라 할지라도, 그들의 연애는 비밀이었으니까.

그때 가인을 누군가가 가인을 단단히 잡아당겼다. 숨결이 귓가로 다가왔다.

"생각이 많아졌군. 걱정 말고 내 옆으로 와."

도진의 서늘한 눈가로 웃음이 내려앉았다 들숨을 타고 입가로 부드럽게 안착했다. 정신없이 요동치던 심장이 들썩였다 제자리로 돌아왔다. 그리고 바로 깨달았다. 이 남자, 뭔가 할 생각이다.

「내가 호떡 장사를 해도, 내 옆에 있어줄 거지?」

웃음 섞인 그 말이 왜 떠올랐는지 몰랐다. 날 위해 모든 걸 버릴 수 있다는 말. 달콤하고 아름답게 들렸지만 그건 그만큼의 대가를 요하는 말이었다.

열렬히 사랑한 부모님의 사랑은 견고하고 단단했지만 그렇다고 해서 아무런 마음고생도 하지 않았다는 뜻은 아니었다. '날 위해. 나 때문에'. 그 말만큼 애절하고 아픈 말이 어디 있을까.

"날 믿어."

가인의 불안을 눈치챈 것처럼 도진이 묵직한 저음으로 속삭였다. 어느새 도진의 팔이 그녀의 어깨를 부드럽게 감싸고 있었다. 그 사실을 눈치챘을 때, 이미 도진은 입을 열어 사람들에게 말하고 있었다.

"오해가 있으신 것 같군요. 정말 큰 오해네요. 여기 있는 차권 씨나 여기 제 비서인 서가인 씨 모두에게 큰 폐가 될 오해죠. 더불어 저를 포함해서요."

도진이 가인을 제 쪽으로 부드럽게 당겼다. 소중하고 사랑스러운 사람을 대하는 몸짓이었다. 그리고 차권 쪽을 향해 정중하게 인사했다.

"내 여자가 비틀거릴 때 잡아줘서 고맙습니다."

도진의 예상치 못한 반응에도, 차권이 당황하지 않고 유려하게 말을 받았다.

"아닙니다. 누구나 도움이 필요하면 도와줘야죠."

"내 불찰입니다. 내가 해야 할 일을 대신하게 했으니 말입니다."

도진이 싱긋 웃었다. 하지만 차권을 바라보는 눈빛의 끝에는 서늘함이 묻어 있었다.

"여러분, 저는 제 비서인 서가인 씨와 열애 중입니다."

차권에게 쏠렸던 관심이 모두 도진에게 쏠렸다. 웅성거림이 매우커졌다. 도진이 신영을 냉정하게 바라보며 대꾸했다.

"아마 서신영 사장이 뭔가 크나큰 오해가 있어서 기자님들에게 잘못된 정보를 제공한 것 같습니다. 그렇지요, 차권 씨?"

그러자 분위기를 빠르게 파악한 차권이 고개를 순순히 끄덕였다.

"네, 그렇죠. 저는 그냥 약간의 친절을 표한 것뿐입니다. 도움이 필요한 사람에게 누구나 보일 수 있는 친절이요."

도진이 도전적인 눈빛으로 말을 이었다.

"호기심이 넘치고, 누구보다 발 빠르게 중요한 소식을 전하는 게 사명이신 분들인 건 알고 있습니다. 하지만 제가 사랑하는 여자와 제가좋아하는 톱스타가 우연히 일어난 일로 불편하게 되는 걸 바라지 않습니다. 전에 출장지에서도 셋이 함께 식사할 정도의 친분이 있으니까요."

"아, 그러셨군요. 그러면 서신영 사장님이 말씀하신 건……."

"아무래도 제삼자보다는 당사자들의 말이 더 정확하지 않겠습니까. 안 그렇습니까, 차권 씨?"

"네, 그렇습니다. 기자님들께 심한 억측을 살 만한 행동을 제가 했군요. 죄송하게 생각합니다."

"아니, 사과하지 않으셔도 됩니다. 차권 씨는 그냥 발을 헛디디신분을 붙들어주신 것밖에 없으니까요. 다만 그 분위기가 이상한 방향으로 흐른 것뿐입니다. 언제나 말이 문제죠. 그럼 전 이만 가보도록 하겠습니다. 생각보다 시간이 많이 지체되었군요.”

도진이 재빠르게 정리했다. 도진이 가인의 손을 부드럽게 잡고 힘 있게 걸어 나가기 시작했다. 사람들이 놀라서 그들을 바라보다, 이내 정신을 차린 기자들 몇이 도진의 앞으로 뛰어나와 질문을 시작했다.

“언제부터 사귀기 시작했습니까?”

“어떤 점에 반하셨죠?”

도진이 웃음을 거둔 서늘한 눈빛으로 그들에게 답했다.

“이 이상의 질문은 거절합니다. 나머지는 사적인 영역이라고 생각 되는군요.”

그 기세에 눌려, 기자들이 주춤 물러났다. 도진이 뒤도 돌아보지 않 고 가인을 잡아 이끌었다. 언제나 평정을 유지하기 위해 노력하는 가 인이어도 이번만큼은 표정관리가 되지 않았다. 손이 꼭 잡힌 채로 가 인이 급하게 물었다.

“도진 씨, 도대체 무슨 생각으로……!”

도진이 당연하다는 듯 대답했다.

“사랑하는 여자가 곤란하다면, 도와주는 게 당연하지.”

“하지만 이렇게 앞뒤 가리지 않고 도진 씨답지 않게 그래요?”

“내가 나서서 말하는 것보다 더 좋은 정리방법이 없었어. 그리고 차 권도 능청스레 잘 맞장구쳐줬고. 덕분에 서신영이 바라는 게 뭔지 아 주 정확히 알게 되었고.”

도진이 경호원들의 비호를 받으며 태연히 차가 있는 곳까지 도착했 다.

“우선 차에 타지.”

가인은 순순히 차에 탔다. 지금 이 자리에서 머뭇거려봤자 좋을 게 없었다. 가인을 먼저 차에 태우고 그 옆자리를 차지한 도진이 가인을 향해 말했다.

"내가 아무 생각 없이 그랬으리라 생각해?"

가인은 잠시 침묵했다. 그녀가 아는 정도진은 아무런 계획 없이 막무가내로 움직이는 게 남자답다고 믿는 유형은 분명히 아니었다. 하지만 감정이 얽히면 아무리 냉정한 사람이라 할지라도 평소와 다른 행동을 할 수 있었다. 가인이 입을 열었다.

"이런 식으로 밝히면 분명 도진 씨 집이나 회사에도 이야기가 들어갈 거예요."

"언젠가는 들어갈 이야기야."

그 말은 가인도 수긍했다. 언제까지고 쉬쉬할 수 없다는 건 둘 다 아주 잘 알고 있었다. 하지만 이렇게 갑작스럽게, 그것도 업계 관계자들이 모인 가운데 기자들 속에서 발표하는 게 과연 어떤 결과를 가져올지는 아무도 몰랐다.

차권이 만약 그 자리에서 가인에게 또다시 고백했다면 그 고백을 거절하기 힘든 적절한 타이밍이라고 할 수 있겠지만, 그 고백을 이런 식으로 맞받아치는 게 도진과 가인에게 적절했는지는 판단하기 어려웠다.

"하지만 지금이 과연 적절한 때일까요?"

가인이 심각한 얼굴로 되물었다. 도진이 가인을 가볍게 당겨 미간에 살짝 입 맞췄다. 그러자 가인을 둘러싸고 있던 심각한 분위기가 와르르 무너졌다.

"가인, 난 한 번도 당신과의 관계를 가볍게 생각해본 적 없어. 당신을 사랑하고, 당신과 결혼하고 싶고, 당신과 사랑하고 싶고, 당신과 내 아이를 낳고 싶어. 당신은 그렇지 않아?"

"……맞아요."

사랑에 빠진 여자는, 사랑하는 남자가 하는 말은 모두 다 듣고 싶다. 모두 다 믿고 싶다. 분명히 닥쳐올 반대나 위험도 이겨낼 수 있으리라 믿으며 그 손을 꼭 잡고 달리고 싶은 거다. 하지만 현실을 무시할 수는 없었다. 도진이 가인의 얼굴을 두 손으로 부드럽게 감싸며 속삭였다.

"우리 예쁜 쁜이. 쁜이가 뭘 걱정하는지 알아. 하지만 내일 우리와 관련된 기사는 한 줄도 나오지 못할 거야. 기자들도 터트려야 할 소식과 터트리지 말아야 할 소식 정도는 가릴 줄 아니까.

기사를 내려 한다 해도, 우리 집안에서 좌시할 리가 없어. 그래도 회사에 소문 정도는 나겠지. 업계 사람들도 꽤 있었으니 그건 감수할 부분이야. 내일 당장 회사생활이 힘들어질지도 몰라. 괜찮겠어?"

"일이 이렇게 된 이상, 도진 씨 비서로 있기는 힘들 거라고 생각하고 있어요. 도진 씨의 비서로 있는 한 내가 하는 일로 평가받는 게 아니라 뭘 하든 특혜 받는다고 생각하겠죠. 그렇게 여겨지고 싶지는 않아요."

"그 점은 미안하게 생각해. 하지만 우리 쁜이는 충분히 해낼 수 있다는 것도 잘 알고 있어."

평정을 찾은 가인이 도진의 코를 살짝 잡으며 짓궂게 말했다.

"우리 애인님은 너무 얄미워."

"하하. 괜찮아. 당신한테만 얄미운 거니까."

"그 점이 못됐어요."

이번에는 가인이 도진을 먼저 안았다. 가인보다 한참 큰 도진은 가인이 두 팔 벌려 안아도 온전히 품 안에 감쌀 수 없었지만, 마음만은 모조리 안을 수 있을 정도로 넓었다. 도진이 멈칫했다가, 가만히 고개를 가인의 어깨에 박은 채 속삭였다.

"아직은 우리 집에서 움직이지 않을 거야. 하지만 난 가인이 날 포기하지 않으리라고 생각해. 나도 절대 당신을 포기하지 않을 거니까."

"포기할 생각이었다면, 처음부터 시작하지 않았어요. 미래의 호떡

CEO님."

"멋진데. 뭘 하든 나는 사장이로군."

"그렇죠."

둘은 시답잖은 농담을 하며 쿡쿡 웃었다. 운전기사는 능숙하게 둘을 못 본 척하고 있었다. 설령 운전기사가 도진의 집에 보고를 한다 해도, 그 정도는 도진이 꿰뚫고 있을 터였다. 이미 꽤 많은 사람들 앞에서 연인으로 선전포고를 하고 나니 이 정도는 아무렇지도 않게 생각되었다.

서가인. 정말 미쳤어. 정도진한테 미쳤어. 어려울 현실이 빤히 보이는데, 전 같았으면 절대 발을 들이지도 않았을 텐데, 그렇지만 이 남자의 품을 포기하기가 어려워. 이 사람의 체취에 갇혀서 다른 남자는 받아들이고 싶지도 않아.

이 사람이어야 해.

이 사람이 필요해.

이 사람만 있으면, 힘들어도 이겨나갈 수 있어.

도진이 달콤하게 속삭였다.

"도자기 씨라고 불러줘."

"도자기 씨."

"우리, 는 어디 갔어?"

"우리 도자기 씨."

"당신 목소리, 듣기 좋아."

도진의 짙은 눈빛이 가인에게 흘러들어왔다.

"평생 들려줘."

strawberry kiss

신영은 취임식 후, 뜻대로 풀리지 않은 일에 이를 까드득 물었다. 취임식은 성공적으로 끝났고, 정도진이 서가인을 사귄다는 폭탄발언만 하지 않았다면 거의 제 뜻대로 흘러갔을 일이었다.

차권과는 그 전날 말을 맞춰놓았다. 차권은 가인을 얻는 일 외에 다른 일은 관심이 없다고 했다. 그리고 그 외의 일에도 별다른 협조를 하지 않겠다 했다.

그래서 신영은, 기자들 앞에서 가인과 친밀해 보이는 모습을 어떻게 해서든 연출해달라고 했다. 그 뒤는 자신이 어떻게든 해주겠다고.

차권과 어떻게든 연루되었다는 소문이 조금이라도 나면, 도진과 사귀고 있다 할지라도 더더욱 도진 집안으로 들어갈 가능성이 줄어들기 마련이었다.

톱스타 연예인과 스캔들이 있는 며느릿감이라니, 그것도 아직 집안에 소개도 제대로 하지 않았는데 말이다. 도진과 가인을 떼어낼 수 있는 적절한 구실이라고 생각했다.

그래서 그 전날 미리 연예부 기자 몇에게 전화를 걸어놓았다. 차권이 일반인 여성과 스캔들이 있는 것 같은데, 자기 사장 취임식 때 오면 그 장면을 보게 해주겠다고. 차권은 맡은 바 역할을 잘 해냈고, 기자들은 신영의 제보가 있었기에 확신을 갖고 몰아붙였다.

하지만 변수는 정도진이었다. 도진의 입장에서, 지금 자기 밑에 있는 비서와의 열애 사실 공개는 전혀 이롭지 못했다. 게다가 과거 도진은 집안 반대로 사랑하던 여자와 헤어진 전적도 있는 남자였다. 한 번 그런 남자가 두 번 못 할까 싶었다.

이런 식으로 안 좋은 방향으로 가인에 대해 알려지면, 도진이 손을 놓아버리지 않을까 하는 계산도 있었다. 그러나 도진은 의외로 가인의 손을 더 단단히 잡았다.

어떻게 할 생각이지? 이번엔 포기도 못 할 정도로 진심이란 말인가?

　차권은 분위기를 보더니 피해를 볼 것 같았는지 적당히 장단을 맞춰 좋은 사람을 연기하고 사장 취임식을 떠나버렸다.

　차권이란 남자는 잘 모르지만, 세간에 알려진 것보단 속물인 것 같기도 했다. 그렇다면, 차권을 좀 더 제 뜻대로 움직이기 위한 장치 같은 게 필요하단 생각도 들었다.

　신영은 어떻게 해서든 제가 하고 싶은 것을 이루고, 갖고 싶은 걸 갖고 싶었다. 하지만 적당히 물러빠진 방식으로는 싫었다.

　다른 사람을 상처 입히고 내가 원하는 걸 가지는 게 나쁜 짓이란 건 개소리야.

　신영은 진심으로 그렇게 생각했다. 그것이 세련된 외모와 괜찮은 스펙 밑에 감춰진 그녀의 본성이었다.

strawberry kiss

　그 다음 날, 가인은 여느 때와 마찬가지로 출근을 했다. 평소와 똑같은 출근시간과 변함없는 모습이었지만, 주변이 달라져 있었다. 올라가는 엘리베이터에서 느껴지는 싸한 기운은 이미 회사에 어제 일이 파다하게 퍼졌음을 느끼게 해주었다.

　하지만 가인은 움츠러들지 않았다. 그저 담담히 인사했을 뿐이었다. 뻔뻔하다는 소리를 들어도 받아들일 요량이었다. 자신은 잘못한 게 없었다.

　자신이 사랑한 사람이 우연히 이 회사의 사장이었을 뿐이다. 그 어떤 특혜도 받은 적이 없고, 의도적으로 도진에게 접근한 적도 없었다. 단지 사랑했다. 굳이 잘못을 짚자면 그것뿐이었다.

　비서실로 들어가자, 소라도 세희도 뭔가를 묻고 싶어 하는 눈치였지만 가인은 김미희 실장을 가장 먼저 만났다. 김미희 실장이 먼저 운을 뗐다.

"어제 정도진 사장님과 업무로 나간 대명건설 사장 취임식에서 놀랄 만한 발표가 있었다고 들었습니다."

눈빛이 제법 날카로웠다. 그러나 가인은 덤덤히 답했다.

"네, 그렇습니다. 소문을 들어서 아시겠지만, 이런 상황에서 사장님 비서로 계속 일하는 건 문제의 여지가 있다고 판단해서 보직 변경을 부탁드리러 왔습니다."

김미희 실장이 가볍게 한숨을 내쉬었다.

"서가인 씨가 그동안 얼마나 일을 성실히, 능숙하게 잘해줬는지는 나도 알아요. 하지만 연애 쪽은 신중하지 못했던 것 같군요. 적어도 어제처럼 그런 식으로 밝혀지는 건 서가인 씨에게도, 정도진 사장님에게도 좋지 않아요. 내가 손을 써줄 테니, 당분간은 휴직계를 내는 게 어떨까요? 상황이 좀 잠잠해지고 출근하는 게 좋지 않을까 하는데."

미희의 어투는 친절했지만, 권고라기보다는 명령에 가까운 느낌이었다. 가인이 잠시 생각하는 듯 답이 없다, 입을 열었다.

"일하겠습니다. 사내연애가 이런 식으로 소문이 난 건 분명 제 불찰이지만, 여태 일적으로는 큰 실책은 없었다고 생각합니다. 만약 제가 내일부터 휴직계를 내고 나오지 않는다면 당분간은 편할지 모르지만, 사람들의 인식은 더 나빠지리라 생각합니다."

미희가 심각한 얼굴로 대꾸했다.

"가인 씨, 어떤 의미로는 참 대단하네요. 가인 씨에 대해 좋게 평가하는 사람들도 있지만, 악의적인 소문을 내는 사람들도 있어요. 괜찮겠어요?"

가인이 부드럽게 웃으며 답했다.

"배려는 감사합니다만, 사회생활하면서 어떻게 모든 사람들에게 좋은 말만 듣겠어요."

가인의 미소에 결국 굳어 있던 미희의 얼굴도 펴졌다. 좋은 해결책은 아니라고 생각하지만, 강단은 마음에 드는 듯했다. 결국, 먼저 손을 든 쪽은 미희였다.

"그 고집, 마음에 든다니까."

미희가 기분 좋은 듯 웃더니, 다른 제안을 제시했다.

"그러면 전두식 전무님 비서로 당분간 일해주겠어요? 전두식 전무님, 정말 거짓말 안 하고 장영화 씨 머리채라도 잡고 혼낼 분위기로 비서 교체를 요구하셨어요.

전두식 전무님 일은 잘하시지만 우격다짐인 데다가 가인 씨 소문만 듣고 불편하게 할 수도 있어요. 많이 힘들 거예요. 괜찮겠어요?"

가인이 고개를 끄덕였다.

"네. 그러겠습니다."

"그럼 오늘부로 바로 장영화 씨 대신 전두식 전무님 방으로 가주세요. 사장님 비서는 우선 대체인력을 누구로 할지 정할 때까지는 내가 하겠어요."

"알겠습니다."

가인이 정중히 답했다. 미희가 가인을 떠보듯 물어봤다.

"장영화 씨 거취, 궁금하지 않아요?"

"그것까지 묻는 건 제 권한 밖이라는 생각이 들어서 여쭙지 않았습니다."

미희가 약간 안타깝다는 듯 대꾸했다.

"그래. 그게 서가인 씨다운 건데. 서가인 씨는 정도에서 절대 벗어나지 않는 느낌이어서 내가 일부러 정도진 사장님 비서로 보냈거든요."

가인도 긍정했다.

"저도 제가 그럴 줄 알았습니다. 하지만 사랑 앞에 장담할 수 있는 건 아무것도 없더군요."

"사랑……인 거죠, 이렇게 힘든 길을 택한 건. 세상은 드라마 같지 않아요. 재벌가에 아무런 배경 없이 들어올 수 있는 사람이 몇이나 될까요. 서가인 씨는 그런 계산 잘하리라고 생각했는데, 역시 사랑의 힘은 위대하네요."

미희가 다시 한 번 한숨을 가볍게 쉬었다.

"정말이지, 사서 고생."

가인은 미희가 무슨 말을 더할까 싶어 잠시 서 있었다. 걱정인지 핀잔인지 애매한 표현들이어서 우선은 아무런 대꾸도 하지 않았다. 하지만 핀잔이라 할지라도 저 정도는 매우 양호한 편이다.

가인은 전두식 전무에 대해 해야 할 업무를 머릿속으로 재빠르게 정리하고 있었다. 장영화가 제대로 인수인계를 해주면 좋겠지만, 그럴 가능성이 매우 적었으므로 일주일 정도는 고생할 생각을 해야 했다.

전두식 전무는 무식하리만치 추진력이 좋았지만, 적어도 의리는 아는 사람이었으므로, 소리를 지르고 욕설을 내뱉을지언정 일에 있어서 부당한 트집을 잡을 유형은 아니었다. 그 점은 다행이었다. 미희가 가인을 불렀다.

"서가인 씨."

"네."

"세상 사람들이 뭐라고 해도 난 이 사랑, 마음에 드네요. 내가 그런 연애를 못 해봐서 그런가, 아니면 나이를 먹어서 주책이라 그런가. 혹시라도 도움이 필요하거나, 정말 힘들고 지치면 찾아와요. 같이 술이라도 먹어줄게요."

"감사합니다."

미희가 빙그레 웃었다. 아까의 깐깐한 느낌과는 다르게, 이런 면은 사적인 모습이었다.

"이럴 때는 내가 제법 회사생활 잘했다, 싶죠? 인정도 받고."

"아, 네. 그렇습니다."

"어머, 또 솔직한 거 봐. 하하. 앞으로 잘해봐요. 서가인 씨. 난 가인 씨 편이니까. 아침부터 자리를 옮기려면 바쁘겠죠? 이만 나가봐도 좋아요."

"네."

단정한 모습으로 나가는 가인의 뒷모습을 보며, 미희는 가만히 생각에 잠겼다. 사람들은 왜 쉽지 않은 사랑에 자신을 던질까.

사랑, 아마 사랑이 맞겠지.

그동안 보아온 가인은 돈이나 권력 때문에 자신의 삶을 걸 사람이 아니었다. 오히려 정말 사랑한다면 힘들어도 그 길을 꿋꿋하게 걸어 갈 사람이었다.

정말 닮았다. 언제나 눈으로만 좇았던 남자. 재벌가의 자식이기는 했지만 혼외자식으로서의 제 처지를 아주 잘 알고 있어 괜한 자격지심에 말도 걸지 못한 채 짝사랑만 했었다. 그러나 그 남자는 재벌가 사람들이 보기엔 아주 평범한 배경을 가진 여자를 진심으로 사랑해서 택했다.

자신은 어리석었다. 그 사람을 그렇게 애틋하게 짝사랑했으면서도, 그도 다른 사람들과 똑같이 배경을 보리라고 생각했었다. 사람 하나만을 보고 움직일 수 있는 사람이었다는 걸, 그제야 알았다.

편견에 갇혀버려 아무것도 꿈꾸지 못하게 한 건 다름 아닌 자신이 었다는 걸 깨달았다. 자신이 자신을 사랑하지 않으면 아무것도 할 수 없다는 걸 알게 되었다.

그래서 자신도 힘낼 수 있었다. 혼외자식이어서, 호적에 올라와 있지 않아서, 그런 모든 제약을 벗어버리고 김미희 자신의 능력만으로 노력해서 신뢰받는 지금 이 자리에 앉아 있다. 비록 고백은 못 했지만 자신을 여기까지 끌어준 그 남자에게는 여전히 감사하고 있다.

그래서 미희는 가인을 응원해주고 싶었다. 그는 결국 사랑하는 여자를 택한 죄로 절연 당했지만, 가인은 무사히 사랑하는 이와 축복받는 결혼을 할 수 있기를.

그 일이 무엇보다도 힘들다는 걸 생생히 눈으로 본 자신은 알고 있었지만, 그래도 희망을 꿈꾸고 싶었다.

비슷한 분위기의 사람은 비슷한 사랑을 하는 걸까. 자신이 해줄 수 있는 몫은 적겠지만, 그래도 최대한 도와주자고, 미희는 생각했다. 이루지 못했던 이십 대의 달콤한 사랑을, 가인은 이루기를 바라며.

가인은 정신없이 바빴다. 도진과의 연애 소문으로 들끓는 회사 여론에 신경조차 쓰지 못할 만큼. 평소보다 두 시간은 일찍 출근했으며 평소보다 두 시간은 늦게 퇴근했다. 예상대로 영화는 제대로 인수인계할 만큼 업무를 파악하지 못했고, 영화 이전 비서가 남겨둔 간단한 매뉴얼이 외려 큰 도움이 되었다.

전두식 전무는 급하고 소리를 잘 지르기는 했지만 가인이 업무를 신속하게 처리하자 고성이 줄었다. 그래도 막무가내인 일처리는 여전해서, 뒷감당에 뒷목을 잡게 되는 경우가 종종 있었다.

딱 하나 좋은 점은, 전두식 전무는 가인에게 연애 문제를 전혀 물어보지 않는다는 사실이었다. 비난도 제 성미에 맞지 않는 일처리에 대해서만이지, 사생활을 물고 들어가는 경우는 없었다. 그것 하나는 깔끔한 사람이라 견딜 만했다.

　점심도 물 말아 먹듯 후루룩 삼키고 돌아서는 길에 소라를 마주쳤다. 소라는 복잡 미묘한 표정이었다. 이번은 가인도 조금 긴장했다.

　입사했을 때부터 소라는 좋은 선배이자 직장동료였기 때문에, 이번 일을 빌미로 비난한다면 아무리 침착한 가인이라 해도 평정심을 유지하기 쉽지 않을 것 같았다.

　소라가 잠시 말없이 기가 막힌 얼굴을 하다가, 가인의 어깨를 움켜잡고 한숨 같은 말들을 내뱉기 시작했다.

　"으이구. 이걸 대어를 낚았다고 기뻐해야 하나, 바보같이 사랑에 빠졌다고 핀잔을 줘야 하나. 전에 말한 사업가가 정도진 사장님이었어?"

　다행히 소라의 태도는 비난보다는 염려에 가까웠다. 가인이 답했다.

　"네."

　가인이 참하게 고개를 끄덕이자 소라가 더 답답하다는 듯 외쳤다.

　"난 어디 중소기업이나 개인사업체 크게 하는 사람인 줄 알았지, 설마 우리 다니는 회사 사장이라고는 생각도 못 했다. 너도 이쪽에서 일해봐서 알 거 아냐, 결혼까지 가기 힘들다는 거. 그냥 연애상대로 놀다 헤어지든가, 아니면 세컨드로 남든가, 그런 쪽이잖아.

　두두다(DUx2,DA)그룹 이아린 비서 이야기 같이 들었잖아. 부사장이 헤어지자고 해서 자살소동 벌이고 결국 우울증으로 퇴직한 애. 근데 더 웃긴 건 그 부사장이 몇 년 후에 새로 들어온 비서 강남에 아파트 얻어주고 세컨드로 들였다고 비서 킬러라고 우리끼리 속닥댔잖아.

　가인 씨야 그런 사람 아닌 거 알지만, 사랑에 빠지면 남자도 대책 없지만 여자도 물불 안 가리게 되는 경우 많아."

　소라가 손으로 이마를 짚으며 가인을 가만히 바라보았다. 가인은 묵묵히 듣고 있었다. 소라의 이야기가 이어졌다.

"하긴, 그걸 모르고 연애하는 건 아니겠지. 생각은 다 해본 거야?"

가인이 침착하게 답했다.

"네. 아버지한테도 우선 이야기는 드려놨어요."

"이거 참. 진심이네. 뭐라셔?"

"아버지도 신중하세요. 내 선택을 존중한다며, 우선은 지켜보자고 하셨어요."

"하아. 우선 응원은 하지만, 만약에 이아린 비서 같은 꼴 나면 나 가인 씨한테 욕먹어도 뺨이라도 때려가면서 말릴 거니까 원망 마. 사랑도 좋지만 인생도 중요한 거야."

가인이 빙그레 웃었다.

"원망은요, 고맙게 생각해야죠."

"어쭈. 아직 다행히 제정신이네."

소라가 싱긋 웃는 가인에게 손가락으로 꾹꾹 누르며 핀잔을 줬다. 그러더니 심각한 얼굴로 덧붙였다.

"대부분 놀랍다는 반응이거나 내 일 아니니까 상관없다는 반응이지만, 반감 가진 사람들도 꽤 있어. 나야 가인 씨 그런 사람 아닌 거 알지만, 뭐, 얌전한 고양이 부뚜막에 먼저 올라간다든지, 얼굴값 한다든지, 안 그렇게 보여서 욕심 꽤 많다느니, 알지, 이런 소문?

심지어는 수시로 정도진 사장이랑 호텔 왔다 갔다 하는 걸 봤다는 사람들부터, 증권가 찌라시 같은 소리 지껄이는 인간들까지 있어. 진짜인지 아닌지 확인할 길 없는 말들 말이야."

"네. 예상했어요."

고개를 끄덕이는 가인은 꽤 의연해 보였다. 소라가 못 말리겠다는 듯 도리질했다. 원래 저런 성격이 한번 마음먹으면 끝까지 밀어붙인다. 추진력도 확신도 있는 건 좋지만 그래도 안 되는 일이 많다는 게

요즘 세상의 이치다.

"멘탈이 강한 건지, 강한 척하는 건지. 아무튼 힘들면 연락해. 아무리 그래도 난 가인 씨 편이니까. 어디다 가인 씨를 장영화 같은 속물처럼 생각해. 미친것들."

"고마워요, 소라 씨. 그러기 쉽지 않은데."

가인이 진심을 담아 감사했다. 한결같이 묵묵한 태도에 소라가 참 답 없다는 표정으로 대꾸했다.

"나중에 네 동기들한테도 한번 이야기 나올 거야. 헛소문 더 돌기 전에 미리 말해놓든가."

"네."

소라가 손을 들어 기가 막힌다는 듯 얼굴에 부채질했다.

"참, 사랑이 뭔 죄인지. 내가 살면서 내 눈앞에서 드라마를 한 편 볼 줄이야."

"관람료는 안 받을 테니 걱정 마세요."

"농담할 기력 있는 거보니까 살 만하구만. 아, 참 그리고 이거."

소라가 아까부터 들고 있던 서류뭉치를 탁탁 두어 번 호쾌하게 치더니 가인에게 건네줬다.

"장영화 씨가 제대로 업무 인계도 안 해줬지? 전에 전두식 전무 비서였던 애한테서 얻어온 자료야. 매뉴얼 만든 애니까 확실할 거야."

가인은 받자마자 자료를 바로 넘겨보았다. 꼼꼼한 정리와 상황별 세부 대처방법은 확실히 도움이 될 만했다.

"고마워요, 소라 씨. 역시 사람이 가장 큰 자산인가 봐요."

"야, 사랑이 무섭긴 무섭구나. 우리 가인이가 이렇게 입에 발린 소리도 하고. 나중에 밥이나 한번 사."

"네. 그럴게요."

가인은 소라가 가는 뒷모습을 바라보았다. 말은 거친 듯해도, 그 속에 깔린 깊은 걱정은 확연히 느낄 수 있었다. 직장은 어찌되었든 이득을 추구하는 단체이기 때문에, 처음에는 그렇지 않아도 나중에는 제 몫을 챙기려 눈 벌게서 자기들 편한 대로 휘두르려고 하는 경우가 많다.

하지만 적어도 한 사람만이라도 자신을 그렇게 대해주지 않는다면, 큰 힘이 되리라는 걸 알 수 있었다. 가인은 감사하는 마음으로 서류를 들고 재빨리 전두식 전무 방으로 갔다.

"뭘 이렇게 늦게 와? 2시에 K그룹 이화신 상무랑 만나기로 한 거 잊었어?"

아니나 다를까, 자기는 10시부터 점심 약속이 있다며 나가놓고는 1시가 되기도 전에 제 볼일 다 보고 나타난 전두식 전무가 성미 급하게 씩씩대고 있었다.

정식 점심시간은 1시 반까지여서 아직 한참이나 남아 있었지만, 원래 일처리 하다 보면 이런 일은 비일비재했다. 가인이 눈 하나 깜짝하지 않은 채 일목요연하게 답변을 내놓았다.

"잊지 않았습니다. 차편은 이미 지하주차장에 대기 중이고, 필요로 하시는 서류는 이미 정리해서 가방에 넣어놓았습니다. 만약 저도 동행해야 한다면 바로 떠날 수 있습니다. 돌아오시면 인도 관련 프로젝트 B안에 대해 정리된 걸 바로 보실 수 있게 해놓았습니다.

내일 저녁 런던으로 가실 비행기 편도 5시 50분에 예약되어 있습니다. 관련 비행기 티켓 및 여권은 두 번째 서랍에 넣어놓았습니다. 그리고 오전 11시에 일본 나리타 요시모토 상에게서 전언이 들어와 있어 책상 앞에 메모로 정리해두었습니다."

가인이 재빠르게 답변하자, 전두식 전무가 떨떠름한 표정으로 대꾸했다.

"흠. 일은 그럭저럭 하는군."

가인이 표정변화 하나 없이 몸을 약간 숙이며 깍듯이 답변했다.

"감사합니다. 혹시 더 필요하신 업무나 스케줄 변동이 있으면 말씀해주시고, 중요한 전화는 모두 보고하겠습니다."

그리고 바로 대꾸가 나와야 하는데, 아무 말이 없었다. 가인이 슬쩍 앞을 바라보자, 전두식 전무가 자신을 물끄러미 바라보고 있었다. 의아함에 가만히 대기하는데, 전두식 전무가 돌아서며 무뚝뚝하게 한마디를 내뱉었다.

"사람들 말은 신경 쓰지 마. 네 일만 똑바로 하면 다들 너한테 아무말도 못 해."

예상치 못한 칭찬에 가인이 약간 멍해져 있는 사이, 전두식 전무는 벌써 자기 사무실로 들어가고 있었다. 그러더니 이내 큰 소리로 외쳤다.

"식후 차 안 줄 건가, 서 비서!"

"네, 알겠습니다. 우롱차와 녹차와 쌍화차 중 어느 걸로 준비할까요?"

"쌍화차로 넣어줘."

"알겠습니다."

가인이 전두식 전무가 원하는 차를 넣어주고 문을 닫았다. 2시 약속으로 전두식 전무가 나가기 전에, 처리해야 할 서류가 하나 남아 있었다.

다녀오겠다는 전언을 남기고 막 사무실을 나서는데 저 멀리 다른 비서와 함께 있는 도진이 보였다. 중요한 안건을 이야기하는지 참모진 몇이 옆에 서서 계속 뭐라 하고 있었다.

전화 통화는 계속 하고 있었지만, 최근 도진이 바빴기 때문에 가인도 간만에 보는 거였다. 게다가 회사 내에서는 일부러 더 마주치지 않으려 노력했기 때문에 더더욱 오래간만 같았다.

가는 방향이 달라 코너를 돌아가면서, 흘깃 서로 눈이 마주쳤다. 멀리 시선이 잡힌 것뿐인데, 마음에 애틋함이 솟아올랐다. 손짓 하나도 사랑스러워, 견딜 수 없었다.

바라볼 수 있다는 것. 그거로도 충분했다. 저쪽은 저쪽대로, 이쪽은 이쪽대로, 각자의 자리에서 최선을 다하며 서로 살 떨리게 사랑하고 있다면 된 거라고.

strawberry kiss

저녁에서 밤으로 넘어가는 시간. 어스름한 청남 빛은 이내 새카만 밤하늘로 바뀌었다. 네온사인이 여기저기서 번쩍거리기 시작하고, 약속이 잡힌 사람들이 분주히 움직이기 시작했다.

도진은 작은 바에서 사람을 기다리고 있었다. 모습은 여느 직장인다 블 바 없었다. 태도나 분위기는 말 그대로 회사 끝나고 술 한잔 마시러 온 사람, 그 이상도 이하도 아니었다.

도진을 알아본 사람은 회원제 클럽이나 호텔 같은 곳이 아닌 이런 곳도 드나드나 싶을 수도 있었지만, 그냥 그뿐으로 끝날 이야기였다.

도진은 서늘한 미남이어서 눈에 도드라지게 띈다는 것 빼곤, 주변과 전혀 위화감이 없었다. 술집에 있는 여자 몇몇이 벌써부터 흘끔거리고 있었지만, 섣불리 다가가지 못했다.

그때 한 남자가 다가왔다.

"기다리게 해서 죄송합니다."

도진이 일어서서 인사했다.

"괜찮습니다."

도진이 일행으로 짐작되는 남자를 만나자, 대시할 기회를 넘보며 흘끔거리던 여자들은 아쉬운 한숨을 쉬었다. 남자들끼리 술 먹으러

온 것 같기도 했으나, 한편으로는 일의 연장 같은 딱딱함도 만남에서
엿보였기 때문이었다.

"서신영 사장 취임식에서 그런 식으로 폭탄을 터트릴 거라고는 생
각도 못 했습니다. 저한테 언질 정도는 주었으면 좋았을 텐데요."

남자가 섭섭하다는 듯 말을 꺼내자, 도진이 칼같이 대답했다.

"두 눈 멀쩡히 뜨고 내 여자 뺏기는 취미는 없어서요."

"대충 예상은 하셨던 이야기였잖습니까."

"아는 거랑 겪는 거는 느낌이 아주 다르더군요."

"덕분에 저만 당황했습니다."

도진이 미리 시킨 술을 한 모금 마시며 냉정하게 정리했다.

"어차피 주최자는 서신영 사장이니 어련히 알아서 했겠지요."

"아주 능숙하게 하민이에게 떠넘기던데요."

"하하. 역시 기대를 배신하지 않는군요. 그래서 이후에 차권 씨는
특별한 일은 없었습니까?"

"뭐, 알아서 잘했습니다. 워낙에 친절해서 여자에게 그 정도 배려는
능히 하고도 남을 성격이니까요. 그렇다고 호락호락하다는 뜻은 아닙
니다. 그 상황에서도 눈 하나 깜빡 안 하고 제 역할을 아주 잘했으니
까요. 요령껏 말을 잘하는 녀석이어서 크게 걱정은 없었습니다. 덕분
에 확인하고 싶었던 것들도 확인했으니까요."

남자도 술을 한 모금 마셨다. 잠시 둘이 말없이 술이 마시다, 도진
이 다시 운을 뗐다.

"말씀드린 건 어떻게 되어가고 있습니까?"

"추이를 지켜보고 있습니다."

"여태 지켜보셨으니 대충은 아시겠지요. 여행은 해외로 가게 될 것
같습니까, 아니면 국내로 가게 될 것 같습니까? 저도 어느 정도 감을
잡아야 짐을 어떻게 쌀지 계획할 것 같습니다만."

암호문 같은 도진의 말에, 남자가 진중한 표정이 되더니 잠시 말없이 술을 마셨다. 잠시의 시간이 흐른 후, 남자가 입을 열었다.

　"······해외로 가게 될 것 같습니다."

　표정이 굳은 남자와 달리, 도진은 전혀 표정 없이 담담했다.

　"예상한 대로군요. 국내로 하길 바랐는데. 사람의 욕심은 왜 그리 끝이 없는지. 여행 갈 곳 조사는 어떻게 되고 있답니까?"

　"유능한 가이드가 붙었으니, 곧 자료를 넘길 겁니다."

　"그 유능한 가이드는 기분이 별로겠군요. 할 일이 많아져서. 하지만 이렇게 신세 진 걸 절대 잊지 않겠다고 전해주십시오."

　"병 주고 약 주시는군요. 유능한 가이드가 원하는 사람은 단 한 사람인데 말입니다."

　도진이 눈을 날카롭게 빛내며 유려하게 웃었다.

　"저번에도 말씀드렸지만, 난 내 사람을 뺏기는 취미는 절대 없습니다."

　"그 유능한 가이드도 꽤 합리적인 성격이니 이해할 겁니다. 하지만 감정과 이성은 별개기는 하지요. 워낙에 사려 깊은 성격이라 속앓이를 제법 하겠군요."

　"여자 보는 눈이 너무 높아도 곤란하다고 전해주십시오."

　"하하하. 한마디도 지지 않네요."

　"제가 상대하고 있는 분이 어떤 분인지 아니까요."

　도진이 술잔을 들어올리며 말을 덧붙였다.

　"그나저나 서신영 사장은 사람 보는 눈을 좀 더 키워야겠습니다. 수박 하나 제대로 고르지 못하면 어쩌겠습니까. 수박은 겉으로 보기엔 온화한 초록 같아도, 쪼개보면 그 속은 새빨간데 말입니다."

　"유능한 가이드가 자기가 수박으로 비해지고 있다는 걸 알면 기분이 묘하겠군요."

"그 유능한 가이드를 먼저 팔아넘기신 분이 하실 이야기는 아닌 듯합니다만."

"남들이 들으면 오해하겠습니다. 가이드가 먼저 저에게 제안한 이야기입니다. 복잡한 듯하나 단순한 일이지요. 서로에게 나쁠 것도 없고."

"역시 계산은 정확하십니다."

그리고 두 사람은 다시 술을 마시며 말을 이어갔다. 모르는 사람이 들으면 여행 계획을 짜고 있다고 믿을 법한 이야기들이었다. 하지만 둘 다 하는 대화의 중요성을 누구보다도 잘 알고 있었다.

strawberry kiss

영화는 오랜만의 정시퇴근이 마냥 기쁘지는 않았다. 아직 그녀의 거취는 정해지지 않고 있었다. 김미희 실장은 영화가 보필했던 전(前) 상사의 불만이 너무 심하다며 시말서라도 쓰게 할 분위기였다.

다행히 시말서나 징계로 넘어가진 않았지만, 김미희 실장이 자신을 마치 신입사원 대하듯 기본매뉴얼부터 다시 교육하고 있어서 짜증이 날 정도였다.

전두식 전무 그 인간, 자기 잘못하는 건 쥐꼬리만큼도 생각 안 하고. 내가 매일 야근까지 하면서 얼마나 일을 많이 했는데. 대기업이어서 야근수당이 잘 나오긴 했지만, 예전에 일찍 퇴근해서 오빠들을 만나며 편하게 지내던 때가 훨씬 좋았다.

비서 일의 특성상 상사 시간표대로 움직여서 정시퇴근이 많은 데다 비서 없이 출장이라도 가면 계속 놀 수 있다고 좋아했던 게 엊그제 같은데, 언제부터 이렇게 꼬여버렸는지 알 수 없었다. 썸 타던 남자들도 엉켜버리고 김미희 실장은 도끼눈을 하고 자기를 잡아먹을 듯 군다.

서가인도 내버려두면서.

정도진 사장을 물 줄이야. 정도진 사장한테 다리를 놓아달라는 자신한테 쌀쌀맞을 때 알아봤어야 하는데. 겉으로는 조신한 척하면서 할 짓 다 하고 있었던 거다. 누구보다도 새침하고 얌전한 척하면서 몸으로 유혹해서 정도진 사장을 낚았다는 소문도 파다했다.

그거 아니면 볼 것 없는 집안에서 어떻게 정도진 사장하고 연애했겠어? 사실 장영화도 그 소문에 큰 일조를 했다. 사실 그녀는 아침나절에 호텔 로비에서 정도진 사장과 서가인을 본 적이 있었다.

둘 다 깔끔한 정장 차림으로 다른 회사 사람을 만나고 있기는 했지만, 그렇고 그런 사이였다면 밤새 호텔에서 같이 불타는 밤을 보내다 아침나절에 아무렇지 않은 척 회사 출근하러 나올 수도 있는 거 아닌가.

영화는 호텔에서 본 그들 사이에 업무상 만나는 사람이 있었다는 이야기는 쏙 뺀 채 그들을 본 횟수까지 부풀려 열변을 토하곤 했다. 자신이 갖지 못한 걸 다른 사람이 갖는다는 게 배가 아팠다. 자기 말에 사장실이 아니라 아방궁이었네 뭐네 하는 사람들을 은근히 부추기면서 아픈 속을 달랬다.

세진그룹에서는 인정을 받은 걸까? 하긴 그랬다면 인터넷상에 벌써 발표를 하지, 이런 식으로 소문이 나진 않았을 거다. 결혼은 못 해도 연애는 하거나 결혼 후에도 세컨드라도 되기로 약조라도 한 걸까. 빌딩이라도 한 채 받으면 세컨드거나 나중에 헤어진대도 남는 장사일 것 같기는 한데.

전두식 전무한테 갔다고는 하지만 가인이 사장 애인으로 이미 소문이 파다하니 전두식 전무가 자기한테 그랬던 것처럼 일을 산더미같이 막무가내로 맡길 것 같지도 않다. 이래서 빽이 중요하다니깐.

영화가 팩트를 들어 화장을 다시 고치며 생각했다. 그래. 오늘 선

자리 남자 괜찮다고 했어. 이 지긋지긋한 회사 때려치워야지.

영화가 이제는 결혼으로 생각을 돌리며 자리를 털고 일어섰다. 괜찮은 남자 하나 물어서 이 회사 굿바이할 거야. 꼭 그럴 거야.

그렇게 다짐을 하며 복도를 걸어가는데, 누가 뒤에서 불렀다.

"장영화 씨. 휴대전화 놓고 갔어요."

"아, 네. 죄송합니다. 실장님."

소리도 없이 다가와 부르는 소리에 영화가 화들짝 놀라며 어색한 미소를 지었다. 언제 왔대, 저 일벌레 마녀. 속으로 투덜대고 있는데, 영화의 휴대전화를 든 김미희가 물었다.

"화면이 열려 있어서 봤는데, 사진 속 사람들 누구예요? 혹시 친척?"

서가인의 행운을 시기하고 부러워하며 열어본 사진이었다. 영화는 화면이 자꾸 꺼지는 게 귀찮아서 항상 휴대전화 화면이 켜져 있게끔 해놓았기 때문에 일어난 일이었다. 크게 문제 될 건 없는 사진이었다.

"아니에요. 실장님. 왜 전에 휴가차 강원도에 있는 펜션 놀러 갔는데 거기 사장님하고 사모님이 미남미녀라 몰래 찍은 거예요. 그분들 사진 찍는 거 안 좋아한다고 펜션 경관은 실컷 찍되 본인들은 절대 찍지 말라고 엄금하셔서 숨어서 찍느라 화질이 별로예요."

미희가 이해했다는 듯 고개를 끄덕였다. 하지만 시선은 여전히 영화의 휴대전화에 열려진 사진에 걸려 있었다.

"아, 그래요. 여기 펜션…… 위치가 어디예요?"

결국 휴대전화를 돌려받으려 영화가 미희 옆에 바짝 붙었다.

"실장님도 놀러 가시려고요? 그럼 서가인 씨한테 한번 말해보세요. 서가인 씨 부모님들이거든요."

"서가인 씨 부모님이요?"

이번만큼은 미희도 약간 놀란 듯 되물었다. 직원들의 가정사 모두를 알 수는 없는 거니까 놀랄 수도 있었다. 영화가 태연히 답했다.

"네. 그래서 할인 많이 받았어요. 참, 가인 씨한테는 사진 찍었다는 말 하지 마시고요. 예약까지 해줬는데 부모님 싫어하시는 행동 했다는 거 알면 안 좋아할 거 아니에요."

미희가 싱긋 웃으며 대답했다.

"그렇군요. 그럼 위치 좀 나한테 메시지로 보내줄래요? 연락처하고."

"네. 그럴게요. 실장님 취향이 저랑 비슷하신 줄은 몰랐네요. 다음에 휴가지 좋은 데 있으면 말씀드릴게요."

"고마워요."

미희가 그제야 휴대전화를 영화에게 건네줬다. 저렇게 집요하니까 시집을 못 가나 보다. 영화가 그렇게 생각하며 휴대전화를 핸드백 안으로 갈무리하는데, 미희가 갑자기 불렀다.

"참, 사진은 지우는 게 좋을 것 같네요. 그렇게까지 싫어하는 분들이면 나중에 초상권 문제가 생길지 몰라요."

걱정도 사서 한다. 영화가 고개를 도리질했다.

"에이, 무슨 연예인도 아니고 그러겠어요? 그냥 그 펜션 주인이 너무 베일에 싸여 있으니까 가끔 지인들한테 보여주는 정도예요. 걱정 마세요."

그러자 미희가 성큼 영화에게 다가와 말했다.

"장영화 씨, 지우세요."

얼굴은 웃고 있고 어투는 정중했지만 말에는 강한 힘이 있었다. 영화가 당황해서 어물어물 답했다.

"아, 네……."

바빠 죽겠는데 붙들고 늘어지는 미희 앞에서 영화는 대충 대꾸했다. 남이야 사진을 지우든 말든 무슨 상관인가 싶어 적당히 피하려는데, 미희가 강경하게 재차 말했다.

"지금, 내 앞에서 당장 지우세요. 비서실에 문제가 생기는 건 원치 않으니까요."

지우기 전에는 절대 보내주지 않을 분위기라, 결국 영화는 오만상으로 찌푸려지는 인상을 가까스로 펴며 미희의 눈앞에서 휴대전화 사진을 지웠다. 옆에서 사감선생님처럼 바라보는 미희를 향해, 남들은 좋다 좋다 하지만 역시 노처녀 히스테리는 피할 수 없는 거라고 영화는 속으로 욕을 한 바가지 퍼부었다.

두리안은 아무나 먹지 못한다

신영은 도도한 얼굴로 호텔 커피숍에 앉아 있었다. MA&M 기업 소속의 호텔 중 하나였다. 고풍스러운 앤티크 가구로 치장된 커피숍은 탁자와 탁자 사이의 거리가 제법 있어 둘만의 대화를 나누기에는 딱 좋았다.

지금은 아니지만, 언젠가는 여기 오너로 방문하게 되리라.

신영은 욕망이 가득한 눈빛을 빛내며 자신이 앉아 있는 묵직한 느낌이 드는 소파 손잡이를 쓰다듬었다. 저번 사장 취임식 때 일만 빼면, 모든 일이 잘 흘러가고 있었다.

사랑에 눈먼 차권은 자신과 손을 잡았고, 연예인으로서 치명적일 수도 있는 스캔들을 제 입으로 불어버릴 결심을 할 만큼 이성을 잃고 있었다.

계획대로만 되었다면, 서가인은 차권의 짝사랑 상대가 되어 정도진하고의 일은 언급도 못 했을 텐데. 그랬다면 일이 좀 더 수월하게 흘렀을 터였다. 거기서 정도진이 자신의 커리어에 흠집을 내는 행동을 직접 하리라고는 생각 못 했다.

세진그룹의 막강한 영향력에 눈치를 본 기자들이 알아서 적당한 때를 기다리며 기사를 내지 않아 세간에 더는 소문이 새어나가지는 않았지만, 이미 업계 사람들 내에서는 스멀스멀 이야기가 흘러다니고 있었다.

젊은 남자의 연애 이야기야 그럴 수 있다 치지만, 그걸 본인 입으로 직접 공언했다는 사실은 그만큼 그 관계를 그가 진지하게 생각하고 있다는 의지의 반영이었다. 신영은 못마땅함에, 무의식중에 미간을 찌푸렸다.

사람의 빈자리는 사람으로 채우는 거다. 잠깐의 연애감정은 자신처럼 철저하게 계획되고 필요와 욕망에 의해 잡으려는 행위보다 훨씬 약하다.

서신영이 대명건설을 맡은 이후로 주가가 제법 수직상승하고 있었다. 주식시장에서 제법 눈에 띌 정도라, 개미 투자자들에게 꽤나 인기를 끌고 있었다.

덧붙여 서신영 사장의 주가도 올라, 경제지면에 인터뷰 기사가 실리기도 했다. 젊고 예쁘고 감각 있는 사장이라는 이미지가 굳어지고 있었다.

그녀의 뒤에 서영로 회장이라는 존재가 있다는 사실도 모두 알고 있었지만, 회사 주식이 오르는 일은 그녀 혼자만의 성과였기 때문에 실력이 있는 게 아니냐는 평가가 이뤄지고 있었다.

잘될 거다. 지금 일도.

정도진과 관련된 일 외에는, 여태 모든 걸 뜻대로 해왔었다. 그래서 더더욱 정도진을 제 뜻대로 옆에 두고 싶었다. 실상 도진의 마음은 중요하지 않았다. 그의 옆에 누군가가 있다면 잡초 뽑듯 뽑아내고 자신이 화초처럼 서면 그만이었다.

사람이란 정이 없다가도 몸이 섞이고 계속 부대끼면 감정이 생기기 마련이라 생각했다. 필요하다면 몸이라도 던져서 잡을 생각이었다. 애라도 생긴다면 그만한 빌미가 없었다.

신영은 혀로 입술을 한번 핥았다. 정도진은 매력적인 남자였다. 훤칠한 신장에 개성 있게 잘생긴 얼굴. 그 서늘한 눈빛이 육체의 정사로 절정으로 젖어들면 어떤 느낌일지 정말 보고 싶었다. 여유 있게 응대해야 한다. 이쪽이 우위를 점하려면, 그래야 한다.

신영이 속으로 주문처럼 외우고 있을 때, 저 멀리서 도진의 모습이 보였다. 약속한 시간 정시였다.

삼십 분 전부터 나와 있던 신영은 자신도 모르게 용수철처럼 몸이 튀어오르다, 가까스로 이성을 찾고 소파 손잡이를 움켜잡았다. 그리고 아무렇지도 않은 척 처음 표정 그대로의 도도함을 유지하려 애썼다.

그러나 도진이 가까이 올수록 긴장이 되는 건 어쩔 수 없었다. 일의 중요성뿐만 아니라 도진 특유의 압도적인 아우라가 있었다. 결국, 신영은 조급함을 이기지 못하고 도진을 향해 먼저 몸을 일으켜 맞았다. 얼굴에 제 뜻대로 되어 흡족한 미소가 그려졌다.

"이렇게 순순히 만나줄 줄은 몰랐어요. 한 번은 튕길 줄 알았는데."

도진이 서늘한 얼굴로 무심히 답하며 자리에 앉았다.

"튕기다……라. 여전히 사람 위에 있는 화법은 여전한 모양입니다."

도진은 별다른 인사도 하지 않았다. 다만 공적인 관계를 강조하려는 듯 전과 달리 존칭을 사용했을 뿐이다. 도진이 간단하게 차 주문을 하고 말없이 있자, 신영이 분위기를 바꾸려는 듯 화사한 표정으로 말을 붙였다.

"그래도 이렇게 나와준 건 나와 대화할 생각이 있다는 거잖아요, 정도진 씨."

도진이 신영을 물끄러미 바라보더니, 칼 같이 대화를 잘랐다.

"서신영 사장. 난 사적인 호칭을 허락한 적이 없는데."

신영이 단박에 답했다.

"아, 죄송해요. 같은 사장이어도 급이 다른 걸 깜빡했네요. 하지만 정도진 사장님은 더 급이 낮은 비서인 서가인하고도 사귀잖아요? 그래서 이 정도는 괜찮은 줄 알았어요."

가시 있는 말에도 도진은 꿈적도 하지 않았다. 다만 그저 가벼운 코웃음만 쳤을 뿐이었다.

"오늘 목적은 가벼운 말장난인가 봅니다. 지금 한창 바쁜 때로 알고 있는데 사장이라는 직함이 우스운 모양입니다."

신영이 도발적으로 눈을 치켜뜨며 대꾸했다.

"날 세우지 말아요. 그것마저 섹시하잖아."

도진은 더는 대꾸할 가치가 없다는 듯 신영을 한심하게 바라보았다.

"할 말은 그게 답니까. 섹시하다는 말 한마디 해주면서 여전히 나한테 호감이 있다는 걸 드러내는 것? 사장이 되면서 사업 수완이 좀 늘었나 했는데 진부하기 그지없군요. 할 말이 없으면 가도 되겠습니까?"

아까운 시간을 낭비하기 싫은 듯 몸을 일으키는 도진의 팔을 신영이 얼른 잡아채며 말했다.

"그것뿐일 리 없잖아요."

잡힌 팔을 가만 바라보던 도진이 감정을 내비칠 가치도 없다는 듯 차분하게 팔을 잡아 뺐다. 도진이 경고하듯 물었다.

"분명 서신영 사장 당신은 한 회사가 흔들릴 정도로 큰 건이라고 말했습니다. 본론부터 말해주는 게 현명할 것 같습니다."

신영이 그런 도진에게 빙긋이 웃으며 단호하게 말했다.

"정도진 씨, 나와 결혼해요."

도진이 감정을 표현하는 것조차 아깝다는 듯 피곤한 어조로 대꾸했다.

"공개청혼은 저번 한 번으로 충분하다고 생각합니다만."

"서가인 씨를 세컨드로 삼고 싶다면 그 정도는 눈감아줄게요. 대신 자식은 만들지 않는 조건으로."

점점 점입가경으로 지껄이는 신영을 도진이 낮게 불렀다.

"서신영 사장."

낮은 목소리는, 그래서 더 싸늘한 위압감이 있었다. 날카로운 눈빛은 담이 약한 사람은 압도당하고도 남을 만했다.

"어디서 재벌가 드라마라도 본 모양이지? 급 낮은 소리까지 지껄이는 걸 보면?"

도진의 눈빛은 창이라면 벌써 찔릴 정도로 날카롭고 서늘하기 그지없었다. 콧대 높은 신영마저도 순간 긴장해서 마른침을 꿀꺽 삼켰을 정도였다. 그렇지만 신영은 말을 멈추지 않았다.

"당신은 나와 결혼하게 될 거예요."

"꿈은 잘 때 꾸는 게 좋아. 정말 더는 못 들어주겠군."

도진이 다시 몸을 일으키기 전에, 신영이 드디어 본론을 꺼내놓았다.

"해길복지재단 이수임 씨, 기억해요?"

낯익은 이름에 도진이 신영을 가만히 바라보았다. 신영이 기세등등하게 말을 이었다.

"상당한 액수의 부정을 저지르고도, 정도진 씨 어머니 친척이라 고발당하지 않았죠."

"협박하기에는 약한데? 검찰에 고발하지 않은 건 지병이 심하게 악화되어서 어차피 살날이 얼마 안 남았기 때문이었고, 부정 축적한 돈을 모두 환수했기 때문이었습니다. 실제로 사건이 터진 후 3개월이 채못 되어 사망했기 때문에, 문제 될 게 조금도 없습니다."

"하지만 언론에서 이 자료를 본다면 그렇게 생각하지 않을 거예요."

신영이 자신의 태블릿 PC를 건넸다. 도진이 태블릿 PC를 받아 화면에 떠 있는 자료들을 슥슥 넘겼다. 보면 볼수록, 무심했던 도진의 표정이 굳어갔다.

"이 모든 부정축재가, 청렴하기로 소문난 당신 어머니의 작품이라고 언론에 발표된다면, 그 파장이 얼마만 할까요? 게다가 그냥 재단도 아니고 복지재단이잖아요. 부정축재를 위해 복지재단을 이용하다, 얼마나 사회적 이슈가 될까. 부정을 저질렀다 지목된 직원은 때마침 시한부로 오명을 쓰고 항변조차 못 하고 죽어버린 거라고 사람들이 생각하면? 혹은 살해했다고 생각하는 사람들도 있겠죠."

도진이 차게 대꾸했다.

"이런 걸 조작이라고 합니다."

"하지만 잘못된 정보라 해도 한번 언론을 타면 이미지를 버리는 건 순식간이에요.

"이걸 세진그룹에서 가만두리라 생각합니까?"

"정도진 씨, 당신은 MA&M 그룹을 우습게 아시네요. 세진그룹이 막는다 해도, 우리 회장님 힘이면 없던 일도 있었던 일로 만들 수 있어요."

도진은 말없이 신영을 노려보았다. 불길 같이 타오르는 눈동자에 신영도 위축되었지만, 물러날 생각은 조금도 없었다. 지금 물러서면 모든 게 끝이다. 힘과 권력이란 얼마나 달콤한지. 자신이 도진의 약점을 잡아 이렇게 몰아가게 될 날이 오다니 기쁘기 그지없었다.

회계 담당이던 이수임이 조직적 부정을 저질렀고, 법의 처분을 받게 하려다 신부전으로 시한부를 선고받은 걸 참작해 부정을 저지른 돈만 토해놓는 걸로 해결을 봤다.

하지만 지금 신영이 가진 자료는 원래의 사실에 덧붙여 그 모든 게 도진의 어머니인 한경애의 지시로 이뤄진 것처럼 꾸며놓은 것이다. 세부적으로 파고들면 그 모든 게 조작이라는 걸 알 수 있었지만, 겉으로 보기에는 제대로 그럴듯했다.

이 모든 게 거짓이라는 건 신영도, 도진도 알고 있었다. 하지만 신영은 지금 쥐고 있는 서영로 회장의 힘으로 이 모든 걸 진실처럼 둔갑시켜 도진을 궁지로 몰아넣을 수 있었다. 도진이 낮게 침잠된 목소리로 물었다.

"나와의 결혼을 원하나."

"그래요. 난 당신을 원해요."

"정확히 말해. 내가 아니라 미래의 세진그룹의 사모님이 되고 싶은 거겠지."

도진이 지긋지긋하다는 듯 대꾸했다. 더 이상의 존칭은 없었다. 거기에는 진한 경멸이 담겨 있었다.

"부정하진 않겠어요. 하지만 나 또한 MA&M 그룹의 일정 부분을 지참금으로 가져갈 수 있으니 당신에게 손해는 아닐 거예요."

"서영로 회장 유언장이라도 고쳤나? 서신영 사장, 당신에게까지 그렇게 큰 몫이 돌아갈 것 같지는 않은데."

"저번에 취임식에 와서 봤잖아요, 서영로 회장님이 날 얼마나 아끼는지. 이젠 직계가족도 없어요. 사회에 일정부분 환원하신다 해도, 그 정도 아량이 있으신 분이면 이제 진짜 친손녀 같은 저를 잊지 않으시겠죠. 그리고 그렇게 만들 거고요."

도진이 대놓고 빈정거렸다.

"대단한 자신감이군."

신영이 몸을 앞으로 죽 내밀며 도발적으로 대꾸했다.

"이제 도진 씨 말마따나 말장난은 그만하죠. 선택해요. 나인지, 서가인인지."

협박하는 주제에 당당하기까지 해서 도진이 혐오를 담아 답했다.

"당신은 참 불쌍한 사람이로군. 이렇게 조잡한 협박이 아니면 마음에 드는 남자 하나 잡지도 못하나? 아, 말을 잘못했군. 맘에 드는 남자가 아니라 맘에 드는 재력이겠지. 안 그러나?"

그 말에 신영이 슬쩍 도진을 건드리며 대꾸했다.

"그렇게 생각하지 마요. 정도진, 난 당신 정말 마음에 드니까."

"왜, 재력 플러스 침대에서 서비스도 끝내줄 것 같은가? 지금 당장 호텔이라도 올라가 확인시켜줄까?"

도진이 차게 중얼거렸다. 신영은 그 빈정거림조차 거리낌 없는 듯 도진의 팔에 몸을 둘렀다.

"그것도 기대하던 바예요."

"생각 이상으로 뻔뻔하고 염치없군."

도진이 신영을 냉정하게 뿌리쳤다.

"여자를 때려보고 싶다는 생각은 처음 해봤어. 축하해, 서신영 씨. 처음으로 여자가 나보다 신체적으로 약한 존재라는 생각보다 당신이라는 인간 자체의 악랄함에 더 분노했으니."

신영이 매섭게 받아쳤다.

"내 조건 받아들이지 않으면, 당신 어머니가 다칠 거야! 어차피 당신 집에서도 반대할 인연이야. 서가인을 택하면 당신이 가지고 있는 모든 게 사라져. 그 여자가 그런 당신 옆에 남아 있을지 어떻게 알아? 남아 있는다 해도, 그 여자 지킬 수나 있겠어?"

도진이 경멸의 눈빛으로 신영을 내려다보았다.

"좋은 말을 하라고 생긴 입에서 꼭 그렇게 밉살스러운 말만 골라서 해야 하나?"

꽉, 도진이 신영을 세게 부여잡았다. 얼마나 악력이 들어갔는지 신영은 순간적으로 이맛살을 찌푸렸다. 잡은 그대로, 도진이 매섭게 내뱉었다.

"당분간은 충실한 네 장난감이 되어주지. 가인하고도 당분간은 헤어지겠어. 하지만 침대 위에서 서비스는 기대하지 마. 너 같은 혐오스

스트로베리 키스

400

러운 여잔 알몸으로 덤벼도 전혀 동하지 않으니까."

그리고 그대로 탕 소리가 날 정도로 서신영을 놓아버린 채 등을 돌려 걸어 나갔다. 신영이 그 등에 대고 제 할 말만 얄밉게 쏟아내었다.

"조만간 연락하겠어요. 서영로 회장님과 이 좋은 소식을 나눠야죠."

도진은 대꾸 하나 없이 그대로 떠났다. 하지만 신영은 도진이 자신에게 드디어 항복했음을 알았다. 그녀는 기쁨에 날뛰고 싶은 심정이었지만, 이목을 생각해서 아무 일도 없었던 듯 우아한 척 커피 잔을 집어 들었다. 커피는 향은 좋았지만 이미 식어 차갑고 썼다. 신영은 인상을 찌푸리며 잔을 내려놓았다.

strawberry kiss

가인은 녹초가 된 몸을 이끌고 집으로 돌아오고 있었다. 그래도 상황은 조금씩 나아지고 있었다.

도진과의 열애에 가지각색의 상상이 점철되어 무성하던 소문은 점차 잦아들고 있었고, 처음에는 어색해하며 고개를 돌리던 동료들도 조금씩 그녀와 인사를 나누고 다시 대화를 나누었다. 전두식 전무는 여전히 성미 급하게 굴고는 했지만 지금은 비서로서의 그녀를 신임하기 시작했다.

불행인지 다행인지 도진의 집에서는 아무런 움직임이 없었다. 다만, 도진을 만나지 못한 지 보름이 넘어가고 있었다. 밤마다 속살거리던 전화통화도 중요한 일이 있다며 끊어진 지 닷새였다.

가인은 원래 독촉을 잘 하지 않고 잘 기다리는 편이었으나, 연애란 사람을 들끓게 하는 그런 것이어서 그런 가인조차도 조금씩 안달이 나곤 했다. 연락이 올 때까지 기다려보려고 했지만 오늘 밤은 집에 들어가 전화라도 걸어봐야 하는 건 아닐까 생각하던 찰나였다.

아파트 입구 어스름한 가로등 밑에, 남자의 인영이 하나 있었다. 가인은 무작정 뛰었다. 행여 자신이 생각하는 남자가 아니라 전혀 모르는 사람이어서 부끄러움을 당하게 될지언정, 이 갈증같이 벅찬 그리움을 해소하고 싶었다. 뜀박질하는 발걸음만큼 거리가 좁혀진다.

보고 싶었다. 이 마음을 그대로 열어 보여줄 수는 없지만, 그래도 보고 싶었다.

"가인."

그런 그녀를 보고 남자가 빙그레 미소 지으며 두 팔을 활짝 펼쳤다. 가인은 그대로 남자의 품에 뛰어가 안겼다.

"와우, 열정적인데. 회사 사람들 아무도 안 믿을 거야, 우리 서가인이가 이랬다고 하면."

"틀렸어요."

"응?"

"쁜이라고 불러야죠, 도자기 씨."

정색을 한 가인의 얼굴에 결국 도진의 웃음이 터졌다. 도진은 가인이 이루 말할 수 없이 사랑스럽다는 듯 가인을 그러안은 채 한 바퀴를 돌렸다.

"이대로 어부바해서 집에 데려다놓고 싶어. 하루 종일 당신만 보고, 당신만 느끼고, 당신한테 사랑한다고 말하고 싶어."

"그렇게 하시든가요."

"정말, 그러면 좋겠다. 한 이불 안에서 당신을 꼭 끌어안고 있을 수 있으면 정말 행복할 거야."

"변태."

"무슨 생각을 하는 거야, 우리 쁜이. 난 그냥 손만 잡을 건데."

도진이 가볍게 웃으며 가인을 사랑스럽게 바라보더니, 이마에, 눈꺼풀 위에, 귓등에 살며시 입 맞췄다. 그러더니 조그맣게 속삭였다.

"아직은 그럴 수 없어."

"알아요, 아직 허락도 제대로 받지 않았고…….."

"그 부분을 이야기하는 게 아니야."

도진이 안은 채로 가인을 지그시 바라보았다. 표정은 심각했다.

"가인, 하고 싶은 말이 있어."

가인이 천진하지만 단호한 표정으로 대답했다.

"헤어지자. 안 사랑한다. 그런 말만 아니면 돼요."

도진이 난감한 듯 미소 지었다.

"이런, 내 속을 다 아는 것 같은 말인데. 어쩌지?"

심장이 철렁하는 기분이었다. 도진을 잡은 가인의 손에 힘이 들어갔다. 사랑은 처음이다. 마음을 여는 건 오래 걸렸다. 이래서 사랑하고 싶지 않았는지도 모른다.

이미 알게 된 이상, 이미 느끼게 된 이상, 이 사랑을 놓칠 수 없었다. 가인이 떨림을 감추려 목소리에 힘을 주자, 음색이 기묘하게 갈라져 새어나왔다.

"왜, 그러는데요. 이젠 힘든 기분이 들어서 포기하고 싶어졌어요?"

도진이 쓸쓸한 눈빛으로 물었다.

"내가 포기하고 싶다면, 보내줄 건가."

가인은 손을 뻗어 도진의 눈가를 한번 쓰다듬었다. 잘생긴 내 남자. 도진의 외모가 원체 잘난 탓도 있었지만, 사실 그가 눈, 코, 입만 멀쩡한 채 곰보였어도 사랑하게 된 이상 누구보다도 멋져 보였으리라. 서늘한 눈빛에 힘이 실리면 누구보다 날카롭고 매서운 인상이지만, 그의 그런 단단함도 사랑한다.

떠나는 이유라도 분명히 들어 스스로를 납득시키겠지만 많이 아프겠지. 하지만 떠나고 싶어 하는 이를 잡는 건 결국 욕심일 뿐. 서로를 향한 괴로움을 더하는 일일 뿐. 가인은 답했다.

"네."

도진이 가인에게 서운하다는 듯 속살거렸다.

"와, 미련 없이 안 잡을 줄은 알았지만 이렇게까지 맺고 끊음이 분명하니 상처인걸."

"하지만 어쩌겠어요. 상황이 힘든 건 참을 수 있어요. 하지만 떠나거나 변한 마음은 기우는 달처럼 어찌할 수 없다는 건 알아요. 잡아서 유지될 관계라면 떠나가지 않겠죠. 무슨 까닭인지 알 수 없지만, 우리 도자기 씨는 적어도 이유는 말해주겠죠."

결국, 말을 채 다 끝내지 못하고 가인의 눈동자에 처음으로 눈물이 한가득 고였다. 도진은 당황하며 가인을 다시 끌어안았다.

"그런 거 아니야. 우리 뿐이. 제발, 우리 뿐이, 울지 마. 내 마음은 조금도 변하지 않았어. 단지, 좀 곤란한 일이 생겼어."

"곤란한 일?"

가인이 목울대에 눈물을 한 모금 매달고 묻자, 도진이 가인이 우는 걸 더 보기 힘들다는 듯 재빠르게 말해주기 시작했다.

"그래. 곤란한 일. 서신영 사장이 어떤 치부를 들고 나와서, 마치 우리 어머니가 그런 것처럼 조작했어. 사실이 아니라고 밝힐 수 있는 일이긴 하지만 서영로 회장의 힘으로 그걸 거대 기사화시킬 것 같아. 그러면 나중에 진실이 밝혀져도 사람들은 믿지 않겠지."

가인이 고개를 들었다. 눈꼬리에 맺힌 눈물을 도진이 손을 가만히 들어 훔쳐주었다. 물기 어린 눈망울이 평소의 침착함을 되찾고 도진을 바라보았다.

"원하는 게 뭐라고 하던가요? 전처럼 우리 도자기 씨와의 결혼?"

"정확해."

"그래서, 결혼할 건가요?"

그런 이유로 하는 결혼이 행복할리 없었다. 하지만 이해에 얽힌 관계도 있는 법이다. 도진이 그런 삶을 선택하겠다면 힘들고 후회할 거라 말리겠지만, 그래도 그 선택을 존중하는 것도 자신의 몫이다.

냉정히 말해서 그런 삶을 선택한 사람이라면 어리석다 생각되긴 하지만, 자신과의 사랑보다 가지고 있는 위치와 어머니를 위한 희생이 더 소중하다 생각한다면 그건 어쩔 수 없는 일이었다.

도진이 명확하게 답했다.

"아니. 난 가인 말고는 누구와도 결혼하고 싶지 않아. 평생 혼자 살더라도, 내 아내까지 간섭받는 건 질색이야. 사랑하는 사람과 살 수 있는 행복을 포기하고 선택한다면, 인생이 불행해질 건 자명하니까.

내가 생각해둔 수가 있어. 지금은 아직 명확하게 잡힌 게 없지만 확실해지면 가인에게 말해줄게. 그러기 위해선 신영의 옆에서 연기로라도 당분간 연인 노릇을 해야 할 것 같아.

하지만 연기라 해도 잠시나마 내가 가인을 버리고 가는 나쁜 놈이 되는 건 어쩔 수 없어. 남들 앞에서 매정하게 굴지도 모르고, 안 그래도 지금 나와 사귀는 일이 회사 내에 소문으로 퍼진 상태에서 버림받았다는 이야기까지 돌면 가인이 너무 힘들지도 몰라.

일이 잘 해결된다 해도 나는 가인을 버리고 신영에게 갔다가 다시 가인에게 돌아온 못 믿을 남자로 비쳐질 테고. 난 감수할 수 있지만 솔직히 가인이 그런 말을 듣는 게 나는 싫어. 정 힘들면 한동안 휴직을 하거나, 혹은 잠시라도 다른 회사로 옮겨가는 방향도 있어."

"만약 이게 정말 좋게 포장해서 헤어지려는 수작이라면 정도진 씨는 정말 나쁜 인간이겠네요?"

"못 믿을 이야기인 것도 이해해. 나도 당신이 그렇게 말했으면 대번에 그렇게 생각했을지도 모르니까. 이해관계를 위해 신영과 결혼하려는데 당신이 걸림돌이 되니까 대충 달래서 지쳐 떨어져나가게 하려는

strawberry kiss

405

수작 같기도 할 거야."

가인은 고개를 끄덕였다. 그리고 결심한 듯 눈을 빛내며 도진을 향해 말했다.

"하지만 나는 당신을 믿어요. 여태 내가 봐오고, 내가 사랑한 도자기 씨는 그런 사람이 아니라는 거. 내가 사랑하는 정도진은 사랑하는 여자한테 지질하게 이런 핑계를 대며 헤어지자고 하느니, 차라리 미안하다며 깔끔하게 헤어질 사람이라는 거. 그러니까 당신 말 믿겠어요. 난 당신을 믿으니까."

도진이 약하게 한숨을 쉰 후 가인을 한 번 더 끌어안았다.

"이런 진탕에 끌어들여서 미안해."

"미안해해야죠. 사랑하는 여자한테 꽃길만 걷게 해줘야 하는 거잖아요, 정도진 씨. 그리고 난 휴직도, 이직도 하지 않겠어요. 난 싸움을 걸지도 않고 어지간하면 싸우는 걸 원치 않는 사람이지만, 이번에는 피하지 않고 지켜볼 거예요."

"힘들 거야. 난, 당신 힘든 거 보고 싶지 않아."

"도진 씨는 안 힘들고요?"

"힘들겠지."

"그러니까 욕을 먹어도 같이 먹고, 힘들어도 같이 힘들어요. 그리고 모든 게 좋아지면 같이 행복해져요."

가인의 뚜렷한 말에, 도진이 가인을 끌어안은 채 졌다는 듯 대꾸했다.

"정말, 당신은 멋진 여자야."

"나도 알아요."

가인은 눈에 도진을 다시 담았다. 괴롭겠지. 힘들겠지. 회사에 있는 동안 잠잠해진 소문은 또 들끓을 거고, 사정 모르는 사람은 자신을 동정하든지 비웃든지 할 것이다. 밤하늘에 그려진 가인의 남자는 아름답게 속삭였다.

"내 옆자리에 있을 사람은 당신뿐이야. 꼭 돌아올게."

그리고 그대로 도진이 몸을 수그렸다. 눈을 감고 입술을 허락하자, 허락을 구하듯 남자의 입술이 살포시 여자의 입술을 덮었다. 다정한 접촉이었다.

천천히 시작된 키스는 입술을 열고, 마음도 열었다. 연한 꽃잎처럼 부드럽게 시작한 입맞춤은 어느새 길고 뜨겁게 이어졌다. 꼭 끌어안은 두 사람 위로, 가로등 빛이 녹아들었다.

시간이 멈추기를 바랐다. 아니, 멈춘 듯했다. 발끝부터 시작된 오싹한 소름이 천천히 올라와 혀끝에서 멈춘 듯하다 머리를 찡하게 울렸다. 처음 느껴보는 생경한 감각은 아프게 울렸다.

도진이 떠난 자리에는, 뜨겁고 축축한 첫 키스의 흔적이 날카롭게 자리하고 있었다. 가인은 그 자리에 쭈그리고 앉아 조금 울었다.

strawberry kiss

폭풍 전의 고요 같은 시간이었다. 가인과 도진의 열애설은 점점 잦아들고 있었다. 대신 그 자리를 요즘 부쩍 사장실로 보란 듯이 찾아오기 시작하는 서신영으로 채워지고 있었다.

가인과 도진의 연애가 진즉에 끝났으며 그래서 전두식 전무 방으로 자리를 옮긴 게 아니냐는 추측과 함께 여러 이야기들이 핑퐁처럼 왔다 갔다 했다. 다행히 다들 바쁜 탓에 놀랄 만한 이슈도 하루의 일과에 밀려 자주 가라앉는다는 사실이 위로 아닌 위로가 되었다.

그 와중에 가인은 놀랄 만큼 태연했다. 사람들은 가인을 보고 생각보다 멘탈이 강한 건지 뻔뻔한 건지 모르겠다고 수군댔다. 어떤 이는 가인이 도진과 사귄 것 자체를 믿지 않는 사람도 있어서 도진과 신영 사이를 위장하기 위해 가인이 희생되었다는 말까지 하곤 했다.

가끔 성격이 급하고 배려가 없는 사람들이 가인에게 대놓고 묻기까지 했으나, 가인은 그저 웃으며 답했다.

"사생활을 지금은 답하고 싶지 않네요."

그런 태도는 더더욱 호기심과 궁금증을 부추겼다. 하지만 가인을 좋게 보는 이건 나쁘게 보는 이건 아니면 그저 무관심하게 바라보는 이건 단 하나 인정하는 사실이 있었는데, 그녀가 회사에서 자신의 직무 하나만큼은 확실하게 해낸다는 점이었다.

그 단순한 사실은 기실 회사에서 그녀를 충분히 쓸 이유가 되었고, 모든 이들이 그러함에도 그녀가 회사를 다니는 데 조금도 이상하게 생각하지 않았다.

소라는 도진과의 관계를 묻는 말에 전과는 달리 가인이 아무 소리 없자 매우 답답해했지만, 그녀의 의사를 존중했다.

일시적인 헤어짐. 도진은 짧은 메시지나 통화로 가느다란 끈을 이어나가고 있었다. 가로등 불빛 아래 입맞춤 이후, 사적으로 직접 본 적은 없었다.

늦은 밤이었다. 야근은 점차 줄어들고 있었지만, 내일 있을 간단한 정찬 모임에서 쓸 서류들을 다시 한 번 점검하기 위해 남아 있었다. USB에 들어 있는 자료들을 재차 살펴보고, 인원 별로 가이드라인을 뽑아놓았다. 이 정도면 충분하다 싶어 퇴근을 위해 엘리베이터를 눌렀다.

숫자가 바뀌고, 엘리베이터 문이 열렸다. 띵, 소리와 함께 문이 열렸는데, 거기에는 신영과 도진이 서 있었다. 어째서 이 시간에 이 엘리베이터에? 그러나 더 생각할 수 없었다. 가인은 멍하니 열린 엘리베이터 안의 두 사람을 바라보았다.

가인의 후임으로 들어간 비서는 퇴근했는지 보이지 않았다. 도진의 얼굴에 웃음기는 없었다. 하지만 두 사람 사이의 가까운 거리는 가인의 속을 긁기는 충분했다. 신영이 입꼬리를 올리며 얄밉게 웃으며 도진의 팔짱을 보란 듯이 꼈다.

"도진 씨 팔짱 한번 껴보고 싶었는데, 역시 좋네요."

도진은 가인을 보고도, 신영을 그대로 두었다. 신영이 시침을 뚝 떼며 물었다.

"안 탈 건가요?"

협박을 했다고 했다. 자신 보고 뻔뻔하다는 사람도 있었지만 정말 뻔뻔한 건, 돈과 힘을 이용해서 서로 사랑하는 연인을 갈라놓고 뺏으려 드는 저 여자다. 지고 싶지 않다.

"타겠어요."

가인은 허리를 반듯하게 하고 엘리베이터 안으로 들어갔다. 그리고 가볍게 인사했다.

"오랜만에 뵙습니다, 정도진 사장님. 오랜만에 뵙네요, 서신영 사장님."

신영이 도진에게 바짝 붙은 채로 눈을 내리깔며 도도하게 대꾸했다.

"하긴, 옛날에 비하면 오랜만이긴 하겠어요. 사장님 비서에서 잘리고 다른 곳으로 갔다고 들었어요."

가인은 얼굴색 하나 안 변하고 그 말을 맞받아쳤다.

"언어표현이 저렴하시네요. 남들이 들으면 제가 강제퇴사라도 당한 줄 알겠습니다."

"아, 실례. 그게 서민들의 표현인 줄 알았거든요. 친밀감을 표시하고 싶었던 거예요."

한술 더 뜨는 신영에게 가인이 깍듯이 대답했다.

"아, 네. 서울에 신분이 존재하는 줄은 처음 알았네요. 저는 표준어를 쓰자는 뜻이었거든요."

신영이 가자미눈을 뜨고 못마땅한 듯 도진의 팔에 더 달라붙어 대
꾸했다.

"가인 씨 은근 까칠하네요. 별거 아닌 거로 꼬투리 잡고."

먼저 시작한 쪽은 자신이라는 걸 전혀 생각지 않는 신영의 말에도
가인은 전혀 기죽지 않고 반듯하게 답했다.

"표준어의 정의는 중고등학교 때 배우죠. 한 나라에서 쓰는 공용어
로, 한국에서는 '교양' 있는 사람들이 두루 쓰는 현대 서울말로 정하는
게 원칙이죠."

땅, 가인이 원하던 층에 먼저 서자 가인이 신영에게 깍듯이 고개를
숙이며 대꾸했다.

"교양 있는 언어를 쓰실 만한 교양 있는 분이라 믿겠습니다. 그럼
다음에 뵙겠습니다."

스르륵, 엘리베이터 문이 닫혔다. 가인은 부러 도진과는 눈을 마주
치지 않았다. 눈을 마주치면 마음이 약해질 것 같았기 때문이다.

전에 말해주어 알고 있었지만 실제로 눈으로 그 모습을 목도하는
것에는 비할 수 없었다. 명치끝을 주먹으로 내리꽂으며 큰 소리로 당
신이 나쁘다며 비명을 지를 것 같았다. 힘들었다.

엘리베이터 문이 닫히자, 신영이 분노하며 도진에게 외쳤다.

"무슨 저런 무례한 짓을 하는 거죠? 제대로 이야기해야 하는 거 아
니에요!"

"사람들 눈에 많이 띄고 싶다고 이 엘리베이터를 이용하자고 했던
건 당신이야. 그렇다면 그에 따른 불이익은 감수해야지."

도진이 냉랭히 대꾸하자 신영이 분을 감추지 못한 채 도진에게 날
을 세웠다.

"아직 서가인 씨를 못 잊어서 편드는 건가요?"

"당신 논리대로라면 아까 가인 편을 들었어야 정석 아닌가? 난 최대한 당신을 존중했어. 그러니 당신도 날 존중해줬으면 좋겠군."

그러면서 도진이 신영의 팔을 가볍게 뿌리치며 대꾸했다.

"가인 앞에서라 당신 뜻대로 해줬지만, 당분간은 남들 앞에서 사업상 파트너처럼 행동하지. 저번에 서가인과 사귄다고 발표한 후로 갑자기 여자를 갈아치운 사람처럼 보이고 싶지는 않아. 내 마음이 당신한테 돌아서는 걸 보고 싶다면서 벌써부터 내 심장을 가진 여자처럼 행동하면 곤란해."

도진의 칼 같은 말에, 신영이 꼬리를 내리고 성질을 죽였다. 어떻게 잡은 남자인데 비위를 상하게 하고 싶지는 않았다. 아직 미련이 남아 있겠지. 저 여자가 사랑스럽겠지. 보고 싶어 죽겠지.

하지만 사람은 몸이 멀어지면 마음도 멀어지게 되어 있다. 도진의 옆자리만 제대로 차지하면, 다른 회사로 쫓아버리든지 먼 곳으로 전근시켜버려야겠다.

그것도 정 안 될 것 같으면, 적당한 스펙을 가진 남자를 소개해 결혼시켜버리는 것도 나쁠 것 같지 않았다. 신영이 분을 죽이고 도진을 향해 그린 듯한 미소를 지으며 답했다.

"알겠어요. 내가 너무 앞서 갔네요. 마음 상해하지 마요. 오늘 만난 건 싸우려고 만난 게 아니잖아요."

지하주차장에 내려서서 기사의 에스코트를 당연한 듯 받아 도진과 같은 차에 오른 신영이 애교를 부렸다. 도진의 얼굴은 비즈니스 할 때의 얼굴 그대로였지만, 신영은 전혀 기죽지 않았다.

"오늘 파티에 입고 나갈 옷을 골라놓았다고 했잖아요. 정말 기뻤어요. 남들 앞에서 대놓고 말할 수는 없어도 우리 첫 데이트인데, 너무 인상만 쓰지 마요."

신영은 그 말을 하며 도진을 흘끔 보았다. 도진은 언제나 화보처럼 멋지게 차려입고 다녔다. 미적감각이 훌륭한 듯했다. 그런 도진이 골랐다면, 모두의 시선을 받을 만큼 근사할 터다. 도진이 무심한 시선으로 그녀를 바라보았다.

"기대해도 좋을 거야. 모두 다 내가 골랐으니까."

별것 아닌 시선 하나였을 뿐인데, 저를 향하는 시선에 신영은 심장이 설레발을 치는 걸 느꼈다. 은근슬쩍 몸을 터치하려고 애쓰는데, 고자가 아닐까 싶을 정도로 목석이다. 제 손길이 닿는 것도 싫어하는 듯 행동하지만 억지로 제 쪽으로 끌어들인 것에 대한 반발심인가 싶기도 했다.

저한테 한도 끝도 없이 무뚝뚝하게 구는데도 치명적인 남성적인 매력이 있었다. 쉽사리 제 것이 안 된다 생각하니 더 막무가내로 잡아끌고 싶었다. 하지만 여태도 충분히 그랬었다. 이제는 조금은 새침하고 도도한 여성스러운 맛을 보여주는 것도 괜찮지 싶었다.

저 가인이라는 여자한테 어떤 매력이 있었을까. 예쁜 거? 차분한 거? 가끔 저렇게 주제도 모르고 당돌하게 구는 거? 하지만 신영은 그걸 직접 물을 정도로 눈치가 없거나 바보는 아니었다.

저 여자 따윈 잊어버리고, 나만 바라보게 할 거야. 설령 그렇게 될 수 없다고 해도, 나에게 돈과 힘이 있는 한 그렇게 만들 거야. 저 정도 외모에 저 정도 재력을 가진 남자야말로 내 짝으로 걸맞으니까. 신영은 섬뜩하게 다짐했다.

strawberry kiss

신영은 사색이 되어 있었다. 도진이 골라줬다는 의상과 액세서리가 차례로 제 앞에서 선을 보였다. 코스튬 의상 같았다. 아니, 코스튬 의상은 주제가 있고 색상 조화는 이루니 오히려 그게 더 입기에는 더 수

월할지도 몰랐다.

그 어디에서도 본 적 없는 검푸른 빛이 도는 보라색 이브닝드레스는 허리는 지나치게 길어 보이고 다리는 짧아 보일 것 같은 아주 특이한 디자인이었다.

옆에는 어디서 찾아오래도 못 찾을 것 같은 디자인의 하이힐이 삐쭉 제 모습을 드러냈다. 하이힐 색은 회색 바탕에 녹슨 구리 색이 군데군데 있었는데, 얼핏 보면 길가의 오물이라도 밟은 걸로 착각하게 만드는 색이었다.

그것만으로도 기가 찰 일인데 겉에 걸치라며 가져온 옷은 굉장한 파워 숄더 스타일의 디자인에 블랙과 레드가 어지럽게 섞인 체크 무늬여서 혼란함을 더해주었다.

게다가 화룡정점으로 마지막으로 가져온 헤어 액세서리는 정체불명의 주황색과 재색 깃털이 달린 커다란 머리띠였다.

점원이 문방구에서나 팔 법한 조잡한 색상의 보석이 박혀 있는 금팔찌와 할머니나 할 법한 커다란 보석이 박힌 목걸이를 가져오는 걸 손으로 물리지 않았다면, 꼴이 더 엉망이 되었을 터였다.

신영은 최대한 화를 자제하려 애쓰며 제 앞에 놓인 물건들을 바라보았다. 끔찍했다. 신영이 고개를 획 돌려 도진을 바라보며 분통을 터트렸다.

"정도진 씨, 아무리 나와의 데이트가 마음에 안 들어도 그렇지 이건 너무 심한 처사 아닌가요?"

하지만 도진은 신영에게 몰두한 채로 잠시 대꾸가 없었다. 정확히는 서신영 그 자체보다 신영의 앞에 펼쳐진 옷과 장신구에 시선이 온통 몰려 있었다. 그러더니 진심을 담아 신영에게 말했다.

"완벽해. 정말 훌륭하군."

손바닥까지 가볍게 치는 도진의 표정은 진지했다. 신영은 이 남자가 자신을 물먹이려고 일부러 그러는지, 아니면 진심인지 전혀 판단할 수 없었다.

신영이 혼란해하는 사이, 점원이 두 사람 눈치를 살피다 뭔가를 하나 더 가져와 펼쳐 보였다. 은색 펄이 들어간 망사스타킹이었다.

도진이 진중하게 고개를 끄덕였다.

"이것까지 하면 정말 아름답겠군."

"정도진 씨!"

"그 정도로 부르지 않아도 잘 들려, 서신영 씨. 이거 모두 계산해주시고, 세팅 도와주세요."

"잠깐만요!"

신영이 다급하게 도진을 잡았다. 도진이 의아한 눈으로 그녀를 바라보았다. 도진은 머리끝부터 발끝까지 파티에 참석할 수 있게 멋지게 차려입고 있었다. 그 모습에 더 부아가 난 신영이 뭐라고 항변하려 입을 떼려는데, 도진이 더 빨랐다.

"이런 거 안 입……."

"여자가 입을 옷을 전부 골라본 건 처음이야. 그렇게나 내 처음이되고 싶어 했잖아. 안 입을 건가, 서신영 씨? 난 진심을 다해 성의를보였어. 그게 그렇게 화를 내고 못 참을 정도인가?"

처음, 그 말을 듣는 순간 신영이 입술을 꾹 눌러 참았다. 놀리는 게아닐까? 정도진은 일에 있어서도 철두철미하기로 유명했다. 이건 하나의 시험인지도 모른다.

자기가 기가 질려 먼저 떨어져나가게 하려는. 여자는 누구나 예쁘게 보이고 싶어 한다. 그 부분을 자극해서 화를 유발하고, 그로 인해서로 싸우고 그런 식으로 제 잘못으로 몰아가려는.

넘어가지 않겠다. 서신영은 솟구치는 짜증을 억눌렀다. 참아야 한다. 이건 길게 봐야 하는 문제다. 도진과 참석하기로 한 파티는 소수의 인원만 온다. 사업상으로 그렇게 중요한 파티도 아니었다. 친분과 동향 파악, 이 정도가 다였다.

한 번쯤은 도진의 뜻대로 순순히 옷을 입어주는 것도 앞으로의 관계에서 나쁠 게 없었다. 뒤에서나 수군거리지, 감히 정도진 옆에 선 자신의 옷차림 센스에 대해 대놓고 평가할 인물은 없을 것이다.

"그 말은, 서가인 씨한테도 입을 옷 전체를 모두 골라준 적은 없다는 뜻이죠?"

"맞아. 우리 가인이한테도 그래 본 적은 없지."

휙, 신영이 도전적으로 점원이 가져온 망사스타킹을 못마땅하다는 듯 당기며 외쳤다.

"우리, 라는 말은 이제 저한테만 써줬으면 좋겠어요."

"조심하도록 하지."

제대로 된 세팅을 위해 신영이 옷을 갈아입으러 간 사이, 도진이 개똥 비슷한 색을 지닌 여자 허리띠를 들어올리며 점원에게 말했다.

"이것도 같이 해줘요. 아주 잘 어울릴 거야."

가인에게도 풀 코디를 해준 적이 없었는데. 도진은 쓸쓸하게 먼 곳을 바라보며 생각했다. 이렇게나 독특하게 아름답고 화사한 옷들과 장신구를 가인에게 입힐 수 없다는 사실에 마음이 아렸다.

엘리베이터에서 봤던 모습과 겹쳐져, 그리움과 죄책감과 말로 표현할 수 없는 복잡한 감정들이 뒤엉켰다.

미안해, 가인. 우리 뿐이 옆에 갈 때까지 조금만 참아줘. 가게 되면 내가 백 배, 천 배, 만 배 보상할 테니, 지금 이 여자와 하는 행동들은 모두 용서해주도록 해.

도진은 집에 들어가 가인에게 보낼 메시지를 속으로 추리며 안타까움을 달랬다.

파티가 끝나고 돌아오는 신영의 기분은 최악이었다. 도진이 직접 골라줬다는 옷을 입고 도진의 옆에 서니, 완벽하게 차려입은 그의 옆에서 더더욱 그 기괴함이 도드라졌다.

신영은 최대의 노력을 기울여 웃으려 애썼지만, 애인이 아닌 사업상의 파트너로 소개되는 것도 기분이 좋지 않았고 뒤에서 수군대는 사람들의 소리와 시선들이 더더욱 그녀의 심기를 거슬렸다.

도진이 바래다주는 차 안에서, 신영은 집에 들어가자마자 이 옷들을 쓰레기통에 모조리 버려버리고 싶단 충동에 휩싸였다.

"도진 씨가 입은 옷은 직접 고른 건가요?"

신영이 자꾸 뾰족해지는 말투를 최대한 억누르며 물었다. 도진이 태연히 답했다.

"난 원래 내 옷 코디는 전문 코디네이터한테 맡겨."

"그럼 나도 전문 코디네이터를 붙여주세요. 아니면 직접 고르고 싶네요."

"내 성의가 그렇게 하찮았나? 나와 하루빨리 가까워지고 싶다면서 점점 멀어지는 길을 택하는군."

신영이 분을 이기지 못하고 결국 입을 다물었다. 도진이 냉랭히 대꾸했다.

"내 호의를 그런 식으로 받아들이지 마. 난 정말 예쁘다고 생각하는 걸 골라줬으니까. 당신이 원하는 애인 역할을 충실히 하려고 애쓰고 있어."

싸늘한 분위기 가운데, 도진이 말을 이었다.

"어머니께 당신에 대해 말씀드렸더니 보고 싶다고 하시더군. 편한 날이 언제지?"

도진의 말에, 신영이 화나 있던 가운데서도 정신이 번쩍 났다. 도진이 자신에게 잡힌 건, 제 어머니를 위험에 빠트릴 수 없어서였다. 조금만 조사해도 조작이라는 걸 알 만한 헐거운 협박이었지만, 그 와중에 망가질 명예를 어쩔 수 없어서.

자기가 협박한 사실을 말하진 않았을 거다. 그 말은 뒤집어서 보자면, 도진의 어머니의 마음을 얻으면 정도진의 저런 태도도 어느 정도는 바뀔 수 있다는 거다.

"그랬군요. 그러면 언제가 좋을까요? 어머니 편한 시간에 맞춰드려야죠."

신영이 부아가 언제 났냐는 듯 도진에게 살랑거리기 시작했다. 도진은 호떡 뒤집듯 태도를 획획 바꾸는 신영을 보며 가인이 새삼 간절하게 그리워졌다.

"그럼 어머니한테 그렇게 전해드리지. 전화 한번 하실 거야."

세진그룹 사모님의 개인전화. 사적인 만남을 가질 정도로 친밀해지는 일. 얼마나 바란 것이었는지. 신영은 의상으로 인한 굴욕은 그걸로 깨끗하게 잊을 수 있었다.

strawberry kiss

가인은 회사에서 나와 길거리에 멍하니 서 있었다. 요즘 일이 많았기 때문에 저녁 약속은 평소보다 덜 잡는 편이어서, 오늘은 아무런 약속도 없었다.

예상은 하고 있었지만 실제로 눈앞에서 그런 광경을 보는 건 충격적이었다. 사랑하는 사람이 다른 여자와 팔짱을 끼고 친한 것처럼 속살거리는 모습.

내 남자가 내 편을 들어주지 않고 방관하는 것. 그럴 거라고 미리 언질을 주었는데도, 속이 끓어오르는 건 질투 때문인 모양이었다. 남자 한테 한 번도 이런 감정을 가진 적이 없었다. 다른 여자랑 친밀하게 굴었다고 심장이 덜컹덜컹하고 속이 울렁거린다.

그때 휴대전화 진동이 울렸다. 번호도 확인을 제대로 안 하고 가인 이 전화를 받았다.

― 뭐 하니, 가인.

"나미나 씨?"

대꾸를 하자마자, 근처에서 길가에 불법 주차한 차량이라고 생각한 차량이 부르릉 움직였다.

"가인!"

차 창문이 열리며 반갑게 인사하는 사람은 분명 나미나였다. 머리 의 반쪽은 은발이고 반쪽은 금발인 걸 보니 이번 노래 '달과 해' 콘셉 트에 맞춰서 염색한 모양이었다.

"아니, 여기 왜 있어요, 미나 씨?"

그러나 미나는 가인의 질문에 바로 답하기보다는 귀에 거슬리는 면 을 먼저 짚어냈다.

"어허, 오랜만에 봤다고 말투가 바뀌었네. 언니라고 부르라고, 언 니."

"네, 미나 언니."

"긴말 필요 없고. 가인, 저녁에 약속 있어?"

"없어요."

"반말 쓰라니까. 그럼 부탁이 있는데, 나랑 데이트 좀 해주겠어? 자 세한 이야기는 차에 타면 얘기해줄게."

"저, 지금은 그럴 기분 아니에요."

가인이 정중하게 거절했다. 그러자 미나가 차에서 고양이처럼 가볍 게 폴짝 내려 가인을 잡아끌었다.

"무슨 일 있었구나. 그럴 때는 사람들하고 어울리는 게 제일 좋아. 어서 타. 뒤에서 빵빵거리잖아, 어서! 안 되면 집에라도 태워다줄게."

"언니, 이건 완전 길거리 납치인데요."

"한 번쯤은 이런 경험도 괜찮잖아?"

가인은 저항할 기력도 없어서 그냥 차에 올랐다. 미나가 너무 크게 떠든 탓에 주목을 받아 부담스러웠던 탓도 있었다.

전에도 이런 비슷한 일이 있었던 거 같은데. 그때는 차권이랑 같이 있었지. 다행히 차 안에 차권은 없었다. 만약 있었다면 오늘만큼은 엄한 화풀이를 할 것 같았다.

친구를 보면 그 사람을 안다고, 그렇게 안 봤는데 서신영 사장 취임식에 참석할 만큼 친분이 있다는 것도 달리 보였고, 그 사장 취임식에서 괜히 반한 여자 운운해 정도진 사장과 자신의 관계를 공표하게 되어 지금 이렇게 힘든 것도 싫었다.

온전히 그 사람 탓이 아니라는 걸 이성이 아주 잘 알고 있었지만 감정은 그렇지 못했다.

뒷자리에 가인을 밀어넣고 미나는 앞자리에 탔다. 미나의 옆에는 동글동글한 안경을 낀 사람 좋아 보이는 매니저가 있었다. 매니저가 몸을 뒤로 돌려 인사했다.

"안녕하세요, 김준혁이라고 합니다."

"안녕하세요, 서가인이라고 합니다."

"우리 미나한테 이야기 많이 들었습니다. 저랑 잘되라고 등을 밀어주셨다면서요?"

"아뇨, 그 정도의 역할을 한 건 없습니다. 미나 언니가 너무 좋게 포장을 했네요."

자기가 한 거라고는 술주정을 들어준 것밖에 없다. 감정을 모조리 토로하고 앞으로 나아간 건 미나 본인이다. 매니저가 수줍게 말했다.

적극적인 미나에 비해 조용하고 신중한 성격인 것 같았다.

"다름이 아니라 오늘 미나가 저랑 데이트하고 싶다고 난리인데 둘만 다니면 곤란할 거 같아서 계속 이야기하면서 운전하던 중이었어요. 그러다 미나가 갑자기 가인 씨네 회사 앞에 차를 세우라고 하더군요. 같이 데이트해줄 사람이 있다고 막무가내로. 다 퇴근했을 시간이라고 설득하고 있는데……."

"마침 제가 딱 나왔군요."

"네. 그래서 갑자기 미나가 뛰쳐나갔어요."

역시 전직 스토커 기질이 있던 여자답다. 전과 달리 많이 억제되고 변화된 것 같지만, 그래도 사람은 쉽게 변하지 않는다. 자기가 언제 나올지 알고 차에서 기다리고 있었나. 퇴근을 한 뒤였으면 아마 전화를 해댔을 거다.

다행히 김준혁이라는 매니저는 미나를 아주 잘 알고 있는 것 같았다. 잘 알고 있다는 건 맞추는 법도 안다는 거고, 더 나아가 좋은 방향으로 조절해줄 수도 있다는 뜻이다. 미안함과 난감함을 동시에 비치는 준혁에게 가인은 이해한다는 듯 고개를 끄덕였다.

"네, 알겠어요."

"그렇죠."

"뭐야, 둘이! 벌써 친해진 거야? 서로 이해한다는 그 표정은?"

"매니저님, 아니, 언니 애인님 너무 힘들게 하지 마요. 말도 잘 듣고."

"뭐야, 뭐야. 애 취급은."

미나가 뾰로통한 표정이 되더니, 조그맣게 속삭였다.

"벌써 잘 듣고 있다, 뭐."

그러자 신호대기에 걸려 있던 준혁이 옆자리에 앉은 미나의 머리를 곱게 쓰다듬어주었다. 미나가 툴툴대다 칭찬받은 아이처럼 얼굴이 환해졌다.

"도대체 어디에서 데이트하고 싶다고 했기에 저를 데려가시는 거예요?"

"그게⋯⋯."

준혁이 다시 난감한 표정이 되어 얼굴을 긁적였다. 그러자 미나가 커다란 소리로 외쳤다.

"놀이동산 야간개장! 짜잔!"

"언니 열 걸음도 못 가서 사람들에게 둘러싸일 텐데?"

"그건 내가 해결할게. 이미 해결책을 마련했습니다!"

"무슨 해결책인데요?"

미나가 뒷자리로 고개를 획 돌리며 말했다.

"서프라이즈는 서프라이즈로!"

"언니, 저 요즘 서프라이즈란 말 안 좋아해요. 갑자기, 깜짝이라니. 대처하기도 어렵게."

"왜, 무슨 일 있어?"

가인은 미소만 슬쩍 짓고 말았다. 언제나 무턱대고 말을 걸던 미나도 그 미소에 담긴 쓸쓸함을 느꼈는지 이번만큼은 아무것도 묻지 않았다. 대신, 더 흥분해서 큰 소리를 냈을 뿐이었다.

"자, 이제 꿈과 환상의 세계로! 고고!"

제법 진부한 멘트였지만, 활달한 목소리가 그냥 웃겼다. 그래, 아무 생각도 하지 말자. 생각해봤자 마음만 아프고, 현재를 바꿀 수는 없다. 한 번쯤은 생각 없이 즐기는 것도 나쁘지 않을 법했다.

회사 사장과 연애하고, 유명 연예인의 차를 타 보고, 또 뭐가 있었지. 인기 연예인한테는 사귀자는 고백도 들어보고. 정말 다사다난한 나날들이다.

그러니 내 남자와 팔짱 낀 여자 따위는 잊어버리는 거다. 가슴속에

유리조각들처럼 돌아다니며 아프게 하는 질투를 가인은 애써 눌러 삼
켰다.

strawberry kiss

놀이동산에 도착하자 인파들이 바글바글했다.

"어, 나미나다!"

목소리와 함께 사람들이 우르르 몰려들기 시작했다. 미나가 익숙한
듯 상냥하게 손을 흔들어주며 말했다.

"여러분, 미안해요. 오늘은 일 때문에 급히 가봐야 해서요, 이따 깜
짝 파티도 할 테니 방송 나가면 그때 뵙기로 해요!"

그 말에 사인을 해달라고 매달리는 사람들은 없었지만, 너도 나도
휴대전화를 들고 동영상과 사진을 찍어대는 통에 정신이 없을 지경이
었다. 매니저는 능숙하게 미나를 이끌고 인파를 헤치고 있었고, 미나
가 가인의 손을 꼭 붙들고 있었다.

"뒤에는 누구야?"

"신인 가수인가?"

사람들이 숙덕거리는 소리가 가인의 귓가까지 들렸다. 미나가 가인
을 더 단단히 잡으며 속삭였다.

"이럴 줄 알았으면 보디가드 몇 명 데리고 올걸. 가인이 힘들겠다."

그렇게 인파를 뚫고 도착한 곳은, 사람들이 뭔가를 구경하는지 뺑
둘러서 있는 곳이었다. 앞에는 '오늘 촬영으로 인해 이 놀이기구는 운
행을 중단합니다.'라고 팻말이 달려 있었다.

"들어가자!"

미나가 가인을 씩씩하게 데리고 들어갔다. 한눈에 봐도 영화나 드
라마 촬영하는 중인 것 같았다. 카메라뿐 아니라 이름을 다 알 수 없

는 기계들을 잔뜩 든 스태프들이 가득 있었다. 마침 쉬는 시간인지 모두들 다시 분장을 고치고 여기저기 대본을 보며 앉아 있는 중이다.

"권아! 누나 왔다! 커피 보낸 건 잘 마셨어?"

"어, 누나. 안 그래도 고맙다고 연락하려던 참인데."

권이 반갑게 미소 짓다, 가인을 보고 조금 놀란 얼굴이 되었다. 미나가 가인을 잡아 앞으로 밀며 외쳤다.

"짜잔, 서프라이즈 선물!"

순간, 권과 가인 사이에 어색한 분위기가 흘렀다. 하지만 권은 역시 프로였다. 아무렇지도 않게 표정을 금세 갈무리하고 부드럽게 물었다.

"누나, 매니저 형이랑 놀이기구 타고 싶다고 했던 거 아니었어요? 그래서 촬영 중에 잠시 시간 빼놓기는 했는데, 가인 씨랑 올 줄은 몰랐네?"

"뭐든 짝이 맞아야 재밌는 거잖아. 게다가 지금 여기 이분 좀 우울하시니까, 전에 신세 진 것도 있고 달래줄 겸."

"그냥 무작정 끌고 온 건 아니고? 가인 씨 당황한 거 아니야? 죄송합니다, 가인 씨."

권이 정중하게 고개를 숙였다. 그 모습은, 맨 처음 배려 깊던 그 모습을 떠올리게 했다.

"따라온 제 책임도 있죠. 괜찮아요."

가인은 단칼에 답했다. 사실 오늘은 혼자 집에 들어가고 싶지 않았다. 혼자 들어가면, 도진이 충분히 설명했음에도 처음 느껴본 생소한 질투에 어쩔 줄 모르는 밤이 되었을 거다. 사람이 많은 곳에 있다 보면, 자신의 생각에 조금이나마 덜 빠지게 된다.

오늘은 아무 생각 없이 있자. 번쩍이는 조명기구, 어수선한 사람들의 소리, 사방에서 들리는 놀이기구 타는 소리. 이 모든 것들이 정신을 산란하게 해서 시름을 잊게 해줄 터다.

"자, 그럼 이야기한 대로 해볼까?"

권이 고개를 끄덕이고 감독에게 다가갔다. 제주도에서 봤던 봉수찬 감독이었다. 그때 막무가내로 매달리더니 결국은 오케이를 받은 모양이었다.

그래. 포기하지 않는 게 중요하지.

가인은 저도 모르게 다짐했다. 봉수찬 감독이 가인 쪽을 보더니 권에게 뭐라 뭐라 옥신각신 이야기를 하다, 권이 결국 이긴 듯 고개를 끄덕이고 철수했다. 미나가 불쑥 물었다.

"왜 이제 와서 안 된대?"

"아니, 미리 이야기했던 거라 잠시 쉬기로 하긴 했어. 봉수찬 감독님이 가인 씨한테 인사하고 싶다는 걸 말렸어."

가인이 답했다.

"저는 상관없는데요."

"인사만 하는 거면 상관없는데, 가인 씨 얼굴이 마음에 든다고 카메라 앞에 한번 세워보고 싶다나 어쩌나 그래서 말리느라고요. 봉수찬 감독님은 좋으신 분인데 일하고 관련되면 약간 흥분하셔서, 가인 씨한테 말 붙이면 한 시간은 각오하셔야 돼요. 그래서 안부만 전해준다고 했어요."

"아."

하긴 제주도에서도 막무가내로 권을 잡고 늘어졌었다. 그 이야길 듣고 권을 보니 권의 의상이 평소와는 달리 어두운 블랙 계열이었고, 화장도 뭔가 사연 있는 느낌으로 어두웠다.

"전에 고민하던 역할을 받아들였나 봐요?"

"아, 그건 드라마였고요. 이번 것도 전과는 다른 역할이기는 하죠."

"어떤 배역인데요?"

권이 빙그레 웃었다. 뜻이 담긴 것 같은 미소였다.

"이중스파이요."

"감정 잡기가 쉽지 않겠어요."

"이중스파이인데, 코미디물이에요. 그래서 힘들기는 하네요. 본인은 시종일관 진지한데, 일이 계속 꼬이거든요."

"그렇군요."

서신영 사장 취임식에서 있었던 일을 한번 짚고 가고 싶었으나, 이목이 너무 많았다. 그때 미나가 마이크를 잡고 나서서 외쳤다.

"여러분, 촬영 보시느라 힘드셨죠? 저희가 쉬는 시간을 이용해서 놀이기구 몇 개를 탈 건데요, 여러분들이 너무 몰리면 편하게 타기 어려워요.

놀이동산 측하고 이야기는 다 되었고요, 남은 건 여러분들의 배려와 사랑입니다! 대신 저랑 차권이 노래 두 곡씩 부를 테니 저희가 놀이기구 타러 가면 다들 몰려들지 않고 봐주시기, 약속입니다!"

"그럴게요, 누나!"

"그럴게요, 오빠!"

"안심해! 안심해! 안심해!"

안심해 소리가 남녀노소 단결하여 하나로 울려 퍼졌다. 진정한 떼창이라는 게 무엇인지 알 수 있었다. 이래서 이목을 끌지 않고 놀이기구를 탈 수 있다고 한 거였구나.

미나가 막무가내 돌진형처럼 보여도, 자기 앞가림 하나는 확실히 하는 성격이라는 걸 알 수 있었다. 괜히 정상에 오른 게 아니었다.

차권이 스태프의 의자를 하나 빌려오고, 미나가 가인을 그 자리에 앉혔다. 차권이 가인에게만 들리게 조그맣게 속삭였다.

"우울한 게 있다면 위로받았으면 좋겠네요."

차권의 노래는 기계로는 들어봤지만, 실제로 이렇게 들어보기는 가인도 처음이었다. 영화를 찍던 장소는 어느새 간이 콘서트장이 되었다.

　원래 모여 있던 인원이 많았는데 소문을 들은 사람들이 점점 더 모여들고 있었다. 미나와 권의 능숙한 멘트들이 이어지고, 사람들이 간간이 폭소를 터트렸다. 권이 먼저 시작을 열었다.

　"제 2집에 수록된 곡인데요. 타이틀은 아니지만 제가 좋아하는 곡입니다. 첫 곡은 그걸로 시작할게요. '낮이 잠드는 시간'."

　MR이 깔리고, 권이 노래를 부르기 위해 잠시 숨을 골랐다. 곧, 노래가 시작되었다.

> 늘 그대 앞에 가면 숨이 멎었지.
> 늘 그대 앞에 가면 시간이 멎었지.
> 한낮의 해가 숨을 죽였지.
> 내 가슴의 해도 숨을 죽였지.
> 그대 앞에서 뛰는 가슴 들킬까 봐.
> 그대 앞에서 숨죽인 내 마음 들킬까 봐.
> 늘 그대 앞에 가면 숨이 멎었지.
> 늘 그대 앞에 가면 시간이 멎었지.
> 그래서 나 오늘
> 모두 멈춘 시간. 모두 잠든 시간.
> 그대에게 고백을 하네.
>
> 사랑해. 사랑한다고.
> 세상의 낮을 느낄 수 없을 만큼
> 그대를 사랑해.

그대 안에 고인 눈물
모두 내 안에 받아 채우고 싶다고.

사랑해. 사랑한다고
세상의 밤을 채울 수 없을 만큼
그대를 사랑해.

직접 듣는 노래는 기계로 울리는 소리와 완연히 달랐다. 더 풍성한 성량과 느낌에 가인은 권의 노래에 젖어들었다.

권이 노래를 거의 다 부르고, 가인을 똑바로 바라보며 육성으로 낮게 읊조렸다.

"사랑해. 세상의 낮과 밤을 그대와 함께 보내고 싶을 만큼, 그대를 사랑해."

또렷하지만 나직한 음성이, 가슴에 송곳처럼 깊이 꽂혔다. 그 순간, 권과 가인의 시선이 마주쳤다. 이번만큼은 전보다 더 뚜렷하게, 권의 진심을 느낄 수 있었다.

사랑을 모를 때 단칼에 잘라내던 그때와는 달리, 사랑에 빠져 있는 지금은 더 생생히 느낄 수 있었다. 다만, 그 마음에 답할 수 없는 건 똑같았다.

주변에서는 권이 자기를 보며 사랑을 속삭였다며 여자들이 난리도 아니었다.

"자, 이제 한번 놀아볼까요!"

미나가 마이크를 건네받고 커다랗게 소리를 질렀다.

"자, 모두, Chicken party!"

"와! 치. 킨. 파. 티. 사. 랑. 해. 요. 나미나. 치킨보다 사랑해, 나미나!"

미나가 치킨 파티를 외우자마자 자동 구호가 군데군데서 터져 나왔다. 열띤 열창과 안무로 분위기가 후끈 달아올랐다. 그 이후에 바로 연이어 달과 해에 이어 후속곡으로 밀고 있는 'Sparkle'을 불렀다.

Sparkle! 네 눈동자 안의 Sparkle!
하루하루 통통통 튀는 불꽃! Sparkle!

강렬한 후렴구가 지나가고, 권이 미나와 같이 'Love bubble'을 불렀다. 급하게 합을 맞추는 걸 텐데도, 역시 가수는 가수라 화음을 서로에게 맞춰 잘 넣었다. 권과 미나가 즉석 군무까지 소화하며 무대를 끝내자 사람들이 앙코르를 외치기 시작했다.

"여러분, 모두 즐겁게 즐겨주셔서 감사해요! 앙코르 받고 싶지만 놀이동산 폐장시간이 얼마 안 남았으니 저희도 놀이기구 좀 타게 해주세요!"

미나가 애교 섞인 목소리로 말하며 손가락 하트를 날렸다. 권도 옆에서 도왔다.

"몇 년 만에 타는 놀이기구인지 모르겠어요. 여러분의 사랑을 듬뿍 얻었으니 정말 기쁘게 탈 수 있을 것 같습니다. 사랑합니다."

그렇게 권과 미나가 퇴장하고, 사람들은 아쉬움에 앙코르를 외치다 삼삼오오 흩어지기 시작했다. 두 곡씩 완창한 사람이라고 믿을 수 없게 생생한 모습으로 미나가 다가와 가인을 붙들었다.

"자, 이제 놀이기구 타러 갈까?"

가인이 난감한 얼굴로 물었다.

"저, 미나 언니. 아까는 말 못 했는데, 저 고소공포증이 조금 있어서요. 빠른 건 괜찮은데 높은 건 못 견뎌요. 그냥 밑에서 기다릴게요."

그러자 미나가 활기차게 말했다.

"어쨌든 같이 움직이자. 가요, 오빠!"

그렇게 네 사람은 움직였다. 그냥 생각을 비울 수 있으면 좋았다. 사람들의 줄이 늘어선 곳은 놀이동산에 오면 사람들이 1순위로 타는 바이킹이었다. 미나와 매니저, 권을 보며 가인이 힘없이 손을 흔들었다.

"다녀오세요."

그러자 권이 부드럽게 가인을 당겼다.

"한번 타봐요, 가인 씨. 그런 얼굴 하지 말고. 옆에 있어줄게요."

"아니에요."

"가운데쯤 타면 괜찮을 거야. 옆에 사람이 많으면 덜 무섭고."

가인은 고개를 끄덕였다. 가운데 자리는 예전에 몇 번 타본 적이 있었다. 사람들 사이에 끼어 있으면, 몸이 공중에 붕 떠서 아래로 내려갈 때의 그 발이 뜨는 느낌이 덜 무섭다.

어쩌면 자극적인 놀이기구를 타고 나면 마음 아픈 건 정도는 잊힐지도 모른다. 군데군데 차권과 나미나를 알아본 사람들이 사진을 찍어댔다. 권이 부드럽게 청했다.

"사진은 다 타고 나서 찍어주면 안 될까요? 오래간만에 즐기고 싶어서요."

사람들이 고개를 끄덕였다. 다행히 아까 간이무대에서 본 사람들이 그런 사람들을 말려주었다.

그러고 보니, 도진하고는 놀이동산 데이트는 못 해봤었다. 길게 늘어선 사람들 틈에 섞여 서 있는데 불쑥 그런 생각이 들었다. 미나는 매니저와 일상적인 대화를 하고 있었는데, 즐겁고 활기차 보였다. 사랑에 빠진 사람은, 사랑에 성공한 사람은 저렇다. 불과 얼마 전만 해도 자신도 그랬다.

권은 가인에게 별달리 말을 걸지는 않았다. 가인의 표정은 평소와 크게 다를 바 없었지만, 권은 뭔가 다름을 느낀 듯했다. 웅성거리는 속에서 뭔가를 묻고 염려해주는 것보단 따로 이야기하는 게 낫겠다 싶은 모양이었다.

저런 배려를 할 줄 아는 사람이, 그때는 왜 그랬을까. 아무리 생각해도 서신영과 차권의 조합은 이상했다. 하지만 개인적인 교제까지 관여할 까닭이 가인에게는 전혀 없었다.

어느새 줄이 줄어들어 순서가 되었다. 권, 미나, 준혁, 가인까지 타자 자리 한 줄이 꽉 찼다. 바이킹이 천천히 속도를 내기 시작했다. 허공에 살짝 붕 떴다, 가라앉았다를 반복하더니 탄력을 받아 더 높이높이 올라가기 시작했다.

가운데 자리라고 얕봤던 게 실수였다. 강렬한 자극이 아픔을 무디게 할까 생각했었지만, 실제로는 그 아픔을 더 크게 만들었다. 비명과 환호를 지르는 사람들 틈에서 뭐라고 크게 외치고 싶었지만, 외려 목소리가 꽉 막혀 나오지 않았다.

이해하지만 참을 수 없어, 도진 씨. 어째서 사랑 하나 하는데 이렇게 힘들지? 그저 서로를 바라보고 서로를 느끼고 서로 행복해지고 싶을 뿐인데, 가만 두지 않는 거지.

나빠. 내 남자한테 손대지 마.

네가 손댈 자격 없어.

멈춰! 멈추란 말이야!

붕붕거리는 소리와 함께 이내 몸이 허공에 높이 솟구쳐 올랐다. 안전바가 있고 바닥에 발은 닿아 있었지만 허공에 떠서 내리찍는다는 느낌은 여전했다.

미나는 신나서 고음으로 소리를 지르고 있었다. 권은 전혀 무섭지 않은지 태연해 보였고, 외려 미나 매니저인 준혁은 즐기는지 싫어하는지 알쏭달쏭한 표정이었다.

"자, 유명하신 분들도 오셨으니 신나게 한 번 더!"

이제 멈췄으면 좋겠다고 생각하는데 결국 한 번 더 굴렀다. 안전바를 잡은 손이 저도 모르게 달달 떨렸다. 그때 그 위로, 따스한 손이 조용히 포개졌다.

"괜찮아요."

권이었다. 사람들은 소리지르느라 아무도 보지 못했다. 닿은 손은 약간의 안심을 주었다. 힘껏 탄력 받은 마지막 바퀴가 끝나고, 바이킹에서 내려오려는데, 발에 힘이 제대로 들어가지 않았다. 미나가 먼저 손을 내밀었고, 그 옆을 차권이 받쳐주었다.

"안 되겠다. 가인이는 쉬고 있어. 나 오빠랑 한 번 더 타고 올 테니까. 미안해. 이렇게까지 못 타는 줄 몰랐네. 쉬었다가 나중에 권이랑 회전목마라도 타."

"다녀와요, 누나. 내가 가인 씨랑 같이 있을게요."

"이렇게 있는 거 불편해요. 사람도 너무 많고."

"괜찮아, 가인. 권이가 잘 둘러댈 거야. 아직 촬영 중이라고 말해도 되고. 애, 그런 거 잘하니까 잘못 소문날 일 없어. 걱정 마."

가인이 조심히 근처 벤치에 앉았다. 권이 그 옆에 적당히 거리를 두고 앉았다.

"물이라도 좀 가져올까요? 괜찮겠어요? 나라도 좀 말렸어야 하는데, 미나 누나가 적극적이다 보니 잘 살피지 못하고 밀어붙이는 경향이 있거든요."

가인이 그 말을 하는 권을 물끄러미 바라보았다. 최근 밖에서 함께하는 남자는 늘 도진이었다. 저 자리는 도진의 자리다. 옆에서 힘들어할 때 손을 잡아줄 사람도 도진이어야 했다.

"괜찮……."

가인이 말을 하다 멈췄다. 눈물이 고여서 세상이 뿌옜다. 이렇게 밖

strawberry kiss

431

에서 대책 없이 우는 사람들을 보면 왜 그럴까 했는데, 이제는 알 것 같았다.

남들이 보기에는 놀이기구에 놀라 우는 여자 같을 테니 그나마 다행이었다. 가인은 그대로 펑펑 울었다.

싫어. 이런 식으로 가짜로라도 헤어지는 거, 나는 싫어.

나쁜 도자기 씨. 도진 씨, 이런 거 싫어.

기다리겠지만, 그래도 싫어. 다른 여자와 친하게 지내는 모습 보여주는 것도 싫어. 약속은 지키겠지만, 그래도 싫어.

우는 등으로 조심스럽게 토닥이는 손길이 느껴졌다. 부담스럽지 않게, 하지만 따뜻하게 권이 가인의 등을 토닥여주고 있었다. 가인이 실컷 울고 고개를 들자, 권이 품에서 손수건 하나를 건네주었다. 가인이 그걸로 얼굴을 대충 닦고 대꾸했다.

"엉망이네요."

"정도진 씨하고 서신영 씨 때문에 그러는 거죠?"

날카로운 질문에 가인이 권을 가만히 바라보았다. 권이 씁쓸한 얼굴로 덧붙였다.

"서신영 사장 취임식 때 있었던 일은 변명할 생각은 없어요. 방법은 확실히 잘못되었지만, 그래도 내 마음은 진심이었으니까. 그때 내가 반했다는 사람, 전에도 고백했듯이 가인 씨예요. 정도진 씨가 그런 식으로 선수 치리라고는 생각 못 했지만요."

권의 말은 달콤하고 유혹적이었다. 부드러운 배려와 그 안에 숨겨진 단단함이 돌담에 스며드는 빗물처럼 힘들어서 갈라진 마음 사이사이로 스며들어왔다.

"지금 너무 힘들면, 나한테 기대도 돼요. 나한테 와도 돼요. 아직 못 잊었다 해도, 먼저 반한 쪽이 지는 거니까요. 이해해요. 언젠가 나 봐줄 때까지 옆에 있고 싶어요. 그래도 될까요?"

가인이 눈물 젖은 얼굴로 권을 바라보았다. 이제는 조금 더 그 간절함을 알겠다. 자신도 사랑을 알아버렸으니까. 힘들어도 그 사람이 아니면 안 되는 그 감정을 알아버렸으니까. 그래서 더더욱.

"안 돼요."

가인이 단호하게 답했다. 권이 웃었다.

"여전히 칼 같네요."

"다른 사람을 마음에 품고 있으면서 힘들다고 그 마음을 또 다른 사람한테 위로받으려는 건 이기적인 행동이에요. 차권 씨에게 그러고 싶지 않아요."

"그래도 된다고 말하는 거잖아요."

"그래서 더 안 된다고 말하는 거예요. 그렇게 해줄 사람인 거 아니까. 그러고 싶지 않아요."

권이 그런 가인을 향해 답했다.

"역시 단호하네요. 그럴 거라고 생각은 했지만. 하지만 내 마음을 기억해줘요. 나도 당신이 아니면 싫으니까."

그러더니 권이 가인의 머리카락을 살며시 잡더니 입 맞추고 놓았다.

"기억해줘요. 내가 늘 당신을 사모하고 있다는 걸. 그러니 당신 눈에서 눈물 나지 않도록 도와줄게요."

strawberry kiss

가인은 한바탕 울고 나니 속이 후련지는 걸 느꼈다. 바이킹을 다 타고 온 미나가 준혁과 움직일 때는 놀이기구를 타지 않더라도 같이 움직여주었다. 넷이서 반짝이는 캐릭터 머리띠를 하고, 시답잖은 농담을 돌아다녔다.

그리고 미나의 부추김으로, 권과 가인은 같이 회전목마를 탔다. 이목 때문에, 함께 탈 수 있는 마차에는 들어가지 않고 권은 가인의 바로 옆 말에 올랐다. 빙글빙글 돌며 목마가 오르락내리락했다. 바깥에 서 있는 사람들과 번쩍이는 불빛들이 같이 빙글빙글 돌았다.

흘러나오는 잔잔한 음악. 회전목마를 타고 즐거워하는 아이들. 연인들. 친구들. 가만히 리듬에 몸을 맡기고 있는데, 권과 시선이 스쳤다.

그제야 가인은, 권이 자신을 계속 바라보고 있었다는 걸 깨달았다. 부드럽고 잔잔한 눈빛. 사랑스럽고 달콤한 걸 바라보는 듯한 시선.

아아, 그래. 저 사람은 아직 날 좋아하는구나. 그러니까 저 사람의 마음이 줄 수 있는 친절에는 기대지 말자. 그게 바로 그 사람을 위한 배려니까, 희망고문은 하지 말자.

사랑이라는 건 참 예쁘고 달콤하고 황홀하지만, 이렇듯 아프고 애절하고 애틋하다. 상대에 대한 마음이 깊어지면 깊어질수록 그 감정의 고조는 창이 되어 심장 한복판을 내리꽂는다.

관통된 심장은 그 창을 빼면 죽을 수도 있다는 걸 알기에 그 짜릿한 고통마저 받아들인다. 아아, 참으로 슬프고 아름답다.

가인은 한결 가벼워진 마음으로 회전목마를 내렸다. 미나는 회전목마를 구경하다 지루했는지 근처에서 준혁과 기념품을 고르고 있었다. 권이 안타까운 듯 말했다.

"이제 가봐야겠네요. 바래다주고 싶은데, 영화 촬영이 끝나지 않아서요."

"괜찮아요. 아, 그리고 손수건……."

"다음에 주세요. 꼭 세탁해서, 직접."

"그냥 미나 언니 통해서 주면 안 될까요?"

가인의 답에 권이 부드럽지만 아련한 얼굴로 물었다.

"전 언제쯤 가인 씨에게 편한 사람이 될까요?"

"지금도 불편하진 않아요. 오늘도 신경 써주셔서 감사했습니다."

"아뇨, 제 말은 언제쯤 절 연애대상으로 봐주실까 하는 겁니다."

"전 사랑하는 사람이 있어요."

"그 한결같은 사랑이 참 부럽네요."

"그런 사람 만나실 거예요."

"그 사랑을 받을 사람이 부러워요."

"……."

가인은 더는 뭐라 답할 수 없었다. 이뤄줄 수 없는 감정이었다. 권이 부드럽게 덧붙였다.

"아까도 말했지만, 언제든 내게 오고 싶으면 와요. 내 마음이 가벼워 보여도, 보이지 않는 마음의 무게는 실제로 느껴보지 않으면 아무도 모르는 거니까요. 내 마음의 진심이 얼마나 무거운지, 언젠가는 직접 손을 뻗어 저울처럼 달아주세요."

그때 미나가 다가왔다.

"뭐야, 분위기가 묘해. 가인, 차권한테 마음이 있으면 언제든 말해. 내 후배라서 하는 얘기가 아니라 정말 괜찮은 녀석이거든. 나만 사랑에 빠질 수 없잖아."

"미나 언니, 괜찮아요."

눈치 없는 미나의 말에 가인은 별다르게 개의치 않고 가볍게 거절했다. 준혁이 권에게 한마디 했다.

"이제 가야 하지 않아? 바쁜데 시간 많이 뺏었네."

"아니에요, 형. 저도 오랜만에 즐거웠어요. 다들 조심해서 들어가세요."

권이 인사를 남기고 떠나갔다. 가인은 아련했던 눈빛이 떠올랐다. 사장 취임식 때 일은 유쾌하지 않았지만, 그렇게라도 하고 싶던 심정은 조금이나마 이해가 갔다.

그 이후, 세 사람은 아이처럼 실컷 놀았다. 미나가 가인을 집 앞까지 태워다주었다.

"오늘 내 억지 들어줘서 고마워."

"저도 재밌었어요, 언니."

"이거 선물."

미나가 투명 비닐로 싼 기다란 선물을 건넸다. 안에는 미나의 친필 사인이 담긴 CD가 가득 있었다.

"다음엔 가인이 좋아하는 걸 알려줘. 내 노래 안 좋아해도, 성의를 생각해서 받아줘."

"아니에요, 언니 노래 좋아하는걸요. 요즘엔 눈물비 많이 듣고 있어요."

그러자 미나가 장난스럽게 대꾸했다.

"그거 슬픈 노래잖아. 우울할 땐 우울한 노래 말고 밝은 걸 들어. 힘든 일이 있어도 마음이 즐거우면 이겨낼 수 있어. 뭐 때문인지는 모르겠지만 힘내."

"고마워요."

"고맙기는 내가 고맙지. 덕분에 준혁이 오빠랑 실컷 데이트했잖아? 그럼 다음에 또 보자, 가인."

"네."

인사와 함께 집으로 올라왔다. 현관문을 열고 들어서자마자, 띠링하고 메시지가 떴다. 도진이었다.

[자?]

[아뇨.]

그러자 바로 전화가 울렸다. 신발을 벗으며 가인이 받자, 도진이 기운 없는 목소리로 말을 걸었다.

— 뿐이, 이 시간까지 뭐 했어?

"좀 놀았어요. 다른 남자랑. 우리 도자기 씨랑 다른 여자랑 팔짱 끼고 사라지는 거 보고 질투 나서."

짓궂게 하는 말에, 답이 잠시 없었다.

— ……미안해.

"미안하라고 한 이야기는 맞는데, 막상 사과를 들으니 맥이 풀리네요."

— 정말 미안한 이야기를 하나 더 해야 할 거 같아서.

가인이 소파 위로 풀썩 앉으며 물었다.

"뭔데요?"

— 오늘 서신영에게 내가 직접 옷을 골라줬어. 액세서리부터 구두까지 전부. 신영을 안심시키기 위해서기는 했는데, 가인에게도 해주지 못한 걸 다른 여자한테 해줬다는 게 너무 기분이 안 좋아. 가인에게 가장 첫 번째로 해주고 싶었는데…….

"서신영 씨한테 입을 옷을 도진 씨가 직접 골라줬다고요?"

놀라서 언성이 커졌다. 얼마나 최악의 코디가 나왔을지는 안 봐도 뻔했다. 구두부터 액세서리까지라니, 그렇게까지 해서라도 결혼을 하고 싶었나. 대단하다. 유쾌함과 불쾌함이 동시에 가슴 언저리에서 돌았다.

"오늘 중요한 모임 아니었어요?"

— 맞아.

"도진 씨가 고른 옷과 구두로 그곳을 갔다고요……?"

— 마음 아프지, 우리 뿐이. 하지만 내가 정말 사랑하는 여자는 당신뿐이야.

가인이 말을 곱씹자 뜻을 오해한 도진이 가인을 달래려 했다. 하지만 가인이 도진의 말을 곱씹은 까닭은 도진의 생각과는 아주 달랐다. 가인이 밝게 답했다.

"아주 잘했어요, 도진 씨."

— 응?

이번만큼은 도진도 놀랐는지 이상한 감탄사를 내뱉었다. 어리둥절한 표정을 상상하니 귀엽게까지 느껴졌다. 가인이 부드럽게 말을 이었다.

"기분, 안 좋았는데 조금 좋아졌네요. 다른 건 몰라도 서신영 씨 옷 같은 걸 골라주는 건 제가 깊이 이해하겠어요. 큰 행사든 작은 행사든 만날 때 모두 골라줘도 돼요. 대신 일이 모두 정리되고 나면, 그땐 나한테 정말 잘해야 해요?"

— 그래, 내가 우리 뿐이 옷 열 개, 아니 백 개라도 골라줄게.

"아뇨. 그럴 필요까지는 없어요. 저는 우리 도자기 씨 사랑만 받아도 좋답니다."

가인이 빙그레 웃으며 답했다. 질투와 멀어진 거리로 인한 아픔은 여전했지만, 그래도 이 남자는 내 손을 꼭 붙들고 있다. 우리는 서로 손을 놓지 않고 서로를 필요로 하고 있다.

사랑한다. 사랑한다. 사랑한다. 우선은 그거면 됐다.

— 정말, 우리 뿐이는 너무 이해심이 깊어. 오늘은 정말 감동받았어.

"네, 그 정도는 감수해야죠. 그래도 가급적이면 서신영 씨와 스킨십은 피해주면 고마울 것 같아요, 도진 씨."

— 그래, 노력할게.

그 뒤로도 소소한 대화가 이어졌다. 가인은 신영이 오늘 옷을 입고 창피를 당했을 생각을 하니 조금 안쓰러운 생각은 들었으나 그뿐이었다. 자기 이득을 위해 누군가에게 피해를 줄 생각을 했다면, 자기도

스트로베리 키스

438

손해를 감수해야 한다.

신영은 한껏 들떠 있었다. 오늘은 도진의 어머니인 한경애를 만나는 날이다. 어쩔 수 없이 한경애를 빌미로 협박하기는 했지만, 만약 서영로 회장이라는 뒷배가 없었다면 절대 먹히지 않았을 도박이었다.

애초에 한경애는 잘못한 게 없었다. 잘못이라면, 시한부를 선고받은 이에게 부정축재한 돈을 환수하는 정도로 처벌을 끝낸 거였다.

한경애는 자선사업과 옷을 잘 입는 재벌가 사모님으로 유명했다. 게다가 곁을 쉽게 주지 않는 이로 유명해, 늘 그 옆에 서보고 싶었다.

"어머니, 오셨어요."

저 멀리 한경애가 보이자, 벌떡 일어난 서신영이 한껏 애교 섞인 목소리로 인사했다. 경애도 우아하게 인사했다.

"처음 보네요. 서신영 씨죠? 이야기는 들었어요. 그래서 한번 보고 싶었답니다."

경애의 태도가 선선한 걸로 보아서, 도진이 자신이 협박한 이야기는 하지 않았을 것 같았다. 결혼을 생각하고 교제하는 아가씨라고 해줬을까? 서영로 회장의 후원을 듬뿍 받고 있으니 세진그룹에도 나쁜 이야기가 아니겠지.

도진은 자신을 탐탁해하고 있지는 않지만, 적어도 이런 면으로는 정직할 남자였다. 신영은 자신과 다르기 때문에 그에게 더 끌린다는 것도 아주 잘 알고 있었다.

신영은 본능적으로 경애의 복장부터 좌르륵 훑었다. 흑백이 조화된 깔끔한 원피스 차림이었다. 신발과 가방까지 명품이었지만 그렇게 고가는 아니었다.

경애는 원래 재벌가 사모님답지 않게 비싸지 않은 브랜드도 잘 입는 편이었고, 그러면서도 우아함을 살리는 스타일로 매우 유명했다.

경애가 부드럽게 권했다.

"여기보다는 다른 곳이 나을 것 같네요. 서신영 씨와 한번 같이 가 보고 싶은 곳이 있었어요. 즐거운 경험이 될 거예요."

"어머니와 함께라면 어디든 즐겁겠지요."

어머니라는 표현에도 경애는 그 점을 굳이 짚지는 않았다. 받아들인다는 뜻이었다. 가인과는 만난 적이 없을 테니, 자신이 도진의 여자로 먼저 소개되었을 거다.

"그럼 가죠."

경애가 눈짓하자, 신영이 눈치 빠르게 일어섰다. 어디로 가게 될까? 여자들끼리니 피부관리실이나 명품관 쇼핑, 혹은 오페라 관람?

오늘 처음 만난 사이니 경애가 관리하는 복지재단이나 미술관 쪽은 가지 않을 것 같았다. 전시회 관람을 간다면 자기가 운영하는 미술관으로 데려가주지는 않을 터다.

그래 준다는 건, 자기 사람이라 받아들이고 정말 마음에 두었단 뜻이니까. 사람들에게 그런 선망의 눈초리를 받게 된다면 얼마나 좋을지, 상상만으로도 짜릿해지는 느낌이었다.

하지만 경애가 데려간 곳은, 신영이 전혀 예상치 못한 곳이었다.

"어서 오세요, 사모님. 준비는 다 되어 있습니다."

회원제로 이용되는 곳이니만큼, 설비는 깨끗했고 사람들은 친절했다. 하지만 신영은 황당해서 아무 말도 할 수 없었다.

"이 옷으로 갈아입고 오시면 됩니다."

허공에는 푸른 빛깔의 천이 걸쳐져 있었다. 플라잉 요가를 하는 곳이었다.

신영은 죽을 맛이었다. 도진과의 파티 때 입었던 기괴한 드레스는 창피함은 주었지만 신체적 괴로움은 주지 않았다. 하지만 지금 하고 있는 동작 하나하나는 근육의 강렬한 통증을 자아내었다.

"어, 어머니는 안 하세요?"

"나는 다른 운동을 하고 있어요. 요가와는 잘 맞지 않는 것 같아서. 우리 도진이를 아주 잘 보살펴주고 있다고 들어서, 내가 요즘 젊은 사람들이 어떤 운동을 좋아하느냐가 물어봤더니 다들 이구동성으로 이게 좋다고 하더군요. 근력이나 관절에도 좋다니 오늘 해보고 괜찮으면 회원제로 끊어줄게요."

"그, 렇게까지 신경 써주시면 제가 너무 죄송해서⋯⋯. 우선 오늘 이것만 해보고요."

해먹의 중앙에 올라가 양반다리를 한 채 기이하게 매달려 있는 자세를 하고 있는 신영이 찌푸려지는 얼굴에 가까스로 미소를 그리며 답했다.

신영은 날씬한 몸매를 위해 정기적으로 트레이너의 도움을 받고는 있었지만 운동신경과 유연성이 남들보다 배로 없는 편에 속했다.

그런 그녀에게 허공에 해먹을 달고 온몸을 이리저리 늘어트리는 플라잉 요가는 끔찍한 쪽에 속했다. 나비자세라는 자세를 잡는 것만으로도 식은땀이 나는데, 옆에서 경애가 한술 더 떴다.

"너무 잘하는 것 같네요. 다른 기초 자세들도 있지 않나요? 백조 모양으로 몸을 쭉 뻗거나 원숭이처럼 거꾸로 매달리거나 하는. 다음번 수강을 언제 할지 모르니 오늘 잘하는 걸 많이 보고 가고 싶네요."

경애가 그린 듯 우아한 미소를 띠며 강사를 채근했다. 아들이나 어머니나 자신을 시험하려 드는 모양이었다. 여기서 포기할 수 없었다.

신영은 이를 악물고 경애에게 미래의 건강한 며느리로서 합격점을 받기 위해 필사적으로 허공에서 손발을 뻗었다. 이후 신영은 녹초가 되었지만, 경애 앞에서는 전혀 내색할 수 없었다.

"그럼 다음에 또 보도록 해요."

경애가 우아한 인사를 끝으로 신영을 둔 채 개인차를 타고 사라졌다. 신영이 도진에게 전화를 바로 걸었다. 누구에게라도 하소연하지 않을 수 없었다.

"오늘 너무 힘들었어요. 도진 씨 어머니가 하루 종일 플라잉 요가를 시키셨다고요!"

잠시의 침묵 후, 도진이 답했다.

ㅡ 두리안을 쉽게 먹으려 들면 어려운 법이야. 스스로 두리안을 먹겠다고 했으니 견뎌봐야 하지 않을까?

"도진 씨, 그게 무슨 생뚱맞은 말이에요?"

ㅡ 잘 생각해봐. 무슨 뜻인지. 지금은 너무 바쁘니 끊지.

뚝, 하고 끊어지는 전화는 이성을 마비시키기 충분했다. 두리안? 두리안이 뭐 어쨌다고? 그 구역질나는 냄새가 나는 과일하고 이 상황이 도대체 무슨 상관이라고? 원래 이렇게 말이 앞뒤가 안 맞는 남자였나?

신영은 도진이 이야기한 두리안에 대해 전혀 알아듣지 못했다. 그저 너무 열받은 나머지 자신의 개인비서에게 별것 아닌 걸로 트집을 잡으며 휴대전화로 화풀이를 했을 뿐이었다.

strawberry kiss

경애는 돌아가는 차 안에서 가만히 생각에 잠겨 있었다.

서신영. 자신을 빌미로 서영로 회장의 뒷배를 업고 도진에게 결혼하자며 협박했다 들었다. 신영의 예상과는 달리 도진은 자신의 부모님에게 모든 걸 이야기했고, 덧붙여 가인과는 잠시 떨어져 있지만 절대 헤어지지 않을 거라는 선언을 다시 한 번 했다.

살면서 저렇게 영악하게 굴어야 하는 순간이 누구에게나 한 번쯤은 올지 모른다. 하지만 자기가 마음에 드는 남자의 어머니까지 들먹이면서 제 뜻대로 하는 사람의 인성은 바닥이나 마찬가지 아닌가.

제 앞에서 당당히 도진을 사랑한다며 어떤 역경에도 변함없이 그를 택하겠노라 선언한 서가인에는 조금도 비교할 수 없었다. 저런 인성이라면, 자신에게 불리할 상황이 되면 누구든 버릴 것이다.

그게 설령 자기가 수단방법을 가리지 않고 잡고 싶었던 도진이라 할지라도. 경애는 그런 여자한테 제 아들을 맡기고 싶은 생각은 추호도 없었다.

오늘 불러낸 건, 도진이 알아보는 게 확실시 될 때까지 신영을 착각하게 하고 싶었기 때문이었다. 한편으로는 승승장구하고 있다고 믿고 있는 신영에게 물을 먹이고 싶기도 했다. 그래서 관심도 없는 플라잉 요가를 신영에게 권했다. 물론 사전에 그런 종류의 운동에는 학을 뗀다는 사실도 알아내었다.

협박이라니. 묵과할 수 없었다.

그때 휴대전화가 울렸다. 기다리던 전화였다.

"알아봤어?"

– 거의 확실한 거 같아, 언니.

"그래, 네가 허튼소리를 하진 않았겠지. 확실시되면 말해줘."

경애는 차창 밖을 바라보았다. 시간이 참 더디 흘렀다. 만약 제가 신뢰하는 김미희가 말하는 것이 사실이라면, 모든 걸 뒤집을 수 있는 한판 승부가 될 만했다.

아픈 이로 딸기를 깨물면 시리다

표면상으로 도진과 가인이 헤어진 지 한 달이 되어가고 있었다. 업계에서는 신영이 어떻게 떠벌리고 다니는지, 도진과 신영이 조만간 약혼할 것처럼 간간이 소문이 돌고 있었다.

도진은 사업상의 파트너일 뿐이라고 사람들 앞에서 못을 박기는 했지만, 중요 모임에 신영을 데리고 다니는 경우가 잦아졌기 때문에 사람들은 조금씩 신영의 주장에 관심을 갖기 시작했다.

권은 신영의 취향대로 한껏 꾸며진 사장실 안에 있었다. 벽면을 전부 싹 바꿨는지 아직 생채기 하나 나지 않은 패널이 물 흐르듯 쓰인 필체로 대명건설이라고 커다랗게 박혀 있었다.

붉은색을 굉장히 좋아하는지 사장실 대부분은 붉은색 계열로 꾸며져 있었다.

권은 기다리는 동안, 일부러 보란 듯 늘어놓은 탁자 위 서류들을 눈으로 죽 훑어보았다. 사람을 불러놓고 이런 내밀한 문서를 훤히 볼 수 있는 자리에 두다니 무슨 심보인지 전혀 알 수 없었다.

달칵, 문이 열리고 서신영이 들어왔다. 신영은 요즘 사장 취임식 때와는 달리 점점 패션 테러리스트가 되어가고 있는 데다 뭐에 시달리는지 볼살도 쏙 빠져 보기 좋지 않았다.

오늘도 기괴한 무늬의 블라우스를 빨간 앵두 치마 위에 입었는데 하나라도 좀 정리를 하라고 말하고 싶을 정도였다.

게다가 더 어이없는 건 입고 있는 옷들이 하나 같이 명품이라는 사실이다. 사람들은 그녀가 사장 취임식 때 입은 옷에 대해서도 처음엔 파격이라 생각했던 걸 지금은 그저 센스가 없어서 입었던 거라고 생각하기까지 했다.

그러나 태도만큼은 여지없이 기세등등했다. 권은 그런 신영의 모습에는 신경 쓰지 않았다.

권의 표정이 심각해 보이자, 신영이 먼저 선수를 쳤다.

"여기 서류들 다 보셨어요?"

"네. 보지 않으려 해도 보란 듯이 펼쳐져 있어서 볼 수밖에 없겠더군요. 이거 부당거래 아닌가요?"

신영이 취임한 이후로 대명건설의 주가는 비정상이라고 생각될 만큼 상승세를 보이고 있었다. 꼭 누군가가 작전을 걸고 있는 것처럼.

하지만 아무리 별 볼일 없어 보이는 회사라 할지라도 MA&M 그룹과 연계되어 있고, 서영로 회장의 비호를 받으며 취임한 서신영 사장이 직접 그 작전에 관여되어 있으리라고 생각하는 이는 드물었다.

신영이 태연히 답했다.

"요즘 다들 이렇게 해요. 걸리는 사람이 운이 없는 거죠. 계획을 치밀하게 짜고 돈 잘 먹이면 어지간하면 안 걸려요. 내가 왜 이걸 하민 씨한테 보여주는 줄 알아요?"

"왜죠?"

신영이 깔깔대며 웃었다.

"똑똑한 줄 알았는데 아니네. 우린 한 배를 탄 거예요. 그런 의미에서 안하민 씨한테 모두 보여준 거예요. 혹시라도 이거 까발릴 생각 조금도 하지 마요. 수단방법 안 가리고 안하민씨도 공범으로 잡고 늘어질 거니까."

권이 차갑게 식은 눈으로 답했다.

"주식이 뭔지도 잘 모르는 사람에게 공갈협박을 하는 겁니까? 그것도 저렴한 말투를 써가며?"

"공갈협박이라뇨. 난 그런 여자 아니에요. 다만 말할 필요가 있다고 생각했을 뿐이에요."

신영이 지그시 권을 바라보았다. 차권이라는 톱스타로서나, 혹은 본명인 안하민으로서나 이런 주식 조작에 놀아났다는 사실만으로도 큰 이슈가 될 터다. 신영은 일부러 그 사실을 권에게 주지시켰다.

"서가인 씨 꼬시는 건 잘되어가고 있어요?"

"말하지 않아도 열심히 하고 있습니다."

"어차피 조만간 정도진 씨와 내가 결혼하게 될 거 같지만, 그래도 난 걸림돌은 제대로 제거하고 싶어요. 그래서 안하민 씨와도 손잡은 거고. 확실하게 해주기를 바라고 있어요."

"난 서가인만 옆에 둘 수 있으면 돼요. 그거 외에는 이렇게 사람 오라 가라 할 필요는 없다고 생각되는데요."

"서가인을 확실히 안하민 씨 걸로 만들면 그때는 안 부를게요. 걱정 마요. 아, 그럼 인터뷰가 있어서 잠시만 나갔다 올게요."

"그럼 난 게임이라도 하고 있죠."

권이 더는 할 말이 없다는 듯 휴대전화를 꺼내들었다. 알록달록한 영상과 함께 풍선 터지는 모양이 화면 가득 메웠다. 손가락으로 톡톡 풍선을 터트리는 모양을 한심하게 바라보며 신영이 자리를 폈다.

관련 자료들이 권 앞 탁자에 널브러져 있었지만 신영은 조금도 걱정하지 않았다. 어차피 협박용으로 준비한 거고 일부러 이해를 제대로 못 할까 봐 부당거래 내용까지 상세히 보여주었다.

차권은 도덕적인 이미지가 강한 사람이니, 모르는 일이라고 발뺌하더라도 어떻게든 엮어서 피를 볼 수 있다는 사실을 주지시키고 싶었던 것뿐이다.

권이 나가면 자료는 바로 문서파쇄기에 넣을 생각이었고, 관련 자료는 USB에 잘 넣어 이미 제 비밀서랍에 안전하게 보관 중이었다.

어차피 평생 딴따라만 하던 인간이 그 서류의 중요성을 알 리 없다. 작전주를 실행하는 펀드 매니저와 관련업계 사람들의 연락처까지 나와 있었지만 차권이 제 발등 찍는 일 따윈 하지 않을 터다.

신영은 대명건설의 안위 따위는 관심도 없었다. 자기가 더 높은 자리로 가기 위한 발판에 불과했다. 중요한 건 자기가 사장 자리에 있을 때 최고의 주가를 올림으로 제 능력이 돋보이는 거, 그거 하나다.

여기에 머물 시간이 그리 길지 않다고 보았기 때문에, 지금은 작전을 걸어 주가를 잘 띄워놓고 자기는 퇴장하면 그만이다. 그 이후는 강한 놈이 알아서 살아남기 마련이었다.

신영은 기다리고 있는 기자와 일부러 사무실이 잘 보이는 자리로 앉았다. 블라인드를 열어둔 제 사장실 투명 유리로 하민이 여전히 휴대전화에 시선을 고정한 채 계속 터치를 하는 게 보였다. 간간이 뭔가 게임이 잘 되는지 커다랗게 손을 움직이기도 했다.

남자들은 다 커도 게임 같은 거에 집착한다. 애라니까.

신영은 도리질하며 방문객을 향해 그린 듯 인위적인 미소를 띠어 보였다. 이제 모든 일이 승승장구였다. 신분상승의 신데렐라를 꿈꾸며 거지같이 도진에게 매달려 있던 여자는 이제 떨어져나가고 없었다.

다만, 제가 입고 있는 옷이 좀 끔찍했다. 차마 안 입을 수 없었던 건, 이번 인터뷰를 위해 도진이 골랐다며 백화점 직원이 자신에게 바로 전달을 해 왔기 때문이다.

사진 찍을 때 제가 골라준 옷을 안 입은 걸 안다면 분명 한층 더 냉랭하게 굴 걸 알았기에 신영은 어쩔 수 없이 울며 겨자 먹기로 옷을 입었다.

처음에는 시험이라고 생각했는데, 크고 작은 모임 때마다 옷을 골라주는 걸 보면 도진의 취향이 그냥 괴상한 건가 하는 생각이 들기도 했다.

하지만 정도진 본인은 너무나 핏이 잘 살고 멋들어진 걸 입는 데다, 주변에 선물하는 걸 보면 정상을 넘어 훌륭했다.

자기에게 이렇게 유치한 괴롭힘을 하는 건, 가인과 헤어지게 한 보복인가 싶기도 했다. 하지만 이 정도는 감수할 수 있었다. 제 욕구만 충족시킬 수 있다면.

자신이 세진그룹 사모님이 되고 서영로 회장의 인정을 받아 MA&M 그룹에 큰 영향력을 미치게 되면, 이 정도 수모 정도야 아무것도 아닌 게 될 거다.

도진의 이 끔찍한 옷 따위는 단박에 무시해버려야지.

지금은 원하는 것을 위해 잠시 숨을 죽이고 있을 때였다. 욕망에 솔직한 자신이 요즘 시대의 워너비라고 스스로 생각하며 신영은 즐겁게 대화를 시작했다.

strawberry kiss

가인은 퇴근 준비를 하고 있었다. 일주일 일정은 이미 체크되어 있었고, 내일 스케줄도 세 번 이상 확인했다. 전두식 전무는 오늘은 특별한 일이 없다고 했다.

전화벨이 울렸다.

"감사합니다. 전두식 전무님 비서인 서가인입니다. 용건이 있으시면 말씀해주세요."

— 나야. 아직 퇴근 안 했나 보군.

"네, 전무님, 무슨 일이신가요?"

— 지금 여기 NN일식집인데, 마닐라 프로젝트 자료 좀 찾아줬으면

좋겠어. C안으로 가져다줘.

한적한 곳에 자리 잡은 고급 일식집이었다. 다행히 도심만 벗어나면 그렇게 차가 많이 밀릴 것 같지는 않았다. 퇴근하려던 찰나에 아무런 언질 없이 갑작스레 주어진 업무였다.

게다가 개인적인 약속 중에 갑자기 잡힌 비즈니스 대화인가 보다. 충분히 투덜거릴 수 있는 상황이었다. 하지만 가인은 차분히 응대했다.

"네, 알겠습니다. 시간이 좀 걸릴 것 같은데 괜찮으시겠습니까?"

– 기다릴 수 있어. 술 한잔씩들 하고 있으니까.

"알겠습니다."

가인은 전화를 끊고 재빨리 자료를 검색했다. 다행히 평소 잘 찾을 수 있게 배열해놓는 습관 때문에 자료를 찾는 건 어렵지 않았다.

가인은 재빠르게 출력해서 깔끔하게 묶은 뒤 얼른 택시를 탔다. 퀵으로 보내줄 수 있다면 좋겠지만 어찌되었든 회사 프로젝트가 담겨져 있었고 기밀이 아니라 할지라도 직접 가져다주는 게 나을 성싶었다.

다행히 차가 막히지는 않아 그리 늦지 않게 도착할 수 있었다. 돌과 나무 계단으로 장식된 초입은 한적하고 운치 있었다. 나무로 그늘진 입구를 지나 일식집으로 들어갔다. 종업원이 단정한 인사와 함께 가인을 금세 안내해주었다.

방에는 왁자한 소리가 가득했다. 종업원이 안에 들어가 뭐라 하자, 전두식 전무가 나왔다.

"전무님, 말씀하신 자료입니다. 맞는지 한번 확인해보세요."

그러자 전두식 전무가 술 한잔 걸쳤는지 얼큰해진 얼굴로 자료를 받아 들었다. 평소 같았으면 자료를 후루룩 보며 틀린 게 없나 확인하고 면박이라도 주려고 했을 텐데, 그렇지 않았다.

"잘했겠지."

의외의 칭찬에 가인이 조금 놀랐다. 술김에 보인 진심인 건지, 아니면 술김에 기분이 좋아 넘어가려는 건지 정확히는 알 수 없었다. 그때, 날카로운 목소리가 뒤에서 들려왔다.

"이런 곳에서 보다니, 우연이네요."

신영이 회사 직원으로 보이는 몇 명을 데리고 서 있었다. 차림새가 아주 촌스러웠는데, 70년대에나 입을 법한 탁한 초록색 블라우스에 그 밑에는 무늬도 디자인도 딱 할머니 몸뻬 같은 하의를 입고 있었다.

게다가 블라우스에는 쥐가 파먹은 듯한 검은 얼룩이 군데군데 보이는 꽃 코르사주를 달고 있었는데, 마치 커다랗고 흉악한 거미가 달려 있는 것 같은 느낌이었다. 신발은 어린이들이나 신을 법한 슬리퍼 같은 이상한 재질로, 목욕탕 욕실화와 흡사했다.

가인은 한눈에 도진이 골라준 옷임을 알아차렸다. 그리고 제가 말한 건 충실히 이행해서 서신영에게 엿을 선물한 도진이 기특하게 느껴졌다.

신영 또한 제 차림이 기괴하다는 걸 알고 있을 텐데도, 그 도도하고 오만한 태도는 여전했다. 신영이 가인을 발견하곤 묘한 눈빛으로 가인과 전두식 전무를 훑었다. 거만하고 기분 나쁜 태도였다.

"어머, 여긴 어쩐 일이에요? 선이라도 보러 왔어요? 앞에는, 소개받은 남자분?"

한눈에 봐도 아버지와 딸뻘로 나이차가 확연한 데다 어울리지 않는데도 신영은 일부러 기분이 상하라는 것처럼 자기 회사 사람들 앞에서 큰 소리로 떠벌렸다. 원치 않게 시선이 몰렸다.

가인이 가볍게 한숨을 쉬고 상황을 수습하려는데, 의외로 전두식 전무가 나섰다.

"내 부하직원입니다, 서신영 사장님. 실수로 빠트린 자료를 갖다달라고 해서 퇴근도 미루고 성실하게 달려온 사람입니다. 장난이라도 그런 말씀은 마십시오. 저는 이제 조금 있음 손자를 볼 나이인데, 제

마누라가 알면 섭섭해합니다."

"그냥 분위기 좋아지라고 농을 좀 건넨 것뿐이에요."

"이 친구는 일 문제로 왔으니 그런 농은 삼가시지요."

전두식 전무가 상기된 얼굴로 반박하자, 신영이 기분이 상한 듯 대꾸했다.

"딱딱하게 굴지 말아요. 흠, 세진그룹 소속이실 텐데, 오래오래 다니시려면 조심하셔야죠. 도진 씨한테 말 좀 하고 싶네요. 성함이 어떻게 되시죠?"

"전두식 전무입니다."

"흐음. 알아두겠어요."

"그럼 살펴 가십시오. 서 비서, 이제 퇴근하도록 하게. 가외의 시간에 업무 보느라 수고했어."

"네, 알겠습니다."

신영이 흥 소리가 날 정도로 콧소리를 내더니 전두식 전무 옆을 고개를 치켜들고 보란 듯이 사람들과 지나갔다. 뒤에 서 있던 사람들은 말은 없었지만 신영의 행동에 눈살을 약간 찌푸린 직원도 있었다. 두식이 자기 손님이 있는 방으로 들어가려다, 서신영을 불렀다.

"서신영 사장님."

"네?"

신영이 저한테 사과라도 하려나 싶어 도도하게 쳐다봤다. 두식이 빙그레 웃었다.

"옷에 달린 코사지가 참 인상적입니다. 커다란 벌레라도 달려 있는 것 같군요. 어울리십니다."

욕인지 칭찬인지 모를 말을 내뱉고 두식이 고개를 꾸벅하고 방으로 들어갔다. 신영은 신경질이 났으나 사람들 앞이라 아무렇지 않은 척 애쓰며 몸을 돌렸다. 그러나 돌리는 와중에도, 떠나가는 가인을 향해 눈을 흘기는 걸 잊지 않았다.

가인은 그런 신영을 신경조차 쓰지 않았다. 다만, 전두식 전무가 자신의 편을 들어준 게 의외였을 뿐이다.

가인은 두식이 성미 급하고 막무가내지만 제 사람이라고 생각하는 사람은 살뜰히 챙기는 면이 있다는 걸 깨달았다. 힘든 회사생활에서 조금이나마 보람이 느껴지는 순간이었다.

strawberry kiss

가인은 움직여야 할 필요를 느꼈다. 도진의 자신에 대한 마음이 변했다고 생각하지는 않았다. 도진과는 지금도 틈틈이 연락을 주고받았다. 하지만 그녀는 비서직에 있었기 때문에, 업계의 정보나 소문에 대해 빠를 수밖에 없었다.

도진은 그녀에게 걱정을 끼치지 않으려는 듯 모든 이야기를 다 해주지 않았다. 신영을 흔들 수 있는 약점이 있고, 그걸 캐고 있다는 정도로 말해주었을 뿐이었다.

서영로 회장이 신영에게 손을 떼게 하고, 신영이 도진을 움켜쥐고 있는 행동을 막을 만한 충분한 약점.

그렇지만 이렇게 도진이 손을 내밀어주기만을 기다리고 있는 건, 나쁘진 않았지만 좋지도 않았다. 연인이란 모름지기 함께 상의할 줄 알아야 한다. 부부란 존중하고 서로를 도울 줄 알아야 한다. 그렇다면, 때로는 여자가 움직여야 할 때도 있는 법이다. 약간은 무모해 보일지라도.

도진에게 알릴까 하다가 이번만큼은 도진도 느끼는 바가 있으리라 알리지 않기로 했다. 안전을 생각하면 알리는 게 낫겠지만, 그래도 최대한 조심하며 움직일 테니 가능할 터였다. 성공 가능성은, 반반.

그 전에 꼭 미리 알려야 하는 쪽이 있었다. 바로, 부모님. 가인은 성인이었지만, 중요한 결정이나 행동을 앞두었을 때 부모님의 의사를 무시하고 싶지 않았다.

말린다면 어느 정도 다시 재고는 해볼 생각이었다. 그리고 자신이 움직이려는 방향을 알아야, 부모님도 후에 제 안전을 도모할 터였다.

그리고 이미 전날 통화도 모두 마쳤다.

— 그렇게 하고 싶은 거니?

「네, 아빠.」

— 무모해 보이지만, 가능성이 없는 건 아니지. 그리고 혹시 거물이라 해도 안전은 걱정하지 마라.

늘 자상하고 든든한 아버지의 목소리

— 넌 내가 지킬 테니. 넌 부당하게 빼앗겼다고 생각하는 네 몫을 찾으러 가렴. 뒤에는 아빠가 있다는 걸 잊지 말고.

「고마워요.」

가인은 실상 조금 놀랐다. 아버지도, 혹은 어머니라도 자신을 말릴 줄 알았다. 하지만 어머니마저 제 결정을 지지해주었다. 그것만으로도 충분히 감사한 일이었다.

— 그놈이 그렇게 좋으냐.

「벌써 놈이에요?」

— 우리 딸 마음고생시키는 남자는 다 놈이야. 육두문자 안 나간 걸 고맙게 생각하라고 해라.

「나중에 꼭 전해줄게요.」

이어진 뒷말은 긴장을 풀어주기 충분했다. 가인은 가벼운 웃음과 함께 통화를 끊을 수 있었다.

전날 부모님과의 통화를 되새김질하며, 가인은 심호흡을 크게 했다. 시간은 퇴근시간 가까이 되어 있었다. 가인은 이내 결심한 듯 어느 번호를 눌렀다.

– 네, MA&M 그룹 회장실입니다.

전화기 너머 분명하고 친절한 비서의 목소리가 울렸다. 회장실의 직통번호는 쉽게 알 수 있는 게 아니었지만, 그렇다고 못 구할 것도 아니었다. 가인도 침착하게 답했다.

"서영로 회장님을 부탁드립니다. 세진그룹 비서실의 서가인 비서입니다."

직통번호로 바로 전화하는 경우는 많지 않았다. 직접 걸었다는 것은 서영로 회장과 직접 통화할 만큼의 친분이나 혹은 그만큼 일적으로 필요한 관계라는 뜻도 되었다. 그래서인지 상대측도 완벽한 거절이 아닌 지극히 상식적인 답변을 내놓았다.

– 회장님은 약속 없이 연락하시기 어렵습니다.

"알고 있습니다. 한번 말씀이라도 전해주세요."

– 그러면 잠시 기다려주십시오.

띠, 울리는 소리와 함께 잠시의 기다림이 지속되었다. 가인은 마른침을 꿀꺽 삼켰다. 모 아니면 도였다. 여기서 바로 거절당하면, 다른 수를 생각하면 된다. 혹시 제 계획대로 연결이 된다면, 그때는 정말 원하는 바에 가까이 다가갈 수 있다.

일개 비서가 한 그룹 회장에게 개인전화를 걸리라고는 아무도 생각하지 못할 터다. 게다가 직책이 비서이니, 그 위에 모시는 상사의 지시나 일적으로 급히 처리할 일이 생겼다는 정도로 판단할 터였다.

– ……회장님이 통화하시겠답니다.

당돌하고 무식한 작전이었지만, 통했다. 가인은 지독히 긴장한 자신을 수화기 너머로 감추고, 침착함을 유지하기 위해 애썼다. 다행히 목소리는 평소와 다름없이 차분하게 흘러나왔다.

"안녕하세요, 서영로 회장님. 세진그룹 비서실의 서가인 비서라고 합니다."

– 전에 한번 본 것 같군. 무슨 용건인가?

나이가 꽤 있었지만, 서영로 회장의 목소리는 묵직함이 있었다. 그러나 가인은 그 기세에 눌리지 않았다.

"개인적인 이야기를 하나 드리고 싶습니다. 회사 전화를 사적으로 이용하면 안 되는 건 알지만, 회장님께 드리는 전화는 이 라인이 아니면 연락 자체가 어려울 것 같아서요."

– 회사 전화는 사적인 전화를 하기 위한 게 아니지 않나.

"정도진 사장님과 서신영 사장님에 대해 여쭙고 싶은 게 있습니다. 서신영 사장님이 정도진 사장님과 최근에 급속히 가까워진 건, 서영로 회장님이라는 큰 산의 역할도 상당했다고 저는 봅니다. 그래서 회장님과 대화를 하고 싶습니다."

– 아가씨가 무슨 권한으로?

"제가 정도진 사장님과 사랑하는 사이니까요. 권리는 충분하다고 생각합니다. 그리고 서영로 회장님과 대화하지 않으면, 절대 이 얽힌 관계가 해결되지 않으리라 생각합니다."

– 어째서 그렇다고 생각하지?

"서신영 사장님이 서영로 회장님을 뒷배로 생각하고 있으니까요. 하지만 전 회장님이 합리적인 분이시라고 생각합니다. 그래서 대화 나누고 싶습니다."

– 직설적인 아가씨로군.

전화기 너머는 잠시 말이 없었다. 도발이 먹혔기를 바라는 수밖에 없었다. 상대는 대기업 회장이었고, 자신은 그저 타 회사 일개 사원에 불과했다. 하지만 가인에게는 만날 수 있을지도 모른다는, 그런 무모한 감이 있었다.

침묵이 끝나고, 답이 들려왔다.

– 보겠네. 비서한테 연결해줄 테니 휴대전화 번호를 알려주게. 거기로 어디로 올지 알려주겠네.

"바쁘신데 감사합니다."

– 안 그래도 한번 봐야 하는 게 아닌가 생각은 하고 있었네.

"알겠습니다."

신호음 끊어지는 소리가 울리자, 가인은 수화기를 움켜쥔 채 긴장이 풀린 한숨을 내뱉었다. 하나의 관문은 넘었다. 하지만 하나가 더 남아 있었다.

가인은 미리 준비한 대로 어디론가 전화를 한 통 걸고, 주소지가 적힌 메시지를 확인한 후 곧바로 움직였다.

strawberry kiss

약속장소는 한남동이었다. 근처에서 택시에서 내려 신분을 대고 출입문을 지나니 커다란 식물원을 연상케 하는 정원이 나타났다. 끝 간데 없이 넓은 정원을 거쳐 깔끔하지만 웅장한 느낌을 주는 본채로 들어섰다. 건물은 본채와 별채로 이뤄져 있었는데, 두 건물 다 굉장한 부지를 자랑했다.

하지만 가인은 전혀 기죽지 않았다. 이 정도로 기죽을 정도라면, 애초에 여기로 오지 않았다. 그녀는 오직 하나만을 생각하고 있었다.

수많은 사용인들을 지나쳐 고풍스러운 응접실로 접어들기 전, 한눈에도 보디가드처럼 보이는 여자들이 가인을 둘러쌌다. 그때 응접실에서 소리가 들렸다.

"몸수색은 하지 말게. 그런 아가씨가 아니니까."

"하지만 회장님, 언제든 원칙은 지키는 게 좋습니다."

"정 걱정되면 지척에 있게. 어떤 일이 생기든 지킬 수 있으면 되는 거 아닌가? 이 아가씨도 생각이 있다면 내 집에서 일을 벌이는 미친 짓은 하지 않겠지. 증인이며 CCTV며 자기한테 불리한 증거를 모조리 감수하고 말이야. 그냥 평범한 아가씨네."

서영로 회장이 그렇게 말하다, 정정했다.

"아, 좀 대범하고 평범한 아가씨네."

여자 보디가드들은 조금 못마땅한 듯했지만, 이내 일정선으로 물러섰다. 영로가 가인을 똑바로 바라보며 조금 웃었다. 가인이 바로 인사했다.

"이렇게 갑자기 찾아뵙게 되어 죄송합니다. 하지만 한 가지 확인하고 싶은 게 있어서 왔습니다."

"우선 앉지. 큰일이든 작은 일이든, 여유를 잃으면 큰 그림을 볼 수 없어."

"감사합니다."

가인이 영로가 권한 소파에 앉았다. 영로는 그 맞은편에 앉은 채 가인을 뚫어져라 바라보았다. 둘 다 꼿꼿한 자세가 매우 닮아 있었다.

사용인 둘이 들어와 영로의 앞과 가인의 앞에 따뜻한 차와 다과를 놓았다. 차에서는 김이 올라오고 있었다. 팽팽한 긴장감과는 다르게 김은 모락모락 평화롭게 허공으로 올랐다.

"하고 싶은 말이 많아 보이는군. 하게."

영로가 찻잔을 들어 부드럽게 감싸며 느긋이 물었다. 그러나 눈빛만은 날카롭게 살아 있었다. 세월의 풍파는 무시할 수 없는, 그런 눈빛이었다. 위압감이 들어서, 특별한 일이 없다면 자리를 박차고 나가고 싶게끔 만드는 매서움이었다.

하지만 가인은 물러설 수 없었다. 지금 자신이 할 수 있는 일은 이것밖에는 없었다. 어리석어 보이기까지 한 계획이라는 건 본인도 알 수 있었다. 하지만 이거라도 하고 싶었다. 아무것도 하지 않은 채 마음 졸이는 건 이제 그만하고 싶었다.

"귀중한 시간 오래 빼앗지 않겠습니다. 단도직입적으로 말씀드리겠습니다. 전화로 말씀드렸다시피, 저와 정도진 씨는 서로 사랑하는 사이입니다. 그런데 도진 씨가 서신영 사장이 자신을 협박하며 사귀도록 강요했다고 했습니다. 도진 씨 정도면 어지간한 권력싸움에서 밀리지 않습니다.

하지만 그렇게까지 된 데는, 회장님이 회장님의 권한으로 서신영 씨 스스로 얻을 수 있는 권한보다 훨씬 큰 권한을 주셔서, 그걸로 세진그룹 정도진 사장을 몰아세워 지금 세간에 약혼 이야기까지 돌고 있는 것 아닙니까?"

영로가 가만히 가인을 바라보았다. 그리고 짧게 대꾸했다.

"맞네."

"인정하시는 겁니까?"

"그래. 하지만 내게서 그런 대답을 받아봤자 무슨 소용이 있지? 아무런 힘도 영향력도 없는 일개의 아가씨에게 내가 서신영이 정도진을 쥐락펴락할 수 있을 만한 힘을 줬다고 말해준다 한들, 그저 말에 불과하지 않은가?

지금 내 대답을 듣고 밖을 나가도 할 수 있는 건 아무것도 없어. 그저 제대로 된 진실을 하나 알았다는 것? 자네가 사랑하는 남자의 마음이 변하지 않았다는 것? 하지만 결국 정도진 그 친구도 힘에 밀려 아가씨의 손을 놓아버리지 않았나?"

"놓지 않았습니다. 돌아오겠다고 했으니까요. 시간이 걸릴 뿐, 저는 그 말을 믿습니다."

"순진하군."

그때, 가인이 제 손에 계속 쥐고 있던 휴대전화를 들어 보였다. 휴대전화는, 계속 통화 중으로 되어 있었다. 그리고 통화 중 녹음인 빨간 버튼이 눌려 있었다. 가인이 차분히 대꾸했다.

"지금 회장님이 말씀하신 발언, 여기 제 휴대전화에 모두 녹음되어 있습니다."

영로의 표정이 미묘하게 변했다. 이런 짓을 벌일 거라고는 생각도 못 했다는 표정이었다. 상대를 얕잡아 보고 방심한 게 패인이었다.

"지금 날 협박하는 건가?"

"서신영 사장이 회장님을 등에 업고 다른 이를 제 뜻대로 조종하도록 두신 분이 하실 말씀은 아닌 것 같습니다."

가인의 흔들림 없는 차분한 대꾸에, 서영로 회장이 크게 웃음을 터트렸다.

"그래, 배짱 하나는 인정하지. 하지만 여기는 내 사람들이 가득 차 있어. 아가씨 휴대전화야 빼앗아버리면 그만이지. 휴대전화 비는 걱정 말게. 배로 쳐줄 테니. 오랜만에 아주 대단한 아가씨를 보았군. 하지만 아직 수가 얕아."

가인이 그런 반응을 예상했다는 듯 태연히 답했다.

"이 휴대전화를 뺏길 거라는 생각, 당연히 하고 왔습니다. 녹음할 생각이었다면 초소형 녹음기라도 사서 가져왔겠지요. 하지만 왜 휴대전화 통화 중을 굳이 눌렀는지는 생각 안 해보셨습니까?"

영로가 웃음을 멈추고 가인을 바라보았다. 그러나 표정엔 분노보다는 호기심이 어렸다.

"그래서?"

"회장님이 전혀 모를 사람이 이 휴대전화를 받아 동시에 녹음을 하고 있습니다. 이 녹음파일이 없어진대도, 그쪽에서 녹음한 파일을 충분히 유용하게 쓸 수 있습니다."

"내가 경로를 막아버린다면?"

"세진그룹에서도 자기 아들이 이런 치욕스러운 일을 당한 걸 알게 되면 가만히 있지 않을 겁니다. 이 자료를 충분히 잘 활용할 수 있겠죠. MA&M 그룹이 대단한 건 알고 있습니다. 하지만 세진그룹을 적으로 돌리기에는 조금 피곤하실 것 같습니다만."

"지금 날 협박하는 건가?"

"협박이 아니라 제안을 드리고 싶습니다, 회장님. 서신영 사장님에게 지원을 하는 건 좋습니다. 하지만 그 지원이 잘못된 방향으로 흐른다면, 회장님께도 좋을 일이 뭐가 있을까요?"

가인이 차분함을 유지하며 대화를 이어나갔다. 영로가 날카롭게 되물었다.

"내가 그 이야기를 들어서 얻을 게 뭐가 있지? MA&M과 세진그룹의 만남은 상당한 영향력을 가져다줄 텐데, 내가 아가씨의 이야기를 들어서 얻는 이득은 뭐지?"

가인이 대범하게 미소 지었다.

"인간으로서의 도의와 서로 사랑하는 이들에 대한 존중을 얻게 되실 겁니다. 그건 돈으로 주고 사기 어려운 거죠. 저는 회장님이 그런 존경을 받으시기 충분한 훌륭한 분이라고 생각하고 있습니다."

가인이 영로를 반듯하고 품위 있게 바라보며 말을 이었다.

"제 남자를 돌려주세요, 서영로 회장님. 회장님께서 손을 거두시면 서신영 씨가 권력을 휘두르며 제 남자를 빼앗아갈 일도 없겠지요. 제 남자만 돌려주신다면, 그 외의 서신영 씨에게 어떤 혜택을 주시든 그건 회장님 뜻대로 하실 일이라고 생각합니다."

영로가 가인을 지그시 바라보았다. 그리고 아깝다는 듯 고개를 끄덕였다.

"정도진이 대어를 낚았군. 일개 비서라고 생각했는데, 그 이상이야."

"칭찬 감사합니다."

"아까 발언이 멋지긴 했는데, 자기 남자를 좀 더 믿어볼 생각은 없나? 이 정도 위험도 못 이겨내고 사랑하는 여자를 쟁취하지 못하는 남자라면, 자네 정도 되는 여자가 평생을 걸어볼 가치가 없을 텐데."

가인이 부드럽게 미소 지었다.

"물론 저도 제 남자를 믿습니다. 그가 일을 멋지게 해결하고 제 옆으로 돌아오리라는 것을요. 하지만 저는 그 남자의 비서입니다. 그 남자 인생을 전부 책임질, 비서요."

차분하게 휴대전화의 통화 종료를 누르며, 가인이 말을 이었다.

"그래서 저는 제 역할에 충실하고 싶습니다. 돌아오는 길을 조금 더 수월하게 하고 도움이 되도록 움직이는 게 제 역할입니다."

"알겠네."

가인이 고개를 정중히 숙였다.

"회장님의 선처에 감사드립니다. 이런 하찮은 짓을 벌인 건, 회장님을 대하기에는 제가 너무 보잘것없었기 때문입니다. 오늘 일은 사랑을 잃어가는 여자가 벌인 잠깐의 무모한 행동이었다고 생각해주시기 바랍니다. 회장님께서 이해해주신다니, 여기 휴대전화에 있는 녹음 파일은 회장님 눈앞에서 지우겠습니다."

간단한 조작과 함께 가인이 영로의 눈앞에서 녹음파일을 지웠다. 그리고 단호한 목소리로 말했다.

"나머지 파일은 회장님이 확실하게 도진 씨를 돌려주신다면, 그때 지우겠습니다. 정 못 미더우시면 사람을 보내서 그 앞에서 지우게 하셔도 됩니다."

영로가 빙그레 웃었다.

"만약 내가 사람이라도 보내서 해코지를 하면 어쩌려고 그러나? 아니면 아가씨가 녹음파일을 더 만들지 않는다는 보장은?"

가인도 따라서 빙그레 웃었다. 박력에서 조금도 밀리지 않았다.

"회장님, 그래서 거래에는 '신뢰'라는 게 필요하다고 생각합니다. 저는 회장님이 그런 행동을 하지 않을 거라고 '믿고', 회장님은 제가 허튼 수를 부리지 않으리라는 걸 '믿는' 게 중요하죠.

저는 회장님이 저에게 해로운 행동을 하지 않으리라는 인망을 믿고, 회장님은 제가 굳이 불필요한 위험을 무릅쓰지는 않으리라는 판단을 믿는 거지요."

서영로가 결국 껄껄 웃었다.

"서가인 씨, 세진그룹에서 나와서 MA&M으로 오겠다는 생각이 들면, 언제든 날 찾아오게. 신중하지만 필요하다고 생각할 때는 설득력도, 박력도 있군. 오늘의 수가 그리 마음에 드는 건 아니지만, 사람이란 때론 평소보다 대범한 행동을 해야 할 때도 있는 법이지. 정도진 그 친구, 새삼 부러워지는군."

"높은 평가 감사합니다. 저는 사실 그 정도 평가를 받을 만한 사람은 아니지만, 회장님께서 좋게 평가를 해주셨다는 걸 아주 잘 알고 있습니다."

가인이 조심히 몸을 일으켰다.

"그러면, 시간을 더 뺏지 않고 돌아가겠습니다. 오늘은 이렇게 만났지만, 다음에는 좀 더 좋은 자리에서 뵙고 싶습니다."

"나도 그러네."

가인이 영로에게 정중히 인사했다. 영로는 별다른 동요를 보이지 않은 채 그 자리에서 인사했다.

strawberry kiss

영로의 저택에서 가인이 반듯한 태도로 마지막 출입구를 통과하자 문이 닫혔다. 가인은 아무렇지도 않은 척 몇 걸음 더 걸어 그 집에서 떨어졌다.

하지만 어느 정도 떨어져나왔을 때는, 가인도 더는 평정을 유지할 수 없었다. 다리는 어느새 후들거리고 있었고, 등 뒤는 식은땀으로 젖어 있었다. 유수의 재벌들이 사는 자택들로 둘러싸인 골목 사이로 비친 남청색 밤하늘이 비현실적으로 느껴졌다.

도박과도 같은 무모한 짓이었다.

평범한 일상을 살던 가인은 그 사실을 아주 잘 알고 있었다. 가인이 아까 통화를 한 휴대전화는 바로 어제 자신의 명의로 개통한 또 다른 휴대전화였다.

다른 사람의 휴대전화를 쓴다는 건 또 다른 위험에 노출시키는 것 같아 그렇게 할 수 없었다. 자기 명의의 두 개의 휴대전화로 통화한다면 누군가를 연계시키지 않을 수 있었다.

그래도 혹시 몰랐기 때문에, 누군가는 다른 곳에 휴대전화를 하나 둬야 했다. 혹시라도 영로가 강제적으로 휴대전화를 뺏으려 할 상황에 대해서도 염두에 둬야 했기 때문이었다.

싸리한테 부탁해볼까도 했지만, 불안한 상황에 노출시키는 건 옳지 못했다. 그래서 가인은 통화를 연결한 상태에서, 가장 가까운 지하철역 물품보관함에 넣어두었다.

사실 휴대전화 통화 상태에서 얼마나 잘 녹음이 될지는 아무도 몰랐다. 영로 앞에서 녹음파일을 지우기는 했지만, 사실 영로도, 가인도 그 파일을 들어보지는 못했다.

최적의 상황이 아니었기 때문에 생각보다 소리가 잘 안 들릴 수도 있었고 제대로 녹음이 되지 않았을 수도 있었다. 하지만 다행히 영로는 그 이상을 확인하진 않았다.

다만, 강하게 이쪽 입장을 드러낼 거리가 필요했을 뿐이다. 아무리 약해 보인다 해도, 호락호락하게 넘어가지 않겠다는 의지를 보여주고 싶었다.

다행히 서영로 회장은 말이 통하는 사람이었다. 큰아들도 제 의지에 반한다 해서 호적에서 파버릴 정도로 결단력이 강하고 매서운 데가 있는 사람이었다. 그런 걸 고려해봤을 때, 오늘 일은 정말 행운이라 할 정도로 좋은 결말이었다.

나중에 도진이 안다면 어떤 표정을 지을까.

가인이 힘없이 웃으며 혼잣말 했다.

"나, 무슨 영화 찍는 것도 아니고. 사랑에 미쳐도 정도껏 미쳐야지."

전 같으면 절대 없을 일이었다. 가인의 그동안의 삶은 조용하고 평탄한 편이었다. 가인이 몇 걸음을 터덜터덜 걸어 나오는데, 갑자기 차한 대가 미끄러지듯 급하게 들어와 근처에 바짝 섰다. 차문이 벌컥 열렸다. 어마어마하게 흥분한 얼굴로 도진이 차 안에서 튀어나왔다.

"서가인! 여기가 어디라고 겁도 없이 혼자 와!"

"도진 씨?"

어리둥절한 표정으로 맞이하는 가인과 달리, 도진은 여태 가인이본 중 가장 흥분해 있었다. 도진의 언성을 올라가 있었고 얼굴은 시뻘겠다.

가인이 진이 빠진 목소리로 힘없이 중얼거렸다. 꼭 '윗집에서 밤마다 쿵쿵거려서 조금만 조용히 해달라고 이야기했어요.'라고 말하는 것처럼 아무렇지 않은 말투였다.

"서영로 회장님한테, 내 남자 더는 서신영 사장에게 빼앗기지 않겠다고 했어요. 서신영 사장을 도와주시는 거야 개인사지만, 사랑하는사람을 갈라놓는 건 옳지 못한 일이잖아요?"

도진이 기가 막힌다는 얼굴로 가인을 내려다보았다. 애정과 당황과 걱정과 염려가 온통 뒤섞인 표정이었다.

"걱정했잖아."

"걱정했어요?"

가인이 진이 너무 빠져 반쯤 멍한 얼굴로 되물었다. 도진이 당연한 걸 묻는다는 듯 답했다.

"당연하지. 서영로 회장은 쉽게 만날 수 있는 사람도 아닌 데다, 자기 사람만 수십 명도 넘게 거느린 곳에 여자 혼자 덜렁 가다니. 어떻게 약속을 잡았는지도 신기하지만 그게 중요한 게 아니야. 난, 정말, 걱정이 돼서……."

도진이 기가 막힌다는 듯 말을 흐렸다. 가인이 그런 도진을 보며 희미하게 웃었다.

"와, 도자기 씨는 화내고 흥분해도 잘생겼네요."

"당연한 말은 말고!"

"와, 자기가 잘생긴 줄 알아. 응, 좀 많이 재수 없다."

그리고 둘은 동시에 어이없다는 듯 웃음을 터트렸다. 도진이 가인을 당겼다. 푹, 가인의 몸이 도진에게 파묻혔다. 뜨거운 체온과 향수 냄새, 약하게 흘러나오는 젖은 땀내, 쿵쾅거리는 심장 소리가 하나로 엉켰다.

"서영로 회장님이 순순히 만나주다니, 무슨 수를 쓴 거야?"

"협박했어요."

"협박이라니?"

가인이 또박또박 답했다.

"서신영 씨가 먼저 시작했으니, 이쪽 기분도 한번 느껴보라고요. 어떻게 보면 무시할 만한 대수롭지 않은 건이었는데, 다행히 먹혔어요. 도진 씨 놓아주겠대요. 다시 돌려보내준다고 했어요."

"진짜, 당신……. 하아."

도진이 뭔가를 말하려다 기가 막힌다는 듯 말을 흐렸다.

"방법이 마음에 들지 않으리라는 건 알아요. 하지만 가만히 있을 수 없었어요."

"나한테 이야기해도 되었잖아. 나도 나름 준비하는 게 있었는데. 당신이 이렇게 위험하게 움직이지 않아도 해결할 수 있었어."

가인이 도진에게서 몸을 조금 떼어내고 도진을 똑바로 바라보았다.

"하지만 나한테 제대로 이야기해주지 않았잖아요. 뭔가를 준비하고 있다고만 했지, 더는 말해주지 않았어요."

허를 찔린 듯 도진이 가만히 있었다.

"나를 위해서인지는 알아요. 위험하게 하고 싶지 않아서, 확실하게 움직이고 싶지 않아서. 하지만 이건 당신만의 문제가 아니에요. 우리 둘의 문제지. 그러면 나도 충분히 알아야 하는 거 아닌가요? 내가 비밀을 지키지 못할 것 같았나요? 당신이 본 나는 그 정도도 신뢰할 수 없는 사람이었나요?"

도진이 심각한 얼굴로 고개를 끄덕였다.

"알겠어. 앞으로 이런 일 없도록 할게. 당신을 못 믿어서가 아니야. 당신 옆에 내 힘으로 돌아가고 싶었어."

도진의 말에 가인이 확실하게 못을 박았다.

"알아요. 그렇지만 하루 이틀 볼 사이도 아니고, 평생을 같이 살지도 모르는데, 중요한 문제에는 비밀이 없었으면 해요."

"정말, 못 이기겠군. 앞으로 확실하게 쥐여 살 것 같아. 도대체 서영로 회장님을 어떻게 설득한 거야?"

"저와 도자기 씨가 헤어지고, 도자기 씨가 서신영 사장과 어울리게 된 까닭이 서영로 회장님이 그렇게 되도록 몰아가게 힘을 줘서 그런 거 아니냐고 따졌어요.

466

회장님은 수긍했고, 전 그걸 휴대전화로 녹음해서 세진그룹 쪽에 넘기겠다고 했어요. 녹음파일을 없애는 대신 도진 씨를 돌려달라고 했어요. 내 남자니까."

가인이 차근차근 설명하자, 도진이 도리질했다.

"하하, 정말 못 말리겠어. 우리 쁜이는 범죄스릴러 영화 같은 건 앞으로 보지 말도록 해. 이렇게나 간이 큰 걸 알았으니 앞으로 조심해야겠어.

서신영 사장 건은, 이제 거의 증거가 다 모였어. 주가 조작과 관련된 비리가 있어. 그것 말고도 다른 것도 있는 것 같고. 그래서 그걸 빌미로 확실하게 쳐내려고 했던 거야. 이제 우리 쁜이가 궁금한 건 다 해결됐나?"

"네. 앞으로도 꼬박꼬박 보고해주세요."

"알겠습니다, 마님."

가인이 도진에게 응석을 부리듯 가슴팍에 머리를 박으며 물었다.

"그런데 어떻게 지금 여길 왔어요? 내가 여기 있는지 어떻게 알고?"

"서영로 회장님이 직접 날 불렀어."

가인이 고개를 다시 번쩍 들며 물었다. 진이 빠져 늘어졌던 몸에, 다시 긴장이 돌았다.

"네?"

그때 저쪽에서 양복을 입은 중년 남자가 뚜벅뚜벅 걸어와 정중하게 인사했다.

"안녕하십니까, 정도진 사장님. 회장님이 재회가 끝나셨으면 두 분 다 뵙기를 원하십니다."

전혀 예상치 못한 전개였다. 도진과 가인의 눈이 서로 마주쳤다. 둘은 말없이 손을 잡고 다시 안으로 들어갔다.

영로는 홀로 생각에 잠겨 있었다.

젊은 날 작게 시작했던 회사는, 중소기업을 거쳐 어느새 대기업으로 완연히 커버렸다. 위로 올라가기 위해 기를 썼고 회사를 키우기 위해 대부분의 시간을 바쳤다.

자상하고 현명한 아내 덕에 바쁜 와중에도 아이들은 무럭무럭 훌륭히 컸다. 영로는 실패해본 적이 거의 없었다.

그래서 첫아들이었던 승민이 제 뜻을 거슬렀을 때 분노했다. 첫아들이었던 만큼 기대가 더 컸다. 세 아들 중 유독 자신과 가장 많이 닮았기에 더 정이 가던 아이였다. 언제나 제 기대를 충족시켜줬던 만큼 뒤늦은 반항이라고 치부했다.

자신도 사랑하는 여자와 결혼했으면서 제 아들의 사랑은 젊은 날의 치기라고 비난하고 무시했다. 아내의 만류에도 그는 기어코 첫아들을 호적에서 파내어버렸다. 마지막 선택이라고 하면서 문서를 내밀며 그 여자를 택할 거면 문서를 작성하라고 강요했다.

그리고 아들은 떠나버렸다. 이름도 바꾸고 어디론가 숨어버렸다. 한때의 방황이 끝나면 돌아올 줄 알았던 첫아들은 그렇게 영영 사라졌다.

찾지 않은 건 오기였고 이기심이었다. 뒤늦게 깨달았다. 그래도 자신에게는 두 아들이 있으니 괜찮다 여겼다. 손주들도 태어났고 잊을 수 있었다. 외면할 수 있었다.

그러나 아내가 병으로 먼저 세상을 떠나고, 뒤이어 자식들이 끔찍한 사고로 모두 사라지자, 영로는 돈과 권력이 있다고 해서 모든 게 제 뜻대로 되는 것만은 아니라는 사실을 깨달았다.

그 아이, 서가인.

처음 보았을 때 이루 말할 수 없이 놀랐었다. 겉으로 표현하지는 않았지만, 얼굴이며 태도며 제 큰아들을 빼다 박았다. 바쁜 와중에도 보듬고 안아주고 바라보았던 얼굴이었다.

세월이 흘렀다 해도 그 얼굴을 잊을 수 없었다. 벌을 받나 생각했다. 이런 식으로, 소중한 사람들을 잃어버리고 뒤늦게 벌을 받나 싶었다.

가인이 만나고 싶다 전화했을 때, 바로 승낙한 건 그래서였다. 확인하고 싶었다. 알고 싶었다. 깜찍하다 못해 당돌한 협박까지 했지만, 처음 시비를 걸고 싸움을 건 건 이쪽이니, 정당방위였다.

사실을 비틀어 조작을 하려던 신영과는 달리, 가인은 정면에서 대놓고 승부를 걸어왔다. 그 근성이 마음에 들었다.

영로는 이제 결단을 내려야 할 때가 되었다는 걸 깨달았다. 영로는 근처에 서 있는 집사를 불러, 전화를 가져다달라고 요청했다. 뚜르르, 길게만 느껴지는 신호음이 몇 번 울리더니, 상대가 받았다. 영로가 떨어지지 않는 입을 열었다.

"나다."

어색한 어투에는, 아직 채 털어지지 않은 시간의 먼지가 묻어 있었다. 수화기 너머에서, 익숙한 음성이 흘러들어왔다. 꽤 오랜 시간이 흘렀음에도, 목소리를 들으니 단박에 알 수 있었다.

― 오랜만이시네요.

"마치 전화할 걸 알고 있었다는 어투구나."

― 네. 오늘 일이 있고 나서 가만 계실 분이 아니라고 생각했으니까요. 오늘 보시니까 어떠셨어요?

"보자마자 미움부터 받았다."

― 잘못하셨으니까요.

"예나 지금이나, 너는 나에게 가차없구나

－ 제 이런 성격이 누굴 닮았는지는 가장 잘 아실 텐데요.

"말장난 하고 싶은 기분은 아니다. 조만간 올라오려무나."

수화기 너머에서 잠시 침묵이 흘렀다. 영로는 기다렸다. 오랜 시간이었다. 앙금이 모두 풀어질 수도 있는 시간이기도 하고, 앙금이 더 쌓일 수도 있는 시간이기도 했다. 그렇지만 그러함에도 올라오라고 말할 수밖에 없었다. 이유는 단 하나였다. 영로가 침묵을 깨고 말했다.

"보고 싶구나."

영로의 말이 끝나자, 수화기에서 탄식 같은 감탄성이 흘러나왔다. 길고 긴 시간을 거슬러 올라와 드디어 마주친 감정이었다. 상대방의 답변이 들려왔다.

－ 할 이야기가 많을 것 같네요, 아버지.

베리큐는 몸에 좋다

도진의 부모인 건명과 경애는 누군가를 만나기 위해 약속장소에 도착했다. 이건 이제 좌시할 수 없는 문제였다. 비슷한 시간에 도착했는지, 마침 약속상대를 입구에서 딱 만났다. 만나기로 한 두 사람이 모두 나왔다. 건명과 경애가 상대를 확인하고 미소 지었다.

strawberry kiss

 — 더 유지하기는 힘들 것 같습니다. 이쪽도 한계선이라는 게 있어요.
 "아직은 좀 더 유지해주세요. 서영로 회장님이 절 제대로 인정해주시기 시작했어요. 이럴 때 주가가 떨어지는 건 위험해요."
 — 하지만 이쪽도 곤란합니다.
 "내가 서영로 회장의 후계자 비슷하게 인정을 받고, 세진그룹의 사장과 결혼하게 된다면, 이 정도 푼돈과는 비교도 안 될 이득을 얻게 될 거예요. 한껏 주가가 올랐을 때 발 빼고 싶은 심정은 이해하지만, 조금만 더 버텨요! 당분간은 내가 돈은 어떻게든 융통해서 쥐어줄 테니까!"
 — ……알겠습니다.
 전화를 끊은 신영은 사장실에서 초조한 듯 손톱을 물어뜯으며 서성였다. 영로는 신영에게 친밀한 할아버지처럼 대해주었지만, 미온적

인 태도는 여전했다. 힘을 실어주던 처음과는 달리, 대명건설의 주가
가 쭉쭉 오르고 있는데도 그저 잘한다는 말뿐이었다.

하지만 신영은 희망을 하나 걸고 있었다. 영로가 조만간 회사 후계
와 관련되어 중대발표를 하겠다고 했기 때문이다.

적자였던 대명건설을 눈속임이기는 하지만 흑자로 돌려놓고, 세진
그룹의 후계자감이라는 정도진마저 휘어잡은 자신 외에는 적당한 인
재는 없었다.

영로가 어제 자신을 불렀던 일이 떠올랐다.

「일은 잘되어가느냐?」

「네. 아직 취임한 지 얼마 안 돼서 어수선하지만, 좀 더 시간이 지나
면 확실하게 자리 잡힐 거예요. 외부에서 좋은 평가를 받는지 주가도
오르고 있고요.」

그러자 영로가 지그시 그녀를 바라보았다. 전과는 달리 복잡한 눈
길이었다. 측은해하는 것 같기도 했고, 안타까워하는 것 같기도 했고,
피곤해 보이기도 했다.

영로는 일과 관련된 이야기를 할 때는 사적인 감정을 제 얼굴에 잘
싣는 편이 아니었다. 그런데 자신을 그렇게 바라본다는 건, 어떤 의미
로는 일개 친척이 아니라 좀 더 가족 같은 사이가 된 게 아닌가 하는
생각마저 들었다.

「특별히 할 이야기는 없느냐? 들어주마.」

뭔가 기회를 주는 듯한 말이었다. 신영의 가슴이 쿵쾅거리며 뛰었
다. 도진을 정복하고 싶은 욕구와는 완연히 다른 욕망이었다. 노력을
들여 갖고 싶은 자리를 갖는 건 좋다.

하지만 신영이 좋아하는 건 투자한 것보다 훨씬 더 큰 걸 편하게 갖
는 거였다. 전에는 서영로 회장의 뒤를 잇기는 어려우리라 생각했다.

하지만 사람 마음이라는 게 조금씩 욕심이 커지는 법이었다.

영로는 노쇠했다. 사후 대책은 완벽하게 세울 분이지만, 그래도 아직 전문경영인 이야기나 혹은 후계 이야기가 없었다.

후계 자리까지는 못 갈지라도, 신뢰와 호감을 얻어 상당한 몫을 챙겨서 세진그룹으로 갈 수 있다면 자신의 입지는 꽤 커질 것이다. 신영은 생글 웃으며 영로에게 애교를 부렸다.

「큰할아버지에게 힘이 될 수만 있다면 저는 좋아요. 일은 힘들지만 그래도 할아버지에게 도움이 된다고 생각하니 기쁜걸요. 이제 대명건설을 어느 정도 입지에 올리고 나서, 도진 씨와 약혼이라도 하게 되면 그때는 사장 자리에서 기꺼이 물러나겠어요.

그리고 더 큰 몫을 주시면 좋겠어요. 제가 이만한 능력이 있다는 걸 증명했으니까. 자기가 떠나고 나서 엉망이 된 회사를 이어받은 사람에게 모든 책임을 떠넘기면 그만이다. 자기가 있을 때는 모든 게 다 잘 돌아갔다며 무능력해서 그런 거라고 하면 된다.

「정도진의 마음을 잘 사로잡은 모양이구나.」

「네. 제 입으로 말하기는 그렇지만, 제가 그렇게 매력이 떨어지는 여자는 아니잖아요.」

신영은 속으로 찔끔하며 대답했다. 영로는 신영에게 대명건설을 쥐여주고 그 뒤에 자신이 있다는 걸 보여주는 정도로 도진을 몰아세웠다고 생각하고 있었다.

자신이 도진의 어머니를 빌미로 협박하고, 도진이 사랑하는 여자와 떨어트려놓은 사실은 모르는 거다.

영로가 그것까지 허용할 만큼 든든한 제 편이라는 걸 어필했다는 걸 알게 되면, 정도에 맞지 않는 방식을 좋아하지 않는 영로의 불호령이 떨어질 수도 있었다. 어차피 이건 도박이다.

애매한 경계 속에서 더 많은 힘을 가진 듯 부풀리는 도박. 공작이 날개를 환하게 펼쳐 제 몸이 더 크고 화려한 것처럼 적을 위협한다 해서 아무도 비난할 사람은 없다. 자기도 그 정도만 한 거다.

「그렇다면 다행이지. 더는 할 말은 없느냐?」

이상하리만치 자기한테 이야기를 해보라고 한다. 하지만 신영은 아무렇지 않은 듯 넘겼다.

「없어요, 큰할아버지. 나중에 도진 씨와 결혼하게 되면, 꼭 참석해주시기예요.」

서영로 회장이 참석하는 결혼식. 그 의미는 컸다. 아무 뜻 없이 참석한다 할지라도, 자신은 그걸 세진그룹 쪽에 뜻 있게 보이도록 꾸밀 터였다. 신영은 그런 일에 익숙했다.

영로가 신영을 빤히 바라보았다.

「알겠다. 할 말이 있단다. 오는 15일, 나는 회사 후계와 관련된 중요한 발표를 하나 할 생각이다. 회사 관계자들이 많이 올 행사지. 그때 꼭 참석했으면 좋겠다. 너도 거기서 아주 중요한 역할을 할 테니 말이다. 세진그룹 쪽에도 특별히 초대장을 보냈다.」

신영은 기쁨으로 심장이 터져 나갈 것 같았다. 회사 후계와 관련된 중요한 발표. 거기서 자신은 중요한 역할이다.

후계까지는 아니어도, 자신을 좋게 보고 있으니 뭔가 좋은 걸 하나 주실 생각이다. 그렇지 않다면 자기와 연이 있는 세진그룹 사람들까지 초대할 리가 없다.

「알겠어요, 큰할아버지. 할아버지가 절 이렇게나 생각해주셔서 정말 기뻐요.」

「신영아.」

「네.」

「사람과 이야기할 때는, 애매한 말은 잘 되짚어보는 게 좋단다. 특히 일이나 계약과 관련되어서 말이다. 내가 생각한 뜻과 상대가 이야기한 뜻은 아주 다를 수 있다.」

「아, 최근에 서사미(書事美) 프로젝트 때문에 그러시는군요. 그건 아주 잘 진행되고 있어요. 꼼꼼히 챙기고 있으니 걱정 안 하셔도 돼요. 조금 있으면 오픈 예정인데, 참석하실 거죠?」

대명건설에서 주관한 신진 미술작가를 발굴하는 서사미 프로젝트. 대명건설은 떠오르는 신예 미술 작가들이 전시회를 할 수 있는 독특한 설계의 미술관을 지었다. 그로 인한 홍보효과도 생각하고 있었다.

사실 신영의 전임 사장이 거의 다 이루어놓은 프로젝트였으나, 중요한 건 누가 결말을 짓느냐였다. 결국 자신의 공이 될 걸 알면서 신영이 미소 지었다.

「참석하마.」

「큰할아버지가 참석해주신다니, 너무 기뻐요.」

「더는 정말 할 말은 없느냐?」

「네.」

신영의 단호한 말에, 영로가 고개를 끄덕였다.

「내가 해줄 말은 다인 거 같구나. 이제 돌아가서, 하고 있는 일을 다시 한 번 되짚어보았으면 좋겠구나. 만약 그걸로 인해 나한테 할 말이 생기면 언제든 와도 좋다.」

「알겠어요. 할아버지.」

일은 잘 풀리고 있었다. 감춰야 할 일들은 모두 잘 감추어져 있었고, 겉으로 보이는 화려함은 모두 자신의 몫이었다. 신영은 이 모든 걸 놓칠 생각은 없었다.

하지만 지금은 돈이 문제였다. 기실 그녀는 건설에 대해 아는 것이 전무했고, 기획력 정도는 있었으나 건설회사의 사장 위치에서 일을 처리하기에는 역부족이었다.

게다가 그녀는 물갈이를 한다며 자기를 보좌할 위치의 사람들을 대거 부서전환을 해버렸다. 좌천이나 퇴직은 아니었지만 익숙한 자리를 뺏긴 사람들이 그녀에 대해 감정이 좋을 리 없다.

지금 은행을 통해 자금을 융통하면 소문이 안 날 수가 없었다. 그렇다고 대부업체를 이용할 수는 없다. 그 정도로 어리석지는 않았다. 신영은 망설이다 전화를 걸었다. 차권이었다.

"나예요, 서신영."

— 네.

짧은 답 이후, 더는 어떤 말도 이어지지 않았다. 결국 조급한 쪽이 말을 더 걸기 마련이었다.

"가인 씨랑은 잘되고 있나요?"

도진에게서 쉽게 떨어져나갈 수 있도록 가인에게 붙여준 남자는 차권이었다. 반듯한 이미지와는 다르게 사랑에 빠진 남자는 쉽게 자신의 손을 잡았다.

사장 취임식 때 판까지 다 깔아줬는데 도진이 더 발 빠르게 대처하는 바람에 자신이 직접 움직이고 말았지만, 그 이후에도 가인이 도진에게 다시 손을 뻗는 일을 방지하기 위해서 붙들고 있었다.

저번에 주가 조작을 통해 대명건설 주식을 올리고 있는 것도 일부러 보여줬다. 어디 가서 허튼소리 못 하게끔 하는 안전장치였다. 가인을 대할 때와는 영판 다른 사무적인 답변이 들려왔다.

— 알아서 잘하고 있습니다.

"아직 별다르게 달라진 게 보이지 않아서요."

— 감정은 눈에 보이는 게 아니니까요.

애매한 답변은 사람 복장 터지게 했다. 신영 입장에서는 권이 가인에게 술이라도 먹여서 잠자리에 끌어들였으면 좋겠는데, 그럴 만한 행동력은 없는 모양이다. 답답하기 그지없다.

그렇게 되면 애초에 가인이 무슨 면목으로 도진을 다시 찾아가겠으며, 권 입장에서도 확실하게 제 사람으로 만들 수 있지 않나 싶기까지 했다. 하지만 지금 그의 심기를 상하게 하고 싶지 않았다. 지금 전화한 건 다른 까닭이 있었다.

"급전이 필요해서 그런데, 조금 융통할 수 있을까요?"

차권은 걸어다니는 중소기업이라고 부를 만큼의 수입이 있는 사람이었다. 아쉬운 소리를 하고 싶지는 않았지만, 정 안 되면 저번에 봤던 주가 조작에 연루시켜 협박하면 그만이었다.

— 서신영 사장님. 우리가 돈을 거래할 정도로 신뢰할 만한 사이였던가요?

"가인 씨를 옆에 두고 싶어서 저랑 거래한 사실을 가인 씨가 알면 어떤 기분일까요? 현명하게 행동하는 게 좋을 것 같은데요.

그러나 상대는 완강했다.

— 말하고 싶으면 말하십시오. 그 정도는 해명할 능력이 되니까요.

"저번에 내 사무실에서 봤던 거, 기억하죠? 어차피 안하민 씨는 한배를 탔다고요. 부정 투자했다고 언론에 조금만 말이 흘러가도 지금 이미지에 손상이 매우 크실 텐데?"

— 그 전에 그 사실이 모두 드러나면 서신영 사장님이 먼저 죽을 텐데요?

"안하민 씨!"

— 난 친하지 않은 사람이 내 본명 부르는 거 싫어합니다. 그때는 서로 필요에 의해 손잡았지만, 그렇다고 날 함부로 대하는 걸 허락한 게 아니에요. 하고 싶은 대로 하세요. 난 대처할 수 있으니까. 어느 쪽이 다칠지 잘 생각해보는 게 좋을 겁니다.

분통이 터졌지만, 차권의 기분을 아직은 상하게 할 수는 없었다. 연예인이기는 했지만 집안 자체가 법조계 출신이 많고, 큰 회사에서 직책이 제법 되는 사람들도 있다.

"알겠어요. 무리한 부탁을 해서 미안합니다. 내일 서사미 미술관 오픈 때는 올 거죠? 가급적이면 가인 씨와 함께 오면 좋겠네요. 나는 정말 둘이 잘되기를 바라고 있거든요."

– 알겠습니다. 그럼 이만 전화를 끊죠.

간략한 대답과 함께 전화가 끊겼다. 신영은 기분이 불쾌했지만, 차권도 쉽게 건드릴 수 없는 사람이기는 했다. 살살 달래서 비위를 맞추는 쪽은 택했어야 했나. 그러나 전화는 이미 끊어졌다.

하지만 혹시라도 무슨 일이 생기면, 차권을 끌어들이는 걸 생각하고 있었다. 일명 빽이 많은 사람을 붙들고 늘어지면 어찌할 수 없을 테니까.

신영은 자꾸 물어뜯어 모양이 이상해진 손톱을 바라보았다. 네일아트를 다시 받아야겠다. 요즘 도진이 자꾸 주요행사 때 입으라고 주는 옷이나 액세서리를 착용하는 것만으로도 스트레스여서 헤어나 손톱이라도 제 맘대로 해야겠다고 생각하고 있었다.

저번에 도진의 어머니를 만났을 때 하프 마라톤에 도전해보는 건 어떠냐고 권유해서, 마라톤 복까지 맞추고 왔다.

재벌가는 원래 이렇게 독특한가? 짜증나기까지 하지만, 결혼할 때까지는 참을 수 있었다. 아니, 참아야 했다. 신영은 명품관에서 도착한 물품들을 물끄러미 내려다보았다. 도진이 보낸 옷과 구두였다. 내일 있을 행사에 입으라는 거였다.

짜증이 날 것 같았다. 괴상망측한 옷을 자근자근 밟아버리고 싶었지만, 그렇게 할 수는 없었다. 순순히 도진이 준 옷을 입고 구두를 신은 채 행사장에 들어가야 했다.

아직은 포기할 수 없어.

신영은 결국 회계부 책임자에게 전화를 걸었다.

잠시만이야. 회사 공금을 유용하는 건, 이득이 나면 금방 해결할 수 있을 거야.

"사장실로 와주세요."

신영은 전화를 끊고, 책임자가 오기 전에 욕구로 얽힌 머릿속을 잠시 식혔다. 하지만 욕망이 주는 불길은 생각보다 뜨거워서, 신영은 책임자가 오기 전까지 도진의 옆에서 세진그룹 사모님이 된 제 모습을 상상했다.

strawberry kiss

가인은 말끔하게 차려입은 정장 위에, 고심하다 목걸이 하나를 걸쳤다. 딸기 모양 펜던트가 생생하게 자리 잡은 목걸이였다. 도진의 선물이었다.

그리고 머리에는 도진의 또 다른 선물이 딸기 핀을 찔러넣었다. 다행히 딸기의 붉은빛이 어색하지 않게 녹아들었다.

드디어 오늘이었다. 가인은 거울에 비친 자신의 모습을 보며 마음을 다졌다.

strawberry kiss

서사미(書事美) 프로젝트 당일 날이었다.

미술관 건물은 통유리로 된 흰 부분과 바둑알을 닮은 검은 부분으로 이루어져 있었다. 그리고 그 사이를 물 흐르듯 아름다울 미(美)자 형태로 건축물을 만들어 잇고 있었다.

첫 개장이었기 때문에, 전시는 없었다. 축하행사에 초대행사만 있었는데, 초대객들이 쟁쟁했다.

서영로 회장을 비롯해 MA&M 그룹에서 한자리씩 하는 인물들부터, 세진그룹의 정건명 부회장과 복지재단과 미술관 운영을 맡고 있는 아내인 한경애도 오기로 되어 있었다. 도진은 당연히 참석하기로 되어 있었고, 그 외에 각계 유명인사들도 불렀다.

　이틀 전에 한 통화가 얄밉기는 했지만 차권도 우선은 초대객 명단에 들어 있었다. 다만 자기 가족은 부르지 않았는데, 부모님이 행여 입방정이라도 떨어 서영로 회장의 심기를 거스를까 걱정되었기 때문이었다.

　잘 해내야 하는 자리였다. 앞으로 나아가야 할 방향이 모두 결정되는 첫 번째 행사였다. 행사 시각까지는 아직 한참이나 여유가 있었다.

　신영은 얼굴을 찌푸린 채 눈앞에 놓인 원피스를 보고 있었다. 아무리 아방가르드라고 주장해보려 해도, 색감과 디자인은 기괴하고 촌스럽기 그지없었다.

　검은색과 흰색의 바둑판무늬 같은 체크가 바탕이었는데, 그나마 반듯하지도 않았고 달리의 그림처럼 일그러져 있었다. 거기에 촌스러운 자주와 보라색 프릴이 여기저기 달려 있었다.

　게다가 가장 끔찍한 건 원피스 정 가운데 커다랗게 아름다울 미(美)자가 초록색 땡땡이 무늬 큐빅이 박힌 짙은 고동색으로 번쩍거리며 쓰여 있다는 사실이다.

　게다가 같이 보낸 신발은 굽이 1센티미터 정도밖에 되지 않을 것 같은 부츠였다. 말이 부츠지 어디 모내기나 하면 딱 맞을 것 같은 장화였다. 그나마 여자라고 새빨간 색을 보낸 것 같았는데 진한 파란색으로 이유를 알 수 없는 황소 그림이 박혀 있었다.

　여지없이 자필 메모가 쓰여 있었다.

[이번 행사 때 어울릴 만한 옷하고 신발이야. 꼭 입고 참석하면 좋

겠군.]

　그나마 이번에는 장신구를 보내지 않아서 다행이라고 생각해야 할지, 디자인의 끔찍한 파괴력에 분노해야 할지 알 수 없었다. 가인과 헤어지게 한 화풀이라고 받아주기에는 정도가 지나치지 않나 싶었다. 신영은 메모를 세게 꾸겨 휴지통에 집어 던졌다.

　무시할 수 없는 자리니 이번만큼은 제 뜻대로 옷을 입겠다 다짐하며 몸을 휙 돌리다, 신영이 다시 이를 악물고 천천히 몸을 돌렸다. 그리고 얼굴을 잔뜩 일그러뜨리며 옷을 집어 들었다.

　어떻게 여기까지 왔는데. 정도진, 이 수모, 꼭 밟고 일어나서 네 옆에 설 거야.

　신영은 옷을 꾸역꾸역 입기 시작했다. 거의 다 왔다. 오늘 행사를 발판으로 좀 더 높은 곳으로 올라가는 거다. 자신의 말 한마디면, 모두 다 벌벌 길 그런 곳으로.

strawberry kiss

　사람들이 서사미 미술관으로 삼삼오오 모여들었다. 널따란 전시실에는 열 몇 점의 그림 외에는 아직 아무것도 전시되어 있지 않았다.

　간단한 다과와 음료, 앉을 수 있는 의자들과 단상 하나가 준비되어 있을 뿐이었다. 붉은빛 공단이 덮인 의자는 고급스러웠다.

　신영은 결국 도진이 권한 기괴한 옷을 입은 채 손님들을 맞이하였다. 모습만으로는 신영이 전시물 대신 행위예술이라도 하는 듯했다. 손님들도 웃고는 있었지만, 속으로는 신영의 옷차림을 흉보고 있었다.

　'아니, 아무리 센스가 없어도 그렇지 어떻게 저런 옷을 입고 이런 행

사 자리에 선대요.'

'저 신발은 아무리 봐도 장화로군. 어디 잡일이라도 하러 가는 건가.'

신영은 수군거리는 소리를 알고 있었지만, 억지로 참아냈다.

마침, 기다리던 도진이 부모님인 정건명과 한경애를 대동하고 나타났다. 블랙의 미끈한 정장을 입고 보타이를 맸는데, 흔히 하는 타이가 아님에도 기가 막히게 어울려 화보의 한 장면 같았다.

경애는 선명한 주황색의 모던한 드레스를 입고 왔는데, 매우 세련되어 보였다. 건명은 가벼운 트렌치코트에 특이한 질감의 머플러를 맸는데, 독특하면서도 꽤 잘 어울렸다.

멋들어지게 차려입은 사람들 앞에 서 있으니 신영은 절로 기가 죽는 기분이었다. 하지만 신영은 꿋꿋하게 속상한 마음을 억누르며 미소를 지었다.

"안녕하세요, 이렇게 귀한 시간을 내주셔서 감사합니다."

"오늘은 아주 중요한 날이라고 들었어요. 이렇게 보게 되니 기쁘네요."

경애가 무난하게 인사를 받아주었다. 건명도 신영의 인사를 받아주었지만, 신영의 차림새를 보는 눈길이 영 마뜩잖았다. 신영이 얼른 변명처럼 도진에게 말을 걸었다.

"호호호, 도진 씨, 오늘도 도진 씨가 골라준 옷으로 차려입었답니다. 언제나 자상하게 제 옷을 신경 써줘서 얼마나 좋은지 몰라요."

신영의 말에, 건명이 알겠다는 듯 고개를 끄덕이고 더는 관심을 두지 않았다.

경애도 친절은 했지만 어쩐지 거리를 두는 듯 쌀쌀맞은 기분이었고, 예비 시아버지의 태도도 냉랭했으나, 그래도 원래 어른들은 그런 거라 신영은 스스로를 납득시켰다. 도진이 무뚝뚝하게 한마디만 내뱉었다.

"잘 어울리는군. 옷이 아주 예뻐."

"어머, 도진 씨, 그러지 말고 저도 예쁘다고 해줘야죠."

신영이 도진의 팔을 착, 감으려고 하자, 도진이 팔을 자연스레 빼며 대꾸했다.

"사람들 앞에서는 아직 너무 친한 척하지 않았으면 해. 여러 사람이 오는 자리야. 내 부모님도 계시고. 어른들 앞에서 경거망동하지 않았으면 좋겠군."

신영이 부모님 앞에서도 냉정한 도진의 태도에 자존심이 구겨졌으나, 도진의 부모님 앞에서 성질부리는 모습을 보일 수 없었기에 최대한 사람 좋은 척 미소 지었다.

"……알겠어요. 이건 다음에 더 이야기하도록 해요. 조금 있으면 서영로 회장님이 오실 텐데, 너무 그러지 말아요."

신영이 알아서 처신 잘하라는 의미로 도진에게 슬며시 서영로 회장을 언급했다. 그러나 도진은 별다른 동요 없이 간결하게 답했다.

"알고 있어."

신영은 더 치근덕대려다, 들어오는 손님들로 자리를 떠야 했다. 자리를 뜨기 전 도진의 부모님에게 공손히 인사하는 걸 잊지 않았다. 그러나 그 모습도 옷차림으로 인해 더할 나위 없이 우스꽝스러웠다.

신영이 손님들에게 인사하다, 저쪽에서 가인을 발견하고 놀람과 불쾌함에 저도 모르게 이맛살을 찌푸렸다. 가인은 정확히는 세진그룹 비서실 실장인 김미희와 함께 오고 있었다.

세진그룹 쪽에 직접적으로 호적에 올라 있지 않은 혼외자식이지만 능력이 출중하고 회사 내 영향력이 크다 해서 초대한 것인데, 저런 불청객과 함께 오리라고는 생각도 못 했다.

가인을 마주하는 게 기분이 나빠 다른 손님과 열심히 대화하는 척을 하며 인사를 미루려는데, 미희가 눈치도 없이 가인을 데리고 다가왔다.

"초대해주셔서 감사합니다."

미희가 그렇게 인사하자, 가인도 뒤에서 고개를 정중히 숙였다 들었다. 다른 이들이 다 보는 데서 인사를 건네는 미희를 차마 모른 척할 수 없어 신영이 돌려지지 않는 몸을 애써 돌려 인사를 받았다.

"오시느라 수고하셨어요. 즐거운 시간 되시기를 바랍니다."

비서실 소속이니 부하직원 정도로 따라온 모양인데, 도진한테 버림받았으면 적당히 알아서 거절했어야지 저렇게 졸졸 따라오다니 눈치가 엄청나게 없는 모양이다.

'하긴, 일개 직원이 무슨 권한이 그렇게 있겠어? 상사가 시키면 해야지.'

신영이 그렇게 속으로 비아냥거리며 적당히 자리를 뜨려는데, 미희가 그런 신영에게 말을 붙였다.

"우리 비서실 소속인데 일을 아주 잘하는 직원이랍니다."

미희가 운을 떼자, 가인이 신영을 똑바로 바라보며 또렷하게 대꾸했다.

"안녕하세요, 서신영 사장님. 초면이 아니죠. 여기서 또 뵙네요."

"안녕하세요, 서가인 씨. 여기서 또 볼 줄은 몰랐어요?"

신영이 말꼬리를 올리며 불쾌감을 표현했다. 눈치가 있으면 낄 데 안 낄 데 구분하며 적당히 알아들으라는 뜻이었다.

봐, 이게 너와 나의 차이야. 난 은수저였지만 능력껏 금수저로 끌어올렸어. 넌 흙수저 주제에 어디서 나랑 똑같이 눈을 치켜떠?

가인은 그런 신영을 물끄러미 바라보았다. 그러더니, 그저 웃었다. 신영은 가인의 태도에 기가 막히다 못해 코까지 막힐 지경이었다. 주변에 보는 이들만 없으면 분노를 표출하고 싶었다. 그 사이를 미희가 눈치도 없이 끼어들었다.

"어머, 아는 사이였나 보군요."

"아, 네에. 예전에 도진 씨 사무실 갔을 때 비서로 봤었어요."

신영이 접대용 미소를 얼굴 가득 띠며 아무 일도 아닌 양 행세하려 애썼다. 하지만 부글부글 끓는 속은 어쩔 수 없었다. 신영이 가인의 팔을 친한 척 끼며 날름 말했다.

"아는 사이끼리 잠시 대화 좀 하고 올게요. 천천히 담소들 나누고 계세요."

"실장님, 잠시 이야기 좀 하고 오겠습니다."

그러자 가인도 미희에게 순순히 허락을 구했다. 어차피 중요한 업무가 있는 게 아니었고, 얼굴을 비치고 개관 축하인사를 하러 온 자리니 크게 상관이 없었다. 미희가 고개를 끄덕였다.

"다녀와요."

가인이 신영이 붙든 팔을 자연스레 떨어트려 놓고 먼저 앞장서서 걸었다. 그 모습이 하도 당당해서 신영은 더 부아가 치밀어 올랐다.

회장을 나와 옆의 작은 전시실로 가인과 신영이 들어갔다. 신영이 신경질적으로 문을 닫으며 가인을 노려보았다. 가인도 그 시선에 전혀 기죽지 않고 마주 보았다. 그 모습이 더 화가 났다.

기를 쓰고 밟는데, 제대로 밟히지 않는다. 주제를 모르는 건지, 분수를 모르는 건지 간이 배 밖으로 튀어나왔는지 도통 알 길이 없다. 신영이 가인에게 날카롭게 내질렀다.

"여기는 내가 주목 받는 자리야. 적당히 핑계 대고 오지 말았어야지! 도진한테 버림받은 주제에 내 옆에 도진 씨가 있는 걸 보면 속만 끓지 않겠어?"

그러자 가인이 상식 이하라는 듯 맞받아쳤다.

"왜 내 업무 스케줄까지 서신영 씨가 상관하는지 모르겠군요."

"서신영 씨이?"

"사적인 용건으로 절 불러냈으면, 당연히 업무와 관련 없이 동등하게 부를 수 있는 건 아닙니까, 서신영 씨?"

"하. 진짜 예의라고는 눈곱만큼도 모르는구나."

그러자 가인이 표정의 흔들림 없이 단단하게 말을 받아쳤다.

"글쎄요. 남의 남자를 협박해서 옆에 붙들어놓는 사람이 하는 말치고는 참 염치가 없는 표현이네요."

신영이 허를 찔린 듯 가인을 가만히 보았다. 협박 건을 어떻게 알고 있지? 정도진이 말했나? 제 치부 같은 이야기를 서가인한테 했다고? 남자들은 자존심에 그런 이야기는 잘 안 하고 혼자 해결하는 거 아니었어?

신영의 목소리가 커졌다.

"내가 그랬다고 누가 그래!"

"그게 중요한 게 아니잖아요. 중요한 건 서신영 씨가 그렇게 했다는 거지."

예의 바른 말투로 가인은 또박또박 제 할 말을 다 하고 있었다. 신영이 표독한 얼굴로 잡아뗐다.

"어디서 무슨 헛소리를 들었는지 모르겠지만, 도진 씨는 네가 싫어서 나한테 온 거야. 잠깐 데리고 논 거라고. 어디 씹다 버린 껌 같은 게 잘난 척이야? 딱 봐도 너랑 나랑 비교가 안 되잖아. 아무것도 없는 일개 사원인 너랑, 이렇게 한 회사 사장인 나랑."

"서신영 씨는 내세울 게 그것 말고는 없는 모양이죠. 사회 내의 직위. 물론 그런 걸 중요시하는 사람들도 많지만, 도진 씨와 나는 그것보다 있는 그대로의 서로가 더 중요해요. 그게 서신영 씨가 도진 씨의 마음을 얻지 못하는 이유 중 하나죠."

"어디서 건방지게!"

"남들이 들으면 대단한 연배의 높은 분인 줄 알겠어요."

신영이 열이 받아서 손을 번쩍 치켜들었다. 서가인 하나 따위 뺨을 때려도 뒷수습쯤은 쉽게 할 자신이 있었다. 그러나 휙 하고 날아간 손은 금세 막혔다. 가인이 손을 들어 서신영이 세차게 휘두른 손을 강하게 막았기 때문이다.

"너, 안 놔!"

"먼저 폭행을 하려고 했으니, 정당방위예요."

신영이 안간힘을 썼지만, 가인의 손은 꿈쩍도 하지 않았다. 신영보다 가인이 평소 운동을 통해 더 단련해두었기 때문이다. 신영이 꼴사납게 낑낑거리고 있는데, 문에서 똑똑 소리가 났다.

"사장님, 서영로 회장님이 오셨습니다."

"그, 금방 나간다고 전해주세요."

신영이 당황해서 허둥거리는 말투로 답했다. 바깥에서 말을 전한 사람의 발소리가 멀어졌다. 가인이 신영을 가만히 보더니 신영의 손을 획 뿌리쳤다. 신영이 가인에게 힘에서 밀려 주춤했다. 가인이 덤덤하게 대꾸했다.

"더 할 말 없으면 나가겠어요."

가인이 뒷말도 듣지 않고 문을 열고 나갔다. 신영이 닫히는 문을 향해 소리질렀다.

"두고 봐, 이렇게 군 걸 후회하게 될 거야."

그러자 가인이 문을 닫으며 말했다.

"그런 말 하는 사람치고 끝까지 버티는 사람 못 봤어요."

그 말을 끝으로, 가인이 먼저 문밖으로 나갔다. 분풀이를 하려던 신영이 외려 당하고는 분을 홀로 씩씩 삭혔다.

서영로 회장은 사람들이 모여 있는 큰 전시실이 아니라 작은 휴게실에서 느긋이 그림 하나를 감상하고 있었다. 붉은색과 노란색으로 이뤄진 추상화였다. 그림의 제목은 '잘못'이다.

신영이 영로에게 바짝 다가붙었다.

"큰할아버지, 오셨어요? 잠시 나가 있느라 맞이를 못 했네요."

"무슨 일이 있느냐?"

신영이 가인으로 인한 불쾌함을 숨기며 화사하게 웃었다.

"별일 아니에요. 제 분수도 모르는 직원이 있어서 훈계 좀 해줬어요."

영로가 기이하다는 표정으로 되물었다.

"훈계?"

"네."

신영의 말에, 영로가 다시 말이 없이 그림을 바라보았다. 뭔가를 진지하게 생각하고 있는 것 같았다. 그리고 신영을 향해 찬찬히 되물었다.

"신영아, 혹여 나한테 할 말이 있다면 지금이라도 말해주지 않겠니? 사람은 누구나 불완전해서, 한두 번은 꼭 잘못을 저지르고는 하지. 나도 과거에 그랬단다. 지금은 그 순간으로 돌아가면 그렇게 하지 않을 것 같구나."

"혹시 큰아드님 말씀하시는 건가요?"

신영이 심장이 덜컹거리는 기분으로 되물었다. 주가 조작은 은밀히 이뤄진 데다, 관련 증거는 모두 제 손에 있다. 혹시라도 작전 걸던 사람들이 잡힌다 해도 모른다고 발뺌하면 끝이다. 그 문제로 자기를 추궁하는 건 아니리라.

과거 일에 회한에 들어 저러나 싶자 영로의 착잡한 표정도 이해가 갔다.

여태 아무 일 없이 지내왔는데, 갑자기 찾겠다고 하면 곤란하다. 겨우겨우 쌓아가고 있는 제 입지가 흔들리면 곤란했다. 영로가 생각에 잠긴 듯 아무 답도 하지 않자, 신영이 얼른 태도를 고치며 상냥하게 답했다.

"요즘 제가 고민거리가 정말 많아 보이나 봐요. 크지 않은 업체라고 해도 사장 자리에 앉다 보니 처리할 일이 너무 많아서 그래요, 큰할아버지. 마음 써주시는 것만으로도 저는 정말 행복하답니다."

"그래. 알겠다."

영로가 착잡한 표정으로 고개를 끄덕였다. 신영이 가식적인 미소를 얼굴 가득 띤 채 무슨 일이라도 해줄 듯 영로 옆에 서 있었다. 영로가 찬찬히 말을 이었다.

"신영아, 내가 회사와 관련된 중대발표를 하겠다고 했었지?"

"네, 큰할아버지."

영로도 나이가 있으니 아마도 후계와 관련된 일이거나, 업무와 관련된 큰 쟁점일 거다. 저한테만 늘 미리 언질을 주고 있다는 건, 그만큼 신뢰한다는 뜻이기도 했다. 신영이 영로의 말을 토씨 하나 빼놓지 않고 들을 것처럼 집중했다.

"오늘 여기가 발표하기에는 가장 적합한 장소인 거 같구나. 들었으면 하는 사람들이 모두 있으니. 행사 시작 전에 이야기해도 괜찮겠니?"

"어머나, 할아버지. 얼마든지요. 제가 주최한 행사에서 그런 큰 발표를 할 생각을 하시다니, 저는 정말 기뻐요."

"너도 관련이 있으니 들어야겠지."

"저도요?"

"그래."

영로의 확답에, 신영의 가슴이 세차게 뛰었다. 가인으로 인한 기분

나쁨은 씻은 듯 사라졌다. 오늘 발표는 자기에게 뭔가 더 힘을 실어주려는 것일 터다.

그렇게만 될 수 있다면 세진그룹 사모님 자리도 한결 수월하게 가까워질 수 있고, 지금 불법적으로 저지르는 일 때문에 벌어진 자금 압박도 해결할 수 있다.

정도진도 손아귀에 넣을 수 있을 뿐더러, 아까 무례하게 행동한 서가인에게 한 방 먹일 수 있었다. 솟구쳐 오르는 기쁨을 애써 내색하지 않으며 조신한 척 신영이 물었다.

"더 물어보면 알려주실 건가요?"

"미리 알려주면 발표가 아니겠지."

"맞아요, 할아버지. 설레는 기분이 있어야 발표죠. 기대하고 있을게요."

"그래, 기대하는 게 좋을 거다."

신영이 기쁜 마음으로 회장인 큰 전시실로 들어갔다. 그러자 저 멀리 도진과 도진의 부모님이 미희와 함께 가인과 대화를 나누고 있었다.

무슨 말을 하는지 명확히 알 수는 없었지만, 웃으면서 대화를 주고받는 게 아까 자신을 향한 박대와는 영판 달랐다. 당장에라도 쫓아가서 뭐라 하고 싶었지만 주변의 이목도 있고, 무엇보다도 그저 회사 직원을 향한 상냥함일 수도 있었기에 신영은 우선 참아야 했다.

반대편에는 언제 왔는지 차권이 제 형과 함께 자리 잡고 있었다. 그러나 가인에게 다가가 도진에게서 뜯어낼 생각은 하지 않은 채 그저 묵묵히 그 모습을 바라만 보고 있어서 더 속이 터졌다. 신영은 손을 잡기로 해놓고 제 몫도 제대로 해내지 못하는 차권을 슬쩍 흘겨보았다.

이 수모도 지금뿐이다. 서영로 회장이 제 뒤를 봐주는 걸 넘어서서,

MA&M 그룹 내에서 공식적으로 더 힘을 실어주게 되면, 서가인 너한 테서 제일 먼저 사모님 소리를 듣고 말거야.

신영은 부푼 꿈을 안고 사람들이 모여들길 기다렸다. 드디어 초대한 사람들이 어느 정도 찼다.

정재계의 유명 인사들이 모인 가운데, 제가 호명되어 영광스럽게 되리라는 기대에 신영은 기분이 둥실둥실 나는 듯했다. 괜한 말질로 회장님의 심기를 건드릴까 싶어 부르지 않은 가족들도 부를 걸 그랬다는 생각까지 들었다.

소개에 따라 영로가 천천히 단상에 섰다. 풍기는 분위기는 무거웠고 눈매는 매서웠다. 아까 그림을 구경하고 있을 때의 착잡함은 어느새 사라지고, 연세가 제법 있는 이라고 믿을 수 없을 정도로 힘이 있었다. 영로가 입을 열었다.

"오늘, 이 행사를 빌어 중요한 발표를 하려고 합니다."

신영이 가장 가까이에서 기대에 젖어 영로를 정신없이 바라보았다. 너무 좋아하는 티를 내지 않으려 애썼으나 잘 되지 않았다. 영로가 그런 신영을 차분한 눈길로 바라보면서 선언했다.

"지금 앞에 있는 대명건설 서신영 사장을 주가 조작 및 공금 횡령혐의로 사장직에서 파면합니다. 검찰에 자료를 넘겼으니 조만간 그쪽에서 수사결과가 나올 겁니다."

신영의 심장이 덜컹 내려앉았다. 저에게 일어난 일이 믿어지지 않았다.

"지금 앞에 있는 대명건설 서신영 사장을 주가 조작 및 회사 공금횡령 혐의로 사장직에서 파면합니다. 검찰에 자료를 넘겼으니 조만간 그쪽에서 수사결과가 나올 겁니다."

가인은 그 모든 걸 지켜보고 있었다. 어느새 다가온 도진이 제 손을 살며시 잡아주었다. 장내는 혼란스러운 사람들의 소리로 어수선했다.

신영이 다급하게 영로 쪽으로 가려다, 장화에 발이 엉켜서 휘청거렸다. 발을 헛디디자, 기괴한 차림은 신영을 더욱 광대처럼 우스꽝스럽게 보이게 하였다.

"큰할아버지, 저, 전 그런 적 없어요! 오해가 있어요!"

제 잘못을 절대 인정하지 않고 허우적대는 신영은 정말이지 볼썽사나웠다. 원래 가진 게 많았던 여자다. 미모도 있었고, 학식도 있었고, 나름의 사회적 지위도 있었다.

하지만 그녀는 제 몫보다 더 많은 걸 갖고 싶어 했고, 정당한 노력이 아닌 편법을 써서 남을 밟으며 올라가기를 원했다.

그 과정에서 누가 다치든, 누가 손해를 보든 개의치 않으며 자기에게 득이 되지 않는 사람은 무시했다. 그 모든 게 지금의 신영을 만들었다.

가인은 그 사실이 안타까웠지만 결코 동정은 하지 않았다. 되돌아갈 기회는 몇 번이고 있었다. 그 기회를 걷어차며 제 뜻대로 잘못을 고수하고 직진하는 걸 택한 이는 바로 신영 본인이었다.

영로가 가차 없이 내뱉었다.

"증거가 벌써 있다. 주가 조작 외에도 대명건설 회계부장이 나한테 와서 다 이야기했어. 난 네가 나에게 한 말들이 모두 진심이길 바랐다. 아들들과 손주들이 그리 허망하게 가고 나서, 너 같은 사람들이 부지기수로 다가왔다. 내 돈만 보고 날 사람 대접해주는 사람들.

넌 그래도 안 그러리라 조금은 믿고 싶었는데, 넌 끝까지 가더구나. 어차피 그런 사람이라면 언젠가 일을 쳐도 칠 거란 생각은 했었지만,

그래도 한 번은 솔직하게 말해주기를 바랐다.”

영로 뒤 커다란 화면에, 일목요약하게 정리된 주가 조작의 증거들이 떠올라 있었다. 분명 제대로 감추고 폐기했다고 믿은 자료들이었다. 작전에 참여한 이들과 관련자 외에 보여준 사람은 딱 한 사람이었다. 신영은 곧바로 저를 대신할 희생양을 찾았다.

“안하민, 아니 차권, 저 사람이 권한 일이에요. 대명건설 사장이 되었다니까 좋은 방법이 있다면서 권한 거라고요! 회사 사장실 CCTV 확인해보세요! ○○일 XX시!

소리는 안 나지만 저 사람이 제 앞에서 자료를 보면서 뭐라고 하는 내용이 나올 거예요! 저게 주가 조작일 정도로 큰 건인지 몰랐어요! 정말이에요, 회장님! 큰할아버지, 저, 믿으시잖아요. 저 그럴 사람 아니에요!”

미친 듯이 손가락질하며 저를 대신할 사람을 마구잡이로 몰아붙이는 신영은 흡사 광기에 물든 듯했다. 그 모습에 사람들이 수군댔다. 영로가 안타까이 신영을 불렀다.

“……신영아.”

“아니에요! 할아버지! 아니에요!”

“끝까지 제 잘못을 인정하지 않는구나.”

영로가 어두운 얼굴로 신영을 외면했다. 신영이 길길이 뛰며 차권을 손가락질했다.

“맞다니까! 난 피해자야! 속은 거라고! 법으로 문제없다고 저 사람이 그랬어!”

덮어씌우는 모습에 도진이 한숨을 쉬며 가인을 제 품에 더 단단히 그러안았다. 차권이 혀를 차더니, 신영 앞으로 슥 나섰다.

“착각하는 거 같은데, 나는 당신이 자료를 보여준 날 바로 관계자에게 이야기했어.”

"뭐? 너 같은 편인 척하고 날 속였어? 박쥐같이!"

신영이 부르르 떨었다. 애초에 자료를 보여주며 제 말대로 하지 않으면 주가 조작에 연루된 연예인으로 이미지를 떨어트리겠다고 협박한 쪽은 그녀였으면서 적반하장이다.

차권이 차분하게 대꾸했다. 흥분도 하지 않고 이성적이라 외려 더 싸늘하게 느껴지는 어투였다.

"난 속인 적 없는데. 애초에 당신이 나에게 권했던 건 서가인 씨를 정도진 씨한테서 떨어트려놓을 수 있게 유혹해달라는 거 아니었나? 내가 가인 씨한테 좋은 감정을 가지고 있다는 걸 알고 말이야. 그 정도 제안이었는데 어느새 내가 주식 조작에까지 관여한 걸로 되어 있지?

하지만 난 어느 쪽도 정당하지 않은 방법은 싫었어. 그래서 난 내가 할 수 있는 정당한 일을 했을 뿐이야. 애초부터 당신이 서가인 씨한테 접근해달라고 했다는 건, 정도진 씨한테 다 이야기했었어. 난 내가 호감을 가진 여자한테는 당당히 접근하고 싶은 사람이야."

차권은 신영이 처음 접근했을 때, 이미 형을 통해 도진에게 이 사실을 알렸다. 도진이 작은 술집에서 암호 같은 이야기를 하던 사람은 바로 차권의 형인 안정민이었다.

"이 비열한, 여자 등쳐먹는 놈!"

신영이 이를 갈았다. 그러다 바로 마지막 희망이라도 된 듯 도진을 바라보았다.

"도진 씨, 도와줘요. 저건 잘 몰라서 저렇게 한 거예요. 도진 씨가 나서서 회장님을 설득해주면 어떻게 될 거야."

도진이 어이가 없다는 듯 대꾸했다.

"주가 조작을 하고, 회사 공금을 쓰고, 거기에 더해 재력을 힘입어 날 협박하고, 없는 잘못을 만들어 뒤집어씌우려 애쓰던 당신이 할 말은 아닌 것 같군.”

신영이 도진을 바라보더니, 절망에 부르르 떨었다. 자기가 왜 그렇게 한순간에 나락으로 떨어졌는지 전혀 이해 못 하는 눈빛이었다. 그러더니 그 안에 분노가 가득 찼다.

“정. 도. 진! 당신이 나한테 어떻게……. 나한테! 내가 이 거지 같은 옷도 다 참았는데, 당신 어머니 이상한 요구도 다 받아줬는데!”

“그건 당신이 원하는 바가 있어서 한 일이지, 나에 대한 호의로 한 게 아니었잖아. 어느 누구도 당신에게 그렇게 하라고 강요한 적은 없어. 당신이 스스로 선택해서 그대로 행했을 뿐이지.”

신영의 눈길이 도진이 다정스레 잡고 있는 가인에게 향했다. 애초에 저 계집애를 만나면서 일이 꼬였다. 제 위치에 맞지 않는 도진의 옆자리를 꿰차고 있었던 저 여자. 저 여자만 없었으면 도진과 자신의 관계는 훨씬 좋았을 거다.

“서가인, 너 때문에!”

신영이 괴성을 지르며 가인에게 달려들었다. 그때 영로가 버럭 소리를 질렀다.

“내 손녀에게 손대지 마라!”

청천벽력 같은 소리에 신영이 우뚝 섰다. 그리고 얼이 빠진 목소리로 중얼거렸다.

“손녀?”

손녀라니. 서가인. 그래. 성씨가 서씨긴 하지만 그렇다고 모두 손녀는 아니잖아? 왜 저렇게 부르지?

설마…… 거짓말. 신영이 미친 듯 소리질렀다.

“그럴 리 없어. 그럴 리…… 그럴 리 없어! 공주님은 나야! MA&M의 새로운 공주님은 나라고! 내 거야! 내 거라고!”

가인이 어이없는 얼굴로 대꾸했다.

"공주님이라니, 무슨 시대착오적인 발상이에요?"

"결국 너도 부모 잘 만나서 MA&M 그룹의 손녀가 된 거잖아. 너랑 내가 다를 게 뭐 있어?"

가인이 차분히 답했다. 가인도 처음 이 사실을 알고 얼마나 놀랐는가. 강원도에 계시던 아버지가 올라와 할아버지를 만나고, 과거의 모든 이야기를 해주었다.

실감이 나지 않았지만 현실이었다. 이후 김미희 실장이 찾아오고, 도진을 통해 할아버지인 서영로 회장과 자신의 아버지가 도진의 부모님을 만난 사실을 알게 되었다.

그간 도진과 자신의 관계에서 가장 걱정이 되었던 것들이 해결되는 일이었지만, 한편으로 걱정이나 책임감이 느껴지지 않는다면 거짓말이다. 하지만 적어도 자신은 신영과 달랐다.

"부정하진 않겠어요. 날 낳아주신 분들을 부정할 수는 없으니까. 하지만 나는 당신처럼 원래 내 것이 아닌 것을 뺏으려 애쓰지 않았어요. 당신이 MA&M에서 누리고 있는 것들로 만족했다면 이런 일은 일어나지 않았어요.

하지만 당신은 그 이상을 바랐고, 내가 사랑하는 사람을 뺏으려 했어요. 나는요. 다른 건 몰라도 예전부터 내 건 절대 안 뺏겨요."

신영이 가인의 말에 아무런 대꾸도 못 하고 분한 듯 부르르 떨었다. 영로가 손짓했다.

"남 비서, 검찰로 인계하게."

건장한 남자들이 신영의 양팔을 잡았다. 신영은 절망에 차서 소리쳤다.

"아니야!"

신영은 자신한테 닥친 현실을 믿을 수 없었다. 제가 무시하던 여자를 영로가 손녀라고 불렀다. 자신은 이제 범죄자가 될 터다. 사람들의 수군거림이 들리고 시선이 느껴졌다. 믿을 수 없었다. 끔찍했다. 그러나 현실은 언제나 잔혹했다. 신영은 그대로 끌려 나갔다.

신영이 나간 자리에는, 웅성거림과 소란이 남았다. 영로가 다시 마이크를 잡고, 장내를 정리했다.

"오늘 나는 잃어버렸던 아들을 찾았습니다. 정확히는 과거 내 인생의 과오 중 하나로, 사랑하는 여자를 택했다고 내 손으로 내친 아들이죠. 제 큰아들인 서승민, 아니, 개명한 이름으로 서재혁을 소개합니다. 앞으로 MA&M의 사업 전반을 다루게 될 겁니다."

말끔하게 차려입은 가인의 아버지인 재혁이 올라왔다. 가인과 비슷하게 말끔하고 단정한 인상이다. 세월이 제법 지났음에도 얼굴을 알아본 몇몇 이들은 가벼운 탄성을 질렀다.

한차례 소란이 지나고, 단상 위의 아버지의 얼굴을 보는 가인의 마음은 미묘했다. 영로의 말이 이어졌다.

"불미스러운 일을 목격하게 해서 죄송합니다. 여러분께 우리 MA&M은 범법을 좌시하지 않는다는 걸 알려드리고 싶었습니다. 여기 있는 서재혁은 제 친아들이기는 하나, 경영에 소질이 없다고 판단되면 전문경영인을 들일 생각입니다. 이제 모쪼록 마음 편안하게 이 자리를 즐겨주시기를 바랍니다."

웅성거림은 서서히 잦아들었다. 오늘 일은 아마도 이쪽 업계 사람들에게 크게 회자되겠지만, 시간은 모든 걸 완화시킬 터였다. 가인이 도진에게 나지막하게 말했다.

"폭풍 같네요."

"그리고 당신은 그 폭풍에 훌륭히 대처했고."

도진이 가인의 말을 받았다. 가인이 도진을 보며 빙그레 웃었다.

"우리 도자기 씨. 이러니저러니 해도 내 남자가 너무 잘나서 나 마음고생 제법 한 거 알고 있죠? 자, 선택권을 줄게요. 1번, 거리로 뛰쳐

나가 '가인아, 미안해.'를 보는 사람마다 외치고 다닌다. 2번, 남자의 자존심을 지키는 대신 평생 내 말을 잘 듣는다."

도진이 태연히 받아쳤다.

"흠, 다 땡기는데 어쩌지?"

"와, 연애할수록 능청도 점점 느네요."

그때 차권이 가인에게 다가와 정중히 말을 걸었다.

"가인 씨, 그동안 미안했어요. 가인 씨가 곤란할 만한 일들이 있었죠."

"아니에요. 서신영 씨한테 가짜로 넘어간 척한 이 사람도 있는데요. 외려 권 씨가 더 힘들지 않았을까 생각해요."

권이 가인 쪽으로 고개를 수그리며 부드럽게 속삭였다.

"그래도 여태 가인 씨한테 한 말 중 거짓은 없었습니다. 언제든 정도진 씨가 마음에 들지 않으면 나한테 오세요."

"애인이 바로 옆에 있는데 대놓고 수작 부리는 건 그리 좋지 않은데."

도진이 못마땅하다는 듯 권에게 대꾸했다. 권이 여유 있게 받아넘겼다.

"이번에 협조한 값은 나중에 톡톡히 받겠습니다, 세진그룹 정도진 사장님."

"그건 안하민 씨 형이 벌써 챙겼습니다."

"와, 이렇게 형제간이 더 무섭다니까요?"

권이 어깨를 으쓱하더니 가인을 바라보며 말했다.

"울지 않고 이렇게 웃으니 확실히 더 예쁘네요. 행복을 바랄게요."

권이 부드럽지만 쓸쓸하게 웃었다. 눈가의 눈물점이 웃음과 함께 눈물처럼 접혔다가 퍼졌다. 정말 자신을 위해주는, 괜찮은 사람이었다. 그래서 가인은 더 미안해졌다. 하지만 마음을 바꿀 수는 없었다.

자신이 사랑하는 이는 정도진이었으니까.

저쪽에서 아버지가 도진의 부모님과 이야기를 나누고 있었다. 자신을 낳기 전 청년시절 이미 알고 지내던 사이여서 그런지 몇 번의 만남 끝에 금세 막역해졌다. 어머니는 아직 강원도에 있다고 들었다. 곧 올라오실 예정이라고 하셨다.

서영로 회장이 자신의 할아버지라니. 그래서 그렇게 낯설지 않은 느낌이었을까. 아까 신영이 제가 패악을 부릴 때 내뱉던 '손녀'라는 단어가 새삼 묵직하게 다가왔다. 직장동료들과 남 일처럼 이야기하던 MA&M 그룹 회장의 맏아들 가족이 자기 가족일 줄이야.

도진과의 사랑에 큰 장애물이던 배경이 이런 식으로 사라지리라고는 생각도 못 했다. 속물적일 수 있었으나, 이제 그런 문제로는 마음 아프지 않고 도진을 마음껏 사랑할 수 있다는 사실이 기뻤다.

훗날 결혼하게 되면 사랑도 현실로 변하게 될 터다. 게다가 애초에 시어머니가 될 도진의 어머니와는 처음 만남부터 삐걱대었다.

처음 만남이 나빴다가 후에 좋아지는 경우는 있어도 그래도 시어머니는 시어머니다. 쉽지 않은 관계이니 만큼, 이대로 연애를 하다가 도진이 밀고 나가 결혼까지 하게 되더라도, 매우 힘들 수 있는 상황이었다.

그리고 가인은 제아무리 사랑으로 모든 걸 극복할 수 있을 것처럼 포장되어도 그런 관계가 지속되면 부부 사이가 얼마나 나빠질 수 있는지 잘 알고 있었다.

그렇다면 적어도 자신이 MA&M 그룹 회장의 친손녀라는 사실은, 적어도 며느리로서의 자신을 쉽게 무시하지 못하게끔은 할 수 있었다.

아직도 실감이 안 나는 자리였고, 사실 가인은 그로 인해 뭔가 콩고물이 떨어지기를 조금도 바라고 있지는 않았지만, 그래도 이것만큼은 다행이다 싶었다.

　게다가 오는 길에 김미희 실장이 경애가 생각보다 가인을 좋게 생각하고 있다는 사실도 알려주었다. 가인 자체를 싫어한 게 아니라, 가인이 재벌가 며느리가 되었을 때 상상 이상으로 힘들어지는 걸 원치 않았다고 했다. 그로 인해 도진이 괴로워지는 것도 포함해서 말이다.

　진위여부는 확실히 알 수 없었으나, 김미희 실장은 실없는 소리를 하는 사람이 아니다. 그렇다는 건, 적어도 경애가 그렇게 야박하거나 표독한 사람은 아니라는 뜻이었다. 경애를 완전히 다 알 수는 없어도 그 정도만 해도 다행이었다.

　가인은 영로를 바라보았다. 친할아버지라고 생각하니, 가족들을 잃으면서 그가 겪었을 고통이 더 아프게 느껴졌다.

　가족 중 하나라도 잃는다고 생각하면 끔찍함을 넘어서 비통한데, 그 모진 일을 겪고 또 서신영에게 배신 아닌 배신을 당했다. 어떤 기분일까. 그럼에도 이겨나가는 삶이란, 정말이지 아프지 않을까 싶었다. 잘해드리고 싶었다.

　그때 이야기를 끝낸 재혁이 도진에게 다가와 어깨를 잡았다.

　"미리 말해두는데, 열렬한 사랑도 좋지만 결혼하기 전에는 우리 딸을 아껴주면 좋겠군. 선을 넘는 일은 없었으면 해."

　"아빠, 별소릴 다……."

　침착한 가인도 아버지 앞에서는 평범한 딸이었다. 당황해서 가인이 재혁을 향해 말리는데, 도진이 빙그레 웃으며 맞받아쳤다.

　"그럼 그냥 오늘 결혼식을 하면 좋겠네요. 모시기 힘든 분들이 모두 모이셨는데."

　그러자 재혁이 답했다.

　"그러면 신혼여행은 우리 펜션으로 하지. 부모님도 다 모시고 오게. 가족여행은 좋은 거니까."

"역시 아버님이십니다. 한 수 위시군요."

"그런 의미에서 오늘 밤, 같이 술 한잔하지. 남자는 술버릇도 봐야 하니."

"얼마든지요."

가인이 못 말린다는 듯 두 사람을 바라보았다. 언젠가는 인사를 드리게 되리라고는 생각했지만, 생각보다 빨랐다. 자신이 사랑하는 두 사람이 서로 친밀해지는 모습은 생각 이상으로 보기 좋았다.

strawberry kiss

가인은 퇴근 후 한강 벤치에 앉아 있었다. 바람이 불고 물이 흐른다. 시간은 공평하게 주어졌고, 그걸 어떻게 활용하는지는 사람의 몫이다.

서사미 미술관에서 있었던 일은 벌써 열흘도 전의 일이었다. 서신 영은 주가 조작과 횡령으로 검찰 조사를 받고 있었다. 그날 이후로 전혀 보지 못했다.

부모님은 남동생과 함께 서울로 올라와서 이제는 할아버지가 된 서영로 회장과 함께 살고 있었다. 말이 함께지 할아버지 자택이 워낙 커서 따로 사는 거나 마찬가지라고 어머니가 그랬다.

가인도 들어와서 살라고 했지만, 아직은 전처럼 평범하게 회사생활을 이어가고 싶어서 우선 살던 아파트에서 계속 지내고 있었다. 사람들로부터 특별대우를 받고 싶지도 않아서 당분간 세진그룹 쪽에서 그녀가 MA&M 회장 손녀라는 사실은 밝히지 않았다.

세진그룹 내에 퍼졌던 소문들은 이제 모두 조용히 정리되었다. 가인을 비웃고 손가락질하던 사람들은 도진이 가인과의 연애를 공개적으로 인정하면서 모두 조용해졌다. 신영과의 소문은 한때의 해프닝으로 끝났다.

strawberry kiss

다행히 지금 상사인 전두식 전무는, 가인이 도진의 애인이라고 특별대우하지 않았다. 그저 예전처럼 비슷하게 성질 급하게 굴고 간간이 소리를 지르기는 했으나, 그래도 가인을 함께 일하는 제 팀이라고 인정한 듯했다.

　도진이 어느새 가인의 옆으로 와 앉아 가인의 어깨에 팔을 둘렀다. 평범한 연인, 행복한 일상, 점점 익숙해지는 친밀감, 설레는 감정, 그리고 어떤 일이 있어도 서로를 떠나지 않겠다는 믿음. 가인이 지나가는 사람들과 강아지, 자전거들을 바라보며 입을 뗐다.

　"이렇게 끝났네요."

　"응."

　짧은 답이었지만, 기분이 이상했다. 내 남자를 찾겠다고 나선 일이, 내 남자가 나한테 돌아오겠다고 움직인 일이 생각보다 판이 커졌다.

　"앞으로도 내 남자 단속 잘해야겠어요. 어찌나 인기가 많으신지, 몇 년 겪을 거 한 번에 몰아서 겪은 기분이에요."

　그러자 도진이 몸을 돌려 고쳐 앉았다.

　"그러는 아가씨는요. 안하민 씨가 엄청나게 들이대던데요."

　가인이 고고하게 웃었다.

　"그렇죠. 도자기 씨는 대단한 여자를 잡은 거예요. 그러니까 앞으로 잘해요."

　"내 비서일 때도 그랬지만 우리 쁜이는 은근히 안 진다니까."

　도진이 가인의 코를 꾹 잡았다 놓았다. 가인이 장난기를 버리고 답했다.

　"차권 씨하고는 아무 일도 없었어요. 도진 씨가 없어서 외롭기는 했지만, 그렇다고 저 좋다는 남자를 희망고문 할 정도로 약지 않아요."

　"그래. 우리 쁜이라면 그럴 줄 알았어. 철벽이 보통이어야지."

　"그 철벽, 도자기 씨가 무너뜨렸잖아요."

도진이 가인의 귓가에 속삭였다. 머스크 향이 훅 끼쳤다.

"그게 내가 세상에서 가장 잘한 일이야."

가인이 귀를 움켜잡으며 중얼거렸다.

"귀에다 속삭이는 거, 반칙이야."

도진이 더 짓궂게 끌어안으며 장난을 치자, 가인이 두 손으로 투닥투닥 도진을 힘없이 쳤다. 도진이 재차 속삭였다.

"사랑해."

그때였다.

— 톡 왔숑!

분위기를 깨는 메시지 수신음에, 두 사람의 시선은 가인의 휴대전화로 향했다. 휴대전화 화면에 메시지가 떠올랐다.

[누나 얘기 최근에야 들었어. 많이 놀랐겠네. 아버지가 갑자기 서울 가신다고 해서 무슨 일인가 했더니, 정말 생각도 못 했어.]

아직 어린데도 남자라고 어른스레 보낸 메시지에 절로 웃음이 나왔다. 남자아이치고는 말도 잘하고 살가운 동생이었다. 소리와 함께 다음 메시지가 또 떴다.

[누나 남친 생긴 거 축하해. 부모님이 알고 계신 걸 보니 진지하게 사귀나 보네.]

"동생이에요. 부모님이 이야기하셨나 봐요."

가인이 웃으면서 도진에게 설명했다. 그때 바로 다음 메시지가 떠올랐다.

[누나, 그런데 말이지. 당부할 게 있어.]

둘은 무슨 소리를 하려고 하나 싶어 휴대전화를 바라보았다. 두 사람의 궁금증을 풀어주듯 다음 메시지가 연이어 올라왔다.

[남친한테 라면 먹으러 집에 들어오라거나, 남친이 술 한잔 더 하자고 할 때는 거절해. 누나는 진짜 라면만 먹자고 할 사람이지만, 남자는 원래 못 믿을 생물이야. 알았지? 걱정되니까 슬슬 아파트 처분하고 집으로 들어오면 좋겠다.]

"이런. 미래의 처남한테 벌써부터 경계대상 1호네."
"그렇죠, 분위기 잡기 전부터 감시하는데요, 쿡쿡."
가인은 말은 그렇게 했지만, 동생인 선호 생각을 하자 마음이 찡해졌다. 자기도 이만큼 충격을 받았는데, 이 녀석은 오죽할까 싶기도 했고, 한편으로는 오히려 자기랑 아예 딴 세상 이야기 같아서 얼떨떨하기도 하겠다 싶었다. 도진도 비슷한 생각을 했는지 가인을 진지하게 바라보았다.
"괜찮아? 나도 얼떨떨한데, 우리 쁜이는 더 심란하겠지."
그러자 가인이 웃음 지으며 답했다.
"아직 실감이 나진 않지만, 하나는 확실하죠. 나는 서가인이에요. 여태 내 맡은 바 업무를 충실히 하며 살아왔고, 지금은 정도진이라는 남자한테 푹 빠져서 정신 못 차리는 서가인이요."
"거기에 하나를 더 덧붙여야지. 정도진의 미래의 와이프."
"와, 벌써 유부를 만드시네. 아직 아가씨이고 싶거든요."
"누군가의 특별한 사람이 될 수 있단 건 인생의 큰 의미지."
"오늘의 명언 제조기시네요."

가인이 도진의 어깨에 슬쩍 머리를 기대며 물었다.

"도진 씨, 우리 저녁 뭐 먹을까요?"

"우리 뽄이가 먹고 싶은 건 뭐든지 좋아."

그러자 가인이 눈을 반짝이며 물었다.

"정말 내가 먹고 싶은 거 먹어도 돼요?"

"그럼."

"우리 그럼 삼겹살 먹어요. 기름지게 잘잘."

삼겹살. 예상외의 메뉴에 도진이 되물었다.

"내일 행사 참여할 건데 괜찮겠어?"

그러자 가인이 두 볼을 손으로 감싸며 나름 귀여운 포즈를 취했다. 하지만 목소리나 태도는 뻣뻣하기 그지없었다.

"우리 도자기 씨는 내 뱃살은 사랑하지 않는 거구나. 어머, 우리 도자기 씨는 내 몸매만 좋아하는 거였어."

특히 '어머'에서 국어책을 읽는 듯한 연기에 도진이 장난기가 돌아 엉큼한 표정으로 대꾸했다.

"어떻게 알았어? 난 우리 뽄이 뱃살, 몸매, 얼굴, 심지어는 손톱 밑에 낀 때까지도 사랑해."

"너무 절절해서 쓰러질 것 같은 고백이네요."

가인이 졌다는 듯 고개를 절레절레 흔들었다. 도진이 되물었다.

"삼겹살이라, 집에 있는 요리사가 응용요리를 만들거나 호텔에서 조리된 걸 먹어본 적은 있지만 일반 식당에선 먹어본 적이 없어서 가인에게 어디가 맛있을지 모르겠군."

가인이 그런 도진을 보며 웃었다.

"그러면 이번엔 내가 자주 가는 곳으로 갈까요? 잘 아는 집이 있어요."

가인이 안내한 고깃집은 빽빽이 둘러싼 식당 골목에 있었다. 사람들이 바글바글한 가운데 삼겹살 익는 냄새와 연기가 바깥까지 흘러나왔다. 오래된 간판에는 '돼지 잡으러 가자'라고 쓰여 있었다.

"여기 정말 맛있거든요. 가끔 회사 사람들하고 오는데……."

"가인 씨? 삼겹살 먹으러 온 거야?"

가인을 톡 치는 사람은 반색을 한 소라였다. 그 옆에는 풋풋하게 웃고 있는 연우가 있었다. 둘의 연애는 아무런 문제없이 매끄럽게 잘되어가고 있는 모양이었다. 그러더니 둘 다 도진을 보고 깜짝 놀라 꾸벅 고개를 숙였다.

"안녕하세요, 사장님."

"안녕하십니까."

소라와 연우의 인사에 도진이 손을 들어 보였다.

"두 사람 사귄다고는 들었는데, 우리 합석할까?"

"영광입니다."

소라보다 먼저 씩씩하게 답을 한 사람은 연우였다. 소라도 승낙의 의미로 미소를 짓고 있기는 했지만 어색하기 그지없었다. 가인이 도진에게 귓속말했다.

"우리 도자기 씨 보기보단 눈치 없네. 밑의 부하직원들이 제일 싫어하는 게 뭔지 알아요? 바로 상사와의 합석. 높은 직급일수록 더더욱."

도진이 질세라 귓속말로 답했다.

"우리 쁜이는 하나만 알지, 둘은 모르는군. 예나 지금이나 윗사람한테 얻어먹을 수 있을 때 얻어먹는 게 좋은 거야. 참고로 오늘 결제는 내가 하게 되겠지."

"와. 진짜 한마디도 안 지네요, 우리 도자기 씨."

"누구한테 배웠지."

결국 이번에 백기를 든 쪽은 가인이었다. 가인이 앞장서며 밝게 외쳤다.

"자, 그럼 사장님이 고기 쏜다는데 다들 원 없이 드세요. 부족하시면 2차는 한우나 회로 먹죠."

"가인 씨 연애하더니 배포가 커졌는데요."

가인과 도진의 뒤를 이어 연우가 삼겹살집에 들어가며 밝게 말을 받자, 가인이 시원하게 대꾸했다.

"괜찮아요. 아직 내 돈 아니니까. 우리 자기 씨가 내겠죠."

"사장님, 정말 사랑이 무섭기는 하네요. 제 생전 가인 씨 입에서 저런 말을 들을 거라고는 생각도 못 했어요. 나중에 선봐서 결혼하는 게 아닐까 걱정했다니까요."

소라가 조금 어색함을 덜었는지 자리를 잡으며 도진에게 말을 붙였다. 도진이 대답했다.

"음. 어차피 선보기 전에 내가 낚아채 갔을 테니 괜찮다고 생각해."

"와아⋯⋯."

닭살 돋는 표현에 소라가 입이 떡 벌어졌다. 알바생이 부지런히 파절이나 상추 등을 세팅하기 시작하자, 가인이 재빠르게 주문했다.

"여기 제주 통오겹살 4인분하고요, 소라 씨 목살도 시킬까요?"

"응, 목살하고 여기 항정살도 맛있어."

"목살 2인분하고 항정살 2인분도 같이 주세요. 음료는 뭐 할래요?"

가인이 묻자 소라가 자연스레 말을 이었다.

"두 분 술 하실 건가요?"

도진과 연우가 동시에 고개를 끄덕이자 소라가 가인에게 물었다.

"소맥 말아서 먹을까? 나 이번에 맛있게 마는 법 배웠는데. 어때, 가인 씨?"

"소맥이 부드럽긴 하죠. 차는 안 가져왔어요?"

"응, 오늘 술 먹으려고 둘 다 택시 타고 왔어."

"그럼 다음 날 근무 지장 안 가는 선에서 적당히 먹어요."

소라와 가인의 대화를 듣고 있던 도진이 소라에게 물었다.

"우리 가인이 술을 꽤 하나 보군?"

"사장님은 모르시겠구나. 가인 씨 회식에서는 술 거의 안 마시니까. 여태 술 마시면서 얘가 술 취한 걸 본 적이 없어요. 먹고 나서 숙취도 거의 없어요.

지금에야 하는 말이지만, 사람들하고 같이 술 먹으면서 분위기 좀 풀어볼까 했던 남자들이 오히려 곤죽이 되어 실려 갔다니까요. 괜히 철벽이 아니었어요."

소라가 도진을 향해 새초롬하게 눈을 뜨며 덧붙였다.

"그 철벽, 사장님이 깨트리셨지만 말이에요. 지금에야 하는 말이지만 정말 잘 어울리세요. 세진그룹 선남선녀잖아요."

"고맙군."

소라가 뭔가 더 할 말이 있는 듯 어물거리다, 아직 술 한잔 안 들어간 분위기에서 하기엔 좀 그렇다 판단했는지 입을 다물었다. 때마침 고기가 오고, 가인이 집게 쪽으로 손을 뻗는데 연우가 먼저 냉큼 팔을 걷어붙였다.

"자, 고기는 제가 굽겠습니다. 사장님, 숙녀분들. 원래 고기는 남자가 구워야 하는 법이죠."

가인이 신경 쓰는 것 같자, 소라가 가인에게 말했다.

"그냥 둬도 돼. 내가 여태 만난 사람 중에 고기 제일 잘 구워. 소고기면 소고기, 돼지고기면 돼지고기, 닭고기면 닭고기, 못하는 게 없다니까. 내 생각에는 요리도 나보다 더 잘할 거 같아."

"우리 소라 씨를 위해서라면 요리쯤은 얼마든지 할 수 있죠."

가인이 쿡쿡 웃었다.

"소라 씨네도 만만치 않게 닭살인데요?"

"이 사람이 좀 그래."

소라가 오그라든다는 듯 손사래를 쳤다. 의리 있고 시크한 소라와 애교 있고 다정한 연우는 제법 잘 어울렸다. 고기가 맛있게 구워지자, 가인이 고기 한 점을 집어 예쁘게 쌈을 싸 도진에게 건넸다. 그걸 본 소라가 눈을 가늘게 뜨고 되물었다.

"와, 누가 누구한테 닭살이라는 거야, 진짜? 사장님 대단하시네요. 천하의 철벽녀 서가인을 저렇게 만드시다니."

"누가 그렇게 철벽이었다고 그래요. 그리고 입에 넣어준 것도 아닌데 소라 씨도 차암."

가인이 얼굴도 빨개지지 않은 채 태연히 답했다. 소라가 답했다.

"하긴 연애는 좋은 거야. 서로 아낄 수 있을 때 아끼……, 우웁?"

입에 삼겹살을 듬뿍 넣은 상추쌈이 순식간에 들어와 소라의 입이 막혔다. 연우가 싱긋 눈웃음을 치며 소라를 툭 쳤다.

"자, 이제 다른 커플도 중요하지만 나도 옆에 있답니다. 상추쌈 정도는 내가 실컷 싸줄게요. 이래서야 꼭 소라 씨가 가인 씨 뺏긴 애인 같잖아."

고기와 함께 술이 한잔 돌았다. 분위기가 슬슬 풀어지며 달아올랐다. 가인이 도진에게 물었다.

"어때요?"

도진이 웃었다.

"분위기가 좋군."

술이 몇 차례 돌고 나자, 취기가 조금 오른 소라가 슬슬 도진에게 본론을 털어놓기 시작했다.

"사장님. 우리 가인이 눈물 쏙 빼게 하시더니, 여자 마음 들었다 놨

다 하는 거 아니에요. 우리 가인이, 연애는 사장님이 처음이라 그런지 회사에서 그렇게 흉흉한 소문이 돌 때도 사장님 원망 하나 안 했다고요. 끝까지 책임지시고 행복하게 해주셔야 해요, 아셨죠?"

직설적인 소라의 말투에 연우가 다급히 소라를 말리며 수습했다.

"소라 씨, 소라 씨. 취했어요? 진정해요. 죄송합니다, 사장님. 소라 씨가 보기보단 술이 좀 약해요."

"아니야. 괜찮아, 신연우 씨. 우리 가인이를 아껴주는 거니까, 오히려 내가 고맙지. 회사생활 하면서 상사한테 저런 말 하기 쉽지 않다는 거 잘 알고 있어."

"그래서, 우리 가인이랑 어떻게 하실 거예요?"

소라가 물러서지 않고 되묻자, 도진이 빙그레 웃었다.

"그 전에 소라 씨 문제부터 먼저 해결해야 하는 거 아닐까? 연우 씨랑은 어떻게 할 생각이지?"

"그거야 우리는 우리끼리 예쁜 사랑을……. 아니, 그게 아니고, 좋은 감정으로 잘 만나고 있어요."

"우리도 그래. 좋은 감정으로 잘 만나고 있어. 연우 씨는 어때, 소라 씨하곤?"

도진의 질문에 갑자기 급정색을 한 연우가 큰 소리로 외쳤다.

"내년 봄에는 꼭 결혼할 예정입니다. 안 되면 보쌈이라도 해 가려고요!"

소라가 예상 못 한 부분에서 뒤통수를 맞은 듯 놀라 연우를 보았다.

"연우 씨?"

"소라 씨가 지금보다 백 배, 천 배 더 절 사랑하게 만들겠습니다!"

"연우 씨……."

씩씩하던 소라가 발그레하니 얼굴을 붉혔다. 연우도 같이 붉어져서 멋쩍게 뒤통수를 긁었다.

"이런, 사장님 덕분에 삼겹살집에서 프러포즈를 해버렸는데요."

그러자 도진이 품에서 뭔가를 꺼냈다. 조그마한 케이스였다. 그러더니 연우의 손에 쥐어주었다.

"그럼 반지도 같이 주는 게 예의에 맞을 것 같은데. 반지야."

도진이 씩 웃었다. 연우가 케이스를 받은 채 당황해서 가만히 있자, 도진이 연우의 등을 밀었다.

"두 사람의 앞날을 축복하며 내가 선물하지. 열어봐."

뚜껑을 열자, 순금 거북이 반지가 나타났다. 거북이가 꽤 커서 적어도 다섯 돈 이상은 되어 보였다. 어디 큰 행사 때 어르신들 선물용으로나 나갈 법한 디자인이었다. 디자인을 보자 가인은 대번에 도진이 골랐다는 걸 깨달았다.

그러자 연우가 결심한 듯 삼겹살집 바닥에 무릎을 꿇고, 손바닥에 반지 케이스를 올리고 진지하게 말했다. 고기를 구워먹던 사람들의 시선이 일순간에 쏠렸다. 그러나 연우는 개의치 않았다.

"나와 결혼해주시겠습니까, 세상에서 가장 아름다운 이소라 씨?"

소라가 묵묵히 거북이 반지를 보았다. 어찌 보면 꽤나 황당한 프러포즈였지만, 사람들 앞에서 결혼반지로는 디자인이 무식하다고 볼 수 있을 만한 거북이 반지를 들고 실행한 그 결단력이 마음에 들었다. 소라가 답했다.

"거북이처럼 평생 나랑 사랑한다면요."

"거북이처럼 나이 먹을 때까지 평생 소라 씨만 사랑하겠습니다."

연우가 몸을 일으켜 반지 케이스에서 거북이 반지를 빼내어 소라의 왼손 약지에 끼워주었다가, 너무 치수가 커 쑥 빠지자 다시 엄지손가락에 끼워주었다. 커다란 금반지를 낀 모양이 어디 복부인 같았다. 하지만 두 사람은 사뭇 진지했다.

"오오, 젊음이 좋네!"

"축하하네!"

박수와 함께 술잔 부딪히는 소리가 요란했다. 왁자한 분위기 속에 도진과 가인은 서로를 바라보며 미소 지었다. 가인이 작게 박수쳐주고 있는데, 도진이 가인에게 속삭였다.

"가인에게 주고 싶은 회심의 디자인이었는데 연우 씨한테 뺏겨버렸군."

도진의 진심 어린 말에 가인이 빙그레 미소 지었다. 순금 거북이 디자인 결혼반지라니. 환갑 축하선물쯤으로 걸맞을 것 같다. 역시 패션 테러리스트. 한순간도 방심할 수 없다. 이러다가는 자신도 물들어버릴지 모른다.

"마음만으로도 감사하답니다, 우리 도자기 씨. 하지만 같은 디자인은 싫으니 결혼반지는 같이 고르러 가기로 하죠?"

"그래. 내가 마음에 드는 디자인 몇 개 찍어놨는데 보겠어?"

"네, 지금은 좀 어수선하니까 다음에."

모든 연애가 결혼으로 마무리 지어지지는 않지만, 이 남자와 결혼으로 함께 인생을 살아간다면 행복할 것 같았다.

가끔 사오는 패션 테러 같은 옷이나 장신구들이 걱정이 되긴 했지만, 그 정도는 충분히 극복할 수 있을 정도로 가인은 그를 사랑했다.

strawberry kiss

연우와 소라의 결혼 소식은 이내 회사 내에 소문이 쫙 퍼졌다. 삼겹살집에서의 프러포즈 이후로 상견례까지 속전속결로 끝낸 연우와 소라는 내년 화창한 봄날 한가운데로 결혼 날짜를 딱 박아버렸다.

같이 살 신혼집부터 혼수까지 시간 날 때마다 봄이 될 때까지 틈틈이 발품을 팔기로 했다며 소라는 행복하게 웃었다. 결혼 후에도 부서가 다르니 일하는 데는 지장이 없었고, 사내커플에서 사내부부로 승진한 거라며 웃고는 했다. 바쁜 와중에서도 그 모습은 썩 좋아 보였다.

"정말 부러워요. 저런 모습이면 사내연애도 좋은 것 같아요."

점심식사 후 잠시의 휴식시간에 세희가 탕비실에서 수줍게 말했다. 세희는 도진과의 연애가 뒷소문으로만 안 좋게 돌 때도 여전한 태도로 대해주었던 몇 안 되는 사람 중 하나였다.

가끔 어떻게 대해야 할지 몰라 난감해할 때도 있었지만, 가인에 대한 반감 때문이 아니라 신입이라 경험이 없어 나온 당황이었다. 나중에 가인이 도진과 정식으로 사귄다고 알려진 이후에도 처음과 변함없이 대해주었다.

"소라 씨는 잘된 케이스지. 아, 물론 지금 사내연애 하고 있는 가인 씨도 마찬가지고. 하지만 저렇게 잘 풀리면 다행인데, 나중에 헤어지거나 하면 서로 별로 안 좋아. 아무리 부서가 달라도 마주칠 일이 자주 있으니까. 그래서 사내연애 하는 사람들이 비밀에 부치는 경우가 많지."

비서실 소속의 오해라가 커피를 한 모금 마시며 세희에게 대꾸했다. 쇼트커트에 붉은 입술이 인상적이었다.

해라는 가인과 친하지도 가깝지도 않았는데, 그래서였는지 오히려 일이 터졌을 때 나름 친분이 있었는데도 서먹하게 굴거나 수군거리던 사람들과는 달리 가인을 똑같이 대해주었다.

그때부터 말을 조금씩 붙이기 시작해서, 외려 조금 더 친해진 경우였다.

"결혼이라……, 좋네요."

"가인 선배는 언제 결혼하세요? 사장님은 뭐라고 하세요?"

가인이 약간 쑥스러운 듯 거의 다 마신 녹차를 입안에 털어 넣었다.

그 모습을 해라가 보더니 몸을 일으켜 따뜻한 물을 컵에 다시 부어주었다. 조르륵, 뜨거운 물이 따라지며 김이 올랐다.

"결혼하고 싶어 하는 것 같기는 한데, 아직 프러포즈는 못 받았어요."

"그쪽은 당사자들도 중요하지만 부모님 의견이 클 것 같은데."

해라가 툭 현실적인 이야기를 던졌다. 하지만 그건 가인에게 반감이 있어서가 아니라, 성격이 원래 그랬다. 가인이 그저 배시시 웃었다.

"도진 씨네 부모님은 언제든 날만 잡으면 좋다고 하셨어요. 연애를 좀 더 하고 싶다면 해도 되고, 결혼을 하고 싶다면 일찍 해도 된다고. 다만 헤어지지 말고 오래오래 행복하라고 말씀해주셨어요."

"그래도 재벌가인데 혼수나 예단, 그런 문제 없을까 싶은데요."

전 같았으면 충분히 고민했을 문제였을 거다. 허락을 받고 나서도 그런 걸로 힘들게 하면 어쩌나 하는. 그렇다고 해서 끌려 다닐 생각은 없었지만, 그래도 그런 걸로 부딪히면서 깨지는 커플도 상당히 많다는 걸 가인은 알고 있었다.

하지만 다행히 가인의 부모님이 MA&M 쪽의 직계였고, 조금 냉정하게 현실적으로 말하면 그건 이쪽에도 발언권이 제법 있다는 뜻이다. 속물적인지 몰라도 현실은 현실이다.

"아, 안 그래도 그건 한번 상의하려고요. 하지만 아직 순서가 있으니까, 도진 씨한테 프러포즈부터 받고요."

"혹시 사장님은 계속 프러포즈하는데 눈치 못 채시는 거 아니에요? 잘 생각해봐요, 가인 선배. 평소랑 좀 다른 행동은 없었는지."

세희가 아주 진지하게 물었다. 가인이 그 말을 듣고 다시 생각해보았다.

평소랑 다른 행동? 자기랑 만날 때는 언제나 회사의 사장인 정도진이 아닌, 속내까지 다 보여주기 때문에 평소랑 다른 행동은 아주 많이 한다. 저번에 연우 씨한테 주긴 했지만, 날 주려고 준비했다던 거북이 반지도 특이하긴 했지.

딸기도 끝물 지난 지 오래전인데 갑자기 딸기밭을 통째로 빌려서 그 한가운데 커다란 딸기 쿠션을 놓고 머리에는 딸기 꽃 생화로 만든 화환을 얹어주더니 사랑한다고 했었지.

생전 딸기 꽃이라곤 한 번도 본 적이 없었는데 이런 식으로 보게 되리라고는 상상도 못 했다. 철이 아닌 꽃을 구하려고 비닐하우스란 비닐하우스는 다 뒤졌다는 남자 때문에 어이를 상실하기도 했다. 그렇지만 한가한 사람도 아닌데 사랑해서 그러는 거라고 생각했다.

아, 저번에는 한강에 가서 오리 배를 타자고 했었다. 나름 로망이라며. 근데 서로 일정이 엇갈려서 날만 잡아놓고 가지 못했다.

한 번은 다이아를 박은 백금 요술봉 같은 걸 몰래 선물용으로 디자인하고 있어서 기겁을 하고 말렸었지. 그걸 받는 사람이 다른 사람이라면 녹여서 팔기라도 하라고 하겠지만, 제가 당사자라니 도진을 말리게 된다. 연인이 준 거니 평생 간직해야 할 거 아닌가.

명품관을 갔다가 획기적인 디자인이라며 흥분하며 핑크색 로커 바지 스타일에 공주풍 레이스가 달린 걸 자신에게 입혀보려 했었고…… 또 뭐가 있더라?

"도진 씨가 이벤트를 많이 해주려고 노력하는 편이라 잘 모르겠네, 세희 씨."

"몇 번이고 타이밍을 보다가 놓쳤는지도 몰라요, 가인 선배."

가인이 고개를 끄덕였다. 확실히 자신은 그런 면으로 둔감하기 때문에 가능성이 없지 않았다.

"그럴 수도 있겠네."

벌컥, 갑자기 노크도 없이 탕비실 문이 열렸다. 한창 평화롭게 대화 중이던 분위기가 삽시간에 깨졌다.

어차피 각 사무실에 딸린 탕비실 외에 비서실에서 공용으로 쓰는 곳이었기 때문에 누구나 드나들 수 있었지만, 상대는 문 여는 스타일만 봐도 남의 눈치는 보지 않는 성미라는 걸 알 수 있었다.

"어머, 다들 재밌는 이야기하고 있었나 봐? 심심했는데 오길 잘했다."

영화였다. 세희는 영화가 오자 입을 딱 다물었다. 신입 초기에 말 걸어주는 선배라 생각해서 몇 번 가벼운 대화를 나눴는데, 영화가 떠벌린 이야기가 나중에 세희가 막말을 한 거로 소문이 돌고 난 후 크게 말을 섞지 않았다. 해라는 별다른 표정변화는 없었지만 딱히 반기지는 않는 것 같았다.

영화는 전두식 전무에게 크게 깨지고 미희한테 트레이닝을 호되게 받은 후 다시 자리를 배정받았다. 크게 잘하지는 않지만 다행히 전같이 불성실진 않은 모양으로, 그럭저럭 회사에서 버티고 있었다. 세희가 표 안 나게 핑계를 대며 일어섰다.

"저, 이사님이 시키신 일이 있는데, 시간이 다 되었어요. 일어나볼게요."

"어, 그래. 가봐. 신입이 열심히 해야지. 나는 너 때 야근을 밥 먹듯이 했어. 복 받은 줄 알아."

제일 늦게 온 영화가 상전처럼 세희에게 태연히 오지랖을 부렸다. 소라가 있었다면 너나 잘하라고 쏘아붙였겠지만, 안타깝게도 소라는 여기 없었다.

해라는 못마땅한 듯 했지만 별다른 말이 없었다. 영화가 세희가 내준 자리에 냉큼 앉더니 당연하게 대화에 끼기 시작했다.

"가인 씨, 참 부럽다아. 처음에는 왜 그러나 했더니, 결국 사랑이었구나. 그래. 신분을 뛰어넘은 사랑, 멋져요. 나한테도 비법 좀 전수해주면 안 될까요?"

가인이 녹차를 한 모금 마셨다. 해라가 두 번째로 따라준 녹차는 이미 식어 미지근했다. 가인이 특유의 덤덤한 표정으로 답했다.

"신분이라뇨? 지금이 조선시대도 아니고."

"어머, 기분 상했나. 아휴, 미안. 그냥 말이 그렇다는 거죠, 말이. 요즘 나 너무 외로워서 말이야. 가인 씨도 알잖아요. 나 오래 애인 없었던 거. 사장님 주변에 괜찮은 남자 없을까요?"

가인이 녹차 잔을 내려놓고 빙긋 웃었다.

"저번에 보니까 한강 고수부지에서 어떤 남자분이랑 찐하게 포옹하고 있던데요?"

"잘못 본 거 아니에요?"

"설마요."

"아는 척 좀 하지 그랬어요. 오해를 풀었을 텐데."

"안겨서 너무 쪽쪽거려서 말 걸기가 좀 그랬어요."

"으흠흠. 아니야. 오핼 거야. 누구지, 좋다고 쫓아다니던 남자들이 좀 있어서 그래요. 그런 거 있잖아요. 싫다는데 매달리는 남자들. 가인 씨도 그런 거 아주 잘 알잖아요?"

"모르는데요."

호응 하나 없는데도 영화는 무안한 기색 하나 없이 끝없이 말을 붙였다. 소라가 학을 떼는 이유를 가인은 알 것 같았다.

"아무튼 나 가인 씨 잘되라고 그렇게나 마음으로 바랐는데, 내 덕에 잘된 거라고 생각하고 좋은 일 좀 해요."

"저도 아직 도진 씨 친구는 잘 몰라서요."

가인이 딱 잘랐다. 한눈에 봐도 거절이었다. 그 모습이 너무 통쾌해 해라가 자기도 모르게 실소가 새어나왔다. 영화는 표정관리를 하려고 애썼다.

뭐라 한마디 하고 싶어 하는 눈치였으나, 집에서까지 허락했다는 서가인이 사장 사모가 될지도 모르는 마당에 밉보이고 싶지도 않은 듯했다.

"그, 그럼 어쩔 수 없죠, 뭐. 나중에라도 꼭 괜찮은 남자 있으면 소개해줘요."

"확답할 수 없네요. 제가 좀 내성적이라서요."

"으흠, 흠흠. 흠. 알겠어요. 알았어요. 부모님들은 참 싹싹하시던데 부모님 안 닮았나 봐요. 얼굴은 아버님 빼다 박았던데."

"최근에 알았는데 할아버지 성격 닮았다고 하시더라고요."

"아, 네. 어머니가 좀 힘드셨겠네요."

해라가 말없이 커피를 마시다 툭 끼어들었다.

"영화 씨, 그거 가인 씨한테 성격 나쁘다고 말하는 거 같은데요."

"아니에요, 그런 거 아니에요. 그럴 리가요. 그냥 성격이 많이 다르니까 맞추려면 처음엔 힘이 들잖아요. 제가 얼마나 가인 씨랑 가인 씨 부모님 좋게 생각하는데요. 펜션에 덕분에 싸게도 갔다 오고, 가인 씨 부모님이 너무 미남미녀라 사진도 찍어 왔잖아요."

"우리 부모님 사진을 찍었다고요?"

"아, 아아…… 맞다, 맞아. 지웠어요. 지웠어. 김미희 실장님이 사생활 침해라고 얼마나 난리 치던지. 눈앞에서 지웠어요. 그게 정작 사생활 침해 아니에요?"

"영화 씨 처음 펜션 소개할 때 조건이 우리 가족 사진은 안 찍는 거 아니었어요?"

"에이, 딱딱하게 그런다. 누구한테도 안 보여줬어요. 김미희 실장님한테 물어봐요. 지웠나, 안 지웠나."

"알겠어요."

"그럼 다음번 휴가 때도 부탁 좀 할게요."

"아, 당분간은 일이 있어서 쉬셔서요. 그때 상황 봐서요."

사실 펜션을 정리한다고 보는 게 더 맞았지만, 가인은 굳이 거기까지 말하고 싶지 않았다. 영화가 제가 얻을 게 없다고 판단했는지 자리를 털고 일어났다.

"어머, 시간이 벌써 이렇게 지났네요. 먼저 일어날게요. 열심히 일 해야죠, 일."

영화가 떠나자, 해라가 무심히 커피를 한 모금 더 마셨다. 천천히 마시는 타입이라 그런지 커피잔에는 아직도 커피가 꽤 남아 있었다. 남은 커피를 들고 해라도 몸을 일으켰다.

"영화 씨랑 말하다 보면 어쩐지 진이 빠져요."

가인도 동감하며 웃었다.

"그렇죠."

"내가 길거리에서 같이 있는 걸 본 남자만 해도 몇인데 어떻게 저렇게 나와요."

"뭐, 회사에서 저런 이미지로 안 남게 조심해야죠."

"가장 최악은 저런 사람들이 제일 오래 남더라는 거예요."

"하하. 그러게요."

가인도 가볍게 맞장구치며 일을 하기 위해 나섰다. 김미희 실장이 영화를 통해 제 부모님 사진을 봤다면, 어쩌면 그래서 더 세진그룹 쪽에서 자신이 누구의 손녀인지 더 빨리 알아차릴 수도 있었겠구나 싶기도 했다. 사람 일은 가끔 알 수 없는 방향으로 흐르곤 했다.

그나저나 결혼이라. 정도진 씨. 도자기 씨와 결혼이라……. 좋냐 나쁘냐로 따지면, 좋은 쪽이었다. 결혼 준비는 힘들고 서로 예민해지게 만들겠지만, 그래도 사랑하는 사람과 평생을 산다는 건 참으로 매력적인 일이었다.

갑자기 휴대전화 진동이 울렸다.

– 가인아, 바쁘냐?

영로였다. 신영과의 일이 얽혀 있어서 아직은 불편할 법도 한데, 가인은 처음부터 영로를 대할 때 그렇지 않았다.

심지어는 휴대전화 녹음을 협박 삼아 들고 갈 때도 긴장해서 지독하게 떨어대기는 했지만, 영로 자체에 대해서는 거부감이 없었다. 아마도 혈연이 이어져서, 닮았기 때문이리라.

"괜찮아요, 할아버지. 무슨 일이세요?"

– 오랜만에 얼굴 좀 보고 싶구나. 한남동으로 오렴. 하고 싶은 이야기도 있고.

"알겠어요. 일 끝나면 갈게요."

– 기사 보내주랴?

"너무 눈에 띄는 건 싫어요, 할아버지. 정 걱정되시면 지하철 타고 근처까지 가서 연락드릴게요. 그때 차 보내셔도 늦지 않아요."

– 알겠다. 이따 보자.

"네, 할아버지. 들어가세요."

간단한 통화가 끝나고 가인은 바로 일에 착수했다. 도진과의 결혼. 도진과 결혼하고 나서도 세진그룹에서 비서 일을 계속 할 수 있으리란 생각은 들지 않았다.

전두식 전무 같은 사람이 특이한 거지, 대부분의 상사는 그녀가 밑에서 일하는 게 불편할 터였다.

게다가 도진은 이러니저러니 해도 세진그룹의 사장이다. 애인 사이라고 해도 업무에 차질이 생길 수 있는데 아내가 되면 더할 수도 있었다. 결국, 부서를 옮기든 아니면 다른 일을 해야 한다는 뜻이었다.

전업주부의 삶은 생각해본 적이 없었다. 사업이나 일을 열성적으로 하는 재벌가 사람들도 있고, 결혼과 동시에 자신의 취미생활을 하며 전업주부가 되는 사람들도 있었다.

MA&M 그룹의 손녀딸이라는 직함은 어색했고 그걸로 특혜를 바랄 생각은 없었지만, 적어도 자신이 앞으로 살아갈 삶에 대해 또 다른 선택권을 주었다는 사실을 알고 있었다. 아마 결혼 후에 자신이 하고 싶은 일에 대해 좀 더 발언권이 생길 터였다.

정도진 씨와 결혼. 아침에 눈을 뜨면, 도진이 눈앞에 있다. 간밤의 숨소리도, 체취도, 모두 제 것이 된다. 생각하니 설레고, 짜릿하고, 한편으로는 기대됐다.

현실적인 어려움이 분명히 있겠지만 이것보다 상황이 안 좋을 때도 끝까지 함께할 생각을 했었다.

갑자기 첫 키스 때가 떠올라 얼굴이 새빨개졌다. 아버지가 어떻게 당부했는지는 몰라도, 저번에 신영 사건 때 같이 술을 한잔하더니 도진은 전보다 스킨십을 더 조심하기 시작했다.

하지만 가인도 알고 있었다. 스치는 손끝에 느껴지는 뜨거움과 입술이 닿으며 점점 더 서로를 원하는 마음까지. 잘 타지 못하는 롤러코스터의 끝까지 당겨 올라가져서, 겁나고 두려우면서도 미끄러지듯 바닥을 향해 질주할 때 느껴지는 그 말로 표현할 수 없는 강렬함과 유사한 감정.

남자의 손을 쉽게 허락하는 성격이 절대 아니었지만, 가인은 도진에게만은 점점 무방비해진다는 걸 알고 있었다.

정말 큰일이야.

가인이 정신 차리려는 듯 휴대전화를 이마에 톡 대었다가 뗐다. 처음 하는 사랑은 열병과도 같았다. 이러다 불치병이 되겠지. 그러다 자연스럽게 생활에 녹아들어, 하나가 된 듯 편해지는 삶이 되는 거고.

이봐요, 도자기 씨. 나한테 도대체 뭘 한 거예요?

도진만 생각하면 뛰는 가슴에, 가인이 평소답지 않게 가볍게 콧노래를 흥얼거리며 자리로 돌아갔다. 그래도 좋았다. 어쩔 수 없었다.

퇴근 후 외부 출장 중인 도진에게 한남동으로 간다고 하고 지하철을 탔는데, 마침 특이하게 오늘따라 빈자리가 많았다. 가인은 막 재잘대는 여고생들 옆에 앉았다.

"아, 나 이번 수행평가 완전 개망했잖아. 대입전형 준비해야 한다고 중간 기말 붙여놓고 수행평가까지 붙여놓으면 죽으라는 소리지. 나 기한 놓쳐가지고 싹싹 빌어서 점수 따냈어."

"나도 이번 수행평가 죽을 뻔했는데. 너도 그랬어? 내가 계속 카톡으로 날짜 보내줬잖아."

"그러게. 담임이 정신 좀 차리라고 하더라. 그래도 담임이 나 잘 봐서 무사통과했어. 모의고사 점수 많이 올랐다고 그러던데. 그래도 너무 지친다. 고3 두 번 하라고 하면 못 하겠어."

"나 사촌언니 지방에 있잖아. 지방에 있는 간호대 들어갔거든. 근데 대학 가서도 그런 과는 공부 많이 하나 봐. 다들 시험기간 아니어도 도서관에서 살고 고3 때 이렇게 공부했으면 서울대 갔을 거라고 그런대."

"아, 진짜 난 그런 과는 안 갈 거야."

"근데 취업 잘되는 데는 다 가서 공부 빡세게 해야 하잖아."

"그렇지. 요즘엔 1학년 때부터 스펙 쌓느라 정신없다던데. 그래도 붙기나 했음 좋겠다."

그러자 학생 중 하나가 이어폰을 꺼내들었다.

"너에게 이 언니가 위로를 주마. 이번 차권 신곡. 완전 대박. 작사 작곡 혼자 다 했는데 이번 음원차트 완전 올킬했잖아. 가사 완전 짠해. 사랑하는 여자를 다른 남자한테 보내주는 내용인데 얼마나 예쁘게 행복을 바라는지. 어쩜 우리 오빠는 못하는 게 뭘까."

그러자 다른 학생이 이어폰 한쪽을 받아들며 답했다.

"나 아직 못 들어봤는데. 이번 개봉영화도 연기 완전 잘했다며. 이 중스파이로 두 얼굴 제대로 보여준다는데, 보러 가고 싶다아……. 나 엄마한테 수능 끝나면 우리 오빠처럼 눈 밑에 점 찍겠다고 했다가 등 짝 스매싱 제대로 맞았잖아. 점을 빼도 모자랄 판에 점을 찍냐고."

학생들이 저들끼리 다시 이야기에 빠져들며 이어폰을 나란히 꽂아 서 들었다. 음량을 얼마나 크게 해놓았는지, 바깥으로 음악 소리가 조 금씩 흘러나왔다.

달콤하고 세련된 음률과 함께, 차권의 목소리가 조금씩 비어져 나 왔다. 명확치 않게 들렸지만, 새어나오는 소리가 심금을 울렸다. 그 속에 담긴 가득한 진심이 넘쳐흘렀다.

신영과의 일도, 어찌 보면 그냥 신영의 제안을 거절하면 그만일 일 이었다. 잘못 연루되면 피곤해질 주가 조작 일까지 신영 앞에서 연기 를 하면서까지 증거를 마련했다. 도진에게 미리 연락을 해 이 모든 일 을 알려주었다. 그 모든 게 자신을 위해서였다.

그런 아름다운 마음을 가진 사람이었다. 자신이 둘이라서 쪼개줄 수 있으면 좋겠지만, 심장이 하나인 것처럼 한 사람밖에 사랑할 수 없 기에, 시간을 거꾸로 돌려도 자신은 도진을 사랑할 걸 알았기에 그럴 수 없었다.

미안하다. 거절이 이토록 미안했던 적은 처음이었다. 좋은 사람인 만큼, 그만큼 멋진 사람인 만큼, 정말 좋은 사람을 만나서 새로운 사 랑을 시작하기를.

가인은 차권의 신곡을 검색해볼까 하다가 그만두었다. 우연히 듣게 되는 거라면 모르지만, 일부러 찾아 듣는 것마저 미안한 기분이 들어서 였다. 옆에 앉은 여고생들은 어느새 다른 이야기에 빠져들어 있었다.

strawberry kiss

차에서 내린 가인이 영로의 집으로 들어갔다. 가인이 지하철에서 내릴 때에 맞춰 영로가 보내준 차였다.

살뜰하게 표현하지는 못해도 딱 애정이 묻어 있는 행동에, 가인은 끝까지 거절하지 못했다. 집안 사용인들은 어느새 얼굴이 익어 인사를 위해 서로 자연스럽게 고개를 숙였다.

영로가 작은 응접실에서 가인을 맞았다. 품위 있고 아늑하게 꾸며진 공간이었다.

"오기 전에 부모님은 뵈었니?"

"할아버지한테 제일 먼저 왔어요."

"이런, 어머니가 서운타 하겠다."

"이해하실 거예요. 통화도 자주 하고, 예전에 강원도 사실 때보다 훨씬 많이 보는걸요."

그때 가벼운 노크와 함께 문이 열렸다. 가인의 동생 선호였다.

"어, 누나 왔어?"

"여기 있었어?"

"응. 할아버지 서재에 책이 진짜 많아서. 할아버지, 이 책도 좀 읽을게요."

"그러렴."

"이따가 들렀다 가, 누나. 이야기 잘하고. 가볼게요, 할아버지. 아, 그리고 저번에 드신 커피 맛있다고 하셔서 커피 비율, 도우미 아주머니한테 말씀드려놨어요."

"고맙구나."

"다음에 또 부탁하실 일 있으면 부르세요."

차분한 표정의 가인과는 다르게, 선호가 붙임성 좋게 생글생글 웃으며 답했다. 웃을 때 눈초리가 싹 휘는 게 남자아이답지 않은 애교가 가득했다. 영로가 잔잔히 웃으며 가인에게 말했다.

"확실히 집에는 애들이 있어야 하는 거 같아. 하나가 왔다 갔다 하는데도 보기만 해도 꽉 찬 느낌이거든."

"선호, 어떠세요?"

"붙임성도 좋고. 애교도 많아. 내가 나이가 많아서 고루할 텐데 말상대도 잘해주고. 굳이 따지자면 네 아버지보단 어머니 쪽 성격인 것 같구나. 갑자기 환경이 바뀌고 친구들하고도 헤어지게 되어 섭섭했을 텐데도, 내색 없이 싹싹해."

"네."

"내가 미안하구나. 일찍 만날 수 있었는데, 내 아집 때문에 이리 늦게 보게 되었으니."

"과거는 바꿀 수 없으니, 지금이라도 잘 지내면 된다고 생각해요."

가인의 차분한 말에, 영로가 말을 이었다.

"이야기 들어서 알겠지만, 같은 건물을 쓰겠다고 했는데 불편할까 싶어서 다른 건물에서 살게 했다. 어차피 집안일이나 정원 같은 건 일손이 있으니 크게 신경 쓸 건 없고.

여태 따로 살았는데 갑자기 시아버지라고 굴면 부담스럽겠지. 게다가 젊을 때 그렇게 모질게 굴었는데. 그냥 오다가다 얼굴이나 보고 싶어서 부른 건데, 다행히 네 부모가 응해줘서 고마울 따름이야."

"어머니가 걱정 많이 하세요. 아직 슬픔이 채 가시지도 않았는데, 서신영 씨 일까지 겹치셔서……."

가인의 흐린 뒷말에 담긴 뜻을 영로도 알고 있었다. 영로가 미소 지었다.

"그래, 알고 있다. 마음이 참 따뜻한 사람이더구나. 그래서 너희들이 그렇게 잘 자란 거겠지. 지금에야 알았지만 네 엄마는 손끝도 참 야무지더구나. 인테리어나 소품 같은 것도 뚝딱뚝딱 만들어내고. 승민이는, 아니 재혁이는 일은 잘했지만 그런 재주는 없었지.

네 엄마네 집이 아버지 병환으로 가세가 기울어 대학을 중퇴해서 그렇지 지금 생각하니 머리도 좋았어. 성격도 살갑고, 꽤 괜찮은 며느 릿감이었는데 그때 난 성공에 도취해서 배경밖에 볼 줄 모르는 사람 이었지."

가인은 묵묵히 들었다. 객관적으로 봤을 때, 과거 영로의 행동은 옳 다고 보기는 어려웠다. 심정이 이해가 가지 않는 건 아니었으나 어쨌 든 부모 자식 간이어도 각자의 인생이 있는 법이었다. 하지만 영로 또 한 그 결정으로 인해 오랫동안 마음앓이를 했으니, 가인은 그런 면도 충분히 이해했다.

영로 또한 뭔가 답을 바라고 하는 이야기는 아니었다. 후회, 미안 함, 이런 것들이 섞인 과거의 고백이었다. 영로가 은은히 웃으며 가인 의 손을 잡았다.

"가인아, 지금이라도 옆에 있어줘서 참 고맙구나."

"네, 할아버지."

마르고 노쇠한 손은 거칠고 뜨거웠다. 가벼워진 뼈가 주는 약한 무 게감이 묘하게 찡했다. 영로가 담담히 말했다.

"모두 다 내 잘못이다."

가인이 제 손을 잡은 영로의 손을 말없이 바라보다 양손으로 부드 럽게 감싸 쥐었다. 나이가 들수록 제 실수나 잘못을 진심으로 인정하 기 어렵다는 사실을 아주 잘 알고 있었다.

영로가 말을 이었다.

"전에는 서울에 혼자 올라와 있었으니 어쩔 수 없었지만, 이제 슬슬 가족들하고 같이 지내는 건 어떠냐? 내가 불편하면 부모님과 동생과

스트로베리 키스

함께 지낼 수 있도록 따로 집을 마련해주마."

"그건 천천히 생각해볼게요. 우선 지금 살고 있는 곳 계약 문제도 있고 하니 말이에요."

"선호가 누나 연애한다고 걱정이 많다. 혼자 지내니 더 그런 거 같아. 아무리 성인이래도 요즘은 세상도 흉흉하니 말이다."

"네, 알겠어요. 부모님하고 잘 상의해볼게요."

"도진이와는 잘 지내고 있느냐?"

"네, 아주 좋아요."

"사귄 시간이 길지는 않다만, 두 사람 성격상 진지하게 교제하고 있다고 생각하게 되는데, 맞느냐?"

"네."

"혹여 결혼이라도 하게 되면, 그쪽 비서실에서 근무하기는 힘들겠구나."

"그러지 않을까 생각해요. 부서를 이동하거나, 아니면 퇴사하고 다른 일을 알아보는 게 좋을지도 모른다는 생각을 해요."

영로가 가인을 가만히 보며 물었다.

"혹시 하고 싶었던 일이 있었니?"

"아뇨. 지금 하는 일이 적성에 맞아서 딱히 생각해본 적은 없어요. 뭔가를 계획하고 조직력 있게 추진하는 게 잘 맞는 것 같기는 한데, 이쪽 일을 더 해갈 생각이었기 때문에 다른 계획은 없었어요."

"그렇구나."

영로가 잠시 생각에 잠긴 얼굴로, 제 손을 감싸 쥔 가인의 손을 내려다보았다. 따뜻한 눈빛이었다.

"이번에 작은 장학재단을 하나 만들까 생각 중이다. 크게 만들 생각은 없어. 소소하게 만들어서 필요한 이들이 쓸 수 있게 하고 싶은데, 거기서 일을 해보는 건 어떠냐?"

가인이 영로의 제안에 영로를 바라보았다. 약간 놀란 얼굴이었다. 어떤 혜택을 바란 적은 없지만, 이런 제안이 있을 수도 있겠다고 생각한 적은 있었다. 하지만 실제로 듣는 건 매우 달랐다.

"만약 그쪽 일을 하게 된다면 아마 관련분야를 더 공부해야 할 거예요."

가인이 차분히 답했다. 예상했던 질문이라는 듯 영로가 웃었다.

"그렇게 답하리라고 생각했다. 넌 준비성 없는 아이가 아니니."

"하지만 아직 구체적으로 생각해본 건 없어요. 제안을 선뜻 받아들이기도 부담스럽고요."

"부담 줄 생각은 없다. 그랬다면 굳이 장학재단 같은 걸 만들 필요 없이 본사로 불러들여서 일을 가르치려고 했겠지. 그리고 싶다면 그렇게 해줄 생각도 있다만, 넌 원하지 않을 테지."

영로의 말에 가인이 간명하게 답했.

"네. 할아버지시라고는 해도, 갑자기 그런 식으로 혜택을 받거나 주목받는 건 원하지 않으니까요. 하지만 할아버지 덕분에, 도진 씨네 집에서 반대 할 일이 없어졌다는 건 감사해하고 있어요. 저 하나로 인정받았다면 더 좋았겠지만, 현실은 그러기 쉽지 않다는 걸 아주 잘 알고 있으니까요."

도진의 부모님들은 좋은 분들이다. 대화를 해보고 어느 정도는 알았다. 경애가 전에 자신에게 현실을 운운하며 도진과의 이별을 종용한 적은 있었지만, 그 이후에 시간을 몇 번 더 보내보고 나서 조금은 오해를 풀 수 있었다.

경애는 도진도, 가인도 괴로울 길을 걷게 하고 싶지 않았던 거다. 자신이 악역을 맡아서 그렇게 될 수 있다면, 그렇게 하려고 했던 모양이었다.

처음 시작이 좋지 않았던 만큼 앙금이 없을 수는 없었지만, 그래도 시간이 지나면서 풀려나갈 수 있는 모양새였다. 그리고 갈등 요소였던 가인의 배경이 좋아졌기 때문에 이것도 어느 정도 순탄하게 흘렀다는 사실을 가인은 잘 알고 있었다.

영로가 알겠다는 듯 답했다.

"내 손녀라는 걸 밝히는 게 부담스러우면 밝히지 않고 일해도 된다. 오랜만에 만난 손녀한테 조금이나마 도움이 되고 싶은 할아버지 마음쯤으로 생각해주면 좋겠구나."

"생각해주셔서 감사해요. 생각할 시간을 주시면 감사할 것 같아요."

"그래."

그 뒤로 이어진 이야기는 소소한 것들이었다. 사람이 사람을 알아가고 친밀해지는 시간에는, 때론 그런 작은 일상들이 연결되어 익숙해지는 거라는 걸, 가인도 영로도 아주 잘 알고 있었다.

strawberry kiss

영로의 집에 다녀오고서 며칠이 지났다. 이제 날씨는 제법 더워지고 있었다. 여기저기서 에어컨이나 선풍기를 가동하기 시작했다. 밖은 더운데 안은 시원한 경우가 제법 있어 감기 환자들이 조금씩 생겨나고 있었다.

가인은 샤워를 한 후 가벼운 옷을 입고 머리에서 물기를 터는 중이다. 살고 있는 곳은 7층이라 에어컨을 틀기보다는 창문을 열어두었다. 여기저기 정리하고 있는 박스들이 놓여 있었다.

이번 여름이 가기 전에 부모님과 함께 지내기로 이야기를 했다.

가인이 서울에서 혼자 지내던 시간이 꽤 길었기 때문에, 언제 결혼하게 될지 몰라도 결혼 전에 가족이 함께하는 시간을 많이 갖자는 취지였다. 그리고 한편으로는, 연애 초보인 누나를 심히 걱정하는 선호의 조용한 뒷공작도 있었다.

휴대전화가 울렸다. 화면 가득한 '도자기 씨'에 가인이 미소 지었다.

— 가인, 뭐 하고 있어?

평소와 다르게 잔뜩 가라앉은 목소리가 힘이 없었다. 가인이 물었다.

"도진 씨, 목소리가 왜 그래요? 어디 아파요?"

— 가벼운 감기 기운이 있는 모양이야.

요 근래 일이 많아 보였다. 북미 지역과 관련된 프로젝트 하나가 쉽사리 풀리지 않고 있었다. 한창 환절기 감기가 유행이기도 했고, 무리해서 얻은 듯싶었다.

"약은 먹었어요? 아니면 야간에 여는 병원이라도 같이 갈까요?"

— 다른 것보다는 가인이 와주면 금방 나을 것 같은데…….

평소보다 응석 부리는 어투에 가인이 피식 웃었다.

"못 살아. 지금 어디예요?"

— 회사야.

가인이 망설임 하나 없이 즉답했다.

"바로 갈게요."

— 기사 보낼게.

"아무리 밤 늦은 시간이라지만, 회사에서 사람들 눈에 너무 띄는 행동은 하고 싶지 않아요."

— 알겠어, 기다릴게. 항상 예쁘지만, 예쁘게 차려입고 와. 몸이 아프니까 우리 뿐이 예쁜 모습 보고 싶어.

"알겠어요."

가인은 즉각 채비를 서둘렀다. 촉촉이 젖은 머리카락이 귓가를 스쳤다.

차가 밀릴 걸 생각해서 택시 대신 지하철을 타고 온 건 현명한 선택이었다. 야근을 하는 사람들이 있어 가인은 사원증으로 출입이 허가되었다.

근무지가 바뀐지라 엘리베이터로 사장실로 가는 게 꽤 오랜만인 것 같았다. 실제로는 몇 개월밖에 되지 않았는데도, 2년 동안 꾸준히 오르락내리락해서 그렇게 느껴졌다.

2년 전, 도진을 상사로 만날 때만 해도 이런 일이 있으리라고는 생각지 못했다. 아니, 2년 전까지 거슬러 올라가지 않아도 올봄만 해도 사귀기는커녕 조금이라도 가까워지리라는 착각 같은 상상도 하지 않았다.

딸기로 시작된 인연. 면접 때 대뜸 들었던 딸기라는 평을 시작으로, 조금씩 이어지던 괴상한 딸기 모양 선물들. 그때는 그저 여성편력이 특이한, 유능한 사업가이자 상사라는 느낌이 강했었는데.

그러다 조금씩 그의 진심을 알아가고, 그를 사랑하게 되었다. 차권이라는 연예인에게 사귀자는 말도 들어보고, 드라마에서나 볼 법한 재벌가를 등에 업은 서신영이 두 사람 사이를 압박했었다. 그리고 자신도 몰랐던 출생의 비밀.

몇 개월 전에 누군가가 가인에게 '넌 앞으로 상사인 사장과 사랑에 빠지게 될 거고, 정상급 연예인에게 사귀자는 말을 듣게 될 거며, 재벌가의 위세를 뒤에 업은 여자가 나타나서 네 사랑을 방해할 거야. 그런데 나중에 네가 또 다른 재벌가의 숨겨진 손녀라는 게 드러나면서 상황이 역전될 거야.'라고 한다면, 아침 드라마 좀 적당히 보라고 충고했을 터였다. 그런데 그 일이 진짜로 자신에게 일어났다.

진짜 파란만장했구나.

하지만 시간을 되돌려, 도진을 만나기 전으로 돌아갈 수 있어서 다른 선택지를 볼 수 있다면 어떻게 하겠느냐고 물어도, 자신은 여태 있었던 일들, 아니 그보다 더한 일들이 있어도 도진을 만나겠다고 답할 것 같았다.

사랑이란 사람을 움직이게 한다. 그 사람을 향해 달려가게 한다. 그게 자신에게 해당될 거라고는 전에는 절대 몰랐지만, 지금은 안다.

가인이 사장실 문을 열었다. 사장실은 불도 켜지 않아 어둠에 잠긴 채 바깥에서 흘러들어오는 빛으로 형체만이 그려지고 있었다. 가인이 막 불을 켜려는데, 가라앉은 도진의 목소리가 울렸다.

"불은 켜지 마. 눈부셔서 싫어."

평소보다 훨씬 어린아이 같은 투정이었지만, 아프면 그럴 수 있어서 가인은 불을 켜지 않은 채 순순히 도진을 향해 다가갔다.

사장실 바깥 통유리로 건너편 건물이 보였는데, 평소와 다르게 모든 불이 꺼져 있어 그저 새카만 기둥 같았다. 주변의 불빛들이 아니었다면 건물 형체도 잘 보이지 않을 것 같았다. 한 번도 건너편 건물의 불빛이 다 꺼진 걸 본 적이 없어 눈이 간다.

하지만 중요한 건 그게 아니었다. 사장실 의자는 책상 쪽이 아닌 창가를 향하고 있어, 거기 앉아 있는 사람은 바로 보이지 않은 채 의자 등받이만 커다랗게 보였다.

가인이 재빠르게 의자로 다가갔다. 도진이 기진했는지 눈을 감은 채 가만히 누워 있었다. 가인이 도진의 이마로 손을 뻗으며 몸을 기울였다.

"도진 씨, 괜찮아요? 열나요? 왜 이렇게 늘어졌……. 어어."

풀썩, 당기는 힘에 의해 가인이 도진에게 안겼다. 당겨지는 힘이 아픈 사람치고는 제법 세서, 가인은 그제야 조금 이상하다는 생각이 들었다. 도진이 가인을 뒤에서 안은 채 자리에 앉혔다.

그리고 잠시 후, 커다란 통유리 바깥 건물에 불빛이 일부 켜지기 시작했다. 환하게 켜진 불빛은, 커다란 딸기 모양을 만들고 있었다. 반짝이는 불빛을 배경으로 귓가로 달콤한 목소리가 스며들었다.

"사랑해."

불빛이 다시 꺼지며, 커다란 링 모양을 만들었다. 목덜미에 닿은 숨결이 소리를 만들어내었다.

"나와 결혼해줘. 평생 함께해줘. 이제 너 없이 아침을 맞이하고 싶지 않아."

새카만 밤. 사랑하는 남자. 달콤한 고백. 설레는 아침. 결혼한다. 함께 살아간다. 사랑한다.

짧은 단어들과 문장들이 용솟음치며 머릿속을 휘저었다. 기뻤다. 정말 행복했다. 도진의 손가락이 가인의 손가락을 부드럽게 몇 번이고 쓸어올렸다. 기분이 좋았다. 그 생경한 감촉이 다정해서 계속 만져지고 싶었다. 그러다 왼손 약지에 차가운 감촉이 느껴졌다.

붉은빛 보석이 선연히 박힌 반지 하나가 반짝이고 있었다. 보석 모양은 한눈에 봐도 커다란 딸기였다.

작은 다이아가 촘촘히 딸기 씨를 표현하고 있었고 에메랄드로 추정되는 녹색 보석이 딸기 꼭지와 이파리까지 훌륭히 재현하고 있었다. 단번에 전에 받았던 머리핀과 목걸이와 세트라는 걸 알 수 있었다. 못말린다, 이 남자.

하지만 가인은 이제 전처럼 딸기 모양 선물이 싫지는 않았다. 전에는 짓궂은 장난이라 여겼지만, 지금은 그 속에 담긴 커다란 진심을 알았기 때문이다. 그게 바로 도진이 표현해서 줄 수 있는 최상의 아름다운 것이라는 사실이 가인을 기쁘게 했다.

"만약 내가 거절하면요?"

장난스러운 가인의 질문에 도진이 그녀를 좀 더 꼭 끌어안았다. 서로의 심장 소리까지 닿을 것 같았다. 조용한 사장실 안은 도진의 목소리로 꽉 찼다.

"그럼 거절을 철회할 때까지 계속 청혼해야지."

가인이 밝은 목소리로 도진의 청혼을 받았다.

"와, 우리 도자기 씨 끈기 멋지네요. 그럼 제 주변은 딸기로 넘치겠는데요? 딸기 모양 빗, 딸기 모양 옷, 딸기 모양 가방, 나중에는 딸기 모양 휴대전화도 제작해주는 거 아니에요?"

"원하면 딸기 모양 집까지 해줄게."

"도진 씨……, 농담이죠?"

"진담이야. 안 그래도 별채로 하나 만들까 생각하고 있었어."

가인이 몸을 살짝 비틀어 도진을 바라보았다. 그리고 가볍게 도진에게 입맞춤하며 잘근, 입술을 물었다 놓았다. 가벼운 허락의 표였다. 그러더니 도진을 바라보며 새초롬히 흘기듯 싱긋 웃었다.

"그건 나중에 우리 딸이 나오면 하나 만들어줘요."

가인의 흔치 않은 눈웃음에, 도진의 심장박동이 빨라졌다. 사랑스러워 미칠 것 같았다. 도진이 낮게 중얼거렸다.

"이대로…… 하나 만들고 싶을 정도네."

"네?"

가인이 알아듣지 못해 되물었다. 아무것도 구애받지 않고 지금 이 순간 도진은 가인을 그대로 안고 싶었다. 새카만 밤과 밖에서 흘러드는 불빛에 휘감긴 가인은 지독히도 매력적이었다.

마음이 닿았듯 몸도 닿고 싶었다. 하지만 도진은 결혼 전 그녀를 지켜주겠노라는 장인과의 약속을 떠올리며, 최대한의 인내를 발휘해 짐짓 아무렇지 않은 듯 가인에게 물었다.

"결혼식, 어떻게 하고 싶은지 생각해둔 거 있어?"

"네, 있기는 한데, 어른들이 허락하실지 모르겠어요."

"어떤 결혼식인데?"

그러자 가인이 빙그레 웃었다.

"어떤 결혼식인가 하면……."

strawberry kiss

결혼이 결정되고 나선 모든 것이 일사천리였다. 정갈한 한정식 집에서의 양가 상견례가 끝난 후, 결혼식은 가인이 원하는 대로 스몰웨딩으로 준비하기로 했다.

다만 결혼날짜만은 도진의 성화에 가을까지도 기다리지도 않고 여름날 중 하나로 잡았다. 왜 그리 서두르느냐는 가인의 말에 도진은 짧게 답했다.

「어서 내 거라고 도장 쾅 박아두고 싶거든.」

두 집안 전부 내로라하는 집안이었기 때문에, 가인은 양가 부모님과 가까운 지인 몇만 불러서 하는 스몰웨딩은 하지 못할까 염려도 했었지만, 의외로 양가 부모님 모두 흔쾌히 승낙해주었다. 특히 경애는 전에 가인에게 상처 주었던 일이 내심 신경 쓰이는지 더욱더 살뜰히 챙겨주었다.

가까운 친척들은 당일 부르고, 먼 친척들은 하루 초대를 해 식사 대접을 하는 걸로 대신하기로 했고, 세진그룹이나 MA&M 그룹이나 워낙에 계열사가 많기 때문에 전부 다 챙길 수는 없었지만, 적어도 본사나 어느 정도 규모가 되는 쪽은 회사 사내식당에 유명 셰프들을 보내 특별식을 준비해 사원이라면 누구나 특별한 식사를 할 수 있도록 준비했다.

그리고 들어오는 축의금을 모두 결식아동이나 난치병을 앓는 사람들에게 기부하기로 했다.

"기부하기로 했다는 건 가급적이면 매체에 노출되지 않았으면 좋겠어요. 알리려고 하는 일이 아니니까."

"무슨 말인지 알겠어. 주의하지."

가인의 본가 응접실에서 도진과 가인이 나란히 앉아 태블릿 PC로 간략하게 결혼과 관련된 사안을 정리하고 있는 모양새가 제법 익숙했다. 둘은 일을 같이 추진할 때마다 손발이 잘 맞았었다.

가인은 이제 한남동에 들어와 있었고, 회사는 퇴사를 위해 인수인계를 하는 중이었다.

비서 일은 꽤 만족스러웠지만, 도진과 결혼하기로 한 시점에서 서로 불편할 일은 피하고 싶었다. 퇴사 후 결혼식까지 남은 시간은 가족과 보내며 휴가를 보낸다고 생각하기로 하고 있었다.

이제 여름이 한창인 정원을 바라보며 가인이 묘한 표정으로 중얼거렸다.

"이제 조금 있으면 정말 도자기 씨가 법적으로도 내 남자가 되는 거네요? 기분이 묘하다, 진짜. 사실 요즘 결혼할 생각을 하면 심란해요. 도자기 씨가 싫은 건 아닌데 어디 도망가고 싶다니까요. 요즘 다들 서른 넘어 결혼하는데 너무 일찍 가는 기분도 들고. 잘 해낼 수 있을까 싶기도 하고.

다행히 어머니는 결혼하고 쉬고 싶으면 쉬고, 일하고 싶으면 일하라고 하면서 제 선택을 존중해주셨지만, 그래도 뭔가 삶이 변한다는 게 참 떨리네요."

도진이 가인을 그윽하게 바라보았다. 진지한 눈빛이었다.

"가인, 난 이렇게 생각해. 언제 결혼하느냐도 중요하지만, 누구랑

결혼하느냐도 중요하다고. 지금 이 순간 서가인이 사랑하는 정도진이
란 남자를 평생 옆에 둘 수 있다는 사실에 집중해줘."

"방금 말 엄청나게 오글거린 거 알아요?"

"오글거리라고 한 소리야. 좀 울렁거려서 아무 데도 못 가게."

가인이 쿡쿡 웃었다. 가인은 대체로 침착하고 담담한 편이었지만,
요즘 들어 도진이 옆에 있으면 몇 번이고 환하게 웃곤 했다. 다채로운
빛깔의 행복이 둘 사이를 물들여갔다.

"신혼집은 어디가 좋겠어?"

"이렇게 갑자기 결혼하게 될 줄 몰라서 크게 생각을 안 해봤네요?
도진 씨는요?"

"나는 우리 쁜이가 좋다고 하는 데는 다 좋아."

"여기 앞마당에 텐트 치고 자자고 해도 좋다고 할 사람이네."

도진이 가인의 뺨에 가볍게 입맞춤하며 대답했다.

"중요한 건 장소가 아니라 함께 있는 사람이지. 가인이만 옆에 있으
면 어디든 좋아."

"여자 여럿 울렸을 것 같은 발언이에요."

"우리 쁜이한테만 이런 얘기 했으니까 좀 믿어보라고."

도진이 탁자 위에 있는 시원한 레모네이드를 가인에게 건네며 말을
이었다.

"그럼 주말에는 집 보러 다녀볼까? 어머니가 봐두신 데도 몇 군데
있고."

가인이 도진에게서 받은 레모네이드를 한 모금 들이켰다. 새콤하고
청량한 향이 온몸에 화하니 퍼졌다. 가인이 고개를 끄덕여 도진의 의
견에 동의했다.

"그렇게 해요. 신혼여행은 생각해놓은 데가 있어요?"

가인이 묻자, 도진이 의미심장하게 빙그레 웃었다.

"난 신혼여행을 두 번 갔으면 하는데."

어쩐지 재미난 장난이 생각난 어린아이처럼 도진이 대꾸하자, 가인이 도진의 표정을 보며 되물었다.

"가고 싶은 곳이 두 군데나 있어요?"

"첫 번째는 내가 정한 곳, 두 번째는 가인이 정한 곳, 어때?"

"좋아요. 그럼 우리 도자기 씨가 가고 싶은 곳은 어디일까?"

가인이 대놓고 도진의 의중을 묻자, 도진이 은근히 대화를 돌렸다.

"먼저 가인이가 가보고 싶던 곳을 이야기해봐."

"체코 프라하요. 아름답다고 해서, 꼭 한번 보고 싶었어요."

어느 날 우연히 튼 TV에서 프라하 여행기가 나오고 있었다. 주황색으로 아름답게 통일된 거리, 일상을 영위하는 건물들이 하나로 이어져 풍경이 된 모습. 독특한 양식으로 지은 프라하 성.

한 번쯤은 제 눈으로 직접 보고 싶은 이국적인 풍경이었다. 언젠가는 그 길을 사랑하는 사람과 함께 손잡고 걸을 수 있다면 좋겠다고 생각했지만, 실제로 이룰 수 있다니 침착한 가인이라 해도 생각만으로도 설렜다.

"그러면 두 번째로 갈 곳은 그쪽으로 하지."

"도자기 씨가 가고 싶은 곳은요?"

첫 번째 여행지를 자꾸만 말을 돌리는 게 수상쩍다. 패션 테러리스트인 건 이미 익히 알고 있지만, 뭔가 다른 복병이 숨어 있을지도 모른다.

가인이 수상쩍은 눈길을 숨기지 못하고 뚫어져라 바라보는데도 도진은 전혀 개의치 않으며 태연히 대꾸했다.

"당신도 잘 알 만한 곳이야. 기대해도 좋아."

"어딘지 왜 자꾸 말을 안 할까? 우리 도자기 씨 아무래도 수상……. 아하하!"

"아가씨, 실망은 안 할 테니 절 좀 믿어보시죠."

도진이 자꾸 추궁하는 가인을 간지럼 태웠다. 결국 둘은 응접실 바닥에서 어린아이처럼 서로 장난을 치며 뒹굴었다. 마지막은 입맞춤이 되었다가, 결국은 지나가던 선호가 나이에 안 맞게 으험험, 하며 헛기침을 하고 나서야 떨어졌다.

strawberry kiss

결혼식 당일이 되었다. 날씨는 화창하고 맑았다. 여름인지라 한낮의 뜨거움을 피해 차라리 저녁 가까운 오후 늦게 식을 시작하기로 했다.

장소는 산이 근처에 있는 외진 곳으로, 신랑신부와 직계가족이 쉴 수 있는 작은 건물이 하나 있는 밀폐된 형태의 커다란 정원이었다. 푸른색과 하얀색, 금색으로 이루어진 공간이었는데, 단순한 디자인이어서 깔끔하고 정갈하게 보였다.

가인은 웨딩드레스를 입고 풀 메이크업을 받은 후 신부대기실에 앉아 있었다. 친구들은 친한 친구 몇만 불렀다.

고등학교 동창인 싸리와 은주, 어릴 때부터 친구인 수경, 대학 친구인 애리였다. 모두 만난 시기는 달랐지만 어쩌다 보니 같이 어울리게 돼, 가끔씩 만나서 떠들 수 있는 사이가 된지라 서로 불편함은 없었다.

먼저 눈앞에서 프러포즈를 함으로써 이 결혼에 지대한 영향을 미친 소라와 연우 커플도 불렀지만, 연우가 식중독에 걸리는 바람에 소라는 후에 보기로 했다.

소라가 슬쩍 말하기를, 초대해준 건 고맙지만 한편으론 회사 사장님 결혼식이기도 해서 부담되기도 한다고 말하기도 했었다.

가인이 입은 웨딩드레스는 명품이 아닌, 싸리가 직접 만든 옷이었다. 원래 싸리는 의상디자인과 출신이어서 손재주가 좋았는데, 취미로 하던 인형 옷 블로그가 대박이 터져 다니던 디자인 회사를 그만두고 그쪽 관련 일을 하고 있었다.

전부터 결혼하면 싸리가 세상에서 하나밖에 없는 드레스를 만들어준다고 벼르고 있었기 때문에, 가인은 부모님들께 허락을 받고 기꺼이 맡겼다.

가인은 아직 친구들이 거리감을 느낄까 봐 일명 출생의 비밀은 다 털어놓지는 못했었다. 친구들은 도진이 잘나가는 사업가 정도로만 알고 있었다. 신혼여행에서 돌아오면, 천천히 말해줄 생각이었다.

"오, 역시 가인 의외로 몸매가 좋단 말이지. 옷발이 산다."

싸리가 의기양양하게 외쳤다. 싸리가 해준 드레스는 머메이드라인으로, 목까지 올라오는 단정한 디자인이지만 허리에서부터 곡선을 이루며 떨어지는 긴 치마가 우아하고 세련된 느낌을 더했다.

"내가 이 천을 공수하느라 얼마나 애썼는지 알아? 이거 진짜 비싼 천이라고. 수입원단이란 말이야. 가인이 이미지를 생각하면서 만들었는데 근데 액세서리가 이러리라고는…….."

싸리가 불만이라는 듯 가인이 하고 있는 귀걸이와 목걸이를 뚫어져라 바라보더니, 티아라까지 바라보고 한숨을 쉬었다. 백금으로 된 왕관 모양 티아라는 세공이 독특했는데, 모두 딸기와 잎사귀를 형상화한 것이었다.

게다가 목걸이와 귀걸이에는 루비로 딸기 모양이 아예 박혀 있어서 뭐라 할 말이 없었다. 옆에서 은주가 거들었다.

"그러게. 딸기라니……. 신랑님이 고르셨다니 할 말은 없는데. 좀 귀여운 느낌이라서."

"그래도 뭐, 예쁘다, 가인."

애리가 대수롭지 않다는 듯 상황을 정리했다. 수경도 한마디 했다.

"그래. 묘한 조합이지만 어울려. 싸리, 힘내. 그래도 저런 딸기같이 큐트한 디자인까지 소화할 수 있는 웨딩드레스를 만든 거잖아. 너 천재임. 내가 인정."

"오, 역시 수경밖에 없어. 나 이거 블로그에 올려도 돼, 가인?"

"어, 물론이지. 싸리가 예쁘게 만들어준 건데 당연히 올려도 돼."

가인이 예쁘게 웃으며 답했다. 애리가 독촉했다.

"이제 식 할 시간 다 되어가네. 사진 찍자, 사진."

그 말에 대기하고 있던 사진사가 카메라를 들고 다가왔다. 친구들이 가인을 둘러싸고 옹기종기 모여 이런저런 포즈를 취했다. 찰칵, 소리와 함께 사진이 여러 장 찍혔다.

"근데 스몰웨딩 너무 좋다. 한가하고 여유롭고. 사실 결혼식 때 사람들한테 치여서 결혼식을 하는 건지, 결혼을 보여주는 건지 모르겠다고 하긴 하더라.

나도 다음엔 스몰웨딩으로 해야지. 혹시 아예 초대를 안 하더라도 나중에 집들이 할 테니 서운하다 생각 말거라, 얘들아."

수경이 말하자 애리가 답했다.

"그래도 우리 엄마는 뿌린 거 다 거둬야 한다고 크게 할 거 같아. 어떤 의미에선 부모님들 행사니까."

"다 각자 방식이 있는 거지. 가인, 안 떨려?"

은주가 묻자, 가인이 가볍게 고개를 끄덕였다. 달랑달랑, 고개의 끄덕임과 함께 귀걸이도 귀엽게 흔들렸다.

"조금."

"천하의 서가인이 긴장도 다 하네. 결혼이라는 거 무섭다, 야."

"응, 그래도 좋네. 사랑하는 사람과 평생을 함께할 수 있다는 게."

가인이 빙그레 웃었다. 행복과 사랑이 넘쳐, 평소보다 몇 배로 아름다웠다. 부드럽고 달콤한 분위기가 방울방울 달려 있었다.

"아우, 닭살. 이래서 내가 독신주의야. 서가인이 이렇게 닭으로 변하다니. 난 정체성을 지킬 거야."

싸리가 과장되게 손사래를 치자 가인의 친구들 모두 한꺼번에 웃었다. 그때 벽에다 가벼운 노크와 함께 남자 하나가 등장했다. 도진의 친구인 휘영이었다.

대학 때부터 도진과 만난 친구로, 부모님은 공무원인 평범한 중산층 집안이었다. 미남은 아니었지만 몸의 비율이 좋고 웃는 얼굴이 호감을 불러일으켰다.

"한창 분위기 좋은데 끼어들어서 죄송해요. 제수씨, 친구분들하고 잠깐 이야기 좀 해도 될까요?"

"물론이죠."

가인이 답하자 휘영이 싸리에게 다가가 말을 붙였다. 도진이 서늘한 카리스마를 지니고 있다면, 이쪽은 누구에게나 편하게 말을 붙일 수 있는 능청스러움이 있었다.

"싸리 씨. 아까 했던 얘기 친구들한테 하니까 좋다고 하던데요."

휘영의 말에 싸리가 싱긋 웃으며 답했다.

"그래요. 그러면 결혼식 끝나고 어디서 볼까요?"

"장소랑 시간은 메시지로 보낼게요."

"저, 제 휴대전화 번호 모르지 않아요?"

휘영이 사르르 웃으며 손을 내밀었다.

"휴대전화 좀 줘요."

싸리가 휴대전화를 건네자, 휘영이 톡톡톡, 번호를 하나 찍더니 저장을 눌렀다. 그러곤 싸리의 손에 쥐여주었다.

"번호 찍었어요. 꼭 받아요. 제수씨, 이따 기대할게요. 오늘 정말 예쁘시네요."

"네, 휘영 씨도 이따 봬요."

가인이 친절하게 답했다. 가인과 휘영이 대화를 주고받는 사이, 제 휴대전화를 확인한 싸리가 어이가 없다는 듯 얼굴을 감쌌다. 옆에서 애리가 물었다.

"왜 그래?"

"이거 좀 봐봐."

싸리가 내민 휴대전화 연락처에는 휘영의 번호와 이름 란에 '운명의 남자'라고 떡하니 찍혀 있었다. 친구들이 모두 까르르 웃었다.

"어머, 어머, 이게 웬일이니."

"휘영 씨가 너한테 관심 있나 보다."

"그럼 이따 다 같이 보기로 한 거야?"

마침 도진이 부른 친한 친구들도 넷, 가인의 친구들도 넷이었다. 스몰웨딩이기에 식 이후에 특별한 행사가 없어, 다들 피로연 겸 한번 얼굴 보자는 거였는데 일이 이렇게 될 줄은 몰랐다. 가인이 재치 있게 말을 받았다.

"오늘 내 결혼식 겸 너희들 소개팅, 내가 쏜다."

"우와, 철벽녀 서가인이 많이 컸다. 친구들 소개팅도 시켜주고."

왁자한 가운데, 웨딩 관계자 중 하나가 와 말을 붙였다.

"이제 조금 있으면 식 시작입니다, 신부님."

"이따가 보자."

"잘해."

친구들이 우르르 나가고 가인은 옆에 놓여 있던 라탄 바구니를 열어 감춰놓았던 부케를 손에 들었다. 이걸 보면 한참을 놀릴 걸 알아서 우선은 이럴 수밖에 없었다. 부케에 대해선, 도진이 정말로 고집을 꺾지 않아서 어쩔 수 없었다.

「다른 건 다 양보해도, 이건 정말 내 뜻대로 해줬으면 좋겠어. 가인

아. 우리 쁜이. 안 될까? 누구보다도 우리 서가인한테 어울리는 꽃다발이야.」

　결국, 진 사람은 가인이었다. 양가 부모님도 도진의 제안에 경악했지만, 의외로 영로는 호탕하게 웃으며 허락했다. 도진의 독특한 취향에도 전혀 놀라지 않은 눈치였다. 어떤 의미로는 영로가 그런 면으로는 가장 셌다.

　"이걸 꽃다발이라고 봐야 하나⋯⋯."

　숨겨놓았던 부케를 들며 가인이 홀로 중얼거렸다. 가인이 양손에는, 부케모양으로 그럴싸하게 꽃처럼 포장된 딸기다발이 들어 있었다.

　고르게 모양이 잡힌 붉은색 딸기가 이루 말할 수 없이 아름다웠다. 하지만 결혼식에 꽃으로 된 부케 대신 딸기로 된 부케라니, 역시 특이하기는 하다.

　가인이 부케를 들고 나가자, 하객석에서 "헉!" 소리가 틈틈이 흘러나왔다. 가인은 아무렇지도 않은 척 아버지의 팔을 잡았다. 다른 사람의 행복을 위해 이 결혼식을 하는 게 아니다.

　도진과 자신이 행복하기 위해서 결혼식을 하는 거다. 그러니, 도진이 행복하면 자신도 행복하다. 그러면 된 거다. 그렇게 생각하자 가인은 아무렇지도 않았다.

　저 멀리 도진이 서 있었다. 새카만 턱시도가 날렵하게 어울렸다. 멋졌다. 주례한테 가기 위해 음악이 흘러나올 차례였다. 익숙한 결혼 행진곡 대신, 예상치 못한 목소리가 달콤하게 흘러나왔다.

　"세상에서 가장 아름다울 신부가, 세상에서 가장 행복할 신랑이, 서로 사랑하며 아름답게 인생을 함께하기를 바라며 이 노래를 바칩니다."

　가인이 목소리의 주인공 쪽으로 놀란 눈을 돌렸다. 거기에는 슈트를 번듯하게 차려입은 차권이 서 있었다. 그 옆에는 단정한 드레스를 입은 나미나도 있었다. 미나가 말을 이었다.

"그런 의미에서 행진곡 대신, 저희가 가는 길을 축복하며 축가를 불러드리려 합니다. 부족한 솜씨지만 행복한 시간이 되시기를 바랍니다."

차권을 초대할 생각은 전혀 하지 않았다. 한때 자기한테 고백했던 사람한테 제 결혼을 축하해달라는 건 너무 잔인한 행동이었기 때문이었다. 당연히 미나도 부르지 않았다. 그런데 축가라니? 가인은 당황했지만, 내색하지 않았다. 나중에 도진에게 물어보면 될 일이다.

반주가 흐르기 시작했다. 가인과 가인의 아버지가 천천히 음악에 몸을 맡기고 걸음을 뗐다.

한 아이가 있었습니다.
햇살을 닮은 웃음. 꽃잎을 닮은 입술. 풀잎을 닮은 마음.
아이는 소녀로 자랐습니다.
배려를 아는 웃음. 기쁨을 전한 입술. 순수를 닮은 마음.
그 소녀가 자라 이제 한 남자의 여자가 되네요.
세상 누구보다도 행복하게
그 남자에게 걸어가네요.
세상 누구보다도 행복하게
사랑을 하네요.

동화 같은 내용에 진심으로 행복을 바라는 노랫말이 찡하니 와 닿았다. 아버지인 재혁의 손에서, 도진의 손으로 옮겨가는데, 별것 아닌 동작인 것 같은데도 마음이 이상하게 뭉클했다.

이제 나는 이 남자의 아내가 된다.

이 남자는 내 남편이 된다.

이제 평생 서로를 사랑하고 살아가는 거다.

이 사람과 같이. 누구보다도 가깝게.

가인이 주례하시는 분 앞에 서기 위해 도진과 걸어가는 사이, 도진에게 조그맣게 물었다.

"축가는 어떻게 된 거예요?"

도진이 작게 답해주었다.

"차권 씨가 부탁했어. 꼭 불러주고 싶다고. 나도 신세 졌는데 야박하게 굴고 싶지는 않았고, 한편으로는 이제 진짜 서가인은 내 여자니까 넘보지 말라고 똑똑히 보여주고 싶었어."

"와, 정도진 씨 이렇게 독점욕 있는 남자였어요?"

"서가인 한정이니까 걱정하지 마."

"우리 도자기 씨 진짜 대단하다."

소곤소곤, 둘만의 이야기를 하며 둘은 주례사를 듣기 위해 섰다. 설렘과 긴장이 찌르르 몸을 관통했다.

가인은 도진의 손을 잡은 채 슬며시 미소 지었다. 이제 이 손을 잡고 앞으로 나아가는 거다. 슬픈 일이 있을 때나 기쁜 일이 있을 때나, 검은 머리 파뿌리 되도록, 눈을 감기 전까지 이 사람만을 사랑하며 살아간다.

둘은 주례를 듣는 내내 두 손을 꼭 맞잡고 있었다. 앞으로 계속해서 잡고 있을 손이었다.

strawberry kiss

결혼식이 끝나자마자 가까운 친척들과 부모님들의 아주 가까운 지인들에게 인사하고, 신혼여행을 위해 미리 골라두었던 예복으로 갈아입었다. 예복은 가인이 선택했기에 아주 정상적이고 깔끔한 디자인이었다.

옷을 갈아입은 후 도진과 가인은 웨딩카로 향했다. 친구들이 운전해주고는 하는 게 일반적이었지만, 폐를 끼치지는 말자는 주의로 웨딩카는 도진의 운전기사가 운전하기로 되어 있었다.

웨딩카는 한눈에 봐도 튼튼하고 매우 좋은 차였는데, 풍선과 각양각색의 리본과 함께, 도색이 온통 딸기 무늬로 되어 있었다. 그것도 예쁜 모양의 딸기가 아니라, 정밀화도 추상화도 아닌 미묘한 형태의 딸기인 데다 색도 통일되지 않고 가지각색이어서, 아주 부조화스러웠다.

"도진 씨?"

도진의 패션 테러리스트 성향을 알아서 꼼꼼히 챙겼다고 생각했는데, 놓친 게 있었다. 웃는 것도 우는 것도 아닌 미묘한 얼굴로 가인이 도진을 부르자, 도진이 매우 뿌듯한 얼굴로 답했다.

"이 차는 신혼여행 끝나고 오면 가인이한테 줄게. 내 특별선물이야. 더 꾸며주고 싶었지만, 우리 가인이는 깔끔한 걸 좋아하니까. 우리 딸기 같이 귀여운 내 아내한테 이 정도는 당연하지."

아니, 딸기 도안 자체가 글러먹었다. 자신이 깔끔한 걸 좋아하는 걸 제대로 알았다면, 그저 차문이나 창문 한 귀퉁이에 포인트로 예쁘게 딸기 한두 개 정도 박아넣는 걸로 끝냈을 거다.

누가 그랬는데. 차 튜닝의 완성판은 순정 그대로 두는 거라고. 가인은 차마 입 밖으로 내지 못한 마음의 소리를 뒤로한 채 그냥 간단히 답했다.

"생각해줘서 고마워요."

도진의 작태에 도진의 어머니인 경애 역시 방심했다는 듯 잠시 낙담한 얼굴이 되었다 금세 표정관리에 들어갔다. 도진의 아버지인 건

명은 이미 포기한 듯 매우 태연했다. 어떤 의미로는 가장 현명한 태도 같다.

가인 옆으로 선호가 다가왔다. 선호는 아버지보다는 어머니를 닮아, 미소년 이미지가 강했다. 게다가 팔다리가 쭉쭉 뻗은 체형이라 턱시도 스타일로 갖춰 입자 소년과 어른의 두 가지 이미지가 겹쳐 매우 매력적이었다. 선호가 가인에게만 들리게 조그맣게 속삭였다.

"매형, 딸기성애자였어?"

나이에 맞는 거침없는 질문에, 가인이 체념한 듯 답했다.

"저게 가장 예쁜 디자인이라고 믿고 있어. 자세한 이야기는 다녀와서 하자."

눈치 빠른 선호가 대꾸했다.

"······미적감각이 사망했구나."

"어."

본의 아니게 끝까지 주목을 받으며 도진과 가인은 웨딩카에 올랐다. 가인은 부모님들께 한 번 더 인사드리며 웨딩카를 바라보는 모든 이들의 경악스러운 시선과는 달리 도진의 아버지인 건명의 초연함에 감탄했다. 본받을 만한 자세였다.

"진짜 결혼했네요."

가인이 손가락에서 빛나는 커다란 딸기 반지를 바라보며 말했다. 그냥 웃음이 났다. 처음부터 받았던 수많은 딸기 선물들을 지금은 기념으로 모두 가지고 있을 것 그랬다는 생각까지 들었다. 이렇게 될 줄 정말 몰랐다. 도진이 가인을 사랑스럽다는 듯 살포시 안았다.

"드디어 내 품에 세상에서 가장 예쁜 딸기가 들어왔어."

"정말 일관성 있네요. 그런데 도진 씨, 왜 여자를 자꾸 과일에 비했어요? 흔하지 않은 비유잖아요?"

"아, 그거."

도진이 미소 지었다. 사실 계기는 매우 사소했다.

"내가 어릴 적부터 과일을 정말 좋아했거든. 맛있기도 하고, 각각 모양새도 독특하고, 예쁘잖아. 그래서 백과사전 보면서 과일 종류랑 특성이랑 달달 외운 적도 있었어. 남자들이 기차나 공룡, 이런 것들에도 한 번씩 빠지듯이 과일에도 한번 폭 빠졌었어.

어머니가 어릴 적부터 여자들을 존중하고 소중히 여기라고 늘 이야기하곤 했었어. 서로 다른 인격체고, 신체적 특징도 다르니까 그 점을 존중해주라고. 어릴 적 나한테 예쁘고 좋은 건 과일이어서, 어린 마음에 비유가 그렇게 흘러간 거 같아.

그게 습관이 들어서 커서도 그런 거고. 생각해보면, 가인이 처음부터 참 편했나 봐. 다른 여자들보다 그런 얘길 더 스스럼없이 할 수 있었거든. 이해도 잘해주고."

"그럼 난 왜 딸기였어요? 더 예쁘고 비싸고 맛있는 과일도 있었을 텐데."

가인의 질문에 도진이 빙그레 웃었다. 그리고 쪽, 소리가 나게 입맞춤했다.

"내가 어릴 때 딸기를 가장 좋아했었어. 아직도 기억나. 어머니 지인 중 딸기를 사오신 분 있으면, 가장 먼저 달려가서 공손히 맞고는 했지."

"와, 맙소사. 그럼 처음부터 흑심이 있었던 거예요?"

"그렇게 계획적으로 딱 과일을 비유한 건 아니야. 음…… 본능적으로 끌렸던 거지. 이 여자가 내가 세상에서 가장 사랑하는 여자가 될 거다, 하고 내 마음은 알았던 모양이야. 그래서 나도 모르게 내가 제일 좋아하던 딸기를 붙인 것 같아."

"나 속으로 참 이상한 상사라고 생각했는데."

가인의 말을 도진이 능청스레 받았다.

"그래도 덕분에, 내가 기억에 더 남지 않았겠어?"

"못 살아, 진짜."

가인이 쿡쿡 웃었다. 그러다 갑자기 생각난 듯, 도진에게 다시 물었다.

"우리 첫 번째 신혼여행지는 어디예요? 이제는 말해줄 수 있잖아요."

그러자 도진이 장난스럽게 가인의 입에다 손가락을 댔다.

"쉬. 가보면 알아."

웨딩카는 계속 미끄러지듯 그들을 어디론가 데려가고 있었다.

strawberry kiss

가인은 김포공항에 도착하고 나서야 도진이 가고 싶다던 첫 번째 장소를 알 수 있었다. 항공권에 적힌 곳은 익숙한 곳이었다.

제주도.

가인이 황망한 표정으로 도진을 보며 물었다. 불길한 예감이 들었다. 아니었으면 좋겠다. 아니, 상식적으로 아니어야 맞지. 하지만 여태 행보를 살펴보면, 도진은 자신에게만은 유감없이 제 하고 싶은 걸 해내고는 했다.

일처리는 참 깔끔하고 좋은 상사였는데, 그 반동인 모양이다. 가인이 반쯤은 확신하며 물었다.

"설마, 거길 또 가는 건 아니죠?"

도진이 태연히 답했다.

"응, 그 설마가 맞아."

가인은 티켓을 든 채 망연히 도진을 바라보았다. 김포공항은 다행히 청주공항과는 달리 번쩍거리는 화장실 타일이 없어 사장실을 그렇게 바꾸겠다는 소리를 안 들어도 되는 게 다행이라고 해야 하나, 이런 생각이 스치고 지나갔다.

가인의 황당함은 신경도 쓰지 않은 채, 비행기는 시원하게 그들을 목적지로 데려다주었다.

strawberry kiss

오늘은 이상하게 일이 잘 풀렸다. 세진그룹 계열 호텔 겸 리조트에 근무하는 오태희는 오후조 근무를 하며 그렇게 생각하고 있었다.

아침부터 남자친구로부터 꽃다발을 받았다. 아무런 기념일이 아니었는데 늘 함께해줘서 고맙다는 메시지와 함께. 출근길에는 신호 한 번 안 걸리고 도착하더니, 오늘은 상사로부터 일 관련해서 깔끔하게 잘 처리한다는 칭찬과 함께 본사에서 특별 보너스가 나왔다는 이야기까지 들었다.

몇 개월 전 진상 손님을 응대한 후, 불이익을 당할 거라 마음의 준비를 하고 있었는데 외려 일 잘하는 직원으로 뽑혀 포상휴가를 갔다 온 지 얼마 되지 않아서 보너스는 생각도 못 하고 있었다.

게다가 오늘은 대체로 힘든 손님도 없는 데다 일처리도 술술 잘 되었다. 복권이라도 사야 되나 싶을 정도로 하루가 아주 좋게 마무리되고 있었다.

거듭되는 좋은 일들에 들뜰 무렵, 태희는 오늘이 일이 잘 풀리는 날이 아니라 현진건의 '운수 좋은 날'과 같은 날에 불과했다는 걸 깨달았다.

결혼식이 늦은 오후라 늦게 도착한다고 연락을 받을 때까지만 해도 설마설마했는데, 그 설마가 맞았다. 동명이인이기를 바랐건만 동명이인이 아니었던 모양이다.

아니, 도대체 무슨 생각으로 전하고 같은 패키지로 예약을 했지? 그때도 신혼여행이었던 것 같았는데. 태희가 기록을 새삼 훑다, 이번에는 기존 디자인이 아닌 직접 디자인을 제시하고 제작한 커플티셔츠를 보고 얼굴이 확 굳어버렸다.

그때였다.

"안녕하세요. 예약했던 정도진입니다."

태희는 반사적으로 얼굴 가득 영업용 미소를 띠었다. 속으로는 '망했어, 망했다고.'를 수도 없이 외치고 있었지만 그녀는 직업의식이 투철한 여자였다. 자신이 좋아서 선택한 호텔 서비스직이었고, 그녀는 슬프게도 자신의 일을 사랑했다.

그 남자가 맞았다. 혹시나 여자가 바뀌었나 싶어 다시 보았지만, 뒤따라오는 여자도 맞았다. 전에는 그저 정장 차림이었는데, 이번에는 딱 봐도 고급스러운 예복 느낌이 확연히 풍긴다는 게 조금 달랐지만, 그거야 그럴 수도 있는 거고.

잊을 수 없는 얼굴이었다. 어디 화보에나 나올 법한 개성 있는 미남. 훤칠한 키에 저음의 매력적인 목소리를 가진, 진상. 별표 다섯 개.

객실 준비는 꼼꼼히 잘 체크해두긴 했지만, 저 사람 결벽증이랬는데. 저번에는 티셔츠였으니 물건 배열 같고 트집 잡을 수도 있겠다. 야간조에 인계할 때 잘 당부를 해야겠다고 다짐하며 태희는 낭랑하게 인사했다.

"오신 것을 환영합니다. 세진호텔입니다."

"다시 뵙게 되니 기쁘네요. 그때 티셔츠 절대 안 바꿔준다고 했던 분?"

아, 망했다. 기억하고 있어. 그러나 태희는 흔들림 없이 응대했다.

"아, 네. 기억하고 계셨군요. 저도 매우 안타깝게 생각했지만, 회사 내규가 그래서 어쩔 수 없었습니다. 마음이 많이 상하셨을 텐데 그래도 저희 호텔에 다시 숙박해주셔서 기쁘게 생각합니다.”

“네, 저도 일 잘하는 직원분께 안내를 받을 수 있게 되어서 기쁘게 생각하네요. 그 일 이후로 본사에 바로 이야기를 했죠.”

“네, 그러셨어요.”

그래, 잘하셨어요, 진상아. 뭐라 욕했는지는 몰라도 그래도 다행히 본사에서 뭐라 안 했답니다. 억울하셨겠어요. 태희가 타들어가는 속을 내색 못 한 채 가까스로 미소 지으며 응대했다. 도진이 태희를 똑바로 바라보며 말을 이었다.

“일 아주 잘하는 직원이 있다고 칭찬해주라고 했었죠. 손님도 중요하지만 억지를 모두 다 받아주기 시작하면 끝이 없습니다. 직원도 소중한 법이에요.”

“네?”

예상치 못한 칭찬에 태희가 이번만큼은 표정관리를 못 하고 어리바리하게 물었다. 도진이 싱긋 웃었다. 여자 여럿을 홀릴 법한 아주 매력적인 미소였다. 태희가 잠시 멍하니 있다 재빨리 정신을 차리고 대답했다.

“아, 네. 감사합니다. 그런데 저번하고 같은 패키지셔서 조금 아쉬우실 수도 있겠어요. 문의해주셨으면 이번에 새로 나온 패키지도 있어서 안내해드릴 수 있었는데요.”

“아, 그건 말이죠.”

도진이 침중한 표정을 지으면서 태희에게 우울하게 답했다.

“사실 우리가 한 번 헤어졌었거든요. 제 잘못이죠. 그래서 싹싹 빌고 다시 재결합한 걸 기념해서 신혼여행을 왔어요.”

그러면서 도진이 가인의 어깨를 조심스럽게 감쌌다. 도진의 말에 태희가 다시 한 번 표정관리를 못 할 뻔하다가, 애써 입꼬리를 올렸다. 요즘 사람들은 정말 너무 솔직하다. 아니, 이 남자가 푼수인가.

그러자 품에 안긴 여자가 가볍게 한숨을 쉬었다. 단아하고 지적인 느낌의 미인이었다. 예약했던 이름이 기억하건대 가인이었다. 참 걸맞은 이름하고 얼굴이다 싶었다.

전에 이야기해보니 지극히 상식적이던데, 어쩌다 저런 남자한테 걸렸는지 태희는 같은 여자로서 안타까운 마음이 들었다. 하긴, 남자도 겉만 보면 멀쩡하니 멋있기만 했다.

가인이 남자를 향해 입을 열었다. 남자의 행동에 당황할 만도 한데, 흔들림 없는 단정하고 침착한 목소리였다.

"도자기 씨, 장난도 정도껏 해요."

그러더니 가인이 태희를 향해 미안한 얼굴을 했다.

"미안해요. 이 사람이 지금 장난치는 거예요. 저번에는 제대로 신혼여행을 즐기기 못해서, 이번에는 정말 진짜 제대로 즐겨보고 싶었던 모양이에요."

무난한 답변에 태희는 그나마 여자 쪽이 말이 통해서 다행이라는 생각이 들었다. 그렇지만 태희는 두 사람을 숙소에 안내할 때까지 긴장의 끈을 놓지 않았다. 어깨 근육이 경직돼갔다.

strawberry kiss

가인은 그때와 똑같은 숙소에서 똑같은 설명을 하고 돌아가는 직원의 뒷모습을 창으로 바라보았다. 업종은 다르지만 직장생활을 하는 입장에서, 직원이 느끼는 피로감이 전해지는 듯했다.

"도자기 씨, 정말 너무하네. 그냥 차라리 사장이라고 밝혀요. 그럼 차라리 저번 여행이 친절도 조사였다는 걸 알려줄 수나 있잖아요."

"싫은데."

도진이 창밖을 바라보고 있는 가인을 등 뒤에서 끌어안고, 목덜미에 얼굴을 파묻었다. 뭐라 표현할 수 없는 간지럽고 짜릿한 느낌에, 가인이 반사적으로 몸을 움츠리자 도진이 더 집요하게 목덜미에 얼굴을 파묻은 채 살짝 물었다.

"도, 자기 씨."

"진짜 진짜 힘들었어, 우리 딸기 님을 그대로 두는 게."

한탄 같은 소리가 가인의 뒤에서 새어나왔다. 전과는 다른 뜨거운 열기에 가인도 기묘한 열기에 휩싸였다.

"도진 씨……."

속삭이듯 이름을 부르며 가인이 도진을 향해 몸을 돌리자, 탁자 위 놓인 선물들 중 하나가 눈에 들어왔다. 갑자기 몸이 식으며, 차가운 이성이 돌아왔다.

"잠시만 놔봐요, 도진 씨."

가인이 도진에게서 떨어져 기가 막힌 얼굴로 탁자로 달려갔다. 곱게 접혀 있는 커플티로 시선이 가자마자, 가인이 펼쳐 들었다. 망했다. 따라온 도진이 의기양양하게 설명을 늘어놓았다.

"가인을 생각하면서 디자인했어. 색까지 일부러 색 도감을 보면서 지정하느라 사실 조금 애썼어. 내일 아침에 입고 같이 산책하자."

가인이 말없이 티를 든 채 서 있었다. 목에서 어깨까지는 진한 초록색이었다. 게다가 특별제작을 원했는지 색에 그친 게 아니라 잎사귀 모양으로 동그랗게 여섯 개의 커다란 녹색 프릴이 달려 있었다.

그 밑은 온통 새빨갰다. 촌스럽다고만 말하기도 애매한 벽돌색과 빨강의 중간 단계 같은 색이었다. 가장 비슷한 색을 꼽으라면 익힌 베이컨 색 비슷했다.

거기에 이상한 형태의 정체 모를 모양이 쥐 발자국처럼 군데군데 찍혀 있었고, 씨를 형상화하고 싶었는지 색색의 큐빅이 온통 박혀 있었다. 큐빅 색이라도 통일을 해달라고 외치고 싶을 정도로 색이 제멋대로였다. 그리고 사선으로 가로지르는 궁서체 글씨.

[가인아, 사랑해]

선명한 검은색 궁서체 글씨가 정점을 찍었다. 가인은 티에다가 얼굴을 묻었다. 아는 거랑 겪는 거랑은 너무 차원이 다르다. 가인이 티에 얼굴을 묻은 채 조그맣게 중얼거렸다.

"오전 산책만이에요……. 산책 후에는 다른 옷으로 갈아입어요. 같이 입으려고 커플티를 아주 많이 골라놨어요. 다 입어봐야죠."

실은 그리고 나서 이 티를 어디다 몰래 폐기처분하고 싶지만요.

가인은 뒷말은 꾹꾹 눌러 담았다. 좋은 기분을 망치고 싶지 않았다. 가인이 '아주 많이'에 일부러 강조를 하자, 도진이 아쉽다는 듯 중얼거렸다.

"그럼 다음에 또 같이 입지, 뭐."

그 말에 고개를 번쩍 든 가인이, 남자 티를 떨리는 손으로 확인했다. 딸기 모양은 적어도 아니었는데, 뭔가 나름 색을 맞추려고 했는지 목하고 어깨 부근은 익힌 베이컨 색 비슷한 색을 쓰고 바탕은 온통 초록이었다.

이상한 형태의 쥐 발자국 모양도 똑같았고 남자 티라는 자각은 있었는지 큐빅 대신에 정체 모를 V자가 가득 찍혀 있었다. 그리고 그 밑에는 똑같이 사선으로 검은색 궁서체 글씨가 쓰여 있었다.

[나 정도진은 평생 서가인의 남자다]

어째서 창피함은 자신만의 몫일까.

당당하게 이름을 티에 새겨넣어서 만천하에 최악의 패션센스를 뽐내기로 작정한 모양이다. 아침 산책을 어떻게 해서든 일찍 일어나 새벽 산책으로 바꿔야겠다고 가인이 굳은 결심을 하고 있는데, 갑자기 몸이 번쩍 들렸다. 허공에 붕 뜬 다리가 달랑거렸다.

"도진 씨, 갑자기 뭐예요?"

도진이 가인을 공주님 안기 자세로 안은 채로 대답했다.

"바깥 좀 봐. 벌써 한밤이라고. 이제 씻어야지."

"내려줘요. 씻고 올게요."

그러나 도진이 그대로 안은 채 고개를 좌우로 저으며 답했다.

"요즘 물이 그렇게 부족하다더군. 아껴야지. 게다가 제주도는 섬이잖아. 물이 더 부족할 거야."

도진이 가인을 그대로 안은 채로 욕실로 성큼성큼 걸어 들어갔다. 무슨 상황인지 금세 깨달은 가인이 당황해서 목소리가 커졌다.

"도자기 씨! 난 아직 마음의 준비가 안 됐어요!"

"괜찮아. 익숙해질 거야. 하나씩 제대로 알려줄 테니까."

탕, 욕실 문을 가볍게 닫으며 도진이 묵직하게 말을 내뱉었다. 욕실 안으로 들어온 도진이 빙그레 웃으며 가인의 상의를 부드럽게 벗기며 귓가에 달콤하게 속삭였다.

"자, 이제 딸기 맛 좀 볼까?"

뽀얀 김이 하얗게 욕실 문에 서리기 시작했다. 물소리가 요란했다.

달그락.

가인은 탁자에 찻잔을 내려놓았다. 거실 창밖으로 보이는 정원은 가인의 취향에 맞게 간결하면서도 소소한 아름다움이 있었다.

이제 여름이 지나가고 있었다. 유독 더운 여름이어서 사람들은 바깥보다 에어컨이 있는 실내를 선호할 정도였다. 선선한 바람이 불기 시작하면, 정원에서 차를 즐기는 것도 꽤 좋을 성싶었다.

가인은 켜져 있는 노트북 화면의 커서가 깜빡이고 있는 전자문서를 바라보았다. 쓰고 있던 리포트는 거의 마무리되고 있었다. 한 번 더 검토하고 제출하면 될 것 같았다.

가인은 영로가 마련해준 장학재단 쪽에서 일하기로 했다. 대신, 아무것도 모른 채 연줄만을 이용해 들어왔다는 소리는 듣고 싶지 않았기에 우선 관련분야를 먼저 공부하기로 했다.

다행히 가인은 대학 성적이 우수한 편이었고, 관련분야 대학원에 제대로 된 절차를 거쳐 재단에 들어갈 수 있었다.

도진과 결혼한 지도 벌써 3개월이 되었다. 신혼은 지독하게 달콤하고 격정적이었다. 현실은 때때로 예상치 못한 일들을 선사했지만, 그래도 하나가 아닌 둘이기에 상의해서 잘 해나갈 수 있었다.

가인에게 도진은 첫 남자이자 마지막 남자였다. 도진은 그런 가인을 부드럽고 다정하게 배려해주곤 했다. 그러나 그 와중에도 늘 그녀를 열망하는 마음이 소년과도 같이 격렬하고 서툴 때도 있어, 웃음을 자아내곤 했다.

가인과 도진의 신혼집은 보안이 잘된, 한적한 주택가에 위치한 적당한 크기의 집이었다. 도우미 아주머니가 오시기는 했지만 상주는 아니어서 시간이 되면 조용히 일을 하고 가시곤 했다. 그 이후는 가인과 도진의 시간이었다.

가인은 시계를 보았다. 도진이 올 시간이 다 되어가고 있었다. 도진은 신혼여행이 끝난 후 패션 브랜드 하나를 창설했다. 브랜드 명은 'Only One.' 브랜드 마크는 O가 두 개 붙어 있는 모양이었다. 얼핏 보면 수학에 나오는 무한대 기호 같기도 했다.

'오직 하나뿐인 당신을 위한 옷'이라는 게 브랜드 설명이었다. 기존 기성복과는 달리 순수 맞춤옷이었는데, 아주 크거나 아주 작은 체형을 위한 옷도 가능했고, 자신이 가진 취향이나 디자인, 천 재질 등을 말하면 그대로 만들어주는 정말 문자 그대로 세상에 단 하나뿐인 옷이었다.

대신 기성복과는 달리 맞춤복이고 어떤 원단을 쓰느냐에 따라 가격이 천차만별이었다. 다만 거품을 뺀 적정수준의 제작비를 받았기 때문에 매우 정직한 브랜드라고 말할 수 있었다.

아무리 봐도 도진의 개인적인 사심이 들어가 있다고 말할 수밖에 없는 브랜드 론칭이었다. 기존 기성복 시장처럼 수익이 크게 나지 않을 걸 예상해 소규모로 시작했는데, 생각보다 가파르게 성장세를 보이고 있었다.

세진그룹에서 만들어 나름의 메이커라 볼 수 있는 데다가 하나밖에 없는 희소성이라는 게 사람들의 구매욕구를 자극한 모양이었다.

어차피 도진은 아이디어만 제공했을 뿐 총괄하는 팀은 따로 있었다. 그래도 궁금증에 도진에게 부탁해 주문내역을 몇 개 봤는데, 세상에는 도진의 취향을 넘나드는 사람이 있다는 사실만 새삼 깨달았을 뿐이었다.

가장 기억에 남는 건 인어공주 의상을 만들고 싶다는 주문이었는데, 금액은 상관없으니 꼬리부분은 전부 진짜 흰색 조개껍데기로 덮어달라는 첨부사항까지 있었다.

가슴부근을 가릴 수 있는 커다란 진짜 조개가 달린 비키니 수영복 같은 상의 요구도 당연히 덧붙어 있었다. 세상은 넓고 취향은 다양했다. 누군가의 개성이었기에, 가인은 이해는 할 수 없지만 그 선택을 존중하기로 했다.

그나마, 장애를 가지셔서 기존 옷이 불편해 주문제작을 하거나 시중에서 사이즈를 구할 수 없는 사람들이 주문을 많이 한다는 이야기를 들으면 그래도 론칭을 잘했구나, 라는 생각이 들고는 했다.

가인은 옆에 리본으로 장식된 상자 하나를 바라보았다. 아침에 도진이 놓고 간 선물이었다. 'Only One' 브랜드를 론칭하기 전부터 얼마나 고객의 필요에 잘 부합하는지 알아보고 싶다며 꾸준히 건넨 선물이었다.

오늘은 또 뭘까. 일주일 전에 받은 건 상의 전체가 빨간색 리본으로 된 짧은 슬립 형태의 속옷이었다. 도진치고는 꽤 무난했다고 생각했는데, 슬립 뒤로 정말 배추 잎사귀라고밖에 표현이 안 되는 커다란 천이 나풀거렸다.

그 전에 받은 건 하얀색 우주복 같은 상하복에 군데군데 플라스틱 통이 박혀 있었다. 플라스틱 통 겉면은 투명 플라스틱 케이스로 덮여 있었는데 그 안에는 반짝이는 큐빅과 별모양 장신구들이 들어 있어 움직일 때마다 달그락거리며 반짝거렸다. 후에 도진의 설명을 듣고 나서야 그게 트레이닝복이라는 걸 알았다.

기억에 남는 건 그냥 기다란 부대 같은 쥐색 옷이었다. 위아래로 구멍만 두 개 뚫린 양말 재질의 옷은 아무리 봐도 제대로 입기는 어려워 보였다. 도진이 오고 나서야 그 옷이 도진이 특별제작 한 이브닝드레스라는 걸 알았지만.

　기대감에 찬 채 집으로 들어온 도진이, 가인이 그 옷을 안 입고 있다는 걸 보자마자 음흉하게 웃으며 말했었다.

「입는 법을 알려줄게.」

　그 뒤의 일은 말하나마나였다.

　가인은 가볍게 웃으며 선물상자를 앞으로 끌어왔다. 설레는 마음 조금, 긴장되는 마음 절반, 놀라지 않아야지 하는 마음 절반으로 상자를 열었다. 가인이 안에 들어 있는 옷을 펼쳐 들었다.

　아이들 색종이에서나 나올 법한 황금색을 바탕으로 한 드레스였다. 어떤 재질인지는 몰라도 손을 댈 때마다 바스락바스락 소리가 났다.

　굳이 비유를 하자면 색이 화려한 사탕봉지와 유사했다. 가슴부근에는 절대 풀리지 않을 것 같은 복잡한 모양으로 꿰어진 검은색 리본이 달려 있었고 모양은 로코코와 엠파이어 양식 가운데 어정쩡하니 걸쳐 있는 듯했다.

　"이번에는 생각보다 나쁘지 않은데."

　그렇게 혼잣말을 하다가, 가인은 퍼뜩 놀란 듯이 옷을 한 번 더 바라보았다. 도진의 패션취향이 하루가 다르게 좋아지고 있는 게 아니었다. 자신이 도진의 취향에 젖어들고 있는 거였다.

　부부는 닮아간다더니. 가인이 자신이라도 제정신을 차려야겠다는 생각을 새삼 하며, 미래에 태어날 아이를 위해서라도 균형을 잡아가야겠다고 굳게 다짐했다.

strawberry kiss

도진은 차에서 내려 익숙하게 신혼집으로 들어갔다. 정원을 관리해 주는 분들이 바로 옆집에 살고 있기는 했지만, 그래도 가끔은 가인을 집에 혼자 두는 게 못내 걱정되곤 했다.

게다가 도진은 기본적으로 부모님 말고도 많은 사용인들이 있는 집에서 자랐기 때문에 일하는 중에도 더더욱 가인이 신경 쓰이곤 했다.

외려 가인은 서울로 올라와서는 꽤 오래 혼자 생활했기 때문에 아무렇지도 않아 했지만, 도진의 입장에서는 가인은 세상 누구보다도 예쁘고 사랑스러웠기 때문에 팔불출처럼 시간이 나면 하루에도 몇 번이고 전화를 하곤 했다.

그래도 둘만의 생활에 동의를 한 건, 다른 까닭이 있었기 때문이었다. 누구의 시선도 신경 쓰지 않은 채, 온 집안 어디에서건 가인을 사랑하고 싶었기 때문이었다.

한번 안게 되자 그 열망은 걷잡을 수 없이 커졌다. 사람들 앞에서 당당히 선언하고 얻은 자신의 여자였고 자신의 아내였다. 풋내 나던 사춘기 소년처럼 가인 생각에 들떴고 사랑스러워 견딜 수 없었다.

돈이나 배경, 잘난 외모를 보고 쫓아다니던 여자들과는 달리, 가인은 자신을 있는 그대로 오롯이 사랑하는 느낌을 받았다. 그래서 더 사랑스러웠다.

어떤 어려움이 있든 제 손을 굳건히 잡고 놓지 않을 여자였다. 함께 길바닥에 나앉아도 같이 나가자고 할 여자였다. 멋지고 사랑스러운, 자신의 여자였다.

문을 열고 들어가자, 가인이 문 앞까지 나와 싱긋 사랑스럽게 웃었다. 가인은 남들 앞에서는 늘 침착하고 표정변화가 많지 않았지만, 도진의 앞에서는 좀 더 다양한 표정을 보여주곤 했다.

"왔어요?"

도진은 눈앞에 있는 사랑스러운 여자를 바라보았다. 그가 선물한 옷은 생각대로 가인에게 아주 잘 어울렸다. 황금빛 드레스가 가인이 움직일 때마다 바스락 소리를 냈다.

가인 자체가 커다란 황금색 꽃과도 같았다. 도진이 가인을 번쩍 들어 제 품에 폭 가두었다.

"응. 왔어."

그리고 도진은 그대로 가인의 가슴팍에 복잡하게 얽혀 있는 리본을 풀기 시작했다.

"잠깐, 잠깐만요. 지금 막 들어왔는데 조금 정리를 하는 게 좋을 것 같아요."

가인이 살짝 만류했으나, 미는 손에는 힘이 약했다. 서로에게 익숙해지고 있는 거였다. 도진이 웃으며 속삭였다.

"난 지금 이대로가 좋은데."

그러자 가인이 어쩔 수 없다는 듯 약하게 웃더니, 도진의 와이셔츠 단추에 손을 올렸다. 가인이 장난스럽게 답했다.

"이로써 쌍방과실입니다."

"네. 그러면 어떻게 합의에 이를지 상의해보도록 하죠. 우리 마나님."

그 말을 끝으로, 둘은 길고 긴 키스를 시작했다. 언제 끝날지는 둘만이 알고 있는 키스였다. 도진에게 가인은 언제나 딸기처럼 달콤하고 사랑스러웠다. 그리고 그는 그 마음이 평생 갈 걸 아주 잘 알고 있었다.

— fin.

외전 1

"아들입니다. 여기 다리 사이에 하얗게 보이시죠? 축하드려요."

초음파 영상 속에는 아직 작다고밖에 표현할 수 없는 아기 형체가 잡혀 있었다. 그래도 그 조그마한 몸에 손과 발이 다 형성이 되어 꼬물거리는 모양새가 퍽 귀여웠다. 한참 등을 돌린 채 산모의 배 위에 집중하며 초음파 기계를 잡고 검진을 하던 의사가 아무런 대꾸를 하지 않는 남자의 태도가 이상해 몸을 잠시 돌려 흘끔 그를 보았다.

남자는 뭐라고 표현할 수 없는 경직된 얼굴로 의사가 말한 다리 사이의 하얀 점을 뚫어져라 바라보고 있었다.

"아버님, 아들이라니까 놀라셨나 보네요. 호호."

의사가 경직된 분위기를 풀기 위해 가볍게 웃었지만, 남자는 여전히 대꾸가 없었다. 그러다가 조용히 검진실 문을 열고 사라졌다. 침대에 누워 있던 가인이 약하게 미소 지으며 대신 대답해주었다.

"딸을 엄청 바랐거든요. 좀 놀랐나 봐요."

"정말 딸을 많이 바라셨나 보네요. 아무 말씀 못 하시는 걸 보면."

"그러게요."

가인은 놀라지도 않은 채 덤덤히 답했다. 초음파 속에서 저도 사람이라고 움직이는 아기는 놀랍기도 하고 꽤 사랑스러웠다. 남자아이든 여자아이든 다 좋다고 말로는 그랬지만, 도진이 내심 여자아이를 무척이나 바랐던 건 가인도 알고 있었다. 저보다 일찍 결혼한 지인들 중 딸 가진 아빠 이야기를 하며 딸아이의 애교가 그렇게나 귀엽다고 몇 번이고 항변하듯 말할 때도 그러려니 했었다.

하지만 저렇게까지 충격 받을 줄은 몰랐는데.

의사가 성별을 이야기하면, 원하던 성별이 아니어서 속은 쓰릴지언정 아빠 된 입장으로 빈말이라도 답하기 마련이다. 게다가 도진은 사업가다. 필요하면 제 속을 감추고 비즈니스 미소를 띤 채 말하는 일에 능숙한 사람이다.

그런 도진이 아무 말도 하지 못하고 충격을 감추지 못하다니. 자식의 위력은 대단하다.

가인은 초음파 검진이 끝나자마자 다음번 검진일을 잡고 의사로부터 간단한 주의사항을 들은 후 진료실 밖으로 나왔다. 도진은 넋이 나간 얼굴로 대기실 의자에 앉아 있었다. 가인이 옆으로 다가가 낮게 불렀다.

"도진 씨."

"……."

"도자기 씨."

"……."

"도진아."

"……."

"야."

"……응? 뭐라고 했어?"

도진이 드디어 반응을 보이자, 가인이 화사하게 웃었다. 약간 부른 배만 가리면 뒷모습은 임산부로 보이지도 않았다.

"여기 멋진 남자가 앉아 있다고요. 세상에, 누구 남자인지 잘생기기도 했지."

"……."

가인의 농에도 도진은 별다른 대꾸를 하지 않았다. 시선은 먼 곳을 향해 있었다. 단단히 충격을 받은 듯했다. 그러나 그 와중에도 넋 빠진 얼굴로 가인을 부드럽게 챙기는 건 잊지 않았다. 가인의 어깨를 조심히 감싸며 도진이 말했다.

"가지."

도진은 병원을 나서서 기사가 운전하는 차 뒷좌석에 가인을 먼저 앉히고 그 옆에 앉았다. 가인의 손을 꼭 잡고 제 어깨에 가인을 기대게 했으나 여전히 나사 하나 빠진 듯한 표정이었다.

그때 휴대전화가 울렸다. 업무 전화였다. 그러나 도진은 가인을 붙든 채 미동도 없었다. 결국 가인이 도진을 가볍게 채근했다.

"도진 씨, 전화 와요."

"아, 응응."

평소의 냉철한 모습은 어디로 사라졌는지 반쯤 정신 나간 사람처럼 도진이 전화를 받았다. 목소리도 맥이 풀려 있었다.

"아, 김 전무. 그래. 아, 뭐라고? 다시 한 번 이야기해주겠나. 아, 미안하군. 내가 지금 좀 충격 받은 일이 있어서 정상적인 대화가 힘들 것 같군. 아니, 걱정할 정도는 아니야. 지금 당장 결정 안 해도 되는 문제니 내가 이따가 다시 전화하지."

도진이 전화를 끊더니 탄식을 무의식중에 내뱉었다. 그러다 생각난 듯 가인에게 말을 붙였다.

"아까 짬뽕 국물이 먹고 싶다고 했었지. 중식당을 예약해놨어. 속이 울렁거리진 않아?"

"네. 오늘은 좀 괜찮네요."

도진이 창밖을 멀리 바라보며 조그맣게 중얼거렸다.

"고기는 하나도 못 먹고 과일을 많이 먹길래 딸인 줄 알았는데……."

"실망이 컸어요?"

"아냐. 그렇지 않아."

도진이 도리질하며 부정했다. 하지만 여전히 힘이 없었다. 어이가 없기도 하고 애 같기도 해서 가인은 그저 피식 웃었다.

중식당에 도착해서도 도진은 계속 멍했다. 젓가락을 바닥에 두 번이나 떨어뜨리기도 하고, 물이 차 있는 데도 컵에 물을 따르려고 했다. 그 와중에도 가인을 챙기는 일은 완벽해서, 가인은 황당하기 그지없었다.

가인이 짬뽕 국물을 몇 숟갈 떠먹었다. 국물은 거의 먹지 않는 편이었는데, 임신하고 입맛이 변했는지 매운 국물이 엄청나게 먹고 싶었다. 도진은 제 앞에 있는 음식은 먹는 둥 마는 둥 하더니, 휴대전화 화면을 보며 절망 어린 말투로 중얼거렸다.

"입혀보고 싶은 게 많았는데……."

결국, 가인이 웃음기를 거두고 비서 시절의 무덤덤한 표정을 짓더니 도진의 손에서 휴대전화를 뺏어들었다. 가인이 심각하게 휴대전화 화면을 넘기기 시작했다. 그 옆에서 도진이 평소보다 한 박자 느리게 눈치 없는 말을 이었다.

"예쁜 컬렉션만 골라서 모아놓았어. 애벌레 시리즈, 리본 시리즈, 해바라기 시리즈, 블록 시리즈……."

"아, 네. 우리 사랑하는 도자기 씨 눈에 예쁜 컬렉션이죠?"

가인이 딱딱하게 굳은 목소리로 되물었다. 평소 같았다면 단박에 가인의 기분 변화를 알아차렸겠지만, 지금 도진은 정상이 아니었다. 도진의 껍데기를 뒤집어쓴 채 속은 충격으로 반쯤 날아가 있는 상태였다.

"물론 아주 아주 예쁜 컬렉션이지. 우리 귀여운 딸아이를 위한 옷이라 얼마나 신경 썼는데…….."

가인이 한숨을 한 번 내쉬었다. 휴대전화 안에는 도진이 'Only One' 브랜드에서 주문제작한 게 분명한 디자인 샘플 옷이 가득 들어 있었다. 가인은 속으로 냉정하게 평하기 시작했다.

애벌레, 그래, 애들이 입으면 귀엽지. 하지만 기괴한 초록색에 씹다 뱉어버린 초콜릿 같은 색과 형태의 솜뭉치가 기괴하게 달린 옷을 입히면 어느 괴수영화의 꼬마 괴수 같을 거야. 그리고 중요한 건 이 옷은 이음새가 전혀 보이지 않는데, 어떻게 입히는 거야?

리본, 그래. 모든 여자아이들의 꿈과 로망인 리본. 그렇지만 누구도 이런 색깔의 커다란 리본을 제 아이 엉덩이에 달아주고 싶지는 않을 거 같아. 게다가 모양도 이상하잖아. 한쪽은 크고 한쪽은 작고, 밑에는 먼지 묻은 거미줄 같은 프릴이 달려 있고. 무엇보다도 기저귀를 갈 때 이런 게 달려 있으면 짜증날 거 같은데.

해바라기. 도진이 해바라기라고 꼭 집어주지 않았다면 해바라기인 줄 눈치조차 채지 못했을 터였다. 해바라기보다는 의도를 알 수 없는 추상화 작품 중 하나인 것 같았다.

블록은 더 말할 것도 없었다. 택배상자를 애한테 입혀놓는 게 훨씬 예쁠 지경이었다. 그 옷을 입힌다면, 아기가 전혀 움직일 수 없을 것 같았다.

무엇보다도, 이 모든 건 여자애 옷이었다. 임부복을 직접 디자인해주겠다는 걸 가까스로 뜯어말리고 원하던 걸 고른 이후, 너무 방심한 모양이었다. 가인이 한숨 섞인 목소리로 달콤하게 불렀다. 가인은 본능적으로, 도진은 슬슬 달래는 게 훨씬 쉽다는 걸 깨닫고 있었다.

"도진 씨."

"응?"

"우리 아이, 남자아이예요."

"……알아."

남자, 라는 표현에 도진은 세상 다 산 듯 슬프고 우울한 표정으로 땅바닥을 바라보았다. 남들이 보면 회사 주가라도 파산 직전으로 곤두박질치고 있다고 해도 믿을 법한 표정이었다. 가인이 물러섬 없이 하고자 하는 말을 뚜렷이 했다.

"당신하고 나하고, 진하게 사랑해서 생긴, 사랑하는 우리 아이. 우리 아들이에요."

"응."

풀 죽은 도진이 듣는 둥 마는 둥 맥없이 대답하자, 가인이 도진의 얼굴을 양손으로 바짝 잡으며 엄한 표정으로 말했다.

"뱃속에서 아빠가 딸이 아니라고 이러고 있는 걸 보면 얼마나 슬프겠어요. 안 그래요? 아기는 청각이 가장 먼저 발달하는데, 아빠 목소리로 자기가 남자라서 싫다고 부정당하다니."

가인이 콕 짚어서 말하자, 도진이 그제야 정신을 차린 듯 눈빛에 총기가 돌았다. 제정신을 차린 도진의 눈동자에는 가인으로 가득 찼다.

정확히는 가인과 가인 안에 함께 있는 새 생명으로.

도진이 아까보다는 훨씬 또렷한 목소리로 명료하게 말했다.

"내가 잘못했어."

"우리 도자기 씨, 잘못도 단번에 인정하네. 멋져요."

가인이 도진의 얼굴을 움켜쥔 그대로, 입술에 가볍게 쪽, 입 맞췄다. 도진이 바로 가인의 입술에 화답했다. 그러더니 뭔가를 깨달은 듯, 환한 얼굴로 대꾸했다.

"성별을 바꿀 수는 없지만, 남자애 옷을 만들면 되겠다. 맡겨줘. 우리 뽀이. 내가 아주 멋있고 사랑스러운 걸로 만들어줄게."

전환이 빨리 된 건 좋았으나 예상치 못한 쪽으로 의욕이 불붙자, 가인이 잠시 난감한 표정이 되었다. 하지만 여전히 가인은 그런 도진마저 사랑하고 있었다. 가인이 애정 넘치는 얼굴로 도진에게 수저를 쥐여주며 화제를 돌렸다. 진심으로 의욕을 다른 데로 돌리고 싶었다.

"그럼 우리 그 전에 식사부터 하죠, 도자기 씨."

"그래, 역시 나한테는 우리 쁜이가 있어야 해. 우리 쁜이뿐이야."

쪽, 도진이 가인이 사랑스럽다는 듯 다시 입 맞췄다. 가인이 없으면 절대 못 살 것 같은 모습이었다.

strawberry kiss

분만실 밖에서, 도진이 초조하게 서성이고 있었다.

어제 갑자기 예정일보다 일찍 양수가 터졌다. 마침 자신이 꽤 먼 곳에 있을 때 일어난 일이라, 정체된 도로의 차 안에서 숨막히는 고통을 느껴야 했다. 염려할 정도는 아니라고 가인이 외려 전화로 도진을 안심시켜주었지만, 1분이 1년같이 초조했다.

의사는 촉진제를 맞아보자고 했고, 맞고서도 하루를 넘기면 바로 제왕절개를 해야 한다고 했다. 마음 같아선 가인이 아프지 않게 당장에라도 제왕절개를 하자고 하고 싶었지만, 자연분만이 산모의 몸에 더 좋을 거란 의사의 말에 도진은 고개를 끄덕일 수밖에 없었다.

진통이 잘 오지 않아서, 수술을 해야 하나 했는데, 막바지에 진통이 시작됐다. 소리를 지르는 여타의 산모들과는 다르게 가인은 식은땀을 흘리면서도 소리 한번 지르지 않았다.

아파하는 모습에, 미쳐버릴 것 같았다.

자식은 귀했다. 하지만 혹시라도 가인이 어찌 될까 싶어 도진은 숨이 막히는 기분이었다. 옆에서 제 부모와 장인 장모가 뭐라뭐라 이야기했지만, 실제론 귀에 전혀 들어오지 않았다.

'눈물 한 방울 흘리지 않게 해준다고 했는데. 누구보다도 행복하게 해준다고.'

'의연하고 참을성 많은 여자인 줄은 알고 있었지만, 왜 소리 하나 없어. 바보같이.'

'차라리 소리를 질러. 내 머리카락이라도 뽑고 싶으면 뽑으란 말이야. 나한테 불만이 있으면 욕이라도 해. 그래서 당신이 안 아플 수 있으면, 그렇게 해.'

도진이 속으로 꾸역꾸역 초조감을 삼켰다. 그럴 리야 없겠지만 출산은 원래 예측할 수 없는 법이라, 도진은 가인에게 조금이나마 뭔가 이상이 생길까 피가 바짝바짝 마르는 기분이었다. 그때 분만실 문이 열리고 간호사 하나가 나와 도진에게 말했다.

"조금 있으면 아드님 나와요. 탯줄 자르게 준비해주세요."

도진이 분만실에 들어갈 채비를 마치자, 간호사가 그를 데리고 안으로 들어갔다. 땀범벅이 된 가인이 누워 있고, 아기 울음소리가 들렸다. 도진이 의사가 시키는 대로 가위를 들고 말캉한 탯줄을 자르고서 작고 쪼글쪼글한 아기를 봤다. 가인이 숨을 얕게 몰아쉬며 가느다랗게 말했다.

"우리 아이예요."

그 말을 듣자마자, 도진의 가슴 한복판에서는 뭐라 표현할 수 없는 뜨거운 감정이 울컥 솟아나왔다. 간호사가 울음을 터트리며 꼬물거리는 아기를 가인의 가슴에 올려놓았다. 가인이 손을 들어 아기를 부드럽게 안자, 아기가 신기하리만치 조용해졌다.

도진이 가인의 이마에 입을 맞추며 조그맣게 속삭였다.

"고마워."

그 말과 함께 왈칵 눈물이 쏟아져 나왔다. 도진은 흐르는 눈물을 참을 수 없었다. 제가 사랑하는 여자와 사랑의 결실로 나온 작은 생명.

소중하고 고마운 일. 아기가 본능적으로 엄마의 젖을 찾아 더듬는 모습이, 어찌나 아름답고 안타까운지. 도진이 목이 꽉 막힌 목소리로 가인을 향해 속삭였다.

"내가 더 잘할게. 내가 더 잘할게……."

"응. 지금도 잘하고 있어요."

"더 잘할게……."

도진이 한 손으로는 가인의 가슴 위에 엎드려 있는 아기를 감싸고, 다른 한 손으로는 가인의 머리를 연신 쓰다듬으며 속삭였다. 가인이 힘겨운 와중에서도 아기를 보며 발그레하게 웃었다.

"당신 꼭 닮았어."

"응. 우리 뿐이 닮았으면 더 좋았을걸."

그러자 가인이 도진을 바라보며 대꾸했다.

"내가 당신 너무 사랑해서 그래요."

가인의 말에 도진이 고개를 가로저었다. 그 말만은 인정할 수 없을 것 같았다.

"그건 우리 뿐이가 틀렸어. 내가 더 많이 사랑해. 우리 뿐이가 날 얼마나 사랑하든지, 그보다 내가 두 배로 더 사랑해."

그 순간, 가림막으로 가려져 있는 의사의 어색한 헛기침이 분만실 안에 울렸다. 손발이 오그라드는 모습에 의료진 모두가 부러움 반, 기특함 반을 담아 그들을 바라보고 있었다. 간호사 하나가 미소를 가득 지으며 도진에게 말을 붙였다.

"이제 뒷마무리해야 해서요. 잠깐 나가 계시겠어요?"

"네, 알겠습니다."

도진이 아무 일도 없었다는 듯 태연하고 당당한 걸음으로 분만실 밖으로 걸어 나갔다. 그 모습이 어쩐지 귀엽기도 하고 웃기기도 해서, 가인은 가볍게 웃었다.

출산은 고통스럽고 괴로웠다. 회사 다닐 때 출산한 선배들이 콧구멍으로 수박을 꺼내는 기분이라고 했을 때는 그저 웃기만 했었는데, 이제는 알 것 같았다. 노래졌던 세상이 이제야 제 색으로 보였다. 가인은 제 가슴 위에 안겨 있는 아기를 한번 바라보았다.

세상에 나오려고 저 작은 몸으로 얼마나 애썼을까.

자신을 닮은 구석은 단 한 군데도 보이지 않고 눈, 코, 입, 심지어는 체형까지 아빠 판박이인 아들은 언제 그랬느냐는 듯 눈을 꼭 감고 꼬물대고 있었다.

행복했다.

감사했다.

이제는 두 사람 몫이었던 행복이, 세 사람으로 늘어났다. 이 사랑스러운 아이와 함께, 사랑하는 남자와 함께, 그렇게, 함께.

언제나, 행복하게, 함께.

외전 2

유전자의 힘은 강하다.

한가로운 휴일, 가인은 낮잠에 빠져 있는 두 남자를 바라보며 생각했다. 우당탕탕 몸싸움을 하며 시끄럽게 놀다가 어느새 조용해서 가 보니, 두 사람 모두 곤히 잠들어 있었다.

어떻게 저런 모습으로 잘 수 있지.

가인은 살금살금 잠든 두 사람 곁으로 다가가 웅크리고 앉았다. 침대 위에 두 남자는 도진이 작은 도진을 낳았다고 할 정도로 빼다 박아 있었다. 아들인 민준이는 아무리 뜯어봐도 가인을 닮은 데라고는 찾기가 힘들었다.

도진도 민준도, 모두 손을 턱에 괸 자세로 옆으로 누워 있었다.

그 모습은 기가 막힐 정도로 똑같아서, 가인은 휴대전화를 꺼내들었다. 카메라 소리가 나지 않게 조심히 찰칵, 하고 인증샷을 찍은 가인은, 조용히 혼자 미소 지었다.

잠버릇이 닮는 경우는 종종 들어보기는 했었다. 꼭 베개 밑에 손을 집어넣고 만세 자세로 자는 부자나 새우잠을 자는 모녀 이야기는 들어봤었지만, 막상 눈으로 보니 경이로울 지경이었다.

하긴, 막 태어났을 때는 더 아빠 판박이였었다. 도진이 아이를 보러 가자마자, 신생아실 간호사가 도진이 누구 아빠라고 말도 않았는데 단박에 민준이 아빠라는 걸 알아차릴 정도였으니까.

아기를 데리고 집으로 돌아오자마자, 시댁과 친정 양쪽에서 보낸

스트로베리 키스

574

사람들과 선물들로 이미 집은 북적이고 있었다. 식사를 담당할 사람과 아이 보육을 도와줄 사람까지 준비되어 있었다. 당분간은 친정 엄마가 집에 같이 있어주겠다는 말에 침착한 가인도 순간적으로 눈물을 왈칵 쏟았다.

그래도 육아는 전쟁이었다.

아무리 많은 사람이 도와준다고 해도, 막 태어난 아이는 엄마와의 유대가 가장 중요했다. 게다가 심각하진 않다고 해도 가인도 출산 후 뭐라 표현하기 힘든 감정의 변동을 느꼈다.

그때 도진은, 어떻게든 시간을 내서 그녀를 지지해주었다. 출산 후 바로 돌아오지 않는 몸이나 지치는 정신은 그 무엇보다도 위로와 애정을 필요로 했다.

그리고 그 어떤 사람도 도와줄 수 없는 게 하나 있었다.

바로 모유수유.

가인의 젖량은 많지도 적지도 않고 딱 민준이 먹기에 적당했다. 넘쳐서 젖몸살을 앓지도, 모자라서 온갖 마사지를 받으며 전전긍긍하지 않아도 되어 좋았지만, 그래도 갓 태어난 아기는 하루 종일, 심지어는 밤새 젖을 먹었기 때문에 정상적인 일상활동 자체가 어려웠다.

게다가 교육을 받기는 했어도 실전과 이론은 다른 법이어서, 처음 젖을 입에 물려줄 때는 영화에서처럼 아이가 단번에 쭉쭉 빨아주지 않아 매우 당황했었다. 제대로 물리지 못한 젖을 먹겠다는 아기의 의지와 합쳐져 피딱지를 형성했다. 그러함에도 다시 젖을 아기 입에 물려야 하는 게 바로 엄마였다.

그래도 몇 번의 시행착오 끝에 아기가 제대로 젖을 먹었을 때는 얼마나 기쁘던지. 작은 아기는 오물거리며 엄마의 품에 착 달라붙어 있다. 힘들고 괴롭고 포기하고 싶지만, 그 모습이 또 애틋하고 사랑스러워서 버티게 된다.

밤에 잠 못 자며 젖을 먹이는 가인이 안쓰러워 도진이 유축기로 젖을 짜주면 밤에는 자신이 먹이겠다고 했었다. 밤에 도와주는 사람을 둘 수도 있었지만, 도진은 가인의 괴로움도 함께 하고 싶어 했었다.

어차피 엄마 젖 맛을 알아버린 민준이 젖병 거부를 곧바로 시행해서 불발되었지만.

그럴 때면 젖을 먹이는 가인을 가만히 보며 도진이 말하곤 했었다.

「엄마 찌찌는 원래 아빠 건데 아빠가 너한테 잠시 빌려주는 거야. 아프게 하면 안 된다.」

「……변태.」

「왜 사실이지 뭘 그래? 서가인은 머리끝부터 발끝까지 정도진이 거지.」

「나만요?」

「아니. 정도진도 머리끝부터 발끝까지 서가인이 거지.」

「못 살아, 진짜.」

「못 살긴 뭘 못 살아. 잘 살아야지.」

그렇게 시답잖은 농을 하며 버티곤 했었다. 언제 끝날지 끝이 보이지 않던 모유수유기간은 시간과 함께 지나가고, 민준이도 기다가 서고, 서다가 걷고, 걷다가 뛰게 되었다.

그러면서 시작되는 난장판 시기.

그래도 자신은 도와주는 사람들이 많았다. 든든한 남편부터 친정과 시댁, 도우미 아주머니들까지. 나름 편하게 육아를 한 편이었어도, 아이 하나를 낳고 키운다는 사실 하나만으로도 꽤나 힘들었다. 그런 이들도 없이 홀로 버티며 육아를 하는 엄마들이 존경스러울 정도였다.

그런 시기가 언제 지났나 싶은데, 아이는 이제 막 해가 바뀌며 다섯

살이 되었다.

사랑하는 내 남자들.

가인은 잠든 아이의 뺨에 깨지 않게 살짝 입을 맞추고, 도진의 뺨에도 조심히 입을 댔다. 그러자 이내 도진의 손이 가인의 허리를 휘감더니 그대로 침대에 눕혔다.

"언제 깼어요?"

"지금 막."

도진이 가인의 입에 슬쩍 입술을 대는데, 민준이 부스럭거리며 뒤척였다. 도진과 가인 모두 아이 낮잠이 깼나 싶어 순간 얼음이 되었다가, 다시 곤히 잠든 아이의 모습에 동시에 웃음보가 터졌다.

strawberry kiss

아이 외모가 빼닮은 쪽 성격까지 빼닮는 경우도 있었지만, 민준은 그렇지 않았다. 크면 클수록 타고난 기질 자체가 도진보다는 자신을 닮은 면이 많은 것 같다고 가인은 생각했다.

무엇보다 안심인 건, 극악의 패션센스는 닮지 않았다는 점이었다.

뱃속에 아이가 있을 때 그 무엇보다 걱정했던 건 그거였다. 초록이 좋다며 수없이 많은 상큼한 녹색은 다 제쳐두고 뭐라 표현할 수 없는 끔찍한 초록으로 아이 방을 칠하겠다며 난리 쳤을 때도 가인은 민준이 그런 아빠 편을 들어 제 방을 그 색으로 칠해달라고 합세할까 심히 걱정했었다.

하지만 민준은 걱정스레 도리질하며 제 방을 돋보일 수 있는 초록을 택했다. 그 외에도 여러 가지 일이 있었다. 어릴 때부터 도진이 사오던 기괴한 색의 장난감들에 어쩔 수 없이 민준이 둘러싸여 자랐기 때문에 은연중에 영향을 받았을까 걱정도 했었지만, 민준은 언제나 일반인

저리 가라 싶은 탁월한 색 감각을 보여주곤 했다. 고르는 것도 아이답지 않게 아주 멋스러웠다. 아주 아주 다행스럽게도, 패션에 대한 감각은 아버지보다 패션감각이 남달랐던 할아버지 쪽을 닮은 것 같았다.

하지만 가인은 이번만큼은 그 생각을 정정해야 했다.

"정민준. 말해봐. 왜 멀쩡한 옷을 다 잘라서 이렇게 만들었어?"

가인은 가위와 풀칠로 엉망이 된 옷장 안 옷을 바라보며 엄하게 물었다. 대신 엄하지만 아이가 답할 여지는 주었다. 아이를 상대할 때 아이 감정을 바라보지 않고 몰아붙이면 입을 다물어버리는 아이가 있다. 민준은 그런 부류였다.

가위를 손에 든 아이는 고개를 푹 숙인 채 답하지 않았다. 민준이는 대체로 조심성이 있는 편이었다. 이렇게나 대대적으로 사고를 치는 건 흔하지 않은 일이다.

가인은 답 없는 아이 근처에 흐트러져 있는 옷가지를 바라보았다. 긴 바지는 아이의 힘없는 손에 의해 이상하게 찢겨 있었고, 그 위에는 기괴한 주황색의 장식을 얹은 채 풀칠을 해놓았다. 긴 팔을 한쪽만 잘려 있었는데, 거기다가 썩은 포도색 같은 보라색 뭔가를 풀로 열심히 붙여놓았다.

가인은 몸을 수그려 민준과 눈높이를 맞췄다. 제 잘못을 알긴 아는 것 같은데 어쩐지 억울한 표정을 짓는 아이에게, 가인이 차분하고 단호하게 물었다.

"민준아. 지금 엄마는 네가 왜 이랬는지 몰라서 묻는 거야. 왜 그랬어? 장난 치고 싶었어?"

"……해서, 그랬어…….."

"잘 안 들리니까 조금 더 크게 말해봐."

"아빠처럼 되고 싶어서 그랬어."

아이 특유의 혀 짧은 소리에 가인은 한 대 얻어맞은 듯 멍해졌다. 그러나 곧 정신을 차린 가인이 천천히 민준의 말을 해석했다.

"아빠처럼 옷 만들고 싶어서? 민준이는 아빠가 만든 옷이 멋졌어?"

"응."

"민준이는 아빠가 가끔 선물해주는 옷이 좋았어? 아빠가 준 거라?"

"응. 근데 민준이는 그렇게 못 하잖아……."

하아. 한숨이 절로 나왔다. 민준의 색감이나 디자인을 고르는 감각은 정상을 넘어서 아이치고는 탁월했다. 실제로 민준이가 제가 입고 싶은 옷이나 배색을 고르라고 하면 매우 잘 해내는 아이였으니까. 하지만 민준이 입장에서는 자기가 못하고, 자기가 정말 좋아하고 멋지게 생각하는 아빠가 더 잘한다고 생각할 수도 있었겠다 싶었다.

제 아빠가 극악의 패션 테러리스트라는 걸 민준이 입장에서는 어떻게 알겠어. 가인이 뭐라 말할 수 없는 상황에 기막혀하고 있는데, 민준이 눈물을 뚝뚝 떨어트리면서 억울하다는 듯 중얼거렸다.

"아빠가 예술은 도전하는 거랬어. 민준이도 도전하면 할 수 있다고 그랬어……."

맙소사. 가인은 속으로 감탄사를 내뱉으며 민준을 부드럽게 끌어안았다. 눈물을 뚝뚝 흘리며 온몸으로 억울함을 호소하는 아이는 귀여웠다. 하지만 시정할 건 시정해야 했다.

"그래도 민준아, 못 쓰는 옷이 아니라 입는 옷을 가지고 이렇게 막 자르면 안 돼. 아직 입을 수 있는데 못 입게 되었잖아. 잘했어, 잘못했어?"

"잘못했어요……."

"다음엔 그럴 거야, 안 그럴 거야?"

"안 그럴 거예요……."

"그래. 다음엔 만들고 싶은 게 있으면 엄마한테 이야기해. 아빠는 낮에는 일하러 갈 때가 많으니까, 낮에 할아버지한테 가서 배워볼까?"

"네!"

언제 울었나 싶게 씩씩해진 모습에 가인은 품 안의 아이를 재차 보듬어주었다. 마음속으로는, 이런 면으로는 꼭 시아버지에게 배우게 해야겠다고 다짐하면서.

strawberry kiss

아니나 다를까, 퇴근 후 돌아온 도진은 민준의 예술작품을 보며 감탄을 금치 못했다. 될성부른 싹이라느니, 자기를 닮아서 창의력이 있다느니 아들바보의 모습을 여실히 드러내는 모습에 가인은 별다른 말은 하지 않았다. 다만 낮에 도진이 바쁘니 도진의 아버지에게 민준이 원하면 패션수업을 하게 하겠다는 말에, 도진의 입이 아이처럼 삐쭉 나오긴 했다.

민준이 잠들고 난 후, 가인은 침대 맡에 놓인 노트북으로 업무에 열중했다. 민준이 어느 정도 클 때까지는 재택근무를 할 예정이어서 가인은 시간이 날 때마다 작업을 하곤 했었다. 가인이 몰두하는데, 등에 낯익은 감촉이 느껴졌다.

도진이었다.

등 뒤에서 가인을 안은 도진이, 가인의 귓가로 속삭였다.

"이제 슬슬, 민준이도 같이 가위질할 동생이 필요하지 않을까?"

그리고 두 사람만의 은밀한 밤이 시작되었다. 패션계의 거목을 둘은 만들겠다는 도진의 굳은 결심을 담은 채.

— 외전 fin.

작가 후기

안녕하세요, 한하연입니다.

저는 글을 쓰면 밝은 이야기거나 역경에 처해 좌절에서 일어나는 이야기, 둘 중에 하나인 것 같습니다. 스트로베리 키스는 당연히 전자여서 유쾌하게 쓸 수 있었습니다.

스트로베리 키스는 단순한 동기로 시작되었습니다. 저는 TV드라마를 거의 보질 않는데, 친정에 가면 언제나 드라마가 켜져 있는 편입니다. 어느 날 친정에 갔는데, TV에서 드라마 주인공들이 말만 하면 금방 끝날 문제를 말하지 않아 문제를 더 키우고 있었습니다.

그걸 보고 클리셰가 가득하지만 조금 비튼 로맨스 소설을 써보고 싶어졌습니다. 돈 봉투를 받으면 냉큼 받아들고 세어본다든지, 헤어지라는 둥 이런 이야기를 들으면 남주한테 얼른 가서 말해버리는 그런 여주가 있는.

그래서 써진 게 스트로베리 키스입니다.

스트로베리 키스는 스트레스 받을 때마다 쓰곤 했던 글이어서, 읽으시는 분들이 스트레스 받을 때 밝고 가볍게 읽고 스트레스를 해소하시길 바랐습니다. 뜻대로 잘 되었기를 희망합니다.

스트로베리 키스에는 노래 가사가 많이 나오는데요, 모두 눈치채셨겠지만 실제는 없는 노래입니다. 제가 직접 가사를 만들었는데, 노래 가사 쓰는 게 시를 쓰는 것 같아 제법 재밌었답니다.

끝까지 읽어주시고, 책까지 사주셔서 감사하게 생각합니다. 쓰는 일은 종종 이제 그만 쓸까 라는 마음을 불러일으키지만, 읽어주시는 분들이 있어 이겨내고 쓸 수 있습니다.

외국어 울렁증이 있는 절 위해 중국어로 대화를 번역해준 지은형 작가와 영어로 대화를 번역해준 박소연 작가에게 감사 인사를 전합니다.

독자님들에게도 즐거운 일들이 가득하시길 바랍니다. 덧붙여서 달콤한 로맨스도요. ^^

2017년 4월
한하연